让 我 们 一 起 追 寻

［美］**威廉·夏伊勒** 著

戚凯 —— 译

人生与时代的
20th CENTURY JOURNEY
二十世纪之旅
Volume 2

A Memoir of a Life and the Times

回忆 （第二卷）
［上］

WILLIAM L. SHIRER

噩梦年代
1930—1940
THE NIGHTMARE YEARS:
1930-1940

社会科学文献出版社
SOCIAL SCIENCES ACADEMIC PRESS (CHINA)

献给

戴尔德丽、凯特琳、

克里斯蒂娜和亚历山大

愿我们的子孙后代永享和平

世间万物，不显其首，不露其尾，唯以其塑形之力而示于人；然终于泯灭，是何令人心哀之？

——《薄伽梵歌》

究其以往，知之甚少；究其前景，一无所知；究其今夕，不胜之多，令人何其迷茫矣。

——商羯罗解奎师那语

目　录

序

对我而言，与这个小小星球上的其他无数人一样，每每回忆起 1930 年到 1940 年这十年的时光，都会感慨那是一个多么动荡的时期。那时候我是一名美国驻外记者，在欧洲和亚洲工作。因为工作，我越来越关心一些本应是文明的国度中蔓延着的革命、起义、偏狭、暴力、压迫、侵略和野蛮行为。最终我眼睁睁地看着这一切不可避免地引发了战争。

这十年是噩梦的十年，当噩梦于 1930 年开始的时候，我只有 26 岁。五年前，我从爱荷华州的一个小型学院毕业，稚气未脱，只身来到巴黎。我在欧洲最伟大的一些首都担任新闻记者，从那时起我就开始慢慢感受到旧秩序的崩塌，第一次世界大战后胜利的西方民主国家于 1919 年在凡尔赛所建立的和平秩序开始一点点地被蚕食。

欧洲一战后的现状遭到了奉行极权主义的独裁者的挑战——右派的墨索里尼在意大利建立了法西斯统治，之后是 20 世纪 30 年代希特勒的纳粹党在德国异军突起。大萧条的到来进一步冲击了一战后的国际秩序，它造成了大量的失业、银行和企业倒闭、货币贬值，还有四处蔓延的饥饿。

不管怎样，自从血流成河、惨不忍睹的第一次世界大战结束之后，欧洲还是享受了十年的和平，民众的福利水平也有所提高，人们普遍对曾经的血腥战争充满了厌倦与憎恶。巴黎的街头灯火辉煌，美女如云，我满怀激情地爱上了这座城市，还有伦敦、罗马、维也纳和日内瓦（国际联盟所在地）。我在这些城市之间游走，为我的东家《芝加哥论坛报》采访新闻。这种生活方式很有意思，而且颇具教育意义——它让我这个懵懂无知的美国小青年大开眼界。

1930 年 8 月的一天，我当时正外驻维也纳，古怪的报社老总罗伯特·麦考密克从芝加哥给我发来了一封极其简短的电报，命令我立刻飞到印度。圣雄甘地在当地领导的非暴力不合作运动开始威胁英国人在印度的统治，甚至动摇了大英帝国的根基。在这场运动中，甘地扮演了独一无二的角色，他致力于宣扬一种新的革命形式，即以"非暴力不合作"的方式反抗英国殖民者的统治权威。经过百余年的殖民统治之后，印度普通民众早已变得麻木不仁，甘地便裹上了自己的缠腰布，流浪于印度各地传播自己的政治理念，希望以此唤醒同胞的内心。对绝大多数印度人而言，甘地成了圣人和救世主。在一些西方人的眼里，甘地就是一个基督一样的圣使，他关爱穷人，极力践行自己宣扬的理念。他是精明的政治家，也是充满魅力的领袖。

所有的领袖人物当中，甘地给了我最大的触动和最本真的感觉。和他说话时，我总是抱着诚惶诚恐的心情，努力去理解他本人和他所发起的革命。后来我专门撰写了一本书《甘地：一部回忆录》，描述了与甘地交谈的经历，以及他对我、对英国乃至对全世界所产生的影响。

我在亚洲逗留期间，通过开伯尔山口来到古老的部落之国阿富汗的首都喀布尔。经过了血腥的内战之后，一位胜利者前不久刚刚在当地自立为王。之后我开始返回欧洲，途中我经过了美索不达米亚、叙利亚和土耳其。在这片炎热而遥远的土地上，我在一些历史名城，如乌尔、巴比伦和巴格达都有过逗留，还经历了一些冒险。在乌尔我还专门跑去看了当地两个考古现场，它们是我们这个时代最伟大的考古发现。

回到维也纳之后，我结了婚，然后被报社解雇，之后在西班牙的一个小渔村休了整整一年的假，在那里我亲眼看到了年幼的西班牙共和国经历着艰难的发展，我还在报纸上读到了希特勒开始在德国掌权，另外我还写出了我的第一本书，不过没有出版。之后我从西班牙回到巴黎，报道了当地的法西斯分子在西班牙共产党的支持下发动了一场对法兰西第三共和国的袭击，协和广场发生了自巴黎公社运动以来的又一场血腥暴动。到了1934年的夏末，我从巴黎去了柏林。

后来的事实证明，从巴黎转往柏林成为我人生中重大的转折，它决定了我今后的生活和工作。就像与甘地待在一起那样，在德国的生活给我的人生留下了难以磨灭的印迹，有关这段时间的回忆总有写不完的东西。

德国这个诞生过路德、康德、贝多芬、歌德以及席勒等伟人的国度，既让我着迷，也让我恐惧。希特勒摧残自由和人性，迫害犹太人，并且准备将他们全部屠杀，干掉一切反对者，将整个国家拖向战争、征服与毁灭的深渊。更让我感到错愕的是，大多数德国人满心欢喜地加入了纳粹的野蛮队伍。

1940年12月，在希特勒将欧洲拖入战争15个月之后，我离开了德国。作为一名战地记者，战争爆发初期我跟随德国军队出征，报道他们在波兰和西线的战斗。在这场战争中，我报道了德国军队发明的"闪电战"对现代战争产生的革命性影响。他们在前线集结大量的坦克和飞机，集中全力对敌人战线进行猛攻，等到突破防御之后，再迅速切断敌军，然后进行包围直至快速歼灭。当我离开柏林的时候，德军早已快速轻松地攻下波兰、丹麦、挪威、荷兰、比利时和法国，从北海至比利牛斯山，从大西洋到维斯瓦河，只剩下可怜的不列颠孤悬海外。人们纷纷认为，乱世而出的希特勒是继拿破仑之后最伟大的征服者。至于英国，很少有人认为它还能幸免于难。

然而，历史常常会出现难以意料的转折。被早期胜利冲昏头脑的纳粹独裁者，过度高估了自己。希特勒先是把目光转向苏联——这个在斯大林统治下的国度曾经是自己所谓的盟国；接着又希望与美国一决雌雄，而美国则一直将自己置身于混乱的欧洲战事之外。它们应该是世界上最强大的国家，将它们先后拖入战争，这最终要了希特勒的命。

1945 年战争结束之后，我回到德国调查当地受战争影响的情况，也希望能够找到第一手资料来研究德意志第三帝国是如何走上毁灭之路的。

柏林，这座曾经值得骄傲的首都，现在几乎成了一片废墟，其破败之状简直难以言表。除了柏林之外，德国境内的其他城市也几乎是一样的情况。当年在侵略战争中不可一世的德国人民，现在却瑟瑟发抖、饥肠辘辘、无家可归，在战后的第一个悲惨的冬天，他们为生存挣扎。罪魁祸首希特勒自杀身亡了，陪葬的还有他两名最忠心的随从——戈培尔和希姆莱。700 万犹太人和差不多数量的斯拉夫人——波兰人和苏联人——被这个基督教国家的领袖冷血屠杀。戈林、里宾特洛甫、罗森堡、赫斯以及大多数希特勒身边的人都被生擒，被关押在纽伦堡监狱，等待这些纳粹战犯的将是战争法庭的审判。我去了纽伦堡看他们受审，在之后的几个星期里，我旁听了审讯的全过程，亲耳听到纳粹战犯们供述这段跌宕起伏的历史，他们对于往事的记忆是如此丰富。人类历史上从未有人发动过如此冷血且大规模的屠杀，所幸的是，尽管正义似乎总是姗姗来迟，但这一次它没有放过那些双手沾满鲜血的罪人。经历了战争的人，很少有人活着看到这一天。我在柏林工作并度过了令人绝望的几年时间，我从不相信自己最后能够有幸看到纳粹的灭亡。

在印度与甘地待了两年，然后又在希特勒统治下的纳粹德国待了六年，对我来说，从 1939 年 9 月 1 日开始的这场漫长战争，教给我一些有关人生的东西。在这部回忆录第一卷的序里，我尝试着总结它们，还包括一些我长大之后第一次在阔别已久的家乡工作和生活时学到的东西。

我一直在孜孜不倦地追求真理与生命的意义。究竟什么是真理？许多人都在思考这个问题。甘地说他一生中绝大多数的时间都在寻求真理。然而，甘地，或者是任何人，或者是圣人，真的寻觅到真理了吗？真的完全得到了吗？哪怕是得到真相本身。这太难了。"我是一个什么样的人？"司汤达一生都在自己的生活和作品中苦苦追问这个问题，最终却也承认："实际上，我对此一无所知。"

大家能说出记忆里的真相吗？我一直在努力这样做，但是我能察觉到随着时间的流逝，记忆会模糊，会混乱，还会被想象美化，它会让我们把往事说得更像小说而非事实本身。我记得当伊莎多拉·邓肯在巴黎撰写回忆录的时候，就说过这样的困惑："我们怎么可能如实地写出自己？我们自己甚至都不明白什么是真实。"

值得庆幸的是，我在撰写此书的时候，所依赖的并非只有自己的回忆。我把在亚洲、欧洲记录自己战时生活和工作的日记、新闻稿、播音稿、信件、电报、剪报以及备忘录都收藏得很好，并把它们成功地带回了家。有了它们，我可以更好地描写事件和我本人。不仅不用绞尽脑汁回忆那些已经过了三四十年甚至五十年的旧事，而且通过查阅我会感觉这些事情仿佛发生在当下。记忆与记录之间存在的差别常常让我深受震动，而且这种情况常常出现，这种时候我当然只能相信自己记录下的东西。

当然，我也是幸运的，我的这些回忆记录了整个 20 世纪的主要大事件。我有幸苟活了大半个世纪。20 世纪之初，人类还在使用马车，而如今人类已经进入用计算机控制核能的时代，我们美国人已经乘火箭造访月球，可以拍摄数千万英里之外的星球，而且人类突然拥有了可以瞬间摧毁全世界的武器。我这一生所看见的世界的变化，比我们的祖先在之前的数千年里看到的还要多。如今，在这个世纪行将结束之时，我们把发生的一切事情视为理所当然。然而当我于 1904 年在芝加哥出生的时候，人类才刚刚发明了汽车。当时全美国只有 1.5 万辆汽车，也没有修建专门供它们行驶的道路。那时候没有飞机，没有广播，没有电视和冰箱，没有洗衣机和洗碗机，没有内燃机和空调，没有汽油驱动的拖拉机和加油站，也没有购物中心和停车场，没有红绿灯和计算机，没有收入所得税和社会福利，没有凝固汽油弹，没有核武器，更没有世界战争——而这些事物都是我们今天司空见惯的了。

最后要说的是，作为一名美国驻外记者，我的工作使我本人可以目睹 20 世纪里许多重大事件及其发展进程。因此本书里对于它们的记载都来自我的第一手资料，我亲眼所见、亲身经历。

没有这些直接、当下的经历，我永远都不会理解和感知，在那个噩梦一般的年代里所发生的事情及其背后原因。感谢这些经历，帮助我写出了那段历史及这些回忆录，并让我的 20 世纪之旅更加生动。

第一篇

通往柏林之路：
1930—1934

第一章

从印度返回维也纳（Ⅰ）
喀布尔的小插曲：1930

1930 年 10 月沉闷的一天，我在孟买的一个宴会上无意中遇到了阿富汗王国的皇太子。大约几天前他从巴黎乘船来到印度，他此行的目的是回家参加他父王登基一周年大典。此前印度媒体将阿富汗的这次典礼称为"加冕大典"，但这位皇太子告诉我说他们用词不够准确——因为阿富汗国王根本不会佩戴王冠。在这个仍然实行部落制的荒野山地国家里，一位头戴王冠的国王会看起来十分荒谬。

十天之后，也就是 1930 年 10 月 16 日，这位皇太子的父亲纳迪尔沙正式受封为国王。一年前，他还只是将军纳迪尔汗，率部进入首都喀布尔，推翻了篡位者巴恰·依·沙科的统治（十个月前，巴恰·依·沙科将国王阿马努拉驱除出境），部落首领们决定拥护纳迪尔沙为王。然而当时局势动荡，纳迪尔沙又花了一年的时间肃清前朝残余势力，直到 1930 年他认为自己已经大权在握，才正式决定登基。

之前一段时间，我天天都去纠缠阿富汗驻印度的领事，希望从他手里搞到一张签证，这样我就可以前往阿富汗报道登基大典。当时甘地和他五万名追随者都被投入监狱，非暴力不合作运动陷入低潮。夏天的时候，我被我的东家《芝加哥论坛报》从维也纳派到了印度，现在我已经迫不及待地想为报社找些好新闻。也许我自己都不曾意识到，我正准备经历一场冒险旅程。前往阿富汗的途中，如果英国人准许我通过重兵把守的开伯尔山口，那么从印度抵达阿富汗需要三天时间。此前，没有任何外国记者可以进驻阿富汗超过一年，外部世界的人根本不知道里面究竟发生了什么事情。

前一年，也就是 1929 年，先后有四人在喀布尔分别称王，诸部落为支持或反对他们打得不可开交。阿马努拉在其父于1919 年被人暗杀后继位。他在位期间意图改革，要求妇女脱除面纱，并施行了其他一些改革措施，意在将阿富汗从一个保守的伊斯兰国家改变为更加世俗化的现代国家。他的政策引起了各地毛拉（伊斯兰教的神职人员）的强烈憎恨，他们煽动部落首领于 1 月推翻了阿马努拉的统治。在 1919 年曾骗取合法继承权的阿马努拉的哥哥伊纳亚图拉自此正式接任王位，然而，这位新国王的统治只持续了短短三天。发动叛乱的巴恰·依·沙科——这个勇敢的挑水夫的儿子是一位侠盗罗宾汉式的传奇人物，他驱逐了阿马努拉兄弟并自立为国王，在位九个月后被纳迪尔沙推翻。纳迪尔沙原本允诺会饶巴恰·依·沙科不死，但随后按照阿富汗的习俗将其处死。死刑分几个步骤进行：先是石刑，然后枪决，最后绞刑。

就是这样一个古老而战乱不止的国家，让我这个美国记者产生了浓厚的兴趣。长期以来俄国与大不列颠帝国一直在争夺势力范围，而在亚洲战略位置极为重要的阿富汗则成了英俄角力的重中之重。我听说俄国与英国位于喀布尔的公使馆都豢养了大量的秘密特工，分别前往对方国家的边境地区进行煽动破坏，而且两国不断地通过经济补贴、贿赂和秘密军事援助的方式拉拢阿富汗政府。对英国人来说，如果俄国在阿富汗占据了主导地位，就会威胁印度的安全；更何况目前英国在印度的统治已经被甘地的革命运动搞得混乱不堪。我有足够的理由相信，英国人通过印度政府向他们的宿敌纳迪尔沙的军队提供了军费和武器装备的支持，英国人希望他能够成为服从自己的人。至于巴恰·依·沙科，后来证明，他则成了莫斯科的忠臣。

参加宴会期间，我与 16 岁的皇太子交谈，希望从他那里得到帮助，解决我正面临的问题。对我而言，要想前往喀布尔进行采访，不仅需要得到阿富汗政府的批准，我还需要拿到英国政府签发的开伯尔山口的通行证，只有翻过山口，我才能踏上通往阿富汗首都喀布尔的主干道。从当年的春季开始，阿夫里迪人越过开伯尔山口南下攻击白沙瓦地区，英国和印度军队前往当地进行剿灭行动，开伯尔山口也因此不再向平民开放。几周之前，我曾经前往印度西北部边境地区查看当地战况，当时我恳求当地官员让我**看**一眼传说中的开伯尔山口，但他们毫不犹豫地拒绝了我。负责剿灭行动的英国军队将领表示那里太危险，他们肩负重任，实在无法满足我的要求。

在德里我也同样碰了钉子。政府无法承担同意一名西方人前往阿富汗的责任，更何况我还是一名美国人，我的祖国与阿富汗没有建立外交关系，在阿富汗也没有任何领事机构；因此一旦我出现意外，美国政府将无法保护我的安全。

一名英国官员在拒绝我的申请的时候，友好地提醒我："那种蛮荒之地，不值得去。"

尽管如此，我还是想冒这个险，而且我确信英国人向我故意夸大了其中的风险。因为他们对我有些厌恶，自从我来到印度以后，报道了不少关于甘地非暴力不合作运动的情况。目前英国和它的对手俄国一样，正在密谋如何控制阿富汗，在这个节骨眼上，他们当然不希望我这个记者再跑去添乱。

但如果英国人并没有夸大当地的危险程度呢？而那个时候，我还只是个心浮气躁的毛头小子，我心里相信那些老套的话，至少对于一个新闻记者，特别是一个四处奔波的外派记者而言，新闻业就是这样，"没有风险，就没有收获"。

峰回路转，在宴会上与 16 岁的阿富汗皇太子的偶遇让我的所有难题迎刃而解了。这位年轻的皇太子名叫穆罕默德·查希尔，能说一口流利的法语，但是几乎不通英语。当天宴会上几乎没有什么印度人和英国人会说法语，因此当他遇到也会说法语的我之后，立刻如释重负。我们俩聊得非常投机，分享了各自在巴黎的生活感受。皇太子说离开巴黎不过短短数日，他就已经非常想念那里，我说我也是，而且我始终特别想念那里。随着我们聊得越来越高兴，我觉得自己可以放心地提出请求让他帮忙了。

"让我想想看，"皇太子沉思片刻之后，告诉我说，"签证肯定是没有问题的，我来安排此事。不过英国人那边会比较困难一点。"他停顿了一小会儿，然后脸上浮现出笑容。

"要是你愿意的话，"他说，"我可以让你担任我们典礼上的一名政府官员，那样的话你就可以畅通无阻地通过开伯尔山口了。"

看上去皇太子很满意自己想出的这个欺骗英国人的主意，他提醒我说，1919 年英国与阿富汗之间爆发第三次战争时，他的父亲曾经指挥阿富汗军队痛击英军。

10 月 8 日，我以阿富汗国王官方大典成员的身份，从孟买搭乘边境快车前往白沙瓦。一路上都相安无事，两天后我们顺利抵达了开伯尔山口的检查站，在那里我们遇到整个旅途中唯一一次困难。我们的旅队包括四辆轿车和一辆大卡车，卡车上装的都是我们的行李，在开伯尔山口英国人对我们的旅行证件进行了最后的检查。一位毛发浓密、留着满嘴大胡子的年轻边检官员满怀歉意地告诉皇太子，他不能给我放行。

听他说了这话之后，我顿时感觉自己的旅程就要结束了，然而皇太子打断他道："我坚持要求他与我同行，这位美国绅士是我们官方典礼上的一位成员。"

长期以来，开伯尔山口以它的荒凉和险峻而闻名，贫瘠的山脉在此地突然拔地而起，仅仅在中间留下了一处狭长的通道。此处绝不像吉卜林和其他英国作家（以及之后的美国电影）描述的那样浪漫，除非你能在一队队的骆驼满载着从土耳其带回来的丰富物产、途经喀布尔，再一路南下到达印度的繁华市场的场景中看出浪漫。[1]而对我们来说，唯一能感受到的只有战争的气息。

当我们爬到山口的最高峰时，听到远处传来了步枪子弹的爆裂声以及大炮的重击声，那是英国和印度军队在和神出鬼没的阿夫里迪人作战。与吉卜林不同，我实在无法从这战争的硝烟中找寻到一丝一毫的浪漫气息。在这灰色、空旷、荒凉而遍布石子的山谷中，我只能感觉到阴冷与空寂。

我们缓缓通过山口时，时刻都需要保持警惕。心怀敌意的部落战士尽管只装备着步枪，却顽强地守卫在每一个小山丘的后面，时刻警惕着英国人的到来。我不禁想起了这条古老道路的历史。

公元前510年，波斯帝国的大流士一世皇帝踏上了这条道路，随后则是亚历山大大帝于公元前326年来到这里，再之后雅利安人从中亚大陆一路南下，沿着这条道路进入了印度半岛，在那里永久定居下来，并最终演变成伟大的印度人。继雅利安人之后，鞑靼人、莫卧儿人、西塞亚人、阿富汗人、土耳其人和阿拉伯人都曾翻越这座山口，四处征服。这个世界上，恐怕再没有哪一座山口能像开伯尔山口一样有如此多好战的征服者纵横其间，有如此多血腥的杀伐不断上演。

在这 30 英里蜿蜒曲折的山路上，我们不断碰见一列列的军队。每隔几码就会有穿着当地制服的哨兵站岗放哨，每隔几百码就会有一座碉堡，士兵在里面紧握着机关枪。几乎每个小山头的最高处都有一座要塞，是英军大炮的发射点。他们在整个山间部署了整齐的城垛，看上去很像一艘艘陆地上的巨型战舰，其周围则布满了带刺的铁丝网。临行前英国人就警告我们，称可能会有零散的阿夫里迪士兵突破英军的防线并且威胁我们车队的安全——皇太子拒绝了英国人提供武装护送的好意——但值得庆幸的是，一路上平安无虞。行进几小时后，我们抵达了阿富汗的边境城市达卡。在交界地带，英国人在自己这边竖起了一块硕大的英文标牌，上面写着"禁止跨境进入阿富汗领土"。但一支英军边境部队把我们一路送到了边境线上，在边界的另一边，等待迎接皇太子的是一支衣衫褴褛的阿富汗军队，另外还有一支临时拼凑起来的乐队，努力奏着一些曲调——可能是阿富汗国歌。在我们通往贾拉拉巴德的道路上到处都是窟窿和弹坑，按照计划，我们今天将赶到贾拉拉巴德过夜，那里是阿富汗国王冬季行宫所在地。

贾拉拉巴德的行宫早已变为废墟，只有侧面的一小部分勉强保留下来，工人们给它们临时盖上了屋顶，又稍做修整。不管怎样，在这寒冷的夜里我们总算有个栖身之所。贾拉拉巴德城内大约有 6 万居民，此地属于骁勇好战的新瓦里部落控制的中心地带。20 个月前，正是他们在此地首先发动革命，并最终颠覆了阿马努拉国王的统治。随之而来的内战几乎毁坏了贾拉拉巴德城内所有的房屋建筑。

皇太子为如此简陋的招待向我表示歉意。士兵们临时支起了一张歪歪斜斜的大桌子，找来一些半坏的椅子，我们借着一对点着的灯，吃了一顿非常简单的晚餐，因为当地也没有电力供应。晚饭后，两个随从为我们在地上打了地铺。皇太子还为没有卫生设备再次向我道歉，但我也没有计较。所谓的临时厕所，就是在我们吃饭睡觉的大屋子的角落里挖的一个坑。

我们的队伍里还有一位法国考古学家，他是皇太子从巴黎带来的，他很友善，但有点挑剔。他和我们抱怨说自己不喜欢当着我们的面在墙角如厕。

为了不让皇太子听懂他的话，他用英文和我说："这个厕所一定是世界上独一无二的。"

我反驳道："这不是独一无二的，我在巴黎居住过很多年，就一直用一个和这个土坑差不多的站立式厕所。"

他开始用法语和我争执："**完全不可能！**或许贫民窟里会有吧……"

我说："先生，我说的这个酒店，距法国文化的中心只有一步之遥，比如说索邦神学院、奥德翁剧院、卢森堡公园的美第奇宫，还有那些大诗人的家乡，比如说波德莱尔和魏尔伦。在那里，你都得像现在这样站着往地板的一个坑里拉屎！"

他还在那里咕咕噜噜地低声抱怨："对巴黎来说这太罕见了。"之后我很快就发现，这里一切落后原始的事物都会让他觉得"罕见"。

第二天，我们的车队开始在满是石头的路上艰难爬坡，从此地到达喀布尔需要经过贾达格拉克，这是一座海拔8000多英尺的险峻之城。1842 年第一次阿富汗战争期间，一个英军作战旅在此地遭遇阿富汗人的埋伏，并被歼灭。当晚我们在巴瑞卡波要塞附近露营，巴恰·依·沙科就是在此地歼灭了阿马努拉的军队。山下的小镇因为战争已成为一片废墟。我还了解到，此地的部落对于新登基的国王并不十分友好，因此我们之前从贾拉拉巴德挑选了一支部队一路保护我们。当天夜里，负责护送我们的指挥官在山上的各处制高点都安排了重兵负责警戒。

第三天下午，我们终于抵达了喀布尔。众多的部落民众站在路边欢呼皇太子的归来，我怀疑这些人有可能是被专门组织起来的。国王的哥哥，即阿富汗政府的首相前来迎接我们，然后带领我们穿过满是尘土的土路进入皇宫茶歇。

我对宫廷里的圆面包和蛋糕并没有什么胃口。之前在如此糟糕的路上颠簸了整整三天，我觉得自己有些劳累。而且，我的胃也很不舒服。刚才在驶入城里的路上，我在市中心的大集市里看到了一些极为血腥的东西，几乎要让我呕吐出来。我看到 12 具尸体被从屋顶垂下的绳子吊在半空中，他们的双手被紧紧捆住，大概是绞刑的缘故，他们的头都轻微地侧向一边，蜡白色的脸上带着恐怖而阴森的笑容。

当时我的法国考古学家朋友小声嘟囔道"太罕见了"，他的脸色已经吓得惨白，我相信我的脸色一定也是一样的惨白。

当天晚上我在城里的瓦力咖啡馆过夜，这应该是我住过的最简陋且破败的旅店之一了。但这已经是喀布尔城里唯一一处幸存的旅店了，只剩下四间空房间，我有幸给自己找到了一个栖身之处。

新国王一再要求庆典从简，后来事实证明，至少对我而言，所谓的庆典不过就是一场奇怪而多彩的游行，持续了四天时间。数千名部落民众穿过高山与峡谷赶到喀布尔，他们有的是步行前来的，有的则骑着骆驼、马或驴子。许多人手中都挥舞着自己心爱的步枪，时不时还往空中放上两枪，他们都拥进喀布尔，加入了庆贺的队伍。尽管他们在这不毛之地的生活既艰苦又原始，但他们仍然可以让自己的生活充满欢乐和激情。阅兵式当天，当受检阅的人经过检阅台前的时候，他们纷纷激动地嘶吼；另外他们还通过进行他们最爱的比赛表达庆贺。这种比赛包含三种不同的方式：第一种是骑大象，这是我平生第一次也是最后一次看见这种极为奇特的比赛，另外两种则是骑骆驼和骑马。看着他们尽力扭动身体手舞足蹈的样子，我感觉这种舞蹈和自己以前在美国看到的印第安土著舞很相似，甚至连击鼓的节奏也差不多。庆典持续的那几天当中，每天夜里都会有人在环绕喀布尔的兴都库什山上放烟火，我注意到，阿富汗的民众都仰着头，炽热地紧盯着夜空中的烟花。不过当地没有人乘兴饮酒，因为伊斯兰教法严禁饮酒，而阿富汗是执行伊斯兰教法最为严格的国家之一。而且我觉得他们也没有饮酒助兴的必要，因为这个难得的庆典已经让他们得到最大限度的欢乐。

在这个蛮荒之地，礼服这种西式正装压根儿就是一种奇装异服。尽管如此，国王还是要求参加大典开幕式的人都要穿上礼服。当天大典开幕式在阅兵场里举行，国王本人穿着一件深红色的制服，他先依次接见了外国使节代表团、当地部落长老，还有我们这些混杂的欧洲访团，之后他向全国发表了一篇演讲，并检阅了部队，受阅的士兵大约有两万人。迫于国王的要求，每个士兵都想方设法给自己弄来一套正式一点的服装，我必须说，这是我这辈子看过的最奇怪的服装搭配展示。来自各部落的军事指挥官纷纷穿着本民族服装，他们头上围着各式各样的穆斯林头巾，上半身裹着长长的外套或袍子，下身则穿着松松垮垮的土耳其式裤子，腰上拴着绣花的子弹袋，上面还坠着一把匕首。虽然已是深秋时节，大多数部落指挥官都穿着鞋或其他类似的玩意儿，但他们的随从基本上光着脚。英国大使和他的随从则穿着镶金边的礼服，头戴白色礼帽，腰佩长剑，显得雍容华贵；法国大使戴着棕色的礼帽，身披一件长大衣；土耳其大使则穿戴着普通的夹克和毡呢帽；至于俄国大使也是普通穿着，不过戴着一顶精美的软呢帽。在场的还有一位来自美国芝加哥的商人，他专门飞到莫斯科，然后辗转来到这里，他此行的目的是希望从新国王手里弄到一点采矿的特权。这位商人穿着白色的燕尾服，系着领带，头戴一顶丝绸帽。至于我自己，则从法国公使馆借了一套晚礼服。

当土耳其大使的座车驶进皇宫大院，大使夫妇二人从车里出来的时候，在场的数百名部落民众都死死盯着大使夫人——她是当天仪式上唯一的女性，而且她没有戴面纱。有人告知我说，尽管知道没有别的女性参加大典，但土耳其大使还是执意要带着夫人一起出席。大使之所以这样做，是为了提醒阿富汗人，应该像凯末尔·阿塔图尔克领导的土耳其一样，从守旧的伊斯兰社会中走出来。凯末尔将军将哈里发王室从君士坦丁堡驱逐出境，对毛拉势力进行打击，解除他们对普通民众的控制，颁布法令要求民众改穿西式服装，将男性和女性分别从土耳其毡帽和面纱下解放出来。眼前看到的土耳其大使夫人是一身时髦的巴黎穿戴。

　　看着她我才意识到自从来到喀布尔之后，我几乎没有遇到什么女性，只在布哈拉汗国国王的后宫里见过一些蒙着面纱的女子。王室中的许多男性成员都不让自己的女人公开出现。至于各国使领馆工作人员的妻子和女秘书则早就被疏散离境了。

　　接受检阅的部队几乎没有什么整齐性可言。纳迪尔沙最好的军队都来自一些最好战的部落，他们穿着本部落的特色服饰，在部落领袖的指挥下作战。这些领袖对军事学院总是嗤之以鼻，他们认为自己才是最了解如何在山地作战的人。国王自己所拥有的常规部队则身穿旧式的一战前奥匈帝国的军服，破破烂烂而且极不合身。然而来自瓦基里和曼加勒部落的战士经过检阅台的时候，却让大家眼前一亮。他们系着高耸的头巾，身着飘逸的长袍，身材高大，面目凶恶，他们被赞誉为全阿富汗最好的战士。骑兵们挥舞着手中的长矛，大声向天嘶吼，步兵们则基本上光着脚，虽然整个队伍看上去松松散散，步伐不齐，但还是让我感到一丝害怕。

　　跟在他们后面的是皇家警卫营的士兵，他们穿着深红色的外套和金线镶边的深蓝色裤子，头上戴着熊皮帽子。这些衣服一看上去就知道是从英国白金汉宫或者印度总督府的卫兵团那里讨来的。很多制服已经有了磨损，有的甚至脏兮兮的，皱皱巴巴，也不是很合身。但那又怎样？士兵们满怀自豪地接受了国王的检阅，跟在他们身后的是一支小型奏乐队，穿着和他们差不多的制服。再后面是穿着奥匈帝国土灰色军服的常规部队，虽然他们没有部落战士看上去那么威猛凶恶，但多少还算步伐整齐。不过最让我感兴趣的是骆驼和大象部队，特别是后者，被排在整个受检阅部队的最尾端。我从来没有见过大象部队，我一直以为自汉尼拔之后，这个世界上就没有象军了。

一个当地人和我解释："大象非常有用，可以把枪支驮到山上去。"

尽管纳迪尔沙穿着一身深红色的军服，但他看上去依然不像一个经历了半生戎马的将军，却更像一个和蔼的大学教授。他的发言非常有绅士风度，就像一位谆谆教诲的父亲。国王的讲话首次通过扩音器传送给在场大众，此时出现了四架过时的双翼飞机，摇摇晃晃地从我们头上飞过。我估计这些玩意儿是俄国人送给新国王的礼物。国王在讲话中一直称呼阿富汗的民众为"我亲爱的孩子，我亲爱的兄弟"，同世界上任何一个国王一样，他许诺要给人民带来"和平与繁荣"，不过这里粗鲁的部落民众可不像别国的人民，他们完全不关心国王究竟在说什么。这些人似乎已经没兴趣看游行，就转身离开去凑热闹找乐子了。

那天早上，英国公使 R. R. 麦科纳基心情愉悦地和我进行交谈。

他嘲讽道："来自芝加哥的你在阿富汗一定可以找到回家的感觉吧。"

我明白他这么说是什么意思——芝加哥的阿尔·卡彭黑帮枪战和谋杀的新闻已经成了印度当地英文报纸的头条，现在这个事情一定也传到喀布尔的英国公使馆了，所以公使借此嘲讽。但我故意装作不明白的样子问道："您为什么这么说啊？"

公使大人笑道："我的意思是……嗯……芝加哥有很多的枪战，和这里一样。"

这一趟喀布尔之行，其实可以报道的事情远不止国王登基大典这一件，这里还有很多独特的新闻可供发掘。我从抵达喀布尔的当天开始，就一直在挖掘一些有意思的新闻素材。自两年前这个国家不再对外国记者开放后，这里的许多事情都不为外界所了解。对于一个年轻的记者来说，这里承载着我的新闻梦想，我得亲自找到一些独一无二和丰富多彩的故事，我面临的唯一困难，就是如何把这些故事传播出去。在当地与外部世界联络是非常困难的。电报线已经毁于战争，邮件也靠不住，这里仅有一台可以和印度白沙瓦联络的小功率电台，发报员却完全不懂英语。这台发报机是我唯一的希望了，我在白沙瓦已经和当地的电台操作员商量好了，让他帮忙接收我从喀布尔发出的通讯稿，然后再帮我把它们传到伦敦去。为了让他愿意给我提供方便，我给他留了一笔数目可观的钱。

我感觉自己拥有了"世界独家新闻"，我写了一份很长的通讯稿，准备发往芝加哥。我不仅描述了有关国王登基大典的事情，而且详细描述了这两年来，在不为外界所知的情况下，这个与世隔绝的山地王国里究竟发生了一些什么事情。

我的通讯稿从阿马努拉的统治被推翻讲起。阿马努拉在欧洲和美国都小有名气，主要是因为他对英国一向嗤之以鼻，还努力西化自己落后的王国，希望实现现代化；接卜来的迪讯槁里我写到巴恰·依·沙科将阿马努拉从喀布尔赶走，像盗匪一般统治了这个王国九个月；然后是纳迪尔沙率部回到了阿富汗，英国人从中发挥了一些作用；还有伦敦和莫斯科为了加强在这里的影响力，不惜维持庞大的公使馆存在，这里的公使馆的规模比它们驻柏林或巴黎的大使馆还要庞大，他们在这里策划各种行动互相攻击。

英俄公使馆都豢养了大批的能人异士，还有秘密特工和间谍，他们整日游荡在广阔的山谷与沙漠之间，熟稔当地的部落及其语言。他们还怀疑我是一名伪装成新闻记者的美国间谍。他们太愤世嫉俗，不相信会有一名正经的美国记者愿意冒着生命危险跑到这偏僻的地方来。随着时间的推移，可能是我的懵懂无知感化了他们，他们开始相信我，并且把他们了解的一些传奇故事都告诉我，半真半假。

我费尽全力去采访一些在我看来有着不可思议的命运和经历的人。比如说布哈拉汗国的前任埃米尔。他不久前还是布哈拉汗国的绝对统治者，统治着一大片领土，据说坐拥高达 1.5 亿美元的财富，后宫规模之大在亚洲远近闻名。[①] 我在瓦力咖啡馆我房间隔壁的一间破旧的屋子里与他相见，之后在他喀布尔郊外简朴的宫殿里与他共进午餐。他和少数几个忠心的旧臣、三十多个子女，以及数量已经大大减少的后宫妃嫔们住在一起。他还在密谋有朝一日从布尔什维克手中重夺其失去的王国，实现复辟大业。有意思的是，在他身边有一位美国随从，名叫乔治·布拉特。乔治是一位来自美国芝加哥的传教士，他满怀着圣洁的理想来到喀布尔，希望将这个最狂热的伊斯兰国家转变成为耶稣的势力范围。他曾经被当地愤怒的毛拉拿刀抵住了喉咙，所幸最终逃脱。

这里还有一座宏大的鬼城值得一看，是一座梦想之城，叫达鲁尔·阿曼。当年阿马努拉在法、德、意三国建筑设计师以及工程师的帮助下，耗费数百万美元在喀布尔郊外建造了这座皇宫——从未有人住过这里。当年阿马努拉曾想将新都城设立

---

① 1920 年布哈拉苏维埃人民共和国推翻了他的统治，他被迫流亡喀布尔。（本书所有脚注均为译者注，后文不再特别说明。）

于此，并将这座宫殿打造成为阿富汗的凡尔赛宫。按照当初的计划，整个新都城包含一个供国王居住的文艺复兴风格的宫殿，屹立于山巅之上，可以鸟瞰整个城市；山下则建造一座巨大的政府办公楼，另外还要建造一批包豪斯风格的酒店、学校和医院，剩余土地则用于为富人们建造慕尼黑风格的别墅和公寓。现在这些建筑依然屹立在那里，但是在有人能够搬进这座新城之前，阿马努拉已经流亡海外。如今宫殿的窗户都已经被木板封死，石膏也从墙上脱落，宽阔的大街、草地、公园和铁道都长满野草。这条用于连接喀布尔和新都城的铁路是阿富汗历史上第一条铁路，也成了最后一条。两台已经生锈的机车头，还牵引着几节客车车厢，孤零零地被遗弃在荒野中。这是一个毫无生气的地方。

除了达鲁尔·阿曼之外，阿马努拉还新建了另外一座小城。我的阿富汗之行总共遇到了两次危险，而此次前往这座小城就经历了一次。这座小城名为帕格曼，位于喀布尔北部16英里以外的高山上，海拔8000多英尺。这里是阿富汗王室的夏宫。每到夏天的时候，国王和政府要员都会为了躲避喀布尔的酷暑来此消夏。当我到达这里的时候，我发现夏宫里绝大多数的设施已经废弃：宽阔的欧式风格的三层酒店（里面的每个房间都有自来水，每层都有洗浴间）、剧院、电影放映室和大批宽敞的别墅。喷泉、网球场、板球场、中间矗立着凯旋门的巨大广场以及绝大多数的街道长满了野草。不过纳迪尔沙并没有把帕格曼城关闭，而是让这座摇摇欲坠的巴伐利亚风格的乡村别墅保持开放。

7月，也就是在我抵达这里的三个月前，纳迪尔沙和政府部长及其家人正在这里避暑，结果巴恰·依·沙科的追随者——科希斯坦人，派遣了一万多名全副武装的战士，越过高山直扑帕格曼城而来。国王侥幸逃脱，但是仅仅数天之后，喀布尔也受到了科希斯坦人的威胁。

10月阳光明媚的一天，纳迪尔沙邀请我们到帕格曼城皇宫的花园里共进午餐。这顿午餐非常丰盛，包括烤牛肉、羊肉和野禽，每种肉品都经过了精心处理。在当地待了一段时间之后，我也终于学会如何用手指抓着食物吃饭了，这顿美味的午餐让我大快朵颐。然而，这顿午餐没有等到一个正式的结束。

当时正值上菜的间隔，我拿起热毛巾擦拭自己的嘴巴和手指，远处的山脊上出现了一大队部落战士，大约有一千人之多，看起来很可能就是三个月前打到此处的科希斯坦人。这群战士很快冲到了半山腰，然后远远地冲我们射击，所幸他们的枪法都不是特别准。王室成员立刻带着我们匆匆离席，径直跑向停在附近的轿车。皇家警卫团拼命朝逐渐逼近的敌军射击，以掩护我们，等到我们都钻进车厢之后，司机赶紧发动车，很快我们就逃到了他们的射程之外。

这是我第一次遭遇袭击，也是第一次听到子弹在自己的耳边嗖嗖作响。我要说自己当时并不害怕，那是在撒谎。事实上，那天当我们惊慌失措地越过餐桌往轿车里跑的时候，我觉得自己几乎要被吓死了，我可不想死在这么遥远的国度里，也不想死得这么早。

在喀布尔待的头几天里，我就遇到了很多有趣的故事，而且我确信这些事情都是过去几年里不为外界所知的，于是我写了一份长达3000词的独家通讯稿。喀布尔当地的电台发报员觉得电文内容实在太多，而且是用他完全不懂的英文写的。不过最终他还是答应帮我的忙。

第二天，我带上了一点小礼物去向他表示感谢，但是他对我说他没能联系上白沙瓦的电台，不过他说自己会再试一试。到了第三天，他还是没能联系上白沙瓦，看起来白沙瓦的电台没有回复他的呼叫请求。我想唯一的原因只能是英国人在捣鬼，他们一向都不喜欢我。

我感到了一股强烈的挫败感。这是我做过的最不同寻常的报道之一，而且是独家，我却无法把它传递给外面的世界。就在这时，我突然想起来一件事情，之前我偶遇了一个俄国公使馆的秘书，他偶尔也给俄国的塔斯通讯社当兼职记者。他说自己也就纳迪尔沙的登基大典和他第一年统治的情况写过一点报道，而且可以通过公使馆里的电台传回莫斯科。当时他说自己并没有很着急地去忙这个事情，所以我就觉得没有什么好担心的。可是现在说不定他已经抽出时间把自己的报道发回了莫斯科，那样塔斯社就能最早获取阿富汗的情况，然后一定会把相关的通讯稿卖给各大通讯社驻莫斯科的记者，这样我的"世界独家新闻"就飞了。《芝加哥论坛报》一定会从美联社手里买回通讯稿刊登，并会想我这个该死的通讯员，本应该是待在阿富汗当地唯一的新闻记者，现在花着报社的公款，究竟跑到哪里去了。

从喀布尔把通讯稿一路转传到美国芝加哥的费用非常昂贵，一个单词就需要 1 美元，我的报道总共是 3000 单词，就意味着我得花报社 3000 美元的经费。要是报社前脚花钱买了美联社的通讯稿，后脚再收到我传回去的电报，我那位脾气古怪的麦考密克老板一定会暴跳如雷的。最近他已经解雇不少职员。之后的每一天，我都焦急地等待着白沙瓦电台的回音，却始终不见消息。每过去一天，我更加坚定地相信自己一定会失业，可问题在于我竟然要在一个如此偏远的国家失业，这里距离我之前工作的地方维也纳有 5000 英里的距离，距离我在美国的家乡有 9000 英里的距离。而且我意识到了另外一个更严重的问题，那就是我那微薄的积蓄连一张回维也纳的票也买不起，更别提回美国了。我将会被困死在亚洲大陆最遥远而荒凉的地方。阿富汗没有美国的外交机构，我连个求救的地方都没有，英国人肯定也不会理睬我，至于俄国人，他们每周有一班飞机从喀布尔飞往莫斯科，我曾经向他们提出请求，希望能够搭乘飞机去莫斯科，但他们直接拒绝了我。

因此我开始从电报费里省出钱来，尽管这是我所做过的最重要的世界独家报道，也一定是我写过的最精彩的报道。每天我都会坐在那位阿富汗发报员的桌前，焦急地看着他一遍遍地给白沙瓦电台发信号。等到一个小时之后，对方还是没有任何消息，我就立刻陷入深深的绝望，然后请求他明天再帮我试一次。回去后我把稿子删除了大约 500 个单词。到了第三天的下午，白沙瓦电台还是没有任何回音，我只好再把稿子缩减到 1500 个单词。眼看着心爱的稿子被删得只剩下一半，我实在难过，那位阿富汗发报员却很开心，他用仅懂的一点德语告诉我："这样每天发起来会轻松很多。"

到了第四天，不知道什么原因，白沙瓦的收报员突然开始搭理我们了，他接收了 1500 个单词的通讯稿，把它传到了伦敦，之后又转送到了芝加哥。

10 月 20 日，《芝加哥论坛报》在头版第一专栏登载了我的文章。幸运的是，尽管事件已经过去四天，但它仍然是世界独家报道，报社专门在我的署名下方标注了版权声明，以防止其他竞争对手剽窃我的成果。很显然，我的那位塔斯社的同行还没有抽出时间去整理**他**的稿子。

伦敦的《每日电讯报》也登载了我的通讯稿，结果我的报道似乎过于"独家"了。明显受到一两个国王摆布的阿富汗驻英公使馆，看到报道后抗议这是个假新闻。之后我得知，后来英国驻阿富汗公使馆向本国外交部发送电报，汇报了阿富汗当地的情况，《每日电讯报》的编辑才舒了一口气，庆幸报社采纳的通讯稿还是真实可靠的。

1930年11月，我和沃尔特·博萨德离开喀布尔，经开伯尔山口返回印度。沃尔特是一位瑞士的摄影师和探险家，对中亚及其语言都很精通，多疑的苏联公使向我发誓称博萨德一定是英国的特工。

临行前一晚，国王纳迪尔沙邀请我去和他做临别会谈，我注意到他的英语非常棒，偶尔还会蹦出一点点流利的法语——这是他流亡欧洲多年间学会的。作为一个统治战乱的部落国家的国王，他看上去没那么强硬，也没有那么残忍。不过我知道这只是表象，他的本质从他残暴地处决巴恰·依·沙科就可以看出一二。在我抵达喀布尔之前的一周，纳迪尔沙抓住了30名7月时在帕格曼城妄图袭击他的主犯，下令用大炮把他们轰成了碎片。我很快就意识到，尽管我把对他的采访视为很重要的机遇，实际上在他眼里我有更重要的利用价值。他略带羞涩地向我提出建议，说等我回到美国之后，或许可以请我呼吁美国政府注意他的新政权。他还说阿富汗庞大而未经开发的自然资源会给美国带来发展契机，希望美国能够给予他外交上的承认。纳迪尔沙说："你们美国是一个伟大的国家，它在阿富汗没有政治利益。如果我们可以建立商业上的联系，为什么不可以建立外交上的联系呢？也许你可以提醒华盛顿注意到这一点，我这里没有其他人可以提供这个帮助了。"

我不忍心告诉他这个想法根本就是毫无意义的，只是承诺我一定尽力。

我说："不管怎么说，俄国发生布尔什维克革命后，美国政府在长达 13 年的时间里都没有承认俄国苏维埃政权的地位。"

这位国王答道："这可实在让我震惊，怎么会这样呢？"

我说："我不知道，不过据我猜测，美国政府有时会患上特殊的失明症。"

他听我这么说，就笑了起来："我可不敢患上这样的失明症。俄国人是我的邻居，而且非常强大，他们一直跟在我的身后，我可不能无视他们。"

我起身向他告别，感谢这段时间来他的礼遇，同时我的心里在思考这位外表绅士、内心坚强的国王究竟能在宝座上坐多久。过去一年里四位国王的遭遇告诉我们，在这个国家掌管大权并不容易长久——阿马努拉的父亲死于暗杀，阿马努拉被颠覆，巴恰·依·沙科被处决。除非流亡海外，否则很少有哪位阿富汗国王能够寿终正寝。

第二天一早，博萨德和我乘车离开了喀布尔。天黑后又过了一个小时，我们到了一个叫作尼马拉的小镇，当地有一座政府新修的驿站，我们就在里面过夜，大约有一个排的常规军负责给我们站岗。我很庆幸能和博萨德这样的"亚洲通"同行，他不仅会说当地的普什图语，还了解当地的道路。

之前天刚刚黑的时候，我们在路上的一桩遭遇吓坏了我。那时山谷间吹过一阵狂风，车灯照见前方小河的桥上站着一群全副武装的人，冲我们拼命挥手，让我们停车，我们只好照办。

博萨德沉稳地告诉我说："可能是土匪，保持冷静。"

这群人拿着步枪指着我们，让我们走下车。这时我第一次发现博萨德竟然随身带着一支左轮手枪，当我们下车时，他解下枪套，打开了保险栓。我身上肯定不会带着这种玩意儿，而且就算现在手里有枪，我也根本不知道该怎么开火——自从15岁在芬斯顿军营参加童子军的时候玩过枪，我就再也没有碰过这东西。更何况现在对方有六七支步枪对着我们，就算我们俩一人一把手枪，也根本不是对手。

让我大吃一惊的是，博萨德开始冲着其中一个人吼了起来，这个人应该是我见过的最凶恶的普什图人。没想到的是，过了一会儿他们都放下了步枪。

博萨德转过来用英语告诉我："他们不是土匪，是政府军，他们想找我们要点买路钱，不然就不放我们过桥。这座破桥顶多也就30英尺长。"

博萨德降低了嗓门，开始和他们讨价还价，最后他从口袋里掏出了一些碎银，递给了其中一个人，然后我们回到车里继续前进。然而，那些人在桥中央又站成一排，不准我们过去。

博萨德嘟囔道"这群该死的王八蛋"，然后冲下了车。在那一瞬间，我以为博萨德要开枪了，我顿时觉得我们的生命将在这倒霉的地方，一个漆黑的夜里终结了。然后博萨德干了一件比开枪还要恐怖的事情，他走到那个领头士兵面前，抽了他一记响亮的耳光。我从挡风玻璃借着车灯看到这一幕，整个人都吓僵住了。让我震惊又放心的是，他们竟然散开了，然后挥手让我们的车过桥。此刻，我才觉得自己又活了过来。

当我们的车快开到尼马拉的时候，我对博萨德说："你扇他耳光的时候，我以为他们一定会打爆你的脑袋。"

博萨德回答道："不，你得用点暴力手段，这才是他们能听懂的语言。"

第二天我们在贾拉拉巴德，博萨德再次使用了这种"特殊语言"。当时已快到正午时分，我们在一处大集市短暂地停了下来，博萨德想在那里拍一点照片。他拿上莱卡相机四处拍，集市里的人，主要都是一些男孩子和老年男性，对他特别友好，博萨德还从自己的胶卷盒里拿了一点银箔出来给那些小孩子，还用普什图语和他们说笑话，老人们在一旁笑得合不拢嘴。

突然之间来了几个年轻的毛拉，对着众人大声地呵斥，这群刚刚还特别友好的阿富汗人突然变成了愤怒的暴徒。他们在毛拉的带领下对着我们不断地吼着一个词："卡菲尔！卡菲尔！"我明白这个词的意思，他们是在说我们是异教徒，是没信仰的人，杀了我们这样的人可以帮助他们早日进入真主的天堂。这时我脑子里突然想起了《古兰经》里的一段诗篇，我在喀布尔的时候有个当地人给我读过这一段：

> 当禁月逝去的时候，你们在哪里发现以物配主者，就在那里杀戮他们，俘虏他们，围攻他们，在各个要隘侦候他们。

眨眼间，刚才还在和我们谈笑风生的年轻人，现在已经开始捡起地上松动的石头用力地砸向我们。我长这么大，还从没有被石头砸过，我也就是读《圣经》的时候知道世界上有这么一种攻击人的方式。

我回头望了一眼我们的汽车，它停在离我们几百码之外的街角，于是我转过身准备跑回去。

博萨德严厉地喊住了我："不行！不要跑！"

他再次掏出了他的左轮手枪，并举起来。

他冷静地告诉我："继续面朝着他们，慢慢一步步往后退。"

有那么一两次我们俩不得不抬起胳膊护住自己的脸，以免被迎面而来的石头砸伤。我们俩继续缓缓地退向汽车，这群人则越逼越近，对我们的袭击更加精准，这该死的街道上似乎到处是石头。最后博萨德拔出抢来，朝天放了几枪，这群人停住了。此时距离汽车只有 30 英尺左右，我们立刻转回头飞奔向汽车，我跑在前面，博萨德在后面掩护。

博萨德用平静但不容抗拒的语气告诉我："快点从另一边跳进去！不要转身！"接着他自己收起手枪，从车轮后跳进车内，顺手把汽车发动起来。短短几秒钟的时间，我们就一溜烟地开车逃命了，有好几块石头砸在了车顶上，对我们没有造成任何伤害。

我们把车开过达卡边境线的时候，听到开伯尔山口附近有激烈的交火声。我注意到边界上又换上了一块新的英文标语牌，上面写着："敌对区域！任何行动，后果自负！"

有三四次我们听到子弹从头顶嗖嗖掠过的声音。那天的天气很温暖，所以我们就把车窗摇了下来。

博萨德说："这样也挺好的，反正这汽车玻璃也不能防弹。"

离开伯尔山口还有一小段距离的时候，我们被一个英军巡逻队拦了下来。

其中一位年轻的军官和我们打趣道："你们这一路从北方的山上下来，可吸引了不少的火力啊。"我和博萨德把通行证件拿给他看了一眼，然后他笑着问我们："喀布尔情况如何呀？是不是还是一片混战啊？"

当时的天气很热，这位年轻的军官把他的水壶递给了我们。

他说："我接到命令，要放你们通过山口。现在我们都可以松口气了。你们今晚就能到白沙瓦了，那意味着热水澡和冷饮。"

身处西北边境线上的古老都城中，我们感觉都很不错。就这样，我的阿富汗之旅宣告结束。

在亚洲大陆最中心的遥远地带，我有幸亲自到达了其中的一处，见证了那里是如何被历史强行拉入 20 世纪的；我还看到了那条历经两千年沧桑的古道，从大流士一世到亚历山大大帝，他们都曾从此地一路挥戈挺进喀布尔。两千年过去了，那里仍然是一个原始野蛮的部落社会，人们依靠牲畜和贫瘠的土地过活，骑着骆驼或驴或者赤着双脚在山间崎岖前行。阿富汗人一生中绝大多数的时间都在努力求得生存，寻找可放牧的土地，在石质土上种植并收割一点粮食，或者抢劫与自己一向不合的部落和政府的税吏。他们对死亡的无所畏惧令我羡慕。在西方人眼里他们目不识丁、未经教化，然而他们将民族漫长而持续的历史一代代地传了下来。

在我离开阿富汗之后的几年，这个部落国家成了一个现代意义上的国家，大量的西方人拥入喀布尔，希望给这里带来发展和变化。新的道路建了起来，旧的道路也得到修整改善。许多部落长老抛弃了自己的骆驼和驴子，转而热衷于美国产的汽车。俄国人负责改造了我所见过的喀布尔的土路，取而代之以崭新的马路；第二大城市坎大哈的城市道路建设工程则由美国人承包。1934 年，国联接纳阿富汗为会员国，国际社会最终承认阿富汗已经成长为一个完全意义上的现代国家。然而，纳迪尔沙没能活着看到这一天。在我最后一次见到他的三年之后，1933 年 11 月 8 日，纳迪尔沙在喀布尔被一位年轻的学生刺杀，后者的父亲因为在南部参与叛乱而在一年前被他处决。

纳迪尔沙遇刺后，他年仅 19 岁的儿子，也就是 1930 年秋天带着我进入喀布尔的皇太子穆罕默德·查希尔随即继位。他的统治持续了 40 年，这使他成为当世在位时间最长的君主之一，也是动荡的阿富汗王国历史上在位时间最长的国王。不过在他继位后的前 30 年里，他基本上只能担任象征性的角色，权力被他众多的叔叔和堂兄控制。在穆罕默德·查希尔执政期间，他的堂兄、妹夫穆罕默德·伊德里斯·达乌德曾经以首相的身份把持国政 15 年。我在孟头的宴会上见过他，当时他和皇太子在一起，并且和我们一起回国参加了他叔父的登基大典。当时这个年轻人就给我留下了深刻的印象，他显得出奇地干练、狡猾与野心勃勃。

到了 1963 年的时候，穆罕默德·查希尔已经登基 30 年，他本人已经 49 岁。很显然这位国王认为自己已经足够强大，所以他罢黜了自己的堂兄，并把权力掌握在了自己的手中。然而十年后，1973 年 7 月 17 日，伊德里斯·达乌德乘国王在意大利治病之机发动政变，重新掌权，不仅宣布罢免国王，而且废除了君主制度。

然而这位篡位者的统治也没能持续很长时间。五年后，1978 年的 4 月 27 日，阿富汗陆军和空军中的部分年轻军官包围了伊德里斯·达乌德的总统府，总统本人及其妻子儿女，以及他的绝大多数家族成员甚至远亲都被杀死，之后政变者以"革命正义"的名义掌控了国家权力。

接替伊德里斯·达乌德的新元首名叫努尔·穆罕默德·塔拉基，他和这个部落封建制国家以往任何一位统治者都不同，他是一个说起话来轻声细语的知识分子，还是一名小说家和新闻记者。努尔·穆罕默德·塔拉基建立了阿富汗历史上第一个政党，起名为阿富汗人民民主党。在喀布尔，人民民主党被认为属于"左翼分子"，因此经常受到政府的打压，塔拉基本人也曾在狱中服刑多年。1978 年军事政变发生时，努尔·穆罕默德·塔拉基正被关押在狱中，据后来拥入喀布尔的外国记者描述，军方急忙发起政变的原因之一，就是在穆罕默德·伊德里斯·达乌德要处死塔拉基之前把后者救出来。在喀布尔报道政变的外国记者都相信，真正掌权的是隐藏在努尔·穆罕默德·塔拉基身后的阿富汗军方的少壮派军官，而他们的身后则可能有莫斯科的影子。

这种猜测很快就被事实证明。1979 年 9 月，哈菲佐拉·阿明推翻了塔拉基并杀死了他，阿明的行动很显然得到了苏联的支持。当时努尔·穆罕默德·塔拉基政府实行亲苏的政策，阿富汗的一些穆斯林部落爆发了反对中央政府的叛乱，苏联政府对此深表忧虑，不满努尔·穆罕默德·塔拉基没有尽全力压制国内的反苏浪潮。阿明上台后尽管采取了更血腥的镇压手段，但也没能有效压制住国内各部落的反苏暴动。

1979 年圣诞节刚过去两天，苏联人决定采取行动亲自解决问题。阿富汗国内再次爆发"军事政变"，阿明被杀。此前一位名叫巴布拉克·卡尔迈勒的政府高官被放逐到捷克斯洛伐克担任大使，苏联人把他用飞机匆匆接回喀布尔，任命他为新的政府领导人。同一天，苏联军队正式入侵阿富汗，几个星期过后，就有报道称 10 万名苏军官兵在寒冷的冬季占领了这个山地国家。同时报道说，苏军遇到了阿富汗人的顽强抵抗。随着穆斯林反叛者的持续抵抗，苏联大军不久后陷入困境。莫斯科这才发现，要想征服这个不为外界所了解的古老国度，其难度远远超出自己的想象。

尾　注

[1] 吉卜林在他的《国王的诙谐曲》中写过一首短诗，感慨开伯尔山口驼队的浪漫气息。吉卜林将这些驼队称为卡菲拉（kafila），这首短诗被驻守在印度西北部边境的英国士兵反复吟唱。

> 春天抚绿了原野的草，
> 卡菲拉来到了开伯尔山口，
> 骆驼已显消瘦，而少女丰韵初现，
> 荷包已显空瘪，行李却沉沉甸甸，
> 北部的雪已经融化，商人们一路南下，直抵白沙瓦的大集市。

事实上，驼队不仅会在春季挤满山口，当炎热的夏季结束之后，整个秋季里它们也都会特别忙碌。我曾经在一篇专栏文章中看到作者说，10 月时开伯尔山口的驼队会绵延五英里之长。

第二章

从印度返回维也纳（Ⅱ）
乌尔的中途停留：1930

1930 年 11 月我从阿富汗回到德里之后，花费了几周的时间专门整理了在阿富汗的见闻，写成了一个系列的新闻报道，在《芝加哥论坛报》上发表。彼时，甘地、尼赫鲁以及一些国会领导人和他们的 5000 多名追随者仍被关在监狱，所以印度当地暂时没什么新闻可写。当初我来到印度之后，就患上了疟疾，最近这段时间病症发作得很厉害，而且我在喀布尔吃了一些不卫生的食物，又让我染上痢疾。

我开始希望能够早日回到维也纳。一方面是想养病，另一方面我也希望能找点新闻。我知道大萧条给奥地利的首都维也纳带来了沉重的打击。朋友们给我写信说维也纳街头满是等着领取救济面包的长队，饥饿和失业现象都很严重。控制维也纳的社会党人和掌握中央政权的保守派天主教社会党人都相互威胁要发动内战。至于同样处于我工作范围之内的中欧和巴尔干半岛地区，据说当地的动荡局势比以往更甚，反对无能的独裁或半独裁统治的群众起义此起彼伏。

在邻近奥地利的德国，据报道称由希特勒领导的纳粹党正在死灰复燃，并且声势浩大。大约一年前我开始关注希特勒本人。他出生于奥地利，在当地度过了自己的童年和青年时期，之后移居到自己更加热爱的德国，并且参加了一战，是一名普通士兵。一战结束后惨淡的头几年里，德国国内一片混乱，马克下跌得极为严重，希特勒借机成立了纳粹党，并于 1923 年发动了一场政变，世人笑其为“啤酒馆暴动”。暴动失败后他被投入监狱服刑了几年。在那之后，人们就很少听到希特勒的新闻了。20 世纪 20 年代末，据我在柏林的记者和外交官朋友说，希特勒已经成为一个被遗忘的人物，正如英国驻德大使所说："希特勒已经是过眼云烟。"

然而，近来希特勒又重返人们的视野，他继续从事煽动颠覆魏玛共和国的活动，并且获得了惊人的追捧与支持。事实上，1930 年的秋季，他的政党在德国国会选举中已经获得令人吃惊的胜利。大约两年前，纳粹党只得到 81 万张选票和国会的 12 个席位，现在却飙升为 650 万张选票和 107 个席位，当初国会里最微不足道的政党摇身成为第二大政党。很显然，希特勒有意带领纳粹党行动，威胁着要撕碎德国，并夺取国家权力。我在维也纳的时候已经对此略有报道。

我之所以想从印度回到维也纳，还有另外一个原因：我和一位维也纳的年轻女人相爱了。自从我来到印度之后，我们二人之间的通信进一步加深了我们的感情。她是一位土生土长的维也纳人，年方二十，深褐色头发，美丽可爱又活泼动人。

阿富汗之行结束后，我给罗伯特·麦考密克上校发了一封电报。他既主管《芝加哥论坛报》的驻外记者事务，也是报纸的所有者、出版人和总编辑。我得想办法让他把我调回欧洲。我知道麦考密克很喜欢我在印度写的报道，因此希望我继续留在那里。如果我只告诉他我得了疟疾和痢疾，因此需要回到维也纳治疗，他可能会建议我去喜马拉雅山区休养一段时间。因此我决定告诉他我计划在回到欧洲的途中去采访一些古老的历史名城和风景胜地，这样的话他可能会同意我的要求——因为这些地方一定有很多彩的新闻素材，应该会符合老板本人知名的对历史和地理的兴趣。

于是我发了电报，说我准备经陆路回到维也纳，回程中准备顺访巴士拉、巴比伦和巴格达。我想这些古老且押头韵的地名一定可以引起他的兴趣，事实证明的确如此，麦考密克很快就给我复电："夏伊勒，经转巴比伦回维也纳。麦考密克。"

于是，1930 年 11 月底，我来到孟买，和几位侥幸逃脱牢狱之灾的印度朋友告别，然后就坐船向巴士拉进发。我计划到达巴士拉之后，再坐最早的一趟火车前往巴比伦，并在当地逗留一段时间。我希望去看看传说中的尼布甲尼撒王国（古巴比伦）的首都在这些年间经历了什么。公元前 323 年，亚历山大大帝回印度的途中在此地高烧不退，最终离世，葬于此地，只有 33 岁。对我而言，这是一个极好的新闻电头，由此我可以写出第一篇通讯稿，之后再去写巴格达另一个传奇的故事。

然而事实证明，巴比伦王国和亚历山大大帝的长眠之地既不在巴比伦也不在巴士拉，而在乌尔。我一直以为这是一个自圣经时代之后就已经从地球表面上消失的地方。《圣经》中记载迦勒底的乌尔是先知亚伯拉罕的出生地。我发现乌尔给我的回家之旅带来了最令人兴奋也最重要的故事。

之后我坐上了从巴士拉出发的火车，它的终点站是巴格达，途中经过巴比伦。1930 年 11 月底的一个早上，大约 6 点钟，我正在卧铺车厢里睡觉，突然被急促的刹车惊醒了。我透过车窗往外看了一眼，小小的站台上有个英文小站牌，上面写着"乌尔枢纽站"，我心中在想，这里难道就是《圣经》上所说的乌尔？

不过我觉得统治美索不达米亚地区的英国人就算再没有文化，也不会把这么重要的历史地名弄错，叫它"乌尔枢纽站"。而且……我发现站台后有一家小旅馆，就算我现在下错了站，也可以在这里住上一晚，明天再重新搭乘前往巴比伦的车。所以我急匆匆地披上衣服，把自己的行李和铺盖卷从窗口扔下火车，然后下了车。

小旅馆里的土耳其老板好像专门在等候我，很热情地接待了我。他能说一点点德语。

他指着窗外沙漠深处一两英里远的一处高地告诉我："过去几天，那里发现了很多让人兴奋的东西，早饭后我带您过去，我店里的驴子也需要锻炼锻炼啦。"

我心中一片困惑，不知道他说的"让人兴奋的东西"究竟是什么，不过我还是竭力掩饰自己的茫然无知，对他说："很好，非常感谢你。"

吃完早饭，他牵出了两头长着疥疮的驴子，我们一人骑上一头奔沙漠深处走去，远处的高地看上去有几百英尺高，在这荒凉的沙漠里显得很是孤独。

我们俩边走边聊天，土耳其老板说："教授正在等您，是不是？"

我心想这个"教授"可能正在这片沙地上做什么，所以我随口撒谎："是。"

然后我又问了一句："这个乌尔枢纽站就是传说中的'迦勒底的乌尔'吗？就是《圣经》里提过的、先知亚伯拉罕居住过的地方吗？"

他得意扬扬地回答道："哦，没错，这里就是迦勒底的乌尔。但……"

所以我想老板嘴里说的"教授"一定是一名考古学家或学者，或许他正在这里挖掘一些旧址。如果真的如此，那我就有重大新闻了，到时芝加哥的基督教人士一定会很喜欢我的报道。随着靠近高地，我发现路两边都堆满了从沙里刨出来的巨石，突然之间我发现了一个很深的大坑，一群阿拉伯工人正在下面挖土。

土耳其老板告诉我："教授在这里雇了 200 个人帮他干活。非常令人兴奋，我告诉过你的。"

然后他转过身来牵着我的驴走过一段坎坷的石子路，我则掏出了自己的柯达相机，拍了一些挖掘场面的照片，然后还拿出百代摄像机摄录了一些片子，不过不是很多。

突然之间一个戴遮阳帽的男人跑到我面前，看起来他不是阿拉伯人，而且对我也不是很友善。

他冲我大吼道："这里绝对禁止拍照！"一听他说话，我才知道这是个英国人，然后他开始上上下下打量我，感觉我好像是一个盗墓贼。他又大声质问："你究竟是谁？你来这里做什么？"

我告诉他我是美国《芝加哥论坛报》的记者，但他只听了几句话，就立刻打断了我。

他说："这里不需要记者，我自己写报道，伦敦《泰晤士报》拥有独家登载权，你们可以回去找他们买。"

我试着和他解释："先生，对不起，我完全不知道您在这里做什么，我连您的名字也不知道。我只是米……"

他又打断了我的话："我叫查尔斯·伦纳德·伍利，我是大英博物馆和宾夕法尼亚大学联合探险行动的负责人，我相信你肯定知道这个事情，而且你不应该出现在这里。"听他说自己名字的口气，仿佛是一个很有名的人物。伍利此时似乎温和了一些，但他还是很谨慎地看着我。

我告诉他："我从之前工作的地方回维也纳，途经巴比伦和巴格达，我在路上看到了乌尔枢纽站的站台标志，所以就临时下来看看这里是不是传说中的迦勒底的乌尔。"

看伍利的表情，他似乎完全不相信这是真的。

他接着问我："那你从哪里来的？"

我本能地意识到这是个打破他疑虑的好机会，如果你能有什么奇闻逸事告诉一个陌生人，他可能会改变对你的印象。

我回答说："我刚从喀布尔回来。"

伍利说："嗯，有点意思，我不知道现在能有人进入那个蛮荒之地，你跟我来，给我讲讲你的见闻。"

一杯茶的工夫，我先简略介绍了一下自己的阿富汗之行，吃午饭和下午过后，他最终相信我是无辜的，告诉我说他有一个我们这个时代具有重大历史意义的考古发现。他说自己已经找到事实证据，而且相信这些证据可以证明《圣经》里所记载的那场洪水确实是存在的。

伍利教授说《圣经》里记载的诺亚方舟、大洪灾以及许多传说，都是有据可循的。他说自己发现的证据表明，大约公元前 3200 年之前，幼发拉底河和底格里斯河流域的低地区的村庄、城镇和绝大多数的居民都被一场大洪水吞噬了。对于当时居住在这里的人们来说，这场灾难等于世界毁灭。后来占领这一地区的苏美尔人从少数的幸存者那里听说了此事，就在他们的记录板上记下了这场大洪水。当时距离耶稣诞生还有两千多年的时间，而距离亚伯拉罕出生也还有几个世纪的时间。之后苏美尔人的记载被希伯来人逐渐转载下来，并增添了一些艺术加工和道德教化，演变成了《圣经》里诺亚方舟的故事。

大约从前一年开始，考古发掘工作中发现的一些现象让伍利教授开始慢慢相信这些都是大洪水存在的物理证据。多年来从乌尔皇家墓地发掘出来的宝藏证明苏美尔人的文明达到过相当高的水平。随后伍利教授和他的助手们希望确定，乌尔地区的居民是如何在文化与艺术上达到如此高水准的，于是他们决定向地下更深的地方挖掘。由于炎热的天气即将到来，而工人们也会停止工作，所以伍利教授决定只在墓地里打一个井口约为5平方英尺的竖井，正好可以让一个人下去进行更深的挖掘工作。在下方50英尺厚的土层里，考古人员发现了破碎的陶器和陶瓷碎片，再往下8英尺的土层里，则没有发现任何人类活动的遗迹了，只有干燥的不易吸水的泥土。大家相信这标志着已经挖到未经开垦的土地，而且之前打竖井的工作也只是在浪费时间。然而伍利教授坚持向更深的地方挖掘，很快他就发现了一些陶器碎片以及一些非常原始的燧石工具，比在上方墓地发现的工具年代更久远。很显然这意味着这里曾经有人类活动，而后他们的活动遗迹被一层厚厚的淤泥掩埋了。

伍利说他自己非常确信这些是人类的遗留痕迹，但他还是必须先对这些物品进行检测。两名考古团队成员对竖井底部进行了考察，但是他们无法对下面深层中散落的史前古器物做出解释。

伍利说："有一天我的妻子来看我，我就问她有何看法。"

他转述她的话说："当然有，这一定是洪水造成的。"[1]

伍利教授相信妻子的判断是正确的，但是仅仅一码半见方的证据还不够，需要有更大范围的证据。到了下一季度，伍利教授决定挖一个更大的洞，以此确定他的最初发现正确与否。

我到达当地前，伍利教授正率领助手和大约200名阿拉伯工人忙于这项任务。下午茶后，他带我进入这个巨大的井里，在皇家墓地下方他们划定了一块长约75英尺、宽约60英尺、深约64英尺的区域。在下井的过程中，伍利教授把不同时期的土层指给我看，告诉我这些人工制成品的遗迹可以帮助鉴定发达的苏美尔文明所处的不同时期。他相信这里是整个西方文明的发源地。

快到井底时，伍利教授突然停下来，把他认为的有关大洪水的证据指给我看，那是一层厚为 10 至 11 英尺的淤泥土夹层，看上去很干净。显微镜分析显示它不易吸水，是经过缓慢的河流冲击慢慢堆集起来的。

伍利说："你看，这就是洪水的证据，之后美索不达米亚再也没有出现过这样的洪灾了。"

伍利说他已经量过淤泥的厚度约为 10 或 11 英尺，由此推断洪水水位至少为 25 英尺（《旧约·创世记》里记载大洪水的水位为 26 英尺）。教授说，这意味着洪水覆盖了底格里斯河和幼发拉底河下游长约 300 英里、宽约 100 英里的低地区域。对于当时的人们来说，这意味着全世界都已经被洪水吞噬，由此才演化出《旧约》中提到的大洪灾的故事。

在苏美尔人那里记载的大洪灾的故事，被希伯来人在《旧约·创世记》中又重新演绎了一番。伍利教授告诉我，苏美尔人的一首宗教诗里记载了大洪水的传说，洪水中幸存下来的人们相信这是他们的神灵对于充满罪恶的人类的报复。希伯来人吸收了苏美尔人的说法，以此来警示人们。我小时候，在爱荷华州锡达拉皮兹的第一长老会教堂上主日学校的时候，就被教导并深信要牢记这样的教训。

我至今仍记得当时主日学校的老师用极为哀痛的语气朗诵《旧约·创世记》第六章里上帝那严肃的话语：

　　上帝看到人类邪恶的力量极其强大……上帝对自己在

世间创造的人类很失望，这些人刺痛了上帝的心。于是上帝说："我将会把我在世间创造的所有人类和牲畜清除干净……我很后悔创造了他们……我将在世间发动一场大洪水……世间所有的一切都应遭到毁灭。"

原本要被上帝毁灭的人类、牲畜和动物，以及所有的一切，却都存活了下来。为了对此做出解释，希伯来人发明了诺亚及其方舟的故事，他们说："诺亚从上帝的眼中看到了赐予。"

而苏美尔人的诗歌，则更加尊重历史。

说完大洪水的故事之后，伍利教授又开始向我展示了一些更有意思的事情。他发现在洪水淤泥层下面出现的土层，显示了洪灾之前这里出现过颇为精致的文明。他说，在淤泥层下方共发现了三层叠合的土层，里面有大量的苏美尔文明之前的陶器，一些做工精湛、技艺高超的赤土小雕塑，各种燧石工具，另外还有一些印章，上面的几何形图案设计精美，动物图案则线条质朴。伍利教授认为这些印章采用了一种古书法，可能是那种已经为人所知，但从未在发掘出的实物上得到印证的。

伍利教授说："这些居民可能处于新石器时代，但是他们已经有了丰硕的文化成果。他们对艺术和工艺都知之甚多，而且有证据显示他们甚至已经开始从事贸易，其足迹远至北部数百英里外的奥龙特斯河流域和东部 1000 英里外的印度。"

不过洪水并没有彻底毁灭全部的文明，幸存下来的那部分被苏美尔人继承。在伍利教授的眼中，苏美尔人的文明成就是人类文明史上辉煌的一笔。

伍利教授惊呼："根据我们以及其他一些人在美索不达米亚所发现的文明遗迹来看，我必须说，苏美尔人是西方文明发展的先驱者！"

据他说，尽管现在的历史学家相信是埃及人创造了人类历史上最古老的文明，但事实上，当生活在幼发拉底河流域的乌尔和其他城镇的苏美尔人进入文明时代、过上一种城市生活的时候，埃及地区还是蛮夷之地。当时苏美尔的建筑师已经掌握基本的建筑原则，这些原则迄今仍被建筑师采用。当时的艺术家也已经学会把生动的现实主义和想象力结合起来。

他继续说，至于金属工匠，他们拥有高超的技艺，可以利用包括金银铜在内的各种金属。制陶工人则发明了旋盘，大大解放了自己的双手，经过描彩和高温窑烧之后，就做成了极为精美的陶器，当时乌尔地区已经出现制陶作坊。商人不仅把陶器贩卖到幼发拉底河河谷和更北的安纳托利亚山区，他们的足迹甚至到达过 500 英里以西的地中海和东方的印度。

上一个季度的时候，伍利教授挖掘了一幅由青金石和贝壳组成的拼画，这幅被他起名为《标准》的拼画第一次向后人揭示了苏美尔军队武器装备、组织形式和构成力量等大量信息，这支强大的军队保证了苏美尔人在已知的世界里享有足够的统治力，没有其他军队可以与其匹敌。

《标准》拼画中还显示了苏美尔人在战争中大量使用了成群的战车，然而直到近 2000 年之后，根据希伯来人的记载，《旧约·士师记》中才出现了有关战车的作战场面。事实上，当第二次世界大战爆发之后，有一天我重新想起了《标准》这幅拼画，才发现它所描绘的混乱的战争场面似乎是对未来的一种预言——在我们的时代，人类的战争一定会出现大量的装甲部队，甚至是"机械化"装甲部队。画面上由驴子牵引的一些战车一路冲向敌军，而其他战车上面有投掷兵冲锋陷阵，一波又一波的标枪投掷杀得敌人四散奔逃，场面像极了 1939 年和 1940 年我随同德国坦克在波兰、比利时和法国战场上所看到的景象。除此之外，《标准》拼画还揭露了一些同样吸引人的历史。长久以来，人们一致认为方阵作战是希腊的军事天才发明的，事实上，早在亚历山大大帝诞生的 2000 年前，苏美尔人就已经依靠这一阵法四处征战。

这幅拼画不仅是一件精美的艺术品，还是一份令人惊叹的档案，它告诉了我们战争在人类血腥的历史上是如何进行的。它时时在提醒我要清醒地记住一个事实：人类从诞生的那天起，就在消耗自己的财富、精力、鲜血和青春去发动战争。即使到了 20 世纪的今天，世界强国也依然在全力建设最强大的军事力量。苏美尔人也许就是他们最早的榜样。

我问伍利教授，尽管当时人们普遍相信埃及是最早的文明国度，但是他的发现是否证明了苏美尔文明是人类历史上，至少是西方世界里最古老的文明（显然伍利教授对东方的古印度和中国的情况知之甚少）。

伍利教授听我这么问，很是开心，他说："你看，我们现在发现的苏美尔文明在公元前 3500 年时就已经存在很多个世纪，而当时埃及还处于蛮荒时期，当地存在的很多袖珍王国人约在 500 年后才能建立起统一的第一王朝。埃及文明从比它更古老的美索不达米亚文明中借鉴良多。不过我们可以看得更远一点，不只是埃及文明，包括巴比伦文明、亚述文明、腓尼基文明、希腊文明，以及包括我们当代人，都从苏美尔文明中汲取了太多的养分。这就是我为什么要反复强调苏美尔人是西方文明发展的先驱。"

我对乌尔的造访就要结束了。这场开端不顺利的旅行，却以和睦友善和受益匪浅结束。我偶然间为我的报纸发现了如此好的新闻报道。临行前，我感谢伍利教授的招待和慷慨的帮助，他则提醒我一定要替他信守对伦敦《泰晤士报》的诺言，我一定不能先于《泰晤士报》在《芝加哥论坛报》上发表文章。我答应了他的要求，后来也确实照做了。

伍利教授现在对我非常热情友好，为了让我准确记下他的研究心得，他还借了一些书和文章给我，建议我好好写出文章以反驳这些资料里的旧观点。按照伍利教授和我的协商，我随后发表的文章收到了很令人愉悦的效果，尽管我不敢说当时在与伍利教授达成协议时我是非常愉悦的。

之后几天，我在巴格达仔细研读了伍利教授给我的材料，然后与我所做的笔记进行了对比，最终发现了新闻点，写出了一篇很长的文章。我对这份成果深感满意，我相信它不只是简单的报道，而是描述了一些历史发展过程中有趣且重要的事实，一定值得登上头版。我把稿子寄给了麦考密克上校，他本人对于历史，特别是战争史很感兴趣。我在信中还专门叮嘱他，我和伍利教授已达成协议，一定要留意《泰晤士报》，只有等他们登载了伍利教授自己的文章之后，我们才能够发表报道。伍利教授之前有点担心我们报纸会疏忽大意，以至于打破发表日期的约定。

不过后来的事情证明，不论是他本人，还是《泰晤士报》的编辑都是杞人忧天了。不管是《泰晤士报》，还是世界上任何一家发表伍利教授关于其发掘的文章的报纸杂志，他的重大发现都引起了极为轰动的反响。其声势与大约一年前，人们在埃及发现了图坦卡蒙陵墓时颇为相似，这一重大考古新闻迅速成为各大报纸的头条。

可惜，这种情况未能出现于总在报头标榜自己为"世界上最伟大的报纸"的《芝加哥论坛报》。编辑竟然把我的这篇文章安排在了周日出版，当天的报纸版面特别多，而我的文章还被排版在了旅游版块的背面，四周围满了各式广告。

就这样，我自以为能够引起充斥着黑帮的芝加哥全城轰动的报道，默然无声地淹没在一大堆广告之中，这些广告正忙着向读者们推荐密歇根湖一带的沙滩度假胜地。没有人去关心报道里洪水遗迹的发现和它对于《圣经》故事的影响。

从乌尔离开后，我去了巴比伦和巴格达，事实证明这两个地方一个比一个令人失望。公元前2000年伊始，巴比伦王国的伟大立法者汉谟拉比继位，巴比伦开始进入最辉煌的时期，直至1500年后，尼布甲尼撒二世死后，巴比伦旧时的繁华盛景化作灰烬。事实上这里已经没有任何残存的遗迹能够让人依稀感受到往日的辉煌，人们只能完全依靠书本的记载和想象力去遥想当年。正如《圣经》里以赛亚对那些罪恶之城种下诅咒之后所承认的那样，"那些王国的荣耀，迦勒底帝国的盛景"，都已经化作一片荒芜的废墟。

我相信和我一样，许多来到这片古老之地的人，都会在心里反复思索，在这片变幻无常的土地上究竟发生过什么，使那些最伟大的城市都化作了灰烬，要知道长久以来它们一直都是人类最伟大的杰作。巴比伦在历史上存在的时间比大多数城市都长，超过了4000年，现在灰飞烟灭了。我甚至想，我的家乡芝加哥和纽约，还有那些更古老的欧洲名城，譬如伦敦、巴黎和维也纳——它们都是我工作与生活过的地方，会不会有一天也会以这种方式结束自己的历史，成为一片荒芜之地。

巴格达和巴比伦的情况差不多。壮阔的底格里斯河从城中穿过，当年我读书的时候还曾经为这处地理奇观而深深惊叹。这里曾经是伟大的阿拉伯哈里发——哈伦·拉希德的都城，诞生了《一千零一夜》，由伊斯兰教信徒构建了西方文明的最高成就，是当时阿拉伯地区的学术中心。现在它却成了 20 世纪的受害者，为西欧的价值所蛊惑，堕落成了一个肮脏而嘈杂的地方。

途经巴格达之时，我特别想见一个人，他就是伊拉克国王费萨尔。据我所知，费萨尔和英国军官托马斯·爱德华·劳伦斯上校之间有着不同寻常的感情。第一次世界大战期间，劳伦斯在费萨尔的帮助下成为阿拉伯军队的指挥官，并加入英军中东总司令艾伦比将军的队伍，一路向北推进穿过沙漠，将土耳其人赶出了圣城麦加和麦地那，之后又将其赶出耶路撒冷和大马士革。12 月的一个早晨，费萨尔国王邀请我到他的宫殿会谈。

劳伦斯描述过自己第一次见到费萨尔的情景。1916 年，当他第一次在汉志见到费萨尔时，费萨尔才 31 岁。劳伦斯发现这位年轻的阿拉伯领袖"个子高挑、风度翩翩，而且富有活力……举手投足之间显示出一股皇室的高贵气质……（但是）性格上莽撞冲动，不够理性……他的个人魅力、鲁莽，以及因骄傲造成的脆弱而敏感的情绪都使他成为追随者心中的偶像"。

如今（1930 年），国王已经 45 岁，我见到他的时候，他已经变得更加成熟。他脸庞轮廓分明，有贵族气质，蓄满胡须的脸颊仍然充满了英气，其中却透着悲伤和疲惫。我猜这也许和他在政治上的不得志有关。我和国王在他整洁的办公室的一处火炉前聊天，我们用法语交谈，会谈中国王告诉我，大战结束后，他原本希望能够被推选为统一的阿拉伯半岛的君主，但是劳伦斯和丘吉尔都拒绝了他的要求。现在令人敬畏的伊本·沙特没有寻求英国帮助而是依靠自己的力量统一了阿拉伯半岛。而费萨尔国王依然守着小小的伊拉克王国，对于他这个从小受到圣城麦加和麦地那影响长大的人而言，阿拉伯的大部分地区几乎成了国外领地。当天整个谈话的过程中，国王给我一种强烈的感觉，他已经变成一个宿命论者，他相信自己的一切所得所失都是真主安排好的。

与阿富汗的纳迪尔沙相似，费萨尔国王也没能得享高年，三年后，1933 年，他在瑞士伯尔尼去世。但与纳迪尔沙不同，费萨尔国王死在了床上，他的伊拉克王国维持的时间也比较久，不过最终还是像纳迪尔沙的统治一样走到了尽头。1958 年伊拉克爆发革命，君主制度被推翻，取而代之的是伊拉克共和国。

我急切盼望能够在圣诞节之前回到维也纳，所以 12 月下旬我决定经陆路回到欧洲。我从巴格达坐了一夜的火车抵达基尔库克，铁路也在这里到达尽头，之后我又和十几个准备回家度假的英国军官及政府官员一起驾驶汽车前往摩苏尔。一路上我们看到了林立的石油钻探设备，但是都在闲置状态。到达摩苏尔之后，我希望能挤出一点时间去附近的尼尼微遗址看一眼，那里曾经是亚述帝国的都城，辛那赫里布统治时期也是它最为繁华的黄金时代。可惜最后因为时间问题未能成行。

从摩苏尔出发，我们的车队穿过叙利亚东北部，这里地处高山地带，十分荒凉。这里到处是法国军队，看起来都是新招募入伍的士兵，他们带来了一些法国元素。我看到在村庄里他们坐在临时搭起的咖啡厅外，一边啜饮红酒，一边抚摸着怀里的女人。这些女人一定是他们从老家带来的，因为看上去都是法国人。

车开到尼西宾的时候，我们看到了一个很小的火车站，巴格达—柏林铁路的旧线从叙利亚穿越与土耳其交界处。看着地上四处蔓延的铁轨，我不禁想起了俄国的一些省际铁路，托尔斯泰曾经在自己的作品中对它们有形象的描述。尼西宾火车站里只有区区十几名土耳其铁路工作人员，另外还有十几名海关官员，每两周就有一列火车从这里始发开往伊斯坦布尔，他们的工作任务实在太繁重，人人都疲于应付。发车前，他们要花四五个小时来检票、检查卧铺被褥、处理护照和健康证明等各类问题。到了周六夜里将近午夜时分，这列小小的火车终于缓缓开出了尼西宾，一路向西缓缓爬过安纳托利亚高原，驶向叙利亚的阿勒颇，之后再翻过土耳其南部的托罗斯山脉，途经马尔马拉海，最后于下一个周二上午抵达博斯普鲁斯海峡。我们在那里再改乘轮船前往伊斯坦布尔。

从巴格达到伊斯坦布尔，飞行直线距离为 1000 英里，我们乘坐火车和汽车，却花费了整整五天的时间。今天，一架喷气式客机只需要短短几个小时就能完成。

当初当我从巴黎或维也纳到达伊斯坦布尔的时候，我会觉得这里是亚洲的起点，但是这次随着我从亚洲走向伊斯坦布尔，我却视其为欧洲的起点。这里的街道风格酷似伦敦、柏林、巴黎和罗马，城里有小商店和打扮时髦的女郎，还有大酒店、酒吧和华丽的电影院。在穆斯塔法·凯末尔的领导下，土耳其在过去十年间已经摆脱其东方的生活方式，挣脱了伊斯兰教的束缚，渐渐欧化。

凯末尔通过立法要求女性必须摘下面纱，男性则严禁再戴传统毡帽，并且以拉丁字母取代了以往的阿拉伯字母。统治土耳其达几个世纪之久的苏丹制和哈里发制度也被凯末尔废除——苏丹即哈里发，因此是土耳其帝国的世俗统治者和伊斯兰教的精神领袖。①凯末尔还打击伊斯兰教的宗教秩序，实行政教分离，以普通民法取代伊斯兰教法，对学校进行世俗化改革。为了打破伊斯兰教对土耳其千年的宗教统治，凯末尔制定了一条法律，凡是利用宗教煽动社会不满情绪的人，不论其采取印刷刊物还是口头传播的方式，都将按照最严重的叛国罪予以惩处。

尽管凯末尔早已将土耳其的首都迁往位于安纳托利亚高原中心的安卡拉，但当我到达伊斯坦布尔的时候，我了解到他本人凑巧正在当地。在我心中，他是我们这个时代最伟大的人物之一，所以我努力去申请希望能够见他一面。但最终他因为过于忙碌而未能满足我的要求。当时土耳其经历了激烈的社会变革，国内仍然没有实现完全的平静，反对凯末尔改革的举动时有发生。就在最近当地又发生了两次叛乱，一次由库尔德人主导，一次则由士麦那附近的梅内门的穆斯林狂热分子挑起，两次叛乱都被凯末尔无情地镇压了。当凯末尔的秘书告诉我需要再等上一周或两周的时间以安排会面时，我决定放弃这个愿

---

① 哈里发意为"真主使者的继承人"，是伊斯兰教的宗教及世俗的最高统治者的称号，也是历史上阿拉伯帝国统治者的称号。在阿拉伯帝国鼎盛时期，哈里发拥有最高权威，管理着庞大的伊斯兰帝国。1924 年，哈里发制度被凯末尔废除。

望。距离圣诞节只有短短几天的时间了，我迫不及待地想回到维也纳。

当我乘坐的东方快车抵达布达佩斯的时候，已经要天黑了，车窗外飘起了大雪。冰天雪地，天色半黑，特斯正在站台上等我，她是专门从维也纳赶来见我的。她穿着一件厚厚的冬大衣，但露着头，借着昏暗的灯光我可以看见她急切等待的表情和美丽的容貌。我们紧紧相拥，几天之后，我们启程回维也纳，决定结婚。

尾　注

[1] 但是在伍利年轻的助手当中，有一个人对他的观点表示怀疑，他就是马克斯·马洛温。当时马洛温刚刚与阿加莎·克里斯蒂结婚两个月，所以马洛温对于他们的第一次分别很不开心。我听说去年春天的时候马洛温在乌尔见到了克里斯蒂，然后就喜欢上了她。到了去年秋季，马洛温把克里斯蒂带到了考古工地上。但是严厉的伍利夫人当时也住在工地，我听说她不允许工地上再住进另一位女性，所以克里斯蒂只好离开并回到了英国。没能见到克里斯蒂让我觉得很是遗憾，后来她成为我们这个时代最负盛名的悬疑小说家（共85部）。

她的丈夫马洛温，后来也成为英国最著名的近东考古学家，他发掘过的遗迹包括乌尔、古亚述王国的都城尼尼微、叙利亚以及尼姆鲁德。尼姆鲁德是亚述王国的四个都城之一，也是马洛温最伟大的考古成就。

后来克里斯蒂写了一部小说《美索不达米亚谋杀案》，书中的故事情节正是来自现实中乌尔考古的事情，故事人物原型就是伍利教授和自己的丈夫等人，基于他们在乌尔共同生活、工作的经历所作，正值我短暂地闯入了他们的考古工作。

第三章

维也纳的结婚与失业：
1931—1932

1931 年 1 月 31 日，那天的天气寒冷但阳光明媚，快到中午的时候，我和特斯坐上一辆出租车来到了维也纳市政厅。社会党人政府的一位副市长为我们主持了简短的结婚仪式，他蓄着大胡子，看上去非常和蔼可亲。我的德语比较差劲，仪式中每当副市长问我是否愿意的时候，我都不大能完全听懂他的问题，所以特斯就在一旁用肘轻推我，提醒我在恰当的时候回答"是"。仪式结尾的时候，副市长对如何在已结婚的情况下还能过得快乐向我们提供了建议，不过我没怎么听明白，特斯告诉我说他的这番话十分巧妙又幽默。尽管如此，我心里是百分之百相信一件事情的，那就是和特斯结婚是一件最幸福的事情，而且会幸福一辈子。来自匈牙利、在《纽约时报》工作的朋友埃米尔·瓦德奈和他可爱的黑发维也纳妻子是我们婚礼的唯一见证者，仪式结束后我们一起打车去了维也纳最好的饭店，好好享受了一顿大餐和香槟。

现在回想一下 1931 年 2 月的那些日子，我简直就像生活在云端。到了 2 月 23 日，我们在一起庆祝我的 27 岁生日。特斯比我小一些，她要到 8 月才迎来自己的 21 岁生日。

回到了我深爱的城市维也纳，又娶到了一位我深爱的维也纳姑娘，我对未来生活的期待开始发生改变，希望能够过上安稳的生活，所以我一直急切地想重新回到《芝加哥论坛报》驻维也纳的办公室去工作。当时维也纳办公室负责的报道范围从多瑙河河畔直至黑海，包括六个国家，素材很多。而特斯，她有当地的生活背景，又熟悉那几种语言（有些时候我真的觉得她是一个天生的语言学家），所以她可以给我的工作提供巨大的帮助。

可惜被幸福冲昏头脑的我忘记了一个重要的事实，那就是人生很少会按照自己的计划进行。婚礼后刚过了几天，我们正准备搬进新公寓，我的老板麦考密克上校就从芝加哥给我发来了一封电报，上面写着："夏伊勒。回到印度去。"

印度的形势已经发生新的变化，甘地被释放了，而且同意与英国驻印度总督达成协议，双方准备和平解决争端。过去半年里我一直待在那里等待事情的进一步发展，结果什么都没有等到。一想到能够与甘地聊天并报道他下一步的革命计划，我就非常兴奋。但再看看新婚宴尔的娇妻，就此抛下特斯实在让我感到心碎。

特斯陪我一路来到意大利的的里雅斯特，我将在这里搭乘意大利邮船"恒河号"前往孟买。特斯和我一起上了船，我们预订了一间特等舱，等到第二天船到威尼斯之后，特斯再上岸离开。我们在威尼斯住进了达尼埃利酒店，一起度过离别前的最后一晚，我们在这座美丽的城市中漫步，一起坐在贡多拉里感受水城的魅力。第二天，我和特斯在码头边正式告别，这真是一个悲伤的时刻，我们原本想就此厮守不再分离，没想到美梦顷刻间就化作泡影。从此时开始，直到接下来的 14 个年头，我们的生活方式就再也没有改变过，永远都是我四处奔波。

到了 1931 年初夏时节，印度的事情已经慢慢平静下来，也没有再对甘地进行跟踪报道的必要了。当时他决定暂时安静下来，好好地休息一下，为秋季在伦敦召开的圆桌会议做准备。按照计划，到时我也会随他一起去伦敦。于是我给麦考密克上校发了一封电报，让他把我调回维也纳办公室。自从我离开维也纳，我一心想着特斯，总是想尽一切办法让他把我从印度调回。然而，麦考密克上校拒绝了我，让我老老实实在印度待着，于是我就给特斯发电报，让她来印度找我，这样我们可以趁着夏天尚未结束去锡姆拉的喜马拉雅山间避暑，享受另一个蜜月。

特斯坐轮船到达孟买之后，我接到了她，然后带着她在城里转悠了一个星期，让她熟悉异域风情。当时萨罗基尼·奈杜夫人正好在孟买，我就带特斯拜访了她，特斯很快就被奈杜夫人的经历与气质深深打动。奈杜夫人不仅是一位诗人，而且是一位政治家，在过去的一年里，她曾经领导了"食盐进军"①而被投入监狱，之后又帮助甘地在德里与印度总督以及印度穆斯林谈判。现在她终于能够稍微安逸地休养一段时间了。奈杜夫人非常喜欢精心筹划的婚礼和聚会，她带着我和特斯参加了好多次类似的活动，把特斯介绍给国会中的女性领袖，还带着她一起去购物。特斯这一周过得真是特别开心。

不过当地的饮食和天气让特斯难以忍受。雨季尚未到来，6月的孟买极其炎热。于是我们决定尽快向北出发，前往锡姆拉。特斯的语言天赋非常高，她很快就学会了不少印地语，可以与当地人交流，不久之后她就开始为德国和奥地利主要的报纸撰写文章。尽管她很年轻，但是她在维也纳当地的新闻界已经是小有名气的记者，她甚至成为伦敦杂志《戏剧》驻维也纳的通讯记者，专门撰写有关维也纳剧院的故事。她还是伦敦《每日电讯报》驻维也纳记者的助理。

---

① 这次游行是甘地在1930年3月21日到4月6日领导的一次反抗英印政府的重大行动，为了抗议殖民政府的食盐公卖制，甘地从德里到艾哈迈达巴德游行400千米，数以千计的人跟随他徒步到海边自己取盐，而不购买被政府征收重税的公盐。

到达锡姆拉之后，那里没有什么重要的新闻，所以我和特斯就有了更多的私人时间。我们每天过着田园生活。不过即便是喜马拉雅山区也不能让她的身体舒服一点，特斯很快就得上了痢疾，而我的疟疾也一直没有完全康复。现在特斯发起了高烧，肚子每天也是疼痛难忍。我们时常会自嘲，年纪轻轻就这么体弱多病，但事实上这可不是什么好玩的事情。8 月初我给芝加哥发电报说自己患了重病，必须回到维也纳治疗，9 月我会直接去伦敦报道甘地参与和谈的情况。

几天后，我们准备回到德里，稍做休整就前往孟买，在那里坐船到法国马赛。没想到，回去的路上特斯的病情突然恶化，我差点失去了新婚半年的娇妻。当时我们坐火车从锡姆拉前往德里，当火车刚刚开出喜马拉雅山区，特斯就突然倒下了，等到我们赶回德里，从火车站直接把她送上救护车、直奔医院而去的时候，她几乎是奄奄一息了。

特斯住院的最初一周，她的病情让负责治疗的英国医生——拥有军人头衔的平民医生——束手无策，他们完全无法诊断出病因所在。特斯持续高烧，很难吃进什么食物，一开始医生以为她怀孕了，后来又说她肯定是得了急性阑尾炎。有一天，负责给特斯主治的上校军医甚至说他第二天早上一定要给特斯做阑尾炎手术，直到晚上他才打消这个念头。当时医院里没有空调，酷热的天气让特斯无法忍受，她病房的温度计那几天显示室温已经升到 100 华氏度①。虽然当时雨季已经来临，但天气丝毫没变凉爽，反而更加潮湿闷热。特斯本来是一个非常勇敢坚韧的人，但是这种酷热让她几乎崩溃，她哭喊道：

① 约 37.8 摄氏度。

"比尔，我热得受不了了！我要死了！我无法呼吸了！"

我从清早到深夜一直陪伴在特斯的床边，直到护士要求我离开；我除了在她苏醒的时间里能够宽慰她两句以外，别的什么事情都做不了，我很沮丧。当地的医生尽管看上去帮助不大，却是我们唯一的希望。我一度提出要带她回维也纳，那里的内科医生是全欧洲最好的，可能有办法救她一命。但是那位军医说特斯现在非常虚弱，别说回到维也纳，就是坐火车去孟买都很难。当天夜里我回到酒店，彻夜难眠，脑子里浮现了一个又一个主意，只要能够救她一命。

没想到的是，到了第二周，特斯有了好转的迹象，可以稍微进点食了，而且在冰袋的帮助下，高烧和炎热带给她的痛苦也减轻了。不过医生还是没能找到她真正的病因，但确信这是病情好转的征兆。

那位军医告诉我："她已经过了最危险的时期，正在逐步恢复，很快就会好了。"

回到维也纳之后，我向报社请了短暂的病假，带着特斯一起去阿尔卑斯山附近的丘陵山区休养。9月初，我们两人都觉得身体恢复得不错，于是就按时赶回了马赛，在那里和甘地碰面，然后和他一起去了伦敦，跟踪报道他和英国政府的圆桌会议。和谈失败之后，大约在深秋时节我又回到了维也纳，全身心地投入工作。工作非常繁忙，但是我和特斯终于搬进了公寓一起生活。这是一个新的开始，我们都非常珍惜。我们的生活和工作都安定了下来，并且我们感到非常充实。

不过计划依然赶不上变化，这种好时光很快就又被打断了。

开始一切都很不错。自我从印度回到维也纳之后，一向专断独裁而且对人冷若冰霜的麦考密克上校竟然对我的热带病非常关心，还告诉我只要能够康复，请多长时间的假都可以。他还写了一封长信来表扬我在印度的工作，特别指出我在伦敦对甘地会谈的报道写得很好。在他的指示下，《芝加哥论坛报》刊出好几期的整页广告，专门宣传我的一些独家报道，譬如从喀布尔发回的阿富汗情况的报道，从马赛和伦敦发回的有关甘地的报道，以及我回到维也纳后撰写的有关甘地绝食的报道——当时甘地从浦那监狱发来电报，解释他为何要绝食。

除此之外，甚至连我撰写的一些关于中欧的新闻报道也开始得到这位性格古怪的老板的青睐。当时我写了一篇有关阿达尔贝特·图卡博士的报道，图卡博士是一个斯洛伐克人，之前在布拉迪斯拉发大学担任法学教授，后来被投入监狱长期监禁。在许多斯洛伐克人的心中，图卡博士就是捷克斯洛伐克的阿尔弗雷德·德雷富斯①。麦考密克上校匆匆写了一个小纸条，上面写道：

亲爱的夏伊勒：

我喜欢这个故事，它使我们报社的外国新闻版块形成了独特的风格，其他报纸都没有关注这些事情。

---

① 阿尔弗雷德·德雷富斯是 19 世纪末法国一起政治事件的受害者。事件起于这位法国犹太裔军官德雷富斯被误判为叛国，法国社会因此爆发了严重的冲突和争议。德雷富斯于 1906 年 7 月 12 日获得平反，他本人也成为国家的英雄。有关此事在第一卷中也有提及。

麦考密克还夸我心细地选择用邮件发送稿件，从而省下了电报费。

在另外一个场合，他又夸我的报道"客观"，并称这使得自己对于《芝加哥论坛报》的发展优势进行了更深入的思考。

事实就是，我们报道新闻和真相，而且我们是唯一在国际事务问题上报道新闻和真相的报纸。其他的美国报纸，要么通过自己老板做出判断，要么依赖记者发回的报道，而他们往往易受外界影响，也容易受社会引诱。但是我们从来不受腐蚀。

然而，麦考密克脾气极为古怪，他可以突然之间就改变态度，对下属的文章严厉地批评。当他批评一个人的时候，其用词的严厉程度远比夸奖时强烈得多。所以我写过一篇描述维也纳工人住宿条件改善的文章：第一次世界大战爆发前，哈布斯堡家族统治奥地利时，维也纳的工人多数住在拥挤沉闷的贫民窟；现在执掌市政府的社会党建设了大量美丽的公寓小区，工人纷纷移居到公寓，住宿条件极大改善。麦考密克上校看到后直接把稿子退了回来，还在上面附上了一张小纸条，简评道："夏伊勒先生，你是怎么知道的？"几天后，他又给我来了一封长信。

亲爱的夏伊勒：

我无法想象你是如何了解到一战前维也纳工人的住宿情况的。

读了你的文章，我产生了一种印象，你一定非常勤奋地阅读了一些纽约的报纸，或者和纽约的报纸记者有联系。不过他们可不是什么好老师。

纽约报纸的记者们一向喜欢这种玩意儿，把社会党人描述得很好。这些报道没有任何价值，只不过是那群懒惰的记者待在办公室里臆想出来的玩意儿。写这种东西的人根本不去寻求事实真相，他们也压根儿不想寻求真相，他们就想懒洋洋地待着。

过去 15 年里，《芝加哥论坛报》主要的成功就在于我们坚持从经济学和半历史学的角度去报道真相。

抽象而空洞地支持布尔什维主义只能给许多不愿对家庭负责的人提供借口。你也要小心自己的心智不要被这些粉饰维也纳社会党人的报道迷惑，否则你就没法认认真真地完成每天的工作了。

你真诚的，

罗伯特·麦考密克

现在想想，当时我还不够成熟，对于麦考密克上校这种荒谬的论调，我实在按捺不住自己的情绪，于是就回信去努力地反驳他。如果说一个人没能亲眼看到以往发生的事情，譬如说一战前维也纳工人的居住条件，那他就不能对此做出判断，那我只能说这种观点实在是太荒谬了。有大量的历史文献，包括官方报告都记载了一战爆发前维也纳贫民窟的情况，数十位本地和外国的作家都对此进行了第一手的描述。至于麦考密克上校在信中所说的我与纽约报业的朋友的危险关系，更是无稽之谈，没有这种在维也纳的关系毒害了我。我在回信中告诉他："《纽约先驱论坛报》在维也纳的工作人员是个奥地利官员，

《纽约时报》的则是两个英国人，我在这里还没有见过除我以外的美国记者。"

事实证明，我的还击是一个巨大的错误，不过当时我完全没有意识到这一点。我当时还不够明智，没有认识到千万不能反抗这位独裁专制的老板，他就是密歇根大街报社大楼的统治者，坐在高耸的塔尖[1]上向所有的下属发出不容置疑的命令。

1932 年，这一年成为我人生的重要转折点。当时，《芝加哥论坛报》和其他美国报纸一样，版面上总是国内新闻。我们被告知要把发国际电报的费用缩减 25％，这一方面是出于节约经费的目的，另一方面也是因为报纸上没有登载国际新闻的空余版面。

查尔斯·林德伯格[1]的孩子遭到了绑架，这一悲惨的消息在长达数周的时间里一直占据了美国各家报纸的头条。之后大家又转为关注大萧条的新闻。数月以来报纸上登载的都是经济危机的坏消息，形势越来越糟糕，公司和银行仍然处于停顿状态，大约 1500 万人失业。所有的美国人，包括胡佛总统、国会、金融界和商业界大佬，以及工会领导人和媒体，都不知道该如何应对这场危机。等到夏季到来的时候，另一条本地新闻又成为所有美国报纸关注的头条消息：前往华盛顿抗议酬恤金问题的美国老兵队伍遭到了联邦军队的镇压。指挥镇压行动的是道格拉斯·麦克阿瑟将军，负责协助他的则是两位名不见经传的陆军少校，一位名叫乔治·巴顿，他亲自指挥骑兵和坦克部队；另一位名叫德怀特·戴维·艾森豪威尔，人们可以通过照片看到他在现场时就站在麦克阿瑟将军的身边。这是一场胜

---

① 关于林德伯格的事迹，在第一卷中有详细介绍。

利的镇压行动，却也成为他们人生中耻辱的污点。

不过整个夏季，各家报纸报道最多的事情就是即将在芝加哥召开的民主党和共和党全国大会。在愉快地安居于维也纳的那段时间，我读到国内的报纸，惊讶于麦考密克上校和他的报纸在会议召开前夜的不祥预感。赫伯特·胡佛将自动成为共和党的总统候选人，尽管麦考密克上校本人对共和党的前途几乎陷入绝望，但《芝加哥论坛报》还是决定全力支持共和党。无论民主党方面的候选人是谁，《芝加哥论坛报》都会强烈攻击。

6月会议召开前夜，麦考密克在《芝加哥论坛报》头版发表了两篇专栏文章，宣称"红色"民主党将主宰华盛顿（尽管胡佛总统还待在白宫），他们很快就会毁了整个国家。[2]麦考密克认为民主党"在不到一代人的时间里"将联邦税收从不到10亿美元增加到40亿美元的政策一定会彻底摧毁商业，而且导致纳税人破产。

麦考密克在文章中惊呼道："自第一次世界大战结束后，美国人的生活越来越朝着农奴制的方向发展。"他还恐吓道："今年的两党全国大会很可能是美利坚合众国历史上最后一次由自由的民众召开的大会了……除非我们能让自由重生，否则现在看来，我们的文明已经不可避免地走向灭亡。"

怀揣着对整个国家命运极其悲观的想法——麦考密克上校都顾不上提及当下令美国人最绝望的大萧条，这是那一年令美国人最担心的事情——他对我们从欧洲发来的报道就更没有兴趣了，但除了来自德国的消息。

事实上，那年夏天，真正走向绝望的不是美国，而是德国。

春季的时候，在最终的选举中兴登堡再次当选魏玛共和国的总统，但是希特勒成了一颗冉冉升起的政坛新星。我认为大多数德国人都相信希特勒正一步步地缩小自己与这位值得尊敬的元帅之间的差距，选举结果也证明了这一点。如果不算上遥远的美国，对于其他欧洲国家来说，这次选举不得不让他们开始关心这个为生存而挣扎的共和国，警惕纳粹独裁将取而代之的趋势。尽管兴登堡元帅的再次当选给共和国带来了一线希望，但是希特勒已成为他强有力的挑战。他赢得了 1350 万张选票，与得到 1930 万张选票的兴登堡元帅相抗衡。希特勒追逐权力的举动不容小觑。

仲夏时节，希特勒的强大竞争力更加凸显，在 7 月 31 日举行的国会选举中他所带领的纳粹党赢得了巨大的胜利，共得到 1374.5 万张选票。尽管要想在国会里占据绝对优势就必须获得 608 个席位，但是拥有 230 个席位的纳粹党已经成为国会第一大党。希特勒以国会第一大党党魁的身份敲响了兴登堡元帅的门，要求后者任命自己为总理。

兴登堡元帅已经 85 岁，年事已高，他心中已经极度厌烦再为这个共和国操劳，因为他本人不信任共和制度，他心中一直期望能够扶助霍亨索伦王室重回王座。整个夏季里，兴登堡元帅一直拒绝希特勒提出的出任总理的请求。他最终决定将权力交给另外两个人，然而这两个人也不是什么合适人选，他们古怪而阴险，并且和兴登堡一样，对维持共和制度并无兴趣，热衷保皇主义。

第一个人是弗朗茨·冯·巴本，他是一个非常滑稽的角色，当时老练的法国驻柏林大使安德烈·弗朗索瓦-蓬塞说过，巴本就是一个小角色，无论是他的朋友还是他的敌人，都从来不会正眼看他。他都没有能力为自己拉选票争取国会议席。巴本自己也建有一个小党，叫作天主教中心党，但是该党声明和巴本完全没有关系。尽管如此，兴登堡元帅还是在6月任命他为新总理。他没有得到国会的任何支持，只是接到总统令得以执掌权力，不过他出任总理的时间非常短暂。

另一个人则是库尔特·冯·施莱彻尔将军，此人也不是什么光明磊落的君子。他能够接替巴本成为总理，完全依赖于兴登堡元帅的宠信，以及自己在军队中的影响力和阴谋诡计。他的名字在德语中就是"阴谋者"和"鬼鬼祟祟"的同义词。海因里希·布吕宁曾经是魏玛共和国最后一位真正受到国会绝大多数政党支持的总理，但是施莱彻尔利用自己与兴登堡元帅的关系屡进谗言，最终导致布吕宁在5月底被解职。布吕宁被解职后，德国国会所拥有的代表人民管理国家的宪法权利就被剥夺了，自此以后国会再没有得到这项权利。

巴本任魏玛共和国总理截止于1932年的12月2日，之后施莱彻尔撤销了对他的支持，接替他成了新总理。可以说，正是有赖于巴本和施莱彻尔将军共同的"努力"，魏玛共和国才最终灭亡，而施莱彻尔也成了魏玛共和国历史上最后一任总理。

与此同时，在位于边界线另一侧的奥地利，我们紧张地注视着德国，发现各种迹象都表明，希特勒即将在这个混乱不堪的国家里执掌大权。更让奥地利人担心的是，一旦希特勒大权在握，他一定会将他的老家奥地利并入德意志帝国。他在《我的奋斗》开篇中就发誓"要用尽一切手段"实现德国与奥地利的合并。

讽刺的是，虽然这一年从德国和美国总是传来不好的消息，我在奥地利的生活却是愉悦恬静的。特斯和我终于摆脱了热带病的影响，身体也健康了许多，而且我们第一次拥有了一段安静且幸福的私人时光。现在我也不必伤脑筋地为德国或者国内的大事件争头版报道了。不过作为一个记者，就像作家一样，我总有冲动想写点什么，或者找到一些可供挖掘的新闻。近一段时间以来，多瑙河流域的独裁与半独裁政权都加强了对国内的压制，于是我就按照自己的兴趣，沿着这一带慢慢转悠，仔细考察一下这些国家的现状，希望以此帮助自己仔细思考一下一旦希特勒掌权，他会采取什么行动。当然，我们已经有了一个很好的观摩对象——墨索里尼在意大利建立了法西斯独裁统治。那里总有些"烟火味十足"（human interest）的故事。

至于我的老板麦考密克上校，整日忙着在芝加哥试图阻止美国文明衰落，偶尔才会想起来派一点采访任务给我，安排给我的活儿都特别稀奇古怪。

譬如说5月底的一天，麦考密克给我发来了一张来自巴黎的《时尚插画》周刊的图，上面印着一幅照片，显示某条小河上的一座桥塌了。他给我留了个小纸条，只有简短的一句话："夏伊勒，到那里去。"可关键问题是他把这幅照片旁边的说明文字撕掉了，我根本不知道这座桥究竟叫什么、在哪里。我所在的这一带就有上千座桥，其中很多都年久失修，有的将要坍塌，有的已经坍塌。不过走运的是，我记得自己曾经看到一座桥，和照片上的看起来很像。那座桥坐落在德涅斯特河上，正好横跨罗马尼亚的比萨拉比亚和苏属乌克兰的摩尔达维亚。不过当年一战快结束的时候，苏俄军队从前线撤回比萨拉比亚，经过此桥时就已经把它炸了。而且最近有报道说大约有1000名摩尔达维亚的农民，趁着冬季河水结冰，从"苏维埃天堂"跑到了罗马尼亚境内。如果到了4月份冰雪融化，他们就会乘船、筏或是游泳过去。如果这座桥和上校所指的是同一座的话，我决定亲自去那里看一看。

由于我不信任罗马尼亚警方和军方的翻译官，所以我自己从布加勒斯特找了一个精通俄语和摩尔达维亚语的朋友，我们一起出发，途经比萨拉比亚，最后到达了德涅斯特河。河边有一个梦幻般美丽的小镇，名叫蒂吉纳，我在小镇附近找到了那座破桥，在那里我第一次看到了对岸苏联的景象。苏联红军在不到 50 码远处的河对岸来回巡逻，远处还能看到一些农民驾着成队的马在田中犁地。

在之后的一个星期里，我通过翻译员和大量从对岸逃来的农民交谈。他们讲了大量有关自己的悲惨遭遇，但是我对他们的话仍抱有怀疑，于是我把他们聚集起来，一个挨一个地问他们，有没有感觉自己的同乡在说谎或夸大。我很快就发现他们之中富农和贫农之间的阶级对立情绪非常强烈，毫无友爱。但是他们的话都指向了一个共同事实，那就是他们所有人都在河对岸遭受饥饿和迫害。

尽管河对岸的乌克兰一向有"俄国粮仓"的美称，但是这些来自乌克兰的难民都表示自己在老家从来没有吃饱。他们说自己在自家的田地里种下了足够多的谷物，不过绝大多数的收成被苏联官员征走了。不仅如此，警察还没收了他们全部的牲畜和农具，强迫他们加入集体农庄。还有许多当地的农民被成车地拉到乌拉尔山区的煤矿工作，其中一些人成功地逃了回来，偷偷渡过德涅斯特河来到罗马尼亚境内。事实上，2000人中真正成功越过河逃到对岸的不到半数，其余的人在逃跑的过程中被守卫边界的士兵用机关枪杀死。

连上帝都会知道，这群淳朴的斯拉夫农民对生活从来没有什么奢望，他们只希望能够劳作，吃上一顿饱饭，繁衍后代，也许还会渴望死后升入天堂——我和他们聊天的过程中发现他们对上帝的信仰非常真诚。尽管他们早已习惯痛苦且艰难的生活，但是在那年的苏联，他们却发现这种痛苦已经远远超出承受的能力。

我想起去年8月，我和特斯在奥地利的萨尔茨堡度过了悠闲的一周，当时报社的娱乐主编让我写一些关于萨尔茨堡音乐节的文章。萨尔茨堡每年都会在夏末举办为期一个月的盛大音乐节，它因此成了欧洲的音乐之都。我们慕名而去，发现自己有幸短暂逃离了喧嚣的尘世，转而进入了一个充满浓郁巴洛克风情的莫扎特音乐梦境。

沃尔夫冈·阿玛多伊斯·莫扎特于175年前的1756年1月27日出生在萨尔茨堡的一座简朴的小房子里，这栋房子至今还屹立在这个巴洛克小镇。整个音乐节期间，萨尔茨堡的人对于莫扎特的生平和作品给予了无与伦比的尊崇，这是我在别处从未得见的。

去萨尔茨堡之前，我们整日为各种各样的事情忧虑。我们忧虑垂死挣扎的近邻魏玛共和国，忧虑美国国内即将到来的大选以及仍在持续的大萧条，忧虑各式各样的灾难，它们似乎要消灭这个看起来嘈杂、无意义的世界。然而去到那里之后，笼罩在我们心头的阴霾都一扫而光。优美的音乐回荡在巴洛克风格的建筑周围和阿尔卑斯山边缘，这座安静祥和的城市就位于阿尔卑斯山脚下。如果说这个世界是喧嚣而杂乱的，那么来到萨尔茨堡，在音乐节期间，人们就会忘记一切喧嚣——如果有人曾知道它，或是在乎它的话。

我在日记写下了当时的感受：

8月24日，我们在城镇里闲逛，沿着哥特莱迪街经过莫扎特的诞生地，那是一栋毫不起眼的老房子，现在已经建成博物馆。（不过据陪同我们的赫尔曼·巴尔说，萨尔茨堡城内的建筑单个看都很不起眼，但如果集中起来，就有一种独特的风格和美感。）接下来我们经过了一处教堂，它是由奥地利最伟大的巴洛克风格建筑师菲舍尔·冯·埃尔拉赫设计的，不过我觉得它看起来蛮丑陋的……正午时分我们往山上走去，在山间俯瞰整个小城，视野棒极了。巴洛克式的塔楼、平整的屋顶和高耸入云的山顶，还有奔腾而下的萨尔察赫河相得益彰。

接下来我们又慢慢遛到了位于半山腰的卡茨餐厅，这里又是一个赏景的绝佳胜地。整个城镇都安静地坐落在那里，向人们展示着它的美妙之处。尽管卡茨餐厅的食物做得非常美味，但我们只顾着欣赏美景，忘了仔细品尝菜肴的滋味。

回去的路上途经努恩堡，那里有一座大修道院和一座哥特式的教堂，从上面可以俯视整个城镇……晚上我们一路逛到了慕恩，无意中发现了一座文艺复兴时期的旧教堂和一间啤酒馆。这间啤酒馆是一座修道院的一部分，是我们见过的最好的啤酒馆。一进门，一座耶稣受难像就映入眼帘，里面的小店铺在出售香肠、火腿、洋葱沙拉和面包卷。再往里就是一间大的啤酒屋，人们可以自由地从架子上取下啤酒杯，在龙头下接满啤酒。屋子里放着一排木头长桌，当地的酒鬼们坐在那里，抽着长烟斗，把碗放在膝盖上，然后一饮而尽美味的啤酒。当我们在喝啤酒、吃香肠的时候，穹顶上的耶稣似乎正在注视着我们，修道院的僧侣也会走进来，先向耶稣致礼，然后也加入我们的行列，嘴里有满满的啤酒……

经过一顿劳累的闲逛之后，以徜徉在啤酒乐园里作为结束实在是很好。

虽然如今已经过去半个世纪，有关萨尔茨堡的记忆仍然深深地印在我的脑海。我们在那里待了一周，充满活力地回到了维也纳，迫不及待地迎接即将到来的生活与工作。

1932 年春天，我的人生里出现了两场大的灾难，给我造成了不小的打击。

那年冬天阿尔卑斯山的雪很晚还没有完全融化，到了 3 月底的时候，恰逢周末，《纽约时报》驻维也纳的记者约翰·麦科马克和他的夫人莫莉约上我们夫妇去塞默灵滑雪。由于当地没有上山的吊索，我们就进行了越野滑雪赛，从一个村庄滑向另一个村庄。周末的清晨，我们决定上山，在山顶一座小旅馆里吃点午饭，计划下午正好可以来一场速降滑雪赛，否则想要再玩这么刺激的运动就只能等到明年了。

那天我们正午时分到达山顶，阳光很温暖，我们吃饭的时候都卷起了袖子。我们注意到山上的雪已经开始融化，变得湿润，为了保证不冲出雪地，我们就沿着之前滑雪者留下的轨迹一路冲了下去。

大约下午 4 点钟的时候，我们到达了山间一处小平台，山脊的坡度也开始变缓。山下大约 1000 英尺的地方是一个山谷，从维也纳到意大利的铁路就从中穿越而过，我们甚至已经可以看到山谷的小城镇和火车站。于是我们决定加快速度，赶到那里搭乘 5 点钟的火车回维也纳，我和约翰当晚还得去工作。从小平台到山谷只有半英里，地势陡峭，我们计划迅速滑到目的地，火车到来之前还能有时间喝点啤酒，吃点三明治。

我们在小平台上商量了一会儿，决定继续按照之前滑雪者的轨迹前进。这条轨迹有 1.5 英尺深，因此一旦进入这个轨道里就很难再出来。之前的轨迹正好从小平台直通火车站，于是我跟在麦科马克夫妇和特斯的身后开始向下滑。整条轨迹非常清晰，他们三人很快就到达了终点，站在一旁等我。然而雪里水分太多，又被之前的滑雪者压得太紧，所以它们已经结成冰，我的下降速度超出了我的想象。当我滑到一半的时候，突然发现前方出现了一个人，远远看上去是个女人。显然她摔倒了，然后爬了起来，再次走进轨道准备向下滑。当我第一眼注意到她的时候，她距离我只有短短 200 码了，我赶紧大声呼喊，并且努力让自己滑出轨道。但是我已经滑不出来了，我也完全无法减速，眼看着只有几秒钟的时间我就会撞到她。在这千钧一发之际，我只好让自己侧摔在地，离她只有几码之遥。不幸的是，我右手滑雪杆的橡胶柄不知为何脱落了，在我摔倒翻滚时它光秃秃的端头正好戳中了我的右眼，我立刻就看不见东西了。

我就这样一直躺在那里，直到特斯和约翰爬上来救我，他们俩搀扶着我一路走下了山。莫莉去找医生了，他们让我在火车站的长椅上躺了一会儿。很快医生就来了，他帮我洗去了血迹，然后给我整个脸缠上了绷带。我觉得自己左眼的视线逐渐恢复，可以看到隐隐约约的人影，于是医生就在左眼位置上给绷带留了一个小口子，方便我看东西。

之后十天，我一直在维也纳的医院里躺着，两只眼睛和整个脸都被蒙上了纱布，医生非常担心我双眼都会失明，我自己则不相信他们的话。我无法接受这样的预言。我听到眼科医生们在讨论我的病情，他们说不知道视觉交感神经是否会相互干扰，如果真是这样的话，那么一只眼睛严重受伤后，另一只眼睛随时都可能受到影响而失明。

两周之后，我左眼上的纱布终于被除下了，左眼看东西的时候仍然会模模糊糊的，但是这至少给了我一点希望，过了一段时间，模糊感终于消失了。至于右眼，则留下了一块血凝块。当医生把我右眼的纱布也除掉后，我只能感觉到部分的光照。事实上，之后数月乃至数年，我一直不断地接受治疗，希望能够消除那个血块，但是始终没有见效。到了仲夏时节，我基本放弃了血块会消去的念头，而且我习惯了只用左眼看东西，我发现只用一只眼看没有想象的那么难。

遭遇了这场无妄之灾后，我还有些好运气。1939 年第二次世界大战刚刚开始的时候，我的脸部轻微划伤了。另一次是1940 年的 6 月，我跟随德军前线部队报道他们进攻法国巴黎的行动，一天夜里我在法国北部莫伯日地区一间废弃的房子里过夜，突然来了几架英国轰炸机，一颗炸弹就落在我房子附近，气浪击碎了玻璃，几块小玻璃碎片划伤了我的脸部。这两次都是只有我的右眼受伤了。德国的军医帮我取出了碎片，给我的右眼做了包扎，但是它开始感染。到了巴黎，我找到一家美国医院治疗。医生建议我把右眼球完全摘除，因为担心左眼神经很可能受到影响而失明，但忙于报道的我拒绝了。

到了 1944 年的春末，当时我在巴尔的摩待着，有一天晚上我去亨利·路易斯·门肯的家里吃晚饭，席间我注意到一位宾客一直盯着我失明的右眼看，后来我才知道他是阿兰·伍兹教授，约翰斯·霍普金斯大学著名的眼科专家。宴会结束后，临别前伍兹教授问我明天早上可否去医院找他，他的语气非常着急，我答应了他。第二天早上我到了他的办公室，他告诉我："很抱歉，昨晚初步观察了你的眼睛，它的情况看起来很不好。"做完正式的检查后，伍兹教授非常强硬地告诉我："你的右眼球必须摘除！立刻摘除！"他也解释说神经交叉感染的可能性非常大，警告说我随时都可能失明，我必须立刻把握住机会。

就这样，到了5月底，我终于在纽约哥伦比亚长老会医疗中心的眼科研究所接受了右眼摘除手术。这场手术使我缺席了二战最重大也最激动人心的事件之一——6月6日盟军在诺曼底登陆的报道，我沮丧万分。但这时我还能赶上报道艾森豪威尔将军率领盟军部队从西欧进入巴黎。

我发现一只眼睛对于人类来说已经足够，至少对我来说是这样。自从滑雪事故后，这近半个世纪以来（当我写下这行字的时候），也差不多相当于我一大半的生命时光，我的生活和阅读都非常愉悦，完全没有受到影响，也没有眼疲劳的迹象。我唯一不得不放弃的事情就是网球，因为没了双眼的视野和对纵深的感觉，我在这项运动上就成了残废。不过我本来也不擅长打网球，所以没什么损失。

1932年秋季，在维也纳，我作为一名驻外记者，为"世界上最伟大的报纸"服务的短暂生涯戛然而止。

这是1932年里我的人生遭到的第二个重大打击。那是10月中旬的一天，天气非常好，突然之间我就被解雇了。仅仅在头天晚上，报社还准备登载一整版的广告，以推广我为读者写的独家报道，其中我用了甘地从浦那监狱发来的解释他绝食原因的电报。广告之中他们还对我极尽夸赞。[3] 但后来我收到麦考密克授意总编辑发来的电报，上面写道：

> 夏伊勒，你与本报社的合同关系自 10 月 16 日起终止，从此日至 11 月 16 日，报社将额外支付给你一个月的薪水。特此通知。
>
> E. S. 贝克
> 《芝加哥论坛报》

我必须承认，收到电报时我完全惊呆了，我不知道自己为什么会被突然解雇，之前没有任何征兆。于是我给贝克写了一封信，询问这个一直给予我很多关照的总编辑究竟发生了什么事。

大概过了五周，我才收到了贝克的回复，他在信中说："你之所以被解雇，是因为你最近撰写的一些通讯稿让管理层不满意。"贝克还专门告诉我，还有一个很具体的事情导致了我被解职。

这一切都和我最近所写的一个日常报道有关。有一位美国女演员叫作王玛丽（Mary Wong），之前她在奥地利造成了一起很小的交通事故，奥地利警方在处理此事的时候将她误认为美国好莱坞的电影明星黄柳霜（Anna May Wong）。我在报道此事的时候直接采用了奥地利警方的消息，所以将当事人误写作了黄柳霜，之后黄柳霜就对《芝加哥论坛报》提出抗议，还威胁要去法庭起诉，最后报社只好赔偿了她 1000 美元，还刊登了一份撤稿声明。尽管我知道此事的确给黄柳霜小姐带来了不必要的麻烦，但是我实在想不通这个事情为什么需要闹到天翻地覆的程度，而且犯错的不是我一个人。一些通讯社的新闻稿也采纳了奥地利警方的信息，之后美国许多家报纸都直接引用了错误的通讯稿，《纽约时报》驻奥地利的记者发回去的报道也一样出错了。

在接下来的几天时间里，我先是感到一片茫然，接着对报社充满了愤慨，最后就全部变成了遗憾。过去几年里我做过那么多优秀的报道，现在就因为这么一篇短报道上的一点小错误，就被报社开除了，我实在想不通。后来我才意识到经济大萧条已经造成数百万人失业，所以我可能只不过也是它的一个受害者而已。大概几个月前，麦考密克还突然把他最中意的员工——驻守巴黎的亨利·威尔斯解雇了。亨利原本接到麦考密克的命令，正赶往远东出差，却在半路上收到了解雇通知。还有我在印度的继任者埃格伯特·斯温森最近也被开除了，还有杰·艾伦，他是我们这群年轻记者里最有才华的人，在我之后没多久也被赶走了。麦考密克为了削减开支，大量裁撤报社的海外记者。

我很快就发现要想在欧洲找到另外一份工作实在不容易。美国国内的经济危机越来越严重，所以各家报纸都不再需要海外记者——《纽约时报》、《纽约先驱论坛报》和《芝加哥每日新闻报》，以及美国三大通讯社也都在裁员。我给这些机构驻巴黎和伦敦的办公室都打了电话，他们表示会记下我的求职请求，但是现在他们确实不准备招募任何通讯记者。

那年的圣诞节我和特斯过得颇为凄凉。自从我失业之后，我们觉得身边的一些朋友看我的眼光也多少有些不同了。圣诞节前，我们本来和最要好的约翰·君特夫妇约好去滑雪度假，但是他们听说多萝西·汤普森和辛克莱·刘易斯在塞默灵举办很华丽的圣诞聚会，就扔下我们跑去那里了。我和特斯决定假期哪里也不去了，就待在维也纳，节省我们日益减少的钱财。至于《芝加哥论坛报》，也根本没有兑现——以后也不会兑现——它承诺的一个月的工资。

过完新年，我和特斯的情绪有所恢复。过去五年里，我大约攒下了1000美元的积蓄，因此我们决定干脆去西班牙休假一年，那里的消费水平非常低，这些钱足够我们在当地度日。我们计划利用这段时间彻底地休养身体，而且可以有充足的时间把平时没空去读的书都好好看一遍，我还希望再写本书。我甚至设想自己以后可以靠当作家维持生计，再也不用看着一个疯子一样的报社老板的脸色行事了。不管怎样，我和特斯都希望利用这一年好好思考一些问题，规划新的生活。我们就给西班牙的朋友写信咨询，自己还买来了各种旅游小册子和地图研究，最后决定前往巴塞罗那以北的布拉瓦海岸居住。郑重决定之后，我和特斯都觉得心情特别轻松，我们订购了两张从的里雅斯特到巴塞罗那的船票，计划于2月15日出发。这是一艘南斯拉夫的老式明轮蒸汽船，中途要在意大利的许多小港口停靠，所以它要花上整整三个星期的时间才能到达目的地。这样一来，2月23日我们还可以在船上给我过个生日。

1933年1月20日，我和特斯却突然中断了我们的计划，因为那天我收到了麦考密克于1932年12月30日从芝加哥写的信。

亲爱的夏伊勒：

　　你当初在印度的工作做得很棒，不过作为一个驻维也纳的记者，最近你好像完全没有写任何关于欧洲的文章。是不是你的身体还是很差，还是你觉得欧洲当地已经没有什么新闻了？如果真是这样的话，我们可以考虑把你调到其他地方去。

　　不过对我来说，你所在的区域应该和波罗的海地区差不多，都有非常多有趣的新闻，但是很显然，你最近完全没有写什么东西。

　　　　　　　　　　　　　你真诚的，
　　　　　　　　　　　　　麦考密克

　　麦考密克的来信让我目瞪口呆，其程度和我被解雇时一样。不过我感觉到了一丝希望，也许我能够重新回到报社。看上去，这个健忘的上校对我的态度发生了惊人的变化，变得柔和了。

　　我看着这封信思考了足足一个小时，我真的想回去继续为这个古怪的老板干活吗？我真的非常需要这份工作吗？这时特斯走了进来，我和她商议了一下，最后我们决定妥协，尽管很不情愿。我只能收起自己的骄傲。我觉得自己的心情好像很受来信的鼓舞，于是决定不再给他回信，改成立刻发电报回复。

　　尽管他的来信"让我很惊讶"，我还是在电报中写道，我"非常感激您对我近况的关心和批评"。我之所以近来"完全没有作为一个驻欧洲记者干活"，原因在于去年10月16日的时候他就已经解雇我。不过我相信，在我中欧的老地盘，我还是可以写出不少东西。

　　在结尾处我又加上一句："我原计划于 2 月 15 日离开维也纳，为了避免信件拖延，如果您能够用电报联系我的话，我会非常感激。"

　　一想到很快能重返工作，晚上我带着特斯去了很有名的扎尔饭店大快朵颐了一番。尽管放弃西班牙度假这个美梦让我们非常遗憾，但是现在正逢经济危机，能够找到一份工作才是更重要的事情。

　　我们回到公寓后，发现了一封来自芝加哥的电报正等着我们，我确信这一定是麦考密克发来的，一定是让我立刻回去工作。我打开一看，里面只有一句话："夏伊勒不用理睬 30 日的信，麦考密克。"

　　大约一周后，我们正在收拾行李准备离开维也纳，又收到了一封麦考密克的秘书从芝加哥寄来的信，信上的时间是 1 月 11 日。

　　亲爱的夏伊勒先生：

　　　　去年 12 月 30 日的时候，麦考密克先生给您发出了一封信，询问您在维也纳办公室不写新闻报道的问题。

　　　　如果您的确收到了这封信，他请您忽略它。因为当时他给你写信的时候，不知道您已经被报社解雇了。

　　　　　　　　　　　　　　　　您真诚的，

　　　　　　　　　　　　　　　　G. W. 伯克

　　　　　　　　　　　　　　　　麦考密克上校的秘书

　　据我们驻外记者所知，除了他，没有人能够开除我们。这个老家伙竟然不知道我已经"被解雇了"！这个狗娘养的卑鄙小人！

特斯读完这封信之后，我对她说："这个王八蛋，他连亲自写解雇信然后署名的胆子都没有！"

自我被解雇之后的三个月时间里，我和特斯一直待在维也纳，我震惊的情绪逐渐变淡了，开始做一些盘点。自从我成为驻外记者以来，这是我第一次有这么清闲的时光，我不需要惦记着最后的交稿日期，也不需要在亚洲和欧洲各处疲于奔波，我终于有时间思考人生和我正试图闯出一条道路的这个世界。

被解雇一个月之后，1932 年 11 月 18 日，我在维也纳给我的弟弟写了一封信。大约半个世纪之后，我把这封信重新拿了出来，将自己那时看待人生与世界的态度与现在做了一个对比。我想象着自己在那个时刻的想法。那时的我已经做了七年的驻外记者，走过亚洲与欧洲的许多地方，这七年里我一直觉得自己一帆风顺，却在不久前第一次品尝了逆境的滋味。尽管如此，让我惊讶的是，在经过了失业的打击之后，28 岁的我对未来仍然充满无限的希望与期待。

> 我想（失业）来得正是时候，我正好需要让一些事情退出我的生活……去年夏天你来看我的时候，我对你说，我和约翰·君特都认为人到了 30 岁的时候，就应当离开现在这种嘈杂的生活。君特当时已经不止 30 岁，还在给《芝加哥每日新闻报》干活，但他通过为《国家》杂志写文章、偶尔写点小说获得慰藉。他也想辞职，但是没办法，他有老婆，还有孩子，他必须挣钱养家。[4]
>
> 幸运的是，我现在已经解决这个问题，我已经离职，但我意识到自己正面临一个重要的问题——在这个转折点

上，我将选择什么样的道路？

　　我对知识和精神层次的事物有着很大的渴求，但是原先因为工作不能满足这一渴求。有许多书，我想花上一辈子的时间去阅读，我还想自己写许多书……我刚刚完成了一个剧本，现在正在忙着修改，它描述了印度革命对于一些印度人和英国人产生的影响。也许我的剧本永远都不会被搬上舞台[5]……我可能还会尽快写出另一本书，描述我去德里的旅途，我与甘地、尼赫鲁、帕特尔、拉曼以及英国驻印度总督的接触过程，当然还有我短暂而神奇的阿富汗之行。

事实上，我给弟弟的这封信长得简直离谱，而且它揭露出当时的我，不过就是一个 28 岁的美国小伙，四处漂泊，对学术充满了混乱的思考，甚至有点自命不凡。我在信里写道，我现在很闲，所以我准备开始研究一些哲学家，"我准备从希腊哲学家开始，一直研究到康德、黑格尔、马克思和乔治·桑塔亚纳，如果还有人相信桑塔亚纳的观点的话"。我最近读了《资本论》，却发现马克思的德文表达很晦涩。斯宾格勒①的《西方的没落》我也已经读了一半，但是他讨论数学的那一章我读不懂了。我还准备钻研一下卢瑟福②的研究成果，我认为他已经证伪"物质的稳定性"，之后我还可以研究迈克耳孙 –

---

① 　奥斯瓦尔德·斯宾格勒，德国历史哲学家、文化史学家。

② 　欧内斯特·卢瑟福，新西兰著名物理学家，原子核物理学之父，知名的实验物理学家，1908 年因为对元素蜕变以及放射化学的研究荣获诺贝尔化学奖。

莫雷的实验[①]，"他们证明科学界仅以地球作为标准测量参照是错误的"，这让我得去琢磨爱因斯坦和"他的相对论，它昭示着人类几千年来对于时间和空间的旧观念都应该被抛弃"。最后我写道：

> 最近特斯成功地让我对奥地利精神分析学产生了兴趣，我在读一本弗洛伊德的演讲集，每星期我们都去一所大学听弗洛伊德一位高才生的讲座。

虽说已经过去 46 年，但是再读到这些内容的时候，我还是不禁倒吸了一口凉气，我当时怎么有那么大的学术抱负？或者说是故弄玄虚？

我记得当时写完这封信之后，我觉得自己得到一种发泄。也许当时我因为被解雇和找不到新工作，内心积满了怨气和绝望，而我现在已经忘了。紧接而来的前途看上去比几个星期以前更加光明。

1933 年 1 月 30 日，我们离开奥地利之前不久，兴登堡元帅终于任命希特勒为总理，纳粹党终于如愿以偿地攫取了德国的最高权力，这使我们前往西班牙的计划被迫中止。德国民众自己相信了纳粹的满口谎言，认为希特勒真的拥有解决国家面临的困难的灵丹妙药，他们的选择最终让自己吃尽了苦头。当时我以为德国人很快就会清醒过来，这个曾经在奥地利街头游荡的小乞丐很快就会下台。但不管怎样，作为一个已经被解雇

---

① 1881 年至 1884 年，阿尔伯特·迈克耳孙和爱德华·莫雷为测量地球和以太的相对速度，进行了著名的迈克耳孙－莫雷实验。实验结果显示，不同方向上的光速没有差异，证明了以太其实并不存在。

的驻外记者，我已经没有渠道去报道德国的事情，我也根本不想去关心。我只想着好好休整一年。

当我和特斯准备离开维也纳前往西班牙的时候，我不会想到，我的人生出现了又一个拐点。在之后的一年半，我会被卷入希特勒统治下的混乱而野蛮的世界，与德国人打交道，报道我从未经历过的许多重大事件，最后还把它们写进了历史书。

前方的一切都是未知的。

尾 注

[1] 《芝加哥论坛报》大楼的建筑风格模仿法国著名的鲁昂大教堂，如第一卷中所述，麦考密克的办公室在大楼的顶层。

[2] 在头版的专栏文章旁边是奥尔画的一幅漫画，他在《芝加哥论坛报》编辑部的名字是"上校的走狗"。漫画里描绘了一个类似华盛顿纪念碑的林肯形象。但基座上伟大的林肯解放者的雕塑被换成了列宁的形象，漫画里参加"激进国会"的成员个个衣衫褴褛，无精打采，他们携带着刷子和一桶"红漆"，刷掉林肯的名字，改成了列宁。漫画在说明处问道："这会发生吗？"

[3] 后来报社编辑给我发电报说，该版广告已经准备送去印刷，却在最后一刻被紧急撤回。当晚麦考密克为此事在办公室大发雷霆。

[4] 三年之后的 1935 年，君特解决了这一难题，他在伦敦休了一年假，然后写出了第一本大作《欧洲透视》。这本书成为他"透视"系列作品的第一部。1936 年，这本书出版后，他立刻成为知名作家，而且获利颇丰，于是他就永远辞去了报社的工作。

　　我另外一个好朋友叫文森特·希恩，1925 年当我去巴黎工作的时候，他也是《芝加哥论坛报》驻巴黎的记者。那一年，他前往摩洛哥北部的里夫地区，采访了当地斗争行动的领导者阿卜杜勒－克里姆。那段时间，他的报道使《芝加哥论坛报》开始有了广阔的国际视野。后来他也被报社解雇了，他本人一直坚称自己被辞退的原因是一天晚上在巴黎花了太久的时间外出去吃晚饭。希恩的第一本书是他本人的探险记录，但没有受到太多关注。但他在 1935 年出版的第二本书《私人历史》立刻成了畅销书，这使他能够将自己之后的时间都投入写作。希恩是我们三个人当中最好的作家，也是最勤奋好学和最富有哲学家气质的人。

[5] 幸亏从未被搬上舞台。

第四章

西班牙的一年：1933

1933 年 2 月 19 日，当我们离开维也纳的时候，天上开始下起了雪，我和特斯中途来到塞默灵，准备向我们的朋友做最后的告别，顺便在当地滑最后一次雪。到了晚上，塞默灵已经变成一片暴风雪的世界。我们先去找弗朗西丝·君特（约翰·君特赶到柏林去报道希特勒上台的事情了），之后我们又拜访了多萝西·汤普森和辛克莱·刘易斯。（听说我们要走，多萝西给我们举行了小型的欢送晚会，但是多萝西和她丈夫的婚姻几乎要走到尽头，两人当时正在闹别扭，所以辛克莱没来参加晚会。）

我们搭乘的货船从威尼斯出发，一路慢慢悠悠，途经西西里岛、热那亚，直到三个星期后才抵达目的地巴塞罗那。等到船靠岸的时候，我们发现西班牙已经是一片春意盎然，我们的心情也特别愉悦。

我从当时的日记里摘抄了一些内容，其中记载了我们田园般美好的航海之旅。

2 月 23 日，周四，今天是我 29 岁的生日。中午时分我和特斯上岸溜进了安科纳，我们从港口走到老城区的狭窄街道。为了给我庆贺生日，我们找了一家很有年头的餐厅，在里面专门点了意大利宽面条配基安蒂红葡萄酒。

船经过巴里港之后，我们就绕着意大利半岛的底部慢慢环游，直到 2 月 26 日，我们来到了西西里岛上的卡塔尼亚港。让我们非常惊讶的是，这里是一个非常繁华的贸易集散地，人口竟然达到了 30 万。城市的北面全部是成片地开着花的杏树林，还有大片的橙子树，枝头缀满了金黄色的果实。远眺前方我们可以看到岛上的埃特纳火山，山顶上覆盖着皑皑白雪，还不断地喷出烟雾……正午时分我们开车来到了锡拉库萨，这里曾经是雅典帝国在海外最大的殖民地，城内有一座巨大的剧院，依山而建，面朝海湾，风景极为秀丽。我相信这是希腊国境以外最大的希腊剧院。

3月4日，周六，我们的船驶入了那不勒斯湾，那里的风景极为迷人，至今我都难以忘怀。海湾的南面，维苏威火山正在喷出股股烟雾。

我们在海滩边可以远眺维苏威火山的地方享用午餐。我们点了牡蛎、意大利细面条、菜肉馅煎蛋饼、戈尔根朱勒干酪和葡萄酒，之后我们神采奕奕地返回船舱。

那不勒斯当地的报纸头条都报道了罗斯福总统举行就职典礼的事情，而且专门强调美国本地的银行全部被关闭了，一家报纸的标题赫然写着"美国大恐慌"。我和特斯都不大相信这个消息。

3月5日，周日，我们的船经过厄尔巴岛，驶入了里窝那港。突出于海面之上的厄尔巴岛真是美丽之至，拿破仑竟然为了打仗而离开这里，真是愚蠢得很。

3月6日，周一一大早，船驶入了热那亚港，这是整个地中海最伟大的港口……我们在城里狭长的街道上散步，走走停停，仔细欣赏一座又一座古老的宫殿。中午的

时候，我们来到了当地一家美国运通公司的营业点，希望
用旅行支票兑换一些西班牙的比塞塔货币，却被告知由于
所有的美国银行已经关闭，所以美元兑换他国货币没有报
价标准……这让我们相当失望，因为这一路上我们一直用
美元兑换当地货币，美元的流通范围非常广，币值坚挺。

1933 年 3 月 22 日，我们来到了西班牙的滨海略雷特，这
是整个旅程中我们最后一个梦寐以求的海港！

　　这里是一个只有三千人的小渔村，在两座多岩石的海
角之间形成了一个半月湾形的宽阔沙滩。海岸后方的高
山，正对着白雪皑皑的比利牛斯山山顶，平缓的山坡上遍
布着葡萄园，还有橄榄树林和大片的栓皮栎丛。

事实上，之前我和特斯从巴塞罗那下船之后，我们决定一
路向北走到布拉瓦海岸去，在半路上无意中来到了滨海略雷
特。这里如画的景色立刻吸引了我们，我们非常希望就在此地
住下，但是多少有点担心当地的房舍条件太差。然而，我们在
滨海略雷特找到的一栋房子，其条件之好完全超出了我们的想
象。这是一栋在海滩边的上下三层的双体大别墅，我和特斯租
下其中的一半，单单这一半建筑就已经包括十个房间——一个
带有壁炉的大客厅，一个宽敞的餐厅，七间卧室，还有两间浴
室，而且房子里还装有中央供暖设备。客厅的装修充满了浓郁
的加泰罗尼亚风格，其他房间的装修品位也非常好。房子的主
人是一位和蔼的外科医生，巴塞罗那人，还是一所大学医学院
的教授。当教授告诉我们算上家具房租一个月只需要 15 美元

的时候，我和特斯竭力掩饰住内心的欢喜，当即表示愿意一次性付给他一整年的房租，这反过来让他很惊喜。现在我和特斯终于放下了心，至少接下来的一年里我们有栖身之地了。

这笔交易相当划算，但我们要拿出这么一些钱也很困难。我们刚到巴塞罗那的那几天，身上没有一分钱。所有美国银行仍然处于关闭状态，城里所有的银行都不肯给我们兑换货币，除非新的汇率出台。当时我和特斯连这么一笔小小的房钱和饭钱都给不起了，幸好我的一张支票从巴黎一家银行汇了过来。我之前在那家法国银行存了大约 250 美元，它赶在美国银行关闭的一两天前帮我把它们兑换成了西班牙比塞塔，这才解了燃眉之急。这笔钱差不多够付我们在巴塞罗那的食宿费以及滨海略雷特那栋别墅的房租。

此时，我剩余的 800 美元存款也从伦敦的银行汇来，我又把它们存进了巴塞罗那的银行。然而，过了几个星期我们去银行取钱，工作人员抱歉地通知我们一个坏消息，美国政府已经取消金本位制，美元贬值了 40%。因此我们的 800 美元兑换成比塞塔的话，只值 480 比塞塔。

我和特斯震惊了，这简直是又一场噩梦！当今世界上最坚挺的货币——美元，怎么可能突然之间贬值 40% 呢！我们原本按照 1000 美元的预算规划了在西班牙一年的生活，现在这些计划一下就成为泡影。不过，我们其实不必这么担心，西班牙当地的食物、酒、衣服以及日用品和那栋房子的租金一样低廉，我和特斯很快计算了一下，只要我们不大手大脚，贬值后的美元也足够我们在这里生活到年底。我们在这里有很好的住所，有很多吃的，甚至可以招待前来拜访的朋友，加上房租，每个月平均也只需要 60 美元。

我们确信在这海边胜地生活一年是没有问题的，于是我们就不再去为钱的事情烦心。随着温暖的春季结束，我们也开始慢慢步入了一直梦想的生活——完全从工作和生活的压力中解放出来，远离尘嚣，悠闲度日，不必担心老板和编辑催稿，也不用为亲人和朋友的琐事而烦恼。直到近半个世纪后，回看滨海略雷特的一年，我依然觉得它像梦一样美好，一个真真切切实现了的梦。

我们每天在蔚蓝色的地中海里游四五次泳，在我们别墅前的沙滩上懒洋洋地躺着，沿着比利牛斯山的余脉四处远足，沿途看到无数的橄榄树林和葡萄庄园，傍晚时分回到家里，再跳进海里，吃上一顿丰盛的晚餐，然后再去村里的广场待上一个小时。我们会坐在咖啡厅的露台，看着村民配合着奇特的加泰罗尼亚音乐跳起萨达纳舞。

我们读了大量平时根本没有时间去读的书，很快我还开始了自己的创作。每天能花上固定的几个小时去看书实在是一种奢侈的享受。我很快就读完了斯宾格勒的《西方的没落》，虽然他对于以往的文明进行了宏大而精彩的探索，但是他对于历史的解读甚为奇怪，甚至有些预言非常愚蠢。我还通读了托洛茨基的《俄国革命史》三卷本，在书中托洛茨基揭露了大量的事实，对布尔什维克党主要负责人进行了深刻而富有讽刺意味的描述——斯大林曾是他的革命战友，直到他被斯大林驱逐出苏联境内。读完《俄国革命史》之后，我又去阅读了托尔斯泰的《战争与和平》，让我深为感慨的是，托尔斯泰不仅是一位天才般的小说家，而且对于历史有精准的把握。

那一年里我阅读或重读了大量的小说，包括海明威、赫胥黎、D. H. 劳伦斯、多斯·帕索斯以及德莱赛的作品。但最让我印象深刻的是法国小说家路易 - 费迪南·塞利纳的作品《茫茫黑夜漫游》。托洛茨基曾经在一本法国文学周刊上写了一篇长评称赞这部小说，称它是第一部伟大的无产阶级小说，而且很显然他相信塞利纳是一位共产主义人士，托洛茨基说书中描述了巴黎下层贫苦人民毫无生气的生活，抨击了资产阶级的虚伪和贪婪。可惜事实上塞利纳在政治上是一个极右翼主义者，而且二战中当德国纳粹占领巴黎的时候，塞利纳还主动与德国人合作。托洛茨基如果有幸活着并且了解到这些真相的话，一定会大吃一惊。对我而言，塞利纳的这部作品最吸引我的地方在于，它用新的语法和原生态的方式重组法语，行文用短小精悍的句子断开，并使用了巴黎贫民区街头耳熟能详的俚语，这些在以往的作品里都是从未见过的。

阅读这些作品只是一个开始，在这段时间里，我一周读的书比过去一年里读的还要多。我阅读了大量的有关欧洲历史的著作，也被查尔斯·彼尔德的《美国文明的崛起》和托斯丹·凡勃伦的作品吸引，它们都开始引导我对自己祖国的历史进行更多的思考。至于哲学书籍，我读得很一般，我试着去读了一些柏拉图、亚里士多德、康德和柏格森的著作，却感觉没能怎么领略到他们的智慧。我觉得自己或许还是太年轻，不足以领会这么深奥的道理。

当我在西班牙开始尝试写书的时候，我才慢慢体会到一个道理，我还太年轻，并不具备写出一本好书的资历。当时我希望根据自己在印度的经历写一本自传体小说，于是每天大概从早上 8 点钟一直到下午 1 点钟，我都会绞尽脑汁地想着如何创作。事实上我很享受这个过程，最后我也确实写出了一本书。当时我认为写得很好，但是很久之后再读，才发现极为幼稚和感情用事。我很吃惊地发现，当时自己写出了那么多愁善感的话，真不知道当年我的内心竟然还有那样的一面。

不过对我来说，第一本书的创作过程也并不完全是在浪费时间。长久以来，我一直从事新闻媒体报道，我不得不按照发稿的截止日期机械地写出很多糟糕的电文。我开始从这之中走出，也开始实践每一个作家都必须遵守的纪律，每天早上我坐在打字机前，一坐就是四到六个小时，不管我当时是什么心情，写得多么慢，或者多么痛苦，这些词句还是诞生了。

我担心到年底还是没能找到新的工作，那么我们就需要继续在滨海略雷特住下去，因此我就需要再额外攒上一笔钱。于是我花费了大量的时间为杂志撰写各种文章和小故事，然而，不管是美国还是英国，没有一家杂志接受我的投稿。

这种情况不仅让我很沮丧，而且让我很困惑。坦白地说，我在纽约和伦敦的确没有任何编辑圈的人情关系，在巴黎和芝加哥，除了以前报社的旧识之外，也没有任何人脉了。尽管如此，我觉得自己写的稿子当中，还是有那么两三篇很不错的，即使完全没有人脉关系也不至于发表不出去。那些文章包含了很多一手材料和背景，而且都是我在亚洲以及现在所待的这个刚成立两年的共和国的亲身经历。可是它们无一例外地被编辑拒绝了，有的还受到编辑的轻蔑。

同样一篇关于甘地的文章，我投给了著名的《国家》杂志，它的编辑告诉我，这篇文章对它的读者来说显得"太小儿科了"，而我在纽约的经纪人卡尔·勃兰特则看法不同，他写信告诉我，这篇文章只能引起一些"最严肃、最具有历史思维"的杂志的兴趣。但这篇文章最终没有引起任何杂志的兴趣，引来的只有一大堆退稿信，连格式都差不多，都是直接油印好的，上面的内容也差不多。

　　我们很遗憾地通知您，您的稿件不符合目前《纽约时报》的需求。

　　甚至当我给《纽约先驱论坛报》书评版的编辑艾丽塔·范多伦写信，问她是否需要我给他们写书评的时候，也被她拒绝了。不过后来艾丽塔成了我最亲密要好的朋友，她总是逼着我交出很多文章，而我根本没那么多时间。

　　我当然知道一个年轻的写手在刚跨入出版圈时一定会遭到很多的拒绝，但问题是我遭到了全部的拒绝。我有时会思考，这些不断拒绝我的编辑，究竟是一群什么样的怪人呢？威兹·威廉姆斯最早是《纽约世界报》的驻外老记者，后来又供职于《泰晤士报》，他曾经这样写道：

　　就我个人而言，我相信现在绝大多数的编辑应该去杂货店当店员，或者去疏通下水道，或者干点其他什么更低级的活儿……今天美国的编辑看上去基本上是水母和鳗鱼杂交的产物。所以你何必去计较他们对你的文章的批评，你写的东西比他们写的高明多了。

　　可是我没法不计较他们的意见，因为我现在没有工作，我需要发表文章来挣钱。

　　越过这段往事，后来由于我在纳粹德国和二战做了大量的播音工作，又出版了第一本著作《柏林日记》，有了一些名气。在那以后，许多当年对我作品毫无兴趣的编辑纷纷抢着找我约稿，可是我已经不缺钱，也没有时间写了。

在第二次世界大战早期，我的确很好奇美国一些杂志的编辑脑子里究竟在想些什么东西。1940 年 5 月到 6 月，我作为德军随军记者跟随他们一路进军荷兰、比利时和法国，直至进占巴黎，每一天我都记下了自己的见闻和经历。这些日记对德军全新的"闪电战"进行了深入的观察，正是这种革命性的战术变化，使纳粹德国在短短六个星期里就轻而易举地扫清了强大的法国军队。我把日记中的一大部分寄给了我的经纪人勃兰特，让他帮我在美国找找愿意出版的机构。当时我认为只要够"识货"的杂志社，一定会很快看上这些珍贵的一手资料，而且我会得到一大笔稿酬。当时我刚刚把自己的家从欧洲搬回美国，所以我需要钱去支付各种开支。

但是，譬如《生活》、《观察》、《星期六晚邮报》、《矿工杂志》和《读者文摘》的编辑，他们统统不"识货"，无一例外地拒绝了我的文稿。编辑告诉勃兰特，德国对西欧的征服已经结束，读者不再对这个事情有兴趣。

勃兰特最后把它送到了《大西洋月刊》，然后给我写信，《大西洋月刊》即使同意出版，稿酬也不会特别多，但是这也比不能出版要好。很久之后我才知道，当时《大西洋月刊》的编辑泰德·威克斯——美国最优秀的编辑之一——看了我的书稿之后，就把它们扔到抽屉里，忘掉了。

一年后，当《柏林日记》（这本书就是我战时日记的集合，我曾将它们作为短文分别寄给出版社）开始占据畅销读物排行榜的榜首时，泰德·威克斯才想起了那些被自己忘掉的稿子，他赶紧从抽屉底找出来，给勃兰特打电话，要把它们刊登在《大西洋月刊》上。

勃兰特告诉他："现在出版也行，不过稿酬必须比一年前提高十倍。"

就这样，《大西洋月刊》在收到投稿一年后才正式刊登，还付出了一笔数额惊人的稿酬。至于当初拒绝我的《读者文摘》，现在则急匆匆地过来找我，希望出一本节选版，它开出的价格之高，简直让我倒吸了一口凉气。

当然了，1933年我在西班牙的时候，无论如何也不会预料到日后的好运气的。那一年我写的所有东西被拒绝了。

当这一年快要结束时，我不得不面对一个残酷的现实：我希望通过投稿挣钱的计划已经完全失败，我必须在这一年结束前找到一份新的工作。我心里想着，不管是重回报社，还是投奔其他什么行业，只要能挣上钱就可以。我给美国的编辑和欧洲各处的媒体办公室的老总写信、发电报，向他们表达我希望在年底前找到一份工作。大多数人是我以前的老朋友或同事（譬如说埃德温·詹姆斯，他从《纽约时报》驻巴黎分社回到了纽约总部担任总编辑），所有人都热情地回复，说会记住我的请求，但都告诉我说由于国内大萧条还没有结束，所以他们现在不准备招聘任何新通讯员。

现在回忆起来有点奇怪的是，当时我遭遇了那么多的挫折，竟然没有灰心丧气。可能是年轻，也可能是因为在西班牙过得很舒服，所以我满心确信，等钱真的花光，一定会柳暗花明。一个人必须相信运气，我觉得自己既然霉运不断，那么好运气也应该会有。八年前，当我已经收拾东西准备回家时，就是意想不到的好运给了我在巴黎的工作，让我留在了欧洲，投入了一份带给我快乐的职业。

夏天，我们别墅的另一半也搬来了新的租客，后来我们才知道他就是安德烈斯·塞戈维亚，一位伟大的吉他演奏家。七年前我还在巴黎的时候就第一次欣赏了他的演出，我很震惊竟然有人可以用吉他弹奏出那么丰富且富有活力的音乐，特别是古典音乐。后来我在维也纳又一次聆听了他的演奏，演奏会之后的招待会上我和他有过短暂的接触。

作为邻居，我们和安德烈斯很快就成了好朋友，事实上，我们发现他不仅是一个优秀的音乐家，还是一个非常好的人；彬彬有礼，和蔼可亲，就像绝大多数的西班牙人一样；谦逊朴实，对人非常体贴。安德烈斯每天早上 7 点到中午都要练琴，但当他知道我在写书之后，就专门跑到别墅里离我们最远的房间去练习。我知道之后，专门跑去说不必如此，因为与他的练习相比，我的写作压根儿就是一件无所谓的事情，但他也没有听从。

每个星期，安德烈斯都会有三四个晚上来我们的客厅聚会。我从孟买、喀布尔、巴格达和伊斯坦布尔买了不少亚洲乐器的唱片，它们的演奏方式都和吉他差不多，所以他会专门跑来听这些唱片。看上去他对这些东方音乐非常着迷，他会要求我反复地放上好多遍。有时他也会带着自己的吉他来，和着亚洲的音乐弹上几首。安德烈斯评论道，这些亚洲音乐和西班牙当地的弗拉明戈舞曲不无相似，而弗拉明戈也是他的表演曲目，这种舞曲部分起源于非洲的摩尔人音乐和安达卢西亚的吉卜赛音乐。安达卢西亚是他的家乡。

每当安德烈斯演奏一些他时常练习的曲目，这个夜晚就变得让人兴奋。他会弹奏阿尔贝尼斯、法雅以及其他西班牙作曲家的一些作品，但更多时候则是演奏他自己改编的巴赫和莫扎特的古典曲目。我相信安德烈斯是历史上第一位用吉他演奏巴赫与莫扎特的作品的音乐家。只有亲耳听到他改编并弹奏的曲目之后，我们才敢相信这些伟大的古典音乐作品竟然可以用吉他来演奏，而且安德烈斯的演奏极为雄浑壮丽，音色丰富，韵致入微。

有一天晚上我突发感慨："要是有人告诉巴赫，他的一些最伟大作品被人改编之后可以用吉他弹奏，他一定会非常惊讶的。"

"不，恰恰相反，"安德烈斯说，"我相信巴赫的一些独奏组曲原本就是为鲁特琴①写的，之后他把它们改编成了适合其他乐器演奏的曲子，所以他的许多好作品自然就适合吉他。"

与我所认识的许多音乐家不同，安德烈斯酷爱文学。从交谈中就可以发现，他读过很多小说、诗歌、历史和哲学著作。他总是不停地和我讨论塞万提斯如何厉害，他临走送给我们的礼物就是一本西班牙语的《堂吉诃德》。安德烈斯还把乌纳穆诺的作品介绍给我们，后者是一位西班牙著名的哲学家，也是安德烈斯的好朋友和崇拜对象。安德烈斯的推荐促使我在夏秋两季读完了乌纳穆诺的《生命的悲剧意识》，由此学会了一些西班牙语。

有时候我们的一些朋友会来别墅小住，带来一些外部世界的新气息。英国下院夏季休会一开始，英国下院工党议员拉塞尔·斯特劳斯就会带着夫人帕特来到这里，之后是从马德里来的杰·艾伦（他还在为《芝加哥论坛报》报道马德里的新

① 鲁特琴，一种拨弦乐器，是中世纪到巴洛克时期欧洲这种乐器的总称，吉他由此演化而来。

闻），还有热情奔放的路易斯·金塔尼利亚，他是西班牙最优秀的青年画家之一，也是一个坚定的共和主义者。他的成名事迹是在两年前西班牙革命时，王朝倒台的最后几个小时，他爬上了皇宫的天台，展开了一面共和国的旗帜。路易斯和海明威是好朋友，他们两人之间经常用西班牙语通信，路易斯还经常把信的内容读给我们听。如果我没有记错的话，他们之间讨论得最多的就是斗牛表演和钓鱼旅行。还有一位维也纳的文学批评家海因里希·克兰茨，他从维也纳出来旅行，就顺便到了这里。他仔细研读了我失业后写的那个有关印度的剧本，还有最近写出来的小说，觉得我写得非常好，非逼着我保证一定要把德文版的翻译工作交给他来做——我觉得他的眼光实在有问题。特斯的弟弟当时正在维也纳大学念书，他暑假的时候一路骑自行车来到了滨海略雷特，然后几乎整个夏天都和我们在一起。他告诉我们，由于受到了希特勒掌权德国的鼓舞，所以奥地利境内的纳粹势力现在变得强大起来，很有可能以后会夺取奥地利的政权。

这些访客给我们带来了最新的消息，使我和特斯在短暂的避世生活中了解到外面的世界。我们对此很感激，但是眼下我们仍然不想回归世俗。

秋季到来，等到最后几位访客也离开之后，我和特斯于经济承受范围内在西班牙进行了一次小小的旅行。我们去了马德里附近的托莱多和普拉多博物馆，在那里我们发现了文艺复兴时期著名画家艾尔·格雷考的许多作品，这次旅行我们终生难忘，简直就是我们生命中最美好的时光之一。11月28日，我在日记这样回顾：

我和特斯走遍了普拉多博物馆的每一个角落……在一条很长的画廊里，我们无意当中走进了左手边的一间小偏房，立刻就感觉踏进了一个令人惊喜若狂的新世界——这里是艾尔·格雷考的世界，在世界上其他任何地方都不会看到也想象不到。当我仔细看着这些艺术或自然的奇迹，我觉得一股兴奋劲直接从大脑冲向了脊柱，这种感觉至少出现了六次。

在普拉多博物馆无意当中发现了格雷考的画藏，只是我们这次美妙旅行的前奏曲，之后一周我们在托莱多各种各样的教堂里都发现了更多他的大作。其中我印象最深的是在一间名叫圣托梅小教堂里，看到了他的《奥尔加斯伯爵的葬礼》。教堂内光线昏暗，但是借着微光我们仍可以发现这绝对是一幅绝世佳作，它也一定是这位天才的有克里特岛希腊血统的西班牙画家最伟大的作品之一。

以往，任何艺术，不管是雕塑、交响曲还是室内乐，只要能深刻地打动我，我都能够用语言准确且充分地描述出这种感觉。然而，当格雷考的这幅画呈现在我面前的时候，我觉得自己顿时语塞了，我完全找不出任何词语来描述它给我带来的巨大震撼。我在意大利、荷兰还有法国看过无数画作，但是这一幅带给我的感觉完全不同，它是一种全新的、如火山喷发一般的对艺术感情的宣泄，这种感觉也许可以在伦勃朗、达·芬奇和米开朗琪罗的作品中找到，但是又和他们的作品完全不同。在这幅画里，格雷考对人物的处理极为奇特，是任何画家都没有用过的手法，画面里人物的身体，特别是他们的面庞都被刻意地扭曲、拉长和弯曲，他们的双臂缠绕在一起，眼睛被灼烧成了空洞，漆黑的天空里闪现出一道闪电，乌云密布，呈现出让人不寒而栗的灰白色。格雷考没有按照自然本来的面目去描绘世界，而是用自己不可思议且不能满足的想象力对它们进行了加工。他的画笔下，在一个如噩梦一般的世界里，男人和女人都被卷入命运的湍流，骚动、争吵、茫然、煎熬、恐惧，对宗教充满了狂热的渴望。难怪一些格雷考的对手怀疑他是一个疯子，或者说他因为眼睛的散光疾病而不能直视，所以画出的作品都是扭曲的。

看完格雷考的作品之后，我和特斯就很难再对委拉斯开兹的作品有什么很高的评价了。从托莱多回到马德里之后，我们又去了普拉多博物馆欣赏了委拉斯开兹的画作，这种变换就好像从一个备受折磨的黑夜来到了一个宁静祥和的白天，在我们看来，与格雷考相比，委拉兹开斯的创作过程显得非常简单明了。

我们还去看了另一位伟大的西班牙画家弗朗西斯科·戈雅的作品。与委拉斯开兹一样，戈雅也做过一段时间的皇家御用画师，但是他们两人的作品风格大相径庭。他为西班牙国王以及皇室家族所绘的肖像绝非简单的谄媚之作，他是以一种冷眼旁观的态度看待这些人，甚至他看待世界的态度也是这样的冷漠，在他眼中这个世界几乎就是一场残酷的闹剧。不过我记得最深刻的就是他描绘了人们对战争的恐惧和所受的折磨。尽管我们这个时代的战争与大屠杀远比戈雅那个年代所观察到的要可怕得多，但我认为他仍然是唯一一个把握住了这种恐怖感觉的画家。

有一天，我们站在普拉多博物馆里他的画作《1808 年 5 月 3 日的处决》前，被它深深地迷住了。那一年的 5 月 2 日，缪拉元帅率领法国军队进入了马德里，当地的平民苦于没有武器，只好拿起木棍和石头进行抵抗。第二天，缪拉就把这些平民拉到了城门前，命射击队公开枪决。戈雅目睹了这场大屠杀，他极为震怒，对征服者充满了无尽的愤怒，对殉难者充满了同情，于是便画下了这个残忍的场景。所有看过这幅画的人都再也不能忘记它的内容。黑夜里法军点起了火把，愤怒的被俘平民站在那里，士兵们在他们面前仅仅几英尺以外的地方举起了枪，平民们的脸庞因为恐惧已经毫无颜色，一些人试着用手捂住脸，另外一些人则握紧了拳头。一个即将被处决的人举起了双手，满是恐惧地看着面前黑森森的枪口，在他的面前满是尸体，血流成河。当我们观看这幅画的时候会觉得这只是一个噩梦，但是戈雅不断地在提醒我们这是真实发生过的事情，这就是战争，一种有组织的、野蛮的杀戮。

我们驻足良久，陷入了深深的恐惧，一位助理馆长注意到了我们，他走过来提示我们应该走到顶层去看看另外一些展览，那里有戈雅创作的一个版画系列，叫"战争的灾难"。我估计有400余幅版画。这位助理馆长说这些画记录了法国军队在侵略西班牙期间所犯下的种种暴行。我和特斯看了大约一个小时，直到最后我们的心灵也不能承受这些恐怖的记录。我相信这些版画是我见过的对残酷战争做出的最声嘶力竭的控诉。

两年半以前，西班牙发生了革命，西班牙人民从中世纪式的统治中被解放出来，共和国成立，如今在这个秋季，西班牙共和国却已显得摇摇欲坠。当我和特斯在马德里旅游的时候，西班牙国内正在举行大选，两年前发动革命的人输掉了选举，议会迅速通过了新宪法和一大批新法律。这些剧变使一个落后、保守、笃信天主教的西班牙被迅速改造成了现代国家。然而在我看来，这种改造似乎过于猛烈和激进了。看上去对革命并不那么热心，而且有些敌视共和分子的右翼党人在这次选举中以极大的优势取胜。而我的一些西班牙朋友，譬如金塔尼利亚，他们坚持认为，共和派之所以失败，是因为这次选举中妇女第一次拥有了投票权，然而教会的牧师让她们投给谁她们就投给谁。

自从我来到西班牙之后，我所了解到的全部事实都在告诉我，新生的共和国已经日益背离它充满希望的初衷。1931 年春天，西班牙旧王朝终于不堪重负而崩塌，统治西班牙长达五个多世纪的波旁王朝覆灭。国王阿方索在平和安静中退位并离开了西班牙。当地没有发生流血冲突，也没有发生革命。共和派自然而然掌握了政权，其领导者主要是中产阶级的知识分子、律师、医生、大学教授和作家，在背后支持他们的则是社会党人和他们的工会。[1]

在我看来，共和派组成的政府在头两年时间里的政绩还是可圈可点的。

新政府打破了教会长期以来对西班牙的控制，实行政教分离改革，教会的财产被收归国有，耶稣会则被解散，其他宗教活动也受到了严格限制。原先遍布西班牙的教会学校被改造成为世俗学校，提供免费的义务初等教育，女性也第一次被赋予了选举权，还和男性一样拥有其他相同的社会和政治权利。原先被教会明令禁止的离婚现在变得相对容易，民事婚姻受到法律的认可。一切贵族头衔制度被废除，中世纪的刑事法则被大量修改，增添了新的自由主义要素。政府还建立了最低薪金标准，并认可工人拥有组织起来的权利。土地改革给大地主以沉重打击，超过 56 英亩未得到耕种的土地被国家收走，根据土地原所有者缴税的份额对其进行补偿[2]，然后再将土地重新分配给农民。

几个世纪以来，一直要求自治的加泰罗尼亚和北部的巴斯克地区都获得了有限的自我管理权。

在君主统治时期，西班牙军队和教会是维持王朝统治的两大支柱，现在军队被划归民选政府直接管辖，凡是不肯宣誓效忠共和国的军官一律被剥夺军衔。包括百余位将军在内的上万名军官（西班牙军队上层机构臃肿）最终退役，政府向其支付终生薪水。

短短几年内，西班牙新政府的这些变革措施都被确立为正式法律。相比之下，为了促成这些类似的变革，美国足足花费了四分之一个世纪的时间，经过伍德罗·威尔逊和富兰克林·罗斯福两位总统的努力才得以完成。而且考虑到之前的西班牙是一个极为落后的国家，因此新政府在很短的时间里能够完成这么多改革法案，实在让人印象深刻。然而，这些剧烈的社会变革法案没来得及被真正实施，共和派政府就已经在 1933 年秋季的大选中输给右翼联盟，后者上台之后立刻就把这些改革计划搁置起来。

共和派之所以下台，是因为他们受到了诸多政治和社会力量的反对。教会、富裕的地主和资本家、被迫领取退休金而退伍的旧军官全部支持反对改革的政客。不仅如此，最让人吃惊的是，过去两年里共和派政府致力于解放的工人和农民全部站到了无政府主义者的一边，这对共和派造成了沉重的打击。[3]

仅仅两年时间，风雨飘摇的共和政府就发现自己的敌人不仅来自左翼，也来自右翼。政府一度寻求清除这些反对势力，但是控制政府的自由主义者和社会党人总是太温和与宽容，他们不愿意采取激烈行动彻底消灭反对者。政府仅仅剥夺了教会的特权，却让它保存了足够的实力，决意进行反抗。[4]耶稣会虽然被查禁，但是其成员没有被驱逐出境。尽管政府禁止神学教育，但是当这些教学活动仍然继续进行的时候，政府也并未采取任何行动。政府希望通过让旧军官退役的方式达到净化军队的作用，却又同意给他们终身薪水，使得这群人饱食终日，可以心无旁骛地参与反对政府的阴谋。

大选结束了，自由主义的政府倒台，取而代之的是右翼势力，仅仅过完秋天和初冬，我就发现这个年轻的共和国慢慢走了下坡路。它当初的理想极为美好，却没有足够的力量去捍卫，面对敌人的威胁挑战显得极为幼稚。

与此同时，魏玛共和国也以几乎同样的方式走向崩溃，西班牙共和派深受其自由主义的宪法和其他法律鼓舞。1933年初，魏玛共和国经历了最后的痛苦挣扎，1月，希特勒正式成为政府总理，他立刻着手将德国人民实现的自由——粉碎。西班牙共和国也会步入德国的后尘吗？恐怕的确如此。在我看来，西班牙共和国要想走出困境，除非出现奇迹，或者撞上什么好运气。

1933年底，我开始准备收拾行李离开西班牙，我感觉到这个可爱的国家开始日益向无政府和暴力的方向堕落。国内似乎没有哪个政治人物、团体或政党有足够的智慧或强力去阻止这种趋势，甚至缺乏尝试的意愿。共和国刚刚建立时人们之间互敬互爱的兄弟友谊已经堕落成残忍的自相残杀，内战开始展露苗头。

在小渔村度过了田园般的一年生活后，我们的钱也用得差不多了。

于是我再一次四处求职，投给美国报社领导以及巴黎、伦敦新闻社的求职信和电报仍然没有回音，发给纽约新闻编辑的电报和信件同样如此。感谢罗斯福总统力挽狂澜，美国开始逐步走出大萧条的阴影，但是国内仍然有 1000 万人失业，我的许多朋友都赋闲在家，经济的重新复苏仍然需要漫长的时间。我被告知，纽约本地的报社不会招募新员工，尤其不会新增驻外记者职位。

我和特斯在伦敦度过了圣诞节和新年，拉塞尔·斯特劳斯和帕特招待了我们，他们之前在滨海略雷特与我们共度两周。他们的家就位于海德公园附近。拉塞尔现在是英国下院的一名左翼工党议员，继承了不少兴盛的家族产业。感谢他们的慷慨，我和特斯得以暂时忘记贫困与黯淡未来所带来的烦恼，充分享受了一回奢华的生活。

我又给美国通讯社驻伦敦办公室的一些老同事打电话，还询问了一些仍然保留有海外职位的美国报社，他们也依然没有招募新人的计划。

这让我感到一些沮丧，不过好在有圣诞和新年，我也没有什么时间顾得上长吁短叹。我确信事情一定会有转机，于是我和特斯打起精神享受节日的好时光，我们又去参观了一次国家美术馆和泰特美术馆，还去了大英博物馆参观额尔金勋爵从希腊拉回来的雕塑。下午我们又穿过舰队街（我在这里的《芝加哥论坛报》办公室里度过了几个夏日）去了圣保罗大教堂，晚上还去了剧院和音乐厅。新年前夜的时候，斯特劳斯夫妇又陪着我们一起去艾伯特音乐厅参加了一个狂野的假面舞会。

我们在伦敦期间还拜访了很多老朋友，比如说工党的政治新星、温暖迷人的奈·贝文，还有来自苏格兰煤矿区的工党下院议员珍妮·李，珍妮大概是议会里最年轻也最漂亮的议员了。我当时就发现珍妮和奈可能已经相爱，他们同样出自矿工之家，一个来自威尔士一个来自苏格兰。后来他们果然结了婚，而且都在仕途上平步青云，等到工党重新夺回政权之后，两人甚至都进入了内阁。

在长达两个星期的假期里，斯特劳斯夫妇安排了各种各样的娱乐活动，我们见到了一大批政客、艺术家、编辑、作家和记者，在他们当中，我印象最深的就是亨利·摩尔，他的许多原创雕塑作品充满了力量，令人振奋，独具一格，不过那时候他的名气还远没有后来那么大。另外一个更有趣的人是哈罗德·拉斯基，他是工党中非常杰出的理论家，脾气却有点古怪。当他在某一小群人里聊天的时候，他的发言具有很强的启发力和煽动力，很容易让别人入迷，但是他有一个很古怪的习惯，喜欢在谈话中频繁引用名人的名字来拔高自己。譬如说他会告诉你他刚刚从自己的老朋友罗斯福总统那里收到一封信，或者他的好朋友法兰克福特大法官又给自己写信了，他们在信中和自己大谈特谈世界形势；或者说自己前几天刚刚和伯特兰·罗素辩论了一下共产主义的问题，然后毫无疑问是自己占了上风。尽管如此，我还是非常喜欢他，他是一个很会挑战并动摇他人思想的人。

不过我不太理解，尽管拉斯基抱负远大，但他始终未能成为工党领袖，也没能进入内阁或担任其他重要职位。也许是因为他太天资过人了。英国政界，不管是保守党还是工党，似乎都不信任那些最睿智、最有想法的人。

斯坦利·鲍德温就是一个典例。他是保守党的领导人，而且由于工党老领袖拉姆齐·麦克唐纳健康日益恶化，所以鲍德温成为工党政府中真正的实力派。然而，从来没有人认为鲍德温是一个富有启发力或杰出才华的人，他虽然算不上愚笨，却带有"约翰牛"① 那种典型的木讷气质。英国人似乎就是特别喜欢鲍德温这种浑浑噩噩混日子的政客。

在我看来，尽管大英帝国仍然富有威望，海外殖民地和联邦成员遍布全球，但是它日益变得目光狭隘了。在伦敦似乎没有人对希特勒在德国逐步建立独裁统治表示担心，也没有人关心新生的西班牙共和国处于风雨飘摇之中。工党当然不喜欢希特勒，但也只是模模糊糊地感觉纳粹主义可能会是一种威胁。至于保守党，则倾向于认为希特勒的做法并无不妥。1933 年夏秋时节，有好几位保守党高官访问了柏林，回国后向政府报告，称希特勒在德国重新建立了秩序，街头上再也没有各种政治势力的喧闹——事实上是因为希特勒已经摧毁除纳粹党外的各派政治势力，但是这些官员好像对此一无所知，而且他们很开心地看到希特勒成功地镇压了德国境内不信神的共产主义者势力。

我和我的工党朋友说了一些有关西班牙的情况。我告诉他们当地新政权正处于动荡之中，爆发内战的可能性是存在的，届时西班牙就会四分五裂，而且可能也会走上法西斯的道路。但是他们对我说的东西并没有太大的兴趣，当然也可能因为他

---

① "约翰牛"（John Bull）是英国的拟人化形象，出自苏格兰作家约翰·阿布斯诺特的讽刺小说《约翰牛的生平》，是一个头戴高帽、足蹬长靴、手持雨伞的矮胖愚笨的绅士。

们并不相信我的话。大多数英国保守党成员都敌视马德里的新政权，指责其焚烧教堂和压制抗议的行为。在他们眼中，阿方索国王再怎么差劲，至少可以保持国内秩序稳定。和他们看待德国问题的角度一样，这群保守党的老浑蛋，他们心里最关心的就是"法律和秩序"。

离开伦敦返回西班牙的路上，我们在巴黎短暂停留了一下。当时埃里克·霍金斯在《纽约先驱报》巴黎分社做编辑，他是一位非常和蔼的英国人，他说等上一两个月，他有可能给我提供一个编辑部里的职位。我出于自尊心，没有告诉他实际上我已经山穷水尽，手里只剩下最后的 100 美元，根本不够再支撑一到两个月了。不过霍金斯保证，一有消息，他立刻就会给我发电报。

回到滨海略雷特之后，我和特斯度过了极为凄凉的一周。1 月的西班牙天气非常阴冷，巨浪不断被吹到我们的房前，整个屋子里就更加寒冷了。我和特斯连最后一点买煤取暖的钱都没有，就只好学着那些西班牙穷人的办法，把多余的毛衣和毯子一层层地裹在身上。我们整日里盼着地中海的太阳能够再次出现，这样可以给我们一点免费的温暖。因为肉的价格相对较贵，我们也不再购买肉食了，而是直接从每日出海的渔民手里买点鱼类，所幸他们的要价不高，有时还会额外送一点沙丁鱼给我们。渔民知道我们住在一栋大别墅里，还是从美国来的，所以他们没有怀疑过我们已经变得比他们更穷。

最后一点钱即将在几周之内用完，但我和特斯仍然没有想到任何别的出路。我尝试了所有找工作的机会，一无所获。我们心里在盘算，如果彻底走投无路的话，就只能想办法回美国了，如果我能够借到买回国的船票的钱的话。我弟弟在纽约工作，不过他已经警告我，现在想在纽约找到任何一份工作都特别困难。即便如此，我和特斯也已经做好最坏的打算，只要能回到美国，就算找不到工作，我们也可以去曼哈顿排队领取救济面包。我们从报上看到，一些之前过得不错的人现在也都加入了救济大军。

我们的房租交到了 4 月，现在我和特斯能做的事情就是尽可能节省地过完最后这几个星期，并且相信会有转机。如果最后还是一无所获，那么我们就老老实实地打包走人。

不过，我们还是没有沦落到那一步。在巴黎的霍金斯最终给我发来了电报，问我何时可以过来报到上班，他为我找到了一份工作——在《纽约先驱报》当日班编辑。

对我而言，其实这是个很沮丧的事情。九年前我从美国来到巴黎，做的工作就是在巴黎的一家美国报社当编辑，三年之后，我成了驻外记者。这六年来我的足迹遍布欧亚，没想到时光轮回，我竟然又成了一个小编辑，难道这九年来我的进步就是这样的吗？尽管这种想法让我深感沮丧，但是和所有人一样，我必须先解决吃饱肚子的问题，而且至少我又可以回到报社——我喜欢这个行业，更重要的是，我可以回到巴黎，这是这个星球上我最喜欢的城市。

在西班牙一年的生活使我相信，要成为一个作家，特别是成为一个能靠写作养活自己的人，仍然需要更多的人生磨砺。事实上，我虽然仍有最终写成自己著作的动力，但目前看来，当个新闻记者才是我最擅长的事情。我喜欢记者这份工作和这种生活方式。欧洲的形势再次动荡不安，右翼的法西斯极权主义势力在德国和意大利上台及在西班牙带来威胁，左翼的共产主义力量则控制着俄国，英法两国的民主制度也出现了腐朽堕落的趋势，欧洲重新陷入了四分五裂的状况。我决心甩开膀子大干一场，去努力理解并追踪报道这些事情。

霍金斯从巴黎发来的电报给我和特斯几乎绝望的生活打了一针强心剂，我们立刻买了 100 磅的取暖煤，把整个屋子烧得特别暖和，然后又买了一加仑的当地葡萄酒暖身，接下来又大吃了一顿以庆祝我们的好运气。

不管怎么说，在西班牙的一年休假时光是我们拥有过的"最棒"的生活，当晚我在日记里写道："它是我们迄今为止在一起度过的最开心、最平静的生活。"当初在印度的生活极大地损害了我们的健康，现在我们终于彻底地康复了。这一年里，我们在这个风景如画的加泰罗尼亚小渔村过着梦想中的生活。

（我在日记中写道）这一年我和特斯有了更多的时间去了解彼此，我们四处闲逛或玩耍，品尝美酒和美食，在午后观看斗牛比赛，在夜晚去巴塞罗那的中国城品尝五花八门的美食。四季变换，我们看到了山上绿油油的橄榄树，看到了春天地中海无与伦比的碧蓝，看到了马德里令人惊奇的阴冷灰白的天空。我们结识了西班牙的农民、工人和渔夫，他们尽管生活凄苦，但是人格高贵、品行正直且富有胆识。还有托莱多和普拉多，在那里我们还欣赏到了格雷考的才华……

这一年真的很美好。

1934 年 1 月底，我留下特斯负责收拾我们的书籍和行李，归还房子，我则独自一人从附近的赫罗纳坐上前往巴黎的火车。当火车一路向北驶往巴黎的时候，我突然想到再过一个月我就满 30 岁了。男人 30 岁时要么已经步入人生的正轨，要么就已经放弃努力而退出了人生的竞技场。我在思考，在迎来人生这次最近的转折点之后，在我前面的究竟是什么？

尾　注

[1] 西班牙的 300 万工人几乎均等地隶属于两个对立的政治派别——社会党人和无政府主义者，后者反对任何形式的政府、共和制或君主制。至于西班牙的共产党势力则根本微不足道，1933 年的时候他们只拥有 3000 名成员。

[2] 由于长期以来这些富裕的地主一直想方设法逃税，因此实际上他们获得的补偿都少于被没收土地的实际价值。

[3] 西班牙是世界上唯一一个无政府主义者可以获得许多工人和农民的支持的国家。

[4] 西班牙教会总教长、托莱多教区大主教兼罗马教廷红衣大主教塞古拉公开宣称要在一个月内与共和政府对抗到底，他在给西班牙全体神父和教众的一封训诫信中煽动暴力，要求每一个天主教教徒都要"像无所畏惧的战士一样去战斗，随时准备为了和政府斗争而慷慨赴死"。政府要求他离境，于是他被迫离开西班牙，但是几个月后他又悄悄潜回国内。政府将其擒获后，武装押解到法国边境地区。在流放期间他极力赞扬佛朗哥的反叛行动，内战结束前，他回到西班牙，重新担任了塞维利亚大主教。

第五章

重返巴黎：1934

抵达巴黎之后的那个春天，我的心情一直不好。每每想到我的人生和工作重新回到了九年前的原点，我就感到沮丧和挫败。

尽管我对自己能够重新获得工作颇怀感恩之心，但是一坐在《纽约先驱报》巴黎分社的编辑室里，我就感觉自己很难面对这凄凉的现实。1925 年的夏天，当时我才 21 岁，刚刚从爱荷华一所很小的大学毕业，然后在《芝加哥论坛报》巴黎分社做编辑，接下来的几年，我作为驻外记者来往于欧亚。我无法忘怀这些日子。如今一切归零。我的自尊心受到了伤害，失败情绪严重。当然，在经济危机最初和最严重的岁月里，一点面包渣也是值得感恩的。至少它让我活了下来。

与我跌宕起伏的生活相似，巴黎和整个法国日渐凋敝，我几乎认不出它们了。

四年前，当我离开巴黎前往维也纳工作的时候，法国仍然被认为是欧洲大陆上最强大的国家，这片土地好不容易从第一次世界大战的破坏与仇恨中恢复过来，国家重新变得繁荣富强，人民自信而轻松，人人都沉浸在难得的和平与安详之中。没有哪个国家能够威胁法国，也无法挑战它在欧洲大陆的霸权。

当时大萧条还没有冲击到法国，1930 年 1 月我离开巴黎之际，国内经济形势仍然一片大好。1926 年法国财政亏空，到了 1929 年国库盈余已达到 190 亿法郎，工业产值创下历史新高，对外贸易实现高额盈余，整个国家只有 812 人处于失业状态。相比之下，同期的美国、英国和德国则有百万计的失业人口。

在我看来，巴黎是这个世界上最可爱的城市。对于法国人，以及对于来此访问和居住的外国人，尤其是美国人而言，巴黎就是光明之城，它是全世界的文化之都，也是人类历史上最美丽的大都会。这里的生活热闹非凡。巴黎的剧院、音乐厅、歌舞厅、餐馆和咖啡厅都挤满了人，价钱极为公道。艺术博物馆和美术馆总是吸引人们蜂拥而至，出版商不断出版大量书籍，人们也踊跃购买和阅读。全世界没有别的城市能够像巴黎一样有这么多书店，也没有这么多的文学和艺术评论刊物，别的地方也产生不了这么多的艺术和学术成就。

法国政府尽管总是如走马灯一样变换，但这也不是什么新鲜事。在法国民众看来，作为一个强烈奉行个人主义的民主国家，时常变换政府只是应有的代价，不足为奇。尽管大多数政府碌碌无为，但是它们至少维持了法郎的稳定，实现了财政的均衡，并且创造了一个繁荣幸福的时代。

历史学者和传记作家在回顾历史的时候，一定会把20世纪20年代看作法兰西第三共和国历史上最后的黄金时光以及最美好的时光之一，而且人们期待这种繁荣将持续至下一个十年。国内的对立与冲突情绪纷纷销声匿迹，人们奉行宽容的理念，一切生活都十分美好——能与之媲美的只有1914年大战爆发前法国所拥有的近四分之一个世纪的黄金年代了。

然而当我在阴冷的1934年1月回到巴黎时，才发现当年繁荣富强的巴黎和法国都已经成了往日云烟。首先让我惊讶的是，法国内部的尖锐冲突凸显出来，整个国家弥漫了仇恨与对立的情绪，左右派之间竭尽所能相互攻讦，右派攻击左派会把法国带向无神的共产主义，左派说右派会建立极权主义的法西斯统治。

让我最感震惊的是，法西斯势力开始在这个国家发端并成长。记得我刚刚来到巴黎的那几年，极权主义思潮在意大利很兴盛，在德国甚至更为流行，但是在法国国内看不出任何此类的迹象。当时只有保皇势力法兰西行动党宣称要推翻第三共和国的统治，但是没有人把他们当回事，君主制在法国注定行不通。

现在我吃惊地发现，这个国家里反国会的法西斯势力如同雨后春笋一般四处生长开来。在这些人当中，只有少数一两个组织看起来像在 19 世纪最后的 25 年里反对共和党和闪米特人的组织，他们的波拿巴主义和布朗热主义是法国固有的，其他绝大多数法西斯势力很像意大利的黑衫党和德国的褐衫党，具备了全新且更丑陋的特质。我完全不敢相信的是，这些法国的法西斯组织竟然也穿着各种颜色的衬衫，高筒靴将街道踏得震天响，在街头肆意殴打正直的平民和毫无恶意的政客，公开叫嚣要颠覆法兰西第三共和国。

我回到巴黎，几乎每一天都有法西斯分子在街上挑起暴动。他们掀翻并焚烧电话亭和小汽车，与前来镇压的宪兵和国民卫队公开对抗，他们甚至打到法国议会的门口，要求把"国民议会里的坏蛋"全部扔出来，还叫嚣放火烧毁议院。

霍金斯不久把我调离了日班编辑岗位，让我作为记者去报道暴乱现场。我很高兴又成了记者，有了新任务，颓丧也一扫而空。这是个大新闻。不过让我极度震惊的是，我才离开了不过四年，我眼中曾经那么和平且稳定的法国，现在却像西班牙一样滑向内战的深渊。在我刚刚到达巴黎的那几天，我真的觉得法国正朝那个方向走去。

问题是，在这四年里，法国怎么就成了今天这个样子？很显然，我得做很多功课找到这个答案，我在报道中做出了深度的分析。起义还未发生，然而，一个成熟的民主政体为何走到危如累卵的地步，其中有很多原因值得思考。

原因之一，当然是经济大萧条。

随着经济危机的蔓延，维也纳信贷银行最终倒闭，德国陷入了严重的财政恐慌。1931 年 9 月 21 日，英国宣布放弃金本位制度，英镑贬值 40%。随后法国在当年秋季受到冲击，股市暴跌（正如两年前纽约股票交易所经历的"黑色星期五"），财政部多年积攒下来的盈余变为赤字，对外贸易受到严重影响，工业产值更是一落千丈，失业率破天荒地急剧上升。

与工业化程度更高的英、德、美相比，经济危机对法国的打击并没有那么严重，其失业人口几乎从未超过 50 万，但其经济衰退已经足够显著，这是 100 多年来法国遭遇过的最严重的经济和财政危机。第三共和国议会的无能和频繁更迭的内阁让危机进一步加重和蔓延，政府没有能力采取有效措施去应对。

继英国于 1931 年将本国货币贬值了 40% 之后，到了 1933 年，美国也步其后尘，很显然，法国也应该紧随其后采取类似的措施，保护本国经济免遭国际市场动荡的影响，但是法国政府没有这样的胆量。20 年代中期，法郎发生过暴跌，导致法国民众的储蓄一夜之间基本化为乌有，因此民众对法郎异常敏感，至今没有一届政府敢再次宣布贬值。最终的结果就是，法国独自固守过去的金本位制度，也就从价格上自动退出了国际市场的竞争。政府采取了一种严重的通货紧缩的政策，后果严重：国内生产减少，于是工资被削减了。民众的痛苦加剧，愤恨由此蔓延。

在英国和美国，民众把不满转变成为对当局的抗议（美国民众在 1932 年大选中将胡佛总统赶出了白宫），而德国与法国的情况比较相似，民众都对共和政体发了火。德国人选举希特勒上台，法国境内则出现了一些右翼联盟，他们要求推翻第三共和国，建立带有法西斯极权主义色彩的新政权。在这些右翼领袖的眼中，1934 年初已经成了他们动手的好时机。

这些右翼领袖都是一些什么人？他们从哪里组织起了在巴黎街头发起暴动的队伍？他们的最终目的又是什么？刚到巴黎的前几周，我花了大量时间去追寻这些问题。这个过程并不容易。尽管暴动一天比一天猛烈，但是就连当局和警察部队也很困惑，他们完全搞不清楚这么多的反抗者究竟是从哪里冒出来的。

事实证明，这些反抗者的历史渊源远比我猜测的还要早得多。早在 1926 年的时候，法郎一路下跌，政府几乎破产，电力大亨埃内斯特·梅西耶就组织起了一场名为"法郎复苏"的反现存议会制度的行动，提出一战结束后的世界已经变得大为复杂，不论国内事务还是国际政治和金融问题都需要专门化的知识，而当前议会里的**政客**根本没有能力处理这些难题，因此法国人民需要一个熟悉现代资本主义社会运作规律的"技术型"议会和政府。梅西耶同时指出，法国许多大企业和金融机构完全能够提供这种专业型的人才。换句话说，梅西耶希望由自己的人直接掌管国家事务，而非像现在这样间接影响，梅西耶认为自己的理想可以在墨索里尼的"社团国家"模式中实现。他的观点逐渐赢得了法国许多经济界大佬的支持，他们一起出百万巨资致力于宣传这种理念。

当我来到巴黎的时候，梅西耶已经按捺不住自己的野心，

1月24日，他在一场大型集会中对自己的追随者公开宣称：

> 只有一个解决办法——所处的环境要求我们这样做——那就是一个权威政府……在我们的目标实现之前绝不罢休。

工业界与金融界的人士都明白梅西耶所谓的"权威政府"究竟是什么意思，另外一些领导人说得甚至更加露骨。有人在他们的机关报《每周评论》上发表专栏文章，公开要求按照意大利模式成立社团国家。还有一家大企业的发言人弗朗索瓦·格里克斯在该报上发表文章，预测政变不可避免而且即将来临。

> 政变很快就会发生，一切都会很简单。内阁将会无限期休会，巴黎将会被前来抗议的纳税人和失业者团团包围。

他预测，"领导阶层"已经准备好开始行动。

"花生油大王"雅克·勒迈格尔·迪布勒伊的话说得更为明白。他组织了"纳税人联盟"，在联盟1月29日的集会上他宣称：

> 我们将要组织一场进军国民议会的示威行动，如果有必要的话，我们将会使用鞭子和棍子赶走这些无能的议员。

虚弱的法国政府对于这些言论毫无警觉，也许是因为他们更关心那些好斗的反对组织，那些暴徒整日在巴黎街头发动骚乱。

在各种暴乱组织中，最活跃也最有效率的当属保皇党组织法兰西行动党，他们组织了名为"卡米洛特民族联邦"（Camelots du Roi）的突击队。保皇党的诗人哲学家夏尔·莫拉斯每天都会在报纸上发表一篇极富煽动性的文章，巴黎城里最有名的批评家莱昂·都德也在《法兰西行动报》上发表类似的文章，由此法兰西行动党部队的斗志一日高过一日。1月9日，也就是在我抵达巴黎之前，他们发起了一次大规模的抗议行动，并试图冲击国民议会大厦，不过被警察部队挡了回来。

不管是法国政府还是警察部队，都不知道法兰西行动党在新年后发起如此大规模暴乱的原因究竟是什么。事实上，他们一方面是为了利用当前法国右翼分子煽动叛乱的大好时机来反抗议会，另一方面他们还有一个更加隐秘的目的——实现王朝复辟。法兰西行动党的领袖都收到了让·德·奥尔良（吉斯公爵）① 的秘密指令，敦促他们发起更多反抗行动。这位年仅26岁的年轻王子相信重新在法国建立奥尔良王朝统治的时机已经成熟，1934年初，他和父亲将莫拉斯以及其他保皇党领袖召唤到布鲁塞尔（"皇室"家族被流放后的居住之地），催促他们尽快颠覆法兰西第三共和国的统治，他还表示其他政治势力和右翼的一战老兵也应该被拉拢进来，发动政变。

到了1月底，我终于摸清了其他政治派别的底细，而且初

---

①　法国奥尔良皇室的后人。1848 年法国革命之后，他的整个家族就被迫流亡海外，他和自己的父亲定居于布鲁塞尔，将自己伪装为法国王室合法的继承人。

步查清了他们的规模。在这些街头暴力组织当中，年代最久远的是一个叫作"爱国青年团"的组织。它是 1924 年法国金融危机时由一位右翼议员皮埃尔·泰坦热建立的，主要成员是从大学生中招募而来的。我采取了一些连蒙带骗的手段，成功地从警察部门搞到了有关爱国青年团的档案，上面显示它在全国有近 9 万名成员，其中 6000 多人集中在巴黎。街头的暴乱者被组织为一个个由 50 人组成的小分队，他们统一着蓝色雨衣和贝雷帽，负责指挥小分队的则是一位名叫达索菲的退役将军。

还有一个类似的街头暴力组织叫作"团结法兰西"，是由香水大亨弗朗索瓦·科蒂于 1933 年建立的，这位富商涉足右翼政治运动已有十年之久，而且创办了自己的报纸。当年我刚来巴黎的时候，曾遇到这位出生于科西嘉岛的香水大王。他是个毫无思想又自大浮夸的人，然而他越来越相信自己是这个国家的救世主，没准还能和自己的同乡拿破仑一样登上皇帝的宝座。尽管这个想法非常荒谬，他仍然是个政治低能儿，但很显然，在我回到巴黎的 1934 年，他真的把这项事业干起来了。

与这位香水大王相比，更具有威胁的是他建立的这个暴力组织。负责指挥这支队伍的人叫让·雷诺少校，退役前是殖民地军官，有煽动暴民的演讲天赋。他的队员穿着清一色的蓝色衬衫，头戴黑色贝雷帽，脚蹬高筒靴，口中高喊着口号："法国是法国人的。"雷诺少校宣称自己的战斗队伍拥有 18 万人，其中 8 万人集中在巴黎。警方向我确认，他的实际军力可能连他吹嘘的五分之一都不到。尽管如此，1.5 万名受过巷战训练的暴徒在首都活动，仍然会造成巨大的麻烦。事实上，1 月底他们就在巴黎发动了一场暴乱。

在各类组织中，法西斯色彩最浓的应当是一个自称"法兰西运动"的组织，他们从墨索里尼和希特勒那里获得了很多灵感。法兰西运动成立于1933年秋季，创立者是一个叫马塞尔·比卡尔的右翼投机分子，他认为自己最终可以成为法国的"元首"。尽管比卡尔的队伍只有5000人，他们却是巴黎最熟练的巷战分子，而且狂热信仰纳粹思想，其他派别的政治势力并不认同他们的理念。第二次世界大战法国陷落之后，法兰西运动的很多成员和德国占领军建立了良好的合作关系，其中最为臭名昭著的当属保罗·费尔多内，他被称为"斯图加特广播叛徒"——二战中他帮助德国人在斯图加特电台做法语广播，为纳粹宣传。

还有一个非常重要的组织叫作"火十字团"，它的人数更为众多，大量的政治保守势力在支持它。这个组织成立于1927年，原本是一个立功老兵参与的非政治性联谊社团，但从1931年开始被弗朗索瓦·拉罗克接管。他是一个45岁的陆军中校，精力非常旺盛，最近已从陆军退役。他很快就把火十字团改造成了一个半军事化并且反对议会制度的组织。他们能够在接到指示后一个小时之内发起街头抗议行动，而且该组织宣誓要彻底清除共产主义与和平主义分子，并要求通过压制议会力量实现对共和国的改革。

让我颇感意外的是，表面上拉罗克中校是一个彬彬有礼的绅士，是他居住的圣日耳曼大街的许多上层社会中年女性的心仪对象，然而他对对手从不手软。他强硬地终止了与自由派和社会党人的谈判，还直接把部队派到巴黎街头和警察战斗。拉罗克中校第一次也是最出名的一次行动发生在1931年，当时国际裁军会议在巴黎召开，这是全欧洲范围内最重要的各国元首政要聚集的场合，本届大会又因在巴黎举办而格外受到瞩目。然而拉罗克中校亲自率领一营火十字团老兵直接冲进了特罗卡德罗大厅，把会场舞台拆得七零八落。由于进行了现场广播，所以全体法国人和几乎所有的欧洲人都知道了这件事情，拉罗克中校也由此一战成名。

拉罗克不是一个很聪明的人，政治嗅觉也并不敏锐，但他是一个善于组织的人。他处心积虑地给自己制造出一种神秘感，运动的目标也尽量模糊，为的是吸引到尽可能多的支持者。他的本事之一是对政府的消息非常灵通。当年他率众冲击特罗卡德罗大厅的时候，他就和安德烈·塔迪厄以及皮埃尔·赖伐尔保持了密切的联系。这两人作为法国保守政治势力的代表，轮流上台执政担任总理，他们不仅在道义上对拉罗克的行为进行支持，很显然，还通过法国境内一些秘密基金资助拉罗克的行动，而他本人一直希望掩盖这一事实。另外一些人，譬如说梅西耶和科蒂也给了他很大的经济援助。到了1933年底，当法国境内反对现行议会制度的浪潮愈涨愈高时，火十字团及其附属部队的成员总数已经达到6万余人，其中三分之一在巴黎。他们由陆军退役军官进行组织和训练，由能力出众的拉罗克领导，拥有很强的战斗力。在巴黎的这些组织中，它的纪律性最强，战斗力也最强。

最后，还有一个由退役军人组成的大型政治团体叫作"联邦战士联盟"，它的成员人数接近100万。联盟宣称自己早已无法忍受立法和政府机关的愚蠢行为，要求政治领导人尽快制定政策，解决通货紧缩和大萧条带来的日益严重的问题，否则就要把他们全部扔到巴黎的街头。与那些右翼团体相比，联邦战士联盟对法国政府的潜在威胁似乎更大。无论是警察还是现役军队，在维持秩序时都不敢对这些老兵动手或开枪。他们在第一次世界大战中为祖国浴血奋战，他们承载着全体法国人民的尊重。

除了大萧条对全体法国民众造成了严重影响之外，在我离开的这段时间里，还有另外两件事情引发了大众的不满，而使右翼分子可以借机利用。从 1932 年 6 月到我回到巴黎，在这短短的 18 个月的时间里，法国内阁就足足换了六届，平均一届政府只能维持三个月时间，越来越多的民众认为这是一种极不负责任的行为。尽管每一届内阁总理和部长都是从两院挑选出来的优秀政治家，但在任时间实在太短，根本没法认真处理国内急需解决的重大问题，他们无所事事，只能眼睁睁地看着国家朝着无政府主义的深渊滑去。

除了政府频繁更迭之外，还有一个原因导致民众不满。越来越多的政府高官，包括现任和前任的内阁部长、议员、警察、检察官，甚至法官都卷入了经济丑闻，民众憎之愈甚。

从 1928 年开始，法国国内就开始出现了一大波政商勾结丑闻。当时我作为《芝加哥论坛报》驻巴黎的记者还报道过一些。其中最轰动的是"玛尔塔·阿诺丑闻"，这位不惑之年的矮胖女性着实是一个厚颜无耻的骗子，她因利用名下的各种金融公司，欺诈投资者高达数千万法郎而被逮捕。在几年时间里，她一直努力拖延对她的各项审判和定罪。后来公众逐步了解到，这位神通广大的女性之所以能成为第一个欺骗大众，又始终未能获罪的人，是因为她拥有某些"关系"。她所认识的内阁成员和两院议员不计其数，还和法国外交部拥有密切的联系，后者从她的不正当获利中分得一杯羹，用于补贴某些报纸，其中就包括一份主流的左翼日刊《日常生活》。

　　玛尔塔·阿诺拥有丰富的政界资源和高超的游说能力，她诱使一些最为杰出的政界人士和社会名流为自己开办的一份财经周刊撰写文章，由此提高了杂志的知名度和可信度——主要目的就是让公众和投资者信任这个投资骗局。素来以清廉闻名的总理普恩加莱，诚实正直的巴黎地区大主教、外交部部长阿里斯蒂德·白里安以及教育部部长赫里欧，都给玛尔塔的杂志写过文章，但是他们所有人都被蒙在鼓里，完全不知道这个女骗子的真实目的是什么。那些无知的投资者眼见这位女士拥有这么强大的政治关系，哪里还会怀疑她的真假，纷纷都把自己的终生积蓄投给了所谓的"快速致富"项目。直到最后她被逮捕，大家才发现她通过欺诈为自己攒下了上千万法郎。

　　20 世纪 20 年代到 30 年代期间，形式类似的金融丑闻一个接一个发生。诈骗分子在受贿的内阁成员、议员的帮助下，从事商业和金融活动。当他们被抓时，往往会逃脱审判，让自己的案子无限期拖延或是被宣布控诉无效，有时甚至连大法官也在这场交易之中。

　　法国公众，特别是形势不定的巴黎地区的民众，对于高层的腐败行为越来越厌烦。在他们看来，如果议会和内阁不能自己清除这些害群之马，那么巴黎人民就要占领街头以示抗议。历史上的 1789 年、1830 年、1848 年和 1871 年，他们都是这么干的。① 当我于 1934 年回到巴黎的时候，巴黎人民又举起了反对腐败的大旗。

----

① 这些革命分别是 1789 年巴黎人民攻占巴士底狱，发动反对波旁王朝路易十六统治的革命；1830 年，反对复辟王朝查理十世的七月革命；1848 年，反对奥尔良王朝路易·菲利普国王的二月革命；1871 年巴黎公社革命。

1934 年初，巴黎地区之所以会爆发极右骚乱，是有一定背景的。长期以来，有一位金融界的诈骗老手和共和国的最高层都保持着极为紧密的联系，从政府、议会、警察部门，再到检察院和法院都和他有勾结。随着这些弊案曝光，民众抗议行动的导火线被点燃，也造成了第三共和国历史上最严重的一次危机。

事情要从 1933 年 12 月 30 日说起。当巴黎民众正忙于庆祝自己又侥幸撑过一年的时候，报纸上突然发布通缉令，对一名叫作塞尔日·亚历山大的男子进行通缉。据通缉令上说，此人化名萨沙·斯塔维斯基，涉嫌好几桩诈骗案。尽管这个头条消息在报纸上的篇幅并不大，这个名字对于公众来说也很陌生，但是这个事情突然之间发酵起来，引发了全国媒体界和公众的愤怒。

斯塔维斯基的父母是俄国籍犹太人，他本人于 1886 年出生在乌克兰基辅，世纪之交跟随家人来到巴黎定居。他的父亲在巴黎某个贫民区当牙医。斯塔维斯基 22 岁时因轻微诈骗行为而受到警告，1912 年他 26 岁，因为再次欺诈第一次被判入狱。出于对儿子不法行径的羞愧，他父亲自杀身亡，但遭此变故似乎并未对这个年轻骗子产生什么触动。出狱后斯塔维斯基始终不肯找一份正经工作，逐渐堕入巴黎的地下世界。他当过小白脸，从事过贩毒、诈骗、造假、销赃等各种活动，甚至偶尔还武装抢劫，在这个过程中他练就了一身逃脱法律制裁的本事。

慢慢地，斯塔维斯基通过这些见不得人的勾当积累了一些财富，他频繁出入法国一些旅游胜地的赌场，还买下了一家剧院，资助了一家报社。他带着自己漂亮的情妇们，四处收买政客。为了逃避法律，他甚至和法国秘密警察部门勾结在一起，有时为后者搜集有关黑社会的信息。

1926 年，斯塔维斯基终于遇到了大麻烦。他因为利用自己的一家公司欺诈投资者 700 万法郎而被关进了巴黎的监狱。在有关部门调查清楚他的骗局之前，他在铁窗中生活了 18 个月。到了 1927 年，他获得保释并被要求在家等候法庭的审判令。然而他的朋友和支持者遍布司法部、法院、警察部门、议会以及其他政府部门，在这些人的帮助下，对他的审判一直被反复拖延。到了 1934 年初，此案重新曝光之前的七年中，审判总共被推迟了 19 次。

这七年里，斯塔维斯基重操旧业，变得更加富裕。他买下了两家报社，一家左翼报纸，一家右翼报纸，还把巴黎一座非常顶尖的剧院——帝国剧院也弄到了手中，另外他还拥有一座跑马场。与此同时，斯塔维斯基与官方的关系也更加密切，他的政界社交圈进一步扩大，许多政客、政府部长和前部长、警官、报纸出版商和编辑都成为他的好朋友。仅仅是我掌握的材料就显示，在这一期间他有 45 次因为各种涉嫌违法的行为而引起警方注意，但从来安然无恙。这位热衷于欺诈的浑蛋似乎完全凌驾于法律之上。

连续 19 次下令延后对斯塔维斯基审判的官员叫乔治·普雷萨尔，他是巴黎检察部门的首脑，也是卡米耶·肖当[①]的妹夫（brother-in-law）。后者长期以来担任内阁部长，为激进党尽心尽力，并从前一年 11 月起担任总理。遵从普雷萨尔指令

① 肖当是法国政府内的权势人物，也是法国激进党的中流砥柱，长期在内阁中担任部长职务，1933 年 11 月后成为法国总理。

直接为斯塔维斯基办理延后审判手续的则是一名助理检察官，叫作阿尔贝·普兰斯，然而当斯塔维斯基案被曝光后不久，人们却在巴黎通往第戎的铁路线上发现了普兰斯的尸体。

斯塔维斯基的审判日期越被往后拖，他就能诈骗更多的财富。他尤其出名的一招就是利用市政债券套现获利，其做法就是，首先打点管理市政债券的官员，凭借一些伪造的存款或偷来的钻石作为抵押，通过造假账将债券全部收归己有，再将这些债券折扣抵押给合法的银行以折现，之后再成立一家颇为隐秘的新公司，将现金投入其中获利。1928 年，斯塔维斯基通过这套办法从奥尔良市弄走了价值 1000 万法郎的市政债券，在自己被抓住之前，他利用投资挣到了更多的钱，将这 1000 万法郎还了回来。

然而，当斯塔维斯基妄图在巴约讷市故技重施的时候，却没有那么走运了。他在巴约讷市市长以及各位中央和地方官员的默许下，套走了当地大量的市政债券，然而这次，他没能赶在债券到期前通过投资赚到足够多的利润填补亏空。1933 年平安夜，一位市政府内的斯塔维斯基的同谋者对外承认，由于斯塔维斯基的操作失误，价值 2.39 亿法郎的到期市政债券全部变得　钱不值。事件曝光后，这位同谋者被警方逮捕，一起被捕的有巴约讷市德高望重的副市长和一批政客，还有巴黎两家大型报社的编辑。他们都被控受贿，并与斯塔维斯基同谋行骗。几天之后，媒体曝光一名显赫的政府内阁部长也帮助斯塔维斯基兜售可疑的巴约讷市的市政债券。至此，丑闻终于开始爆发。

与此同时，斯塔维斯基却消失了。而曾经利用斯塔维斯基搜集情报的警方似乎没有能力也没有意愿将他抓获归案。据我后来发现，法国秘密警察部门曾经给斯塔维斯基准备了一张伪造的护照，很显然他们希望他能够逃到国外，这样他就不会泄露他的"关系"了。然而，巴黎的媒体群情激奋，纷纷要求将斯塔维斯基绳之以法，民众的愤怒情绪前所未有地高涨。到了最后，警方终于在小镇夏慕尼冬季度假村里"找到"了斯塔维斯基。1月8日报纸上发布消息称，当警察冲进斯塔维斯基藏身的别墅时，他正好在那一刻自杀身亡。法国没有人相信。大多数人认定是警察杀死了斯塔维斯基，目的就是防止更多的高级官员，包括警方自己的罪行被揭发出来。他们也参与了他的犯罪，并且一直让他逍遥法外。[1]

到了1月9日，许多巴黎民众的情绪已经到达顶点。长期以来，官员、警察与奸商的勾结时有发生，人们已经积怨甚深，现在斯塔维斯基事件终于成了压垮骆驼的最后一根稻草。当天早上，《法兰西行动报》在其头版大声呼吁巴黎市民在下班后集结起来，前往国民议会抗议，要把这些"强盗和杀人犯"赶出议会。

声明很快就让保皇党集结起来，当晚大约有2000名保皇党成员冲击议会，但是被警察部队击退。之后他们越过大桥冲进协和广场，在海军部门外遇到了海军部部长的座车，这群绝望的人就把海军部部长从车里揪了出来痛打了一顿。

两天之后，也就是1月11日，爱国青年团的成员在巴黎市议会一些成员的带领下，加入了卡米洛特保皇党的队伍，他们砍倒了街道上的树木和围栏，又抢夺电车，在巴黎街头筑起了街垒。这群人还推翻并焚烧街头的书报亭，把电车供电线路切断，使巴黎城内的公共交通陷入了瘫痪。几天后我看到警方的调查报告，称破坏行动造成的损失是20年来最严重的。

暴动的氛围在巴黎进一步蔓延，12 日早晨《法兰西行动报》刊出巨幅标题，号召大家在巴黎发动一场"反击强盗的起义"——这些所谓的强盗当然就是指议会和政府了。

肖当总理仍然不肯成立专门的调查委员会彻查斯塔维斯基事件，原因很简单：连续 19 次推迟起诉斯塔维斯基的检察官就是他的妹夫，另外他的亲弟弟皮埃尔·肖当就在斯塔维斯基的一家公司担任律师，这让他非常窘迫。不过让肖当总理感到欣慰的是，至少议会大多数议员支持他的决定，社会党领袖担心强大的反动势力会发动法西斯政变因而为其投票，因此他决定除了要求媒体闭嘴之外，不采取其他任何措施。这一做法在很大程度上进一步激化了矛盾。

之后暴乱越来越严重，1 月 22 日和 23 日都发生了大规模暴乱，27 日达到顶峰，骚乱从下午一直持续到夜间，大量公共财物被毁，大约有 80 名警察和数百名示威者受伤。

当晚风雨飘摇中的肖当内阁宣布辞职。原因有两方面：首先，此前由于某家银行倒闭，导致他的内阁司法部部长也被卷入一桩新的金融丑闻的事情被揭发，其内阁公信力进一步受到打击；其次，由于暴动进一步升级，肖当本人的地位也受到动摇。当天晚上，一群示威者把议会大厦团团围住，议员在里面可以清楚地听到外面暴乱者的唱歌声，他们新编了一首歌曲叫作《绞死议员》。在内阁受到议会大多数议员支持的情况下，却不得不屈服于街头暴力而集体辞职，这样的怪象在法兰西第三共和国的历史上还是第一次。法西斯分子赢得了第一个胜利——他们终于推翻了一个左翼内阁政府。肖当内阁的倒台进一步刺激了他们的胃口。

并无实权的总统阿尔贝·勒布伦极力希望说服各党派领袖共同成立一个所谓的"全国和解政府"，但是没有哪个党派领袖愿意承担起责任，最后勒布伦只好把希望寄托在爱德华·达拉第身上。达拉第是一个激进的社会党成员，所幸他完全没有被卷入斯塔维斯基丑闻，也和其他任何政商勾结的丑闻无关，而且法国政界广泛认为他是一个果敢坚决的人，一定可以用强硬且公正的手段解决这场危机。

也就是在这个时候，我开始因为工作而和达拉第有所往来，这个人最初是以好人的形象出现在法国政坛之上的，最后却成了一个颇具悲剧性的角色。[2]达拉第在很多方面是一个优秀的人，但是远没有优秀到足以应对很多棘手问题的程度。譬如说，摆在他面前的先是当前这场几乎要颠覆法国的暴乱，然后是慕尼黑会议，还有战争带来的灭顶之灾。当然，当时法国国内也没有其他的优秀政治家能够应付这些问题。

1934 年 2 月初的那几天里，达拉第似乎成了当时的风云人物。他以意志坚强、睿智、直率以及不受贪腐侵蚀闻名。1924 年，刚刚 40 岁的达拉第进入内阁，首次担任部长职务，之后他在七届内阁中担任过各种部长，直到 1933 年 1 月底，第一次出任总理。达拉第政府持续了九个月，比之前内阁平均三个月的寿命多出了足足两倍。与法国许多出身名门世家的政客相比，达拉第完全是白手起家。他是一个小城市面包师的儿子，他努力求学并最终在里昂大学获得了历史教员资格，他对政治学研究充满了激情，其次是历史学，还当过几年历史教师。

第一次世界大战期间，达拉第以步兵身份出征，在战壕中度过了四年军旅生涯，一步步由二等兵擢升为上尉，并且在凡尔登战役①中侥幸活了下来。我曾经听到有当年和达拉第同一个连队的老兵被问道，达拉第是不是一个好军官，他回答道："比好军官更好，他是一个好士兵。"达拉第的肩膀很宽，脖子也特别粗，加上他性格执拗，举止间带着粗鲁的攻击性，所以报纸把他称作"来自沃克吕兹（他的选区）的公牛"。如今，1934年2月，随着巴黎街头的骚乱日益严重，在许多人看来，达拉第正是法国需要的应时雄杰。

作为总理，达拉第做的第一件事情就是向全体国民承诺会设立一个专门的议会委员会，对斯塔维斯基丑闻进行调查。与此同时，达拉第还宣称，对于那些已经被发现涉嫌丑闻的政府官员，无论其究竟是何人，他本人都会对其采取"迅速而坚决"的处理措施。然而在后面这一点上，达拉第的行动却十分拙劣。有关部门在对证据进行了匆忙的检视之后，就确信秘密警察总长让·夏普、检察长普雷萨尔和巴黎秘密警察的主管在斯塔维斯基的案件中负有重大责任，达拉第决定抛弃他们。然而他没有将这三人彻底开除，而是采取了明降暗升的策略：右翼分子让·夏普被派往法属摩洛哥担任总督，普雷萨尔则由检察长转任法官，至于那位秘密警察则成了法国一家古典主义剧院——法兰西喜剧院的主管。

巴黎市民充满讽刺地大声惊呼："一名警察竟然管到了莫里哀②的头上！"素来冷静且开明的法国历史学家弗朗索瓦·

① 凡尔登战役是第一次世界大战中破坏性最大、时间最长的战役，战事从1916年2月21日延续到12月19日，德法两国投入100多个师的兵力，参战死亡人数超过25万，50多万人受伤，伤亡人数仅次于索姆河战役，被称为"凡尔登绞肉机"。
② 莫里哀是法国杰出的喜剧作家、演员、戏剧活动家，法国芭蕾舞喜剧的创始人。法兰西喜剧院长年上演他的剧目，所以民众如此讽刺达拉第的任命。

戈盖尔讽刺说这是在"玩杂耍"——在这个极为紧急的时刻，这恰恰是法国最不应该出现的事情。

夏普拒绝接受达拉第提供的新职位，他宣布自己已经"被开除了"。于是斯塔维斯基丑闻就这样被加上了一个新看点——"夏普事件"，这位脾气暴躁而又充满激情的科西嘉佬，一夜之间就成了右翼分子眼中的新的"殉道者"，接着就有人开始利用这个事情密谋反对达拉第。

尽管民众对于达拉第的"撤职把戏"充满了不解和愤恨，但是2月3日周末，巴黎的街头却出奇地安静。右翼分子都在等待2月6日星期二的到来，国民议会将于当天重新开会，对达拉第内阁进行投票。

到了2月6日，从早上一直到午后，各种政治传单和右派势力的报纸漫天乱飞，各种组织都在号召队员和所有巴黎守法市民在晚上走上街头，参与大规模反政府示威。我读了一下这些传单，它们有的就是在赤裸裸地煽动叛乱，有的则是煽动引发叛乱的暴力行动。《法兰西行动报》甚至列出了一些内阁部长的名单，上面说这些人可以被"毫不留情地杀掉"。

为了进一步挑起大众的情绪，大多数报纸在宣传一些虚假的报道，说政府已经秘密地向首都调遣大量的坦克、机关枪和塞内加尔人部队，以彻底"扑灭"这些"和平的"示威者。最后，为了防止暴乱者没有收到最新的指令，这些报纸还专门在首页上细心地标明了每一个组织和支持者集会的具体时间和地点。在我看来，巴黎的这些媒体表现得比平常更加没有责任感。

到了最后一刻，共产党势力也加入了。2月6日早晨，法国共产党旗下的日报《人道报》呼吁所有的党员都要加入当晚的示威行动。这就意味着共产党与其死敌极右翼势力结为同盟，试图一起推翻共和政体。法国共产党的这一做法简直让我瞠目结舌。魏玛共和国的末期，我在柏林看过这样的乱象，当时德国共产党工会和纳粹的工会，一起合作发动罢工，导致当地的公共交通瘫痪。然而此刻在法国又看到这样的场景，我就会在心里沉思，法国共产党一定忘记了前车之鉴，等到纳粹上台之后，他们的德国同志很快被清洗得干干净净了。

2月6日下午晚些时候，报社派我到协和广场现场报道。我从议会大厦附近出发，穿过塞纳河，希望看看这些抗议行动是否已经开始。从协和广场到波旁宫（国民议会所在地）之间有一座大桥横跨塞纳河上，我看到有上百名来自法兰西行动党、爱国青年团和团结法兰西的示威者试图把警察推回桥对面，但没能成功。我觉得似乎没有什么事情值得报道，所以就走到了广场北面的克里永酒店，在那里吃了点东西。

然而一个小时之后，大约晚上6点半，当我又回到协和广场时，才发现形势已经发生变化。广场上挤满了上千名示威者，全副武装的国民卫队正在与他们对峙。广场的方尖塔碑附近一辆公共汽车正在燃烧。我穿过挥舞着军刀的卫兵，到了广场东侧的杜伊勒里宫跟前，皇宫的建筑有10至15英尺高，俯瞰着整个广场。一群示威者正聚集在街道围栏的后面，用石头、砖块、公园的长椅以及铁栅栏攻击警察和卫兵。这时，我第一次注意到共产党的队伍和理应是他们敌人的法西斯队伍合流了。广场上打斗持续不断，示威者先取得了一定的优势，但是在大量的国民卫队反击之后，他们只好向后撤退。毫无疑问，这场战斗的双方力量完全不对等：一方是骑马、持军刀的正规部队；一方则只能在木棍顶端绑上剃刀片，挥砍战马和骑兵的腿，另外投掷一些弹珠和爆竹。一些战马被击倒之后，跌落在地的骑兵被围殴。双方都在搬运伤员。

为了找到更好的观察视角，我一路挤过拥挤的人群，跑到了克里永酒店三层的一个露台，鸟瞰整个广场。有 20 多位法国本地和外国记者都在这里倚着围栏向下看，在我左侧几英尺开外还有一位我并不认识的女士。

我们都不知道何时响起了第一声枪响，突然之间那位女士毫无声息地摔倒在地，我们低身查看，才发现一颗流弹从她的前额射进，血从弹孔里汩汩冒出。她就这样死了。

此时双方都开始频繁地开枪，所有的路灯被石块或者枪击碎，很难辨识现场的情况。过了一小会儿，一支主要由团结法兰西的成员组成的队伍开始冲破警察在桥上设置的最后障碍。这座大桥直通议会大厦，之前警卫部队就已经收到命令要不惜一切代价守住这座桥。有少数警察和国民卫队士兵开始惊慌起来，他们开始用自动手枪射击，打死了六名示威者和克里永酒店露台上的女人，伤了 40 多人。最后在场负责的军官要求部下停止射击，这时示威者趁机反击，几个高级指挥官被子弹和火箭弹打伤，被送往设在议会走廊上的临时急救站。

我来到议会大厦希望看看里面的情况。走廊上挤满了受伤的警察和士兵，他们都躺在地板上，两名医生和六名议员的妻子在负责照顾他们。有人告诉我国会在几小时里陷入了一片混乱，达拉第连他的总理发言都没能说完，就有人不断地起哄，议员们多次离开自己的席位跑到天井里待着，右翼议员让·伊巴尔内加雷甚至跑到了总理发言台前，要把达拉第拉下台来，擅长摔跤的达拉第则直接将他压制。在一片嘈杂和混乱之中，达拉第终于结束了发言，总结称现在根本没有时间去讨论新内阁的问题，他要求直接进行信任投票。

我的一位记者朋友告诉我，在我到达议会很久之前，议员们就在大厦里听到了协和广场的枪声，一位在一战中失明的名叫斯卡皮尼的右翼议员冲着达拉第大喊："他们竟然开枪了！你这个杀手政府！"枪声之间，议员们还听到了示威者嘶吼的声音，而且声音似乎越来越近，一位议员哭喊道："他们就要打进门来了！"记者朋友告诉我，他亲眼看到好几位议员从后门匆匆逃走，消失在夜色之中。[3] 后来有一位议员告诉我："胆子最小的人都早早地逃走了。"他还告诉我，就连坐在主席台上的议长费尔南·布伊松都专门改换了自己的装束——按照规矩，主持会议期间他必须身着正式大礼服，头戴大礼帽，可是当天这位银须飘飘、庄严高贵的绅士换上了一顶宽边软帽，在礼服外面又披上了一件黑色大衣。

担任过三届法国总理的爱德华·赫里欧当时是激进社会党党魁，公众对他的相貌极为熟悉，即使他有所伪装也会被认出。那天晚上他没有伪装起来，步行回家，结果大约 50 个示威者把他团团围住，沿着塞纳河畔一路拖行，声称要"把他扔到塞纳河里"。当他们把赫里欧抬起来正准备往河里扔时，一队宪兵及时赶到了现场，才救下了他。

我后来了解到，当晚议会散会前，达拉第内阁以 343 票赞成、237 票反对的优势赢得了国民议会的信任投票，其中绝大多数的赞成票来自社会党人。然而社会党领袖莱昂·布鲁姆在议会辩论中公开声明："我们之所以投赞成票不是对本届内阁有信心，而是投票支持与极右分子做斗争。"与共产党相比，法国社会党还算是比较清醒的，他们不会忘记在墨索里尼和希特勒分别于意大利与德国掌权之后对社会党和民主政体做了什么。

所以达拉第才有信心获得议会的大多数支持，但是外面的暴乱分子可不这么认为。在他们看来，大量的巴黎市民和自己一起加入反对政府的斗争，那么如此广泛的民意就不应该被忽视。就在议会投票结束几个小时之后，达拉第就尝到了民意喧嚣的滋味。尽管议员们都已经散会回家，但是协和广场及其周边的暴动一直不曾停息。我从议会回到协和广场时，感到那里的暴乱更加可怕，更有威胁了。

整个夜里，我在熙熙攘攘的人群中穿行了好几次，为的是到克里永酒店给报社打电话，把看到的各种混乱情况报告给他们。克里永酒店的大厅已经被临时改造成一个急救站，大量受伤的人躺在地上。一些志愿者医生赶来救治，还有一些穿着入时的女士也临时当起了护士。之前我们把天台上那位死去的女士抬下来的时候，酒店隔壁的海军部大楼已经被点着了火。救火车很快就赶来了，但消防队员还没把喷水枪对准着火的大楼，就被示威者驱散了。现在，海军部大楼冒着滚滚浓烟，示威者正试图闯入，海军卫兵正持手枪阻拦。

大约晚上 9 点钟，示威者的嘶吼声突然弱了下来，到处零星的火光也被扑灭了。数千名来自联邦战士联盟的老兵胸前佩戴着军功章，排着整齐的队伍，沿着香榭丽舍大街走向协和广场。老兵们边走边唱《马赛进行曲》，手中还高举旗帜和标语牌，很多牌子上都写着："我们是法国退伍军人协会，我们希望有一个有序而诚实的法兰西。"[4] 与其他示威者不同，这群老兵没有表现出很强的战斗欲望——至少一开始的确如此。负责镇压的警察和国民卫队都向老兵表示了敬意，纷纷向旗帜敬礼。老兵的主力部队从广场折转向北走向皇家大道，另外一支大约 1000 人的队伍则朝南走向了大桥方向。从他们举的牌子上可以看出，他们是一个名为"不顾生命安危的老兵协会"，负责统领队伍的两位指挥官拉维涅·德尔维尔将军和若斯上校（曾任国民议会和参议院的议员）与市警察总长进行了谈判，后者对他们二人很有礼貌，但是坚决不准他们的队伍通过大桥向议会方向前进。

因为无法过桥，这支小队伍最后只能调头去和主力部队会合，此时向北前进的主力部队则朝总统府前进，我一路跟在他们后面。整个老兵队伍在警察设置的一处路障前停下，与之前相比，此刻他们开始变得战斗性十足，开始与警察厮打，并成功地突破了第一处路障，接着是第二处。最终老兵来到了总统府门前，在那里遭遇了大批共和国卫队的佩剑骑兵，老兵开始溃退。他们心情败坏地回到协和广场，50 余人严重受伤，其他的大多数人负责照顾受到警察棍棒及骑兵刀剑袭击的伤者。他们一路退回到协和广场，在那里数千名右翼暴乱分子和一大批共产党分子加入了他们的队伍。整个广场开始变得喧嚣起来，他们开始猛烈地袭击士兵，并且放火焚烧小轿车和公共汽车。

这支队伍实在不容小觑，我粗略估算了一下，至少有两万到二万精壮人上，而且个个都处于疯狂且残暴的精神状态中，发誓不惜任何代价夺下大桥、占领议会大厦——他们都不知道议员们早已结束会议，离开了议会大厦。老兵的到来使这群乌合之众有了一些指挥和方向，到了大约晚上 10 点半，示威者疯狂地冲过广场，攻击周边负责守卫大桥的部队，他们差一点就夺下了大桥，但最终功败垂成。在接下来的一个小时里，他们连续发起了 20 次冲击，他们一次次地失败，一次次重新组织进攻。

最强劲的一波冲击发生于晚上 11 点半前。守桥的士兵被打得不断后退，一些人甚至开始跳桥逃命。正值此千钧一发的时刻，警察和卫队出于自卫再次开枪，示威者被挡在了桥头。

时间已经临近午夜，暴怒之中的人们正在重新组织队伍，似乎准备发起最后一次殊死搏斗。我不知道士兵们这一次是否还顶得住。警察和国民卫队已经战斗近六个小时，伤员达到了上千人，更让他们泄气的是他们接到命令严禁开火——只有少数惊慌的士兵开了枪。我觉得守卫部队既没有力气也没有意愿去挡住新一轮的攻击了。

正在此时，危急时刻的形势突然发生了剧变。之前由于感到警力不足，所以市警察总长联系到了宪兵队第一军团指挥官西蒙上校，希望他能够从郊区和附近城镇调遣一些宪兵来城内增援。日落时分，西蒙上校带着 500 名宪兵赶到了巴黎。完成增援任务后，西蒙上校没有立即离开现场，而是留在了协和大桥附近——他后来在议会接受质询时表示，自己留下的目的只是看看部下会如何处置。夜间 11 点半时，西蒙上校意识到守卫部队已经疲于奔命，而且士气低落，指望他们站在原地不动去阻挡住新一轮的冲击，已经是不可能的事情了。大多数富有战斗经验的指挥官都已经受伤，被送往议会大厦救治。西蒙上校顾不上多想，就站出来接管了指挥权。作为一名参加过真正战争的陆军军官，他的经验告诉自己，面对当前这样的危局，最好的、可能也是唯一的解决办法就是主动发起进攻。西蒙上校把尚在指挥岗位的军官召集起来，要求集中所有的剩余力量，发起猛攻并彻底扫清广场。按照他的部署，骑兵部队打头阵，宪兵和国民卫队尾随其后进行清场。

于是，就在突然之间，一个中队的共和国卫队骑兵挥舞着军刀直接冲进了协和广场，跟在他们后面的是数百名挥舞着白色警棍的警察和步兵。错愕之中的示威者退后，然后四处逃散。我简直不敢相信自己的眼睛，短短几分钟之内，广场上已经空空荡荡，只有骑兵沿着广场四周的大道追逐一些掉队的示威者。

我瞥了一眼手表，午夜刚刚过去十分钟。于是我沿着香榭丽舍大街走回办公室去撰写剩余的报道。短短一英里的上坡路，我却走得气喘吁吁。但是我的心里充满了兴奋，借着这股劲，我终于赶到截止时间之前完成了几篇专栏报道。

凌晨 2 点时，我回到了协和广场，那里已经是一片狼藉，完全没有了人影，只剩下很少的陆军部队在守卫大桥和议会大厦。很显然，残余的警察部队实在是筋疲力尽了，所以才把陆军调过来接替他们。

街上没有任何公共交通，也找不到出租车，我只好步行回家。等到走进房间，我觉得自己快要累死过去了。我脑子里一直在想火十字团究竟跑到哪里去了，这支力量最强大的队伍今天夜里完全没有现身。按照拉罗克之前的夸口，火十字团一定会进军并拿下议会。后来我才知道，当天晚上大约有 4000 名强壮的火十字团成员击败了警察部队，正准备从后门占领波旁宫，赶走里面的议员。就在此时，他们却收到了拉罗克从一个偏远的指挥部发来的命令，要求他们停止行动。

事实证明，当天晚上暴乱的猛烈程度吓坏了拉罗克，使他丧失了勇气。2 月 7 日早上，拉罗克发表了一份洋洋洒洒的声明，声称"火十字团进入了议会并把议员赶得四散奔逃"，其实他在说谎。议员们在结束了对政府的信任投票之后，不慌不忙地离开了波旁宫。火十字团**本来**的确能够攻下波旁宫、赶跑议员，自行建立一个临时政府。[5] 但由于拉罗克的某些性格缺陷，他最终胆怯了，眼睁睁放跑了到手的机会。历史总是充满了失去的机遇。

2月6日夜间协和广场上的伤亡情况相当严重，14 名示威者被警方当场开枪打死，还有两名重伤后抢救无效死亡，另外有 655 名示威者受伤。警察和国民卫队则损失了 1 名队员，另有 1664 人受伤。根据政府统计，警方共发射子弹 527 发，至于示威者方面的开枪次数则无法统计，我个人猜测有两三百发子弹。此次暴乱成了 1871 年巴黎公社起义以来巴黎街头流血最多的一次战斗。

尽管达拉第在四年的战争生涯中目睹了许多大规模的杀戮，但他还是为此次暴动的血腥程度深感震惊。然而作为政府首脑，他发誓无论采取怎样血腥的手段，都一定要坚决镇压任何妄图推翻共和国的行为。2月7日凌晨，达拉第在内政部召开了紧急内阁会议——内政部周边有坚固的防御工事，是他们所能找到最安全的开会场所了。然后在凌晨3点，他拖着疲惫的身躯，沿着已经安静下来的街道往外交部走去。

有记者问他：“接下来您将做什么？”

达拉第回答道：“拯救共和国。”

然而到了早上，达拉第有了新的想法。凌晨时分和他一起在内政部开会的内阁部长在当时都支持他的决定，还催促他调遣军队彻底消灭法西斯势力，但现在这群人也有了新的想法，他们希望内阁能够尽快辞职。总统阿尔贝·勒布伦也被暴动吓破了胆，他打电话给达拉第，告诉后者“为了避免内战”必须马上下台。

这一整夜，达拉第一直在忙于调遣陆军部队加强对巴黎郊区的防卫，其中包括第 512 坦克团、20 个步兵营以及 20 个骑兵中队。不过达拉第并不完全信任陆军，此前他在四届内阁中担任战争部部长，一直和陆军总司令马克西姆·魏刚关系不好。在达拉第看来，这位性格暴躁、坦率敢言的将军是一位同情皇室的人，他对于保卫共和制度可能没有太大的热情。

达拉第还感觉到，至少在未来几天里，警察部队和国民卫队也无法承担重任——他们当中有近 2000 人受伤，而且普遍疲惫不堪、士气低迷。2 月 7 日清晨，警察情报部门向达拉第报告，情报显示巴黎城内所有的售枪商店都被抢购一空。法西斯势力准备于当晚发动新一轮的猛攻，他们当中的数千人都将配备左轮手枪以及手榴弹。警方还警告达拉第，有好几个暴乱组织都声称某些内阁部长"犯有死罪"，而且发誓要在天黑之前将他们"处决"。

达拉第对事态发展深感绝望，另外可能也担心出现更严重的流血冲突，因此最终他决定放弃。午饭后，他向总统递交了辞呈。两周之前，受到议会大多数议员支持的肖当内阁，不得不屈服于街头暴力而集体辞职，这在法兰西第三共和国的历史上还是第一次。然而短短两周之后，达拉第内阁就遭遇了同样的命运。

达拉第对公众发表了最后一次声明，解释了自己选择下台的原因：

> 政府有责任维持秩序和安全，然而本届政府拒绝采用特殊的手段来实现上述目的，因为特殊手段即意味可能会出现血腥镇压和严重的流血事件。本届政府无意调遣军队

与示威者对抗。因此我已经向共和国总统递交全体内阁总辞职信。

在我看来，法兰西共和国的虚弱、统治这个国家的激进政客的虚弱、达拉第本人的虚弱，都在这封令人感伤的公开声明中显露无遗。如果说法西斯分子根本不惧流血，誓要推翻政权，那么难道共和国政府和它的领导人就要放弃以必要武力手段来进行坚决抵抗的责任吗？根据我头天晚上对示威者的观察来看，他们根本就是就是一群缺乏坚强领导和凝聚力的乌合之众，只要第二天政府稍微展示一下强力镇压的决心，就可以极大地震慑他们，令他们崩溃。然而达拉第面临的是这样的困境：他的阁员们犹豫懦弱，决意要抛弃他；他的总统胆小怕事，不断地侵扰他；他不敢信任的军队被一位保皇党指挥官控制；还有一群收受贿赂的媒体在痛斥谩骂他；事到如今，他根本不敢再冒险展示强硬的一面。

我在那晚的日记里写道："想象一下，如果是斯大林、墨索里尼或希特勒，如果有一群暴徒威胁要颠覆他们的政权，他们会对派兵镇压这件事情有丝毫的犹豫吗？"

在一个极权主义势力不断蔓延的世界，西方民主政权在面对威胁时，本该奋起反击以捍卫属于自己的自由和文明的生活方式——曾几何时它为自己的人民赢得并一直守护着这些自由和文明——但此时它的表现是不是太软弱、太愚蠢或太疲惫？从那天夜里开始，直到之后的几年时间里，我一直都在苦苦思索这个问题，直到后来答案变得越来越明显，越来越让人毛骨悚然。

2 月 7 日的事情，让我和身处巴黎的许多人都陷入了悲伤，不过晚间时分，那位冒牌的法国王位继承人从比利时发来了公电，给这一天画上了一个颇为喜剧化的句号。

　　法兰西同胞们！迫于那残酷的流亡法令，我不得不从祖国以外的地方给你们发来电报。我对死伤者深表同情，他们挺身而出，反抗一个邪恶的政府，为此不惜牺牲自己的生命。这个邪恶政权，为了维持自己的统治……竟然毫不犹豫地向老兵开枪，向因为保卫祖国而伤残的战士开枪，向代表着国家未来希望的年轻人开枪。

　　法兰西同胞们！这就是统治了你们60年之久的共和国与多党制政府的真实面目！

　　不分党派、不分贱贵的法兰西同胞们！是时候重整君主制度了！多少个世纪以来，是君主制度创造了法兰西的辉煌，也只有君主制度可以保证法兰西的和平、秩序与正义。

流亡的吉斯公爵

1934年2月7日

　　绝大多数的巴黎人把这封宣言当作一桩笑话来看，人家觉得这出闹剧演得挺好的，至少舒缓了大家的一部分痛苦和愤怒的情绪。

　　事实上，对于暴动者来说，他们现在得到的可不是一个好公爵和复辟君主政体，摆在他们面前的是另外一个更让他们厌恶的联合共和制政府。新内阁由71岁的前总统加斯东·杜梅格领导，除了社会党和共产党之外，所有的党派都加入其中。杜梅格是一个坚定的共和主义者，还是一个激进分子、新教教徒和共济会成员。总而言之，保皇党和右翼势力所讨厌的一切政治和宗教特质都能在他身上找到。

虚荣而平庸的杜梅格如今年事已高，之前任总统期间给人最大的印象就是终年不断的笑容，现任总统勒布伦最大的特征则是一天到晚哭哭啼啼。卸任后杜梅格就带着自己的情妇回到了老家，然后很快成婚。现在国家多灾多难，杜梅格本人并不想回来收拾这个烂摊子。然而勒布伦给杜梅格写信，恳求他务必拯救国家，这极大地激起了他的虚荣心。另外他的新夫人也起到了一定的作用，这位没来得及坐上总统夫人宝座的女人对自己的未来充满了憧憬，她满心希望自己的丈夫重回政坛，即使不能再担任共和国的总统，当个"议会"的总统（议长）也是不错的，这样自己也可以弄一个总统夫人的头衔。

于是杜梅格"爸爸"（媒体如此称呼他）就这样回到巴黎，并成为新一届政府总理，他的内阁当中有七位阁员担任过总理。凡尔登战役的英雄、杰出的军事将领亨利·菲利浦·贝当元帅也第一次进入了内阁。对贝当元帅的最后任命导致了极为重大的后果，它标志着这位已经78岁高龄的军事家从此进入了政界，直到最后将法兰西第三共和国彻底埋葬。

不过现在谈这些还太早。2月7日晚上，巴黎街头又爆发了一场新的血腥冲突，激烈程度与6日晚上相比有所缓和，4名示威者身亡，178名示威者受伤，警察方面则是289人受伤，无人死亡。在杜梅格新政府的温和管理之下，巴黎的形势日渐缓和，暴徒也暂时停止了斗争。

然而不到两周之后，一桩新的突发事件又差点导致暴乱重新爆发。人们在巴黎通往第戎的铁路线上发现了巴黎法官阿尔贝·普兰斯博士的尸体。普兰斯是巴黎公共检察院金融事务部的主管，他曾经在自己的顶头上司普雷萨尔的授意下连续 19 次推迟对斯塔维斯基的审判。尸检发现普兰斯是被人用药物迷晕之后绑在铁轨上的。消息传开之后，公众与右翼报纸都纷纷认定，是秘密警察在前总理肖当和他的妹夫普雷萨尔的授意之下谋杀了普兰斯，目的就是防止普兰斯揭露他们与斯塔维斯基共谋的罪行。

在耸人听闻的媒体报道的煽动之下，公众很快变得愤怒，这桩案件看起来简直就是斯塔维斯基自杀案件的翻版，是另一起"警方谋杀"，其目的也是杀人灭口，让政府内部的腐败行为的见证人从此闭口。然而，普兰斯的死亡与法国内部发生的许多案件一样，事情的真相究竟是什么样子的，从来没有被彻底查清楚。我为了这个案件工作了好几个星期，最后只能得出一个结论——普兰斯是出于某些原因而被人谋杀的。然而，议会成立了一个专门的调查委员会，他们掌握的证据和资料远比我丰富，最后却得出结论说普兰斯是自杀身亡，并非谋杀。报告声称普兰斯"对斯塔维斯基的案件采取了拖延战术，最后挽救了斯塔维斯基的性命"；由于牵扯此事，加之他在私人生活中与一些人有特殊的联络，最终导致他因情绪低落而自杀。我对这个结论表示怀疑，调查委员会坚持说普兰斯是自己服用了致幻的药品，果真如此的话，那他是如何把自己灌到失去意识的状态，然后又趁着火车到来之前把自己绑在铁轨上的呢？委员会的调查报告没有给出任何解释。

所幸新的暴动最终没有爆发，法兰西第三共和国侥幸逃过一劫。然而，在我看来，事情远没有那么简单。1934 年 2 月 6 日成为法兰西第三共和国历史上关键性的转折点，甚至可能就是它走向覆灭的标志。从那以后，原本跻身于文明与自由世界的法兰西开始一路走下坡路，国内充斥着各种政策错误、失败与贪腐行为。历史最终证实，英法这些西方民主大国从此莫名其妙地走上了日渐虚弱、令人不解与绥靖的道路，它们往昔的自信心不复存在。它们的国家利益被抛之脑后，或者轻易屈服于愚蠢的国内斗争；它们曾经因为赢得了第一次世界大战而在全世界树立了不可动摇的霸权，才短短 16 年时间，权力就开始腐朽了。它们日益短视的眼界和日益严重的虚弱被掩盖在自以为是的过度骄傲之中。它们的目光变得茫然，特别是法国，当内有法西斯势力的挑衅，外有纳粹德国的严重威胁之时，却仍然无动于衷。而当纳粹德国日益觉醒之时，英法两国都浑浑噩噩地打起了瞌睡。

1934 年初的冬春之际，我一直忙于为《纽约先驱报》报道法国暴乱的大新闻，而此时，我迫不及待地希望重新做一个驻外记者。1934 年初的暮冬与夏季时节，法国以外的地方爆发了四件大事，它们促使我重新燃起了梦想，极度渴望自己能够再度成为一个可以四处奔走报道的驻外记者。

1934 年 2 月 12 日，也就是协和广场暴动结束六天后，奥地利总理恩格尔伯特·陶尔斐斯突然对控制首都维也纳的社会民主党人发动袭击，他调动常规军，动用火炮和机关枪等重型武器，袭击了一个曾是全世界工人阶级之家的模范的工人住宅区，在里面屠杀了数以百计的男人、女人和儿童。在摧毁了奥地利的社会民主党势力的同时，陶尔斐斯也摧毁了奥地利的民主制度，他建立了"基督教"的独裁统治。

巴黎当天也发生了大罢工，但是我后来翻阅我当晚的日记才发现，那天我并不关心巴黎的情况，我的心思都在维也纳身上，我实在没有想到陶尔斐斯会是一个这么野蛮的人。

> （我在日记里写道）仅仅一年多前我还和约翰·君特就陶尔斐斯这个人长谈过一次……我觉得他是一个很羞涩的小个子，作为一个农民的私生子，他的身上还带着深深的困惑感。然而，现在他拥有了这么大的权力，这是一件很危险的事情。我为我在维也纳的社会民主党的朋友而哭泣，他们是我在欧洲认识的最正直的男人和女人。不知道今夜他们当中会有多少人被屠杀？奥地利的民主制度已经不复存在，又一个民主国家在欧洲消失了。

不仅如此，我还在日记里专门提到，奥地利境内最主要的民主力量——社会民主党已经被消灭殆尽，陶尔斐斯实际上为纳粹势力夺取国家政权铺平了道路。

仅仅六个月之后，也就是 1934 年 7 月 25 日，奥地利的纳粹分子确实进行了尝试，虽然他们没能成功夺取政权，却成功地杀死了陶尔斐斯本人。

与此同时，希特勒也在柏林对自己的纳粹冲锋队痛下杀手。曾经在德国大街小巷发动暴乱的纳粹冲锋队为希特勒的夺权立下了汗马功劳，但是 1934 年 6 月 30 日，希特勒亲自下令将冲锋队的许多头目处决。一并被杀死的还有一些素来为希特勒所忌恨的人，包括自己的前任、魏玛共和国最后一任总理库尔特·冯·施莱彻尔将军和他的妻子，以及曾经的纳粹党二号人物格雷戈尔·施特拉塞尔。自从德国进入现代文明社会之后，从未再经历过那样血腥野蛮的屠杀，清洗行动震惊了德国和整个欧洲，大家突然发现欧洲出现了一位毫无忌惮的血腥暴君。

与所有身处巴黎的人一样，我收到了有关柏林大屠杀的消息之后，感到无尽的厌恶。然而与此同时，我也努力想尽一切办法去搜集尽可能完善的消息。不管怎样，我在内心感到了一种强烈的急切感，正如我在 30 日深夜的日记中所写的那样：

> 真希望我现在能在柏林有份记者工作，这是一个我想要去报道的事件。

到了 8 月初，这种渴望变得更加迫切，我在日记里记下了我更加着急的原因。

> 8 月 2 日，巴黎。今天早上兴登堡病逝，谁能成为德国的新总统？希特勒接下来要干什么？
>
> 8 月 3 日，巴黎。希特勒的举动出乎所有人的预料，他让自己兼任德国总统和总理。兴登堡元帅尸骨未寒，外界有关德国陆军将效忠于谁的疑问就已经烟消云散。德国陆军已经宣誓无条件服从于希特勒个人。

这个出生于奥地利的小人物现在竟然让自己成为德国至高无上的独裁者，当初只要令人尊敬的兴登堡总统还活着，希特勒就不得不和前者共同分享权力，现在他终于可以独揽大权了。我几乎完全没有意识到，那段时间我在巴黎写的日记都是有关德国的事情。夏天我给身在柏林的美国记者朋友打过好多次电话，叮嘱他们一旦有什么职位的话，要赶紧想到我。

在我看来，尽管纳粹德国令人厌恶，但前往德国工作将是目前最合适的选择。希特勒将德国全部大权揽入怀中的消息成了全世界范围内最轰动的新闻，不管是在英国、法国，还是在墨索里尼的意大利和斯大林的苏联，这条消息都成了当地报纸的头条内容。尽管可能会讨人嫌弃，但我还是几乎每天都给柏林的美国记者朋友打电话和写信，他们当中的很多人都是我的老朋友，他们向我保证，将在柏林当地帮我寻找合适的工作，但我必须耐心。

8月9日下午，我照旧坐在报社的办公室里，无聊地看着巴黎当地的报纸，我们通常都会从上面转载一些新闻，然而当天巴黎本地没有任何重要的新闻。我比往常更感觉这份工作无聊。这时我的电话响了。

8月9日，巴黎。环球通讯社驻柏林办公室的多施－弗勒罗从当地给我打来电话，表示愿意给我提供一个岗位。我立刻就答应了，我们商量好了薪水，他说和纽约总部汇报之后通知我……我必须抓紧复习自己的德语了。

多施－弗勒罗是我的一个老朋友，在一战中是个传奇的战地记者，之后在《纽约世界报》担任驻外记者，然而这份历史悠久而优秀的报纸最后倒闭了。我刚刚担任驻外记者的时候，报道过一个很重要的政治事件，在这个过程中多施－弗勒罗帮了我很大的忙。与他那些只爱说大话、愤世嫉俗却又冷漠的同事相比，多施－弗勒罗是一个旧派的绅士，客气、睿智、热情、善良，他不仅对新闻事业充满了激情，也热爱历史、文学和艺术。他是我认识的最有教养的人之一。我非常盼望着能和他共事。

我记得当时自己迷迷糊糊地放下电话，又扫了一眼报社办公室，浑身有一种说不出来的轻松感。我昂首阔步走出了办公室，穿过贝里大街来到了加利福尼亚酒店，走进酒店里的酒吧，点了两杯法国干邑白兰地。

我终于又重新成为一名驻外记者，而且是去柏林，那里充斥着各种大新闻。我已经30岁，我想现在正是我大展宏图的年龄了。时间不等人。

尾 注

[1] 一年后，法国议会成立的专门调查委员会也几乎认可这一观点。报告中搜集了大量的证据，最后指出，当警察破门而入时，斯塔维斯基的确正好朝自己开枪，但是他的死"部分是由警方故意造成的"。调查发现，斯塔维斯基吞枪自杀后，并没有立即身亡，他在地上躺了一个多小时，但警方没有呼叫任何救援，任由他失血过多而死。委员会说："这个极不寻常的疏忽终结了斯塔维斯基的生命……斯塔维斯基有可能被抢救过来吗？我们相信答案是肯定的。毋庸置疑，对于这么重要的罪犯，警方此前从未对其执行正式的逮捕，司法部门也始终拖延起诉。"

[2] 第二次世界大战结束很久之后，那时的达拉第已经走到生命的尽头，他在和我的接触中开诚布公地讨论了一些重大问题，比如在他看来法国为何会在二战中沦陷，以及他本人需要为这场国难负上怎样的责任。1961年，达拉第读了我的著作《第三帝国的兴亡》，他感兴趣的是，我在书中披露了当英法决定向纳粹德国屈服并炮制慕尼黑阴谋的时候，事实上纳粹德国并非全无弱点，当时德国最高统帅部和一群将领正在密谋推翻希特勒的统治。他说，慕尼黑会议已经过去23年，但直到读完我的书他才知道这件事情。让他深感愤恨的是，自己贵为法国政府首脑，却一直被英国人蒙在鼓里——他们明明知道德国军方意图政变的事情，却没向自己吐露过一个字。如果当初他就知

道这些，就不会在慕尼黑会议上那么轻易地向希特勒屈服。之后达拉第就这一问题撰写了一系列相关的文章，发表在1961年秋季的《老实人》报纸上。达拉第还向我提供了大量内幕信息，这对我撰写下一部关于法国沦陷的著作帮助很大。

[3] 我的新闻同行都非常勇敢，他们待在议会大厦的媒体办公室里，在写完稿子或打电话汇报完情况之前都没有离开。为了防止暴徒冲进来，他们也做了一些防护措施，我在门外看到一张草草书写的标识："示威者请注意，这里没有议员！"

[4] 对于最近被曝光的斯塔维斯基丑闻，老兵们都深感愤慨，但他们可能不知道的是，自己的顶头上司，也就是联邦战士联盟的主席本人就是斯塔维斯基旗下某家公司的董事会成员，而且他参与了斯塔维斯基最后也是最过分的一个欺诈阴谋。当然，我也是事情过去很久以后才知道这些内幕的。

[5] 作为拉罗克的死敌之一，社会党领袖布鲁姆也抱有相同的观点。他在二战后议会调查委员会作证时表示："从左岸前来的由拉罗克上校指挥的火十字团队伍，如果没有在勃艮第路薄弱的警戒线前停下来的话，议会一定会被暴动队伍攻占……而且暴动队伍既可以将议员们从议会驱逐出去，也可以宣布成立一个临时政府。1845年和1870年9月4日，当时的暴动者占领波旁宫以后，就是这么干的。"

布鲁姆问过自己："如果此事的确发生，那么哪些人会组成临时政府？我不知道贝当元帅和暴动的组织者之间保持了怎样的联系。不过我相信他的名字一定会出现在新政府的名单上，皮埃尔·赖伐尔也会在其中……"（事实上贝当与暴乱者之间的亲密关系远超布鲁姆的想象。）

事实上，从1934年2月6日晚的暴乱开始，祸根就已经埋下。贝当元帅和赖伐尔最终埋葬了法兰西第三共和国。二战中他们两人成为投降分子，与纳粹德国合作，成了实行极权主义统治的法国维希傀儡政府的头面人物。

第二篇

在德意志第三帝国的
生活与工作：1934—1937

第六章

对希特勒及第三帝国的第一印象：

1934—1935

1934 年 8 月 25 日，柏林。从明天开始，我的人生将开启全新的篇章……

我于当天从巴黎抵达柏林，当晚我在日记里草草写下上面这句话的时候，我没有想到从此我的人生会经历如此漫长与恐怖的一段时间。不只是我的生活和工作被卷入其中，还有这片土地的千百万民众和国境以外的人们，一个日益暴虐的纳粹德国开始慢慢呈现在他们的面前。整个西方世界里几乎没有人能够逃脱它所造成的灾难，数以百万计的人们甚至失去了自己的生命。

纽伦堡就是这个噩梦的开端。

我刚刚抵达柏林不过几天时间，就被通讯社派到纽伦堡去报道纳粹党每年一度的盛大集会。希特勒已经开始按照自己的心意一步步将德国打造成自己独有的"恐怖世界"，纽伦堡就是我探寻这个世界的最好入口。9 月一整周的时间里，几十万纳粹党头目以及冲锋队和党卫军[1]的士兵会穿上整洁的制服，在此地集会聆听伟大领袖希特勒的训示并向他欢呼致意。这个颇为诡异的男人竟然被许多德国人奉为天才和救世主，这使我很想通过这次集会亲自近距离地观察一下他。我希望以此来搞清楚希特勒究竟对德国大众施加了什么魔法，而且也许这还能帮助我解开心中的另一个困惑：无数个世纪以来，伟大的德国人民为西方文明做出了巨大的贡献，相比之下，从维也纳的贫民窟里爬出来的希特勒，却不过是一个粗鄙庸俗、毫无教养、心胸极度狭窄的奥地利人，是什么使这样一个人竟然能够凌驾于伟大的日耳曼民族之上？

据说今年9月的纳粹集会格外重要，甚至到了极度紧张的程度。在刚刚过去的夏天里，希特勒发动了一场至关重要的血腥清洗。6月30日，冲锋队的缔造者，同时是希特勒唯一的私交密友恩斯特·罗姆被希特勒下令处决。一同陪葬的还有一些希特勒的政治宿敌，包括他的前任、魏玛共和国最后一任总理库尔特·冯·施莱彻尔将军和他的妻子。

备受德国民众尊敬的兴登堡元帅兼魏玛共和国总统于8月2日病逝，享年87岁。兴登堡的死使得原本只是总理的希特勒迅速将兴登堡的权力揽入怀里，成了德国的总统兼总理。至于兴登堡希望他恢复霍亨索伦王朝统治的遗愿，则被抛到了九霄云外，希特勒可不希望德国境内再出现一个能和自己分庭抗礼的政治对手，如果这位对手身上再带着霍亨索伦王室的威望，那就是一件更头痛的事情。

现在希特勒成了德国国家和政府的双重领导人，也就成了拥有绝对权力的独裁者。至于按照宪法规定拥有立法权的德国国会，则在希特勒的阴谋之下降格成了一枚橡皮图章，国会议员偶尔被召集起来开会，也只不过是为希特勒的行动鼓掌赞成而已。

在我前往纽伦堡之前，我在柏林短暂停留了几天，当地因为纽伦堡集会的事气氛十分紧张，据说希特勒本人十分担心冲锋队里的余孽会为其领袖们的死向自己发起报复。这支人数达上百万的队伍里充斥着各种街头暴徒，他们曾经是纳粹运动的核心力量，为希特勒上台立下了汗马功劳，现在希特勒却把它的指挥官处决了，这让许多冲锋队成员感到理想幻灭，认为希特勒背叛了自己。

冲锋队一度与德国陆军争夺军事力量的领导权，现在希特勒清洗冲锋队的做法让陆军军方深感欣慰。然而另一方面，希特勒无视兴登堡遗愿、拒绝支持霍亨索伦王朝复辟的做法却让军方对其充满愤恨。尽管霍亨索伦王朝的统治已经崩溃 14 年之久，但德国的陆军将领依然是坚定的君主主义者，他们当中许多人认为希特勒不过是一时得志的贱民而已。另外希特勒杀害末任总理库尔特·冯·施莱彻尔将军的做法也让一些军方将领深感愤怒，毕竟施莱彻尔将军曾经是他们的战友。柏林当地一直有谣言，称德国军方准备利用希特勒和各位纳粹党高官全部出席纽伦堡集会的机会，在首都发动军事政变并重建王朝统治。

初到柏林的十天让我陷入了郁闷，部分原因大约在于今昔对比实在让人感慨万千。当初我来到柏林短暂工作的时候正值魏玛共和国的黄金时期，柏林民众生活在一片无忧无虑的气氛当中。记得当时我坐在满是烟气的工作室里，还有酒吧和咖啡馆怡人的露台上，和年纪相仿的德国男女愉快交谈，我们可以在光天化日之下肆无忌惮地讨论年轻人愿意为之放纵的一切事情：政治、艺术、文学、运动、爱情、性、往事、现状、未来。在我看来，当时柏林和慕尼黑的生活甚至比巴黎的更自由、更摩登、更刺激、更有激情，就更别提和了无生气的伦敦相比了。

记得那时候我的德国朋友们，有些是热心的自由主义者，有些是社会主义者，甚至有共产党人，当然绝大多数人是和平主义者，他们对自由、诗歌、音乐，对最新的小说和传记以及最近的政治动向充满了无边无际的兴趣和激情。然而，现在的他们就像彻底变了个人一样，不断地和我强调德国唯一的命运都寄托在了元首的身上，祖国一定会在国家社会主义的领导之下重获新生，德国需要重新武装起来，成为一个强大且富有刚强气质的国家，从《凡尔赛和约》的束缚中挣脱出来，把国家从自由主义、社会主义和共产主义思想的毒害中拯救出来，重树德国尊重权威的传统理念。我很难相信这还是我当初遇到的那些受我喜爱和尊重的德国人。自由发表言论与出版的权利，自由投票的权利，自由加入政党、联盟与协会的权利，所有自由的权利被希特勒迅速剥夺殆尽，但他们似乎不再看重这些事情了。他们的堕落让我沮丧。

当然了，幸运的是，并非所有的德国人都变了。但是他们绝大多数人心惊胆战，谨言慎行，不敢随便信任别人了。

整团或整连的褐衫冲锋队和黑衫党卫军在街头昼夜不断地巡逻，他们的高筒皮靴在地上跺得震天响。已经有朋友提醒我，任何人走在人行道上，如果不停下来向他们擎起的纳粹标志和党旗致敬的话，很有可能被当场痛打一顿。[2]我很快就学到了一个应付的办法，只要在路上看到这群人，我就立刻钻进街边的商铺里。

有时候我钻进去的商店是犹太人开的。1934 年的时候，仍然有许多犹太人在德国经营买卖，生意却越来越不景气。冲锋队的暴徒会故意拿黄色油漆在他们的商店玻璃上喷上各种侮辱性的标语，以此来告诉顾客"这家店不是为雅利安人开的"。当我为了躲避巡逻队而跑进犹太人的商店时，并不总会受到老板的欢迎，他们有时会害怕暴徒跟在我后面，会殴打他们，甚至把店砸个稀巴烂，然后再查封商铺。越来越多的犹太人担心冲锋队会专门找自己的麻烦，极少会有犹太店主敢呼唤警察，就算偶尔出于无奈报警，警察来了以后也不敢给他们提供保护。

至于德国的秘密警察——盖世太保，我们刚刚抵达柏林就见识到了他们的厉害。当时我们的火车刚刚开进弗里德里希大街火车站的站台，前来"欢迎"我们的第一批人就是盖世太保的两名秘密特工。我原本就已料到今后会慢慢和他们打交道，但没想到来得这么快。这两个便衣警察把我带到一边，问我是不是某某先生，我说当然不是，但他们坚持说我就是，并且检查了我的护照。他们一直不停地拿着护照照片和我本人对比，在他们看来，这两张完全不同的脸面之间似乎肯定有一些相似之处。

我听到一个人对另一个人悄悄耳语："这本护照可能是伪造的。"

然后他就问我："你这本护照是从哪里弄来的？"

我回答道："巴黎。"

两人继续窃窃私语，我开始担心他们会不会拒绝我入境，那么我在柏林的新工作立刻就要泡汤了。最后，两人突然立正，冲我勉强挤出了个笑容，把护照还给了我，调头就走了。

我在柏林的老朋友 H. R. 尼克博克是一名资深记者，此前十年他和德国官方的关系一直很好，但自从纳粹上台，双方日渐交恶。他听了我的经历之后，就告诉我盖世太保可能怀疑我是多萝西·汤普森的同犯。多萝西写了一本名叫《我见到了希特勒》的书，[3] 希特勒知晓此事之后勃然大怒，下令将她驱逐出境。就在我到达柏林的一两个小时之前，德国警察押着多萝西，将她赶上了离开德国的火车。尼克博克还告诉我，他本人因为写了一些有关纳粹宣传部部长约瑟夫·戈培尔的文章，也触怒了纳粹当局，所以随时都有可能被驱逐出境。

9月4日，抵达纳粹德国十天之后，我在纽伦堡第一次见到了阿道夫·希特勒。

日落时分，他如同罗马皇帝一般，穿过了密集的方阵，在德国民众热烈的欢呼声中坐车进入了这座中世纪小镇。民众挤在狭窄的街道里，这里曾经是汉斯·萨克斯和工匠歌手的聚集地。数以千计的纳粹万字旗被悬挂在小城哥特式建筑上、旧房子的正门上、人字屋顶上，比小巷宽敞不了多少的街上成了冲锋队和党卫军的海洋。

当希特勒的座车从我们的酒店门前驶过，开向其在德国霍夫酒店（这家酒店是他很喜欢的一家老酒店，最近为他翻新了）的总部时，我匆匆扫了他一眼，这也是我第一次亲眼看到他。希特勒站在车上，左手颇为笨拙地除下帽子，抬起右手轻描淡写地做出一个纳粹手礼，以回应人群疯狂的欢迎。也许他知道这一周时间里他要做出上千次这个手势，所以干脆从现在开始就节省体力。他身上披着一件颇为陈旧的华达呢大衣，看上去很像我们这些驻外记者长年带在身边的外套，显出一股历经沧桑的感觉。我原本以为他的面庞一定很坚毅，却没想到他脸上的皮肤看上去很松弛，几乎没有特别的表情。我在思考希特勒那近乎端庄的举止和平平的相貌背后，面对这些乌合之众近乎歇斯底里的欢呼呐喊，他究竟是怎样的心情和感受。那些男人、女人，乃至儿童在看到希特勒之后，都流露出近乎疯狂的喜悦之情，他们的脸几乎完全扭曲了——我从未看过这样的表情。

尽管第一次亲眼看到了希特勒让我颇为兴奋，但当天晚上我满脑子想起的是那些几近迷乱的乌合之众。在印度，在意大利，我都曾经看到人们纷纷拥向甘地和墨索里尼，但德国民众的样子是一种我完全不能理解的奇异现象。当天深夜，我在希特勒下榻的酒店外围遇到了一群极为亢奋的民众，他们把酒店前面的隔离地带堵得水泄不通。这群人看上去很像我在阿肯色州以及路易斯安那州的偏远地区碰到的狂热教徒，他们的手臂不断挥舞，脸上充满了疯狂的表情，齐声高喊："我们需要我们的元首！"希特勒在天台上出现了一小会儿，朝他们招手示意，人群陷入狂热，一些妇女甚至因为欣喜过度而昏了过去。还有一些男男女女甚至全然不顾蜂拥而来的人潮，一路踩着别人就往前冲，只为了能够站得更近，把他们的救世主看得更清楚一点。此刻看起来，希特勒就是这群人存在的唯一意义。

第二天傍晚，集会首日的活动基本上告一段落，观看了整整一天的表演之后，我在日记里记下："我开始有点理解究竟是哪些原因使得希特勒拥有如此惊人的成功。"他正在从罗马教会那里借鉴各种经验，要在德国人单调的生活当中重新染上庄严华丽的色彩。当天早上，开幕会议在纽伦堡城郊的卢伊特波尔德大厅召开，是一场更加丰富多彩的表演。这是一座雄伟的哥特式天主教教堂，充满了复活节和圣诞节弥撒的宗教气息和神秘色彩。

大厅里挂满了各种色彩鲜明的旗帜，突然之间乐队停止了奏乐，紧接着三万名参会者立刻陷入了死寂，此刻乐队开始奏起《巴登威勒进行曲》，这是一段相当容易引起人们注意的旋律，只有在领袖正式入场时才被演奏。在乐曲声中希特勒走进了大厅的后面，他穿着一身棕色的纳粹党制服，紧跟在他身后的是他的助手——赫尔曼·戈林、约瑟夫·戈培尔、鲁道夫·赫斯以及海因里希·希姆莱。除了希姆莱穿着党卫军的黑色制服之外，其余人无一例外穿着褐色的纳粹党制服。希特勒沿着中央宽敞的通道一步步慢慢走上讲台，全场三万人举起手臂向他致礼，三万双眼睛都聚焦在了希特勒的身上。我被告知，多年来，只要是纳粹党重大会议的开幕式，这些形式与动作都是不可缺少的礼制。

希特勒和这些纳粹高官在宽大的主席台落座，一支大型交响乐团立刻开始演奏贝多芬的《埃格蒙特序曲》，雄浑的曲目令人振奋，巨大的强光弧灯把整个前台照得明亮。希特勒和他的随从们——100名纳粹党高级官员和零零散散的德国陆军与海军将领端坐于主席台上，在他们的身后是一面巨大的纳粹万字"血旗"。1932年希特勒在慕尼黑发动啤酒馆暴动，警察向纳粹分子开枪镇压，当时有一队纳粹分子抬起这面旗帜穿过了慕尼黑的大街小巷，这面旗帜在他们眼中就变成了本党的圣物。500名站得笔直的冲锋队队员守卫在血旗四周。曲目终了，担任纳粹党副元首、当时希特勒最亲密的知己的赫斯站起身来，缓缓地朗读纳粹"烈士"名单——他们都是当年在街头暴动中被镇压身亡的冲锋队队员。赫斯的语气极为严肃且沉重，整个大厅里陷入一片沉寂，每个人都低下头以致哀思。

在一片肃静之中，希特勒开始向全德意志人民发表公告。头天晚上，纳粹新闻办公室向我们透露，元首将要发表的公告将会是他所做的最重要的一场讲话。所有人都以为希特勒会亲自朗读这份报告，但是考虑到自己本周要做七场演讲，为了保护嗓子，希特勒让巴伐利亚地方长官阿道夫·瓦格纳替自己朗读报告。说来也有意思的是，瓦格纳的声音和举止形态都很像希特勒，以至于一些在酒店里通过广播收听讲话的记者以为读稿子的就是希特勒本人。

我永远都不会忘记那份公告的字句，在之后的很多年里，它们不断地涌回我的脑海中，提醒我历史完全不会按照人们的设想前进，哪怕最坚决的意志也无法阻挡它。

　　德国人下一个千年的生活方式已经彻底注定了！对我们来说，紧张不安的 19 世纪终于结束了。在下一个千年里，德国将不会再有革命！

按照希特勒的意思，第三帝国将会千年不朽！他的狂言让我深感错愕，然而这样的话让大厅里的人们陷入了疯狂的喜悦，三万人一起欢呼雀跃，对希特勒致以潮水般的热烈掌声。

在一片狂喜的嘶吼声中，我却在心中暗暗抗议道，如此伟大的一个民族，却被你们这样一群恶魔欺凌侮辱，你们怎么可能维持千年之久，说一百年恐怕都是夸张。不过我当时确实也有一种强烈的沮丧感，这个邪恶政权的统治恐怕还是会持续很长时间，希特勒对德国人民的控制远比我想象的要强大。

接下来，希特勒毫无例外地对共产主义进行例行攻击，刚刚稍微平静了一点的听众听完他的话之后，又陷入了新的兴奋。

他宣称："德国将会竭尽全力确保世界和平，如果欧洲爆发战争，那只可能来自共产主义所引发的混乱。"

当天下午，希特勒在一场名为"德国文化"的会议上重提共产主义的威胁，他声嘶力竭地吼道："只有最愚蠢的侏儒才无法明白，共产主义誓要毁灭欧洲和它的文明，而德国早已成了抵抗共产主义的防洪堤。"

希特勒没有费太多的力气就让德国、英国、法国，甚至还有美国的民众相信了自己的谎言。很久之后，当希特勒意欲侵略欧洲邻国之时，查尔斯·林德伯格还效仿希特勒的话表达自己对于纳粹德国的信任，他说："希特勒的德国在欧洲东部捍卫了欧洲文明的不可触犯的边界。"

在希特勒和他追随者的眼中，边界以东便是布尔什维克，它们是欧洲文明的毁灭者，林德伯格当然相信他的话。然而，当我深入地观察了纳粹纽伦堡大会的疯癫情景后，我开始模糊地感觉到，欧洲文明，至少德国一国之内的欧洲文明，将难逃希特勒独裁统治的摧残。

当时我还几乎没有意识到，希特勒为了让德国人保持亢奋的精神状态，需要故意制造出一些敌人来作为全民攻击的对象。他告诉德国人，正是这些敌人，要为德国以往的一切失败负责，而今重新崛起的德国又再度遭到了他们的威胁。那么这些敌人究竟是谁呢？除了布尔什维克党还有犹太人！在第一天的活动中，希特勒就两次宣称，德国之所以会陷入混乱，正是"犹太唯理主义"的"杰作"，而自己则把德国从混乱中解救了出来。

希特勒表示："犹太唯理主义把一种异族的生活和思维方式强加于各民族的身上，这是毫无依据的人种主张，我们被领上了一条互不相容、无所寄托的道路，整个国际社会的文化生活陷入了完全的混乱。"

希特勒甚至自吹自擂说他不仅从布尔什维克的手里救回了欧洲，而且从犹太人手里救回了大家，他希望他的听众能够牢记这一点，对自己心存感恩之情。

在纽伦堡整整一周的时间，每天白天，甚至到深夜，都会有各种新的游行活动让群众陷入新的激动与震撼。这些活动似乎都在给人们慢慢地灌输一种新的观念，那就是要对伟大领袖以及他为德国人民带来的新生活抱有狂热的尊崇之意。

到了第三天，希特勒隆重介绍了他新成立的劳务服务会——"劳工服务队"，该组织由狂热信仰纳粹主义的年轻人组成，尽管他们手中所握着的只有铁锹，但是很显然他们受过大量严格的军事训练。当时德国的军队规模仍然受到《凡尔赛和约》的严格限制，陆军总数不得超过十万人，禁止实行义务兵役制。希特勒的劳工服务组织表面上看起来很像罗斯福总统的"民间护林保土工作队"①的德国翻版，因此受到了大家的欢呼称赞，实际上它的军事目的非常明显。一些知情人向我透露，劳工服务组织中的十万名成员都接受过基本的军事训练。这些内幕消息很快就得到了证实。

当天早上，当太阳刚刚升起的时候，希特勒和五万名劳工服务队成员在策佩林广场举行了隆重的检阅仪式，年轻人手里举的铁锹被擦得闪亮，在晨光中发出耀眼的光芒，走在队伍最前方的1000人还特意裸露上身。希特勒站在检阅台上发表了简短的讲话，赞扬他们为祖国做出了应有的贡献。队伍穿过检阅台之后，年轻人就突然改走整齐的正步——我敢说旧式普鲁士士兵的正步都不会比他们走得更完美了——围观的人群立刻陷入了疯狂的兴奋。在我看来，他们改走正步的做法真是荒谬极了，但是那些围观的德国民众非常喜欢，他们高兴得甚至跳了起来，向年轻人大声喝彩。这群统一着深绿色制服的年轻人

---

① 民间护林保土工作队计划是罗斯福总统"新经济政策"的一部分，计划实施时间为1933年至1942年，其目的是解决部分年轻人的失业问题。它招募18岁至25岁的未婚失业男性，组成劳工队，在归联邦和地方政府所有的偏远地区进行造林等低技术含量的劳务工作。

则在前进的途中不断地齐声高呼：

> 我们别无所求，我们只需要一个领袖！
> 他就是德国的一切！希特勒万岁！

有一位历史学家，可能也是一位政治家，曾经这样说道："如果你想要控制一个国家，你必须先控制它的年轻人。"很显然，希特勒已经这样做了，或者说他正在这样做。有人告诉我，除了劳工服务队以外，他还正在建立一个更大规模的组织，叫作"希特勒青年团"，他计划通过这个组织将七周岁以上的德国青少年全部纳入自己的管理范围。[4]

第二天晚上，纳粹又组织了另外一场气势恢宏的盛大集会，20万名纳粹党成员聚集在策佩林广场草坪，草坪地面上的探照灯照着在风中飘扬的 2.1 万面旗帜。所有人都头戴褐色军帽，身着希特勒亲自设计的褐色制服。

希特勒在现场发表了讲话，他的啸叫势如雷电，通过扩音器震撼全场。他所说的话无一例外是所有德国民众最希望听到的内容，大概的内容无外乎就是，我们现在很强大，以后会变得越来越强大；德国是如此伟大，如此强有力；在他的领导之下，德国民众有坚定的信心，把德国建设得更强更伟大。

希特勒接着说："我们靠斗争而获得的胜利果实，我们会坚持下去。任何人只要愿意，我们都会向他伸出和平之手。但是如果有人相信自己可以无视德国的正义与公平，我们一定会和他坚决斗争到底。"

希特勒的蛊惑听起来是如此合理，他所呼吁的只不过是强盛与伟大，新的德国尽管会变得强大，但仍然是一个爱好和平的国家，德国想要的也只不过是正义与公平。在接下来的数年间，我无数地听到他反反复复地提及这些字句，然而那时我发现它只不过是最虚伪的谎言。至少我明白了，德国为战争做准备时一定会确保和平，因为迫于自身实力尚且不足及和平条约的限制，德国不得不这么做。可是当它变得更加强大之后又会做些什么呢？

很显然，当晚身穿褐色制服的那些乌合之众不会思考这些问题。希特勒的威势，高潮迭起的恢宏气势，却都强烈地吸引了我，整个夜晚空气中到处弥漫着集体的欢愉，我在当晚的日记里这样写道：

> 在这个灯火通明的夜晚，人们像沙丁鱼一样挤在一起，所有人都只有一种精神状态。这个德国的小个子男人，让纳粹主义在这里得以实现，并让德国人身上显示出最疯狂的状态：他们的灵魂和心智已经被掏空，每个人自己的责任、疑虑与困苦都被抛到了脑后，伴随着那迷幻灯光和希特勒富有魔力的讲话，他们完全成了一群任人操纵的"德国羔羊"。

希特勒是一个善于调动德国人内心深处情绪的天才，当他了解到火炬传递的古老传统一直深得人民的喜爱时，便恢复了这个古老的仪式。当天深夜，从与会的 20 万名纳粹党党员里挑选出来的 1.5 万人手持火炬沿着纽伦堡小城蜿蜒曲折的道路一路前行，火炬到达我们酒店那一站时，希特勒向火炬行纳粹礼致敬。这是我平生第一次看见这种巡游活动，不管是手持火炬的传递者，还是街道两边的观看者无一不情绪高涨。火炬手高擎火炬，汇聚成了一条无尽的火流，从我面前慢慢跑过，然后再逐渐消失在夜色之中，紧随其后的乐团高奏德国军歌，摩肩接踵的围观者则高声唱起纳粹的进行曲，此时就连我都有些心潮澎湃了。这仿佛是瓦格纳歌剧院的一个场景——《罗恩格林》，或者是《汤豪泽》抑或《纽伦堡的名歌手》？

第二天希特勒在体育场里检阅了冲锋队，这也是在冲锋队的指挥官们被血腥地肃清后，他第一次和冲锋队再次见面。希特勒向队员们发表了冗长的演讲，他宣称尽管"罗姆发动了叛乱"，但是他决定对大家进行"赦免"。整个体育场的气氛非常紧张，我觉得就连希特勒本人在进入会场时也显得紧张兮兮的。然而他别无选择，他必须面对这一切。参与集会的几十万名冲锋队队员都被禁止携带武器，大约两万名全副武装的党卫军士兵在外圈把他们团团围住。另外还有 2500 名党卫军士兵为希特勒本人提供贴身保护，他们的步枪全部子弹上膛，分散部署在演讲台的前方，随时防止台下的冲锋队队员发动攻击。

当天没有任何人试图刺杀希特勒，据我所知，从他上台开始到发动战争之前的六年半时间里，也从没有人有过这样的企图。驻德的外国使节和各国记者常常都在思考这究竟是为什么，毕竟如果有人想除掉他的话，也并非那么困难。大概几天前，我们这群来自英美的记者就亲眼见过，这样的事是如何简单。当时我们在酒店，聚在某个记者朋友的房间里喝酒，然后就看到希特勒的座车刚好从我们房间楼下开过。当时他刚刚从某处开会回来，我们发现他的安保措施实在是太简单了，如果有人想要刺杀他，完全可以从我们这样的房间里往楼下扔个炸弹，然后迅速跑下楼就消失在人流之中了。当然并没有人这么干过，至少据我们目前了解，也完全没听说过有谁试图刺杀希特勒。6 月 30 日的时候，希特勒处决了几十名冲锋队的头目，还杀死了库尔特·冯·施莱彻尔将军夫妇，可是这些人的朋友或亲属都没有要去复仇的想法。

当时外部世界完全没有意识到，德国人民，至少是绝大多数德国人民想要什么，这位来自奥地利的独裁者就正在给予他们什么，就连我当时也只是模模糊糊地感觉到一点点。在几乎不到一年半的时间里，希特勒就把德意志重新统一并团结了起来，一切旧式的区域、州与省的划分都被他一扫而空，就连作为现代军国主义德国崛起基石的普鲁士地区也遭到了他的沉重打击——当年俾斯麦和霍亨索伦王朝的君主们都没能彻底完成这个真正统一的任务。在过去，德国在某种程度上仍然保留有邦联制度的色彩，譬如说普鲁士和巴伐利亚地区都拥有自己的政府和国会。希特勒在眨眼之间就解决了这一问题。从此以后，再也没有哪个省份的政府或立法机关敢于阻拦柏林中央政府的政策了。

我开始意识到，德国人民迫切渴望得到一个更为统一与团结的国家，而希特勒则以迅雷之势完成了这一任务，给德国人民交出了一份满意的答卷。他让德国变得更为强大，也更利于自己统治。除了更加统一与团结之外，德国民众还迫切要求自己的国家从 1918 年战败的耻辱中走出来，重新跻身于列强之林，与欧洲大陆上的其他大国再次平起平坐。希特勒则非常聪明地利用了民众的这一心理，他点燃了人民心中的热情，并以此获得了更多的支持。

最后一天，纽伦堡举行了盛大的集会活动，为 30 万名前来参加的群众提供了新的爱国情绪的发泄口。大约一万名骁勇善战的陆军士兵在策佩林草坪表演了极为逼真的模拟战斗，围观群众欣喜若狂。士兵们开始投入战斗，机关枪开始突突作响，轻型火炮发出震耳欲聋的轰鸣，一阵阵的火药烟雾随风飘向在外围观看的人群中。目睹了这一切的观众都陷入了狂热的兴奋，其疯狂程度让我有些退却。以往我在美国、法国和英国都观看过军事表演，围观的群众也都对表演充满了特别的期待，但是完全没有这样的狂热，这群德国人似乎已经完全融入其中。

很显然这些德国民众非常喜欢战争，可是我在想，难道他们已经忘记《西线无战事》①这本小说？它描述了战争是一件多么愚蠢而残忍的事。外部世界对德国的军国主义思想多有耳闻，从腓特烈大帝直至威廉二世皇帝，德国始终流行着尚武主义的传统。在我看来，它不仅仅是普鲁士王国和霍亨索伦王朝推崇斯巴达精神的产物，它更是一种深深根植于德国民众心底的情绪，而且很显然，这种好战的情绪并未因为德国输掉了第一次世界大战而消失。

经过了整整七天无休无止的游行、正步表演、演讲和盛大表演之后，这场纳粹党的年度大集会终于结束了。我因为整日忙于报道而几乎筋疲力尽，甚至为此患上了严重的人群恐惧症。这一周的每个白天和黑夜，我都被迫面对无数的人群：卢伊特波尔德大厅里有三万人开会，十万人挤在纽伦堡狭窄的街头只为看希特勒一眼或者观看游行，50万人拥到策佩林草坪观看模拟军演。他们的狂热和喜悦让我深受感染，看起来他们

———————

① 《西线无战事》是德国作家埃里希·马里亚·雷马克描述第一次世界大战的反战小说。

是那么心甘情愿成为乌合之众的一员。我痛恨这场集会，它在一点点地侵蚀人们心中的理智。但我很高兴来到了这里，这是我来到纳粹德国以后所遭遇的第一场洗礼。如果我想对这里有更深刻的理解，那么这种磨炼就是必不可少的过程。

当天深夜，我终于写完了有关纽伦堡大会的通讯稿，之后我在自己的日记本上匆匆写了几笔：

> 你必须经历过这些事情，才能理解希特勒对民众的控制，才能感觉到他在这场运动中释放出来的强烈能量，才能体会到德国民众所拥有的那种备受纪律束缚的纯粹力量。现在一切都结束了，正如昨晚希特勒告诉记者的那样，50万德国男人与女人都来参加了这场盛会，现在他们将会回到自己的城镇与乡村，以全新的激情将这种全新的信仰传播给众人。

回到柏林之后，我一直在试着整理自己的思路，把对希特勒的第一印象记载下来，毕竟亲眼见到他之后，我觉得与自己当初想象的差别还是很大的。不到三个月，我读过许多关于希特勒是如何神经质以及残忍的报道，也知晓他在"长刀之夜"对冲锋队和自己的政敌进行了毫不留情的屠杀与处决。然而在纽伦堡集会期间，除了例行歇斯底里地攻击布尔什维克与犹太人之外，他看上去并没有传说中的那么神经质、易怒与残暴。

希特勒的样貌实在是不起眼，脸庞非常粗糙，看不出什么特别坚毅的表情。有时候他在进行了漫长的演讲之后，会流露出特别疲惫的神色。当他花上几个小时的时间检阅部队之后，也会显得虚弱。

在纽伦堡整整一周，我常常站在或坐在离希特勒只有几英尺的地方，我一直在努力观察清楚他的全部特征。他大约高五英尺九英寸，体重约150磅，他的腿很短，膝盖微微弯曲，以至于看起来有些外八字脚。他的手掌形状很好，修长而柔软的手指会让人想起某位音乐会的钢琴师。当他发表演说或与一小群人谈话的时候，他的手势总会特别丰富。

他的鼻子让他看上去并不像一个残暴的人。他鼻梁笔直，鼻翼宽阔，鼻孔大张，是他整个面部中最粗野的地方，但他卓别林式的胡须又使这一点有所缓和。他的嘴令人印象深刻，可以做出各种各样的丰富表情。

一些老记者都坚持说希特勒根本没有幽默感，也从来不笑。一开始我并不知道这个事情，但是在纳粹党集会上，我至少有十几次亲眼看到他发自内心地大笑。当他大笑时，他会突然抬起头。他前额深棕色的头发被他特意梳向右额，有时候它们会滑到左边去，每次他笑的时候，就会趁机甩一下头发，或者迅速抬起手把头发撩回原来的位置。

尽管希特勒相貌平平，但他的眼睛特别引人注意，那是一双能摄人心魄的眼睛，敏锐而具有洞察力。我尽可能地近距离观察了一下，发现他的眼睛是亮蓝色的。但是当你第一眼看见它们的时候，最吸引你的东西绝不是它们的颜色，而是它们对你的注视，那里面蕴含着无尽的能量，似乎要彻底把你看穿。对于那些受希特勒感召，对他充满恐惧与狂热，却又任由他支配的人来说，只要希特勒看上他们一眼，他们立刻就会全无力气，而且这一招对于女性尤其见效。看着这些德国民众，我突然想到了画家笔下的美杜莎，人们传说只要男子看到了这位蛇发女妖的眼睛，就会立刻被变成石头或者失去力气。在纽伦堡待着的这些日子里，我发现那些与希特勒相伴多年的纳粹高官，哪怕他们的资历再老，平日的性格再刚强，只要希特勒停下来和他说句话，他整个人立刻都会僵硬起来，被希特勒极具穿透力的目光蛊惑。一开始我以为只有德国人才会有这样的反应，可是直到有一天我去采访一个外国使节接待会，我才注意到每一个使节都为希特勒的眼神所倾倒。就在我离开柏林准备前往纽伦堡之前的一两天，多德大使那活泼年轻的女儿玛莎·多德专门告诉我，要小心希特勒的眼睛，她说："你怎么也忘不了他的眼睛，它们会完全征服你。"

希特勒的演讲也具有强大的征服力和吸引力，至少对德国人来说是毫无疑问的。在纽伦堡的时候，我才第一次发现希特勒具备惊人的能力，他可以只凭演说就彻底打动一个普通德国人的心。他雄辩的能力使人们从来都不敢忘记他拥有独裁者的权力，而且似乎正是这样的能力让他得以维持自己的统治。

在我看来，希特勒所使用的词句和表达的看法，大多是荒谬之至的。但在纽伦堡的那一周我开始明白，希特勒说的是什么其实并不重要，重要的是他是如何表达的。希特勒与听众的交流能力简直到了不可思议的程度，他几乎可以在一瞬间就与大家建立起密切的关系，然后随着他演讲的深入，这种密切的关系也会越来越深，越来越紧，直至他完全控制人们的心灵。在我看来，只要人们进入了这种被控制的状态，那希特勒说的一切东西，哪怕是最愚蠢的胡话，他们也不会有丝毫怀疑。在之后的数年间，我听过他大量的重要演说，就连我都不能完全把持住自己的心性，每一次我都需要停顿下来让自己清醒过来，然后在心里告诉自己："他说的都是胡话！完全都是赤裸裸的谎言！"然后我就会再看看四周的听众，他们已经欣然接受元首所说的每一个字，当作至高真理。

从我第一次在纽伦堡听希特勒的演说开始，我就发现了他的惯用套路，在之后的六年中，这种套路被不停地使用。有人告诉我，当初希特勒还是一个年轻人时，就在慕尼黑四处煽动，他把自己的演讲风格塑造成了这个样子，直到后来这种风格成了他的第二天性。尽管翻来覆去总是那样的套路，但听众似乎从来没有厌倦过。

希特勒的演讲永远都是以一种低沉而易于引起共鸣的语调开始。他会精心挑选词语，仔细掂量所说的每一句话，语速会很慢。在这个阶段他会回顾历史，内容无外乎就是他在第一次世界大战时只是一个毫不起眼的小兵，早年担任纳粹党领袖时遭遇过许多挫折，战后的德国如何陷入一片混乱，他是如何力挽狂澜，让德国从战后的羞辱与悲惨中觉醒。希特勒从来不羞于谈论这些事情，尽管这么做时会有嘲讽和笑声，但他依然颇为自豪地进行宣传。

一位德国资深记者告诉我，希特勒在演讲中那深邃而富有共鸣的嗓音并不是天生的，相反，他本来的嗓音特别尖细，但他花了多年时间，最终学会了如何让声音变得低沉且富有感染力。希特勒在一战中因为吸入毒气而伤了肺，后来他坚持按照歌剧演唱家的练习方式提升自己的肺活量，最终不仅提高了音量，还使自己可以更好地控制发声。

当回顾往事的阶段结束之后，希特勒的演讲就会渐入高潮，他会恢复原本尖锐的嗓音，音调也会提高很多，那些字词会一刻不停地从他嘴里倾泻而出，声音越来越刺耳，他开始歇斯底里地嘶吼，最后发出一种极为奇怪的呻吟与怒吼声。我的某位来自爱尔兰的记者同事曾经毫无顾忌地说，希特勒的这种呻吟与嘶吼声很像做爱时达到性高潮一样，我从来没有在其他演讲者身上看过这样的情景。至于那些满脸充满敬畏之情的听众，他们则陶醉其中。

希特勒似乎可以把他的听众随心所欲地带进任何一种他所希望的精神状态。当他谈到布尔什维克与犹太人，之后谈到苏台德危机时阻挡其道路的捷克斯洛伐克人，谈到准备侵略波兰时，他可以让大家的仇恨如烈火一般熊熊燃烧。我永远都不会忘记，当他用语言攻击这些敌人的时候，他简直就像患上了间歇性的歇斯底里症，称他们是牲畜、野蛮人、侏儒，并且发出最凶恶的威胁，声称要彻底毁灭他们。

当希特勒想要奚落或嘲讽自己的敌人的时候，他的言辞会特别讽刺与尖酸刻薄，他能够让听众不断发出嘲笑声。每当这个时候，这位天生的演员就会显露出他的优秀演技。他故意像一个喜剧演员那样拧紧自己的脸并卷起嘴唇，不停地转动自己的眼珠子，不断地变换语调，对敌人极尽挖苦之能。

从很早以前，希特勒就本能地发现演说在公众生活中的重要地位。他在《我的奋斗》一书中曾表示，他年轻时在一战前的维也纳过着贫困潦倒的生活，那个时候他就意识到，演说具有一种独特的强大力量。

从最远古的时代开始，（演说）就具有神奇的魔力，它仅凭一己之力，就会引发历史长河中宗教与政治的崩溃。

普罗大众只会被演说的力量打动。一切伟大的运动都是人民的运动，打动大众的，或者是痛苦之神的折磨，或者是星火言辞的煽惑，只有这些才能让人性中的激情和躁动如火山一般喷薄。它们不是辞章学家写出的柠檬水般的词句，也不是会客厅里纸上谈兵的英雄口中的清谈。

从那时开始，希特勒在维也纳的小客栈、施粥所和街头巷尾寻找各式各样的人，让他们充当自己的听众，苦练演说术。不过当时他距离成功依然非常遥远。

一战期间，希特勒参加巴伐利亚军团，在前线的战壕中当了四年的小兵，战后他在慕尼黑从德国陆军那里得到了一份士兵教员的工作，专门负责教育士兵以使他们免受和平主义、社会主义和民主思想的"蛊惑"。

（他在《我的奋斗》中写道）突然之间我就有了一个在更多的听众面前演讲的机会。以前我一直在依据纯粹的感觉来推测自己的表现，现在一切都被事实证明了：我能够演讲！

希特勒的这一发现让他自己非常高兴。因为肺部有伤，他曾经很担心嗓音会受到永久性的损害。现在他发现自己康复得很好，他的声音很响亮，"至少小教室里的每个角落都可以听见"。

希特勒的天才演讲生涯就此拉开了帷幕，直至最后，他成为德国战后最强有力的演说家，也成为这个伟大国家的独裁者。一方面出于记者工作的需要，另一方面也是对他演讲术的着迷，在之后的六年时间里，我几乎听遍了他所有重要的公开演说，也为这些演说对德国民众产生的影响感到惊讶。

就我自己而言，从青年时期起我也对公共演说的技巧很感兴趣，然而演说在美国并不是时髦之物，它已经成了一项快被遗忘的艺术。尤其是广播发明之后，演讲就几乎完全没有市场了，而那些政客与政治家在广播里只会照本宣科地**读**稿子，简直让人昏昏欲睡。当我于 1921 年进入大学读书的时候，威廉·詹宁斯·布赖恩是美国仅存的最杰出的演说家，他的声音低沉而雄厚，当他在最大的礼堂里发表演说的时候，哪怕不用扩音器，角落里的人也能听得清清楚楚。我在肖托夸集会的帐篷里工作的一个夏天，多次聆听了布赖恩的演说。然而当我听到希特勒的演说之后，我不得不承认，虽然布赖恩可以以其高超的演讲术深刻地打动听众，却没有实质性内容，而且常常平庸乏味。

当我作为驻外记者到巴黎工作的最初几年，我又被法国外交部部长白里安的口才打动了。和布赖恩一样，白里安天生有一副金嗓子，如同古老的大提琴一样产生共鸣，而且他的手势与仪态非常优雅，当他演说的时候，他的手势总是可以表达出非常丰富的意思，让我想起了帕岱莱夫斯基弹奏钢琴的样子。在伦敦的时候，我还经常跑到下院去听丘吉尔演讲，他的雄辩能力、对语言的把握和理念的坚定无一不让我深深折服。在罗斯福当选总统之前，我就离开美国在欧洲工作了，所以在纳粹德国工作期间，我一直没有亲耳听到他的演讲，不过我用短波收音机听过几次他的广播谈话，印象深刻，罗斯福总统也是一个非常懂得与听众沟通的人。

可以说，除了丘吉尔，当然可能也包括罗斯福和布赖恩，希特勒是我见过最强的公共演说家。至于希特勒的法西斯盟友墨索里尼，在演讲方面的能力根本不能和他相提并论。我听过好几次墨索里尼的演讲，他的声音听起来极为刺耳，而且内容单调乏味，甚至有故意假装的尖叫声。

当然还有甘地，我在印度时也听过不少他的演讲，当他对着一小群人演说的时候，他的表现也是极富感染力的，而且特别能够打动人。不过甘地本人并不是演说家，他也压根儿不想做演说家。他的演说能够吸引十万农民前来聆听，靠的不是他的口才，而是他的政治号召力。甘地发表公开演讲的时候从不故意提高自己微弱的嗓音，也不会做一点点手势。

人们常常说，当希特勒掌权的时候，几乎没有德国人不被希特勒蛊惑。然而二战之后，越来越多的德国人说这位纳粹独裁者的德语说得很糟糕。我自己的德语远没到完美的水平，所以我无法对希特勒的德语水平做出真实的评价，但是我倾向于同意上面的观点，希特勒的德语水平一般。不过经过再三的思索，我仍然不能完全确定这个结论。希特勒出生于奥地利的德语区，又学了一些巴伐利亚的方言，这两个地区的德语口音和句法都很特别，所以这可能导致一些德国北部的人认为希特勒的德语很差劲。不过，德国历史学家和档案学家马克斯·多马鲁斯的观点让我印象深刻。从 1932 年开始，直到纳粹政权倒台，马克斯听过希特勒的现场演讲要比我多得多，他最后得出的结论是希特勒的德语说得非常好。

马克斯写道："希特勒利用奥地利德语区的习语创造了他自己独有的句子，德国北部的人对此偶尔会感到不解。如果说希特勒的德语说得很差的话，那么有如此多的德国工业大亨、外交官、将军听了他的演讲之后就不可能深受触动。他的口才和对德语语言中的细微差别的熟练掌握，是他成功的重要因素。"[5]

有人可能还会说，希特勒在演讲中对听众展现出来的邪恶个性与个人魅力，以及他丰富的修辞术，可能对他掌控德国听众一样大有帮助，甚至更为重要。希特勒可以让听众抛弃自己日常的政治理念，然后他再用一些别的事物——譬如艺术，作为类比来向他们灌输自己的思想。

在纽伦堡的某天晚上，我听了一场希特勒的演说，演讲主题是"德国艺术与非艺术"。当晚他在没有稿子的情况下侃侃而谈了两个小时，不过他所说的内容在我看来都是粗俗而荒谬的。然而让我着迷的是，他的演讲一如既往地充满了雄辩的色彩，而且他竟然可以通过讨论艺术来向他的听众灌输他那些稀奇古怪的观点。当天晚上的演讲在一个阴暗潮湿的教堂里举行，两个小时的时间实在太漫长了，我觉得实在无法忍受。可是时间越久，那些对他充满敬畏之情的听众就越兴致盎然。

据我观察，希特勒非常喜欢谈论艺术话题。直到他快走完自己疯狂的一生的时候，他都坚持认为自己是一个艺术家，他觉得自己当年在绘画和建筑设计上都颇有天分，但是维也纳艺术学院的那些愚蠢的教授未能慧眼识珠，拒绝了他的入学申请。在第二次世界大战中期，德国开始遭遇一系列的失败，这让希特勒深感压力，他坚称等到战争结束并且取得胜利之后，他就要辞去元首职务，将余生奉献给建筑设计事业。希特勒在自己的全部统治时期里，搜集了大批画作，大多数是很糟糕的作品，但是他本人并不这样认为。他决定要在自己的故乡奥地利林茨市建造一座宏伟的博物馆，把这些作品都捐到那里。

听希特勒滔滔不绝地说一些有关艺术的白痴观点，实在是一件让我觉得非常有趣的事情。想象一下，除了他，还有哪个世界级的政治领导人会花时间给公众开设讲座讲解艺术问题？

不过，随着我在纳粹德国的时间越久，对它的了解也就更深入，我才发现希特勒对于艺术的兴趣反而成了一件令人恐惧的事情。因为他对艺术的个人观点已经成了纳粹德国艺术的基础，他是德国艺术品位的最高仲裁者，只能由他来决定哪些艺术有益于德国，哪些艺术有害于德国。然而问题在于，希特勒的艺术品位实在很糟糕，他的艺术理念总是令人失望。

希特勒从来都不会食言，从我在纳粹德国工作的第一年起，他就开始把一些绘画作品逐步移出了国家博物馆，不仅仅是科柯施卡、格罗兹等一些德国当代艺术家的作品就此遭殃，就连塞尚、凡·高、高更、马蒂斯、毕加索和其他一些世界级大师的作品也未能幸免，最后总共被移走的现代绘画作品多达6500件。

贪婪的戈林从中偷拿了不少精美的作品，还一度向我推销。他说只要我肯用美元而不是德国马克付款的话，那这些画他就按极其低廉的价格卖给我——事实上他的报价真的是非常低。

戈林窃窃地笑着对我说："我需要一些外汇，你可以按照几乎白捡的价格拿走这些画。"戈林拿出了一些油画向我展示，我看了一下，大多数是科柯施卡的作品。我告诉戈林，我在维也纳的时候曾经和科柯施卡有接触，他是我非常仰慕的画家之一。然而当我拒绝戈林的时候，这位胖胖的元帅看上去有点生气。在他看来，如果有谁因为购买了盗取来的艺术品而良心稍有不安的话，那么这个人简直就是个蠢货。事实上，戈林本人就偷盗了大量的艺术品，二战期间德军占领巴黎之后，戈林从法国博物馆和私人收藏家那里掠夺了大量的艺术品，为了运输这些战利品，他甚至专门征用了一整列火车把它们运回柏林。

希特勒宣称他为**自己**的私人收藏付了钱，我也相信他的话。但实际上很久以后人们才发现，1943 年至 1944 年，希特勒用于购买艺术品的支出大多来自德国政府的公款。当时德国在战场上败迹日现，即便如此，希特勒还是购买了 3000 余幅绘画作品，准备捐给计划建造中的林茨博物馆，这些作品总共花费了 1.5 亿德国马克，约合 3750 万美元。在战争的最后一年，当时盟军已经逼近柏林，希特勒又额外花了 200 万美元的公款。美军在阿尔陶塞的一处盐矿中发现了 6755 幅画作，它们都是准备运往林茨博物馆的。很显然，元首做任何事情都是大手笔的。

然而，元首的艺术欣赏水平实在令人难以恭维，他的视野狭窄又品位庸俗。事实上他绝大多数有关历史和政治的观点也是如此，常常一知半解又荒谬绝伦，他还特别喜欢把自己的观点强加给德国人民。1937 年 7 月 18 日，他在慕尼黑德国艺术馆对听众发表献词，就曾经直言不讳地说道："如果命运赋予了我们权力，那么我就完全确定，不要讨论任何有关艺术判断的问题，我们只需要做出决定即可。"第一届纳粹德国艺术展览会开幕的时候，他也在致辞中发表过类似观点。

慕尼黑德国艺术馆正式开幕的时候，我曾经专门去当地报道了希特勒的出席。这座由闪亮的白色大理石堆积起来的巨型建筑物，带着典型的伪古典主义风格，据说是由希特勒本人亲自协助他最欣赏的建筑师路德维希·特罗斯特一同设计出来的。特罗斯特吹嘘说这栋建筑是"举世无双而且不可复制的"，实际上只不过是一个畸形的怪物而已——慕尼黑的当地人私底下都称呼它为"腊肠宫"。艺术馆里面展出了 900 余幅作品，据说是从 1.5 万件作品中精心挑选出来的，但是在我看来，它们是我见过的最差劲的垃圾。

最终有哪些作品被选中，都是由希特勒亲自决定的，挑选方式也是一如既往地武断。纳粹党内一些人向我透露，初步的挑选工作是由一个阿道夫·蔡格勒主持的专家团进行的，[6]但是他们挑选出来的画作让希特勒勃然大怒，他下令把那些作品全部扔出去，甚至当场就踢破了好几幅画作。

为德国艺术馆开幕，希特勒发表了冗长的演说，在演说中他向德国民众表明，纳粹对于"德国艺术"的具体内容做出了严格的规定，他还警告，任何人都不得质疑这些规定。

> 有一些艺术作品，本身并不能够被理解，却要利用一整套的引导理念来证明自己具有存在的权利，还妄图推销给那些神经过敏的人——这些人特别容易接受这些愚蠢或狂妄的想法。从今天开始，这样的作品再也不能腐蚀日耳曼民族。所有抱有这种想法的人都死心吧！这些毒物利用自己的影响威胁德意志帝国和日耳曼民族的生存与品行，国家社会主义将会着手把它们全部清除出去……随着这次展览的开幕，妄图以荒诞的艺术污染我们人民的做法将开始走向灭亡……

不过让我深感欣慰的是，还是有一些德国人，更喜欢被那些所谓的"艺术毒物""污染"。在慕尼黑城市另一边的皇家花园中，拱廊内有一座摇摇欲坠的二层小楼，爬上狭窄且陡峭的楼梯之后，才会发现里面有一场名为"堕落的艺术"的画展。这场展览是由戈培尔亲自组织并命名的，目的就是要让大家看看这些"堕落的艺术"是多么富有腐蚀力，要感谢元首把德国人民从它们的腐蚀中拯救出来。这里的参展作品非常丰富，包含了上百位表现派和印象派艺术家的作品：科柯施卡、夏加尔、乔治·格罗兹、凯绥·珂勒惠支、马克斯·贝克曼，等等。我去参观的当天，里面被前来参观的人挤得水泄不通，等着进去参观的人从门口沿着楼梯一直排到了外面的大街上。这场所谓的"堕落的艺术"展览引起了人们的高度关注，戈培尔差点要被气疯，又深感丢脸。当然他最害怕的是元首知道后一定会勃然大怒，所以他很快就把这场展览关停了。[7]

当我到达纽伦堡之后，我发现最能体现这个独裁政权诡异行事风格的就是希特勒本人的一些做派。他无论走到哪里，身边都会围着一群身穿褐色制服的人，其中很多人看上去都很像黑帮。他们的样子让我想起了在我的老家芝加哥整日围绕在阿尔·卡彭身边的那群黑帮暴徒。围绕在希特勒身边的人主要是冲锋队、党卫军和纳粹党官员，还有政府部长和希特勒的密友。他们大都面目丑陋、举止粗俗，留着平头或光头，大腹便便的样子，脸颊上布满了刀疤。很显然希特勒喜欢让这些男性围绕在自己身边，我从没有在他的身边看见女人。这些紧随希特勒左右的人很少会穿便装，完全是一个制服与男性的世界。

在纽伦堡采访的一周，每当我徘徊在熙熙攘攘的街上，我都会忍不住思考一些问题。希特勒每次前往某地开会、参加典礼或者结束后从当地离开，他的随从都会坐黑色的梅赛德斯汽车紧跟其后，每当他的专车在某处停下来，他们就会争先恐后地从自己的车里跳出来，紧紧围绕在希特勒身边。每当希特勒站在讲台上发表演说，他们也会紧紧守卫在讲台周边。然而问题在于，这群人并非保镖，他们本身都是政府的部长、各个党政要害部门的首脑和纳粹准军事部队的指挥官，他们是替伟大的领袖管理这个国家的人。观察任何一个民选政府的官员，我都应该能够从他们的脸上看到智慧、思考、底蕴、敏感和慈悲，可是在这群人身上我根本找不到这些特质，他们就是一群流氓无赖。

在别的文明的国家，女性总会作为一种柔性且有教养的影响力量出现在公众的视野之中，可是在纳粹德国完全没有这样的事情。这是不是和希特勒对待女性的态度有关？作为一个男人，他的私生活里难道完全没有女人的存在吗？我当然无法探究到事实的真相，但是当地记者中一直流传着一个花边消息，大家都说希特勒曾经有一个很爱的女人，就是他的外甥女吉莉·拉包尔，三年前由于和希特勒吵架在慕尼黑吞枪自杀，据说从此以后希特勒的心伤再也无法抚平了。另外，据说希特勒对女性并不是全无兴趣，女人们为他着迷，他也会邀请一些漂亮的女演员来参加自己的宴会，也会稍微挑逗她们一下，但仅止于此。

希特勒从来都不会携任何女性出席纳粹的宴会，我时常会想，在这个国家，女性究竟处于什么样的地位呢？在纽伦堡的一天，我终于第一次听到了希特勒对这个问题的看法。当时他对"国家社会主义女性联盟"的成员发表了一次演讲，尽管这次会议并没有邀请外国记者参加，但我还是跑到了礼堂里，想亲耳听一听这位"伟大领袖"究竟要和德国女性说些什么。

尽管希特勒讲了快两个小时，但我立刻就发现，在希特勒的眼里，女性根本就没有太多的权利和地位。女性的解放？——希特勒说这是一个非常荒谬的观点。

讨论女性解放问题是犹太人的思想发明。德国女性不需要被解放，因为她始终拥有自然赐予她的一切……女性的世界就是她的丈夫、她的家庭、她的孩子和她的家。如果属于女性的小世界都没有被料理妥当，那么男性的伟大世界将会成何体统？上帝已经告诉女性，只有照顾好了自己的世界，男性才能去建造自己的世界。这两个世界并不相互对立，它们是互补的，相互隶属，就像男人和女人互属于彼此一样。

女性如果去侵犯男性的世界，那么我们坚持认为这是错误的。我们感觉，只有两个世界相互独立才是最自然的状态。

那么，在纳粹德国的公共生活中还能有德国女性的一席之地吗？希特勒迅速打破了她们的全部期望。

他说："许多年以来，我们国家社会主义党人一直反对女性进入公共生活，因为在我们看来女性这样做完全不值得。"接着，希特勒像教导一群小朋友一样，他给在场的女性讲了一个故事。

曾经有个女人对我说："你务必留意，女人一定可以进入国会，因为她们自己就能够使其得到改善。"

我对她说："我实在无法相信人类可以改善本身已经损坏的事物，它会伤害到女性。"然后我和她解释，我从男性那里拿走的东西，我不想把它们留给女性。[8]

我们的敌人说如果我们持有这样的观点，我们就永远无法争取到女性的支持。但事实上我们得到的女性支持比他们得到的总和还多。如果女性能够有机会了解我们的国会，并且看到它对于女性所产生的腐蚀作用，那我们一定能赢得德国所有女性的支持。

所以，希特勒要告诉他的女性听众的事情就是，他不会给妇女解放以至于能让她们参与到国家的公共生活中。公共事务的参与权是留给德国男性的，至于女性，还是应该遵从其自然天性，做个好妻子和好妈妈，然后组织好家庭。

在德国有一句老话，女性的人生有三个 K：教堂（Kirche）、厨房（Küche）和孩子（Kinder）。我们在此处还没有提到希特勒当时正在对教会势力进行打击，所以德国女性所能做的事情只有待在家里做灶下婢和育婴员了。这就是所有的德国女性所能看到的人生前景。

希特勒当晚的讲话对我来说毫无意义，但是在场的一万名同样身着制服的女性竟然对他的发言致以热烈的掌声。[9]看起来这些女性对于自己的未来生活非常满意。在我看来，这简直就是倒行逆施。与西方其他任何国家相比，在君主统治时代遭受了长期压迫的德国女性，到了魏玛共和国时期，开始在公共与职业生活领域扮演越来越重要的角色。许多女性甚至赢得选举，成为国会、地方立法机构或市镇议会的一员，成千上万的女性成了医生、律师和新闻工作者，她们在事业中做出了巨大的个人成就。

现在，元首一声令下，她们只能回到家里，做好家庭主妇的工作。

希特勒成了一个公众人物，他把自己大量的时间花在各种各样的公共活动中，因此我怀疑他是否还有私人生活。作为一名外国记者，我在纽伦堡期间当然无法从他的随从那里探听到任何消息。和所有独裁政权一样，希特勒的私人生活处于高度保密之中，没有任何一家德国报纸或广播胆敢提及这个话题，更别说公开出版与传播了。

希特勒的一名随从告诉我："你可以说，他过着斯巴达式的生活，他是个素食主义者，绝对禁酒，也不抽烟，奉行禁欲主义。"

希特勒身边所有的人完全不敢冒任何风险谈论这位禁欲主义者与女性的话题。某位党内成员向我吐露，他确信元首永远不会结婚。

我问道："为什么？"

"他认为自己已经和德意志结婚了，德意志就是他的新娘。"

在纽伦堡一周的采访工作结束后，我开始非常确信一件事情，那就是西方世界的所有人，包括政治领导人和媒体都低估了希特勒本人的能力，也低估了他对于这片土地及其人民的控制。他的很多理念也许看起来很不成熟，甚至可能很邪恶（对我来说确实如此），但现实是，不仅他自己狂热地相信这些观点，他还成功地说服了德国人民相信这些观点。他看上去很像一个煽动家，他在慕尼黑的那些年头里一直都在做这样的工作，但不止于此，他的口才、内心的渴望、狂热的情绪、钢铁般的意志和强大的人格魅力，都对德国民众产生了巨大的影响。他正在说服德国民众，让他们相信，纳粹德国的降临是昭昭天命，这将会是一个全新的德国，而且它在自己的领导下会变得越来越伟大、越来越强盛。希特勒要求德国人民做出牺牲，却向他们许诺一个辉煌的未来；他们完全愿意为了实现后一个目标而同意前一个要求。

在纽伦堡的那一周里，我完全没有听谁提及过个人自由和民主权利丧失的问题，很显然在德国人民看来，这点小牺牲根本算不上什么，他们完全不需要在乎。德国人民已经献身于希特勒和他那野蛮的独裁政权。

自由民主的西方世界还没有意识到这一点，东方的苏联也没有注意到。

我刚刚抵达柏林的时候，略感惊讶地发现纳粹政府虽然对本土媒体实行严格的审查和控制，但是他们并不审查外国通讯社的稿件（我相信，当时莫斯科政府对于外国记者的新闻报道是严格审查的）。然而，我的一个同事告诉了我其中的真相，当然后来我自己也很快就发现了其中的原委。虽然外国驻德国记者在把稿件传回国内之前，的确不需要向纳粹政府有关部门提交批准申请，但是记者自己尤其需要注意报道有关希特勒及纳粹政权的内容。一旦希特勒本人和他的助手们，特别是神经质的宣传部部长戈培尔以及负责监视外国记者的工作人员，发现某个外国记者所做的报道完全不可接受，那么等待他的就是多萝西那样的下场——纳粹政府会很快把这位记者驱逐出境。

绰号"普兹"的恩斯特·汉夫施滕格尔博士是纳粹党国外新闻社的主管，当我们刚刚抵达纽伦堡准备报道集会的当天，他就借着欢迎会的机会专门警告了我们一下："你们只需要报道德国发生的事情，不要妄图去解读它们。德国在希特勒的领导下所发生的事情，历史自然会有评价。"

没有哪个外国记者会把普兹的话当作一回事，因为是不可能那么做的。这个说起话来结结巴巴的高个子男人行为古怪、神经过敏，就是一个跳梁小丑。不过绝大多数外国记者，特别是美国记者对他还是颇有好感。普兹早年毕业于哈佛大学，和富兰克林·罗斯福是同班同学，他的母亲来自美国的新英格兰地区，父亲则出身于巴伐利亚地区的富裕保守家族，所以他也有一半的美国血统。希特勒还在慕尼黑打拼的时候，普兹就成了他的朋友。普兹的本职工作做得很糟糕，甚至常常疏忽自己的职责。但是对希特勒来说，普兹最大的价值在于他是一个很好的宫廷乐师和小丑，每当希特勒辛苦工作了一天之后，普兹都会讲些笑话和故事给他听，这些笑话和故事长得永远也不会结束。最绝的还是普兹演奏钢琴，当他在钢琴上砸出瓦格纳、贝多芬、李斯特、勃拉姆斯以及其他一些音乐家的曲目时，简直状如疯魔。

我刚到柏林时，有一天晚上我们在尼克博克的公寓里举行了一场小型的聚会，普兹当晚也加入了我们。普兹正在重敲贝多芬的一段奏鸣曲时，这时总理府里打来电话找他，很显然希特勒又失眠了。于是普兹立刻匆匆而去。想想普兹那令人毛骨悚然的钢琴演奏水平，我实在不知道希特勒是怎么能用这种声音给自己催眠的。

因此我们把普兹当天的警告都当作了耳旁风，说什么留待历史去评价，我可没耐心等上那么久的时间。然而没过多久我就知道了纳粹的厉害，加倍小心谨慎起来。我在柏林驻守的岁月里一直都很小心翼翼，纳粹为我们的新闻报道画出了并不清晰的警戒线，任何过分越界的记者都会面临被驱逐出境的危险。大家很快都明白了自己在报道中可以写到什么程度。从我驻守柏林的第一天开始，我就在心里下定决心，只要不受禁止，我就要把纳粹德国的重大事件完整、准确且真实地报道出来。一旦有一天这一切变得不再可能的时候，我就会离开此地。

在接下来的那些岁月里，我的许多同事一个接一个地受到了纳粹的制裁，他们通常都是最正直也最优秀的记者，而我自己也常常面临被驱逐出境的威胁。第二次世界大战爆发后，我仍然坚持认为哪怕在战时，我也有责任把需要报道的事情告知全世界，但是我同时意识到纳粹的新闻检查制度不会允许我这样做，于是我及时地选择了离开。[10] 当然，促使我尽快离开德国还有另外一个原因，那就是我收到消息说纳粹当局越来越怀疑我是一名间谍，他们认为我利用哥伦比亚广播公司记者的身份作为掩护，把德国军事密报通过密码夹在新闻稿中发回美国，美国政府再把情报转交给英国政府，而英国是当时德国还未征服的敌人。我某位颇有身份的德国朋友警告我，当局正在计划逮捕我，然后以间谍罪起诉我。虽说这个罪名实在太荒谬，我完全是无辜的，但我可不敢相信纳粹控制下的法庭会宣布我无罪。纳粹的法庭很少在乎证据的多少，只要被送去审判，差不多都是要被定罪。如果我真的被判处间谍罪，那等待我的就是纳粹的利斧了——当时纳粹规定对间谍要实行斩首之刑。

有鉴于此，我决定尽快逃走，虽然中途经历了不少麻烦，但我最终还是及时地逃出了德国。后来，希特勒自杀身亡，他的尸体被汽油烧焦，然后草草埋葬于柏林总理府的乱石堆中，他梦想的千年帝国也轰然崩塌。直到那之后，我才重新回到了德国。

当然这些事情都是后话了。从这一刻开始，我开始在这个诡异、动荡、偏执、极权主义的德国苦苦挣扎。

尾 注

[1] 冲锋队（Sturmabteilung, S. A.），又称褐衫军，是一群街头暴徒。党卫军（Schutzstaffel, S. S.）身着黑色外套，是负责保护纳粹要员的亲卫队。1934 年，冲锋队成员总数约为 100 万，党卫军人数约为 10 万。在接下来的数年间，党卫军在养鸡农民出身的海因里希·希姆莱的领导下获得了巨大发展，人数猛增，成了纳粹党最主要的准军事化部队，而且控制了纳粹德国的警察和秘密警察力量。

[2] 我在柏林的同事和美国驻柏林大使威廉·多德都对我做出过类似的提醒。大约几个月之前，多德大使因为一桩美国公民在德国遇袭的事件而愤怒。当时一位美国著名的外科医生丹尼尔·A. 马尔维希尔博士来柏林担任肺科疾病的顾问，有一天他走在菩提树大街，看到一队冲锋队从身边走过去，他却没有向队伍当中的纳粹标志敬礼，于是那群暴徒立刻冲出队伍，把他打得不省人事。

[3] 希特勒上台之前，多萝西对他做过一次采访，书中开篇就把这份采访记录放了进去。第一段话是这么说的："当我走进希特勒的客厅之时，我相信自己即将见到的人一定是德国未来的独裁者。然而不到 50 秒之后，我就觉得自己错了，我只用了很短的时间就断定，这个吸引了全世界目光的男人实际上根本不值一提。"多萝西作为一名驻守德国多年而又精明干练的老记者，她能够得出这样的结论，实在让我惊讶。

[4] 1937 年 5 月 1 日，我在柏林听到希特勒发表的一次演说。他说："我们的一切事业都首先要从年轻人抓起。有一些白痴，什么事情也做不好（大家听到这里都哈哈大笑以示同意），我们就把他们的孩子带走，我们自己会把他们养成新派的德国人。

"当一个孩子长到七岁的时候，他对于自己的出生和起源不会有任何感觉，每一个七岁的孩子都是一样的，我们把他们送入一个组织，让他们在里面成长到 18 岁。不过到时我们也

　　不会让他们离开，接下来他们会加入纳粹党、冲锋队、党卫军以及其他组织，他们也可以直接进入工厂工作，加入劳工阵线、劳工组织，或者去军队服役两年。"

[5] 希特勒的著作则是另一回事。据某个德国学者考证，他宣称自己在《我的奋斗》一书中发现了 15.4 万个德语语法与句法错误。

[6] 专家团的主席是帝国艺术协会主席阿道夫·蔡格勒，此人画技平平，但因为创作了一幅吉莉·拉包尔的人像画而深得希特勒欢心，所以能够身居高位。吉莉·拉包尔是希特勒深爱的女人。

[7] 即便如此，这场展览在被关闭前仍然吸引了 200 万名参观者，而纳粹在德国艺术馆举办的展览与之相比，尽管开放时间更长，但是最终也只吸引到 60 万人前来观看。战后，一名德国艺术史专家写道："'堕落的艺术'展览可能是德国历史上最受欢迎的艺术展览。"（Berthold Hinz: *Art in the Third Reich*, p. 1.）

[8] 纳粹党是国会里唯一一个完全没有女性党员的政党。所有的议员都由希特勒亲自挑选，因此整个德国都没有女性议员。

[9] 听完希特勒的讲话之后，我离开了这个让人沮丧的会场，我也不无惊讶地发现，这个所谓的保护全德国女性的组织，它的领袖是个男人。

[10] 我相信，战争爆发后，各国都对广播业采取了新闻审查制度，伦敦和巴黎也不例外。

第七章

第三帝国的生活：
1934—1937

值得庆幸的是，1934年的秋季没有什么重大的事件发生，于我而言这是一件好事，毕竟我初来乍到，对这个处于疯狂的国家几乎一无所知。

过去一年里，希特勒收获了重大的胜利果实，他通过大清洗巩固了独裁统治，所以现在看上去他准备让自己稍微放松一下了。所有驻守在德国的外交官和外国记者都不知道希特勒接下来要做什么。我很快明白，一个极权主义政权知道如何竭尽全力保守自己的秘密。不过大家身处柏林的普遍感觉是，刚刚过去的夏天里发生了太多惊心动魄的事情，所以现在应该稍微缓和一下了。这也使我可以有机会好好在柏林安顿下来，并且深入感受一下这个动荡的国家。

我和特斯在陶恩沁恩大街租了一间公寓，距离选帝侯大街的街口只有一步之遥。这处房屋本来属于一对犹太人夫妇，男主人是个雕塑家，女主人是一位知名的艺术史学者。然而，由于他们是犹太人，所以女主人失去了工作，男主人的艺术作品也根本无人问津，至少雅利安人种的德国人是根本不会买他的作品的。现在他们没有办法，只好想办法尽快离开德国前往英国。我们计划等这对夫妇到了伦敦后，用英国货币向他们支付房租。尽管这种做法会违反纳粹政府颁布的新外汇法案，但我们还是决定这样做，因为这样至少可以多帮助这对夫妇一点。

我们为能够租到这样一套公寓感到非常走运，因为它装修得非常好，充满了现代气息，还有一个小型的图书馆，里面都是德文书籍，正好可以为我所用。我和特斯在维也纳、西班牙、巴黎都租过各种房子，所以现在我已经习惯住在别人已经装修好的房屋里。不过这种漂泊生活的缺点在于，即使我们有钱，也没法按照自己的喜好装修一套属于自己的房子。之前我们找房子的时候，多数看的是德国人的房子，他们的装修风格非常粗鲁，房子里堆满了各种板材和小装饰品——很显然，古板的德国中产阶级就喜欢把住房搞成那个样子，而这对犹太夫妇的房子正是我们所期待的那种。

尽管接下来的小半年都没有什么大新闻发生，但我还是有许多的工作要完成。首要任务就是提升我的德语水平，当年我在维也纳的时候曾经把德语学得很好，但是时间太久了，现在忘掉了不少。而且德国人说的德语更加硬朗一些，奥地利的德语听上去比较温柔，就连特斯，一个土生土长的说德语的维也纳人，一开始都不大能听懂德国人的德语。

除了学习德语，我还得去和形形色色的人打交道。我要去结识统治这个国家的纳粹官员；要去找一些反对纳粹统治的异议分子（如果能找到的话），并且赢得他们的信任；还要和德国媒体的编辑和记者进行沟通（几乎所有的知名媒体人士都已经逃出德国），当然还有驻守柏林的各国外交官和外国记者。除此之外，作为一个驻地记者，我还得不时地去街上遛遛，乘坐地铁、公交和电车，以便了解民情。

然而，我所观察到的事实和我之前料想的并不一样。首先让我惊讶的就是，我所接触的德国民众并不在乎自己的自由权利已经被纳粹剥夺，曾经辉煌的德国文化已经被毁灭殆尽，取而代之的是一种冷漠的野蛮主义思潮。长期以来，一代代的德国人都习惯于严格管制的集体化生活与工作，然而现在这些德国人所承受的管制程度之严厉是其先辈们都未曾体验的。

然而大家很快都明白，在黑幕后方有着令人胆寒的恐惧——如果你胆敢跨越雷池，如果你曾经是共产党人、社会党人或自由主义者、和平主义者，如果你是犹太人，那么盖世太保很快就会来找你的麻烦，等待你的结局只有集中营。人们在刚刚过去的 6 月里目睹了血腥清洗，大家都明白这是希特勒的一种警告措施，意在告诉大家自己会有多么的无情。

据我观察，在早些年里，纳粹的暴行很少影响到德国民众的生活。大多数德国人并不关心，因为纳粹的针对对象主要是少数共产党人、社会党人、和平主义者、敢于反抗纳粹统治的教士以及犹太人。就我个人而言，作为一个初来乍到者，周遭的所见所闻迫使我慢慢得出一个结论，那就是总体而言，德国人并没有感到自己正在被肆无忌惮的暴政像畜生一样圈养和压制。令我更惊讶的是，源于完全纯粹的狂热情绪，德国人看上去还非常支持纳粹政府。从某种角度来说，希特勒正在鼓吹许诺给他们一个美好的未来、一种全新的信心，并且承诺要给这个国家全新的信仰，这让德国人感到热血沸腾。

看起来最能打动德国人的就是，元首正在认真筹划，要与历史做个彻底的清算，要把德国人在一战后遭遇的失落与挫折统统抹去。希特勒向他们保证，正是一战后的那些和平条约给战败的德国戴上了屈辱的枷锁，自己一定会把德国从那些屈辱中解放出米。他还向人民承诺，一定要让德国再度强盛，重新跻身强国之林。

对于绝大多数德国人，甚至那些对纳粹主义持冷漠乃至反对态度的人来说，这正是他们渴望的。因此，德国人民接受了元首的条件——要想复仇，要想实现复兴，就必须有所牺牲，要牺牲个人的自由权利，要接受斯巴达式的生活方式（"对大炮的需求优先于黄油"），还要辛勤劳动。

我刚到达德国的时候，希特勒已经开始初步兑现自己的诺言——他正在消灭失业现象。在他上台的前一年，德国登记失业人口达到了 600 万，现在这一数字已经减少 100 余万，之后两年，失业人口进一步减少到不足 100 万，最终失业现象很快就消失了。我很快就发现，对德国人而言，如果能够拥有一份工作，正餐的时候能够吃饱，这个意义就太重大了。我曾经走访了柏林郊区的一些大型工厂——感谢希特勒秘密的重新武装政策，这些工厂都在开足马力进行工业生产。德国的工会组织一直是欧洲各国中最为强大的，它们的支持是魏玛共和国最坚强的后盾，现在这些组织的发展都遭到了纳粹的压制，我原本以为工人们会对纳粹的做法深表不满，没想到他们对此完全没有不满意的情绪。

我问工人，对于纳粹剥夺他们组织工会的自由权利是否有所不满？

他们却回答道："自由？嗯，这的确是个问题。"他们说，工会当时的确为他们做了许多事情，但是还有一种自由，他们很高兴在希特勒的领导下被抛弃。

我问道："那是什么自由？"

"忍饥挨饿的'自由'。我们曾经就享有这样的'自由'，在你们那些资本主义国家里，在自由的企业里，你们的工人也在享有这样的'自由'。我们听说美国的工人就常常失业并且忍受饥饿的折磨。美国现在有多少失业人口？听说已经高达 1000 万。德国曾经也面临这样的困境。"

之前，绝大多数被组织起来的德国工人隶属于社会党，还有很小一部分来自共产党，直到希特勒上台第一年，他对社会党人和共产党人进行了镇压。现在我接触到的工人中，除了少数之外，绝大多数人并没有加入纳粹党，他们的话中仍然充满了马克思主义的术语，但是他们似乎对现状很满意——毕竟已经拥有一份工作。而且1933年以前，德国工人被卷入了国家的政治斗争，现在他们已经脱离其中。希特勒正在鼓吹要把德国工人驱赶加入一个庞大的"工会组织"——"劳工阵线"。不过德国工人可没那么愚蠢，他们很快就发现这个所谓的"劳工阵线"组织不仅包含了工人，工厂主也被纳入，这明显就是个骗局。随着时光流转，纳粹政权开始加大对工人的压榨——在我看来，纳粹简直把他们当作工业奴隶一样对待。后来我也常常听到工人对纳粹政策发出各种牢骚，但是就像纳粹德国的其他人一样，他们抱怨归抱怨，却依然极为顺从，政府要求他们做什么，他们就做什么。

等到德国整体实力，特别是军事实力日益重新强盛，希特勒就开始一步步把德国在第一次世界大战中失去的东西全部夺了回来，还提出了更多的要求。在这个过程中，德国工人和其他绝大多数德国人一样，一直对他表示支持。德国工人的勤劳努力使德国的重新武装化成为现实，德国无产阶级再没有像1918年那样爆发过大规模的反抗行动——当年正是德国工人的起义才结束了霍亨索伦王朝在德国的统治，现在他们连发动罢工的想法都没有了，当然，罢工也是元首明令禁止的行为。总的来说，全体德国人民接受了纳粹的独裁统治，而且努力工作以维护它的统治。我作为一个新近来到德国的美国记者，不得不接受这样一个令人惊讶的事实，可是当我们开始向外界报道德国人民支持纳粹消息的时候，大家都不相信。

在那个秋天，来自教会的抵抗力量开始有所上升。不管是新教教徒还是天主教教士，他们都感觉到自己因为宗教信仰而遭到了迫害。希特勒本人名义上是一名天主教教徒，但从来没有参加过宗教活动。为了缓和天主教教会的恐惧和疑虑，前一年夏天他和梵蒂冈签署了一份协议，宣布天主教在德国教区内拥有自由权利，并且可以自行管理教务。希特勒之所以愿意签署这样一份协议，是有原因的：纳粹政权此前上台后就开始倒行逆施，特别是对犹太人进行了清洗，一系列做法引起了国际社会一致的厌恶；签署一份有关宗教自由的协议，既是为了挽回纳粹政权在国内外的形象，也是为了安抚占德国三分之一人口的天主教群体。

然而好景不长，就在这份协议签署五天之后，纳粹政府就公布了一份有关绝育政策的法律，这极大地激怒了天主教教会势力。又过了五天，希特勒就宣布首先要解散"天主教青年联盟"，然后天主教青年联盟就遭到了严厉打压，纳粹政权要求联盟的成员都必须转而加入希特勒青年团。之后的几年，数以千计的神父、修女和信徒领袖都被逮捕，其中许多人被捏造犯有"伤风败俗"或"走私外汇"的罪行。6月30日，"天主教行动"组织的领袖人物埃里希·克劳泽纳被谋杀于办公桌前，他的助理团队被悉数投入集中营。数十家天主教出版物都遭查禁。除此之外，盖世太保甚至无视忏悔场所的神圣性，在忏悔场合安插耳目，然后逮捕了专门听人忏悔的神父，指控他们造谣毁谤国家。

在接下来的几年里，常常有神父或修女会偷偷带一些有关教堂遭遇袭击的消息给我，这些消息都令人悲伤，但纳粹严禁自己控制下的媒体报道类似的新闻。有些时候，慕尼黑总教区的红衣大主教和柏林教区主教的驻节教堂还会被盖世太保临时隔离起来，任何人不得进出。教士团常常会撰写公开信抗议纳

粹政府限制宗教自由，并且会在教堂内公开朗读。后来警察们
开始禁止这种做法，他们封锁教堂，以免公开信的内容流传。
不过，教士们总是能想办法把抗议信夹带出来，送给我们这些
外国记者，我们再把这些消息报道给外部世界。

最初的时候，德国天主教和新教势力都希望尝试着与新上
台的纳粹政权搞好关系，可是到了1937年的早春时节，它们
已经完全绝望。慕尼黑总教区的红衣大主教向我们媒体发来信
件说他自己心中充满了苦闷，据我所知，他和其他一些德国高
级神职人员都很绝望，因此只好转而求助于梵蒂冈。罗马教廷
再也无法对纳粹迫害教会的做法视而不见了。1937年3月14
日，教皇庇护十一世发表了《深表不安通谕》，谴责纳粹政府
"无视"或"违反"宗教自由协议，并称其播撒了"疑虑、不
合、憎恨与毁谤的有毒种子，秘密和公开地彻底敌视基督及其
所拥有的教堂"。这份通谕给深受困扰的德国教会阶层带去了
极大的宽慰，却让希特勒与戈培尔震怒。

戈培尔严令禁止这份通谕公开传播，但是有位德国神父冒
着生命危险夹带了一份油印版本，之后通谕很快就在德国境内
所有的教区秘密传播开了。

1934年11月15日的晚间，我在日记里写道："正在对新
教势力的斗争活动进行报道。"

从某些角度来说，与天主教争取自由的斗争行动相比，新
教的斗争活动更有意思，也更意义重大。无论怎么说，天主教
势力在与纳粹政府进行抗争的时候是团结一致的，但新教本身
一直是分化为各种教派的。德国有近4500万新教教徒，三分
之二隶属于28个路德宗及改良宗教派，其中最大的一支约有

1800万教徒，隶属于福音教会"旧普鲁士联盟教派"。随着国家社会主义学说的兴起，德国新教的分裂进一步加剧。在纳粹夺取政权上台的前一年，一些更为狂热的希特勒追随者就组织成立了"德国基督教信仰运动"，该组织强烈支持纳粹党的反犹太主义倾向，并且坚持要把《圣经》，尤其是《旧约》中所提及的"非德意志纯正血统的人"铲除干净。它希望纳粹党可以建造一个全新的德意志帝国新教教派，把所有的新教教徒都纳入这个由国家控制的教派，其组织成员自称"德意志基督徒"。然而，自我参加过几次他们的集会活动之后，我就得出一个结论：与真正的基督徒相比，他们根本没有真正的宗教信仰。

比如说，德国基督教信仰运动在柏林的负责人曾经提议要废除《旧约》，"因为书里充斥着畜牧业商人和皮条客的故事"，他还要求重新修订《新约》，要让书中耶稣的教导"完全符合国家社会主义理论的要求"。到了1934年的秋冬之际，该组织要求所有的牧师必须宣誓效忠希特勒，而且要求牧师把本教会中皈依的犹太人全部驱逐出去。他们还高呼口号，声称"一个民族，一个德意志帝国，一个信仰"。

与德国基督教信仰运动针锋相对的另一个团体自称"认信教派"，它抵制新教教派的纳粹化，也反对纳粹的种族歧视做法，并且谴责纳粹党领袖有关反新教的宣言。我刚到德国时，这两大团体的力量几乎势均力敌，但是合起来也只占新教教徒总数的三分之一左右，剩余的大多数新教教徒似乎过于胆怯，无意参加这两个相互敌对的组织中的任何一个。当时他们似乎都处于观望状态，希望先看看哪一边能够在斗争中占据上风，而且他们当中的绝大多数人在政治上是支持希特勒的，所以他们观望的目的还在于希望看看希特勒究竟会怎样做。

我很快就对认信教派的领袖马丁·尼莫拉教士产生了兴趣，他是柏林富人区达勒姆的一位耶稣基督教堂的牧师。我开始定期参加他的教会活动，不过我必须承认，我之所以参加教会活动不是因为礼拜仪式吸引了我，而是因为尼莫拉教士和他组织的活动已经成为反抗纳粹极权主义政权的一个象征（因为他们的一些基督教信仰与之相关），这让我钦佩，同时觉得这里有很多新闻素材可以报道。

尼莫拉教士组织具有反抗意义的布道活动，同时向聚会的教徒公开明了地宣扬宗教自由的理念，这些都是可供报道的新闻。但纳粹禁止境内媒体报道这些事情，外国记者还可以把这些新闻传回本国，让外界知道这里的情况。

整个德国境内，没有哪个神职人员比尼莫拉教士更适合担任目前这样的反抗者角色了。尼莫拉教士在第一次世界大战时是一位功勋卓著的潜水艇指挥官，在一战后混乱的岁月里他成了一个富有激情的德国民族主义者，他曾经热烈地欢迎希特勒上台。1933 年，他早年生涯的自传《从 U 型潜水艇到布道台》出版了，在书中他和许多新教牧师一样，认为一战后魏玛共和国统治的 14 年是德国的"黑暗时代"，书的结尾部分他还插入了一行话，他认为希特勒的上台为德国带来了光明，他确定希特勒一定能为德国带来"国家的复兴"。这也是尼莫拉教士本人一直为之奋斗的梦想，为了这一目标，他甚至在一战结束后加入过"自由军团"，许多强硬的纳粹党领袖都在这里成长起来。纳粹政权一度盛赞他的自传，使其成了畅销书。

然而，不到两年之后，尼莫拉教士就已经放弃对希特勒的幻想。就在我抵达德国的那个秋季，他把达勒姆牧师团里和自己有类似想法的牧师们召集在一起，开了一次会议，宣布认信教派成为德国新教教派中的合法分支，并且要逐步推进建立一个临时的教派管理机构。

尼莫拉教士的这一做法是对元首的公开反抗。就在一年前，希特勒利用纳粹党卫军和盖世太保，制造恐怖气氛，抓捕了好几个牧师并且殴打他们，还剥夺了一些牧师布道的权利。希特勒的恐怖手段使德国新教神职人员变成了任人摆布的木偶，纳粹专门挑选了路德维希·米勒担任一个名义上统一的新教团体——"德意志新教教会"的主教。米勒是希特勒的老朋友和忠实追随者，他早年曾担任东普鲁士军区的随军牧师，然后被希特勒任命为德国新教的领袖，元首交代他要统一德意志新教各派，并且要实现教会的纳粹化。

据说，希特勒对德国新教教徒历来是厌恶的。据最近我的一个线人提供的信息说，希特勒曾经私底下对身边党内的追随者表示他对新教教徒的蔑视。

据说希特勒的原话是这样的："你可以对他们（新教教徒）做任何你想做的事情，他们都会服从……他们根本无足轻重，只会像狗一样顺从。当你和他们说话时，他们会窘迫不安、浑身是汗。"[1]

然而到了 1934 年的秋季，希特勒震惊地发现新教教徒可没有他想象的那么顺从，这使他恼羞成怒。据纳粹党内某位人士说，希特勒完全不能理解尼莫拉教士为何会从一个 U 型潜水艇上尉、富有爱国主义理想的民族主义者和纳粹同情者变成了一个反对自己的人。更让希特勒愤怒的是，11 月 8 日晚间，大约有两万名朝圣者聚集在达勒姆聆听尼莫拉和其他牧师的训诫，他们谴责纳粹要把德国新教纳粹化的做法。我注意到，自从纳粹上台后，这是德国境内第一次出现与纳粹党无关的大型集会活动，尽管之前纳粹政府就要禁止这次集会，但反抗者对禁令视若无睹，目的就是要反抗当局。

纳粹政府第一次发现，在今日的德国竟然还有一些人敢对自己发出赤裸裸的战斗宣言。11 月 8 日集会当时我也在现场，我发现有盖世太保混迹在人群中，拿着小本子把一些人的发言都速记了下来。集会领袖之一，令人敬仰的科赫牧师对着人群说道："我们要战斗，要反对一切玷污基督和基督教纯洁性的行为。现在有些传教者在德国错误地鼓吹纳粹思想和激进虚幻主义，我们要坚决抵制他们的言行。"集会过程中有一份宣言得到了簇拥者的高度赞同，宣言呼吁要全面废止"诋毁基督教的异端邪说、谎言和镇压行动，我们反对现存的教会组织"。

最后尼莫拉教士发表演说并宣布集会结束，他在演讲中表示绝不接受来自纳粹政府的任何妥协请求："对我们而言，这个问题关系到德意志新教教徒究竟是要侍奉上帝还是其他什么人。"尼莫拉明确表示，他这里所提及的"其他什么人"指的就是希特勒——在尼莫拉心中，希特勒曾经的偶像形象已经彻底陨灭。

尽管只是少数群体，但德意志新教的反抗斗争在接下来的一两年里还是为他们赢得了一些胜利。然而，从最终的结果来说，他们还是输掉了整场战役。在这场抗议之后的 12 个月里，盖世太保逮捕了 700 名认信教派的牧师，然而即便有希特勒的支持，笨手笨脚的帝国主教米勒还是没有能力按照希特勒的命令合并整个德国新教，到了 1935 年末，米勒主动辞去了主教职务，并且慢慢淡出了人们的视线。米勒的辞职对于尼莫拉和他的支持者来说是一个重大的斗争胜利，但是他们的好景也差不多就此到头了。

之后希特勒任命自己的一位律师朋友、本身也是纳粹党党员的汉斯·克尔博士担任主管教会事务的部长，希特勒指示他要再次设法统一德国新教。然而后来的事实证明，克尔也和米勒一样颟顸无能。1936年5月，尼莫拉及其支持者向希特勒递交了一封言辞客气但内容严肃的备忘录，抗议德国境内出现了越来越严重的反基督教势头，谴责纳粹政府的反犹主义思想，还要求政府立刻停止对教会事务的干预。希特勒对这份备忘录的反应既迅速又冷酷无情。数以百计的尼莫拉的追随者和牧师被逮捕，备忘录的签署者之一魏斯勒博士在萨克森豪森集中营被谋杀，认信教派的基金被没收充公，还被禁止再度募捐。

到了下一年，1937年2月13日，克尔公开表明他对于教会及其信仰的真实态度，当然，他的态度肯定完全附和于他的主子。克尔召开了一次集会，参会的都是已经向纳粹政府归降的各个教会的成员，克尔在会上发言声称：

> 我党素来支持正面基督教①，正面基督教就是国家社会主义……国家社会主义所执行的正是上帝的意志……上帝体内所流淌的也一定是德意志的血液……策尔纳博士和加伦伯爵[2]都曾经向我明示，基督教的信仰在于相信耶稣是上帝之子。他们的说法真是可笑……基督教教义根本不是由十二使徒的信条所规定的……真正的基督教教义是

---

① 正面基督教（Positive Christianity），纳粹倡导的混合了种族纯化思想、纳粹意识形态和基督教元素的思想运动。

由纳粹党所代表的，现在纳粹党，特别是还有元首都在号召德国人民信仰真正的基督教……元首就是这场基督教新革命的伟大使者。

到了 1937 年，尼莫拉教士终于看到了自己的结局。在那个春天里，他仍然坚持开坛布道，偶尔也和我以及其他外国记者有过断断续续的谈话，在这个过程中，他对于希特勒的倒行逆施仍然抱有不屑一顾的坚定态度。他的面容显得枯瘦却又严峻，眼眶发热，看起来很像早期基督教殉道者的模样，他站在布道台之上，勇于对抗命运，我不禁想象当年他站在潜水艇的瞭望塔上指挥战斗时，大概就是现在这个样子。6 月 27 日星期天，我又去听了一次他的布道演讲，我们都有一种预感，这可能是他最后一次布道了。他的追随者挤满了整个教堂，尼莫拉教士和集会者都明白暴风雨很快就要来临，在布道结束之际，尼莫拉总结道："我们和十二使徒当年一样竭力思考如何利用自己的力量去逃脱统治者的束缚。上帝命令我们开口说话，某位凡人却要求我们保持沉默。我们已经完全准备好了，我们必须服从上帝而不是凡人的命令。"

二天后，尼莫拉教士就被逮捕了，纳粹把他监禁在柏林的莫阿比特监狱，八个月后他被送往"特别法庭"（此法庭由希特勒设立，专门用于审判反对国家的异议人士）接受审判。尽管尼莫拉教士所有的抗议活动都是在户外公开进行的，纳粹政府却起诉他"密谋危害国家"。最终，尼莫拉教士因"滥用教坛布道"以及"藏匿教会募捐款物"，被罚款 2000 马克，并处七个月监禁。实际上，尼莫拉教士服刑的时间要远远超过七个月，法庭才下令释放他。尼莫拉离开法庭时，在外面受到了家人和追随者的热烈欢迎，可盖世太保又逮捕了他，宣布要对他进行"保护性拘留"，盖世太保先去把他送到了萨克森豪森集中营，然后又转移到达豪集中营。尼莫拉教士在达豪集中营度过了七年多的时光，直到二战结束，美军才把他从里面解救出来。

根据我的统计，在 1937 年中，除了尼莫拉教士以外，认信教派中还有另外 807 名牧师和领头的教众被逮捕，其中大多数人被送往了集中营。认信教派是德国新教中最大的教派，这些教众一直都追随尼莫拉教士，现在纳粹政府严酷的镇压措施吓破了他们的胆。在纳粹的威吓之下，他们只好追随自己早已被奴役的同胞，纷纷向纳粹屈膝投降了。

到了 1937 年末，一向特别受人尊敬的汉诺威新教主教马拉伦斯在克尔的引诱之下发表了一份公开声明，专门用来攻讦像尼莫拉教士一样顽固的上帝信徒。对于马拉伦斯的这个举动，我虽然能够理解他肯定受到了压力，但还是颇为惊讶。马拉伦斯在声明中声称："国家社会主义党人对于生命的教义是具有民族性和政治性的，它是用来塑造德国人民的人格的。因此，这一教义也是德国基督徒必须践行的。"到了 1938 年春季，马拉伦斯彻底屈服了，他命令自己管辖教区内的所有教众必须向希特勒宣誓效忠与服从。

马拉伦斯的这一举动让我震惊，在德国历史上，我从来没有发现有哪个神职人员会如此屈服于国家统治者。德国新教深受马丁·路德的影响，从 16 世纪到 1918 年德国皇帝被迫退位之前，统治者从来都认为基督教是皇家专制统治的工具，世袭的君主和大大小小的领主一直都兼任本国和本地区新教的最高主教。因此在普鲁士，霍亨索伦家族的皇帝同时是本国基督教的教首。

　　我的朋友们纷纷评论说，除了高度专制的沙皇俄国以外，从传统上来看，没有哪个国家的神职人员会像德国同行这样完全屈服于政府的统治权威之下。历史上德国的主教和牧师从来都是国家主权利益的坚定支持者，他们一直站在容克地主和德国军队的背后。在整个19世纪，德国新教人士一直竭力反对日益膨胀的自由主义思潮和民主运动。朋友们告诉我，大多数的德国新教牧师甚至极为仇视魏玛共和国政权，就连尼莫拉教士也不例外。这不仅仅因为魏玛共和国驱逐了自己一贯效忠的王公贵族，而且因为魏玛共和国政权受到天主教、社会主义和工会势力的大力支持。

　　此刻再回首纳粹德国的那一时期，我发现包括我在内的外国记者过分重视德国的宗教迫害问题，而我们本不该这么做的。当时我们认为宗教势力对一个极权主义政府的反抗是大新闻，我们一直在炒作这类新闻。

　　我之所以这样说，是因为后来我明白了这类新闻其实没有那么大的重要性。对于第三帝国早期绝大多数人民来说，他们根本不关心教会怎么反抗纳粹政府的统治，抵抗行动对他们而言根本不会产生什么影响。我应该早点意识到与死亡或监禁相比，让一个人放弃自己的政治、文化和经济自由简直是一件太轻松的事情了，除了一小群人之外，绝大多数的人都不会为了守护信仰而甘心失去生命或自由。

　　在20世纪30年代，真正让德国人热血澎湃的事情是希特勒带来的巨大成就，他提供了就业，创造了繁荣，重整了德国军备，在外交领域获得了一个又一个的新胜利，而且他抢回了德国在一战中失去的土地，并扩大了领土，让国家重新强大起来。与这些瞩目的成就相比，德国哪里会有什么人为区区上千名牧师、教士和修女被捕的事情失眠，更不会在乎新教各派争吵的事情。

直到近半个世纪后，我有时仍然诧异，基督教并不是愚蠢的宗教，新教教徒曾经创造出宗教改革运动，天主教教徒在19世纪下半叶的时候曾经在与俾斯麦的"文化斗争"① 中取胜，但是他们没有意识到纳粹政权早就有意一步步地摧毁德国人的基督教信仰，还要用纳粹极端主义的信仰取代旧式德国具有部族色彩的上帝信仰。诸如罗森堡、鲍曼和希姆莱这样的纳粹高官在公开场合都毫不掩饰自己对于基督教信仰的蔑视，如果没有希特勒的默许，他们肯定不敢这么肆无忌惮。譬如马丁·鲍曼，他是希特勒身边的近臣之一，他曾经就在一次纳粹党党会上宣称："对我们纳粹党人而言，国家社会主义学说与基督教教义是水火不相容的。"

现在我们终于知道希特勒的终极目标是什么了，那就是要对德国基督教教徒的宗教信仰进行彻底压制。早在纳粹针对基督教势力开展攻击之际，罗森堡就草拟了一份"帝国教会"的三十点计划，他在计划中宣称自己要和其他同事一起成为元首的使者团，"引领全部知识与哲学教育，为国家社会主义党提供前进的指引"。在我眼中，罗森堡就是一个直言不讳的异

---

① "文化斗争"指1871年至1875年之间俾斯麦政府与德国天主教势力之间发生的斗争。斗争由俾斯麦挑起，他通过一系列法律希望打击天主教在德国的势力，然而天主教势力进行了激烈的反抗，并通过动员信教选民影响国会选举，使俾斯麦政府难以得到必需的政党支持，最终双方以谈判结束斗争，天主教在德国境内继续保持了强大的影响力。

教徒，而且他是我遇到的最愚蠢的纳粹领导人（外交部部长约阿希姆·冯·里宾特洛甫也是整天迷迷糊糊的，就愚蠢程度来说，他们可能不分伯仲）。

我在下方摘录了"帝国教会"的三十点计划的一些选节：

1. 帝国教会对德意志帝国境内的所有教会拥有绝对的所有权和控制权：所有教会都被置于帝国教会的名号之下。

5. 公元800年是凶恶之年，境外诡异的基督教信仰被引入德国境内，帝国教会的目标就是要彻底地消灭它们，并且让它们永无死灰复燃之日。

7. 帝国教会不设立书记员、牧师、专职教士或主教职务，但帝国教会的传道者会以上述身份开展讲道。

13. 帝国教会要求立刻在德国境内禁止德文版《圣经》的印刷与传播……

14. 帝国教会向全体德国国民宣布，元首的著作《我的奋斗》一书是教会一切文献中最伟大的教义。它……包含了不仅最伟大，也最纯净和最真实的道德，为整个民族的当下和未来生活指明了方向。

18. 帝国教会将清除现有的一切圣坛、十字架、《圣经》和圣徒画像。

19. 所有的圣坛上只能摆放《我的奋斗》一书（对于德国人民来说，这是最难得的精神财富，对上帝来说也是如此），在圣坛左侧则要安放一把利剑。

30. 自帝国教会建立之日起，所有天主教教堂、新教教堂和小礼拜堂内的十字架都必须移除……取而代之的是唯一的无敌象征——纳粹万字符。

最终德国人输掉了战争，战争给他们的人生和国家带来了毁灭性的打击，这些代价太大了，足够豁免他们今日相信纳粹异端邪说的罪行了。

除了宗教界以外，还有别的群体在反抗纳粹的权威。当我在秋季刚刚抵达柏林之后，就了解到德国音乐界人士正在抵制纳粹政府。就像关注宗教界一样，我们这些外国记者也开始全力关注这一事件。到了 11 月末，当时世界上最伟大的指挥家之一威廉·富特文勒就陷入麻烦，他在柏林一家主要晨报上发表了专栏文章，为自己的同行保罗·欣德米特做出了激情洋溢的辩护。纳粹党内一直存在攻击欣德米特的声音，一方面因为他是犹太人，另一方面则因为他反对国家社会主义者的"文化"理念。纳粹已经禁止演奏他的曲目。纳粹还严禁演奏由犹太裔作曲家创作的曲目，尤其是门德尔松的作品。对于这种禁令，富特文勒曾经当面向戈培尔抗议，但他最终只得屈从。然而，对于欣德米特的问题，富特文勒强调他并不是犹太人。对纳粹来说，富特文勒的意见不容无视，他是当今世上为数不多的具有伟大创造力的作曲家之一，而且德国民众聆听他的表演之后总能获得充沛的精神鼓舞。富特文勒不仅为欣德米特的问题向纳粹政府发难，为后者辩护，他还声称自己要公开讨论政治狂热分子干扰艺术家生活的问题。

富特文勒发问道："如果政治谴责可以不加限制地攻击艺术，那我们将何去何从？"

这个问题提得非常好，也非常大胆。我得到了一份记载富特文勒这些勇敢发言的速记稿，我记得这已经不是他第一次反对音乐界的纳粹化倾向。他曾经拒绝接受纳粹政府用犹太人和非犹太人来区分艺术家，他说在自己心中，艺术家只会有好坏之分。他一直在敦促纳粹政府准许其他一些指挥家，譬如布鲁诺·瓦尔特和奥托·克伦佩雷尔继续创作。他们都是犹太人，都是德意志的骄傲。

自希特勒掌权起，已经几乎没有人敢像富特文勒这么敢于直言了，可是接下来的后果可想而知。12月初，富特文勒被强迫同时辞去柏林爱乐乐团和柏林国家歌剧院总监及首席指挥的职务，这两个是德国境内最负盛名的音乐机构。大约一年后或者更晚，他逐渐与纳粹统治者修复了关系，因此他柏林爱乐乐团的职务被恢复了。也正因为此，国外很多人对他多有诟病。然而，值得赞扬的是，富特文勒恢复职务后，仍然坚持在乐团里留任了四五位犹太裔演奏家，这一举动让戈培尔、罗森堡和其他纳粹高官都暴跳如雷。有消息称，当战争爆发之后，纳粹开始对犹太人进行彻底清除，富特文勒再也不能在乐团里留用犹太人了，他利用关系成功地将犹太裔的演奏家们安全转移到了瑞士。

尽管我对富特文勒接受纳粹的再度聘任感到疑虑，但他的指挥的确给我带来了不少内心的抚慰。在大战爆发初期，柏林城里因为实行灯火管制，一片漆黑，我常常要在黑夜中撰写报道，这个时候，富特文勒指挥演奏的巴赫、莫扎特和贝多芬等德国大师的音乐给了我莫大的慰藉。1940年，战争爆发后的第二个冬季的一个夜晚，我听了一场由富特文勒指挥柏林爱乐乐团演奏的巴赫三钢琴协奏曲，他本人也是钢琴演奏者之一。当晚希特勒和戈培尔坐在第一排，但我注意到戈林没有出席。

据说戈林和戈培尔前几天吵过架——富特文勒在柏林国家歌剧院指挥演出柴可夫斯基的歌剧《叶普盖尼·奥涅金》，演出前富特文勒选了一位年轻的美国人担任男高音，戈林一向掌管国家歌剧院事务，他对这位美国人很支持，却大大激怒了宣传部部长戈培尔。当时英国正遭遇德国的围困，美国对英国的援助让戈培尔深感愤怒，他认为此刻选用一个美国人担任主角是一种背叛行为。

理查德·施特劳斯，当时世界知名的作曲家，但他从纳粹上台开始就一直竭力巴结纳粹政府。但事实是，施特劳斯绝大多数伟大的歌剧剧本是由一位奥地利籍犹太人——胡戈·冯·霍夫曼斯塔尔所写。或许也正因为此，他才对纳粹分外巴结。纳粹为了奖赏他的大献殷勤，曾任命他担任帝国音乐剧总监，在德国可以演奏什么曲目，由谁来演奏都由他决定。他似乎很乐意为戈培尔强奸德国文化背书。

当然，与镇压这些敢于反抗的宗教人士、社会主义者、共产党人、音乐家以及其他人士相比，纳粹对于犹太人的迫害要严重得多。我们身处柏林就能发现纳粹对于犹太人的凶残一月胜过一月，一年胜过一年，越来越无顾忌，也越来越没有人性。作为一个美国记者，希特勒的统治再粗鲁，带给我的震撼也不会多于他对犹太人的迫害。我内心常常陷入持续的失落和恶心。

希特勒从担任总理的第一天起，就迫不及待地对犹太人发起攻击。在他执政的第一年中，他把犹太人从所有政府管理、公共服务、新闻业、电台、农业、教育、戏剧和电影部门中驱逐出去。到了1934年，也就是我抵达柏林的那年，他变本加厉，开始把犹太人从股票市场和银行业中扫除出去，还禁止他们持有企业股份——特别是百货公司、报社和杂志社。接下来就是禁止犹太人从事医学与法律活动。除此之外，犹太人在党卫军军营、监狱和集中营中还遭到了持续不断的残忍折磨和杀害，他们被监禁仅仅因为他们是犹太人。

到了1935年，问题变得更加严重了，这一年希特勒颁布了所谓的《纽伦堡法案》。根据该法案，德国犹太人被剥夺了公民权，社会地位上属于下等人；禁止雅利安人与犹太人通婚或发生性行为。纳粹甚至禁止犹太人雇用35岁以下的德国妇女为家庭佣工，原因在于，一直以来都有传言，称犹太人利用非犹太裔德国少女做家庭佣工的机会，对她们进行强奸，用自己有毒的血液去玷污这些纯洁的少女。希特勒对此深信不疑，他在《我的奋斗》一书中还清楚地记载了此事。

在接下来的几年里，纳粹政府又陆续颁布了十三部法令，用于补充《纽伦堡法案》。而我有责任对其进行报道，这令我非常难过。这些法案将犹太人享有的一切法律权益剥夺了，把他们圈禁在犹太人居住区内，没有谋生的权利。对犹太人的镇压最初很大程度是冲锋队和党卫军中流氓的非法所为，现在则变成了所谓的合法行为。如党徒不断叫嚣的：希特勒成了法律。除此之外，第三帝国没别的法律。

我们这些外国记者都在尽全力帮助他们，我和特斯在家藏匿过一些我们认识的外出逃难的犹太人，直到他们后来都逃出了德国。我们利用自己在美国、英国、法国和瑞士大使馆或领事馆的关系，想办法给这些犹太人发放签证。尽管违反了德国现行法律，但我们还是凑了一些外汇，供他们逃出德国后应急。

有时还会有些犹太朋友，或者朋友的朋友来找我们，他们都是刚从监狱中放出来的，基本上被打得遍体鳞伤。我和特斯会收留并照顾他们，直到他们康复一点，再让他们回家，否则他们满身是血地直接跑回家，一定会吓坏家人的。其中一个曾经还是柏林城里有名的律师。他在一战时参军，在战斗中失去了一只胳膊和一条腿，获得了不少勋章，战后担任德国"犹太裔一战老兵联合会"的主席。然而纳粹没有任何理由就把他直接逮捕，残忍地折磨。某天早上，当他突然出现在我们面前时，我们都吓坏了。他身心俱伤，不敢直接回家，就来投奔了我们。我和特斯把他藏到了工作室，直到他痊愈回家。大约几个星期后，我们把他成功地送到了伦敦。尽管我们做了些努力，但只是杯水车薪，与这些极少数的幸运儿相比，大多数犹太人都得不到任何帮助。

纳粹独裁统治的早期，有些犹太人没能预见未来的危险，也不认为情况会越来越糟。据我们所知，盲目乐观的犹太人数目不少，特别是那些富人，甚至认为情况会有所好转。他们都已扎根德国多年，产业都在德国境内，并自认为是遵纪守法的德国好公民，因此不肯离开，期望着当前恶毒的反犹思潮会很快平息。当时我们劝他们赶紧走，他们却不以为意，甚至让我们不要多管闲事。某个周末，我们在巴特萨罗——一处距离柏林不远的度假胜地遇到了许多犹太人，我在日记里记下了当天的情况：

巴特萨罗，1935 年 4 月 21 日（复活节）。

我们正在度过复活节的周末。酒店到处是犹太人，然而让我们惊讶的是，他们当中的许多人仍然感觉很好，而且很明显，他们一点也不为外面的情况感到害怕。我想他们可能盲目乐观了。

作为一个驻柏林的美国记者，我现在还要担心另外一些问题，那就是我的新闻线人。一直以来，他们想方设法向我传递德国政府希望压制的消息，现在我意识到我必须保护他们，这非常重要。如果我在新闻报道中稍不留意泄露了他们的行迹，他们很可能会被逮捕并且以叛国罪被起诉。这种罪名几乎意味着他们必然会被处以死刑。这种事情不是没有发生过，曾经我的某位线人就被抓住了，还有两个线人被判处死刑。我的思想和精神为此承受着巨大的压力。我走在柏林街头，精神极为恍惚，内心绝望，希望想起究竟我在哪里泄露了天机，给他人带来了杀身之祸。

我也知道，这些线人也向其他驻柏林的外国记者提供内幕，所以有时我和我的同事完成工作后会聚在一起，一起努力回忆是谁走漏了消息。

我们每一个记者都遭过盖世太保的突然造访。他们会突然闯进办公室或家里，询问这个或那个线人的情况。打我踏入德国境内的那天起，我和德国秘密警察就建立了深厚的"友谊"。他们在我下车的柏林火车站就对我进行了盘问，之后这种联系就一直没有中断。在任何讯问的场合，希姆莱的手下都没有从我这里搞到过有价值的信息，我也确信除了极少数情况，我的同事们也都和我一样。我没有什么可失去的，得罪他们的最坏结果不过就是被驱逐出境。而我的线人则不一样，他们会为之失去性命。

通常我们约见线人都会有一套防备措施。比如说天黑之后在蒂尔加滕公园的小树林中偷偷见面，或者在贫民窟的某条繁忙的街道上，也可能在拥挤的火车站。但曾经有一位大胆的年轻牧师，他从来不屑于我们的谨小慎微，每次都径直冲到我们的办公室或家里，毫无顾忌地倾诉所有的想法。他很快就被秘密警察盯上，判处了死刑。

另外一位被判死刑的线人是《德国交易报》的编辑，这份报纸是柏林本地一份带有保守主义色彩的晨报。1936 年 1月 4 日，我在日记里记载了他的情况（我只能用 X 来作为他的代号）：

> 《德国交易报》的 X 先生将不会被处决，他原先被判处死刑，现在则被减为终身监禁。他的罪行是他偶尔把戈培尔的一些秘密命令泄露给了我们——戈培尔常常向报纸下达这类命令，要求它们封锁某些事情的真相或者为他的谎言造势。我听说，是一位我从来都不信任的波兰外交官出卖了这位 X 先生。

据说我的那位牧师朋友也从死刑被改判为终身监禁。尽管这个结局并不让我觉得好过，但至少他们都保住了性命。我为他们能继续活下去感到开心，但想到他们的余生都将在铁窗后度过，我就心生恐惧。在任何一个文明的社会里，他们所做的事根本不会是犯罪。

我对牧师朋友被捕悔恨不已，我甚至在那段时间里放弃了对德国宗教事务的报道，因为我不想再给他们惹麻烦了。我在日记里记下了当时的情况：

柏林，1937年6月15日。昨天又有五位新教牧师被逮捕了，包括威廉皇帝纪念教堂的雅各比牧师。自从他们逮捕了我的那位年轻的牧师线人之后，我已经很久没有关注教会事务了，我不希望再因为我的报道而威胁任何人的生命安全。

我的心情很糟糕。纳粹政权认为我的线人是敌人，对他们采取了残暴的镇压手段。至少在我刚到柏林的头些年，我的神经都不够坚韧，我无法接受死刑这种事情，即使只是很少的人被处死，我也不能接受。

我刚到德国的第一个冬季，一天早上我翻开晨报，头条新闻竟然是前一天清晨两名德国女子被斩首的消息，我整个人都要崩溃了。这两名女性我都认识，偶尔还会在大使馆的招待处或鸡尾酒酒会上遇到她们。她们都出身旧式的贵族家庭，接受过良好的教育，聪慧且充满魅力，而且她们从不掩饰自己对纳粹统治的厌恶——也许这就是她们被纳粹盯上并陷入麻烦的第一步。据报纸说，她们因替波兰从事间谍工作被判有罪。看到这条新闻时我正在吃早饭，这变成了一顿没有吃完的早饭。我满脑子都是她们被砍下的头颅，她们的深色头发曾经像绸缎一样柔软，面容是那么精致，然而现在她们的头竟然被砍下来了！

数年之后，柏林又执行过一次斩首行动，这次我的整个神经都被打垮了。以下是1937年6月4日我的日记：

赫尔穆特·希尔施在清晨被处以利斧斩首的极刑。具有犹太血统的希尔施当时才20岁，他虽然从来没有去过美国，但是从理论上来说具有美国国籍。美国大使多德为了救他一命四处奔走了一个月，但最终无济于事。

希尔施是一位年轻的诗人，他曾经积极投身德国青年运动，直到纳粹接管这个青年组织。之后为了躲避纳粹对犹太人的迫害，他和家人离开德国前往布拉格，在那里他又开始继续大学学业。希尔施的父母一战前在美国居住过一段时间，成了美国公民。但是一战结束后他们回到了德国，却没法为他们的孩子注册美国国籍，因此希尔施只能算理论上的美国公民。

希尔施被心狠手辣的人民法庭认定有罪并判处死刑。人民法庭在数年之前设立，专门用于审判反抗纳粹政权的人士。法庭认定希尔施谋划刺杀尤利乌斯·施特赖歇尔，后者从纳粹党起家时就是希特勒的好朋友，当时正担任臭名昭著的反犹周刊《先锋报》的编辑。

一般情况下人民法庭进行类似审判活动时都禁止外界旁听，但偶尔有例外，由此在这次审判前我参加了几次类似的庭审。我得出结论，只要被送上这个法庭，被告一定没有翻案的机会。五位所谓的"法官"中只有一位是真正的法官，其他四位都来自纳粹党。整个审判过程简直就是一场嘲讽正义的滑稽剧。法官们冲着不幸的被告大声吼叫，宣读他们犯下的所谓罪行，而由国家指定的辩护律师则唯唯诺诺，根本不敢替被告人申辩。不管有没有证据，或者证据是什么，被告人肯定会被认定有罪，并且十有八九会被判处死刑。

据我后来了解并加以整理，我发现纳粹为了希尔施的案子还是费了一些周折的。当时在布拉格有一个反纳粹组织，是由奥托·施特拉塞尔组织成立的，他曾经是希特勒的追随者，后来被从纳粹党中开除。盖世太保的某位特工成功地潜入这个组织并成为卧底，然后这位卧底和组织内的一些成员成功说服了希尔施，让他携带一个装有炸弹和左轮手枪的行李箱前往德国旅行，到达纽伦堡后则把武器交给组织的另外一位成员，后者会去行刺施特赖歇尔。然而，当希尔施乘坐的火车刚刚从捷克斯洛伐克进入德国边境，他就被盖世太保逮捕了，装有炸弹和手枪的行李箱也被当场截获。

对希尔施的审判是秘密进行的，在这个过程中，美国驻柏林大使多德为了救他一命而四处奔走。来自弗吉尼亚州的多德大使是一位富有礼貌的绅士，他原本是一位杰出的历史学家，任教于芝加哥大学，后来经罗斯福总统延请担任美国驻德大使。多德大使深知如果由人民法庭进行定罪，希尔施肯定难逃一死。多德大使向德国外交部、司法部都进行了申诉，甚至求助于希特勒本人，只希望希尔施被定罪后能够免他一死。一开始多德大使希望能够秘而不宣，因为大使担心一旦美国媒体发现此事，一定会大加报道，这样一来只会激怒希特勒。但后来他发现自己的申诉都是石沉大海，于是某天早上大使把我叫到办公室，把事情的全部经过和盘托出，第二天我的东家就曝出此事，美国各家媒体都在头版跟进报道。

多德大使也是在绝望中孤注一掷了，他希望这能够刺激美国民众的情绪，对纳粹政府形成舆论压力，从而使他们不敢轻易将一个美国人送上断头台。但事实上，我想大使心里也和我一样非常清楚，希特勒对于美国舆论这种东西不屑一顾。据大使了解，无论是德国外交部还是法庭，都不承认希尔施是美国公民。

希尔施被斩首后的当天早上，我去大使馆看望多德大使，他非常懊恼。他含着泪水给我读了他写给希特勒的信，信中他恳求希特勒能够为希尔施减刑。大使告诉我说，头天夜里他知道希尔施将被处决，就恳求以私人名义拜见希特勒，但是遭到了粗暴的拒绝。随着我们谈话的进行，多德大使的话语里充满了对纳粹的仇恨。他抱怨在纳粹德国根本没有正义可言，他担任驻德大使的四年时间是他一生中最痛苦和沮丧的日子。他告诉罗斯福总统自己已经受够了，并且提交了辞呈。他希望自己能够逃离这个人间地狱，回到芝加哥的校园里。

在希尔施被处死前的数日里，我和他的辩护律师以及他身在布拉格的姐姐有一些联系。在他被斩首的当天，他们给我寄来了一封信件的复印本，这是希尔施写给他姐姐的最后一封信。在信中，希尔施说他已经知道了，自己最后一次申诉也被驳回，他不会再有任何机会了。

他写道："我要死了。请你不要害怕。我没有感到害怕。之前一直不明情况，很痛苦，现在反而轻松了。"

希尔施在信中回顾了自己短暂的一生，他认为自己尽管犯过很多错误，但他坚信自己活得很有意义。这是一封感情丰富且勇敢的永别信。

上文 1 月 4 日的日记中我提到过一个我从来都不愿信任的波兰外交官，我甚至怀疑他和那两位被斩首的贵族小姐的案件有牵连。不过，他可不是我在柏林唯一不信任的人。事实上，作为驻德国的外国记者，我们必须学会不信任几乎任何人。有时候，德国政府会设下陷阱，派特工伪装为异见分子来引诱我们上钩。这些"钓鱼者"的策略之一就是先向我们提供一些耸人听闻的假消息，然后纳粹宣传部再证明那些消息都是错误的。如果我们发了这些报道，那等我们向纳粹宣传部求证时，对方不仅会矢口否认，还会以虚假报道的名义把我们驱逐出境。这些"钓鱼者"竭力伪装成真正的异见人士来赢得我们的信任，然后再想办法把我们赶出德国。我们很快就认清了他们的真实目的。

当然，我们偶尔也会被他们迷惑。我曾经非常喜欢一个德国外交部的年轻人，他总是向我提供一些零碎的消息或流言。当战争爆发后，他被调来专门负责审查我们的新闻报道，有好几次他还帮助我逃过了报道被"枪毙"的厄运。他经常肆无忌惮地批评希特勒以及各位纳粹高官，他的首长里宾特洛甫更是成为他谩骂的首要对象。我慢慢地开始信任他，但直到有一天夜里，他喝醉以后才无意中吐露实情，他的真实身份是秘密警察，他接近我的目的就是彻底调查清楚我的一举一动。

还有一个人，外号叫"胖子"，他是一个情报贩子，专门给我们美国记者提供新闻内幕。据他自己说，由于他不肯加入纳粹党，所以戈培尔不许任何德国新闻机构雇用他，他只能靠出卖消息来竭力维持悲惨的生活。胖子是一个非常有礼貌、和蔼可亲的人，我和我的同行都很喜欢他。不过，我从没有完全信任他。他偶尔会放给我一些有价值的信息，但我总是会自行查证，我时常感觉这些信息可能都是钓饵。我们之所以怀疑他，是因为我们不相信戈培尔竟然准许他为外国人充当情报贩子。尽管胖子帮了我们不少忙，也偶尔会给我们泄露一些重要的信息，但我们不得不假定他是纳粹宣传部的人，他的任务就是让宣传部掌握我们这群外国记者的动向——我们见了谁，我们在报道什么。因此我们和胖子说话都会十分谨慎，尽管我们很喜欢他，但对他仍然抱有戒心。

在纳粹统治的时期，只有少数德国人得到了我的信任，并值得我信任。其中之一是一位年轻女性，身居德国广播公司的要职，还与一位犹太裔雕塑家秘密恋爱（这位雕塑家一度被迫逃出德国）。在公开场合，这位女士总是佩戴纳粹党党徽，四处大放厥词，为纳粹吹嘘，实际上是为了掩护自己抵抗纳粹的行动。我和她成了密友，渐渐完全信任了她。她给我提供了许多政府与纳粹内部不为外人知晓的消息，多次提醒我已经被德国有关部门盯上，要注意安全。那时候我出于职业原因，常常会撰写或者报道一些不为纳粹喜欢的新闻，盖世太保也会发现我去见了一些不该见的人。在大战爆发之后的第二个冬天，盖世太保密谋罗织一桩针对我的间谍案，当时就是这位女士提醒了我，敦促我在情况恶化之前离开德国。

战争期间，德军最高统帅部里有两位军官也成了我的线人，他们十分可信，冒着危险为我提供许多有价值的内幕消息。他们当中一位来自旧式的贵族家庭，世代都是德军军官；另外一个则曾经是奥地利海军军官，战争爆发后被重新召回战场。他们二人都非常厌恶纳粹。除此之外，他们都反对德国发动战争，因为他们相信这场战争并无开打的必要，而且必败无疑。最重要的是，他们发现希特勒残暴地统治被征服领土的人民，这种行径让他们抵触并感到厌恶。他们一直告诉我德军最高统帅部的工作进展。虽然他们给我提供的绝大多数信息我都不能公开播报（其秘密程度之高，一定会让我丢掉性命的），但这些信息让我更好地掌握了战争的全局。

这些德国朋友为我的工作提供了巨大帮助，也承担着难以想象的风险，我永远无法报答他们。不过 1940 年 6 月的一天，我终于有机会对那位最高统帅部的奥地利朋友略施小惠。当时我作为随军记者与德军一起进入了巴黎，他也一起来到了那里。他告诉我希特勒准备在贡比涅森林迫使法国签署停战协定，元首还要把1918年法国福煦元帅让德国签署停战协定时所用的那节火车车厢弄出来，以此羞辱法国。不过在我这位奥地利朋友的脑子里，他可不关心元首在哪里接受投降的事情，他满心想的都是去见一位法国女性。他们在战争爆发前相识，但这位法国女士是一位坚定的爱国者，她绝不允许我的朋友穿着法国敌人的军服去见她，于是他找我帮忙，希望我能借他一套日常的穿着，比如一条裤子、一件外套和一条领带。（那年春季，我开始跟随德军从比利时出发，沿途报道他们进攻法国的情况，临行前德军给我们所有随军记者发了一套德军军服，但我拒绝穿上，所以一路上我穿的都是自己的便装。）我当然乐意帮忙，不过由于天天在战地里摸爬滚打，我的衣服现在又脏又旧，满是褶皱，他穿起来也极不合身，但是他根本不计较。看他努力地把我的衣服套在身上，我不得不提醒他，在战时脱下军服，就是违反军法，可能会被送交军事法庭。不过看上去他已经完全爱上那位女士了，所以他心甘情愿承担这样的风险。

他无意中和我嘟囔了几句有关德法停战协定的事情，这让找如获至宝。再后来我又通过德军内部一些人的帮助（德国军队内部存在反抗希特勒的势力），进一步获取了一些信息，最后我做出了一条世界级的独家大新闻。

尾 注

[1] 赫尔曼·劳施宁曾经是希特勒的密友，他在著作《毁灭的声

音》（pp. 297 - 300）中证实希特勒的确说过这样的话。

[2] 策尔纳博士受到了德国境内所有新教派别的共同尊敬，此时克尔已经任命他领导一个委员会，以制订出统领全部教会的解决方案。然而在 1937 年初，有九名新教牧师在吕贝克被捕，策尔纳希望前往当地调查，盖世太保阻止了他的计划，因此策尔纳博士辞去了自己的职务，他抱怨称自己的工作受到了克尔部长的妨碍。

加伦伯爵是明斯特的天主教主教，是针对纳粹政权对其教会迫害进行批判的最无畏的罗马高级教士之一。

第八章

希特勒的近臣

希特勒身边的宠臣大多愚蠢之至，不过真的要感谢其中之一，如果没有他的帮助，我也没法在到达德国的第一个秋冬之际就能熟悉希特勒的近臣。

1918 年，德国战败并爆发革命，霍亨索伦王朝的专制统治被推翻，整个德国陷入了一片混乱，后来成为希特勒身边权臣的这些人，当时大多与战败后的德国社会格格不入。20 世纪 20 年代初，纳粹党刚刚开始在慕尼黑组建，在大多数德国人的眼中，这个党和它的领袖是一出闹剧。这群人纷纷加入了希特勒的阵营，其中的大多数人一起发动了 1923 年的慕尼黑啤酒馆暴动，随后又与希特勒一同被投入监狱。在接下来的十几年中，纳粹党浮浮沉沉，命途多舛，他们都一直伴随在希特勒左右，直到有一天，纳粹党浴火重生，然后扶摇直上，顷刻间攫取了德国的全部权力。自此，当年忠心跟随希特勒的旧臣都获得了纳粹政权的各个核心职位。我作为一个驻德记者，必须摸清他们的情况。

大概每个月或每两个月，纳粹党内外务办公室负责人阿尔弗雷德·罗森堡——这个精神错乱、脸色惨白的笨蛋，还被希特勒指派担任党内的"哲学家"——都会邀请外国记者和少量外国使节参加所谓的"啤酒会"。每次罗森堡都会邀请一位纳粹主管官员，向出席者详细解释他本人和他所掌管部门的具体工作，有时他也会邀请一位陆军上将或海军上将。会上还会有一些依附于这些大人物的纳粹小官僚出席，他们通常会为我们提供更多的新闻消息。在啤酒会上，我们会围坐在摆满啤酒和德国香肠的桌旁，和纳粹的大小官僚一起见面并闲聊。他们每隔半个小时就会轮流换到别的桌子，因此一晚上，我们能够接触到四五个纳粹官员。

我刚到纳粹德国的那几天，就在纽伦堡对纳粹官僚集团的整体情况进行过一些观察，但是直到啤酒会在柏林开办之后，我才第一次认识了他们。比如说，赫尔曼·戈林是仅次于希特勒的二号人物，他长得很胖，喜欢过奢侈阔绰的生活，又喜欢对别人虚张声势；看上去蠢乎乎的鲁道夫·赫斯则被认为是希特勒的"副手"；约阿希姆·冯·里宾特洛甫则极度爱慕虚荣又喜欢浮夸，而且蠢得令人难以置信，他后来竟然一路高升至外交部部长。至于海因里希·希姆莱，总是戴一副夹鼻眼镜，看上去倒是特别像一个温和的地方校长，实际上却极度残忍。他是党卫军和盖世太保的恐怖长官，到了后期，则成了灭绝犹太人的刽子手。

除了上述这些人以外，我还了解了另外一些有军方背景的人，他们在秘密重整德国陆海空军的过程中都发挥了关键作用，而根据一战后《凡尔赛和约》的规定，德国的陆军和海军力量受到严格限制，并且不得拥有空军。在纳粹德国的早期，这些军方大佬包括国防部部长维尔纳·冯·勃洛姆堡元帅、陆军总司令维尔纳·冯·弗里奇男爵和海军总司令埃里希·雷德尔，当然还有戈林，他秘密重新组建了德国空军。不过，我慢慢感觉到戈林是所有纳粹中少有的拥有幽默感的高官之一，虽然他的幽默感很粗糙。戈林几乎可以被认为是一个和蔼而富有魅力的人，但是他也极其残忍，他是 6 月 30 日大屠杀的积极参与者。另外，他必须为勃洛姆堡和弗里奇的凄凉晚景负上很大的责任——因为他利用性丑闻来攻击上述两位政敌。

弗里奇出席了第一次啤酒会，当晚我和他聊了寥寥几句，下一次出席的是勃洛姆堡，一个月后是戈林。

但是有一个人一直没有出席过罗森堡的啤酒会，他就是纳粹的第三号人物、纳粹宣传部部长约瑟夫·戈培尔。戈培尔阴险狡诈、伶牙俐齿，患有足部畸形。他之所以不出席啤酒会是因为他讨厌而且瞧不起罗森堡。不过我们有足够的机会见戈培尔，他经常在自己的宣传部内召开媒体发布会，有时也专门举办奢华的聚会。为了吸引我们这些记者前去，他还专门放出消息，说有美艳的戏剧、电影女明星会出席（戏剧与电影业都受到戈培尔的严酷统治）。在我眼中，他比里宾特洛甫要聪明一些，但两个人都极其自大，令人厌恶。一个外国记者要报道德国的情况，就必须和他打交道（还有其他一些人，如果不是更恶心的话）。我们这些记者都要试着学会忍受，这里的丑恶程度会远远超出我们的想象。

就拿啤酒会的主办人罗森堡来说，事实上他本人并没有那么令人讨厌（里宾特洛甫、戈培尔和希姆莱本人也没那么惹人烦），但他的糊涂总是会加深我们对他的厌恶——这位纳粹"哲学家"是最糊涂的，他啰唆、无趣，或者简单说，蠢。

罗森堡炮制了一套种族主义理论，宣称"雅利安"日耳曼人是优良人种，犹太人是低劣而病态的人种，和斯拉夫人、亚洲人和美国人一样。这套理论极其愚蠢，由此可见他对历史的了解几近无知。然而就是这样的蠢货，竟然被整个纳粹党，包括希特勒本人在内认为是党内的首席知识分子。我敢断言，在其他任何社会里，像罗森堡这样的人，既不会也不能被别人当一回事。令我感到惊讶的是，罗森堡作为犹太人、共产党和苏联政府的大敌，1917 年在莫斯科大学的建筑专业拿到了学位。他在俄国求学时正值俄国革命，因此他在纳粹党内的众多政敌说他之所以没有加入俄国布尔什维克党，只不过是因为列宁不肯给他一个官位。政敌还给他起了一个外号——"俄国人"。

事实上，罗森堡在 1893 年出生于爱沙尼亚的雷瓦尔（现在的塔林）。爱沙尼亚从 1721 年开始就被沙皇纳入统治范围。因此，尽管罗森堡宣称自己拥有纯正的日耳曼血统，但在纳粹党内部对此也多有质疑。罗森堡在雷瓦尔技术学校接受了俄语教育，他也正是在那里开始接触建筑学。1915 年，由于德军逼近，学校整体搬迁到了莫斯科，他在学校继续学习，并进入莫斯科大学建筑学专业，取得了学位。

十月革命爆发后，罗森堡好像在莫斯科待了几个月，对是否支持布尔什维克举棋不定。

第一次世界大战结束后，他移居到了巴黎，后来到了慕尼黑，在这里他为自己的反共、反犹、反苏情绪找到了肥厚的土壤。他在这里与希特勒相逢，后者那时还只是名不见经传的年轻右翼煽动者，但希特勒对罗森堡坚定的反犹、反布尔什维克立场非常赞赏。而且我觉得希特勒欣赏罗森堡还有一个更重要的原因，即希特勒年轻时在学业上非常差劲，他曾两次报考维也纳艺术学院并希望攻读建筑专业，都被拒绝，因此青年时代的他可能非常仰慕罗森堡，毕竟后者有建筑学专业的大学毕业证——虽说只是莫斯科大学颁发的。从那之后，尽管罗森堡愚不可及、非常无能，但在纳粹的阴谋中希特勒还是不断给他机会，希望他积聚权力。

但他无才也无力利用这些机会，到了 1935 年，这一点变得很明显。希特勒原本许诺让他担任外交部部长，可希特勒上台两年半过去了，元首不仅没有兑现承诺，而且很明显他准备永远不再提起这个事情。我甚至怀疑希特勒想把罗森堡"纳粹党官方哲学家”的头衔也摘掉。1930 年，罗森堡出版了一本大约有 700 页的专著《二十世纪的神话》，这本贻笑大方的书是他那些半生不熟的“日耳曼民族优越论”的大杂烩。希特勒曾经试着去读，最后却只能与自己的密友抱怨说，要读懂此书是不可能的事情。尽管如此，这本书却非常畅销，销量仅次于纳粹党的“圣经”——希特勒的《我的奋斗》。我认识的所有纳粹领导人当中，没有一个人读过此书。纳粹党内负责青年事务的官员巴尔杜尔·冯·席拉赫一直声称自己是一名作家，他也讽刺罗森堡的著作：“与德国历史上任何一位作家相比，罗森堡在有件事情上是完全超越他们的，那就是他卖出了最多的无人问津的著作。”

尽管总是不停地做蠢事与犯错误，但罗森堡本人从没有放弃对权力的追求。他每月都在阿德隆饭店举办外国记者和使节招待会，就是为了提醒希特勒和他党内的同僚，自己在外交事务上的重要性。然而，在一个独裁政权中，想要利用外国记者来掌握政权内部的权力是非常困难的，因为权力太宝贵了。

追随希特勒的人都是如此古里古怪，你很难想象竟然是这样的一群人正治理着这个伟大强盛的国家。每当我和他们进行非正式的交谈时，都会感觉突然被拉入希特勒疯狂而残酷的世界。

1934 年 11 月 15 日，我第一次在阿德隆饭店参加罗森堡主办的啤酒会，我在日记里记下了当天的情况。当晚我看到美国驻德大使威廉·E. 多德先生也出席了，但是他看起来是“最不开心的人”。我之前提到，多德大使是一位杰出的历史学家，他和一般被派驻海外的美国外交人员不同，不仅会说德语，也深谙德国的历史与文化。他接受的教育曾经使他非常敬仰旧式德国，但是自多德大使驻柏林一年以来，他的德国梦已经破灭。多德大使根本无法忍受纳粹的所作所为，他告诉我，由于他常常对纳粹的罪行直言不讳，因而希特勒和他的下属都不喜欢他。美国国务院的那些高层官僚也不喜欢他，他们认为多德大使应该学着做一个更"外交化"的外交官。但我恰恰因为多德大使的坦诚和率直而特别欣赏他，我们很快成了好朋友，他也成了我重要的消息来源。

当晚在啤酒会上我遇到的第一位纳粹政府内阁成员是教育部部长伯恩哈德·鲁斯特博士。曾几何时，德国教育水平之高为整个西方世界所瞩目，但是鲁斯特作为掌管全国教育的最高官员，其能力真是令人大跌眼镜。1930 年，鲁斯特作为汉诺威一所省属学校的校长被魏玛共和政府免职，理由是他表露内心"不稳定的思想"，估计这种不稳定的思想正是来自他对于纳粹主义的狂热追求。希特勒上台掌权之后，就立刻任命鲁斯特为汉诺威省长官和普鲁士教育部部长，鲁斯特吹嘘"他正在努力肃清学校中教授奇淫技巧的职能"。

鲁斯特担任教育部部长时间并不长，距离我当晚见到他也只有七个月的时间。据我当时了解到的情况，他正在对整个德国教育体系进行大肃清。但当晚他在长篇演说中并不承认自己的所作所为，他认为自己只不过是"按照元首的主意和意愿"，把德国的教育体系稍稍纳粹化一点。

我读过《我的奋斗》，我记得希特勒在书中对教师这个职业充满了蔑视。我想希特勒之所以这么痛恨老师，是因为他的中学老师没能发现他的"天才"，导致他学业未竟就离开了校园。当他报考维也纳艺术学院时，那些老师也是"有眼不识英才"，以没有才能为由拒绝录取他。我想，希特勒大概到死都不会忘记并原谅这些老师。也难怪鲁斯特部长投其所好，四处攻击教师。在希特勒统治的头五年，他开除的大学教授和教员差不多有 2800 名，约占德国高等教育界执教总人数的四分之一。高校入学学生数也急剧下降，经过六年的纳粹统治，德国高校学生总数从 127920 人锐减到了 58325 人。曾经为世界艳羡的、为德国持续提供科学家与工程师的科研机构，经过纳粹的摧残，其衰落更加严重，从业人数从 20474 人降到了 9554 人。

德国学术界的水平也一落千丈，我注意到，一些专门为德国大企业服务的出版物开始抱怨从大学中新招募的年轻管理人员、科学家和工程师素质低下。这些人可能是合格的纳粹分子，却对自己从事的工作充满了鄙夷。

德国科学界堕落成今天这个样子不足为奇。现在只要是纳粹统治的地方，每所高中和大学都要开设一门"科学与种族"的课程，连小学生们也难逃魔爪，他们被告知科学分为卓越的"德国人的科学"和伪造的、罪恶的"犹太人的科学"。柏林大学曾经是学者云集的地方，现在一位当过骑兵的纳粹分子被派来担任校长，他在"种族科学"专业下开设了 25 门新课程，除此之外，他还新设立了 86 门与自己的老本行相关的专业，就此他终结并摧毁了这所高等学府。曾经名盛一时的柏林大学，现在在纳粹的控制之下已经变成一所技校。

我对纳粹德国的教育问题观察越深入，就越感到不可思议。德国那些曾经声名显赫的高等院校现在都开始教授一些"德国物理学"、"德国化学"和"德国数学"的课程。海德堡大学的物理学教授菲利普·莱纳德曾经获得诺贝尔物理学奖，可就连他都追随希特勒炮制的种族主义理论了。莱纳德教授宣称，确实存在"德国物理学"这样一门学科，因为"科学与其他人类的创作品一样，带有种族差异的色彩，也会因为不同的人种而受到不同的制约"。

这些狂妄自大的纳粹科学家开始变得越来越异想天开，我觉得他们的言行简直就是一出滑稽戏。诸多现代物理学建立在爱因斯坦的相对论的理论基础之上，亚琛理工学院的威廉·米勒教授却认为爱因斯坦发表相对论表明"犹太人妄图建立一个犹太世界秩序"。柏林大学的路德维希·比贝尔巴克教授则攻击爱因斯坦"不过是异域的一个江湖骗子"。莱纳德教授甚至宣称："与雅利安科学家细致、严肃对待事实的态度相比，犹太人明显缺乏对事实的理解能力……'犹太物理学'不过是一种幻觉而已，是'德国物理学'的堕落版本。"莱纳德本人还加入了纳粹组织的科学家小组，专门对爱因斯坦和相对论进行攻击。

每当我读到这些赫赫有名的德国科学家的胡言乱语时，我都感觉自己好像生活在一个疯人院里。那天晚上，教育部部长鲁斯特与我们围成一桌，与我们进行了一场大约有半个小时之久的非正式谈话，我当时也有一种此人已经疯了的感觉。至少在我看来，他愚蠢的话语中根本不给别人留下质疑他的空间。

当晚，当我即将离开阿德隆饭店时，我问多德大使如何看待鲁斯特当晚有关教育的观点。

大使说："纯属一派胡言！"

事实上，我很快就发现希特勒对于公共教育并不关心，他真正关注的是他的"希特勒青年团"，他要让希特勒青年团成为教育第三帝国青年男女的核心组织。为了搞好青年运动，他起用了一位长相帅气但思想平庸的年轻人，在某种程度上，他还拥有一个显赫的美国家族。不久之后他就出现在罗森堡的啤酒会上，在那里我第一次见到了他。

他就是巴尔杜尔·冯·席拉赫，看上去像一个圆滑肤浅的美国大学生，优秀的大学橄榄球啦啦队队长。"箭牌衣领"①的外表下是一颗空空如也的脑子。他的美国式仪态大概传承自他的美国祖先。他母亲的家族中有两位先祖曾经是美国《独立宣言》的签署者，还有一位先祖则是南北战争中北方联邦军的一位军官，在布尔朗战役中失去了一条腿。

席拉赫总是宣称自己的反犹主义思想起源于美国国内，他总是强调自己在 17 岁的时候读过亨利·福特的《国际化的犹太人》，使他"终生"成为一个反犹主义者。他的这个说法可能属实，但是我依然有所怀疑。我想他之所以要让自己成为一个激进的反犹主义者，还是为了在纳粹党中获得晋升之机。他经常向德国青年灌输那些愚蠢之至的异教徒思想，我总觉得他的那套说辞都学自罗森堡。纳粹党内真正把罗森堡当作"哲学家"的人寥寥无几，席拉赫算是其中一个。

尽管席拉赫思想平庸，长得又有点柔弱，但他掌控着一支强人的力量，席拉赫从接手它的第一天起，就宣布了自己的宏大目标：要把青年团建设成为富有组织性的强大队伍，成员随时都可以被调动起来，投身到纳粹党的野蛮斗争中。

1932 年是魏玛共和国的最后一年，当时希特勒青年团的规模只有 10 万人，相比之下归于"德国青年协会"之下的各种青年组织人数则有 1000 万之多。然而没过多久，二者的实

---

①　箭牌衣领是一种上浆处理过的可拆卸的衬衫领，是美国的一时潮流。

力对比很快发生逆转。1933 年 6 月，希特勒任命席拉赫为"德意志帝国青年领袖"，随后席拉赫率领 50 名全副武装的青年团领导成员，粗暴地冲进并占领了德国青年协会的总部，将他们的领袖驱逐，领袖是一位已退伍的普鲁士陆军军官。然而青年协会并没有轻易屈服，他们随后又指定了海军上将冯·特罗塔担任新领导。他是德国最威名显赫的海军战斗英雄之一，在第一次世界大战中担任德国公海舰队的参谋总长，并且在日德兰海战中取得过一些胜利。席拉赫当然没有放过特罗塔，很快把他赶走，并将青年协会数以百万计的资产没收，其中也包括青年协会旗下数百家遍布德国全境的青年旅馆。

除了德国青年协会之外，同样遭殃的还有拥有 100 万成员的"天主教青年协会"。尽管纳粹与梵蒂冈之间签署过宗教协议，并且在协议中明确规定纳粹不能干扰天主教青年协会的活动，但席拉赫还是解散了它。到了 1936 年，希特勒正式颁布法令，要求**所有的**德国青年必须加入希特勒青年团。

法令要求，"所有德国青年都要加入希特勒青年团，以接受国家社会主义的生理、智力与道德方面的教育"。

从 6 岁儿童到 18 岁的青年，无论男女，统统被编入了希特勒青年团旗下的各类组织。男生从 6 岁开始，到 10 岁之前，要先进入"儿童团"接受四年的学徒式训练，在此期间每人都会收到一本操行手册，记录四年间的全部成长过程，包括意识形态方面的进步。过了 10 岁以后，他们会接受有关运动、野营和纳粹历史方面的测试，通过后则会进入"少年团"阶段，此时他们就要参加一项宣誓仪式，誓词如下：

这以血染成的旗帜，象征着我们伟大的元首。我在这

1930 年 12 月 29 日，《芝加哥论坛报》刊登广告，宣传作者从阿富汗发回的世界独家报道

巴恰·依·沙科，挑水夫的儿子，推翻阿马努拉后统治阿富汗，此照片拍摄于他被纳迪尔汗处决前

巴恰·依·沙科追随者的尸体

（上）1930年，作者（最右）前往参加国王纳迪尔汗的登基大典

（下）1930年，开伯尔山口的三名部落成员

1930年，喀布尔，大象赛跑

1930年，喀布尔，登基大典。持拐杖者右侧为作者

1930 年，喀布尔，作者与阿富汗王子穆罕默德·查希尔交谈

1930 年，喀布尔，作者（左三）与前布哈拉汗国国王共进午餐

开伯尔山口（合众社照片）

1932 年，约翰·君特与作者在维也纳

1931 年，作者在维也纳滑冰

1931 年，作者与妻子特斯在奥地利塞默灵滑雪

（上）1932 年，作者
与特斯在维也纳

（下）1933 年，"休假"期间，特斯·夏伊勒在西班牙滨海略雷特

1933年，（从右至左）路易斯·金塔尼利亚（画家，海明威的朋友）、特斯、安德烈斯·塞戈维亚、迈克尔·艾伦（后来成为美国杰出的牧师）在滨海略雷特

1933 年，作者与塞戈
维亚在滨海略雷特的海
滩聊天

1934 年 2 月 6 日夜间，
巴黎协和广场暴乱

巴黎协和广场暴乱（合众社照片）

希特勒与狗在乡间休息

希特勒的母亲

希特勒的眼睛遗传自母亲

希特勒在德国艺术馆检查画作

位于慕尼黑的德国艺术馆

演讲者希特勒

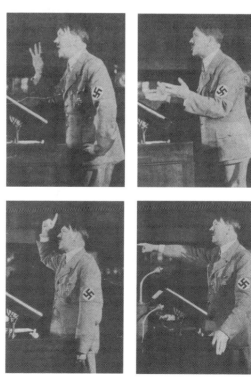

纳粹慕尼黑啤酒馆暴动牺牲者纪念碑

1933年5月1日，国际劳动节。希特勒向德国青年人发表演说后离开卢斯特加尔滕。同一天，他下令逮捕工会领袖，破坏工会运动

作者观看纳粹游行队
伍从勃兰登堡门穿过

1937 年，作者报道纳粹党大会的记者出入证

希特勒在集会上发言，左下方的墨索里尼在倾听

1934年，希特勒在戈斯拉尔检阅陆军

近乎疯狂的群众在热烈欢迎希特勒

1933年3月，柏林某地盛大的场景，这与五年后德奥合并时希特勒进入维也纳的场景很类似

德国人民欢迎他们的元首

旗帜下宣誓，必将自己所有的力量奉献给祖国的拯救者——阿道夫·希特勒。我时刻准备着，愿意将我的生命奉献给他，请上帝帮助我达成这一使命。

再到 14 岁，男生正式进入希特勒青年团，直到 18 岁进入劳动部门工作。1935 年春，希特勒公然撕毁《凡尔赛和约》，下令德国重新实行义务兵役制。这时，男生从青年团退出后则直接进入军队服役。

希特勒青年团是一个庞大的准军事组织，未成年人在这里不仅要接受体力、宿营和纳粹意识形态的系统教育，还要接受军事训练。柏林周边的树林中有很多大型的战壕，我经常在周末看到成队的青年团员身配步枪，背着沉重的军事物资，在战壕间穿梭训练。

值得一提的是，我偶尔还会遇到接受军事训练的女青年，因为德国青年女性同样处于希特勒青年团的控制之下。10 到 14 岁的女生都必须参加"少女团"，她们接受的训练与男性同龄人差不多，周末常常要进行负重行军训练，接受纳粹意识形态的教化。第三帝国非常重视女性的未来角色，因为健康的女性才能为日耳曼人繁育合格的后代。等到她们长到 14 岁进入"德国少女联盟"之后，有关合格妇女的训练会进一步增加。

到 18 岁时，和男生被送去劳动部门工作一样，很多年轻女性也要在农场里劳作一年，帮助料理家务杂活和农活。可是道德问题因此就不可避免地产生了。这时我们听到了很多传言，年轻漂亮的城市女生搅乱了农村的家务关系，以及有许多父母抱怨女儿到了农村以后就怀孕了。很快人们就编出了一首讽刺小曲，生动地描述了参加纳粹劳工阵线"快乐的力量"

运动的少女：

> 在那田间，在那地头，
>
> 我因为快乐，失去了力量。

同样的道德问题也出现在了"家务劳作年"（Household Year），大约有 50 万名德国少女联盟的成员被要求在城市的家庭从事一整年家务工作。然而这些问题并没有影响人们对于纳粹党的信任，因为只要生出更多的健康的雅利安人的后代，那就是最好的。

到了 1938 年末，希特勒青年团的成员数已经多达 7728259 人，这已经是一个很庞大的数字，但是很显然，还有 400 万青年人并未加入。希特勒怀疑是他们不服管教的父母从中作梗。到了 1939 年 3 月，和平摇摇欲坠的最后一年，希特勒颁布了法令，强制所有青少年加入希特勒青年团，如果有父母敢于阻挠，纳粹就要夺走他们的孩子，把他们送到国家开办的孤儿院中。

对我而言，亲眼看到上面的一幕幕实在是一种痛苦。希特勒无情地夺走了德国的青年一代，毒害他们的思想，还把他们当作杀人武器储备起来，将他们送上毁灭的道路。如果不是我亲眼所见，我实在无法想象世间竟有此等罪恶。

难怪到了 1945 年，战争结束前的最后几个月里，纳粹帝国已经一败涂地，"伟大的元首"也已经在地堡中准备自杀，此时青年团中 14 至 16 岁的男孩还在努力保卫柏林，直至最后一刻。

回想起 1934 年秋季的那个夜晚，我们在阿德隆饭店出席啤酒会，当时我们在座的所有人都没有想到纳粹帝国竟然会落得个覆灭的下场，尽管当时我们满心盼望着它会尽快结束统治。我确定希特勒身边至少有一个人也是这么盼望的，他就是维尔纳·冯·弗里奇元帅。虽然他为德国陆军的快速发展做了相当大的贡献，而且担任陆军总司令，他本人对于纳粹却并无好感。我第一次见到他的时候，只和他简单聊了几句，让我惊讶的是，他在公开场合并不掩饰自己对于罗森堡以及其他纳粹头子的蔑视。

过了几个月，我们在一个有趣的场合又见面了，这次我们多聊了几句。弗里奇元帅出身旧式普鲁士军校，总穿着典型的普鲁士硬领军官服，戴一只单片眼镜。他极其睿智，我对他颇有好感。我猜他已经忘了我的名字。他看到我的时候，果然把我误认成了赫斯特报业的老记者卡尔·冯·维甘德。维甘德与他关系很好，也是他肯信任的几个美国记者之一。受益于维甘德这个中间人的帮助，我们熟识起来，我断断续续地和他保持着联系，直到他突然被迫下台。

那一年的 12 月，罗森堡邀请戈林为本次啤酒会的嘉宾，这让我有机会与纳粹德国的二号人物近距离接触。除了戈林，我还利用啤酒会结识了许多纳粹高官，比如希特勒身边最阴险狡诈的助手，同时是党卫军和盖世太保长官的希姆莱。还有德军中两位久负盛名的高级将领，一位是退役的前陆军元帅奥古斯特·冯·马肯森，他是第一次世界大战中德国东线战场上最负盛名的德军指挥官之一，现在已经 85 岁高龄；另一位是国防部部长勃洛姆堡元帅，他率领全体德国武装力量宣誓向希特勒个人效忠。纳粹德国现在公然反抗《凡尔赛和约》的束缚，正在积极重新建立国防力量，这在柏林已经是公开的秘密，因此身为国防部部长的勃洛姆堡元帅也是整天忙得焦头烂额。据说马肯森元帅听到德国重整武装的消息后特别开心，当晚这位老元帅身着普鲁士骷髅骠骑兵制服，与戈林携手走入宴会大厅，戈林本人则穿着他亲自设计的空军最新款制服，整套服装以深红和蓝色为主色调，与马肯森元帅的服装倒也相得益彰。

在整个纳粹德国，戈林是仅次于希特勒的二号人物，深受欢迎，手握重权。他曾担任普鲁士邦总理和内政部部长，他对纳粹德国的所有关键地区和要害部门都有极大影响力。普鲁士的警察势力和大多数政府机构都被戈林控制在手中，专门用于镇压反对势力的秘密警察——盖世太保也是由他一手创办的。他还建立了集中营，专门用于关押一切敢于反抗纳粹权威的人，以及共产党人、社会主义者、自由主义者、和平主义者和犹太人。戈林还兼任德意志帝国议会议长，同时是德国空军总司令，不管是民用航空还是军用航空都受他辖制。之后希特勒还给了他更多的头衔，让他把经济大权也抓在了手里，戈林俨然已经成了德国的经济沙皇。

戈林本人是一个非常能干的人，但他特别喜欢骄奢淫逸的生活方式，柏林郊区的很多城堡被他纳入囊中。他的瑞典籍妻子去世之后，他还大兴土木在城郊一带修建了一座新的豪宅，并以亡妻名字命名为"卡琳庄园"。外界传言他吸食吗啡成瘾，但事实上他已经戒了很长一段时间，只有在精神压力极大的情况下才复吸以缓解压力。不过，戈林是一位货真价实的战斗英雄，被授予普鲁士功绩勋章，这是德国最高战斗荣誉，获得过此奖章的人屈指可数。他还曾担任著名的里希特霍芬飞行中队队长一职。唯一遗憾的是，当戈林从军中退役的时候，他仍然只有上尉军衔。

一战结束后德国陷入一片混乱，戈林无法适应这样的生活转变，便转而前往丹麦，之后来到瑞典，找到了一份货机飞行员的工作，还给一家航空公司提供咨询服务。戈林在那里遇到了一位美丽的瑞典姑娘卡琳·冯·坎措，两人坠入爱河。然而当时卡琳已经嫁做人妇，有一个八岁的儿子，丈夫是一位年轻的陆军军官。他知道此事后，非常知趣地主动提出了离婚。之后不久，戈林就回到了德国并在慕尼黑定居，1923年他和卡琳在慕尼黑举办了婚礼。由于卡琳财产颇丰，戈林不必再外出工作挣钱，他们购买了一处房产，生活无忧无虑。戈林在前往瑞典之前，在慕尼黑的一所大学报名注册过，回国之后，1922年的某一天戈林去学校，正好碰上希特勒在大学里演讲，他便听了一下。与其他人一样，戈林的心一下子就被希特勒的口才俘获了，他立刻加入了尚处萌芽之中的纳粹党，第二年他就被指定为纳粹冲锋队的指挥官。

1923年，戈林追随希特勒在慕尼黑发动了啤酒馆暴动，被警察枪击，受伤严重。他越过边界逃入奥地利境内，之后又慢慢想办法成功带着卡琳逃回了瑞典。令人颇感讽刺的是，在德国共产党的推动之下，国会通过了一项政治大赦法案，赦免了戈林的罪行，戈林由此于1927年再度回到德国。他在瑞典逃难期间彻底养好了枪伤，在一所救济院里彻底戒除了毒瘾。他回到德国时，虽然身体发福，但风采丝毫不减当年，此时他才刚刚34岁，精力旺盛，渴望成就一番大事业。自从啤酒馆暴动失败以后，纳粹党遭遇了严重的打击，此时戈林在生意日渐兴隆的汉莎航空公司觅得了一份咨询工作，他一方面依靠这份工作挣钱养家，另一方面则积极投入纳粹党的复兴大业。在这个过程中他开始积极培养自己的商业与社会关系网络。戈林交友广泛，而且朋友圈中不乏上层精英权贵，譬如霍亨索伦王朝的前任王子——娶了意大利国王之女玛法尔达公主的黑森的菲利普王子，德国钢铁大亨弗里茨·蒂森以及其他商界大亨都与他熟识，他还与德国陆军中的显赫军官建立了友谊。

戈林建立的这些社会关系正是希特勒缺乏又急需的。戈林很快就成为一个活跃的中间人，他频繁地介绍这位纳粹党领袖和自己的权贵朋友相识。除此之外，由于纳粹冲锋队常常制造暴力事件，因此在上层社会眼中纳粹党就是一群身着褐衫的地痞流氓，戈林需要不断地做这些权贵的工作，让他们改变对纳粹党的看法。

1928 年，希特勒挑选了 12 名党内副手，作为本党在德国议会内的代表，戈林也在被选之列。1932 年，纳粹党成为议会第一大党，戈林被任命为议会议长。1933 年，随着希特勒成功攫取权力，戈林也迅速成了纳粹党和德国政府的二号人物。

极权主义政府并不需要人民爱戴自己，它只需要人民恐惧自己。然而希特勒作为一个极权主义独裁者，毫无疑问又确实受到了德国人民的爱戴，这让我和外部世界都十分震惊。戈林也由此沾光，德国人民很喜欢他，认为他平易近人、和蔼可亲，还有天然的幽默感。在德国人民眼中，戈林就是个一团和气的人，可是他们好像一点也不担忧这个人还是一个残酷冷血、寡廉鲜耻的杀手。我的同行，《芝加哥每日新闻报》驻柏林的记者沃利·德尔认为戈林就是一个"大口饮血的恶魔"。

当晚的啤酒会上，戈林演讲得不错，在讲台上礼貌朴实。但对我而言还是有些失望，我本期待他会讲一点自己秘密建立空军的事情，但是他对这个话题避而不谈。在提问环节，我们向他发问。不过在德国，德国本地的记者很少被允许提问一些严肃的事情，而且戈林看上去对我们的询问不是很在意。我们的提问主要集中于三个方面。

第一，你是否会继续维持秘密警察制度？

是。

第二，你是否会继续维持集中营制度（他设立了这两个组织）？

是。

最后一个问题则更胆大："根据外电报道，有消息说你本人组织了国会纵火案，不知你有何看法？"（一个德国记者问了这个问题，我心里想，也许他很快就会被投入集中营。）

戈林再一次否认他本人以及纳粹党内任何人与国会纵火案有牵连。他强调这是共产党单独制造的事件。

这或许是我的想象（我后来在日记里记下了这件事），当戈林提到国会纵火案的时候，我想他的脸稍微有点变红。

尽管我希望我们记者可以逼问他更多的事情，但是大家都没有继续。很显然，即使再问，我们也得不到更多的消息。我们在这样一个独裁政权中工作需要十分谨慎，我们不想去挑战独裁者的脾气。

得益于啤酒会上的轮流换桌规定，戈林来到我们桌前与我们一起谈了20多分钟，我们也没问出更大胆的问题。我问戈林是否介意评论一下外界有关德国违反和平条约、重建空军的报道。他说自己此时不关心这个问题。不过他当时咯咯窃笑，我想他可能是故意这么笑来向我暗示答案的。戈林看上去确实非常和蔼，当你看着他并且听他说话的时候，你很难把他和"大口饮血的恶魔"联系在一起。然而就在不久前的"血腥清洗"中，希特勒前往慕尼黑指挥行动，柏林的行动则全权交给戈林负责，当夜在他的指挥下，许多人不幸丧命。

戈林离开我们这一桌时，他叫住我，让我随他一起走，因为前几天我和他说过一点事情，他说现在要和我讨论一下。不过我从来没有张嘴求过他什么事情，在柏林驻守了那么多年，我也从没有向戈林、希特勒或者其他任何纳粹高官提出任何请求，比如请他们配合做个专访，或者提前给我一些大新闻的内幕消息。因为我不想以牺牲个人自由为代价去发掘更多的报道。当然另一方面，如果有可能，我也试图与希特勒身边的人建立联系，由此知道他们究竟在做什么。

相比我工作过的其他国家，事实证明要在德国建立这样的关系网是一件非常困难的事情。包括戈林在内，希特勒身边的绝大多数权臣在成长的过程中都没有与外国有过太多的接触，也几乎不了解国外的情况，他们对外国记者常常嗤之以鼻。这些纳粹高官始终对我们充满怀疑，而且他们担心如果与外国记者接触太多，元首也会对他们充满怀疑。希特勒曾经公开表明，自己之所以将多年来唯一的私人密友——纳粹冲锋队首脑恩斯特·罗姆处决，原因之一就是罗姆与法国驻德大使有过接触。

这个警告实际上是在提醒所有的纳粹高官，包括内阁部长、党内领导与政府官员，如果他们胆敢无视元首的忌讳，那么他们将会付出生命的代价。然而另一方面，纳粹高官，甚至包括希特勒本人又非常重视国际舆论，他们认为能够影响国外的公共舆论是一件非常重要的事情，对达成德国的政策和目标有益。因此他们会时不时地邀请一位他们自认为对纳粹德国比较友好的外国记者，给他提供独家专访的机会，或者为他提供一些可以成为头条新闻的内幕消息，譬如即将发生的大事，或者政策的新变化。

我从来没有被纳粹邀请过。出乎我意料的是，我在德国政府和纳粹党圈子里很快就出名了，他们都知道我是"反纳粹分子"，或者说我"不够友好"。因此我获取消息的渠道越来越少了。

当晚戈林叫我去见他的原因其实很简单。环球通讯社希望他每一两个月能够写一篇文章，他说如果元首同意，并且稿酬合适的话，他就可以答应下来（我知道戈林是一个对金钱非常贪婪的人）。

每个星期天，环球通讯社的报纸和赫斯特新闻集团旗下的杂志都会发表一篇知名的外国政治名人的文章。英国的劳合·乔治、温斯顿·丘吉尔，法国的克里孟梭和普恩加莱都是定期撰稿人，墨索里尼很快也要加入其中。我们也邀请过希特勒，但是被他拒绝了，因此纽约办公室方面指示我们去联系一下纳粹的二号人物，因此我不得已之前就去找戈林。

不出我所料，戈林果然是一个难缠的对手，从一开始我们就按照最高标准给他稿酬，可是随后他每写一篇，就不停地要求我们加钱。找必须承认，他在和我们博弈的过程总是彬彬有礼但态度强硬。

他甚至说："拜托，你的老板赫斯特先生是一个亿万富翁，难道不是吗？一篇稿子，多付我一两千美元，对他而言算什么大事吗？"

于是，就是这样一桩生意使我与希特勒身边的大红人、纳粹德国的二号人物一直保持着联系。1935 年春天，戈林与地方女演员埃米·松内曼结婚，他在歌剧院举办了一场招待会，发函邀请我去参加。但因为没有正式的礼服，加之对这种活动没有兴趣，所以我就没去。过了很久，他从一些博物馆和犹太人手中查抄了一些德国表现派画家的大作，要廉价地卖给我，还要我必须用美元结算。我从未从他口中套出太多消息，所以与他的联系也就慢慢中断了。回想起来，我认为戈林之所以写那些文章，是为了给西方民主国家留下他对于纳粹德国的影响力日渐衰减的印象。如果我们讨论的是德国内政，譬如迫害犹太人的问题，那么这就完全是谎话，他在这方面尤其积极。[1]但如果是外交政策，这话倒不完全是说谎，在希特勒沉迷于他初期的成功，一路向着战争的深渊狂奔之后，戈林在外交上的影响力就越来越弱了。

我当年的日记提醒了我，1934 年 12 月戈林出席的那场啤酒会上还有另外一个重要的人物。当时戈林反复强调他会继续维持秘密警察和集中营制度。当晚我在日记中写道："这让当时在场的秘密警察和党卫军的首脑希姆莱脸上挂着微笑。"

大家都说希姆莱是 6 月 30 日"长刀之夜"的主要执行者，他对我而言有些神秘。他与我心中的形象有些不符。他个子不高，戴着厚厚的眼镜片，眼睛很小但显得炯炯有神，他看上去特别像一个民事部门的中级官员，一点也没有秘密警察头子应有的外形与神态。

当希姆莱轮换到我们这一桌坐下后，他并没有多说什么。看起来，凡是有非德国人的场合都会让他感觉很不舒服。他看上去实在是太不显眼、太普通了，我真是无法想象像他这样的人，是如何在这样一个独裁政权中身居要职的。当时他已经位居纳粹党卫军和盖世太保的主管职位，毫不留情地把许多人送进了令人毛骨悚然的集中营——后来的事实证明，我的看法真是大错特错了。

然而，在这个由纳粹统治的荒谬国度中，一大群毫无能力、智慧与品德的恶棍和名副其实的暴徒却掌握了各种要害部门，上百万人的性命都被控制在他们手中。

譬如说猪一样的弗里茨·绍克尔，个子矮小、残忍野蛮，而且愚蠢至极。希特勒却在二战期间让他负责管理纳粹帝国的奴隶工人。还有阿道夫·艾希曼，一个捉摸不透的人，盖世太保的重要头目之一，直接负责彻底灭绝犹太人的"最终解决方案"①。

希姆莱的出身和他的相貌、品德一样，都毫不起眼。他早年毕业于慕尼黑技术高等学校的农业专业，然后就在巴伐利亚的一家农场做了养鸡工人。如果他后来没有卷入纳粹党的右翼活动，大概他会像很多巴伐利亚人一样，一辈子养鸡。当时纳粹党的二号人物是格雷戈尔·施特拉塞尔，他把希姆莱提拔为自己的秘书（希姆莱在长刀之夜的血腥屠杀中处决了施特拉塞尔）。当时纳粹党卫军刚刚成立，只有 200 多人，主要是为了保护希特勒的个人安全，希姆莱被任命为首领。希姆莱利用此机会很好地展示了自己的组织才能。他迅速扩充党卫军的力量，使其成为纳粹冲锋队的有力竞争者，之后因为冲锋队的首领人物被扫除，党卫军的地位就置于冲锋队之上了。

---

① 最终解决方案（Final Solution），纳粹德国针对欧洲占领区内的犹太人的系统化种族灭绝计划。此计划形成于万湖会议，让大屠杀达到了顶峰。

这是我第一次见到希姆莱，之后我又见过他几次，但是我必须承认，我一直无法通过他的外表想象到他在之后成了纳粹党内和第三帝国中最嗜血的杀手。二战期间，德军占领区的犹太人和斯拉夫人遭到了大规模的有组织屠杀，除了希特勒以外，最需要为这些罪行负责任的人就是希姆莱。更让人觉得讽刺的是，当年施特拉塞尔提拔希姆莱的时候，还称呼他为"富有教养的海因里希"。

约瑟夫·戈培尔，他皮肤黝黑，个子矮小得几乎像一个侏儒，看起来几乎完全不像日耳曼人，还有一点跛足。但是他的头脑非常敏捷，性格复杂而敏感。1925 年，28 岁的戈培尔接替希姆莱成为施特拉塞尔的秘书，但是之后当希特勒与施特拉塞尔发生路线斗争的时候，他为了讨好希特勒，站到了反对施特拉塞尔的队伍中。希特勒对戈培尔很信任，加之他本人富有组织和煽动民众的能力，不管是对敌人还是党内异议分子都一样冷酷无情，因此到了 1935 年初，他已经成了纳粹党内和政府里面的三号人物。

戈培尔很鄙视罗森堡，他从不肯参加后者在阿德隆饭店举行的啤酒会。但是戈培尔经常在他本人掌管的宣传部主持重要的媒体会议，因此我们还是可以常常见到他。就我个人而言，我很受不了戈培尔的言行举止，其实希特勒身边的其他近臣也不大受得了他。他非常阴险，党内同僚习惯用"那只老鼠"来代指他。看起来戈培尔在党内没有任何朋友，在别处同样没有。但是他誓死效忠的主子——希特勒对他极为赏识，常常夸奖他的贡献、才智和解决问题的能力。1926 年，希特勒在德国北部地区几乎没有什么追随者，他任命戈培尔为纳粹党在柏林的地方长官，没多久戈培尔就成功扩展了纳粹党在柏林的势力。

现在戈培尔在德国权势熏天，作为宣传部部长，他控制着所有的出版社和国营电台，所谓的"文化厅"也在他的掌控之下。依托文化厅的权力，他控制了德国境内所有与文化相关的活动。在这里，什么曲目可以在音乐厅里演奏（门德尔松和其他犹太作曲家的作品是被禁止演奏的）、由谁演奏，什么书可以出版，什么绘画和雕塑可以展览，什么剧目可以上演，什么电影可以拍摄，都由戈培尔说了算。

一个伟大的国家，它的文化事业全部被愚蠢至极的纳粹意识形态统治着，这本身已经是一件很糟糕的事情。可是具体管理这件事情的人还是一个心胸狭窄、神经过敏的怪人，这简直就是雪上加霜。戈培尔不同于希特勒身边的那些人，他受过严格的德国大学教育，对德国的哲学、历史、文学、艺术，以及希腊语和拉丁语都有研究。不过谁要是只听他演讲或者看他的文章，一定猜不出他受过这么好的教育。他的创作无一例外极为乏味，可惜这么思维敏捷的一个大脑写出来的东西却索然无味。

戈培尔不仅掌控德国内部的宣传事务，而且掌控对外宣传工作，他需要和几乎全世界的记者打交道，不过他们大多数来自西方民主国家。然而，就是这样一个宣传高官，却对德国以外的事情无知到了令人难以置信的地步。他看上去似乎完全不了解任何一个外国的历史、文学或人物，对于当代的外国语言也是一无所知。举例来说，他对美国的认知完全幼稚可笑。[2]事实上，从希特勒往下，所有的纳粹高官对于外国都不甚了解，这是他们的普遍弱点，就是这样的弱点为第三帝国和全世界带来了严重的灾难。在制定对外政策问题上，没有什么因素会比决策者对外国一无所知更有害的了。希特勒随后挑选的外交部部长就是一个对外国全然无知的傻子，这个傻子外交部部长足以印证一切。这个人就是令人完全无法忍受的约阿希姆·冯·里宾特洛甫。

里宾特洛甫是一个不学无术之人。据我早年的观察，他是一个无能的人，特别懒惰，又像孔雀一样爱慕虚荣，自以为是，缺乏幽默感。他的英语和法语说得都很好，他年轻时曾在瑞士、法国、英国和加拿大各国游荡，但是他对于英法美各国及其人民的基本情况几乎全然无知。简而言之，让他担任外交部部长真是最糟糕的选择了。

有人肯定会问，既然如此不堪大用，那希特勒为什么还会选他做外交部部长呢？据我们的总结，原因只有一个：他像狗一样忠于希特勒，从不反对他甚至质疑他。根据我们从各种渠道了解到的情况看，戈林和戈培尔都会偶尔对希特勒提出异议，尽管他们心里肯定知道如果过分反对元首会落得什么样的下场，施特拉塞尔和罗姆就是最好的前车之鉴。以陆军总司令弗里奇和陆军总参谋长贝克为代表的一批军方将领也认为元首不可能永远正确，他们也从不畏惧表达反对意见。至于里宾特洛甫，在他眼中，谁胆敢质疑元首那就是叛国，元首永远都是正确的。

希特勒身边的近臣基本上很早就开始追随他了，但里宾特洛甫是个例外，他加入纳粹党很晚。与大多数纳粹高官相似，里宾特洛甫也没有受过多少正规教育。尽管他的父亲曾经是德意志帝国军队的职业军官，家庭也是标准的中产阶级家庭，他却在 16 岁就从高中辍学。之后他先在伦敦打了一年零工，然后又去加拿大待了两年。1914 年第一次世界大战爆发之后，他回到德国参军，成了一名中尉，之后在战场上受伤，获得了一级铁十字勋章。

当希特勒、戈林与其他大多数纳粹党成员刚从战败的苦涩中走出，还在战后的革命中迷茫之时，里宾特洛甫似乎却很好地适应了新的时代潮流。他在一家棉花进口企业找到了一份工作，并且在1920年的时候与安内利斯·亨克尔结婚。安内利斯是德国著名的香槟制造厂老板的千金，在那之后里宾特洛甫帮助岳父做香槟销售生意。他进口法国白兰地和苏格兰威士忌，成功拓展了德国的市场，成了岳父的生意合伙人，变得非常富有。他到英法兜售商品，买入大量酒水，学会了一口流利的英语和法语，与西欧的商界建立了联系。在柏林本地，他通过他富有的妻子和其他有钱人以及贵族阶层搭上了关系。

为了方便自己的生意，1925年，里宾特洛甫在32岁的时候说服一位贵族姨妈"收养"了自己，这位姨妈的亡夫曾经是帝国将军，由德国皇帝亲授过贵族头衔。由此他给自己的名字里加上了"冯"，作为其贵族出身的标志。这个骗子身上的一切都是赝品。

然而和其他许多无能之辈一样，里宾特洛甫得到了希特勒的青睐。1932年7月31日德国国会大选，纳粹党大获全胜，成为国会第一大党。里宾特洛甫感到希特勒可能是德国政坛的明日之星，因此在8月与希特勒第一次见面。作为一个投机分子，他认为此刻加入纳粹阵营正当其时，于是他迅速成了纳粹党党员，开始为希特勒服务。

到了1933年1月，希特勒与魏玛共和国兴登堡总统以及其他政界大佬进行了关键性的秘密谈判，在这个过程中，里宾特洛甫发挥了重要作用。1 月 22 日，里宾特洛甫和妻子在自己位于柏林达勒姆富丽堂皇的家中安排希特勒与兴登堡总统懦弱的儿子奥斯卡·冯·兴登堡进行了秘密谈判，后者最终成功说服了自己的父亲，一周后任命希特勒为总理。

希特勒对于里宾特洛甫的帮助铭记于心，里宾特洛甫与德国政商界和贵族的关系、流利的英文和法文都给他留下了深刻的印象。因此希特勒一就任总理，就任命里宾特洛甫为自己的私人外交事务顾问，之后又让他去伦敦担任德国驻英大使。事实证明这个安排简直就是一场灾难。他刚刚抵达伦敦之后，就在英王举行的皇家欢迎典礼上高呼"希特勒万岁"的口号，还向英王做出纳粹手礼。英国朝野一片哗然，要求德国外交部将其召回的呼声一时间层出不穷。

戈培尔与戈林都认为此时里宾特洛甫不应该做出一副与英国树敌的姿态，因此要求将他召回，但是希特勒完全支持他。戈林后来对此解释道：

> 当时我对里宾特洛甫的能力提出质疑，认为他不能胜任处理对英外交的工作，但是元首告诉我："里宾特洛甫了解英国的贵族与内阁大臣们。"
>
> 对此我回答道："可是难题在于，英国人更了解里宾特洛甫是个什么样的货色。"

除了英国人，我们这些驻守德国的外国记者也很了解里宾特洛甫。当他还是驻英大使的时候，就经常跑回柏林，参与一些外交闹剧。比如说 1936 年 11 月 25 日，我们被紧急召唤到德国宣传部，说有"重要"声明要发表，后来我们才知道当时德国与日本要签署一项反对共产国际的协议。

当时里宾特洛甫耀武扬威地走进了会场，后面跟着的则是日本驻德大使。

里宾特洛甫用他那惯有的油腔滑调的口吻宣布："先生们，这个协议意味着德国与日本已经联合起来共同对抗西方文明。"

一位英国记者立刻站起来，问里宾特洛甫是否确定说的就是"西方文明"。

我在当时的日记里写道："然后里宾特洛甫一本正经，连眼睛都没眨一下，又严肃地重复了一遍刚才的话。"

这就是围绕在希特勒身边的人。

只有内心非常坚强的人才能够习惯他们，不过这并不容易，我一直没有达到这种境界。希特勒身边还有一个名叫尤利乌斯·施特赖歇尔的人，此人来自纽伦堡，残酷成性，还是一个色情狂，同时是一个疯狂的反犹主义者。我们看过他昂首阔步地走在纽伦堡的大街上，手中挥动着鞭子。他曾担任法兰克尼亚的纳粹首脑，还是极其粗俗的大众畅销反犹刊物《先锋报》的主编，直到最后希特勒都非常欣赏这个精神变态者。

除了上面谈及的这些纳粹头目之外，还有两位纳粹高官值得我们这些记者跟踪，他们就是鲁道夫·赫斯和罗伯特·莱伊，他们偶尔也会来参加罗森堡举办的啤酒会和其他聚会。

在我看来，自从希特勒处决了罗姆以后，赫斯就成了他最亲密的朋友。比起其他副官，希特勒更信任他。赫斯对希特勒最忠诚、最不自私、野心最小，然而，赫斯肯定不是最聪明的。我最早了解到他是在纽伦堡，那时候他给我的印象就是糊里糊涂的一个人。现在他在我眼中就是一个十足的怪人，他对占星术、江湖郎中和一切异端医术都深信不疑——当然了，其实希特勒、希姆莱，甚至戈培尔都对这些唬人的玩意儿有所信奉，只不过赫斯的迷信程度是最严重的。赫斯的眉毛粗重，他的脸色阴郁深沉，乍看上去你会误认为他是一个思想家。与其他大多数性格外向的纳粹高官相比，他是一个比较内向的人。和其他同事一样，我相信他肯定也有精神方面的疾病。总而言之，赫斯给我的第一印象就是，他是希特勒身边言行最得体的人之一，至少他没有其他那些人那么有害而惹人讨厌。

赫斯的父亲在埃及从事批发贸易，因此赫斯也在埃及出生，并且在那里长到了 14 岁，之后他父亲把他送回德国接受教育。第一次世界大战当中，他和希特勒都在巴伐利亚步兵第16团服役，但是看起来当时他们并没有认识彼此。赫斯在战场上两次负伤，等到战争快结束的时候，他成了一名飞行员。战争结束后赫斯四处游荡，最后回到了慕尼黑并进入了慕尼黑大学学习，在那里他成了地缘政治学大家卡尔·豪斯霍费尔的学生。豪斯霍费尔的"生存空间理论"特别符合纳粹对外侵略扩张的需求，希特勒经由赫斯吸收了豪斯霍费尔的理论，并将其发展成德国国家社会主义理论的一部分。

纳粹党在成立之初成员寥寥无几，赫斯紧随希特勒之后于1920 年就加入其中，之后不久就成了希特勒的秘书。1923 年，赫斯追随希特勒发动了啤酒馆暴动，然后和希特勒在兰茨贝格监狱服刑，正是在狱中这段时间，赫斯记下了希特勒的自传《我的奋斗》，并对文字进行了润色。

1933 年希特勒成功攫取大权之后，就任命赫斯担任纳粹党副元首和内阁不管部部长①，由此在第三帝国中大权在握。希特勒把许多重要的政府工作交给了赫斯。而且据我猜测，尽管希特勒对赫斯的能力有所疑虑，但是 1934 年底，希特勒还是将赫斯秘密指名为自己的接班人，以防不测。等到第二次世界大战爆发以后，希特勒就公开宣布更加足智多谋的戈林为二号人物，赫斯则为三号人物。当然了，后来的事实证明希特勒的选择并不重要。但是在 1934 年底的时候，希特勒正准备庆贺自己入阁两周年，此时戈林和赫斯的确都是他最重要的助手。

　　我对赫斯一直知之甚少，一般来说，戈林和戈培尔都会利用一些场合发表谈话，但赫斯总是保持沉默。除了对希特勒的观点做出附和之外，他从不在公开场合发表言论。我知道他在英属埃及长大，因此英文一定很流利，所以我会用英语向他提问，但他每次都是连眼睛都不眨一下，就直接用德文回复我。

　　赫斯与他的党内同志一样，对外国人充满了怀疑。尽管他在国外生活多年，还帮助纳粹党在国外做组织工作，但他对外部世界也是比较无知的。譬如说，赫斯一向认为，像里宾特洛甫这种通晓英语并且了解英国的人，一定会很仰慕英国。不过，赫斯对外部世界最大的无知应该体现在他在二战中的古怪行为——他驾驶飞机前往苏格兰，误认为可以说服英国与德国签署和平条约，他甚至认为可以说服英国加入纳粹德国，共同对付苏联。

　　现在与赫斯接触以后，我的感觉是他在心理上还处于不成熟的状态，他的心理青春期一直没有结束。就是这么一个心理

---

①　不管部部长是指没有明确职责的政府部长。

幼稚的大男孩，竟然能在纳粹党内的权势斗争中走得如此远，实在让我感到震惊。

当罗伯特·莱伊刚刚出现在闪光灯下时，我对他的印象同样很差，虽然是出于不同的原因。德国钢铁大王弗里茨·蒂森形容莱伊就是一个"结结巴巴的醉汉"。事实的确如此，莱伊参加罗森堡举行的啤酒会，发言时就是结结巴巴的，而且当天他还真的喝醉了。据我观察，这已经不是他第一次这么做了。尽管莱伊的秘书认为自己的上司是一个伟大的人，但就连他也抱怨自己的上司"总是醉醺醺的"。不过在这个到处充满疯狂的纳粹国度中，莱伊还是有点本事的，他和一些粗鲁的同事一样，有办事的能力。

莱伊出身于极度贫苦的农民家庭，但他坚持念完高中与大学，最终获得了化学博士学位，在德国像他这样的穷人孩子能够获得这样的成就，远比在美国艰难得多。莱伊在一战中参军受伤，战后在威斯特法伦大学短暂地当过一段时间教员，然后又在德国化学巨头法本公司做过一段时间药剂师。1924 年，莱伊正式加入了纳粹党，不久之后他就辞去了法本公司的工作，全身心地投入纳粹的事业。希特勒先是任命他为科隆的长官，等到希特勒掌权后不久，莱伊就被赋予了一项极为重大的使命：设法摧毁强大的德国工会，后者为魏玛共和国坚强的堡垒。

尽管希特勒已经开始谋划要彻底打垮工会，但是为了迷惑工会，希特勒在上台三个月后，于 1933 年 5 月 1 日劳动节宣布 5 月 1 日当天成为全国性假日，还以官方名义将其定为"全国劳工节"。近半个世纪以来，五一国际劳动节是德国乃至全欧洲的重要节日，欧洲大陆各国的社会党人、共产党人和工会的工人们都会在当天举行盛大的游行活动。

希特勒当时已经摧毁德国的社会党与共产党势力，而且他已经秘密计划接下来就要摧毁工会势力，然而他向工会保证说纳粹政府一定会用前所未有的方式来庆祝自己执政后的第一个劳动节。希特勒的庆祝方式的确与众不同，却与被骗的工会的期待完全不同。工会领袖被从全国各地召集起来，然后跟随着规模庞大的工人代表团被飞机送往柏林。纳粹在滕珀尔霍夫机场附近竖立了成千上万的大幅宣传牌，宣称纳粹政府与工人紧紧团结在一起。

在大集会举行之前，希特勒在威廉大街总理府的天台上接见了工人代表团。

他说："有声明称纳粹革命是直接与德国工人阶级对立的！事实完全相反，你们会看到这种传言完全是失实的，也是不公正的。"

之后希特勒在机场对参加集会的超过十万名的工人发表演说，他宣布了一句新口号："劳动光荣，工人可敬。"他承诺国际劳动节会成为"整个世纪"全德国工人光荣的节日。

1933 年 5 月 2 日一大早，德国警察、纳粹党卫军和冲锋队就占领了全德国境内各家工会的小公室，所有工会的资金被充公，工会被强迫解散，工会领袖遭到逮捕、殴打，之后又被成批地送往集中营。

莱伊领导了整个行动过程，为了安抚、迷惑工人，莱伊还使出了纳粹的惯用伎俩，他向工人发表了含糊其词的演说。

工人们！你们所隶属的机构对我们国家社会主义党人是十分神圣的，我本人就是一个贫苦农民的儿子，我了解贫穷……我知道资本主义是如何无声无息地剥削我们的。工人们！我向你们发誓，我们不仅会保护你们现有的一切利益，在未来还会为你们建立更多的保护设施，赋予你们更多的权利。

可惜，仅仅三周之后，莱伊的承诺就被证明是彻头彻尾的谎言。希特勒签署了法令，宣布禁止工人组织起来进行加薪斗争，罢工也被宣布为非法行为。莱伊负责向全国解释上述法令颁布的原因，他宣称之所以这样做，是"要恢复工厂的天生领导者——雇主的绝对权威"，他还解释，要让雇主成为"厂房里的主宰者"。

1934 年秋季，当我抵达柏林时，莱伊正忙于建立一个名为"劳工阵线"的新组织，用于取代之前被取缔的工会。事实上，这个所谓的劳工阵线与纳粹的各种组织一样，都不过是个骗人幌子而已，它根本不是工人组织的代表。成员不仅有工人，还有雇主和各行各业的人员。总而言之，所有人必须加入。之后几年我一直留意它的动向，最终得出结论，它事实上就是一个巨大的宣传组织，工人们也发现它根本就是个大骗局。在莱伊眼中，劳工阵线的作用就是把德国工人全部管束起来，让他们既不会提出涨薪的要求，也不会发动加薪罢工。处于纳粹主义控制下的德国工人与他们的同胞一样，只能服从纳粹的一切命令。德国工人回到了资本主义发展的初期阶段，资本家给他们提供什么，他们就接受什么。

比上述情况更糟糕的是，他们还被拴死在自己的岗位上，就像中世纪的农奴一样。1935 年 2 月，我在啤酒会上见到了莱伊，大约几个月之后，他引入了"劳动手册"制度，手册记载了每一个工人的技能和就业情况。如果没有手册，没有人可以解雇工人。劳动手册不仅可以不断更新每一个工人的具体情况，反馈给纳粹政府和雇主，还可以把工人束缚在固定的工作岗位上。如果某位工人想要跳槽，那么雇主就可以扣留这名工人的劳动手册，工人就无法在别处合法地找到新工作。到了1938年，纳粹政府正式实施劳工征用制度，只要国家指派，每个工人都必须服从命令，到国家要求的部门去工作。

德国的工人，就像罗马无产者一样，被雄心勃勃的莱伊许以恢宏的远景，他们的注意力从自由的丧失和生活物资的贫乏中转移。莱伊在劳工阵线的旗帜下建立了一个庞大的新组织，名为"快乐的力量"，该组织以低廉的价格为德国工人提供娱乐活动和场所。譬如说，它以极为低廉的价格为工人提供陆地和海上旅行。莱伊建造了两艘重达2.5万吨的游艇，其中一艘还以自己的名字命名，另外又租赁了十艘游船，专门为"快乐的力量"组织提供海洋游船服务。它提供的价格简直便宜得一塌糊涂，从德国出发去大西洋上的马德拉群岛，全程游玩十天只需要25美元。陆地旅游的价格同样非常便宜，夏季在海滨度假或者冬季去阿尔卑斯山滑雪，每周只需要花费11美元。"快乐的力量"组织把数百处海滨或湖泊区旅游胜地占为己有，然后为德国工人提供专属旅游服务。

在接下来的数年时间中，我偶尔会去访问德国工人，有一次我还遇到了莱伊本人，他怂恿我亲自参加一次他们提供的海洋巡游旅行，让我亲眼看一看生活在德意志第三帝国中的工人是多么快乐。然而，我发现，在旅游景区，特别是在游船上的旅行活动都是经过提前精心组织的，不过参加旅游的工人和他们的家人看上去玩得很快乐——德国人本来就擅长组织大型活动，就连快乐本身，他们也可以组织起来。我和一些工人有过交谈，他们表示作为一个普通工人，现在也能和家人一起乘坐游轮参加海洋巡游，或者在湖滨、雪原度假，他们很自豪。不过我记得好像我在美国的时候，有个煤矿工人和我说过，按照美国工人的收入水平，他们可以攒出足够的钱来支付这类旅行费用，但是欧洲各国工人，包括德国工人在内，他们的工资远远无法达到这种水平。

一战后，德国工人经历了枯燥疲倦的失业岁月，虽然希特勒摧毁了维护工人利益的工会，压低工人工资水平，让工人成为企业主的完全附属品，只是大大缓解了德国工人战后面临的严峻的失业问题，但他给予了工人们这种巡游旅行，更重要的是，他消灭了失业，从而赢得了德国工人阶级的合作。在我看来，与德国社会其他任何一个群体相比，德国工人对纳粹的宣传最不感兴趣。他们受纳粹同化最少，却一直主动配合纳粹的需求，其主要原因就在于工人阶级感谢元首为自己提供了稳定的工作岗位，还能享受到更好的旅游服务等额外福利。可以说，如果没有熟练工人的不断奉献，那么希特勒着力打造的战争机器在我抵达柏林时就不会迅速膨胀到如此骇人的程度。

我发现莱伊这个人也很惹人讨厌，当然与希姆莱、里宾特洛甫、戈培尔和罗森堡相比，他程度稍轻。他为人严厉，容易激动，很粗鲁，简直就像一个爱打架斗殴的流氓。我觉得他和希特勒身边的大多数近臣一样，显得很不稳重，而且缺乏安全感。尽管莱伊接受过高等教育，但显然他无法做出连贯一致的演讲——我至少听了十几次，他甚至和人正常交谈都成问题。

1934 年，我刚刚开始注意到莱伊，那时他正忙于打造自己庞大的劳工帝国。可能因为过于操劳，从那时开始，他的脑部疾病就越来越严重了。当时我并不知道他患有此类病症，否则我就会更好地理解他的那些奇怪言行了。二战后在纽伦堡审判的时候，美国精神病学家道格拉斯·M. 凯利博士奉命为主要的纳粹战犯做检查，他发现莱伊患有器质性脑部疾病，而且比几年前严重得多。

不过这个纳粹帝国权倾一时的酒鬼，最后却没有因为脑部疾病而变傻，他和戈林一样，成功骗过了盟军的监狱看守，在监狱内悬梁自尽。

希特勒身边还有两位宠臣值得提及，一个是威廉·弗里克，另一个是马丁·鲍曼。

弗里克是一位完美的德国官僚，他毫无情趣，一生都是个能力出众的文职人员。为了奖励他对纳粹党的贡献，希特勒命其在纳粹党第一届内阁中担任内政部部长，直到战争快结束时才卸任。1923 年希特勒发动啤酒馆暴动之前，弗里克是慕尼黑当地警察部门的一名警官，负责为希特勒探取警察的内部情报，希特勒对他的慷慨帮助一直特别感激。弗里克早年曾接受法学方面的训练，他就任内政部部长以后颁布过一大批臭名昭著的法律，其中就包括为犹太人带来灭顶之灾的《纽伦堡法案》。

我偶然遇到过弗里克，我觉得在他眼中，德国以外的世界都极为遥远，他从不会去思考。每次我和同事出席外事发布会时，他看我们的眼神都很奇怪，好像我们是火星来客。他的眼界极为狭窄，只了解德国人，他的全部生活也只有德国内政和纳粹党务。在纽伦堡审判的过程中，所有大战犯都竭力为自己的罪行辩解，唯有弗里克和赫斯拒绝这么做。直到最后，法庭宣布判处弗里克死刑，他才张嘴说话，他告诉法庭自己有清楚的良知，只是尽责完成任务而已。

1940 年，也就是战争爆发的第二年，我离开了工作六年之久的德国。即便到了此时，狂热的马丁·鲍曼也还只是纳粹党内的一个普通角色。我在工作的六年中记了许多日记，后来整理成为《柏林日记》一书，我在日记里从来都没有提及鲍曼的名字。1940 年，我和同事沃利·德尔都离开了德国，当年年末，他出版了著作《希特勒的下属》，其中也没有提到鲍曼。不过在我的另一本著作《第三帝国的兴亡》当中，鲍曼在我离开纳粹德国之后开始登场了。1941 年，鲍曼的顶头上司、纳粹党副元首赫斯莫名其妙地飞去了英国，这件事给了鲍曼升迁之机，他接替了赫斯的职务，迅速成了希特勒的秘书和心腹。鲍曼的行为举止很像一只鼹鼠，特别喜欢隐藏在黑暗之中偷偷摸摸地策划。他曾经涉嫌一起政治谋杀案件而被判入狱一年。他正是希特勒喜欢的那类德国人。纳粹帝国行将灭亡之际，鲍曼已经成为希特勒身边最有权势的人，其排名甚至列于戈林、戈培尔和希姆莱之前了。

上述这些人就是在第三帝国的早期围绕在希特勒身边的人。在任何一个正常的文明社会，他们都会因为不当言行而与社会格格不入。当然我不断提醒自己，这并不是大多数德国人的看法。然而现在这群杀人如麻的蠢蛋，不仅身居德国纳粹政府的高位，还受到了德国广大民众的尊重。

在他们头上高高耸立的，则是希特勒本人。尽管他暴虐成性、残忍又喜怒无常，但我相信，迄今为止，他比德国历史上任何一个伟大人物都深受德国民众的热爱。他被许多人视为救世主，大多数德国民众都相信希特勒正在带领自己走出以往的耻辱——1918 年，祖国战败；20 世纪 20 年代，货币体系崩溃，经济一蹶不振，他们的毕生积蓄瞬间化为乌有；20 世纪 30 年代初，大萧条让数百万人失去工作、饥寒交迫。德国人相信希特勒把德国从魏玛共和国时代的混乱与虚弱中解救出来。他们还相信，一战中取得胜利的协约国集团强行把耻辱的和平加于德国，现在希特勒开始公开蔑视它们，他承诺一定会把德国从耻辱的不平等条约中解放出来。在德国民众眼中，希特勒再一次让德意志变得强盛。他用了不到两年的时间就让这个国家前所未有地再度团结起来。

希特勒做出的一切成就，或者是一切承诺，都让德国民众感激。他们满怀奉献、热情和自信，坚定地团结在这位新领导者的身后。

可是当时外界对此不以为意。从 1934 年起我开始驻守柏林，目睹了这位独裁者一步步取得的重大成就，我开始慢慢痛苦地接受了这一事实。

在我刚到柏林的那个秋天，我取得了新闻报道上的大突破。一开始，我发现想要报道点什么新闻实在是太困难了，我几乎完全没有办法与纳粹政府内部的人建立联系，也根本无法了解到其内部到底在发生什么事情。我估计纳粹德国是由一个绝对集权的大独裁者和他的一群宠臣统治的，这些人深知如何为自己的政府与政党保密。如果有哪个宠臣胆敢泄露机密，那他就会触怒主子，不得善终。在这个极权主义大幕背后，究竟发生着什么事情，永远是个谜。随着时间流逝，我的反纳粹情绪让我与大多数的外国同事相比，变得更加怀疑希特勒与他的宠臣。尽管上帝知道，我的同事也几乎完全不了解这个政权究竟在做些什么。

不过有一个例外，他就是伦敦《泰晤士报》驻德国的记者诺曼·埃巴特。尽管诺曼也敌视纳粹政权，最终还被纳粹驱逐出德国，但他在纳粹党和政府内部有固定的信息渠道，纳粹政府在最紧张或最秘密的时刻所做的决定他都能够准确详细地了解到。

不过对于诺曼掌握的内部消息，他的东家《泰晤士报》通常不会报道太多，《泰晤士报》一直在努力安抚希特勒，它还诱导英国政府也对德国做出绥靖姿态。诺曼收到许多会让纳粹政府不悦的内幕消息后，会从柏林打电话回伦敦报社，但是这些消息第二天都不会出现在《泰晤士报》上。[3]诺曼对此深感失望和挫败，于是他就转而把这些消息透露给我，希望能够让这些消息重见天日。由于我的新闻稿不会在英国刊登，因此诺曼就不用担心对东家不忠的问题。不过每次诺曼一收到消息后，仍然会坚持首先传回伦敦本部，可是伦敦方面总是会拒绝登载或者做出大幅删减。如果他的报社确实这么做了，诺曼就会把这些消息告诉我，让我了解到希特勒和他的政府究竟在做些什么，诺曼的消息比我本人的灵通得多。

得益于诺曼这样的机缘巧合，以及我个人获悉的一些背景，几个月之后我开始与一些统治这个国家的纳粹野蛮人建立了联系，也了解到了他们本人的情况。随着1935年的到来，越来越多的事件开始爆发，我觉得自己已经完全准备妥当，去深入追踪报道每一个新闻。这群纳粹高官正在积蓄能量，准备奴役整个德意志第三帝国，然后是整个欧洲。纳粹德国已经走上战争的宿命之旅。

没有人会对这条道路产生误判，我想 1935 年结束之前，在德国的大多数美国记者都能清楚地感知到希特勒所选的道路，以及道路的尽头是什么。

虽然不能十分确定，但我记得在我和特斯到达德国四个月之后，一个寒冷的冬夜里，我们与少数几个朋友一起聚会，我们喝了点香槟迎接新年。当晚绝大多数时间里，我们坐在那里猜测接下来的一年究竟会发生什么。我们都认为希特勒在过去的一年里通过残暴的统治成功地巩固了他在德国的独裁地位，接下来他就要在外交事务上出手了。他常常宣称自己已经下定决心，在太阳光辉之下，把德国引领到它应在的位置。

可是他如何做到呢？

我们都相信答案会在新的一年中揭晓，我对此充满好奇。

尾　注

[1] 四年后的一天，在他对犹太社区开出了高达 100 万马克的罚金之后，他哈哈大笑地说："我得说，在德国我可不要做一个犹太人。"

[2] 譬如说，戈培尔相信美国是由犹太人统治的，而且犹太人与非犹太人、白人与黑人通婚，都从"人种"上严重毒害了美国的纯洁性，而且他认为美国的文化标准是由一群流氓制定的。

[3] 当时《泰晤士报》的编辑杰弗里·道森说："我没日没夜地尽全力扫除报纸上有可能会伤害到纳粹德国敏感神经的所有新闻。我可以对现在已经出现在报纸版面上的所有消息放心，不会担心它们在过去几个月中被人们视为不公正的评论。"（John Evelyn Wrench: *Geoffrey Dawson and Our Times*.）1937 年 8 月 16 日，埃巴特在德国被驱逐出境，当时我正暂时离开，依靠自己的力量转战到另一种新闻媒介中。

第三篇

决战之路：1935—1938

第九章

初露锋芒：1935—1936

一战后，法国占领了德国盛产煤炭的萨尔区。1935 年 1 月 13 日，萨尔区居民举行了公投，以将近 10 比 1 的比例（477000 对 48000）支持萨尔回归德国。对回归持怀疑态度的人群当中，包括清一色的天主教教徒和绝大多数的矿工及煤炭产业工人，他们对希特勒的独裁统治充满疑虑，毕竟这个独裁者摧毁了德国工会，迫害宗教信仰，毁灭了民主的魏玛共和国。然而，绝大多数人更憎恨法国人在此地的统治，要求回归德国的愿望非常强烈。也许还有一些人担心自己如果投了反对票，将来果真回归会遭严惩，因此违心地投了赞成票。当然，像大多数德国人一样，许多萨尔居民早就中了纳粹的毒。

希特勒在柏林发表了一场演说，欢迎萨尔回归祖国怀抱，他还借此机会向全世界宣布，既然萨尔已经回归，那他未来对法国就不会有任何新的领土要求了。希特勒的这一保证主要是为了安抚法国，他意在告诉法国人，德国放弃了要求阿尔萨斯和洛林的领土主张。阿尔萨斯和洛林一带长期以来是德法之间争论的焦点，历史上两国为了争夺这些地方发动了许多次血腥的战争。

3 月 1 日，德国官方正式接收萨尔，我乘飞机来到了萨尔区的首府萨尔布吕肯市。当地的天主教教徒和工人狂热地欢迎希特勒、党卫军和德国陆军的到来，我稍有些惊讶。当天一直在下雨，但没有浇灭他们对纳粹的热情，希特勒似乎很满意。

在希特勒抵达之前，我就站在陆军总司令维尔纳·冯·弗里奇男爵身边，这支陆军正在秘密地壮大。虽然他几乎不认识我，事实上我和弗里奇只在罗森堡的啤酒会上短暂地见过一次，但他在我面前丝毫不掩饰自己对纳粹的轻蔑态度。上至希特勒，下至萨尔区内那些迫切等待加入纳粹的普通市民，凡是与纳粹沾边的，弗里奇都充满鄙夷。我有些吃惊，他对党卫军、纳粹党和党内每个领导者都严厉地批评。我在想，元首如何能够依赖一些对他本人充满蔑视的军队领导者呢？等到希特勒的车队到达会场，弗里奇一边嘴里嘟囔着，一边上前侧身站到了希特勒身后。我一直盯着弗里奇，担心他会突然拔出随身佩戴的左轮手枪向希特勒开枪。显然要干掉独裁者，他所处的位置是绝佳的。

萨尔和平回归，加上希特勒保证不会向法国提出新的领土要求，整个西方世界沉浸在了乐观的气氛之中，并对接下来的一年充满希望。1935 年 2 月，英法政府告知希特勒，如果他愿意重新考虑签署一份类似于《洛迦诺公约》的 "东方洛迦诺公约"，即像《洛迦诺公约》中规定的，德国与其西线的国家相互保证安全一样，与德国东线的国家，特别是捷克斯洛伐克、波兰和苏联相互保证安全，那么英法就愿意解除《凡尔赛和约》中对德国军备的限制，而且给予德国相同的军备规模指标。

上述提议是西方协约国集团在一战结束后对德国做出的重大让步，这个想法主要是英国提出的，法国虽然同意，但极不情愿。法国深知德国人口更多，重工业实力更强，因此非常担心一旦准许德国自由重整军备，那么它很快就会对法国形成新的致命威胁。

我们所有驻德国的西方记者都天真地认为希特勒一定会接受英法的上述建议。因为这个建议看上去给了希特勒他想要的一切东西：重整军备的自由，直到其具备与其他国家相同的实力。他不必担心一战胜利国对自己的再度报复，就可以让德国的军队再次强大起来，而得到这一切只需要签署一份"东方洛迦诺公约"。

我认为英法的提议对于希特勒来说真是太划算了。魏玛共和国当年曾经多次要求自己能够重新跻身大国行列，都被同属民主政权的英法两国拒绝，现在他们却把这么好的礼物送给了独裁的纳粹政权。相比之下，他们要求的回报很简单，魏玛共和国当年签署了《洛迦诺公约》，与西线邻国相互保障安全，现在纳粹德国只需要与东线邻国做个一样的安全保证就可以了。可是2月14日，希特勒的回应令我大吃一惊。他含糊其词地赞赏了两国允许德国重整军备的意愿，但是对于签署"东方洛迦诺公约"未做任何保证。这样的疏漏本该让我警惕的，但我没有。

当年我一直没有意识到的最大问题在于，希特勒根本不认为德国与东部邻国的边界现状是合理的。这个重大的问题，不仅我和我的新闻界同行，还有英、法、苏的政府部门都没有意识到，这样的疏忽实在是不可原谅的。其实希特勒早在《我的奋斗》一书中就明确地表明了他对于德国东部邻国的野心，即德国人需要更人的生存空间，那么生存空间从哪里获得呢？希特勒是这样写的："只能在苏联以及它周边的属国那里为德国寻找生存空间。"那么如何得到呢？"为了达到这一目标，就要靠拳头"，如果必要的话，使用武力也在所不惜。

没有什么会比上面这段话说得更露骨了。但是和几乎所有懒得读这本"纳粹圣经"的人一样，我并没有把这本大杂烩的书中的希特勒的目标真正当作一回事。

我后来常常思考，如果有更多的人仔细研读了《我的奋斗》，发现这正是希特勒为自己掌权后的政策走向画的蓝图，而不是把它简单地视作纳粹的胡言乱语，那么历史也许会有一副不同的面貌。但是我们都忽视、遗忘或者懒得理睬这本书，后来的历史证明它简直成了它作者的福音书。希特勒一旦掌握了权力，就开始将目标伪装起来，准备伺机而动。

1935 年 3 月 16 日早上，希特勒在柏林以迅雷不及掩耳之势发动了他的第一个"星期六的惊喜"①。在我看来，他的这一举动标志着一系列事件的开端，从此纳粹德国开始走向了一条通往战争的道路。在之后四年半的时光中，他在这条道路的一举一动都吸引着我的注意，我花费了全部的时间与精力去关注报道它们，这占据了我生活和工作的大部，甚至在我之后的人生中都烙下了深刻的印迹。

当天，这个昔日奥地利的流浪汉、今日德意志纳粹帝国的独裁者发布了简短的法令，彻底清除了《凡尔赛和约》对德国的军备限制。《凡尔赛和约》规定德国陆军总人数不得超过十万，陆军不得拥有坦克和重型火炮，不得组织空军。现在希特勒把这些限制条款全部扔进了坟墓，宣布重新实行普遍兵役制，建立一支规模约为 50 万人的陆军。

第二天，3 月 17 日，星期天。德意志第三帝国举行了隆重的欢庆仪式。在过去的十几年间，共和政府一直屈服于《凡尔赛和约》的限制，现在希特勒勇敢地迈出了第一步，在一夜之间就挣脱了它的束缚。几乎每一个德国人都欢欣鼓舞，就连那些抱怨希特勒统治过于残暴的人都承认元首为祖国寻回

---

① 希特勒常常在周六发动一些令外界震惊的行动，因此得名为"星期六的惊喜"。

了光荣。在德国人看来，备受诅咒的《凡尔赛和约》终于被扫进了历史的垃圾堆。

自从我来到德国以后，几乎每一个周六晚上我都会极为忙碌。当天夜里我匆匆完成了新闻稿件，把它传送回巴黎的办公室，那里的工作人员会再把我的新闻报道传回纽约。完成这些工作后，我在周日正午时分匆匆赶到国家歌剧院去报道主要的庆祝活动。在那里我看到了一幅令人印象深刻的景象，可以说自1914年之后，德国就再也没有出现过这样的景象了。

当天是德国的英雄纪念日，相当于美国的阵亡将士纪念日，希特勒和戈培尔充分利用了这个传统的节日。他们头一天在会场做了大量的电气化装饰工程，把整个会场的气氛与英雄纪念日的传统文化很好地结合在了一起。楼下是一片军服的海洋，前帝国陆军的褪色灰制服和尖顶钢盔与新军队的制服穿插杂陈，甚至还有德国空军的天蓝色制服——此前几乎很少有人能看到空军制服，因为一战后本不该有空军的。

当天站在皇家包厢里希特勒身边的是前陆军元帅奥古斯特·冯·马肯森，他是旧式德皇陆军中唯一健在的元帅，我之前在罗森堡的啤酒会见过他。今天这位老元帅依然身着普鲁士骷髅骠骑兵制服，显得比那晚宴会上还要精神饱满。在另一个包厢里坐着的则是威廉王储①，他的脸色很差，几乎看不出下巴了。兴登堡总统去世前曾留下遗愿，希望霍亨索伦家族能够重新复国，可希特勒根本没有理睬他的愿望，否则今天威廉王

---

① 威廉王储是德意志皇帝兼普鲁士国王威廉二世与第一任妻子的长子。1917年11月9日，柏林发生革命，德皇威廉二世宣布退位，王室成员逃至荷兰。后来回国后，威廉从未加入纳粹党，但他默许纳粹在德国的统治，并同意纳粹在一些象征性的行动中利用自己。

储的身份就是德国皇帝，他一定会是仪式中的焦点人物。

会场的舞台上灯火辉煌，一群青年军官像大理石雕塑那样一动不动地站着，高举着德国军旗，在他们后面的一块巨幅帷幕上，挂着一个极大的银黑两色的铁十字架。仪式开始时，由柏林爱乐乐团演奏贝多芬第三交响曲中的《葬礼进行曲》，在我看来，这段奏乐正是为了唤醒德国人的灵魂。我突然想起，几天前纳粹宣布这次仪式是为了纪念德国阵亡将士的仪式，实际上此刻它却是一个庆祝《凡尔赛和约》死亡、德国义务兵役制复活、德国重获光荣的欢乐典礼，它成了德意志纳粹帝国强大的象征。

当天的庆祝仪式上，希特勒本人并未发表演说，他把发言的任务交给了国防部部长勃洛姆堡元帅。不过听得出来，勃洛姆堡不过是代希特勒发声而已。我听着演说，就感觉到纳粹又厚颜无耻地发起了一场新的宣传战，其目的就是给希特勒嚣张的举动提供说辞，并且安抚因为德国的大胆行动而对和平前途深感不安的欧洲各国。

希特勒扬扬得意地站在那里，勃洛姆堡说道：

> 欧洲太渺小了，因此根本容不得另一场新的世界大战。如果未来再有新的战争爆发，那就意味着所有人都选择了自我毁灭。我们渴望为所有人争得和平、平权和安全。除此以外，我们再无其他奢望。

前一天希特勒对全体德国人发表了演说，其主题响应了今天勃洛姆堡的发言。他在发言中提醒法国，自从萨尔归还给德国之后，他就再也没有任何新的领土要求了，然后他又继续诬骗道：

> 此刻德国政府在德国人民面前，也在整个世界面前重申……德国绝不会让重新武装的德国军队成为对外侵略的工具。相反，这支部队只会用于自卫和维持和平。帝国政府对德国人民深感信心与希望，已经重获荣耀的德国人民一定会利用独立平等的权利为世界和平、自由、开放合作做出应有的贡献。

多么甜蜜的谎言！

这绝不是希特勒最后一次愚弄德国民众和全世界人民，让大家都相信他下定决心要维持和平。他的谎言总是一次次地见效，我有时甚至会想，也许希特勒本人也为会自己谎言的效果感到震惊。在那个周末，我与许多德国当地反纳粹的人士进行了交谈，他们无一例外上当了。在伦敦，代表保守党观点的报纸甚至为希特勒的和平宣言雀跃欢呼。

3月16日周六的夜里，我在日记里写道："伦敦和巴黎将会做何反应？"

多么愚蠢的问题！它们什么也没做。按照《凡尔赛和约》的规定，德国政府一旦做出任何公开违反条约限制的事情，法国政府就可以派出军队进驻德国。按照法军当时的实力，他们完全有能力独自攻进德国境内，迅速终结希特勒和他的第三帝国。

然而，有人告诉我，希特勒看穿了英法两国政府的懦弱本质。协约国联盟在军事上对德国具有压倒性的优势，但它们完全无动于衷，这令我难以置信。之后我花了一些时间多次前往伦敦和巴黎，我发现日益严重的腐朽已经让它们麻痹。我开始怀疑希特勒是否已经意识到此事——尽管很长一段时间，我不确定希特勒这次赌博是否押对了宝。正如我后来看见的那样，正是他认准了英法的懦弱，才敢在1935年的春季那么胆大妄为。

现在这个大独裁者开始了热火朝天的重整军备行动。扩充后的陆军规模达到50余万人，需要大量的枪械与坦克进行装备。军费需求也随之激增，兵员开销、重建空军和扩建海军都需要大量军费。德国的经济奇才、经济部部长沙赫特博士奉希特勒之命筹集军费，这位经济部部长告诉他敬爱的元首，想要搞到足够的钱，就得开足马力印刷新钞票。当然，他在私下也偷偷承认，通过查抄犹太人的财产和被冻结的国外资金，他也为纳粹政府搜刮了一大笔财富。沙赫特博士开着玩笑说："因此，德国重新武装的经费，部分是由我们政治上的敌人提供的。"

为了进一步安抚因扩军而引发的国际担忧，尤其是伦敦、巴黎和罗马政府的焦虑情绪，希特勒决定再次鼓吹自己对和平乃至裁军运动的贡献，他甚至希望通过谎言来分化协约国同盟。3月，西方盟国对于希特勒大胆扩军的既成事实没有做出强烈的反应，临近5月时，它们终于威胁要结成联盟共同对付德国。4月11日，英、法、意三国政府在斯特雷萨会谈并谴责希特勒撕毁了和平条约。它们还在日内瓦的国联理事会上谴责了希特勒，并表示会在适当时候成立一个新的委员会，以研究如何对希特勒的行为做出惩罚。法国匆匆忙忙地与苏联签署了一份双边互助协议，苏联又与捷克斯洛伐克签署了类似的双边协议。

可惜，在我眼中，上述这些国家的行动都只不过是空摆姿态而已。不过，我也注意到柏林的政治、外交和军方内部都出现了不断增加的恐慌情绪。尽管快速建立一个强大陆军的前景让将军们欢欣鼓舞，但他们也担心元首的行为可能已经激怒西方盟国，可能招致预防性的军事打击。德国军方深知敌我实力悬殊，即使大英帝国的强大海军完全置身事外，单凭法国、意大利、波兰、捷克斯洛伐克和苏联的联合作战，就足以彻底打垮德国。我听说军方将领正设法让希特勒了解到他们的担忧。外交部此刻也表现得非常谨慎，甚至比德国军方的态度还要谨慎。至于戈林，我和他有过一次简短的谈话，我判断他此刻也是一种谨小慎微的心情。

戈林在公共场合有时口无遮拦，但是一旦谈及私人问题和外交事务，他就会变得十分谨慎。他深知纳粹德国国防军目前实际上还处于几乎没有装备的状态，自己苦心经营的新空军也很羸弱，因此他当然不希望敌国被自己的狂妄吹嘘激怒，促使它们组成联盟并彻底打垮德国。

为了打破这种让德国深感恐慌的气氛，希特勒于5月21日晚上前往国会再度发表了另外一篇"和平"演说。事实证明，这应该是我听过的希特勒所发表的最充满雄辩色彩和聪明才智的演说之一，也是对德国国会成员最具误导性的。他满口都是和平的辞藻，激情澎湃，此前我从未见他有如此状态。希特勒的演说真是引人入胜，在这场长达两个小时的演讲中，我几度被他滔滔不绝的言辞吸引入神，以至于当我回过神来时，要不断警告自己"他绝对是口是心非，他所说的全是错误，但是他的演讲能让全体德国人民欢呼，并且让全世界，特别是英国人民印象深刻"，希特勒在演讲中特别针对英国民众所关心的问题进行了专门的论述。

当晚，希特勒的嗓音优美、低沉，声音洪亮，当他在论及好斗人类的荒唐的历史时，那脸色、眼神与皱眉的表情，无一不显露出他的真诚，让人听上去是那么有说服力且合理。他是这样说的：

> 过去三百年里欧洲大陆上所流的血，与这些事件对各国所产生的后果，颇不相称。到头来法国仍旧是法国，德国仍旧是德国，波兰仍旧是波兰，而意大利仍旧是意大利……血流成河也没有从根本上改变它们的根本性质。如果这些国家仅仅把它们牺牲的一小部分用在比较明智的目的上，成就无疑会更大、更持久。

希特勒强调德国丝毫没有要征服其他国家的念头。

> 我们民族的理念使我们相信，任何对于异族人民的奴役与统治最终都会从内部改变并削弱征服者当初的胜利，最终会导致征服者的彻底失败……

我回想起了他在《我的奋斗》中的论述，看法完全与今日的演说完全相反。他在书中认为德国人作为天生的主人，有责任，甚至可以说是有义务对位于东方的生存空间进行统治。

此刻希特勒提高了嗓门，他的姿态显得更加活跃了。"不！"他大声怒吼道。

> 国家社会主义的德国只要求和平，这种和平建立在牢

固的信念之上。这种和平信念的建立还在于我们认识到没有哪次战争可以改变欧洲的苦难，这是一个简单而原始的事实……每一次战争的主要后果都是摧毁了欧洲各民族国家的繁荣之花。

说到这里，希特勒停顿了一下，一般来说他在演说中的停顿都是为了接下来说出更加雄辩的话。只见他声嘶力竭地吼道："德国需要和平，德国渴望和平！"

接下来，希特勒把维持欧洲和平的建议——列出，一共十三点（我无数次地听到他提及威尔逊的"十三点计划"①）。他在细数这些建议的时候看上去充满感情又合情合理，我想这不仅给德国，也给整个世界留下了深刻而良好的印象。他用一些提醒和庄严承诺做开场白，他是这样庄严宣布的：

> 德国已向法国庄严地承认和保证了它在萨尔公民投票后的边界……因此我们彻底放弃对阿尔萨斯－洛林的一切要求，为了这块土地，我们曾经进行了两次大战……
>
> 在既往不咎的情况下，德国和波兰缔结了一个互不侵犯协定……我们将无条件地信守这个协定……我们承认波兰是一个伟大且具有民族意识的独立家园。

至于奥地利，希特勒则说：

---

① 1918 年 1 月 8 日，在第一次世界大战即将结束时，美国总统威尔逊在国会发表的演讲中提出了"十四点计划"，意图以此促进世界和平。

德国既不打算也不希望干涉奥地利的内政，更不想并吞奥地利，或进行德奥合并。

希特勒之所以谈论奥地利的问题，是为了安抚整个欧洲。人们普遍担心纳粹德国对奥地利有野心，希特勒却能做到如此厚颜无耻！就在不到一年前的1934年6月25日，由奥地利纳粹势力组成的党卫军接到了来自柏林的指令，在奥地利首都发动政变，攻占了总理府，刺杀了奥地利总理恩格尔伯特·陶尔斐斯。政变失败之际，希特勒正在翘首等待最终结局，就准备宣布德奥合并。我们所有在柏林的记者都知道希特勒整日忙于指挥恐怖分子在奥地利发动恐怖袭击以推翻现政府。我记得《我的奋斗》中第一段写道，"为了实现千秋基业，我们需要采用一切办法"，德奥合并就是重要的一步。

希特勒的"十三点和平计划"触动了我。这的确是一份谎言佳作，听上去合情合理，其中论述的内容也正是当前不安的欧洲希望他做出的承诺。听上去他是一个多么宽容而慈和的人啊！

尽管希特勒事实上已经撕毁《凡尔赛和约》中限制军备的条文，但他在当晚的演讲中宣称德国会"无条件地尊重"条约中的非军事化条款，"包括关于领土的规定"。特别是德国将"支持和履行《洛迦诺公约》中的一切义务"，而且德国将继续保证莱茵兰的非军事化。

我当时在想有多少人注意到希特勒继续对给予东欧国家安全保证闪烁其词。按照西方协约国集团的建议，德国一旦签署了"东方洛迦诺公约"，给予东欧各国保证安全的承诺，就可以获得发展军备的平等权利。可是希特勒在演说中继续敷衍逃避。他宣称，德国"随时"都愿意参加"集体安全体系"，但他建议德国和它的每一个邻邦都签订互不侵犯的双边协定。我想，有多少德国以外的人会发现这句话的玄机所在呢？苏联根本就不与德国接壤，因此也就算不上德国的邻国。

接下来，希特勒又在演讲中大谈特谈裁军问题，我敢说，他要是真心这么想的，那可真是一出轰动性的大戏。他声称：

> 德国政府同意能促进限制重型武器的任何条约，特别是适用于侵略的武器，如对最重型的大炮和最重型的坦克的任何限制……德国愿意接受对大炮口径、战舰规模、潜水艇吨位的所有限制，或者完全取消潜水艇……

希特勒的美好许诺还不止这些，他声称德国希望一切违反《日内瓦红十字会公约》的武器和作战手段都能够被国际社会宣布为非法。他建议严禁在战斗区域以外的任何地方投掷任何种类的炸弹，甚至说希望能进一步加强管控，宣布**一切**轰炸行为都是非法且应被禁止的。

希特勒非常聪明，他还额外给了英国人一份特殊的诱惑。他声称自己愿意让德国海军舰艇总吨位不超过大英帝国海军舰艇总吨位的35%。这将使德国在海军吨位上仍比法国低15%。老奸巨猾的他还主动表示，国外有人对他上述建议提出反对，说这不过是德国海军要求的开始而已。

希特勒注意到这种意见，在演说中回应道："对德国来说，这个要求是最后一个，不会再有任何变更。"

我不得不承认，希特勒的这场已经超过两个小时的演说产生了重大的效果。当晚10点钟刚过，他最后总结道：

不论是谁，要是在欧洲点起战火，只会引起混乱。但是，我们坚决相信，在我们的时代里实现的将是西方的复兴，而不是西方的衰亡。德国会对这项伟大的工作做出不可磨灭的贡献，这是我们引以为豪的希望和不可动摇的信念。

我永远都会记得 1935 年 5 月的那个夜晚希特勒所说的那些令人信服的誓言。可是我也永远不会忘记，之后纳粹独裁者是怎样愚弄众人的。

不过当晚我的确对他的演讲印象深刻。当晚写完报道后，我们这些记者又和往常一样聚在小酒馆里，一些来自英国和法国的同行都认为希特勒的演讲可能会为未来数年的和平铺平道路。在伦敦，英伦三岛上最著名的大报纸《泰晤士报》几乎用欣喜若狂的感情热烈报道了希特勒的演说。

这篇演说是理智、坦诚和全面的。凡是本着公正态度来看这篇演说的人，谁也不能怀疑，希特勒先生所提出的一些政策主张完全可以构成彻底解决德国问题的基础——用一个自由、平等和强大的德国，来代替 16 年前被强迫接受战败和平的德国……

我们希望，这篇演说将在各地都被认为是一篇诚挚且经过周密考虑的由衷之言。

45 年之后，我重读了自己在希特勒发表"和平"演讲后当晚写下的日记，其中的内容让我大吃一惊。当时我已经在纳粹德国待了九个月的时间，但我还是那么幼稚，我对于希特勒欺骗伎俩的辨别能力，比我想象的要差得多。我的日记证明，我和《泰晤士报》一样，被希特勒的花言巧语蛊惑了。之后数年间，《泰晤士报》对这个纳粹独裁者采取的愈演愈烈的绥靖态度让我深深感到了耻辱。我当时的日记是这样写的：

> 这是我听过的希特勒的演说中最为精彩的一场，我被他深深地感染了。他的诽谤者真是低估了他卓越的能力、思想和技巧……他的声音**听起来**是那么真诚，令人信服。
>
> 希特勒前所未有地对整个德国问题做出了全面完整的总结……尽管他的观点不是完全正确的，他却是第一个完整指出问题所在的，之前没有人达到这样的高度。

此时已经是 20 世纪 80 年代，但我仍然为自己当年的想法感到震惊——那天晚上我离开国会大厦，尽管我个人对希特勒的看法仍有保留，但我竟然真的相信这位独裁者是真心渴望和平的，至少他给了西方世界一个严肃的承诺。我常常嘲笑德国人民被希特勒的宣传伎俩愚弄得一塌糊涂，其实我和他们一样。

如果我在当时，或是提前就能发觉希特勒口蜜腹剑就好了！

第一，就在希特勒发表伟大的"和平"演说的早上，他秘密颁布了《德意志帝国国防法》，宣布彻底重组德国武装力量，并且开始实行斯巴达式的战争经济政策。他一方面在外界大谈和平，另一方面却在尽一切可能加速做好战争准备。

第二，希特勒在"和平"演说中宣称德国会"无条件地尊重"《凡尔赛和约》中的领土规定，并支持和履行《洛迦诺公约》规定的一切义务，包括保证莱茵兰的非军事化。**然而就在三周前，他指示德军最高统帅部制订计划，伺机武装占领莱茵兰地区。**

占领莱茵兰的行动代号为"训练"，命令称"要以闪电般的速度对法国进行奇袭"，同时要求"对计划严加保密，仅限少数的军方将领知晓此事"。

直到二战结束后，盟军缴获了大量的德国秘密文件，上述这些秘密才得以曝光。直到那时，我才知道当年纳粹伪装出一张新面孔，却在背后积极筹划战争，当时的我们是多么无知。

尽管希特勒几乎从来都是口是心非，但他并没有隐藏计划里重要的一方面，那就是他真心希望驱散西方盟国对自己的疑虑，从而使它们不再联合起来对付德国。他投出了一个又一个诱饵去拉拢有关国家，最终达到分化瓦解敌对联盟的目的。我想瓦解工作的顺利程度远远超过了希特勒的预期，这令我感到恐惧。首先就是大英帝国，希特勒完全了解英国人的软肋在哪里。

在 5 月 21 日的演说中，希特勒公开宣称德国愿意和英国达成海军规模协议，为了让英国保持对德国海军的绝对优势，德国甚至愿意让海军舰艇总吨位不超过大英帝国海军舰艇总吨位的 35%（《凡尔赛和约》对德国海军的限制使德国海军只能成为一种象征性的存在①）。希特勒甚至把里宾特洛甫派到伦敦，让他去和英国方面讨论协议的细节。两国很快就同意了，

---

① 按照《凡尔赛和约》的规定，德国海军限制在 1.5 万人以下，船舰方面只能有 6 艘排水量为 1 万吨的战列舰、6 艘巡洋舰和 12 艘驱逐舰，并不准拥有潜水艇。这些限制实际上使德国海军只能成为一种象征性的存在。

并于 6 月 18 日在伦敦签署《英德海军协定》。英国最亲密的同盟法国与意大利同样是海军强国，它们对于德国重新武装的问题深表担忧，但是英国政府只考虑了自己如何保持对德国的海军优势，而没有与法、意两国政府商议。英国人就此抛弃了《凡尔赛和约》中对于德国海军军备的限制，同意希特勒可以尽快组建一支德国海军，这支海军很快将会成为法、意海军的对手。

英国政府的举动传回柏林后，我们这些记者简直目瞪口呆。我在日记里写道："英国政府的行为完全超出了我的想象。"更令人震惊的是，英国在协定中还同意了德国平日保有的潜艇吨位不超过英国潜艇总吨位的 60%，而且如果"发生极为例外的情况"，此比例可提升为 100%。我的日记写道："第一次世界大战时，英国人深受德国潜水艇之害，几乎因此失败。也许下一次战争英国人还会吃类似的苦头。"

当时英国人就《英德海军协定》一事向法国、意大利有所欺瞒，它的这种做法已经令我感到震惊，然而后来进一步被揭露出来的事实证明，英国人其实做得更加过分。他们拒绝将英国所同意的德国建造军舰的详细情况告诉法国，只是简单地告知了潜水艇的总吨位。我后来才得知，事实上，英国还同意希特勒建设庞大的海洋舰队，包括五艘大型战列舰，它们的吨位和装备水平将比已经服役的任何英国军舰的吨位和武装还要庞大和先进。

意大利的法西斯头子墨索里尼早就注意到了英国的背信弃义，这个和希特勒一样犬儒的独裁者，从英德的密谋中得出了重要结论。他相信，英国既然能和希特勒一起无视国际联盟强制执行的《凡尔赛和约》的条款，那么意大利也可以仿效。

1935 年 10 月 3 日，墨索里尼公然派遣军队侵入了古老的非洲山地王国阿比西尼亚。

第二天，即 10 月 4 日，我前往威廉大街，就墨索里尼的侵略行为与数位政府及纳粹党内官员进行了几个小时的交谈。

德国政府对墨索里尼的举动非常开心。如果意大利在非洲陷入战争的泥潭而无力脱身，那么它在欧洲本土就会更加羸弱，墨索里尼作为奥地利传统保护人的力量就会不济，希特勒就会趁机夺取奥地利。如果意大利在非洲获得了胜利，那么它将会公开与英法两国敌对，目前英法正在国联呼吁对意大利进行制裁，胜利后的意大利一定会报复，到时元首与墨索里尼联手对抗西方民主国家的时机就会更加成熟。这样看来无论结果如何，希特勒都会获益。

事情的发展很快印证了我的想法。

1935 年夏，我们在柏林搬了一次家。9 月，我回到美国匆匆待了一段时间，这是自 1929 年后的第一次。时间过得如此之快，我都难以想象，从我 21 岁离开故乡爱荷华州前往欧洲算起，距今已经有整整十年。现在我倒感觉欧洲大陆更像我真正的故乡。但我的情况与大多数欧洲的美国侨民不同，我在这里，纯粹是因为我热爱这份记者的工作。近来，一个模糊的念头在我心中发芽：不久我就将回到故乡。也许等到希特勒统治下的德国越来越疯狂时，我就会离开欧洲，也许是战争爆发的时候，也许是战争结束的时候，也许是我和特斯有了孩子的时候。

我想现在的确是个休假的好时机，我正好借机回到美国待上三周，回家探望一下，还可以顺便感受一下祖国的风土人情。一直有传闻说我的东家环球通讯社要么会破产，要么就会与国际通讯社合并。任何一种传闻成为现实，都意味着我又要失业。所以我也借机去纽约办公室本部找一下当年在巴黎认识的两位老朋友——埃德温·詹姆斯和威尔伯·福里斯特。吉米（詹姆斯）现在是《纽约时报》的总编辑，威尔伯是《纽约先驱论坛报》的执行总编，我想看看这两家出名的报社会不会有工作机会。

当然了，我回家的第一目的还是看望母亲。我此行准备住在我纽约的弟弟家中，我的母亲也准备从爱荷华州的老家前往纽约与我相聚。她已经 64 岁，我很爱她，但是这些年我作为儿子欠她的实在太多。自从我离开爱荷华州，十年间我只见过她一面。如果在我们再次重逢之前她不幸离世的话，那对我来说是绝对不能接受的。

1935 年，欧洲大陆与美国之间还没有跨大西洋的航班，人们没有办法在几个小时之内从大西洋的东岸到达对面，但是德国有双向对开的越洋轮船服务。因此我决定从德国乘坐"不来梅号"出发，在纽约待上十天，再乘坐"欧罗巴号"返回欧洲，整个旅程共三个星期。

特斯从未去过美国，这次我本来想带她一起回去，但我们囊中羞涩，就连一张额外的三等舱船票也买不起。因此特斯决定在我离开的三周里回她的故乡奥地利，然后在当地的阿尔卑斯山区进行一些登山运动。

轮船一靠岸，我刚刚踏上纽约的土地，就感觉到了这个热闹非凡的城市蕴含的活力与生机。早秋的天空显得特别干净，城市上空布满了电力网，每一处地方、每一处人群都显得生机勃勃。我在行走、交谈、打手势、大笑的人群中感受着这一切。

城市里的女性显得格外引人注目，与德国女性相比，她们身材苗条，穿着整洁优雅的衣服，凸显自己的优势。她们的步态特别优雅，腿部修长而光滑（在柏林，我根本看不到有什么修长美腿的女性），发梢上闪着光泽。她们开心地交谈，仿佛生命中充满了乐趣，甚至刺激。

男性也同样如此。我非常高兴我见到了许多充满求知欲的人。我不禁想起1925年我离开美国的时候，迟钝又自满的柯立芝总统还在执政，那个时代与今天相比，简直有着翻天覆地的差别。今天我在城市的每一处都会遇到人们在讨论书籍，特别是最新出版的小说，还有剧院、雕塑、音乐以及美术馆与博物馆中的展出。

不过我也发现，美国人对于国际事务的理解却是极度幼稚的，他们消息闭塞，对此甚至漠不关心。我本以为遇到我的人都会非常迫切地希望了解到我在纳粹德国生活所得到的第一手感受，但事实上几乎没有人问过我这方面的问题。

在我度假期间，大约就是1935年的9月中旬，希特勒指令德国国会在纽伦堡召开了一次特别会议，通过了一批旨在进一步迫害犹太人的新法律，禁止犹太人与雅利安人通婚，也不许犹太人与"纯正血统"的德国人之间发生任何性关系或社会关系。可是，据我观察，至少就纽约一地来说，没有哪个美国人对此事有任何关注。从纽伦堡传来的这个消息让我感到非常失望。虽然过去一年中我观察到纳粹政府对于犹太人的迫害已越来越频繁，手段也越来越残酷，但是我与美国人，甚至包括生活在美国的犹太人谈论此事时，他们对此都不以为意，他们完全没有认识到希特勒所做的事情的罪恶性——他不仅仅是在迫害犹太人，更是在迫害人性。我感觉得到，与我交谈的美国人都觉得我在这个问题上太"感情用事"了。

我在纽约还有两位在欧洲长时间待过，并且从事过外交事务报道的老朋友——雷蒙德·格拉姆·斯温和尼古拉斯·罗斯福。斯温在霍亨索伦王室掌权期间就曾第一次前往德国，在当地负责外事报道；罗斯福早年也做过外事记者，还曾经作为外交官员派驻匈牙利。然而令我惊讶的是，就连他们也对欧洲问题没有什么兴趣。他们现在只对美国本土的事情有莫大的兴趣，而且常常关注"罗斯福新政"的迅速开展，斯温狂热地支持新政，罗斯福则深感忧虑与不满。

斯温当时已经注意到广播行业，后来的事实证明他前途无量——他成为最受欢迎的电台评论员之一。当时我对于美国的广播几乎一无所知，我甚至都想不起来当年斯温与我讨论过广播这个新事物。当时斯温在《国家》杂志担任编辑，他是全社唯一一个有环球经历的记者，他的到来给这份垂死的自由派周刊注入了新的活力。在我抵达纽约的那段时间里，他完成了一份激动人心的系列报道，报道中的主角是路易斯安那州的"王鱼"独裁者、参议员休伊·朗。这位州长在我抵达纽约之前不久在巴吞鲁日惨遭暗杀，各大报纸都纷纷报道了这一消息。斯温之所以要为朗做个系列报道，是因为他觉得朗一方面是一个极度粗鲁的人，另一方面却特别睿智，充满惊人的活力，和希特勒有些类似。我在欧洲的时候没怎么听说过朗议员和斯温的系列报道，我回来之后和斯温有过一次彻夜长谈，他认为就像德国人民对希特勒的个人崇拜一样，美国人也没有把他当回事，或者充分地意识到像朗议员这样的人可能会对美国的民主制度造成危害。

至于尼古拉斯·罗斯福，他与西奥多·罗斯福同属一个家族，他现在依然居住在靠近牡蛎湾的祖宅中。尼古拉斯是个信奉自由主义的共和党人，他现在为《纽约先驱论坛报》工作——这是一份坚定支持共和党立场的知名报刊。我在长岛上和他待了一个周末，进行了很多交谈。尼古拉斯·罗斯福本来是一个非常有教养、富有宽容精神的绅士，美国总统富兰克林·罗斯福还是他的堂兄弟，然而令我惊讶的是，尼古拉斯对他极度仇视。他用尽一切粗鲁的言语咒骂富兰克林·罗斯福，认为他搞新政的目的就是要在美国建立独裁制度。当时美国得益于罗斯福总统的新政，刚刚从大萧条引发的经济瘫痪中恢复过来，但是罗斯福的对头共和党认为这位精力充沛的新总统必定是一个恶魔，他的目的就在于要把美利坚合众国改造成为一个布尔什维克式的独裁统治国家，走向毁灭的道路。对于这样的指责，我完全不能认同，在我眼中，尽管罗斯福总统牺牲了一些资本家的利益，但是事实上他拯救了美国的资本主义制度。

当天夜里，我和尼古拉斯一直进行激烈的争论，他一直在盯着我看，感觉好像我已经疯了。

尼古拉斯冲我说：“你一定是在纳粹德国待得太久了！”

我也针锋相对地回击：“那是你不知道你现在所处的国度与德国相比起来有多么好！我要向富兰克林·罗斯福总统表示感谢。”

事实上，纽约的那个秋天我感觉并不是特别好，虽然这里是我的祖国，但是我感觉自己像一个外乡人，这让我很不舒服。我必须承认，现在欧洲带给我家的感觉反而多于美国。在过去很长一段时间里我早已有这样的感觉，这十年里我只回过美国两次，只是每次回来才会意识到这种感觉。1929 年我第一次回来，我先去了我的出生地芝加哥，然后又回到了故乡爱荷华州的锡达拉皮兹，九岁之后我就一直在那里，都有陌生的感觉。

1929 年，当我结束回乡之旅，踏上返回巴黎的旅途时，我心里特别高兴。1935 年的现在，在纽约待了两个星期之后，我迫切地想要回到欧洲的"家"——即使我现在的家已经变成柏林。这种奇怪的感觉一直困扰着我。我常常在思考，为什么我们美国人的故乡情总是那么淡薄呢？为什么我们一旦在国外待了几年之后，再回到美国就会感觉很陌生了呢？英国人、法国人、希腊人以及其他各国人，都不会遇到这样的情况。可是我们美国人在国外生活、工作，我们从来无法真正熟悉当地的语言，也没法完全按照当地的习俗来生活，我们在那里始终被认为是来自外国的**局外人**。当我意识到这些现实问题之后，我在心里做了个决定：我要趁着没有完全对美国失去感觉之前，尽早回家。

尽管有这些奇怪的情绪，但能够与家人，特别是与我母亲相聚，我在纽约的生活多了一些快慰，我觉得回到了家。我还去看望了一些从欧洲回归故土的老朋友，也参加了一些聚会，游览了纽约城。我想，也许我在纽约再多待一段时间，陌生感就会被克服了。然而我的东家要求我必须按期回到柏林继续工作，当时他们担心墨索里尼随时都会入侵阿比西尼亚，这么大的新闻我必须坐镇柏林报道，尽管公司已经把多施－弗勒罗派到了罗马。

公司的这个决定让我感到精神振奋，我非常想念多施－弗勒罗，和他一起工作的感觉非常好。我自己也收到了一个好消息：环球通讯社在纽约的总管西摩·伯克森向我确认，公司一定不会关门，也不会与其他公司合并，他还说我现在被擢升为柏林分社的负责人。不过这个升职真是太滑稽了，柏林分社那里就我一个雇员，我现在成为我自己的领导了！

　　1935 年 6 月初，我和特斯就搬出了原来的住处，迁到了滕珀尔霍夫附近。通过尼克博克的介绍，我们租到了克尔上校夫妇的房子。克尔夫妇是天主教教徒，希特勒迫害宗教的行为让他们非常焦虑，所以他们急切地想把现在的公寓转租出去，然后离开柏林。克尔上校在一战时就是一名著名的飞行员，成为德国空军飞行队仅次于戈林的英雄。1928 年，他和两位同事首次由东向西横跨大西洋（林德伯格是从相反的方向跨越的）。当时克尔和戈林还是老战友，戈林给他提供了一份汉莎航空公司的核心岗位。然而，克尔上校日渐认清了纳粹残暴的统治，尤其是迫害犹太人与天主教教徒的行径让他惴惴于心。他是一个十分热心却心直口快的人，毫不犹豫地表达自己的看法，为此他不仅丢掉了工作，甚至受到生命安全的威胁。因此他决定不管怎样都要退役并离开柏林，他在斯图加特附近有一个小农场，他决定先去那里待上一两年，然后帮一个去非洲的天主教传教团体开飞机。

　　在之后的几年，克尔上校偶尔会回到柏林逗留几日，我们成了好朋友。他告诉我，希特勒和自己的昔日好友戈林所犯下的恶行让他沮丧，最让他失望乃至心碎的事情就是希特勒正把德国和欧洲拖向战争的深渊。不幸中的万幸是，就在战争爆发前夕，这个心碎的人就已经离世了。

　　克尔上校租给我们的新公寓很好，四周是小森林公园和数不尽的花园。这里安静，空气清新，远离滕珀尔霍夫机场，不受机场噪声的干扰。我们住得很惬意。

不过，一旦我坐在办公室，准备报道纳粹的消息，就有一些紧张浮现心头。1935年末，戈培尔似乎心情非常不好，常常威胁要把我们这些来自英美的记者驱逐出境。戈培尔在报纸和广播中攻击我的朋友尼克博克是一个"肮脏的骗子"，并通知他永远都不准回到德国。来自《芝加哥每日新闻报》的多萝西·汤普森和埃德加·莫勒也已经被德国政府驱逐。《纽约时报》驻柏林的记者奥托·托利舒斯和伦敦《泰晤士报》驻德国记者诺曼·埃巴特也收到了驱逐警告。来自《纽约先驱论坛报》的约翰·埃利奥特则趁戈培尔对他下手之前，主动转移到了巴黎。

1935年末的最后几天，美国副国务卿威廉·菲利普斯访问柏林，美国驻德大使多德把我们这些美国记者召集到大使馆与副国务卿会谈了一次。我们向他询问，如果纳粹政府开始把大多数美国记者驱逐出境的话，华盛顿方面会采取什么样的措施。

副国务卿的脸上浮现了一丝让我们厌恶的微笑，然后说："我们不会采取任何行动，没有法律准许我们做出类似的报复行动。"看起来他对于我们这些新闻工作者在德国的处境并不怎么在意。

我没有想到纳粹政府会这么快就来找我的麻烦。

1936年1月23日一大早，我就被德国宣传部打来的电话吵醒了。电话里的人自称威尔弗雷德·巴德，他在电话里冲我大吼大叫。据他说，我之前撰写的有关德国冬季奥运会的稿子有很大问题。1936 年冬季奥运会按计划将于 2 月 6 日在德国巴伐利亚州的加米施－帕滕基兴举行，这位官员声称我在文中写的有关加米施－帕滕基兴和犹太人的事情是虚假消息，意在破坏这次冬奥会。我回忆了一下，想起来大约六个星期或者更早以前，我的确写过一些有关冬奥会的报道。希特勒和德国全体民众对此次冬季奥运会非常重视，他们希望让这个冬奥会成为即将到来的柏林夏季奥运会的盛大前奏。在希特勒的眼中，奥运会就是他实现纳粹宣传大业的重大胜利。我的报道总共有四篇文章，第一篇的开头段落写道，希特勒特意关照，"去年夏季加米施的'犹太人滚出去'和'我们讨厌犹太人'等宣传标语已被悄悄地除去了"。[1]

我还进一步补充："所有激怒犹太人的言论在奥运会期间被官方禁止了。"

由于纳粹政府迫害犹太人，美国曾经考虑对这届奥运会进行抵制，因此近几个月以来，德国政界一直在悄悄讨论，如果此事真的发生，将会产生什么后果。美国业余体育联盟在纽约召开了一场争吵极为激烈的大会，最终会议决定，不抵制在德国举办的奥运会。两天之后，12 月 10 日，有关德国冬奥会的我的第一篇文章才在美国各地刊出。[2]

戈培尔和德国宣传部花了大约六个星期的时间来反击我的报道，但是现在他们决定开动一切强大的宣传机器来对付我个人。我很早以前就领悟到一个道理，那就是当德国人攻击你的时候，最好的应对之策就是立刻反击。他要是吼你，那你就立刻吼回去；他要是威胁你，你就告诉他只管使出那些下三烂的招数。于是我当场就和这个宣传部的巴德在电话里吵了起来，不过这个巴德只是一个打头枪的小角色而已，戈培尔正在酝酿如何对我进行沉重的打击。

当天正午时分，特斯打开收音机，本来想听听新闻，没想到电台里播的全是攻击我的报道。纳粹声称我故意就德国犹太人问题杜撰虚假新闻，以此达到破坏冬奥会的目的。吃完午饭后我来到了办公室，发现当天晚报的首页全是关于我的事情，全是对我歇斯底里的谴责，说我是一个骗子，是一个"仇视德国的人"。我真的无法理解德国人歇斯底里起来，怎么会是这样下作不堪。当然了，我在德国已经看够了类似的戏码，希特勒、戈培尔和戈林在公开场合常常都是歇斯底里地大吼大叫，难得看到他们心平气和地说话。

之后的一段时间，每当办公室的门童搬上来一摞新报纸，我都会生气地发现上面又登出了攻击我的新内容。很多同行给我打来电话，劝我不要把那些东西放在心上。他们觉得如果我一旦做出反击，纳粹政府就会立刻把我驱逐出境。但是我下定决心，一定要和德国宣传部一决雌雄。我不停地给巴德打电话，直到最后，终于有个秘书接了电话，说巴德出去了，而且不会回来了。我觉得我也开始歇斯底里了。当晚9点钟，我冲出办公室，直奔威廉大街。和宣传部的门卫大吵一架后，我直接冲进了巴德的办公室，他果然在那里。我狠拍桌子，用我最大的音量大吼，要求他必须向我道歉，要登报承认错误。不出我所料，巴德也冲我大吼，我们就在办公室里大吵起来，整个大楼都能听见我们的怒吼。其间，巴德的那些奴才还打开门探头看过两三次，很显然他们担心上司的安危。

吵到最后，我估计我们都筋疲力尽了，于是都安静下来。想想我自己真是蠢得厉害，竟然以为在这个独裁政权里，还会有人愿意为自己的谎言道歉或者努力去更正它。巴德和我打起了马虎眼，他说尽管我进行了"错误的新闻报道"，但德国宣传部还是决定不驱逐我。我知道他们不敢随意驱逐我。其实和巴德吵架是挺愚蠢的一件事情，因为决定权并不掌握在他的手中，这件事情从头到尾都是由戈培尔主导的，甚至可能是由希特勒授意的。我还收到消息，说纳粹高层认为我已经被完全吓住，再报道新闻的时候会格外注意自己的言论。如果他们真的这样认为，那我只能说，他们大错特错了。

对于希特勒来说，1936年的奥运会简直就是光彩夺目的成功之作。纳粹政府花费了巨额资金，把加米施－帕滕基兴冬季奥运会和柏林夏季奥运会办得极为奢华盛大，以往任何国家都难以望其项背。来自全世界的运动员都对组委会的主办工作表示满意。各国观众，特别是来自美国的观众对这两场规模空前的运动盛会留下了深刻的印象。据我所知，每一位纳粹高官都使出浑身解数举办最奢华的盛大晚宴，戈林、里宾特洛甫和戈培尔等人甚至相互攀比，都希望自己主办的活动超过对方。戈培尔模仿"阿拉伯之夜"晚会，在万湖的孔雀岛举办了一个名为"意大利之夜"的盛大晚宴，参与者超过了1000人，连我也在被邀之列。晚会上，主办方沿着湖边搭起了一个极为广阔的露台，站在露台上可以俯瞰远处的湖景，湖面上还用5000盏中国宫灯搭起了一个绵延数里的华盖，各种美食和葡萄酒被送到露台上，任客人随意享用——这可能是我到达德国以来品尝过最好的美酒佳肴了。客人在享受美食的同时，还能听到柏林爱乐乐团的演奏，国家歌剧院的明星和下属芭蕾舞团的演员也前来助兴。

在希特勒眼中，奥运会不仅要举办得气势恢宏、奢华壮观，它还拥有重要的对外宣传作用——要让全世界都认为德国并没有迫害犹太人（事实上早在 1935 年的秋天，德国就通过《纽伦堡法案》，加剧了对犹太人的歧视与迫害），没有迫害天主教教徒和新教教徒，也没有野蛮地敌视"日渐衰落"的欧洲民主国家和"由犹太人控制"的美国。奥运会期间的德国，充满了欢乐祥和的气氛，到处张灯结彩，媒体只是偶尔会批评一下布尔什维克统治下的苏联。当时的苏联仍然没有获得参加奥运会的权利，不管是法西斯统治下的意大利，还是纳粹统治的德国，或者实行民主制度的英国、美国与法国，它们都选择把苏联排除在外。

大多数的外国游客认为纳粹独裁统治下的德国民众生活愉悦且富足，整个国家非常团结。至于那些基本人权根本得不到保障，也没有工作机会的犹太人，则根本不被允许接近外国游客，后者根本不知道他们真实的生存状况。在加米施－帕滕基兴，我发现很多前来观赏冬奥会的美国商界人士都已经被迷惑，这让我非常担忧。我想办法邀请了他们当中的一些人参加午餐恳谈会，然后请美国驻德大使馆的商务公使道格拉斯·米勒给他们讲纳粹德国的真实情况。然而，作为最了解纳粹德国真实情况的美国人之一，米勒的发言丝毫没有改变这些美国富商的想法，这些商业大亨告诉米勒，说自己非常喜欢纳粹德国的现状，街道干净整洁，整个国家富有法制与秩序，没有罢工，也没有给资本家找麻烦的工会，也没有煽动社会情绪的不安分人士，更没有共产党势力的存在。米勒是一个很有耐心的人，却被这群美国富商巨贾搞得一句话也说不出来。

《洛杉矶时报》的所有者和出版人、保守的诺曼·钱德勒也派了一个商业代表团来柏林，他们在阿德隆饭店的酒吧内举行了一顿午餐会，邀请我和《纽约先驱论坛报》的拉尔夫·巴恩斯一起参加。席间，他们说自己现在比较困惑，因为亲眼见到的纳粹德国与我们传回美国的报道内容完全不一样。他们说，从来没有发现哪个民族有如此的满足与开心，还如此热爱自己的领袖。他们告诉我和拉尔夫，说戈林接见了他们，告诉他们我们这些美国记者待在德国什么正事都不干，专门负责说谎以诋毁纳粹德国的形象。

在一个小时的午餐会中，我和拉尔夫竭尽全力把我们知道的真相告诉代表团成员，但事实上，正如我晚间在日记里所写的那样："我并不觉得他们相信我和拉尔夫的话。"

我实在不理解美国的商界人士和富人为何会开始同情这些法西斯政权，也许是因为这些右翼的独裁政权都宣称自己是坚定的反共产主义者（事实上同样的情况在 20 世纪 80 年代的美国仍然出现。不仅是富人阶层，我们的政府也有这样的倾向）。我仍然记得，就是这些富人控制着美国的运动界和奥委会，他们故意撒谎，隐瞒纳粹德国的真实情况，以此来游说美国政府不要对柏林奥运会进行抵制。

1933 年希特勒刚刚上台，当时美国体育联合会和美国奥委会就一致通过决议，除非德国代表队准许犹太裔运动员参加选拔赛，否则美国就会对柏林奥运会进行抵制。到了第二年的时候，美国奥委会派遣其主席埃弗里·布伦戴奇前往德国，以确认犹太裔运动员可否参加德国队。他考察后发现犹太裔运动员拥有此项权利，然后就返回纽约发表声明，建议美国不需要抵制柏林奥运会。

然而，抵制柏林奥运会的声音并未平息。到了 1935 年 9 月，美国与国际奥委会双重委员查尔斯·谢里尔将军再次被派往德国考察当地实际情况。当时希特勒刚刚颁布了歧视与迫害犹太人的《纽伦堡法案》，谢里尔将军却没有发觉。他于当年 10 月回到纽约，宣称："我前往德国的目的就是确认至少在德国代表队中有一名犹太裔运动员，现在我想自己的使命已经完成。"

谢里尔将军的确在德国队里遇到了**两名**犹太裔运动员，但其实他们早就被纳粹驱逐出队了，为了应付谢里尔将军的考察，纳粹又把他们临时召回。事实上，所有居住在德国的犹太裔运动员都不被准许参加奥运会预选赛。纳粹德国只不过利用两个犹太裔运动员做了点小小的伪装，就成功地糊弄住了美国奥委会。之后《纽约时报》在报道中引述了美国奥委会的秘书长弗雷德里克·路贝恩的观点，他声称：

> 在奥运会预选赛的过程中，德国队没有发生歧视犹太裔运动员的现象。犹太裔运动员之所以被淘汰了，是因为他们不是合格的运动员。这就是为什么按照世界标准来看，犹太裔运动员也是寥寥无几、不到一打的原因。[3]

于是，就在一片谎言与欺骗之中，美国代表队参加了那年的柏林奥运会。

在柏林奥运会上，最闪亮的美国之星就是短跑选手杰西·欧文斯了，他也是历史上最伟大的运动员之一，在柏林奥运会上独自摘得四块金牌。然而欧文斯是黑人，整个奥运会期间，希特勒都亲自到赛场观战，但是他拒绝接见欧文斯。每一次欧文斯获得胜利时，他都会绕着跑道慢跑一圈，在场的德国观众都会对他致以雷鸣般的掌声。但我站在距离希特勒只有数步之遥的媒体包厢里，却发现每逢这个时刻，元首都会转过身去，与随从耳语一番。这其中就有纳粹党内负责青年事务的官员巴尔杜尔·冯·席拉赫。据他后来供认称，希特勒转过身后向他抱怨："美国人竟然让一个黑鬼来赢取金牌，这真够丢脸的，我坚决不会与这群获得奖牌的黑鬼握手。"

席拉赫说自己当时给希特勒提出建议，他认为元首如果能够主动与欧文斯合影，那一定可以达到很好的宣传效果，结果希特勒为此想法大发雷霆。[4]

我在加米施报道冬季奥运会的时候，还碰到了一位老同事韦斯特布鲁克·佩格勒，另外还结识了一位新朋友保罗·加利科。他们都是美国最好的体育新闻记者，而且兴趣广泛，常常涉足其他领域。

我最早注意到佩格勒的才能是在我大学期间，那时候他在锡达拉皮兹《共和报》做体育新闻编辑，我还帮他编辑过稿件。他的报道风格比其他体育记者活泼很多。之后他就职于《芝加哥论坛报》，还是报道体育新闻，我当时也在这家报社，不过是在欧洲。1926 年，报社派他去法国报道格特鲁德·埃德尔横渡英吉利海峡的新闻，她是人类历史上第一个横渡英吉利海峡的女性。我很喜欢他对人生的态度，他对生活充满了冷嘲热讽，总是会戳破别人吹的牛皮。至少在那时，佩格勒并不喜欢法西斯主义，这次他来加米施参加报道，被纳粹分子的很多倒行逆施弄得很不开心。

与佩格勒相比，保罗·加利科没有那么爱讽刺人，但也愤世嫉俗。加利科在柏林上过一段时间学，会一些通俗的德语，虽然不是很熟练，不过也能像当地德国人一样冲警察大吼大叫。我们三个人加上帮助我报道奥运会的特斯，[5] 在加米施的报道过程常常忍不住想吼叫。至少每隔一天，我们在场馆里报道的时候就会被高大威猛、盛气凌人的党卫军拦住，他们会不断冲我们吼，一会儿说元首要来了，一会儿说元首要走了，总之就是不让我们进去。

每逢此时，佩格勒都会用英文嘟囔道："去你的，你们给我等着瞧！"然后就会试着躲过守卫溜进去。加利科则会冲着他们大喊大叫，用德语骂他们。我觉得我们三个没有被他们抓起来投进监狱可真是一个奇迹。纳粹警察、党卫军和德军守卫都收到指示，对于像我们这样"粗鲁野蛮"的游客，要温和对待。我们被限制在一个小栅栏里，结果错过了一部分冰球和花样滑冰的比赛。这可真让佩格勒和加利科大为光火，因为冰球比赛有美国队参赛，而美国花样滑冰选手索尼娅·赫尼则是来冲击奥运会三连冠的，这两项比赛都是他们要报道的重头戏。

佩格勒每次都是来我的酒店房间，用房间里的电话把专栏稿件传回巴黎的办公室（因为他确信奥运村新闻工作室里的电话都被纳粹监听了）。在稿件中，佩格勒把自己与党卫军守卫斗智斗勇的故事写得既幽默又辛辣。他甚至开始担心自己会不会被盖世太保逮捕，所幸这种坏事情并未发生。

现在再看这段往事，不管是在巴黎，还是在冬奥会报道现场，佩格勒都是一个热心、幽默、理性的人，痛恨希特勒与纳粹德国。佩格勒在加米施的言行让我完全没有想到，他之后会变成一个颇有名气的右翼评论员，他在评论节目中极易动怒，行为古怪，说话常常出人意料。我们一起报道冬奥会时，罗斯福总统已经入主白宫近四年，但我几乎没听佩格勒提起过总统夫妇的名字，之后我与他失去了联系。后来，他就开始在节目里对罗斯福夫妇和总统的新政大加谩骂，美国生活中一切有关自由派的东西也都在他的谴责范围之内。

至于加利科，他也走到了人生重要的十字路口。他之前供职于《纽约每日新闻报》，在那里他是全美国最优秀、稿酬最高的体育记者之一。但事实上加利科在报道这届奥运会期间就觉得自己对体育新闻再无兴趣了，他觉得已经做够了，他也受够了那些对体育报道指手画脚的讨厌的人。他辞去了《纽约每日新闻报》的工作，前往英国一处乡村定居，他想做一名小说作家。他先撰写了很多短篇故事，然后开始正式写起了小说。加利科的选择让我很感兴趣，我知道，像他那样放弃以往的事业需要很多勇气，我模模糊糊地觉得有一天我也要重新做回自己。值得高兴的是，他最终成功了。一开始他进展很慢，常常遭遇挫折，作为一个新手，还常被别人打击，但是慢慢地他做得越来越好，最后过上了舒适的写作生活。

在所有前来观看柏林奥运会的美国知名人物中，还包括查尔斯·林德伯格和安妮·林德伯格夫妇。距离我上一次见到林德伯格先生已经有八年了。当年林德伯格第一个成功地横跨大西洋飞至巴黎郊外的布尔歇机场，受到了盛大的欢迎，当时我报道了他的胜利抵达。之后林德伯格回到美国，受到更为热烈的欢迎，他的事迹频繁见诸报端，他成了我们这个时代中最有名的美国人和全民偶像，是美国名副其实的英雄人物。

然而，之后我在法国听说巨大的名声已经成为他的诅咒。全社会赋予了他太多的荣誉和前所未有的谄媚吹捧，这让他的生活充满了幻灭、痛苦、悲剧与愁苦。媒体无休止地骚扰他，让他丝毫不得安宁，几乎要把他逼上绝路。之后他的第一个孩子遭人绑架并最终不幸丧命，最终林德伯格夫妇在无奈中只好背井离乡，先客居英格兰，然后又前往法国，在法国布列塔尼附近的一座海岛上与法裔美国科学家、诺贝尔奖获得者阿历克西斯·卡雷尔博士一起隐居起来。卡雷尔博士是个同情极权主义势力的人，林德伯格夫妇刚抵达柏林的时候，我当时并不知道林德伯格的思想观念已经受到卡雷尔博士的影响，但是那个夏天之后我开始猜出了几分。

奥运会正式开幕两周之前，林德伯格夫妇就抵达柏林，正在快速发展的德国空军的总司令戈林亲自接待了他们，为他们举行了奢华的欢迎晚宴，并带他们深入参观考察了德国重新建立的空军部队，希望给林德伯格夫妇留下深刻印象。林德伯格拒绝在柏林当地接见美国记者，但是 7 月 23 日，德国国有航空公司——汉莎航空公司为了表示对林德伯格夫妇的敬意，在滕珀尔霍夫机场举办了一场茶话会，也邀请了一些美国驻柏林的记者参加，当天我也在场。再次见到林德伯格，我很惊讶，这么多年过去了，他的容貌几乎没有太大变化，看起来仍然像个大男孩，不过我也注意到他比以前更加老练了。

茶话会结束后，汉莎航空公司的官员邀请我们去试乘他们刚刚生产的世界头号大飞艇——"兴登堡号"。这个庞然大物装载了八台笨重的发动机，德国人希望用它开展第一次横跨大西洋的飞行计划。飞艇盘旋在万湖上空，戈林把飞艇的控制杆交给了林德伯格，林德伯格驾驶它做了好几个花样翻滚、陡坡爬升以及其他高难度动作。然而，这个庞然大物当初在设计过程中根本不具备做花式动作的能力，因此我有好几次都感觉它就快坠毁，带着戈林、林德伯格和我直接去见上帝了。茶和咖啡全部从桌上翻落在地，打湿了很多贵宾的裤子。这不禁让我想起在林德伯格飞抵巴黎不久后我听说的一个传言，说林德伯格是一个行事极为恶劣的恶作剧者。最终戈林重新掌握了操控杆，把飞机平稳地开回了滕珀尔霍夫机场。

我在这一周里对林德伯格困惑不解。一方面，他在德国航空部召开的一场午餐会上发表了一篇在我看来充满勇气的演讲，他警告称新型的轰炸机威力过于强大，成了具有强大破坏力的战争工具，很可能会把欧洲变为一片废墟。人们必须立法对其禁止，或者至少限制其数量与规格。另一方面，我又听说纳粹党内部都在风传，纳粹高层在使林德伯格"理解"纳粹德国方面取得了重大进展。

结束了"兴登堡号"试乘之后，我在当晚的日记里写道："纳粹内部的传言称，纳粹通过精心的安排与展示，使林德伯格对纳粹德国产生了极好的印象。"

为了防止林德伯格堕入纳粹精心安排的宣传陷阱，一些美国记者通过美国驻柏林大使馆的武官杜鲁门·史密斯少校和林德伯格的一位朋友，联系到了林德伯格本人，希望与他进行一次会谈，然而他拒绝再见任何美国记者。

奥运会期间，戈培尔在万湖孔雀岛举行了盛大的欢迎晚宴，林德伯格也受邀参加。很显然这位纳粹宣传部部长成功说服了林德伯格，他改变了自己的主意，决定与我们这些美国记者稍微进行一点交流。当晚他慢步走到我们桌前，与我们亲切地打招呼。我想这是一个大好时机，一定要告诉林德伯格有关希特勒独裁统治下德国的真实情况。然而，与之前那些美国商界人士一样，他不停地告诉我们自己在德国的所见所闻，还说他对纳粹德国做出的成就深表敬慕。林德伯格也说，这里的人民生活得十分快乐，而且团结一致，自己作为一名飞行员，对德国空军和航空业的迅速发展留下了深刻的印象。我们的话，一句也没进到他的耳朵里。

我发现，凡是造访纳粹德国的美国名流巨贾，都会喋喋不休地向我讲述他们对德国的成就如何印象深刻，对此我已经感到厌烦。我想我比他们更了解德国的真实内幕。然而更严重的问题在于，这对林德伯格造成了深远而悲剧的后果。纳粹领导人利用奥运会之机，成功地对林德伯格和他美丽优雅的夫人进行了洗脑，以至于他们夫妇二人对待历史和西方文明的价值观被彻底扭曲了。

遥想 1927 年，林德伯格孤身飞越大西洋的勇气，开创时代伟大纪录的功绩，以及他的温文尔雅，都让我们对他充满了仰慕。然而之后，他的行为令我震惊，乃至痛心。1938 年，也就是他造访柏林两年之后，他竟然接受了希特勒授予的星型德意志雄鹰勋章，这是纳粹德国授予外国人的最高荣誉，纳粹还在祝词中称林德伯格是"德意志第三帝国当之无愧的获奖者"。

在我看来，林德伯格接受勋章的时机实在是太糟糕了。大约三周之前，希特勒刚刚炮制了慕尼黑阴谋，通过发动战争的威胁手段，逼迫英国和法国抛弃了捷克斯洛伐克，此后全欧洲都陷入了深深的恐惧，生怕这位纳粹狂人再次威胁别国，甚至发动战争。林德伯格此时竟然接受纳粹德国的勋章，这只能证明他不仅对希特勒毫无防备之心，而且愚昧到对世界形势也一无所知。纳粹专门为他在柏林举办了盛大的授勋仪式，戈林代表希特勒本人，高举着勋章将其戴在了林德伯格的项上。大约三周之后，希特勒正式发动了针对犹太人的有组织的迫害与屠杀。这一行动被称为"水晶之夜"或"碎玻璃之夜"行动，是德国有史以来最残酷的大屠杀，直到三年后，纳粹把大屠杀搬到了灭绝营。

1936 年 2 月，当希特勒和蔼可亲地坐在冬奥会的观礼台上观看比赛时，他狂热的大脑却在酝酿一个大动作。他心中非常清楚，这是一场令人胆战心惊的赌博：如果自己胜利了，那将会意味着德国从此彻底摆脱一战失败后的梦魇，走向新的历史转折点；如果自己输了，那可能就意味着自己的生命与纳粹德国的统治都走到了尽头。当然，后来的历史事实证明，他这一场赌博赢得极为平稳顺利。

当时我们所有的记者都在忙于报道赛事，没有人注意到这个纳粹独裁者的下一步举动。希特勒努力向外界展现出一幅和平的图景，暗地里却一直在炮制各种阴谋。譬如说，1935 年 5 月 21 日，他发表所谓的"和平"演讲，声称德国不仅会尊重《凡尔赛和约》限制德国领土现状的一切条款，也会尊重《洛迦诺公约》对西欧国家的安全保证。然而，在他发表演讲 19 天前的 5 月 2 日，他就密令战争部部长勃洛姆堡制定第 1 号指令，对如何武力占领莱茵兰非军事区做出准备计划，这违反了《凡尔赛和约》和《洛迦诺公约》的规定。

在那段时间里，我偶尔会听到一些传闻，声称德国军队在莱茵兰有所行动。这些消息主要来自法国大使馆，声称德军在莱茵兰非军事区修建秘密堡垒、武器弹药仓库、机场、公路以及铁路。[6]尽管我知道当时的法国驻柏林大使安德烈·弗朗索瓦－蓬塞是纳粹德国里消息最灵通的外国使节，但是出于各种各样的原因，我没有认真对待过这些来自法国大使馆的传言。我当时只和美国驻德大使馆的武官以及他的助手保持联系，他们认为，没有任何迹象表明德军在莱茵兰有异常举动。

其实我早应该有所警觉。1935 年 3 月，希特勒公开违反

《凡尔赛和约》的规定，宣布恢复义务兵役制，之后法苏两国深感受到德国威胁，便于 1935 年 5 月签署了《法苏互助条约》。希特勒对于这个条约日益愤恨，并以此为由，侵占莱茵兰，但这可能只是个借口。5 月 21 日他在"和平"演说中就提到，由于《法苏互助条约》的签订，使《洛迦诺公约》出现了"不安全的因素"。当时德国外交部还曾向巴黎发出正式外交函表示抗议。不过直到 1936 年，法国国民议会都没有批准《法苏互助条约》生效。希特勒感觉，他必须为侵占莱茵兰的行动另寻借口了。

这一次，希特勒依然深知自己必须耐下性子，静候时机到来。尽管他天生是一个敏感、易怒、有些歇斯底里的人，但是他在面临重大问题的时候，有坚韧的意志力和超常的耐心。到了 1935 年至 1936 年的冬季，机会终于站到了希特勒这边。他成功地组织了冬季奥运会，让前来游览的各国游客对纳粹德国留下了极为美好的印象。更重要的是，希特勒敏锐地发现，英法两国的注意力已经从柏林转移开了，也无视了纳粹统治者正在莱茵兰有所密谋的警告。当时意大利在阿比西尼亚激战正酣，英法正忙于，或似乎忙于通过国联对意大利进行制裁。

到了 1936 年 2 月 27 日，法国国民议会在经过了长达两周的辩论之后，以出人意料的绝大多数赞成优势（353 票赞成，164 票反对）正式通过了《法苏互助条约》。希特勒终于等到了自己所需要的借口。直到此时，我终于开始明白他究竟打算做什么了。1936 年 2 月 28 日的晚上，我在日记里写道：

　　　　法国国民议会以绝大多数赞成票通过了与苏联的互助条约，威廉大街充满了愤慨。[7] 合众社的主任弗雷德·厄克斯纳和斯克里普斯－霍华德报业的领导罗伊·霍华德告诉我，他们前天看到了希特勒本人，他看上去满腹心事。[8]

不过当时的日记证明，即使事情发展到这一步了，我却仍然没有根据既有的事实情况对未来做出适当的推理。甚至五天之后，我还是没有领悟到希特勒的真实意图，不过我还是一点点地掌握了情况。

柏林，3月5日。纳粹党内都在传闻说希特勒将于3月13日召集国会代表开会，因为德国方面预测法国参议院会在这一天通过《法苏互助条约》。一股令人不安的气氛笼罩着整个威廉大街，但是我很难搞清楚状况。

柏林当时的气氛不仅令人不安，而且让我感到十分困惑。很明显，希特勒一定在酝酿什么震惊国际社会的大动作，而我们正处在希特勒的又一次"惊喜"之中，但是我在纳粹党和德国政府的线人都告诉我他们也不确定元首究竟在谋划什么。我想，与以往一样，希特勒此刻正处于踌躇之中。

然而，根据二战后缴获的德国秘密档案来看，我的预测确实不对，希特勒根本没有什么犹豫。3月1日，也就是法国国民议会通过《法苏互助条约》的两天之后，希特勒就做出了武装占领莱茵兰的决定。这个决策只有极少数的军方高级将领才知晓，而且他们当中的绝大多数人相信，如果德国的小股部队进入莱茵兰非军事区的话，那么法国驻军一定会彻底歼灭他们。然而希特勒没有完全理睬他们的担忧，第二天他就要求勃洛姆堡下达武力进占莱茵兰的正式命令。据称，勃洛姆堡告诉自己的高级将领，元首的决定完全是想达到"出奇制胜"的效果。勃洛姆堡表示他希望这次冒险行动能够和平地完成，如果事态发展出乎元首的预料，法国军队做出了反击，那么进驻部队的总指挥官保有"采取一切可行的军事反制手段的权利"。不过，六天之后，我才知晓，所谓的"一切可行的军事反制手段"就是立刻撤军，退出莱茵兰。

3月6日星期五，我一整天在柏林各处疯狂地奔走打探消息，希望能够了解到接下来将会发生什么。当天午夜我在日记里草草写道："今天简直就是柏林有史以来最疯狂的流言之日。"尽管如此，我还是努力确认了一些事实。

希特勒之前要求国会成员于第二天中午召开会议，还召唤英国、法国、意大利和比利时四国驻柏林大使于上午10点钟准时到德国外交部。这四个国家加上德国正好是《洛迦诺公约》的签字国，此时希特勒显然是要向他们宣布德国将要撕毁《洛迦诺公约》，我从纳粹党内部打听到了这一消息。[9]而正好在一年前，希特勒向国会宣誓，他会"严格遵守"《洛迦诺公约》。尽管德国外交部一直矢口否认德方将会否定莱茵兰的非军事化地位，但是我猜测希特勒肯定会这么做。至于他会不会派遣军队进驻莱茵兰非军事区，我实在无法确定。我的一些线人说会，另一些则说不会。就我个人来看，如果希特勒敢派军进驻，那这个赌局的风险也太大了。我在当晚的新闻稿中写道："一旦法军反击，进驻的德军很快就会被法国人消灭干净。"我还提到，德国军方的很多将领、德国外交部和经济部部长沙赫特博士都不大同意元首侵占莱茵兰非军事区的做法。

（我在当晚的日记写道）今夜的柏林城到处是匆匆赶来参加明天国会会议的纳粹高官。他们看上去都趾高气扬，不少人下榻于恺撒霍夫酒店。我和德国外交部的新闻主管阿施曼博士通了电话，他一直否认德国军队明天会开进莱茵兰。他说如果这种事发生，那就意味着战争。今晚我的新闻稿还是应该谨慎一点，不过明天，一切谜底就都揭开了。

事实证明我的谨慎完全是正确的！

1936 年 3 月 7 日，天刚蒙蒙亮，德国军队就奉命进入了莱茵兰非军事区。大约一个小时之后，一小队德军越过了莱茵河，占领了莱茵河左岸的三个主要城市——亚琛、特里尔和萨尔布吕肯。[10] 当天一大早，我安排在科隆当地的通讯员观察到当地的情况之后，就立刻给我打电话，他说德军正在莱茵兰非军事区搞列队游行。德国国防军士兵穿着灰色的军装，伴随着刺耳的军乐，在城市里正步前行。当地没有发生任何战斗，科隆和其他各地的城镇居民都热烈欢迎德军的到来，围观的人们欢呼雀跃，把鲜花撒向行进的士兵队伍。据我的通讯员说，没有任何迹象显示法军会对德军的进犯做出反击。

上帝可以为我作证，1934 年当我因工作需要重返巴黎之后，我就发现法国人已经并不在乎纳粹德国的威胁，相反他们现在把主要的精力放在内部的政治斗争当中。这让我深感困惑。拥有强大军力的法国却在这种危急时刻仍不出兵，这让人难以理解。如果此刻做出反击，就能保护法国东北地区的安全，过去也有很多德国人入侵了这里；甚至有可能推翻纳粹政权。1936 年 3 月 7 日那天，不管是外国人还是德国人，绝大多数人心知肚明，如果希特勒的冒险行动引起了法国的反击，那就意味着他的好日子彻底到头了。正如我在日记里写的，"那将会是希特勒的终结"。

> 希特勒把他的全部身家性命都押上了，如果法国迅速反击并占领莱茵河西岸地带，那希特勒只能自取其辱，等待他的一定是纳粹政府的垮台。

上午 10 点钟，一向对元首言听计从的外交部部长康斯坦丁·冯·诺伊拉特接见了英、法、意、比四国驻柏林大使，并交给了他们一份由希特勒亲自起草的外交照会，这份照会内容十分冗长，声称由于法国与苏联签署了安全互助条约，因此德国将不愿再受《洛迦诺公约》的约束，因此"从即日起"，德国将正式占领莱茵兰非军事区。

接下来希特勒又玩起了他的老把戏：他前脚刚刚抛弃了维持战后西欧和平的《洛迦诺公约》，后脚就接着宣布自己将提出一个构建新和平体系的"七点计划"。对此，法国大使安德烈·弗朗索瓦－蓬塞不无讽刺地说："希特勒打了对手一记耳光，而他在这样做时还要说，'我向你提出了和平的建议！'"[11]

希特勒的"七点计划"听起来很诱人，作为一个善于玩弄宣传的老手，他每次都能搞出如此吸引人的"和平"提议。但是，毫无疑问，它们完全是谎言。当晚，忙碌了整整一天已经精疲力竭的我在日记里写道：

> 如果我是一个有勇气说真话的人，或者美国新闻业有

勇气的话，我真想在今晚的新闻稿中直接告诉大家这个"七点计划"就是纯粹的谎言。但是我不可以这样做，因为我只能报道新闻事实本身，不可以"编辑评论"。

希特勒声称德国愿意同法、比签订为期 25 年的互不侵犯条约，而且由英国和意大利做担保。然而问题在于，这项新条约所保证的内容与希特勒刚刚抛弃的《洛迦诺公约》并无二致，新条约的意义究竟何在呢？不过希特勒的厚颜无耻还远不止于此，他接下来又说愿意与法国在两国边界划出非军事区，这就意味着法国要把刚刚建好的马其诺防线再拆除掉，莱茵兰非军事区被德国重新占领之后，这道防线就成了法国在东北地区防范德国入侵的唯一保障，防线造价高达数十亿美元且历经十年才打造完成。

中午时分我来到了克罗尔歌剧院，[12] 希特勒将在此地对国会议员发表演说。他把这场演说变成了一场令我永远难忘的精彩表演，它令人惊叹，却又阴森可怕。我只能说这场演说沾满了德国的气息，或者说至少充满了纳粹德国的味道。

整个会场充满紧张的气氛。与希特勒一一握手的穿着褐色衬衣的大多数议员只知道近日有大事发生，但是还不知道究竟发生了什么。法国、英国、比利时和波兰大使都没有出现在平时招待外交官的包厢里，只有意大利大使和美国驻德大使多德来参加了。战争部部长勃洛姆堡就坐在舞台左侧的包厢里，他的不安举动很快就吸引了我的注意。我发现他的手指一直在敲击长椅，脸色苍白得像一张白纸。我从来没有看过勃洛姆堡像此刻这样紧张不安。

希特勒的演讲照旧是那些陈词滥调，从批判《凡尔赛和约》对德国的不公讲起，反复强调德国人民对和平的渴望。突然，他原本低沉沙哑的嗓音变得极为尖锐，开始近乎歇斯底里地嘶吼，他开始讨论另一个老话题了，那就是来自布尔什维克的威胁，他声称法国与苏联所签署的条约令人憎恶：

> 我不会让阴森恐怖的共产党人把他们的国际独裁统治凌驾于德国人民的头上！他们坚持的那种东方式的生命观会摧毁我们所珍视的一切价值！想想他们对于生命的概念，想想布尔什维克革命所造成的混乱，一想到这些，我就为欧洲感到胆战心惊！

台下那些脑满肠肥的议员纷纷为元首的发言欢呼雀跃，掌声雷动。希特勒接下来降低了声调，开始解释为什么《法苏互助条约》使《洛迦诺公约》失效了——事实上他的观点完全是似是而非的，二者之间并没有联系。这个时候希特勒停顿了一下，他总是特别擅长在演讲中把握停顿的时机，然后他用那迷迷糊糊的眼神扫视了全场，继续演讲，他的声音又变得严肃、深沉而富有共鸣了。

> 德国不再认为自己受到《洛迦诺公约》的约束。为了德国人民维护自身边界的安全和保障自身防务的根本权利，从今天起，德国政府已经重新确立德国在非军事区内不受任何限制的绝对主权！

这正是议员们期待的重大消息，当晚我在日记里尽可能详细、准确地记下了接下来的场景。

在场的大约有 600 名国会议员，无一例外是由希特勒个人指派的。这些大腹便便的小个子，身着棕色制服，脚蹬厚重的皮靴，脖子隆起，头发参差不齐，都像机器人一样，站在原地就直直地跳了起来。他们高举右臂，做出标志性的纳粹手礼，口中高呼万岁。他们先是有人带头欢呼，然后剩下的人就跟着齐声大喊，听起来很像美国大学里的啦啦队。

希特勒举起手臂示意大家安静下来，整个大厅慢慢地安静下来，议员也缓缓地重新坐了下来。此刻希特勒深知，这群人现在被自己玩弄于股掌之中，他用深沉而富有共鸣的声音大喊道："德意志帝国国会的议员们！"整个会场顿时鸦雀无声。

"在这个历史性的时刻，在德国的西部各地，德国军队此刻正在开进他们未来和平时期的驻防地，在这个时候，让我们一起用两个神圣的誓约团结起来。"

希特勒没有再说什么。对于这帮歇斯底里的议会暴徒来说，德国军队开进莱茵兰显然是特大号的新闻。此刻，他们体内日耳曼血液中的全部尚武主义元素冲上了他们的头顶，他们大叫着跳了起来，他们将手举起来，做出了奴性的纳粹敬礼，他们的眼睛闪耀着狂热的光芒，向希特勒这个新上帝、新的救世主热烈欢呼。这个救世主绝佳地扮演着自己的角色。希特勒微微低下了头，显得好像自己充满了谦卑之心。他安静地站在那里，等待着全场安静下来。他用低沉但饱含感情的语气说出了两个誓约：

"首先，我们发誓为了恢复祖国人民的光荣，我们绝不向任何武力屈服，我们宁可死于最困苦的环境当中，也不会轻易屈膝投降。（我想，如果法国军队真的对开进莱茵兰的德军做出反击的话，希特勒一定会要求德国人民做出一切牺牲。不过如果法国真的这么做了，那到时连上帝也拯救不了希特勒。）

"其次，此刻我们比以往任何时候都更加强调，我们渴望与欧洲人民，特别是我们西方的邻居实现和解……我们在欧洲没有任何领土要求……德国永远都不会破坏和平！"

全场响起了经久不息的欢呼声，最后身兼议会议长的戈林敲下了木槌，正式宣布散会。议员纷纷走到剧院大厅门口，他们的头脑还没有冷静下来，仍然在兴奋地讨论元首是多么伟大，看他们的兴奋劲，就好像自己，或者说纳粹德国已经征服全世界。然而，在他们满脸兴奋的笑容背后，我发觉他们似乎也有一些紧张与不安。此刻已经是下午 2 点，距离他们离开自己的工作岗位已经过去两个多小时，他们对外面的最新消息一无所闻，我猜想也许就在这两个小时的时间当中，法国军队已经开始出击了。

会议结束后，我们就一直等在歌剧院的外面，等希特勒与纳粹高官都离开了之后，粗鲁的党卫军的守卫才准许我们离开。我和《纽约先驱论坛报》的约翰·埃利奥特穿过蒂尔加滕公园走回了阿德隆饭店，一起吃了点午饭。我们过于震惊，以至于吃饭时候都没说什么话。

饭后我准备回到自己的办公室去写有关这场演讲的新闻稿，途中我穿过勃兰登堡门，走进蒂尔加滕公园，让自己呼吸一点新鲜空气以整理思绪。在公园附近的斯卡格拉克广场，我遇到了勃洛姆堡将军，他正牵着两条狗在广场上散步。看上去他的脸色还是很苍白，脸颊处还有微微的抽搐。

我在心中暗自思量："难道出了什么事情？"也许是因为法国军队最终开始出击了？我试着拦住勃洛姆堡并且希望一问究竟，但是勃洛姆堡除了在新闻发布会和罗森堡的啤酒会之外，从不和记者搭腔。他看到我之后，向我热情地示意，我点点头，然后就让他走了。

之后的下午和傍晚，我就一直在忙着写稿子。因为当天是星期六，而希特勒总喜欢选择在星期六给人"惊喜"，[13]美国当地星期天早上的报纸又会出版得很早，所以我必须抓紧完成稿件，然后再把它们通过电话传到公司在巴黎的办公室，他们再传到纽约。当天下午，我不断地打电话询问巴黎办公室的同事，看看法国政府方面会做出什么反应。

巴黎的同事告诉我："迄今为止，他们没有做出任何反应。"到了深夜，我决定再打一次电话过去，看看事态会不会有什么新进展。同事告诉我，法国政府已经和总参谋部的将领开了整整一天的会，他们最终做出了一个决定。

我说："法国政府决定向莱茵兰出击了？"

我的同事回答道："不，他们不准备出击。他们决定向国联提出申诉。"

我简直不敢相信。

当夜，当我收拾完桌子准备回家的时候，我从窗口往威廉大街望了一眼，只见一波又一波的骑兵队伍手持火炬，汇聚成了黑夜里的一条火流，一队接一队地从总理府门前走过。我派我的德国助手下去看个究竟，他给我回电说希特勒此刻显然全无倦色，而且看上去心情极为愉悦，正站在总理府的阳台上向外面的队伍敬礼示意。

第二天我在日记中写道："希特勒逃过一劫，他赌赢了！"之后，法国并没有出兵制止德国的消息很快就通过无线电从巴黎传到了伦敦。之后，纳粹在国家歌剧院组织了盛大的"英雄纪念日"活动。庆祝活动当天，希特勒、戈林、勃洛姆堡和弗里奇坐在歌剧院的皇家包厢里，每个人的脸上都洋溢着扬扬得意的笑容，这已经是纳粹连续第二年如此高调地组织这个节日了。这一次，与其说他们是为了缅怀德国历史上为国捐躯的将士，不如说是借着这个机会对元首反抗《凡尔赛和约》成功进行大肆庆祝。

很显然，装饰华丽的国家歌剧院是举办此次盛大活动的最好地点。瓦格纳艺术风格是最受纳粹青睐的，整个舞台华灯璀璨，两旁站满了头戴钢盔、手擎战旗的军人，希特勒则坐在皇家包厢里，亲切且面带微笑，周围簇拥着现役和年老的将军。他今晚穿的是朴素的褐色纳粹党制服，铁十字勋章周正地佩戴在左胸，他身边的将领都身着威武的军服，佩戴着各式闪亮的勋章，与希特勒低调的穿着形成鲜明对比。但是我想希特勒一定是刻意这样打扮的，他希望以此向大家表明他是一个谦逊的领导者，来源于人民群众，曾经也只是第一次世界大战中的一个普通小兵。作为元首，他不需要为自己设计华丽的军服。相比之下，墨索里尼就要趾高气扬得多。

今年的纪念仪式与去年一样，由勃洛姆堡例行发表纪念日致辞。二十四小时前国会召开的时候，勃洛姆堡看起来吓得要死，就连在蒂尔加滕公园碰见他遛狗时，我看他的精神也很不好。然而，此刻他显得目空一切，甚至极为自大。接下来，他就按照元首的意思，把元首想说的话复述了一遍。

他在致辞中声称："我们不希望主动发动侵略战争，但我们从不畏惧迎接防御性战争。"

然而，我心知肚明，即使是一场防御战，德国军方也是极为恐惧的——就在来歌剧院的路上，我收到一个来自德军总参谋部的内幕消息，入侵莱茵兰的部队都收到了严格的命令，命令称一旦法军做出反击行动，部队就要立刻撤离。在德军总参谋部的眼中，从 1918 年开始，这 18 年间，德军处于被肢解的状态，而法国正规军则一直保持着强盛的战斗力，且不说德军是否做好了与法军战斗的准备，实际上，他们连自身的装备还是个巨大的问题。希特勒完全是在虚张声势。

纪念仪式结束后，我给通讯社驻伦敦办公室打电话，询问英国政府有无新的动向。电话里我的同事爽朗地大笑，他告诉我到目前为止，首相和内阁成员还没有结束周末休假，还在乡下。同事还告诉我，英国周日出版的绝大多数的报纸，特别是《观察家报》和《电讯报》都对德国的行动表示欢迎。通讯社还搞到了《泰晤士报》计划于周一早上出版的评论文章，文章对希特勒的突然袭击表示谴责，报社编辑却给它加了个标题——《一次重建的机会》。

尽管英国人无动于衷，但法国人本来有机会阻止希特勒，甚至有望颠覆纳粹政府的统治。然而，到了周日下午，情势变得愈加明朗了，很显然法国政府决定放任希特勒的肆意妄为。法国政府没有派出部队，相反他们决定向国联进行申诉。软弱无能的国联曾无力阻止墨索里尼在阿比西尼亚的侵略行动，现实证明了它的彻底失败。我确信，如果法国军队现在出击，可以很轻松地就将德国军队驱逐出莱茵兰，而且可能引发希特勒的下台和纳粹德国的崩溃。周日凌晨 3 点钟，我在日记里写下了自己的感受：

> 我不能理解，为什么法军不出击呢？很显然，德国国
> 防军根本不是它的对手。一旦出击，希特勒的末日就来临
> 了。他已经在这次行动中把全部的身家性命赌上了，一旦
> 法军击退德军，重新占领莱茵河西岸，那就等于深深地羞
> 辱了希特勒，这样他一定会下台。

上文我提到，周日中午我收到了内幕消息：勃洛姆堡下令
一旦法军做出反击行动，部队就要立刻撤离。作为国防部部
长，没有人比勃洛姆堡更了解自己的军队了，这是一支弱小得
如同雏鸡一般的部队，距离重新组建只有短短一年的时间。面
对人员装备和训练素养都远远优于自己的法国军队，一旦真的
交战，德军连一点点实质性的抵抗能力都没有。

此后数年间，我在柏林的同事和伦敦、巴黎的朋友都不同
意我的观点，他们不认为法军可以轻易地击退莱茵兰的德军，
希特勒的统治更不会因此而被轻易颠覆。但是我有充分证据，
这些证据恰恰就来自希特勒自己和他的将领。1946 年纽伦堡
审判期间，约德尔将军供认称，当时德军最高统帅部听闻法军
在德法边界集结了 13 个师的军队，统帅部就希望把莱茵区的
德军撤出。

约德尔向法庭供认称："考虑到当时我们的实际能力，法
国的陆军可以把我们打得粉身碎骨。"[14]

秘密档案证明，当时希特勒也持这个观点，他说："假如
法军攻入莱茵兰，那我们就不得不立刻夹着尾巴逃跑。就凭着
我们手里所拥有的那一点点可怜的资源，想做出哪怕一点适当

的反抗都是完全不够的。"[15]

希特勒承认："如果我们撤退了，那我们的统治就崩溃了。"[16]

周六中午希特勒向议员发表了演说，周日又参加纪念大会，他一直强装镇定。他后来承认道："进入莱茵兰后的那48个小时，是我一生中最为紧张的时刻。"[17]

尽管如此，希特勒还是决意以钢铁意志来实施行动，而且他孤注一掷赌法军不会有所反击。希特勒粗暴地拒绝了军方所有将领劝他撤回部队的建议。事实上，他后来告诉格尔德·冯·伦德施泰特将军，他觉得勃洛姆堡有关撤退的建议无异于懦夫行径。[18]

这是第一次，但不是最后一次，在德国军方的将领发生摇摆的时候，希特勒坚定地坚持自己的意见。

德国民众对元首疯狂大胆的举动极为兴奋，莱茵兰的民众更是欢欣鼓舞。多施－弗勒罗从罗马飞到莱茵兰，帮助我报道这个重大事件，他花了一晚的时间和我讲述了在当地的全部见闻，之后我把这个报道通过巴黎传回纽约。据多施－弗勒罗说，天主教的神父们在莱茵河桥上见到了德军部队，神父们还宣布赐福于德军。在科隆大教堂，红衣大主教舒尔特对希特勒大加赞扬，称赞他"把祖国的军队送了回来"。在多施－弗勒罗眼中，莱茵兰的天主教势力很快就将纳粹对教会的迫害抛之脑后。

希特勒还是一如既往地老谋深算，他呼吁就自己进军莱茵兰的决策召开一次全国性的全民公投。毫无疑问，希特勒早就料到了公投结果。如此令德国民众激动的一个重大胜利，他们怎么会投票表示反对呢？尽管公投当天，即3月29日，我们这些外国记者在许多投票点都发现了违规行为，但毫无疑问，投票结果证明希特勒的举措得到德国人民压倒性支持。根据官方数字，45453691名注册投票者中，约有99%的人参加了投票，有98.8%的人支持这位独裁者的决定。[19]

这个周末，我的新闻稿和日记中，我着重讨论的就是希特勒进军莱茵兰非军事区和法国没有做出有效回击所造成的影响。然而，数载之后，我才察觉它的恶劣影响到了惊人的地步。

就在德军跨过莱茵河的那天，我在日记里写道："维持欧洲和平大厦的支柱——《洛迦诺公约》，已经消失。"毫无疑问，这对欧洲各国是一个极为沉重的打击，除此之外，它还有许多后续影响。希特勒此番冒险成功，成功地巩固了自己在德国的独裁统治，更加清楚地认识到了西方民主政权的混乱现状和因循守旧的保守心态。我们审视往事，可以清楚地发现，莱茵兰事件成为纳粹德国走向发动世界大战道路上的里程碑，欧洲各国之间军事力量制衡态势发生了命运性的转折。

回首过往，当时我完全没有意识到希特勒在莱茵兰事件上的出奇制胜最终会给德国带来令人震惊且致命的后果。当时在德国国内，公投的结果证明，希特勒的权力与领袖权威得到了进一步强化，其权力之大无人企及。更重要的意义在于，希特勒终于成功地在心理上压倒了军方将领。他们面对危机曾经犹豫踌躇，元首却坚定无比，现在胜利的结局证明元首是正确的。莱茵兰的成功冒险给德国将军上了生动的一课，在外交问题上，甚至在军事问题上，元首的判断能力都远超过自己。将军们非常担心法军的回击，然而事实上元首明显更了解对手。

最重要的是，整个欧洲只有希特勒了解进军莱茵兰非军事区的意义所在，与他相比，欧洲各国的领导人对此都麻木不仁（英国的丘吉尔可能是个例外，但他当时没有权力）。尽管这只是一个小规模的军事行动，却对欧洲产生了巨大的战略影响，乃至严重危害了西方民主政权的生存，特别是法国和它在东边的盟友——捷克斯洛伐克、波兰和苏联。

今日看来，当初如果法国对德军予以反击，英国强力支持法国的行动，那么法国击退德军简直易如反掌。后者只有几个营的军力，要扫清这群宵小鼠辈，比一次警方行动难不到哪里。1936 年 3 月，英法两国放弃了最后一次遏制德国的机会，最终给自己留下了战争爆发的遗祸。此后，希特勒便肆无忌惮地引领纳粹政权走向了突然崛起而又迅速衰落的覆灭之路。英法眼睁睁地让好时机溜走了。

法国人花了数年时间才意识到莱茵兰事件是法国走向灭亡的开始。这个春季的周末，由《凡尔赛和约》建立，并由《洛迦诺公约》加固的欧洲和平大厦在莱茵兰倒塌了。莱茵兰事件足以证明法国与德国以东国家的联盟关系是毫无保障的。德军开进莱茵兰时，他们在当地既没有坚固的防御工事，战斗力也远远比不上法军，但法国不愿与德国交战。那么等到德国修筑了强大的工事，战斗力剧增之后，又怎么可能指望法国再与它作战？莱茵兰事件使法国的东方盟友——苏联、波兰、捷克斯洛伐克、南斯拉夫和罗马尼亚突然认清了它的虚伪与软弱。法国曾经与它们签署了安全互助条约，言明如果德国侵略东欧各国，法国就会进攻德国西部；现在这些国家都明白了法国的保证根本就是一纸空言，它们的安全保障在这个周末都化作了泡影。

纳粹德国的外交部部长康斯坦丁·冯·诺伊拉特对莱茵兰

事件的影响看得极为透彻。德军占领莱茵兰五个星期以后，美国驻法国大使威廉·C. 布利特前往柏林休假，于 5 月 18 日礼节性地拜访了诺伊拉特，他向华盛顿汇报了谈话内容：

> 诺伊拉特说，除非莱茵兰问题彻底解决，否则德国的外交政策没有任何发挥的空间。他特意解释，等到德国在法国与比利时边界附近修筑防御工事的工作完成之后，德国政府才有可能尽全力去阻止而不是鼓励奥地利境内的纳粹分子滋事，并且与捷克斯洛伐克保持边境地区的安定。"只要防御工事修筑完毕，中欧国家就会明白法国再也不能随意入侵德国的领土，到那时这些国家才会感到自己原有的外交政策与现状存在很多不一致之处，一个新的国家集团将会诞生。"[20]

诚如斯言，此刻形势的确开始发生变化了。

尾　注

[1] 事实上纳粹规定，不仅是加米施 - 帕滕基兴和柏林两地不能出现攻击犹太人的标语，整个德国境内在 8 月份奥运会结束之前都不能出现类似的标语。路德维希港附近的一条路上的一个急转弯处就有标牌写着："小心驾驶，前有急弯，犹太人保持每小时 75 千米！"

[2] 将近半个世纪以后的 1980 年，美国国内又一次出现了激荡的声音，虽然不如 1936 年那么强烈——很多人对美国参加首次在苏联举办的夏季奥运会的决定表示反对。吉米·卡特总统对苏联野蛮入侵阿富汗的行径深感愤怒，因此单独做出决定，要

求美国对莫斯科奥运会做出抵制。尽管许多美国运动员已经为这届奥运会备战三年之久，而且大多数运动员希望参加，但卡特总统还是成功地向美国奥委会施压，使其配合自己的抵制政策。国会和媒体对于卡特的这个决定并不怎么在意，但还是顺从了他的意愿。

然而让我惊奇的是，在 20 世纪最后四分之一的时间里，美国人还是会如此轻易地屈服于总统的权威。当年罗斯福总统是如此痛恨纳粹主义，而且他远比卡特总统有权力，他都没有胆量敢坚持要求抵制 1936 年的柏林奥运会。尤其讽刺的是，在此次夏季奥运会举办之前，希特勒单方面撕毁条约，公然进行侵略行动，开始走上引爆第二次世界大战的道路。即便如此，罗斯福总统都没有抵制柏林奥运会。

[3] 实际上，仅仅是美国代表队中就有上述所说数字的近半（5名）运动员是犹太裔，其他国家犹太人更多。美国田径队中的两名犹太裔运动员——山姆·斯托勒和马蒂·格利克曼都是400 米接力的种子选手，很多人认为他们这次会打破奥运会乃至世界纪录。然而，就在比赛即将开始前的 11 个小时，美国队突然把他们撤换下来，让欧文斯与福伊·德雷珀顶替他们。美国队教练宣称这样做是为了提升整个团队的速度，但是事实上，欧文斯的确跑得很快，但德雷珀的百米速度从来没有超过斯托勒。当时这个消息传出，我完全无法相信自己的耳朵。许多人指责美国队的这一做法是为了取悦希特勒，这让许多美国人感到恶心。

[4] 欧文斯本人收获了前所未有的成功，表现出极好的风度，十分谦虚，他认为德国纳粹东道主对自己的参赛照顾得非常周到，也很公平。他后来还批评美国记者不该把希特勒写得那么坏，他说："德国的这个光荣时刻是属于希特勒的，我们的记者把他写得那么不堪，实在是品位不高。"

[5] 特斯自小生长在阿尔卑斯山区，特别擅长滑雪与滑冰，因此她对冬奥会的很多比赛项目都很熟悉，给我们的报道帮了不少忙。

[6] 事实上，后来我才知晓，不只是法国驻柏林大使馆，法国驻莱茵兰的领事馆也获得了类似情报。早在一年多以前，也就是从1934 年 10 月开始，莱茵兰领事馆就开始不断向巴黎发出警报，称注意到德国为了重占莱茵兰而加强了当地的准备活动。然而

不幸的是，法国政府对这些情报置若罔闻。更加不幸的是，就连法国军方对此也不以为意。有关的情况可以参考本人的著作《第三共和国的崩溃》，第 251—260 页。

[7] 通常来讲，新闻记者会用威廉大街指德国的外交部，这条柏林的街道很短，却很有名。希特勒的总理府官邸、戈培尔的宣传部以及鲁道夫·赫斯的党办公室都坐落于此。因此，我有时会在文中用威廉大街指代上述任何一个纳粹德国的有关部门。

[8] 四天之后，也就是 3 月 2 日，法国驻柏林大使安德烈·弗朗索瓦-蓬塞见到了希特勒本人。之后，他在向巴黎汇报的电文中说："希特勒看上去局促不安、紧张、情绪异常。"大使此行的目的是向希特勒重申法国愿意与德国重建和平友好的外交关系，但是希特勒对他的提议显得"毫无兴趣、充满厌恶"。希特勒还要求弗朗索瓦-蓬塞保守秘密，不要让外界知道此次会谈的存在，对于这个要求，大使感觉有些奇怪。

[9] 《洛迦诺公约》于 1925 年 10 月签署，签约国包括西方四大国（英、法、意、德）和比利时。其主要内容包括：保证德比、德法边界不受侵犯，遵守《凡尔赛和约》关于莱茵兰非军事化的规定。《凡尔赛和约》第 42 和 43 条有关莱茵兰非军事化的规定如下：莱茵河西岸以及东岸 50 千米以内不得有德国军队，也不得设防。巴黎和谈时法国福煦元帅要求德国把莱茵河西岸的领土全部割让给法国，这一要求遭到了谈判委员会的拒绝。为了补偿法国，最终决议设立莱茵兰非军事区。法国和比利时希望通过设置非军事区，使德国今后无法再像 1914 年那样突然向西线发动进攻。

[10] 根据陆军大将阿尔弗雷德·约德尔在纽伦堡法庭上的供词来看，当时越过莱茵河的只有三个营，德军指挥部只调遣了一个师的力量用于占领莱茵河两岸的非军事区。然而当时盟军情报部门都高估了希特勒的实力，我在撰写新闻稿时也犯了类似的错误，我们都认为希特勒至少派遣了 3.5 万名士兵，约等于三个师的兵力。希特勒本人后来告诉他的下属："事实上我当时只有四个旅的军力可以用于支配。"总而言之，当时法军的实力远胜于德军，无论是兵员数量、装备水平，还是训练素养，都不是德军可以比肩的。

[11] André François-Poncet：*The Fateful Years. Memoirs of a French Ambassador in Berlin. 1931-1938*, p. 193.

［12］1933 年德国国会大厦发生纵火案，尽管火灾只是对大厦内部造成了损毁，但是希特勒坚持不再修复它。此后，国会开会地点就改为了克罗尔歌剧院。我一直认为这是个挺合适的地方。

［13］在纳粹当政的头几年中，凡是遇到外交领域的冒险行动，希特勒常常会选择在星期六做出重大的决策。据说原因在于，有人告知希特勒，每逢此刻，英国内阁成员和其他高级官员都会离开伦敦，前往郊区休假，在此期间他们都极不乐意打理政事。一年前的 1935 年 3 月 16 日，也是周六，希特勒选择这一天宣布废除和平条约、重新实行义务兵役制。据说，希特勒断定英国政府在周末不会正常办公，这样一来法国政府肯定也不会在周六当天寻求英国政府的帮助以对抗德国，而没有英国的支持，法国肯定不会独自轻举妄动。

后来我了解到莱茵兰危机发生的那个周末的具体情况。周六一大早，就在德军进入莱茵兰之后不久，法国驻伦敦大使夏尔·科尔班就打电话给英国外交大臣安东尼·艾登，艾登直接告诉科尔班，现在首相大人和阁员们都在郊外休假，一切问题都只能留待下周一上班之后再行讨论。科尔班向艾登恳求，如果这样的话，那么希特勒就可以白白获得 48 小时的时间，在这期间德军不会受到任何干扰，完全可以进一步加强在莱茵兰的势力。然而，包括懒洋洋的首相鲍德温在内的所有英国政府内阁成员都不愿为了此事而放弃周末野外休假的传统。

然而，直到很久之后，我和艾登亲自进行了交谈，也阅读了他的回忆录，才知道艾登所谓的休假实际上只是一种借口，英国政府以此来拖延时间，防止法国向莱茵兰进军。只要拖过了周末，法国再出兵就已经太晚了。英国政府的这个外交策略真是让我完全无法理解，简直就是令人崩溃的自杀行动。法国政府所采取的外交策略同样让我无法理解。很久以后，我对法国外交档案进行了研究，我确信当时即使英国政府鼓励法国派兵出击，法军也不愿在那个周末这样做。当时法国总参谋部和法国政府都几乎处于瘫痪状态。法国政府的时任内阁是一个过渡内阁，由激进社会党人阿尔贝·萨罗充当总理，他所要做的就是老老实实地站好临时岗，等待 4 月底的大选。

［14］ *TMWC. Trial of the Major War Criminals.* Nuremberg documents and testimony. Vol. ⅩⅤ. p. 352.

［15］ Paul Schmidt：*Hitler's Interpreter*, p. 41.

［16］ *Hitler's Secret Conversations*, pp. 211 – 212.

［17］ Schmidt, op. cit. , p. 41.

［18］ *TMWC.* Vol. ⅩⅪ, p. 22.

［19］ 戈培尔为了这场公投表演费尽心思，以至于我觉得他表演得过火了。齐柏林飞艇的设计师胡戈·埃克纳博士告诉我，戈培尔亲自登上"兴登堡号"飞艇，命令飞艇要在柏林和德国各城市巡游，为这场"只能投赞成票"的公投造势。戈培尔后来宣称"兴登堡号"巡游了 42 个城市，但实际上只有两个。

［20］ *NCA. Nazi Conspiracy and Aggression.* Part of the Nuremberg documents. Vol. Ⅶ, p. 890.（Document L – 150）

第十章

闲暇生活：1935—1937

作为记者，我们似乎总是忙于报道当代史，竭力去诠释那些事件，赋予它们意义，但私下里我们也尝试着让自己的日常生活丰富多彩。毕竟，我们依然是普通人，或者说我们假装是普通人。

有时候，国内读者读了我们发回的新闻报道，他们会通过读者来信栏目对记者的工作和生活方式发问。比如，记者忙于报道世界各地的危机和灾难，他们有时间享受普通人的生活吗？事实上，我们在尝试这样做。我们每天都工作 12 个小时以上，当我们休息时，会努力使自己不去想工作的事情。我们中大多数人已经娶妻生子，我们很爱家人，会和他们一起玩耍，有时也会吵闹，我们也会像其他普通人一样生活和工作在希特勒的疯狂帝国。偶尔我们会在晚上忙里偷闲，陪着他们去看一场歌剧、听一场音乐会或者看一场话剧。尽管纳粹近乎愚蠢而疯狂地禁止一切犹太裔的小说家、音乐家、作曲家和演员发表作品或公开演出，但是总的来说，柏林三大艺术表演机构还是维持了高水准。大多数驻柏林的记者需要为美国本土的早间报纸供稿，由于时差，我们一般要加夜班，所以陪着妻儿出去娱乐的机会并不多，顶多参加一些鸡尾酒酒会或正式聚会。从傍晚 5 点到晚上 9 点是我们最为忙碌的时间，我们要把白天采访的新闻做最后的确认，写成新闻稿，然后打电话到巴黎或伦敦，通过那里把稿件最终传回纽约。

工作结束后，从午夜到凌晨 2 点之间，我们许多同行会聚到塔韦纳小酒馆，那里有一间靠角落的大包厢，预留给英法美三国驻柏林的记者。我们会在这里吃一些东西，喝一点红酒或啤酒。如果有谁需要或者喜欢的话，也可以来上一些烈酒。在聚会的过程中，我们会相互交流一天工作的心得，比如今天是如何报道纳粹的，有什么政府官员试图阻止我们报道，或者是故意欺骗我们。偶尔也会有少数的德国本地记者或报社编辑加入——他们常常不请自到，有时会向我们这些外国记者提供一些有关希特勒身边权力斗争的内幕，但我们还是怀疑他们的真实身份和他们消息的真实性。我们知道，其中至少有三四个记者，其实都是前来监视我们的德国间谍，他们为戈培尔、希姆莱或戈林工作，甚至可能就是希特勒自己派来的。在纳粹德国，我们很快就学会如何与这些间谍打交道，如何忍受他们，这并不是很容易的事情。

塔韦纳小酒馆的老板叫维利·莱曼，他总是自称自己的小酒馆充满了意大利风情。小酒馆里的意大利面和小牛肉味道做得都非常好，但是维利这个人是一个典型的直率的德国人，从他身上感受不到任何意大利人的气息。维利的夫人羞涩、苗条而有魅力，是比利时人。也许因为维利不知道如何去奉承当局，也许因为他总是对我们这些外国记者很友善，还也许是因为他的妻子是比利时人，所以纳粹一直对他很不友善，常常威胁要查封酒吧。事实上，大约在战争爆发的一两年后，维利的小酒馆真的关门了。

通常情况下，都是由诺曼·埃巴特负责主持小酒馆聚会。他是伦敦《泰晤士报》驻德国的记者，他一般坐在角落里，叼着大烟斗，滔滔不绝。他会用自己高音调的嗓音告诉我们今天他搜集到了多少新闻，他的东家又多么害怕触怒希特勒，几乎完全不会刊载。他是一位极为优秀的记者，是整个小酒馆里消息最灵通的外国记者。对我而言，他那些被东家拒绝登载的新闻成了我的意外收获——诺曼会定时把这些消息告诉我。我们会趁着小酒馆十分喧闹的时候悄悄交谈，或者走到小酒馆外面，在黑夜里边走边谈，这样潜伏在我们附近的德国间谍就无法监视或监听我们了。

参加聚会的同行形形色色，三个《纽约时报》的记者是常客。他们的驻柏林办公室主任吉多·恩德里斯正值花甲之年，开始受到病痛的折磨。不过他每次来小酒馆都会穿着花哨的赛马服装，还配上亮红色的领带——这样可以让他看起来既健康又年轻。这个和蔼的老人在政治上似乎持中立态度，对纳粹也没有太多意见。第一次世界大战美国参战之后，德国逮捕、监禁了《纽约时报》驻柏林的记者，他从而接替了同事，成了新的驻柏林记者。他很资深，在行业中享有盛名。他是瑞士与意大利混血，还持一本瑞士护照，我觉得这可能也是他对政治持中立态度的原因之一。瑞士人对于中立问题总是有自己的独特感受。

作为外国记者，我们当中的绝大多数人对纳粹政权充满憎恨之情，但吉多对我们的观点毫无兴趣，也并不赞同我们。在他看来，我们和纳粹一样，看待事物都太意识形态化了。吉多有一种小孩子般的天生的幽默感与喜悦感，所以任何人都无法激发他的负面情绪，他对一切外在的人和事物都不以为意。

据我了解，《纽约时报》绝大多数从柏林发回的报道是由吉多的两位助手撰写的。其中一位叫奥托·托利舒斯，负责报道大多数重大事件。奥托40多岁，有波罗的海人的血统，思想周密，工作时专心致志，总是竭尽全力去挖掘新闻内幕。另外一位助手名叫阿尔·罗斯，特别和善，看上去有点迷迷糊糊的，非常招人喜欢。常常来参加聚会的还有合众社驻德国办公室的主任弗雷德·厄克斯纳，他是一个很有能力的美国南方人，总是很安静，显得谦逊温和。但他为了抢到独家新闻，总是和纳粹产生矛盾，与其他驻德新闻机构的负责人相比，他与纳粹的关系算是最糟糕的。除了弗雷德，合众社还有几个职员，大多数也只有20多岁，他们常常喜欢跑到塔韦纳来打发晚上的时间——我们觉得合众社驻柏林分社总是特别受有激情的年轻人青睐。其中一个年轻人叫埃德·贝蒂，长着一张丘吉尔似的圆脸，敏捷机智。他肚子里装满了有趣的故事和歌曲，每当我们辛苦了一天，与他交谈都会成为一种享受。还有霍华德·K.史密斯，他之后成为广播新闻业中不可忽视的重要人物。还有理查德·赫尔姆斯，后来颇受争议地成了美国中央情报局局长。当年我们打破脑袋也想不出这个颇显无知、幼稚，风度翩翩而又独具魅力的毛头小伙子竟然有做情报局局长的潜质。

当年还有一位年轻的小伙子也参加过我们的酒会。他在二战爆发前从莫斯科调至柏林，短暂地待过一段时间，这个人后来名声极为显赫，他就是乔治·凯南。他给我留下的最深刻印象就是，这个年轻人太擅长从事外交了。当年有一段时间，凯南一度向我吐露心声，说自己对于外交事业感到迷茫，因此在考虑是否继续留在这个圈子。那段时间，他对从事文学事业充满了期待。事实上，我记得他当时深受契诃夫的影响，已经开始撰写短篇小说和文学评论。凯南还说自己有一个极为庞大的文学计划，希望把所有主要的俄国作家的原著好好整理、编辑、重新翻译。他筹划中的作家名单过于庞大，从普希金到果戈理、托尔斯泰、陀思妥耶夫斯基、屠格涅夫、契诃夫，直至高尔基。关于文学翻译这个问题，凯南还告诉过我一些我从未意识到的问题。在他看来，以往的俄语文学翻译工作，包括康斯坦丝·加尼特的翻译是严重不足的，没有任何一种翻译后的语言能够完全表达出原来的意蕴。这个观点我很赞同，我读法语与德语著作的时候，也深有此感。而俄语作为一种极为复杂与艰涩的语言，在翻译过程中所遇到的困难就更为严重。不过，凯南确信自己一定可以做好这件事情，会比之前的译者翻译得更好。

事实上，战争刚刚爆发没多久之后，凯南真的接到了这样一个提议。当时美国有一家业界领先的出版商，他们做了一个翻译俄文著作的项目，委派凯南负责。凯南一方面尽己所能翻译了大量小说，另一方面还审查其他译者的翻译成果。他说自己心里曾有很大的冲动，想辞去外交部的工作，把余生都投入如此有趣的事业。

然而，凯南最终还是决定留在了外交部。后来的事实证明，这是一个明智的决定。他经历了很多的挫折，最终获得了巨大的成功。墨索里尼倒台后，各方在里斯本就意大利单独媾和的问题举行谈判，凯南在谈判中发挥了巨大作用。二战后，凯南成了美国驻苏联大使，之后回国在国务院担任政策研究室主任。作为一位老资格的国务家，凯南最终彻底离开了外交圈，回到了普林斯顿大学高等研究院，在那里，他成了大师级的人物，撰写了许多与外交政策相关的意义重大且文笔优美的著作。

塔韦纳小酒馆的常客中，还有两位同姓的朋友（虽然两人并无亲属关系），他们都姓巴恩斯，都为《纽约先驱论坛报》工作，也都是我的好朋友。一位叫作拉尔夫·巴恩斯，另一位叫约瑟夫·巴恩斯。我和拉尔夫在巴黎工作时就认识。他在《纽约先驱论坛报》驻柏林的办公室工作过一段时间之后，就被调去了伦敦。约瑟夫则从莫斯科办公室来到柏林。

拉尔夫来自美国的俄勒冈州，是一个精力非常旺盛的人，对生活、新闻事业以及学习充满了近乎纯真的激情。当年在巴黎的时候，他出门时总会抱着一大堆书，其中有两三本《不列颠百科全书》，以至于走起路来整个人摇摇晃晃的。拉尔夫的夫人埃丝特是一位有亚美尼亚血统的美国人，长得很漂亮。他们夫妇当年在大学时候就相爱了，后来育有两个可爱的女儿。他们全家成为我们在柏林最要好的朋友，我们在一起过感恩节、圣诞节和新年。由于我所属的报社与《纽约先驱论坛报》并无直接竞争关系，因此我和拉尔夫经常合作报道新闻。特斯是土生土长的欧洲人，德文很好，经常也会帮助我们。

拉尔夫被调到伦敦之后，我和前来接任的约瑟夫也成了好友，我们也在一起工作。在所有驻德国的美国记者中，约瑟夫的受教育程度最高。他是哈佛大学的毕业生，主修中文与俄文。约瑟夫在中国和苏联都工作并生活过，他甚至为了提高自己的俄语口语水平，还去苏联的一处集体农场和工厂工作过。他热爱读书，闲暇时学会了法语和一些德语。约瑟夫本来可以继续从事学术研究，而且一定会大有前途，但是他本人志不在此，反而对学术性不高的新闻业产生了浓厚兴趣。

约瑟夫做过多年海外记者，成了《纽约先驱论坛报》负责外国报道的编辑，还给纽约一家短命的小报纸做编辑。由于后来受到了麦卡锡主义的迫害，约瑟夫最终被迫放弃了记者职业，晚年改行从事出版。我一直相信以他的能力，只要继续下去，一定可以到达新闻业或出版业的巅峰。可惜命运无常，他的遭遇常常提醒我，我们国家曾经拥有很多才华横溢的人，但是他们的才华都被国家白白浪费了。

　　路易斯·洛克纳是美联社驻柏林办事处的资深负责人，曾经因为对德国的杰出报道而获得普利策奖，但是他很少来塔韦纳小酒馆。他娶了一名德国妻子，他本人和一位德国前王子以及其他王室成员是密友。他在家里甚至不说英语，只用德语交流。除了工作以外，洛克纳的生活方式完全是德国化的。尽管他喜爱与王室贵族结交，但他并不是一个势利眼。他的头稍有秃顶，戴着厚厚的眼镜，行为举止总是透露着一股老学究的气息，看上去特别像一个旧派的乡村教师。

　　洛克纳出生在密尔沃基，我猜他就是在这里学会德语的。当地进步的德国移民众多，他深受环境影响，早年他在这里成了一名社会民主党人与和平主义者。1916 年一战期间，他和亨利·福特踏上了命运多舛的和平之旅，漂洋海外。但当我抵达柏林时，他的思想变得更加保守了，对于外在的一切事情都没有特别强烈的感情或意见。他看起来天性平和，似乎和每一个人都相处得很好。

　　洛克纳的精力极为旺盛，他总是处于不断工作的状态中，我们甚至怀疑他从来没有稍微停下来思考过。他在柏林有众多消息源，于是他把全部的亢奋精力放在搜集各种最新消息和有亮点的新闻上。尽管这些新闻琐碎且微不足道，但的确都属于"独家新闻"，我确信它们能成为美国版报纸的头条，深得社领导的欢心。然而，一旦真正的大事件爆发，洛克纳却觉得自己没有做好充分准备。这些重大事件爆发的频率越来越高，也不再是"独家新闻"，到了这个时候，洛克纳就显得置身事外了。

自从多萝西·汤普森被驱逐出境以后，《芝加哥论坛报》的西格丽德·舒尔茨就成了我们美国记者中唯一的女性。与洛克纳一样，西格丽德也精通两种语言。她的父母在一战爆发前来到德国定居，她在德国接受了教育。她是一位充满魅力的女性，但终生未嫁。等我逐渐与她熟识起来以后，我就觉得，尽管她非常喜欢新闻，命运却没有眷顾她。她很努力，精力充沛而且消息灵通，是个好记者，但写作能力很差；她对政治充满了热情，但对于英语没有什么良好的感觉。她在德国生活了很久，对德国人却深深失望，而且憎恨纳粹，也许正是因为在德国待得太久，看得太透。二战后西格丽德出版了一本书《德国人会再次行动》。在西格丽德的眼中，德国人在 1914 年和 1939 年两次发动战争，那么毫无疑问，他们一定会再来第三次。

上面我谈到的这些人就是我的一些美国同行。我们多数人晚上都会聚在塔韦纳小酒馆。对我们而言，在充满混乱与丑恶的纳粹世界中生活和工作，并不是一件很轻松的事情，我们紧张，终日与令人厌恶的纳粹做斗争，更为我们所闻所见所报的事情烦扰，塔韦纳小酒馆成了我们暂时的世外桃源。我们安静而友好地聚在一起，彼此汲取能量与勇气，以面对未知的新的一天。

柏林的生活是冷寂的，除了喝酒以外，我和特斯也主动找些乐子。我们曾经只花 100 美元就从一个破产的德国拳击运动员（他是我们在酒吧里遇见的）手中买来了一艘帆船。这艘船配备 18 支桅杆，装备有斜桁纵帆装置，还有一个小舱室，里面可以放下两张小床。夏季来临时，每当我和特斯被柏林的紧张生活压得喘不过气，我们就会驾着这廉价的一叶扁舟迅速逃离城市，去远郊享受一个假期。事实证明，这种休息方式对缓解疲乏、舒缓焦虑效果不错。

偶逢夏日的周六下午，如果我估摸今天不会有重大事件爆发，我就会与特斯一起驾船出游。我们会先坐有轨电车到柏林周边的哈弗尔湖，我们的帆船泊在附近的小船坞。我们驾船行进八九英里，找到一处安静的小河湾抛锚停船。我们会在湖里游上一个小时左右的泳，然后吃伴有红酒的晚饭。酒足饭饱，我们会听广播，看看当天有没有爆炸性新闻——如果不巧有大事件发生，我们或扬帆或划桨，把船驾回岸边。在河岸附近的咖啡馆里喝上一杯咖啡，再打电话呼叫一辆出租车来接我们回去工作。

如果一切正常，我们就在船舱里美美睡上一觉。周日早上起床，我们在甲板上一边喝咖啡，吃面包卷，一边迅速地翻一翻报纸。尽管纳粹控制出版的报纸往往愚蠢而无趣，但是对于新闻记者，这些报纸有一定的作用。我常常通过阅读周日的报纸来发现周一可能发生的新闻——这为弄清第三帝国正在发生的事情提供了背景故事。我一般会顺便做些笔记，留着晚上工作之用，然后把这些报纸扔进包里；之后我和特斯会再跳进湖里，然后躺在甲板上晒一个小时的日光浴。最后，我们会享用一点剩下的三明治和啤酒，然后把船开回岸边，随风沿岸停泊。驾船出游的感觉是无比美好的，不管驶过的湖泊或河湾是多么狭小，只要身在其中，身上所承载的那些焦虑都会立刻被留在岸上。身边是如此安静，只有波浪拍打船底的声音，心灵的宁静是别处得不到的。

除了喝酒与短暂的休息，我还会有一些休假，通常一周至三周，让我能够摆脱工作，足够我恢复身心健康了。

我在前文提到，1935 年我短暂地回到纽约休假，由于负担不起特斯的旅费，所以她只身回到了祖国奥地利，在阿尔卑斯山区登山以打发时间。来年的 6 月，我们一起去了杜布罗夫尼克旧城，这座充满魅力的古老海港坐落在亚得里亚海畔，它曾经为威尼斯所有，后来又落入了奥地利手中，现在属南斯拉夫。① 在杜布罗夫尼克旧城外的一处海岸边，住着一位羞涩而充满魅力的年轻女士。她操一口温柔的美国南部口音，靠一点俄方给的抚恤金生活，她就是凯瑟琳·安·波特——著名短篇小说集《开花的紫荆树》的作者。我读过她的著作，对她的才华充满了仰慕。我本想利用这次休假的机会去拜访，但她礼貌而坚定地拒绝了我的请求，不希望自己被打扰，我只好遵从。后来，波特女士名声愈隆，我也从其他的一些渠道了解到了她更多的情况，但是每每想起那年的擦肩而过，心中总有遗憾。

后来我们还与尼克博克夫妇一起在达尔马提亚地区度假。当时他们刚刚从阿比西尼亚的首都亚的斯亚贝巴采访归来，那里意大利军队正在进行侵略战争。这次采访是一次痛苦的经历，他们在当地亲眼看到，为了提高对阿方军民的杀伤率，意大利军队甚至使用了毒气弹，而且对城内一切建筑进行毫无区分的轰炸。相比之下，阿方抵抗部队的装备水平极端低下，他

① 杜布罗夫尼克现属克罗地亚。

们甚至手持长矛与弓箭进行战斗。据尼克博克说，阿比西尼亚人之惨简直不可名状，但是他们誓死不降、英勇战斗的光辉事迹也同样数之不尽。由于抵抗完全是无组织的，因此想要统计他们真正的伤亡情况几乎不可能。尼克博克告诉我，我的老朋友、来自《芝加哥论坛报》的比尔·巴伯也在那里采访战况。他前往一处战斗地点调查伤亡情况，却不幸死于高烧。巴伯的遗体被埋在了亚的斯亚贝巴，他是最早死于意外的美国战地记者之一。

那些年的度假之所以那么令人难忘，因为那正是我与特斯情深意浓的时光。特斯当时 26 岁，我也才 32 岁，婚姻与爱情都新鲜诱人，时光与环境还没有消磨我们的挚爱。我们觉得这段婚姻充满了快乐、激情与和谐。尼克博克夫妇的加入，让我们这个四人组变得更加开心。到了第二年，我们两家又聚在一起休假，不过这也是战争爆发之前最后一次度假了。

后来我在日记中发现，当初我刚刚到达柏林的时候，常常为希特勒的罪恶行径困扰，我对现实的沮丧促使我找到了另一种方式逃离希特勒的世界。

我决定利用两次印度之旅的经历写一本小说，故事就设定在印度当地。我于 1930 年和 1931 年两次前往印度，当时正值甘地先生发起"非暴力不合作"运动。我不能让印度的故事从我手中溜走。

我的日记记录到大约一年后，我完成了这部小说的初稿，这让我"如释重负"。不过我必须承认，虽然我竭尽所能，努力写作，全身心地投入其中，但初稿写得并不精彩。值得庆幸的是，它从没有出版面世，省却了我丢人现眼的烦恼。不过，它曾经差一点点就被付梓了。当时布兰奇·克诺夫答应我，只要我把初稿好好修改一下，她会想办法把书出版。然而后来我忙于报道希特勒越来越引人注目且具有威胁性的消息，再也没有时间和精力去修改了，此事不了了之。后来纽约的一个经纪人贝雷妮丝·鲍姆加腾还给我写信，保证说"只要这本书出版了，就会把它摆在最畅销的位置"。

这对我来说是一个诱惑。据说绝大多数新闻记者梦想着在有生之年写一部小说。我本人也相信这样的说法，不仅写了一部，还差点就出版了。对于一个整日忙于琐碎报道的记者来说，只有撰写并出版著作才能让自己远离喧嚣，真正安静思考。对海明威来说就是如此，他把自己当年在巴黎做记者的经历与见闻作为素材，写出了伟大的作品《太阳照常升起》；辛克莱·刘易斯也有类似的经历，他曾经与我在维也纳相逢，他告诉我他的作品《大街》就是来自自己的记者经历。除去这些伟大的作家，我身边也有两位亲密的朋友兼同事利用自己的见闻写书——吉米·希恩和约翰·君特，他们都是来自芝加哥的记者，分别出版了《私人历史》和《欧洲透视》。

希恩和君特的经历证明，要想真正写出书来，只有两条道路：要么离开记者岗位、进行专职创作，要么就是前往大学任教。

可是在我心里，记者职业充满了激情，能够在纳粹统治的时代从柏林发回新闻是一件非常重要的事情，它的意义远比写作重大得多。至少对我而言，能够通过一篇篇新闻稿来描述这个时代的真实大戏，要比写一部小说有意义得多。我不想放弃我的记者生涯。

最终，我非常庆幸自己没有出版那部有关印度的小说，尽管我相信自己在小说中为甘地先生塑造了很好的形象，但是我想他并不属于这部小说。后来我又逐步撰写了一些关于他的传记，那才是纪念他的最好方式。至于小说本身，我杜撰出来的人物都非常死板，特斯认为我塑造的女性角色一塌糊涂。

不过这部失败的小说并不意味着我从此放弃了写书的梦想，也不代表我对写小说这件事情失去了兴趣。事实上，当时我已经产生一个新的念想：把我们在这个时代里正在经历、感悟与理解的事情写成一本新的小说。不过，这个念想迄今都没有付诸实践。我必须承认，在写小说方面，我始终不是一个能手，我还不够成熟。然而，在新闻行业，我却发现了自己的天分与能力。

我决定，为新闻梦想坚持到底。

这段时间以来，国际社会不断发生了一些大事件，在柏林也引发了震动，作为记者，我们必须紧密追踪这些动态。

1936 年 5 月 2 日，墨索里尼的军队胜利结束了对阿比西尼亚的侵略战争，进占了首都亚的斯亚贝巴。这场胜利对于墨索里尼来说意义极为重大，他不但夺取了阿比西尼亚，还成功地对抗了国联和英法两个西方大国。后者对意大利的侵略行径表示反对。

墨索里尼的胜利标志着国联的彻底衰败，这让柏林城内呈现了一片欢悦气氛。在德国人的眼中，国联建立在德国战败的基础之上。在希特勒的领导之下，德国早就宣布退出了国联。除此之外，希特勒确信，意大利的胜利将使墨索里尼再也不会顺从英法了。相反，元首确信，意大利与纳粹德国会进一步接近，德国会把它拉入自己的阵营，从而结束纳粹德国在国际社会孤立无援的现状。

让我想不通的是，希特勒竟然对墨索里尼这样的人物充满了十万分的仰慕，他认为墨索里尼是一位卓越的政治家，也是一位世界级的领袖人物。他竟然还认为，意大利是一个全球性的强大国家。一开始我完全不相信希特勒会如此看重墨索里尼，或许唯一可以解释的原因就是，墨索里尼比希特勒提前十年就在一国之内建立了法西斯统治，希特勒甚至可能还从他那里学到了一些经验。希特勒是一个极其善于把握他人性格与特征的人，但面对墨索里尼，他完全看不出墨索里尼根本就是"金玉其外败絮其中"，这让我很震惊。[1]更让我震惊的是，希特勒作为一个合纵连横的高手，对于欧洲权力平衡态势了然于胸，却错误地高估了意大利的实力，一心将其奉为自己的盟友，乃至唯一的盟友。

随着意大利成功征服阿比西尼亚，德意两个法西斯独裁国家相互靠拢的速度加快了，开始逐步建立起同盟关系，最终共同走向致命的结局。德意的结盟对英法具有极为重大的影响，而且就连美国也无法置身事外了。

1936 年 7 月 18 日的夜间，我在日记里写道：

> 西班牙遭遇了麻烦，当地发生了右翼势力的叛变行动，马德里、巴塞罗那和其他地方都发生了战斗。

就在前一天，被流放至西属加纳利群岛的弗朗西斯科·佛朗哥在岛上宣布发动军事政变，西属摩洛哥也宣布响应。第二天，叛变就蔓延到了西班牙本土。当时我们在柏林收到的有关消息都是比较粗略的。叛军将领和西班牙共和国政府都宣布自己一方取得了战斗的胜利。但是 7 月 27 日，我在日记里写道：

> 目前看起来，西班牙政府军占据了上风，发生在当地最重要的两个城市——巴塞罗那和马德里的叛变已经被平息。然而，上周发生了一件更为严重的事情，不得不令人紧张。据传，德国纳粹敌视西班牙共和政府，因此纳粹党内正在考虑要援助佛朗哥叛军。

过了几天之后，事态变得很明朗了，德国准备给予佛朗哥叛军相当规模的援助。对于希特勒而言，这世界上出现第三个法西斯国家，当然是一件值得欢迎的事情，而且一旦佛朗哥掌握政权，就意味着法国的边境出现了一个亲德意的法西斯国家，这足以在法国国内引发更大的冲突与恐惧。在希特勒心中，当年一战的时候，德国就是因为被协约国东西线合围才遭遇失败的，因此他渴望佛朗哥的西班牙与纳粹德国一起两线威胁法国，以报当年的 箭之仇。[2]

事实上，西班牙内战爆发五天之后，也就是 7 月 22 日，希特勒就已经下定决心要支援佛朗哥了。内战刚刚爆发，希特勒正在休假，每年的这个时候他都会例行休息几天，前往拜罗伊特参加瓦格纳音乐节。21 日夜间，希特勒听完音乐会之后，收到了佛朗哥特使送来的加急求助信。当晚戈林和勃洛姆堡恰巧也在拜罗伊特，希特勒召见了他们，连夜就做出了决定，接受佛朗哥的请求，支援西班牙叛军。

尽管德国给予佛朗哥的援助力度远远不及意大利，但是其规模也是极为惊人的。意大利向佛朗哥提供了超过 5 万人的部队，还有大量的单兵武器、坦克与飞机。德国则向佛朗哥提供了 5 亿马克（约合 1.25 亿美元）资金，还有大量武器，向西班牙战场投放了 30 个反坦克作战连。希特勒还秘密组织了 6000 人的秃鹰军团和一支拥有地面保障力量的空军部队协助叛军。秃鹰军团因为发动了对巴斯克人的小镇格尔尼卡的轰炸而变得臭名昭著——这座城市几乎被完全摧毁，许多平民丧生。[①] 与德国庞大的军备力量相比，希特勒给予佛朗哥的帮助只是九牛一毛，但是这次微不足道的投资为他带来了巨大的回报。

希特勒援助佛朗哥的目的在于摧毁欧洲另一个民主政权，建立起法西斯统治，而且他盼望西班牙法西斯政府会实施仇视法国的外交政策，在必要的时候再加上英国（尽管在西班牙内战期间，英国政府采取了较为偏袒佛朗哥势力的政策）。这样一来，德国就可获益。西班牙内战在法国引发了政坛的分裂，右翼党人支持佛朗哥叛变夺权，左翼党人则希望能够挽救西班牙共和国，双方都指责对方是叛变者。英法之间的分歧也进一步扩大，左翼人民阵线执政的法国政府担心佛朗哥一旦取胜会威胁法国的安全，而保守党掌权的英国政府则对保守主义、敌视共产主义的佛朗哥势力充满同情。

当时苏联向西班牙共和国提供了大量援助，因此希特勒一心盼望佛朗哥取胜，这样就能对苏联造成打击。他担心一旦佛

---

① 格尔尼卡位于西班牙政府共和军支援前线的运输线上，秃鹰军团的轰炸将这座城市几乎完全摧毁。毕加索的名作《格尔尼卡》就是为了纪念此事件而创作的。

朗哥失败，共产主义势力可能就会在西班牙共和国内部蔓延。然而事实上，与纳粹德国以及其他一些右翼势力的宣传相反，西班牙共和国政府根本不是共产主义者，也从来没有信奉过共产主义。

除了渴望政治上的投机回报以外，纳粹德国还有另外一个目的——戈林后来对此大言不惭地声称，西班牙内战为德国新式的大炮、坦克、飞机和战斗部队提供了良好的试验场所。[3]

尽管我对希特勒干涉西班牙内战的行径深感不齿，但是我必须承认他的计划实在是聪明睿智。这是一次狡猾、深思熟虑且富有远见的政治投机行动。

然而，对于希特勒而言，干涉西班牙内战最大的收获是将意大利成功拉进了纳粹德国的阵营。

之前，德意两国政府尚未承认佛朗哥叛军是西班牙的合法执政者。到了西班牙内战爆发的第一年，1936 年的 10 月，墨索里尼的女婿、意大利外交部部长加莱阿佐·齐亚诺来到柏林，与德国外交部部长康斯坦丁·冯·诺伊拉特签署了一份秘密协议，规定在德意两国之间建立事实上的同盟关系。几天之后，墨索里尼在一场演讲中夸夸其谈，将德意秘密协议盛赞为"轴心同盟"，著名的"罗马 柏林轴心"由此诞生。现在翻阅以前写的东西可以发现，在那段时间里，我们作为记者，在新闻稿中写下了无数的"罗马-柏林轴心"。极度自负的墨索里尼一刻不停地四处吹嘘这个轴心同盟，希特勒也在竭力哄骗民众，宣称德意同盟将会是欧洲新秩序的坚强基石。然而，历史最终会逐步证实，墨索里尼将自己与德国纳粹绑在一起，给自己带来的只有最终的灭亡和法西斯政权的崩溃。对于德国而言，与意大利结盟也是一桩赔本买卖，到了二战的后期，羸弱的意大利简直成了纳粹德国脖子上的一根索命绳。

尽管柏林和罗马到处在热烈地讨论德意同盟，伦敦与巴黎为此深感担忧，但是我对于这些评论都没有太当真。在我看来，这是一个完全不均衡、不平等的同盟关系。尽管意大利有辉煌的历史与文化，其人民也受到良好的教育，但是意大利缺乏自然资源和工业能力，纵然征服了阿比西尼亚，扩大了其在非洲的势力范围，它也无法真正跻身列强之林。

"罗马－柏林轴心"只是一个门面工程。

1937 年 4 月 8 日，我在日记中写道："现在已经是 4 月了，希特勒竟然没有丝毫异动。"我来到纳粹德国已近三年，此前每年的春季，希特勒都会发动突然袭击，搞出一些震惊全欧洲的大动作，今年的春天他却异常安稳。

1 月 30 日，为了纪念正式掌权四周年，希特勒向国会发表了演说。他宣称："以往所谓的惊喜的季节将彻底结束了。"目前看到，这是他第一次说话算话——现在已经进入 4 月，我们的确没有看到他有什么异常举动。每一个记者都几乎要放松警惕了。

就在几天前，我接受齐柏林飞艇公司的邀请，计划于 5 月初免费乘坐一架新的大型"兴登堡号"飞艇回到美国新泽西州的莱克赫斯特，此次飞行是"兴登堡号"的首航。我曾经就"兴登堡号"飞艇写过好几篇报道，这艘庞然大物从法兰克福飞到纽约只需要两天半，比当时最快的越洋客轮节约一半的时间，回程则只需两天。乘它回家度假再返回，这可是一次新鲜的旅行。

环球通讯社之前本来允诺会从国内给我派一个助手，但是由于新一轮的经济衰退，所以这个扩员计划暂时被搁置了。纽约总部的工作人员不希望我离开柏林，中断报道，于是我只好拒绝了齐柏林公司的邀请。然而第二天，齐柏林公司的媒体公关员又给我打电话，说考虑到特斯之前也为我有关齐柏林飞艇的报道做出了重要贡献，所以公司愿意为特斯也提供一次免费的旅行。

当时出于某些我已经记不清楚的原因，我根本没有和特斯提过这次回国计划，礼貌地拒绝了齐柏林公司的盛情邀请。之后我就把这件事情抛之脑后了。齐柏林公司的飞艇在前一年进行了十次安全的越洋测试飞行，然后才正式投入商用。每年夏季，飞艇都会执行横跨大西洋的飞行计划。对于公众来说，齐柏林飞艇横跨大西洋是一件很平常的事情，已经不算什么新闻了。

在此之前，美国报界为齐柏林飞艇的事情热炒过一段时间。当时美国国内有反对的声音，认为美国不应该向齐柏林飞艇公司出售飞艇所需的氦气。去年春季，我还遇到了飞艇的设计师胡戈·埃克纳，他告诉我他为了此事专门跑到华盛顿去找老朋友罗斯福总统，希望他不要禁止美国对德出口氦气。显然美国当时是唯一能出口氦气的国家，这种气体不易燃。据埃克纳说，罗斯福总统本人对氦气出口问题并没有什么意见，但内政部部长哈罗德·伊克斯是一个强硬的反纳粹主义者，他力主对德国实行氦气禁运。最终哈罗德部长的意见占了上风，从1936年夏季开始，往返于法兰克福与莱克赫斯特之间的齐柏林飞艇都改充氢气，这是一种极其易燃易爆的气体。如果我没有记错的话，这可能也就是我没告诉特斯我替她拒绝了免费乘坐齐柏林飞艇飞回美国这一提议的原因。

5月7日凌晨4点钟，还在睡梦中的我被电话铃声吵醒，打电话来的是我们报社驻伦敦办公室主任比尔·希尔曼。他告诉我"兴登堡号"飞艇在莱克赫斯特附近准备着陆时坠毁了，整个飞艇陷入熊熊大火，艇上人员死伤惨重。[4]纽约办公室要求在一个小时内知晓德国方面的"回应"。

听到这个消息，我立刻给齐柏林飞艇公司的首席设计师和建造师路德维希·迪尔博士打电话求证，可是他一无所知，拒绝相信我说的话。当时是凌晨时分，我根本找不到任何人可以采访，只好给比尔·希尔曼回拨了一个电话，告诉他柏林方面对此事唯一的"回应"就是，路德维希·迪尔博士表示，此事完全不可信。

挂了电话以后，我再也睡不着了。此刻我心中不仅在为发生在飞艇和乘客身上的事情感到震惊，而且我完全无法相信，特斯和我竟然刚刚逃出了死神的魔爪。如果不是运气够好，我们可能已经葬身火海。我现在非常庆幸，我从头到尾都没有和特斯提起过这件事情。

第二天一早，哥伦比亚广播公司在柏林当地的代表克莱尔·特拉斯克给我打电话，希望我能在广播里谈谈德国方面对"兴登堡号"空难的反应。对我而言，做广播是一件很让人恐惧的事情，所以我拒绝了她。而且我当天非常忙，也腾不出时间去帮她的忙。纽约办公室给我发了电报，询问我德国人对此次事故有何最新的看法，特别是迪尔博士和他的助手们有没有查出事故的原因。纽约方面还想了解，由于之前美国拒绝向齐柏林公司提供氦气，现在改用氢气发生了事故，不知道德国民众对此有何看法。

特拉斯克女士依然不依不饶，我实在拗不过她，最终同意匀出15分钟做个简短的讲话。不过我一直在告诉特拉斯克女士，我生平从来没有做过广播。由于接下来发生了一些事情，所以我还相当清楚地记着第一次播音的一些细节。我利用给环球通讯社写新闻稿的空隙匆匆草拟了一份广播稿，而这些广播稿必须第一时间交给德国航空部审查。我每写完一两页，特拉斯克女士就会匆匆地把它发给航空部。

距离广播的时间越来越近，我觉得自己简直就像一只将要下蛋的老母鸡，整个人紧张极了，就连肚子都在咕咕作响。我提前 15 分钟就来到广播室，特拉斯克女士原本和我约好在广播室碰头，她说她会把审查完毕的广播稿给我带过来，然而她迟到了。直到离播音时间只有不到 5 分钟，她才上气不接下气地匆匆跑来。好在还剩一点点时间，我把审查完的稿件又看了一遍，发现航空部把我的稿件删除了一大段，其内容是纳粹政府怀疑反纳粹分子蓄意毁坏了"兴登堡号"。我反对他们这样做，因为我已经把这篇报道发出去了。于是我又打电话和航空部的人争论了一番，最终败下阵来。等到我坐在话筒前面的时候，负责设备的工程师已经开始倒数 60 秒了。就在此时，我觉得嗓子里好像塞上了一只青蛙，紧张得根本说不出话来。现在想想，多么简单的一次播音，我却紧张成那个样子！

我使劲吞了吞口水，试着把嗓子清一清，然后就开始了。我明显可以感觉到自己的声音忽高忽低，而且在颤抖。我觉得嘴唇特别燥热，嗓子也干得要死。读完第一页之后，我觉得我开始摆脱那种紧张感了，但还是需要努力压制情绪。短短 15 分钟播音简直就是一场折磨。等到结束之时，我觉得自己整个人都要瘫软了。很显然，播音这玩意儿根本不适合我。

当晚我在日记里坦言："恐怕我这辈子都不会做一个播音员了。"

尾　注

[1] 事实上，希特勒不是唯一一个盲目崇拜墨索里尼的人，在英国，就连萧伯纳和丘吉尔也公开赞扬墨索里尼，认为他是一个伟大的政治家，而他们本应对墨索里尼有更清楚的认识。

[2] 希特勒在《我的奋斗》中写道："法国是德国人民不共戴天的死敌……最终必须有一场决定性的斗争来彻底清算我们与法国人之间的仇恨。"

[3] 1946 年 3 月 14 日，戈林在纽伦堡审判过程中自豪地声称西班牙内战为自己检验德国新式空军的战斗力提供了良好的机会："在元首的许可之下，我把德国空军运输部队中的很大一批，以及许多试验型战斗机、轰炸机与防空炮都送到了西班牙战场，这样一来，我就有机会确认这些武器在战争中能否符合我的要求。对于战斗人员来说，这也是一次训练的绝佳机会，我把大量的新兵派往西班牙战场，让他们接受战火的洗礼之后召回国内，然后再调派新的部队前去。"（*Trial of the Major Criminals*，Ⅸ，p. 281.）

[4] 最终有 36 人死亡。

第十一章

全新领域的全新工作：1937

1937年的整个春夏时节，纽约方面一直有谣言传来，说总部准备关闭环球通讯社。很显然，环球通讯社一直在亏损，老板赫斯特则希望能够削减开支。这可不是什么好消息，很显然，我又要开始准备找一份新工作了。

1937年5月，《芝加哥每日新闻报》的老板兼发行人弗兰克·诺克斯来到了柏林，他问我有没有兴趣为他们报社工作。诺克斯说，报社的外国新闻编辑卡罗尔·宾德已经在社里当驻外记者许多年，7月就会退休，他希望在此之前能够与我合作，看看能不能做点什么东西出来。

与此同时，我又开始把目光投向《纽约时报》。在我接近30岁时，我就到《纽约时报》报社求过职，但令我不解的是，这么多年来，他们始终拒绝为我提供一份工作。十年前，现任《纽约时报》的总编辑埃德温·詹姆斯还在做《纽约时报》驻巴黎办公室主任，当时我就去找过他。之后1935年我回纽约休假期间，又去找过他一次，可惜都是无果而终。在我看来，回到纽约的詹姆斯像以往一样和蔼可亲，令人捉摸不定。

现在两年已经过去，环球通讯社的关张之事已经注定，我决定再去《纽约时报》碰碰运气。这次我决定去找弗雷德里克·T. 伯查尔，他曾经是《纽约时报》的执行总编，现在正处于退休前的阶段，在欧洲做首席驻外记者。由于对一名德国女性颇为倾心，因此伯查尔在欧洲大多数的时间待在了德国。他本身是英国人，尽管年事已高，但仍然精力充沛。他在纽约从事了一辈子新闻工作，始终没有抛弃自己的英国国籍。我初次见到伯查尔之后，他对我很客气，之后我们谈过很多次，还在一起喝过酒，我相信这次应该会有所斩获。我对未来充满了憧憬，我估计《纽约时报》驻柏林的办事处会在秋季招募我，当然也可能会把我送到苏联办事处去。在德国度过了三年时光，一想到可以去苏联，这就让我兴奋并充满期待。我们连薪水问题都已经谈好了，不过他们愿意支付的薪水并不高。

想到能够为一家报社而不是通讯社工作，而且是我梦寐以求的知名报社，我就非常开心，我变得不在乎环球通讯社会不会倒闭了。7月初，我和特斯一起从柏林飞到伦敦度假，我们在那里见了许多老朋友，包括卡罗尔·宾德。我以为宾德会为我提供一份在《芝加哥每日新闻报》的工作。当时《纽约时报》和《芝加哥每日新闻报》都已经许诺要给我提供工作，我不必再担心会失业了。之后，我和特斯以及尼克博克夫妇一起去德文郡看望保罗·加利科。我们在加利科的家里小住了一段时间。当初我在加米施报道冬奥会时与他结识，那时候他作为自由记者进行报道。加利科现在在德文郡过上了乡绅般的生活，他家里甚至有一位他声称怕得要死的管家。这可谓《纽约每日新闻报》的一位前优秀体育记者的转折点。

从德文郡离开，我们穿越了巴黎去看世博会。当时环球通讯社纽约办公室的负责人西摩·伯克森也在法国度假，我顺便去和他商讨了一下未来的计划。他向我确认现在通讯社的业务欣欣向荣，一定不会被关闭。离开巴黎之后，我们准备向南，前往地中海沿岸的里维埃拉，那里是游泳和晒日光浴的好地方。我计划在当地待上十天，然后返回柏林上班。不过特斯不能和我同行了，因为我们的孩子就要出生了，这是我们的第一个孩子，她要和尼克博克夫人一起待到秋季。

在伦敦的度假生活真的很愉快，我最亲密的老朋友尼克博克和杰·艾伦都跑来和我欢聚，他们二人都是知名的驻外记者，我有段时间没见到他们了。我们在尼克博克家里待过一晚，卡罗尔·宾德也来了，大家一直闲聊到凌晨 2 点钟。原先诺克斯向我承诺，宾德会给我提供一个在《芝加哥每日新闻报》工作的机会，所以我以为宾德会在谈话间隙把我拉到一边，告诉我录用和工作地点的信息。然而，当晚宾德根本没有提起过任何与此相关的事情。

当晚，我在日记里提起了一个我从未听说的人。

　　杰给我了一张名片，上面印着埃德·默罗的名字。杰说这个人为哥伦比亚广播公司工作。然而我和尼克博克明早就要去德文郡的索尔科姆，特斯和尼克博克夫人阿格内斯已经到了那里，在加利科家里安顿了下来，我完全没有时间去见这个人。

第二天早上，杰·艾伦去车站送我们，他建议我折返伦敦的时候，一定要见见默罗。这完全不可能，因为我和特斯会直接从普利茅斯前往巴黎，我们不会再折返回伦敦了。默罗这个名字很快就被我遗忘在脑后了。

我和特斯在巴黎世博会上参观了凡·高的画展，为他的作品惊叹。我还和西摩·伯克森喝过一次酒，他保证说环球通讯社一定不会关门的，据他说，事实上，通讯社目前第一次实现了盈利。

之前宾德的表现的确让我感觉有些懊丧，所以现在伯克森的说法让我精神一振，至少我可以确认自己不会这么快就失业了。之后我们就坐上了前往里维埃拉的火车，在法国南部的度假胜地勒拉旺杜度过了十天愉快的日子。我们在海中畅游，尽情享受日光浴和遍布各处的美食。一个新成员将加入我们的家庭，关于未来我们谈了很多，未来似乎一片光明。在我们休假的这段时间，希特勒与纳粹德国仍然占据着各大报纸头条，有很多新闻内幕值得大书特书。我决定，只要我有能力，我就必须与这段历史相伴而行。

不管战争是否爆发，柏林都不是一个适合美国人养育后代的好地方。别的不说，单有一件事情就令人无法忍受——纳粹对儿童的洗脑教育。由于纳粹的灌输教育，这些尚未成熟的儿童脑中充斥了最糟糕的胡话，而且过于严苛的生活让他们丧失了创造力，显得非常愚钝。但要想把我们的孩子和他的德国同龄人完全隔离，又几乎是办不到的事情。除此之外，充斥于德国境内的恐怖气氛，被纳粹煽动起来的恨意，对犹太人和异见分子的恐怖镇压，人行道上永不停息的长筒靴踏步声，广播中希特勒、戈林和戈培尔的尖锐嗓音，所有这些都无法为孩子提供一个健康成长的环境。而且，特斯作为一个奥地利人，她在某种程度上比我还讨厌柏林和德国人。

尽管生活和工作总是无法让人完全满意，但我和特斯很知足。在地中海边享受了近两周的日光浴之后，我于8月初回到了柏林。至于特斯，她要等到9月初的时候才回来。

8月14日，令人惊讶的坏消息还是来了，我在当天的日记里写道：

> 因为赫斯特先生要减少亏损，环球通讯社最终还是被关闭了。至于我本人，则被转往赫斯特传媒集团旗下的另一家通讯社——国际通讯社。集团任命我担任国际通讯社驻柏林办公室的二把手，但是说实话，我并不是很喜欢这

个职位。

我其实并没有介意做柏林办公室的二把手。在多施－弗勒罗的努力下，柏林办公室发展得不错。他是一个非常优秀的人，当初就是他招聘了我。而这里的记者皮埃尔·胡斯是个不怎么样的人，他有亲纳粹的倾向，一直深得纳粹的欢心。他还总是建议我在报道新闻的时候"注意与纳粹保持步调一致"。

在我转往国际通讯社上班的第二天，我就和胡斯发生了冲突。当晚被纳粹政府驱逐出境的《泰晤士报》的记者诺曼·埃巴特将要离开柏林。我和诺曼是好朋友，他在工作上也帮了我许多忙，我想和一帮英美记者去夏洛滕堡火车站给他饯行。然而戈培尔提前警告我们不要这样做。他说，如果我们集体出现在车站，政府会把我们的行为视为不友好举动。当天，胡斯走进我的办公室，要求我不要去参加晚上的送行，他说这会让国际通讯社难堪（国际通讯社向一批纳粹报纸出售新闻服务），会搞坏通讯社和当局的关系。

我直接告诉胡斯："我是不会做一个懦夫的。"然后离开了办公室。

一周以后，8月24日的大约晚上10点钟，我正在办公室里写新闻稿。负责传达工作的助手走了进来，递了一封电报给我。我注意到他表情有异，迅速扫了一眼电报，发现是从纽约发来的，上面说国际通讯社无法接纳环球通讯社的所有老员工，按照惯例我必须休假两周了。

我有点震惊。

环球通讯社的突然关张本来就应该给我提了醒，但我想国际通讯社给了我新的工作岗位，这至少可以让我不至于到失业的份上，但是现在看来这个希望也落空了。宾德的冷漠和弗雷德里克·伯查尔的拖延本该警醒我的。当初环球通讯社刚刚关闭，我还很天真地立刻去找伯查尔，告诉他我现在就可以投入新工作，他却说，纽约总部方面对之前他们的决定有所疑问，所以9月之前我都无法加入报社。然而，我估计并不是纽约总部方面发难，而是伯查尔本人遇到困难，所以故意和我虚与委蛇。

我写完新闻稿后，将它发出，然后走出办公室呼吸新鲜空气。我沿着国会大厦背后的施普雷河走了很远。当天夜里温暖舒适，星空闪耀，河湾到处是寻乐子的人，看起来他们玩得非常开心，个个忘乎所以。我可真嫉妒他们。

我试着想想现在要做什么。如果伯查尔之前允诺给我的工作无法兑现的话，那我接下来该做什么呢？也许我应该尽快回到纽约，但前提是我得能借到一张三等舱船票的钱。如今大萧条余波尚存，作为一个美国人，我想在欧洲本地找到一份报社的工作几乎毫无可能，似乎我也只能回纽约想办法了。

但是我在美国也没有什么社会关系可以利用。我离开美国已经12年了，我从来没有在纽约工作过。两年前我回美国的时候，曾去拜访《纽约时报》的总编辑詹姆斯，当时我就想在他那里找一份工作，但他一直推脱搪塞。至于另一位以前在巴黎的记者朋友威尔伯·福里斯特，他虽然现在是《纽约先驱论坛报》的执行编辑，但是他早就告诉我报社现在不需要人手。

我还有什么人可以求助吗？我怎么也想不起来了。也许我只能怪自己倒霉，谁让现在美国国内的大萧条还在持续呢。

在外面晃悠了一大圈，整个人昏昏沉沉，胸口好像压了一块大石，于是我回到了办公室。

在办公桌上我注意到了还有一张电报，事实上，这份电报比之前纽约总部的那份电报来得还早点，但是当时我在赶稿子，看都没看就把它扔到一边了。打开一看，是从奥地利的萨尔茨堡发来的。

　　8月27日，你能和我在阿德隆饭店共进晚餐吗？

　　　　哥伦比亚广播公司　默罗

默罗还说他目前人在维也纳，让我给他发电报。

我记得当时我在伦敦度假的时候，杰·艾伦建议我去见这个人，但我当时没有时间。杰说默罗之前在哥伦比亚广播公司纽约总部负责谈话或教育类节目，现在刚来伦敦不久，需要一个有经验的驻外记者协助他。

我自己从来没有对广播业有过多的思考。在柏林，我偶尔打开收音机，也只是为了听一下突发新闻或天气预报。还有一次我忙里偷闲，花了一个小时在广播里听一场交响乐，也有可能是歌剧，我已经记不清楚了。我对美国广播业的现状一无所知，我当初刚刚离开美国的时候，广播业在那里还是一个新生事物，没想到现在竟然已经十分兴盛。记得5月份我帮哥伦比亚广播公司报道"兴登堡号"空难，我紧张得几乎说不出话，我从此发誓再也不会尝试这个行业，当然他们也没有再找过我。

8月24日晚上，我走在回家的路上，脑子里满是恐惧，没想到我在瞬间就失业了。特斯现在已经怀孕，我在心里仔细琢磨要怎样和她说起这个突然来的坏消息。

与此同时，我心里也充满了狐疑，我不知道默罗为什么会给我发电报。我想也许和访问柏林的许多业界大人物一样，他只不过是想征求我的看法。他要在柏林做一些广播谈话类节目，抑或有更好的消息？

1937 年 8 月 27 日傍晚 7 点钟，我在阿德隆饭店的大厅见到了埃德·默罗。当时伯查尔还在敷衍我，所以我心情不佳。伯查尔向一些同行放出消息，说他正在招募我加入《纽约时报》，一些同行还来祝贺我找到"新工作"，然而这纯属子虚乌有。接到国际通讯社让我休假的电报的第二天，我又见到了伯查尔，他让我再耐心等上一个星期，他说报社总编辑詹姆斯周末就要从纽约来柏林出差了，到时只要他批准，我就可以正式上班了。可是听他这么一说，我就知道现在麻烦很大了，因为伯查尔和詹姆斯作为《纽约时报》报社两位元老级的人物，他们之间一向不合，甚至讨厌对方。我心想，让你们这两个浑蛋和你们那狂妄自大的报社见鬼去吧。

我走进阿德隆饭店大厅，迎面看到默罗，我第一眼就注意到他英俊的相貌。他长着一头乌发，身材笔挺，下巴很尖，黑色的眼睛闪烁着光芒。我心想，他这个样子的人，一看上去就像做广播业的，说来自好莱坞也并不为过。默罗穿着整洁的黑色西服，像是刚刚熨烫过的，我想这套衣服可能是在萨维尔街①定做的。相比之下，我穿着一件松松垮垮、皱皱巴巴的灰色法兰绒夹克。我现在几乎完全可以确定，默罗邀请我共进晚餐一定是希望我加入哥伦比亚广播公司。很显然，他不是第一

---

① 萨维尔街，位于伦敦中心位置的上流住宅区里的购物街，以传统的男士定制服装而闻名。其客户包括温斯顿·丘吉尔和拿破仑三世等。

个来游说我加入广播业的人了。我决定不买他的账，但是不管怎样，我想我还是应该尽可能地做出文雅的样子。

然而当我们一起走进酒吧的时候，我觉得他的风度已经开始俘获我的心。他的眼神和谈吐让我相信他绝非好莱坞的浮夸之人。

我们坐了下来，点了两杯马提尼。我心里开始想着他会问我一些什么样的问题。我们开始谈论一些彼此都认识的朋友，越谈就越发现，彼此身边的熟人还真多，而且很显然，我们喜欢的朋友都是一类人：自由主义倾向、思想睿智的美国驻外记者，英格兰的工党成员，国内支持罗斯福新政的人。一轮酒毕，我们又点了两杯马提尼，默罗开始和我谈论他自己，他一直对保护德国境内的弱势人群很有热情，他想方设法把许多犹太人和知识分子弄出了德国，他还亲自前往一些美国大学委员会为这些逃亡者寻找工作。他问我是否认为位于日内瓦的国际劳工组织①（美国加入了这一组织，但和国际联盟没有牵扯）发挥了应有的作用。默罗说国际劳工组织的主任、美国新罕布什尔州前州长约翰·怀南特是自己的好朋友。

接下来默罗开始谈论自己的老本行。他说美国广播业潜力极为巨大，现在广播业的发展远远没有达到应有的水平，但总有一天它一定会蓬勃兴盛。

他问我："这个周末你愿意来我们的办公地点试试吗？"

我回答："恐怕很难，我可能需要和《纽约时报》的人谈

---

① 1919 年，根据《凡尔赛和约》，国际劳工组织（International Labor Organization，ILO）作为国际联盟的附属机构成立。1946 年 12 月 14 日，国际劳工组织变更为联合国的一个专门机构，总部设在瑞士日内瓦。该组织的宗旨是促进充分就业和提高生活水平，建立和维护社会正义。

一下工作的事情，他们已经很明确地允诺要给我一个职位，之后我还想驾船出游。你想一起来吗？"

默罗听到了我的邀请，露出了热情的笑容："当然想。在船上很适合聊天的。"

然后默罗突然狠狠皱了下眉头，然后露出了一个看似带有嘲讽意味的表情。

他问我："你和《纽约时报》谈了多长时间？"

我说："没有多久，伯查尔答应我说最近就会给我安排工作，但是一直没有落实。他说可能要等到下个星期，所以现在我只能这么干等着。"

默罗开始说到正题了："我目前在伦敦工作，但我的办公室无法照顾到全欧洲的新闻，我一个人实在忙不过来，所以我想在欧洲大陆建立一个新的办公室，寻找一个有经验的驻外记者来帮我打理。"

这是几个月以来我听到的第一个好消息。

默罗问："你有兴趣加入吗？"

我竭力压抑住自己几乎爆棚的兴奋心情，告诉他说我非常乐意。

默罗又问我之前的薪水水平，告诉我他愿意按这个标准作为底薪起付。

我之前听说哥伦比亚广播公司和美国全国广播公司都是特别能挣钱的企业，员工工资也很高，所以我本来以为默罗给我开的薪水应该会比现在高。不过既然他已经开口，我就不便说什么了。特斯和我靠这每周125美元的工资可以过得刚刚好，即使家里多出一个成员也足够了。《纽约时报》的伯查尔对于支付这一薪水都稍显犹豫。不管怎样，按我目前的境况，首要任务当然是找到工作，不能为了薪水去吹毛求疵。经历了数天的忐忑不安，突然找到了稳定的工作，这种感觉真的很好。

我感觉到默罗很希望知道我究竟是如何想的，我没有急着回答，没准他会给我再加一点薪水。最后，默罗眯起了眼睛，忍不住先发话了。

他问我："那我们就算达成约定了吗？"

我回答得有点结结巴巴："我……我……我想应该是的，这一切来得太突然了。"

默罗脸上浮现了一丝微笑，他希望能够缓解这种紧张的气氛，说："对我而言更突然。不管怎样，首先要欢迎你加入哥伦比亚广播公司。"

谈完了正事，我们享用了一顿美餐，然后又喝了点咖啡和白兰地。这个时候，窗外已经是深夜了。

默罗突然说："哦，有个小事情我忘了和你提一下，嗯，你的嗓音。"

"我的什么？"

"你的嗓音。"

"你的嗓音，对于一个广播员来说，你的声音听上去可能很糟糕。我也担心过这个问题。你也知道，嗓音是广播行业里必须考虑的因素之一，比尔·佩利和公司的副主席们想先听听你的声音如何，下周我会为你安排一场广播，你需要就纳粹在纽伦堡的集会做一个 15 分钟的报道。"

我的脸色立刻黯淡下去，默罗在我走投无路的时候给我提供了一份全新领域的看似不错的工作，但是现在又告诉我这份合约是有条件的，前提是这个叫比尔·佩利的家伙对我的播音满意。

我问他："谁是比尔·佩利？"

"比尔就是哥伦比亚广播公司的老板，广播网络的所有者。"

我瞬间觉得这是一件非常离谱的事情，作为一个驻外记者，他不考查我智识能力和经验，反而要考查我的嗓音——这玩意儿是生来注定的，我能有什么办法？去它的吧！

很显然默罗注意到了我情绪的低落，他试着安慰我："不用担心，我确信一切都会很好的。"

1937年9月5日，周日清晨时分，我在柏林为公司做了第一场测试性的广播。一开始我极度紧张，我几乎把所有能犯的错误都犯了，搞得简直一团糟。我觉得这次广播比上次报道柏林方面对"兴登堡号"坠毁的反应还要糟糕。

时间一点点过去，对我而言简直就是一场折磨。我所能做的就是对着一个话筒和扩音器说话，这些声音会被传到纽约。我心里一直在想，线路那边的比尔·佩利和副主席们都在不停摇头，他们会嘟哝着说这个家伙的嗓音真的是太难听了，不管他是一个多么优秀的驻外记者，他永远都干不了这行。

这次能做广播，想来还真是个奇迹。与上次一样，还是由克莱尔·特拉斯克掌控广播的全程。距离广播开始只有不到15分钟的时间，她却找不到开场词的稿子了。她想起自己把开场词的草稿忘在了咖啡店，然后她把我和负责设备的工程师留在那里，冲出播音室去取稿子。随着时间一分一秒地过去，我觉得似乎我要自己说开场白了。

那个德国的工程师大概觉得播音室实在太乱，专门向我道歉。的确，这个位于国家邮电部办公地的小屋子真是脏乱得不可名状，完全就是个临时凑合的落脚地，到处堆满了装竖式钢琴的板条箱子。克莱尔之前向我解释，德国广播公司和美国全国广播公司签署了协议，把广播大厦内设备的独家使用权授予了后者，所以哥伦比亚广播公司连广播大厦的门都进不去。美国全国广播公司还和梵蒂冈签署了类似的协议，在当地哥伦比亚广播公司也是备受排挤。

记得一开始，默罗就告诉我："比尔希望你做的第一件事就是，用你的工作打破美国全国广播公司的这两个垄断。"

德国国家邮电部负责短波频段的运转，哥伦比亚广播公司恰恰需要利用短波频率把播音直接传回纽约，所以邮电部把这间短波广播工作室给了他们。不过这间工作室实在太小，位于废物间的最里端，只有一个立式麦克风。很显然，我们是唯一一家利用这台设备的广播公司。

克莱尔终于气喘吁吁地回来了，所幸的是她找回了她的广播稿，此刻距离我们开播时间只有一分钟了。然而，我们又发现了一个新的问题，这个立式麦克风的高低调节杆坏了，没法降低高度。现在它至少有 7 英尺（约 2.13 米），估计一个身高 8 英尺（约 2.43 米）的巨人才能把嘴巴凑到麦克风跟前。

工程师向我道歉，给我的建议是把头尽量抬高，对着大花板喊，可是这会让我的呼吸和说话特别局促，我试着说了几个词，听起来像老鼠在那里吱吱叫。突然之间，我想到了一个主意。我注意到那些就在麦克风后面的竖式钢琴的木头箱子，它们大约有 5.5 英尺或 6 英尺高（1.67 米—1.82 米）。

时间已经不多，工程师向我们发出了信号，距离开播只有 30 秒。情急之下，我对工程师说："请来帮我一下，我得爬到箱子上面。"

工程师对这个主意大吃一惊，他说从没有人这样做过。可是事不宜迟，我抓住了他的肩膀，借着力爬到了箱子顶上。尽管工程师并不愿意这样做，但他还是帮忙把克莱尔也抬到了箱子上面。现在我们俩坐在箱顶，嘴正好和麦克风差不多高，看到这个场景，我们不禁哈哈大笑。

工程师在下面喊道："请安静，还剩下 10 秒钟。"现在我已经没有时间去紧张了，我现在唯一担心的是，开始播音的时候，会不会忍不住笑出来。

播音开始了，我细长的双腿垂在了钢琴箱子的一侧，开始对着麦克风说话。我心里默念着默罗上周辅导我时告诉我的要点，尽可能按照他的指导说话：吐字要清晰，说得慢一点，时不时停顿，着重强调重要的字句，让整个播音过程显得轻松，就好像在谈话一样——简而言之，就是**不要**显出在读稿子。

可毕竟知易行难，一张嘴，我就觉得自己的声音跳了八个音阶都不止，我觉得嗓子发干，嘴唇也发裂。尽管我一直尽力按照默罗要求的去做，但我已经完全想不起我究竟是不是听起来像在读稿子了。

播音结束之后，我和克莱尔来到路边一个小咖啡馆，我们点了两杯杜松子酒，克莱尔和我说："我觉得你今天表现得非常好。"然而，我很确定自己的表现一定糟糕透顶。

不过值得庆幸的是，就在我刚刚做完试播不久，合众社给我发来紧急邀请函，希望我临时帮助他们报道一下狂热的纽伦堡纳粹党年度大会的情况。作为回报，他们给我支付一周的薪水——这笔钱对我来说真是雪中送炭。更重要的是，接下来的一周我要在焦虑不安中度过，我要等待哥伦比亚广播公司老总们的最后裁决，合众社的临时工作会让我的心情舒缓一点。如果到时广播公司不要我的话，没准我还能在合众社讨个工作。

默罗向我承诺，两天以后，也就是周二，会把公司的决定告诉我，他要求我在得到最终消息之前不要去接受别的职位。这对我来说不是什么太难办的事情，因为目前我本来就没有去处。伯查尔说他会和我在纽伦堡见面，希望到时能够给我一个最终答复。到了现在，我对伯查尔的话已经不怎么感兴趣了，他已经敷衍我太多次。不过和他继续保持联系也不坏，毕竟过了一周后我就可以收到最后答复了。这将决定我的命运，也许继续走新闻报道的老路，也许从此走上了广播业的新道路。

事实证明，这次纳粹党的大会没有什么新意。这很出乎我的意料，会上几乎没有让我产生兴趣，或值得我报道的新闻。

犹太群体几乎已经被完全摧毁，德国人的生活中已经找不到犹太人的痕迹。两年前（1935年），纳粹党大会上通过了所谓的《纽伦堡法案》，将对犹太人的迫害合法化。当年希特勒还在大会上宣布重建海陆空三军，现在军队已经获得飞速的发展，时刻准备着战争。很显然，希特勒绝大多数的心思放在重整军备上。一路辅佐希特勒登上权力顶峰的纳粹党近臣、冲锋队和党卫军将纳粹党年度大会视作本年度的最高潮，他们必须继续伴随在元首的左右，而且要保持自己的决心与意志不受动摇。但元首发现，用自己惯用的伎俩就可以轻松实现这一目的。

历史证明，1937年是希特勒加强了自己权力和独裁统治的一年，他对整个国家的牢固控制几乎到了无孔不入的程度。曾经对他的冒险举动深表担忧的军方将领，现在死心塌地地追随他，希特勒则给予他们晋升和高薪的回报，以及管理庞大的军事机器的前景。军备重整工作正在热火朝天地进行。那些曾经试图反抗的天主教和新教教徒，现在早已被收拾得服服帖帖。至于工人们，尽管他们的工资更低了，工会也被摧毁，但他们因为自己重新得到了工作而看起来很满足。

我们这些外国记者不得不承认，绝大多数德国民众似乎坚定地站在元首的身后。一年前，元首成功地夺回了莱茵兰，大大羞辱了英国人，尤其是法国人——他们连一句反对的话也没敢说出来，这让德国民众非常振奋。现在希特勒正在莱茵兰进行狂热的防御建设工作，他要确保如果自己再度向东方进军，法国人根本无法从西线打进德国。

自纽伦堡大会召开以后，默罗那边就没有消息传来。我不断去找伯查尔，他反复告诉我目前事情进展很顺利，纽约总部甚至在考虑把我派去莫斯科。尽管我对他的话充满了怀疑，但是至少这个前景很美好。

默罗回到伦敦的岗位后，我就没有收到他的消息，让我感觉有点困惑。等到周二，我收到了他的电报，上面只有一句话：如无紧急情况请推迟其他决定，等待纽约明天的消息。

我没有给默罗回复。我想哥伦比亚广播公司的高层们有足够的时间——整整两天——来考虑是否招募的问题，而且我相信他们实际上已经做出结论，现在只不过是想拖着晚点再告诉我。就这样又过了两天，我没有收到任何新的消息，我决定放弃了。我在心里咒骂道：该死的哥伦比亚广播公司！该死的《纽约时报》！我决定等纽伦堡的工作一完成，就乘坐最早的一班轮船回纽约，在那里开始找工作。

9月10日，周五，我们所有在纽伦堡的外国记者都忙得一塌糊涂，下午6点钟我拖着极为疲惫的身躯回到酒店。当天下午，希特勒向十万德国妇女发表了长达两个小时的无聊讲话，告诉她们身为德国人民的好母亲和好妻子应尽的义务。他还在会上专门向一位叫格特鲁德·舍尔茨－克林克的已婚德国女性致敬，宣称她是德国女性的领袖人物，我却觉得那位德国女士面目可憎而且令人生厌。冗长的会议结束后，我又跟着希特勒去了德国霍夫酒店，他要在那里接见各国使节。尽管当晚的活动是国宴，但是希特勒也没有放过这个机会，又向各国代表们发表了一大段讲话。回到酒店，我赶紧把两场讲话的新闻稿写好，换下了汗水浸透的衬衫，草草地吞下一块三明治，再灌了一杯啤酒。晚上7点钟，希特勒要在策佩林草坪发表讲话，以另外一场冗长的演讲来结束一天的活动，现场将会有所谓的25万名纳粹党领袖。我必须去赶新闻专车提前到达。

一整天我都在忙碌，我突然意识到自周二以后，默罗再也没有联系我了，而现在已经是周五晚上了。是不是因为总部拒绝招募我，所以默罗害怕把这个坏消息告诉我？我可以确定哥伦比亚广播公司的高层肯定已经做出决定，所以我决定给默罗打个电话，但是我已经没有时间，专车五分钟后就要出发了。于是我决定写个电报，出门时留给酒店的前台，托他们代发。

正在此时，我房间里的电话竟然响了，我刚接起来就听出了是默罗的声音。他从伦敦专门打了个私人电话给我。他在电话那边说："真对不起，这么晚才联系你，让你等了太久。"尽管默罗的用词不带什么喜气，但从他的语气里我还是听出端倪，肯定不是什么坏消息。

默罗说："纽约的那群王八蛋终于同意了。"

"你确定吗？"

"他们认为你非常棒！"

"真的吗？"

默罗问："你什么时候可以开始正式上班？"

"随你的心意，随时都可以开工。"

"那我们10月1日开始，怎么样？"

"好！"

我决定当场给特斯发个电报，和她分享这个好消息。特斯那时刚刚抵达巴黎，可能因为胎动或者其他原因，她觉得腹部有绞痛感，一直在卧床休息。等我发完电报后，已经误了新闻专车的发车点，但没想到它还没有开走，我赶紧跳上了车。纽伦堡大会的一周每天都在下雨，但是当天晚上天空竟然晴朗起来。策佩林草坪的探照灯亮得刺眼，灯光直指天空，无数人在那里聆听了希特勒的演讲。尽管他的嗓音十分尖锐，但是我的心情很好。

似乎好运气总会扎堆前来，当晚我竟然就坐在了伯查尔的旁边，我忍不住和他分享了我的好消息。伯查尔告诉我，《纽约时报》的确希望我能去莫斯科工作。他不大相信像我这样优秀的新闻记者会转行做广播——在他看来，广播新闻总是肤浅的，而且收听广播的公众实际上需要的不是新闻，而是娱乐。他觉得我会浪费自己的时间和才能。

他说："比尔，我打赌不到两三年的时间，你一定会想回到报纸行业的。"

我想，也许的确如此，但是也许我永远都不会回到这个领域了。

默罗点燃了我心中的激情，我觉得我们必须在广播这个全新的行业中找准自己的位置，我们得摸索前进，也许在这个过程中我们能找出一条新闻广播的新道路。广播是一种全新的新闻报道方式。想象一下，通过传输设备，希特勒在室内发表的演讲，几乎毫无延迟地就被送入千家万户。这种新闻报道的方式与报纸完全不同，我们没有时间去拖延，也没法编辑或重新撰写新闻稿。通过报道者，听众可以获知即时发生的新闻事件。与单纯靠报纸记者用文字描述相比，公众可以从收音机里直接听到巴黎街头的暴动，也能听到罗马城内教皇在复活节的祈祷，还能听到希特勒与墨索里尼向军队发表的长篇大论，这种新闻表达方式所传递的信息量比以前多得太多。在我看来，加入广播业，充满了挑战，但也让我兴奋得战栗。

1937 年 9 月底，在纳粹德国度过三年时光之后，我们离开柏林了。临行前我在日记里写道：

> 此刻我即将离开德国……可纳粹的进行曲仍然在我耳边萦绕：
> 今天我们拥有了德意志，
> 明天我们将拥有全世界！

好吧，我确实将会回来见证这一切。尽管离开柏林让我如释重负，但是我也清楚，事实上出于工作的需要，我会经常回到德国境内。这片土地上所发生的事情，将决定欧洲乃至全世界的命运。我希望自己能够尽可能地报道其中全部的过程，而且尽最大努力把真相告诉全世界。我想，很少有人能像我一样有这样的机会，可以目睹一段真切的历史，它如同汹涌的大浪逼向顶峰，叫嚣着吞噬全世界。

修昔底德是古希腊最伟大的历史学家之一，我从未奢望自己可以企及他的高度，但我很庆幸自己能够与他一样，有幸亲身经历历史，并且把它们原原本本地记载下来。此刻，我又想起了修昔底德在他的巨著《伯罗奔尼撒战争史》中所做的序言：

　　　我经历了整场战争，当时的年纪可以理解发生的事件，并可以投入我的全部关注去理解事件背后的真相。

第十二章

回到维也纳，德奥合并，奥地利的终结，广播业的新突破：1937—1938

我和默罗本来对未来的事业充满了期待，我们希望可以把广播做成严肃的新闻节目（至少在欧洲），可惜好景不长，我们的美梦很快就破灭了。

10月的第一周，我和默罗在伦敦就工作问题讨论了很多，我在日记里写道：

> 让我们感到失望的是，公司总部不需要我和默罗亲自做任何前期采访的工作，他们希望我们再去招聘一些报社记者专门做这个。至于我们，只需要在话筒前念新闻就可以了。我本人就是一个长期在欧洲工作的驻外记者，我和绝大多数同行一样，对欧洲当地的事务非常熟悉，甚至可以说，我的能力要超过一些年轻的记者，他们在外语和背景知识方面不如我，所以我实在不明白总部为什么要这样安排。

据默罗说，公司之所以这样安排，是因为他们觉得由我和默罗亲自来做播音会让哥伦比亚广播公司承担起"编辑的职责"。可是我对此完全一头雾水，我不知道这个所谓的编辑职责究竟是什么意思。

难道广播新闻业要做的工作就是坐在那里播音吗？他们的这种愚蠢观念实在让我哭笑不得。默罗和以威廉·佩利为首的公司领导层的做法让我感觉很失望，当初默罗劝我加入公司时曾说，他们青睐我的原因就是我是一个有经验的资深驻外记者，我对欧洲的情况非常了解，现在他们竟然只准备让我读稿子。不过考虑到我也无处可去，况且囊中羞涩，特斯很快就要生产，我只好把失落情绪埋在心底。我现在只想暂时待在这个广播岗位上，等到有合适的时机我再跳回报纸行业。不过至于默罗，我很快就发现，他是一个非常了不起的人，和他在一起工作的感觉非常好。他细心、严肃、睿智，在他的幽默诙谐背后还隐藏着一颗热烈的心。

我和默罗经常开玩笑，他给我封了一个头衔，叫作"哥伦比亚广播公司驻欧洲大陆总代表"，因为我的工作范围涵盖除斯堪的纳维亚半岛以外的整个欧洲大陆；而坐镇伦敦的默罗则是"哥伦比亚广播公司欧洲总指挥"。这两个名头实在很大，估计就连那些国有的欧洲大广播公司都会被吓到。我们讨论了一些我办公室的驻地问题，我们需要找一个在地理位置上较接近欧洲大陆中心的中立国家，这样可以方便我前往欧洲各国进行采访，这个国家还必须没有新闻审查制度。我们初步选址日内瓦或维也纳。

尽管国际联盟就在日内瓦，但我并不很喜欢这个地方，对一直在这里工作和生活了无兴趣，因为瑞士人实在太无聊了。我比较喜欢维也纳，它在地理位置上更接近欧洲的中心，交通网络和通信设备都更完备，富有魅力与文明气息，更像一座大都市。更重要的是，特斯就出生在那里，我们在那里相遇、结婚，一起开始了我们的新生活。默罗同意了我的选择，我们正式把办公室定在了维也纳。

在那之后，我尽快去了柏林和罗马，成功让德国和梵蒂冈的相关管理部门解除了对哥伦比亚广播公司的限制，打破了美国全国广播公司在当地的垄断局面。尽管我的归来让戈培尔博士很不高兴——他以为我已经被彻底除掉了——但他还是批准了我的新申请，准许哥伦比亚广播公司在德国进行报道。当时整个国际社会都对纳粹德国持敌视和抵制态度，这时有一家来自美国的主流广播公司主动要求进入德国经营，毫无疑问这是会为纳粹统治增加颜面的事情。我的主要报道对象之一就是纳粹德国，所以能利用德国的播音室和设备是非常重要的。

在德国的申请工作还算比较顺利，然而梵蒂冈则是另外一番景象。我花了一两天的时间去和教廷主管广播事务的老爷们讨价还价，他们要求我们必须一次性首付数千里拉（按照当时的汇率，大约等于几百美元）的费用，然后每年交一笔合适数额的费用。和所有驻外记者一样，我们平常都会用钱收买一些线人或掮客。这个掮客，还是当年我在罗马做报社记者的时候在教廷认识的，现在正好让他给我帮忙。然而佩利认为这种方式有行贿的嫌疑，他认为自己的公司不应该向任何人行贿，因此他拒绝付钱。我只好又花了好几天的时间去和佩利沟通，让他明白"花钱托人办事"就是罗马城的不变法则。

我之所以这么着急地想和梵蒂冈广播电台搞好关系是有原因的。首先，目前教廷和美国全国广播公司签署了垄断协议，我们根本无法利用梵蒂冈的播音室和设备去做节目；其次，我们还不被允许接收梵蒂冈广播电台的广播信号。1922年，教皇庇护十一世即位。那个时候广播业才刚刚兴起，根本没有人想起要用广播的方式去报道老教皇驾崩和新教皇选举的事情。最近我听说庇护十一世一直病重，估计蒙天父召唤的日子已经不远了，所以我一直在想，如果到时能够通过广播全程报道他的去世、盛大的葬礼、新老教皇交替的过程、新教皇登基的精彩典礼，那对于公司来说一定是个重要的发展节点，它将证明哥伦比亚广播公司报道全世界新闻的能力又取得了新突破。在我办完事情离开罗马之前，我还专门在日记里做了详细的报道计划。

办完了梵蒂冈的事情之后，佩利和默罗就一直很着急地催促我赶紧去慕尼黑追一个所谓的"大事情"：英国的温莎公爵和夫人访问纳粹德国了。这算是我加入哥伦比亚广播公司之后接受的第一个任务了。佩利觉得这是一条非常珍贵的新闻线索，我却不以为然，我并不觉得有太多意思。温莎公爵——曾经的爱德华八世，在前一年12月为了迎娶已离过两次婚的华里丝·辛普森，放弃了王位。他宣称他和夫人此行的目的是考察德国"劳工现状"，我觉得这个借口简直愚蠢之至。想象一下，论起劳工境遇，这个世界上还有比纳粹德国更糟糕的地方吗？一个英国人怎么可能需要跑到纳粹德国来考察这种事情！希特勒早就把德国的工会组织彻底摧毁了，还把原本属于工会的大量资金掠夺殆尽。更讽刺的是，纳粹还专门安排了罗伯特·莱伊作为陪同接待人员。要知道，莱伊正是"劳工阵线"组织的头目，这个组织欺骗和控制工人，取代了被摧毁的工会组织。

温莎公爵准备结束德国之行后就转道去美国。他的秋季美国之行已经尽人皆知。在我看来，他的这些做法只能进一步证明他是一个愚人。事实上，当年我第一次在英格兰见到他时——那时他的封号还是威尔士亲王——我就觉得他是个笨蛋。佩利指示我要一路跟着他们，想办法和他们熟识，一直陪他们到达纽约，然后再想办法安排他给公司做一次广播演讲。

值得庆幸的是，这些安排最终都不需要了，因为温莎公爵的美国之行泡汤了。他先在纳粹德国考察劳工境遇，然后再去美国考察相同的问题。这在美国引起了轩然大波，许多人强烈抗议，最终他不得不取消了访美计划。在慕尼黑，我在日记里写道："辛普森夫人看上去确实很可爱，也很引人注意。"然而，我想她确实不是很漂亮，也不足够吸引人。我实在想不明白凭她这样的姿色是怎么钓上温莎公爵这样的金龟婿的。不过很明显，辛普森夫人在他们二人的关系中处于主导地位，看起来软弱的温莎公爵对她很顺从，也许温莎公爵所享受的就是这种被控制的感觉。大约一年前我在柏林，有传言说辛普森夫人对纳粹抱有同情心，而且有一个纳粹好友，也就是后来担任德国驻英大使的傻瓜里宾特洛甫。然而，不管是在慕尼黑，还是很久之后我在美国偶然见到这对夫妇，她给我最深的印象就是对政治一无所知，也不感兴趣。而且作为大英帝国前国王的她的丈夫，对政治也毫无兴趣。

在我们刚刚到达维也纳开始办公的几个月里，日子沉闷无趣。但是很显然，到处暗潮涌动，奥地利乃至整个欧洲都处于威胁之中。作为一个优秀的记者，我们本该一探究竟，但是广播公司高层禁止这样做。佩利和其他纽约的高层领导一再驳回我们要自行出去采访的请求。公司要求我们雇用专门的记者去干这件事，让我感到不快。

恩格尔伯特·陶尔斐斯在任期间，奥地利社会民主党人日益活跃，1934 年，陶尔斐斯进行了残酷血腥的镇压。后来陶尔斐斯被一伙纳粹分子劫持，最终不幸丧命。库尔特·许士尼格继任为新任总理。然而，当时不断有纳粹分子肆意穿越德奥边界，在奥地利国内进行破坏行动，再加上社会民主党人卷土重来，许士尼格的天主教法西斯政权岌岌可危。奥地利局势的动荡引起了希特勒的兴趣，当时柏林流言四起，人们传闻说元首在对奥地利动手之前要在国内发起一次新的整肃运动。希特勒从来没有掩饰自己的野心，他在《我的奋斗》一书的开篇中就提到希望自己的故国奥地利能够并入德意志帝国。

在我们离开之前，维也纳是一个美丽、安宁、文明、悠闲的都市，现在却变得破落。它的城中曾经遍布巴洛克和新古典主义风格的建筑，现在都变得斑驳破旧，外墙的色彩开始脱落。1937 年的圣诞节，我在日记里写道："维也纳和它的居民现在看起来真是极度窘困，即使还在工作的工人，看上去也是闷闷不乐。在城市的每个街角都可以看到乞丐。"与以往一样，大量的财富被掌握在少数人的手中，富人徜徉于高档奢华的酒吧、饭店和餐厅之中。实行文官独裁制度的奥地利政府（相较希特勒独裁要好一些）与罗斯福新政前的美国一样，正在犯下巨大的错误，他们完全没有实施社会项目去缓解失业者、贫穷者、年迈者和身患疾病者的痛苦。相比之下，希特勒和墨索里尼倒没有犯下这样的错误，他们都采取了一定的政策以缓解普通民众的困苦。自从俾斯麦执掌德国以来，历届德国政府都没有忽视基本的民生问题。

让我和特斯深感震惊的是，维也纳城里到处弥漫着严重的反犹情绪。反犹主义思潮在奥地利并非新鲜事物。当年一战尚未爆发之前，被视为希特勒的第一位政治导师、基督教社会党的领导人卡尔·吕格担任维也纳市长时，就在任上大力鼓吹反犹思想。现在德国纳粹极力扶持奥地利境内的反犹主义势力，他们保证一旦自己执政，就会像德国纳粹政府一样彻底解决犹太人问题。

我在圣诞节那天的日记里也记载了一些维也纳当地反犹的见闻，其中一些和我的私人生活有关。我和特斯在罗斯柴尔德宫附近发现了一处非常舒适的公寓，它的主人是一家犹太人，现在他们却离开了这里，搬到了更安全的住处。特斯很喜欢这个公寓，但是它唯一的缺点是位于三楼，特斯现在挺着大肚子，想要再爬楼梯就很困难了。特斯的产期大约在七周之后，她目前很健康，产科医生没有发现她有任何妊娠并发症。

尽管我已经离开德国，但我还是想为哥伦比亚广播公司做一点有关德国的报道。该如何着手呢？我和默罗基本上没有时间，我们整日忙于播出一个类似于儿童唱诗班的节目，公司把它命名为"哥伦比亚的美国教育广播节目"。尽管如此，我还是设法挤出时间去关注纳粹的消息，特别是发生在柏林和维也纳两地的新闻。到了1938年2月初，我发现了一些冲突的苗头。德国内部好像正在上演一场内斗，希特勒似乎要重新导演一次"长刀之夜"。我不断小心谨慎地给柏林的线人打电话，他们只是和我说"确实有些事情正在酝酿之中"，不过他们也不确定究竟是什么事情。纳粹原本宣布要在1月30日召开国会，纪念执政五周年，现在却把时间推迟到了2月20日——这是极不正常的现象。

到了2月5日早晨，星期六——又是一个星期六——一条来自柏林的重大新闻震惊了我们所有的人：白手起家、帮助希特勒重建德国陆军的战争部部长勃洛姆堡元帅和陆军总司令维尔纳·弗里奇，在昨天夜里被希特勒解除了职务。这个当年一战中微不足道的下士宣布自己成为德国武装力量的最高统帅。除此之外，战争部的编制也被撤销，取而代之的是德国国防军最高统帅部，希特勒兼任其最高指挥官。

为了确保德国军方接受这个突然的变动，希特勒还撤除了16名高级将军的职务，另外将44名高级将领的职务进行了调换。作为对戈林的安抚，希特勒授予他元帅军衔，尽管他之前一直希望接替勃洛姆堡的位子。

不过，遭到清洗的并不只是德国军方，老派却顺从的外交部部长康斯坦丁·冯·诺伊拉特也丢了官，取而代之的新部长是里宾特洛甫。外交部的两位资深大使——驻罗马大使乌尔里希·冯·哈塞尔和驻日本大使赫伯特·冯·迪克森也辞去了职务。希特勒还革去了弗朗茨·冯·巴本的职务。巴本后来承认："我收到这个噩耗时，震惊得完全说不出话了。"作为元首驻维也纳的代表，巴本原本一心一意为希特勒服务，扩展德国在奥地利的利益。然而2月初，巴本收到了一个让自己颇为吃惊的消息。消息称，鲁道夫·赫斯制订了一个计划，准备在德国驻维也纳公使馆附近自导自演一场暴力活动，然后趁乱杀死巴本和德国驻维也纳的武官，之后再以此为理由污蔑奥地利已经失去秩序，这样德国军队就可以名正言顺地进驻奥地利以"恢复当地秩序"。1938年2月7日，我收到了这个消息，然后在日记里记载了下来。1934年"长刀之夜"的时候，巴本就凭着运气侥幸保住了性命，所以在我看来，巴本应该为自己被革职感到庆幸而不是震惊，因为这意味着自己又侥幸逃过了一劫，可谓九死一生。

同样遭殃的还有沙赫特博士，他曾经在推动希特勒上台的过程中发挥了关键性的作用，又成为纳粹政府的经济部部长，他的政策使德国逃脱了破产的厄运。然而他也被革职了，一个油腔滑调的政客——瓦尔特·丰克接替了沙赫特博士的职务。我感觉这是一个极为重要的变化，希望能够立刻前往柏林，在广播节目中报道此事。但佩利和管理层对此毫无兴趣，他们要求我继续播报青少年唱诗班等儿童节目。我很沮丧。

事实上，希特勒这一肃清活动的意义非常重大，是纳粹帝国发展史上一个非常重要的节点。仅仅在一个冬天的周末，德国军队、外交部和经济部中仅存的保守势力都被清洗干净，再也没有人能够反对希特勒在外交领域的冒险行动了。勃洛姆堡、弗里奇和诺伊拉特都是魏玛共和国时代的旧臣，自兴登堡总统时期就坚守在自己的岗位上。他们谨守学院式的保守主义作风，每当纳粹有激进之念，他们就会成为其有效的"制动器"，后来沙赫特博士也加入了他们的行列，在经济领域为德国保驾护航。现在他们在一夜之间被清除殆尽，取而代之的却是一群对元首更加言听计从的年轻人。希特勒从此可以肆意发动任何新的对外征服，无论是军队、外交部还是经济部都不会再有异议。

至于勃洛姆堡元帅和弗里奇将军为什么会在这样一个特殊时期突然被解职，我们当时并不了解原因。直到很久以后，我们才略微了解到一些内情。原因很多，但性丑闻是主要原因。弗里奇将军的继任者瓦尔特·冯·布劳希奇将军差一点也落得同样的下场。

勃洛姆堡元帅的原配妻子早逝，后来元帅与自己的一位秘书埃尔娜·格鲁恩相爱。1937 年底，勃洛姆堡向这位女士求婚。然而，元帅身边许多下属军官都极为不满，他们一向以自己的贵族血统为傲，无法接受元帅与一位平民女士联姻。不过希特勒和戈林都批准了这门婚事，戈林甚至把一位持有反对意见的将领发配去了南美。1938 年 1 月 12 日，婚礼正式举行，希特勒和戈林亲自到场证婚。

然而短短几天之后，当这对新婚夫妇还在意大利度蜜月时，柏林当地却已经炸开了锅。柏林警署档案曝光，人们发现档案里记录，新娘曾因卖淫而留下案底，她还拍摄过色情照片。这位新晋的元帅夫人事实上是在自己母亲开办的妓院里长大的。

整个德军将官团极为震惊，正如陆军总参谋长路德维希·贝克所说："谁都无法容忍军队级别最高的军人娶个妓女。"希特勒则装出一副勃然大怒的样子，于1月25日，也就是婚礼两周后，宣布剥夺勃洛姆堡的陆军元帅军衔。

如果说勃洛姆堡的丑闻令人厌恶，那么与弗里奇将军遭遇的污蔑诽谤相比，这已经算不了什么。弗里奇将军早年毕业于旧式的普鲁士军校，天资聪颖，性格刚强，丝毫不掩饰自己对于希特勒及其仆从的轻蔑。党卫军和盖世太保的头子希姆莱早就想"除掉"弗里奇了。从1938年初起，希姆莱开始利用盖世太保的权力，在助手莱因哈德·海德里希（后来被称为"刽子手海德里希"）的协助之下，有预谋地开展抹黑弗里奇的行动。盖世太保向希特勒呈送了所谓的"证明文件"，指称弗里奇将军违反刑法第175条规定，对同性男子进行性侵犯，还指控其从1935年开始就向一名刑满释放人员支付勒索金，以保证自己同性恋的丑事不被揭发。希特勒把弗里奇将军召唤来当面询问，将军极为愤怒，说不出话来，希特勒就此革除了他的职务。后来一个荣誉军事法庭裁定弗里奇无罪，这证明了之前的指控完全是恶毒的栽赃陷害。弗里奇却再也没有官复原职，污蔑他的希姆莱和海德里希也没有受到惩罚。

当布劳希奇被提名接任弗里奇将军之时，他也被婚姻丑闻缠身，差一点就断送了仕途。当时布劳希奇婚外出轨，爱上了另外一位女士，但妻子拒绝离婚，这让他陷入困境。普鲁士军队一向有贵族文化传统，他们反对离婚，而且认为如果一位高级军官坚持要抛弃自己的妻子，那么他就并不适合统领军队。

这件事情闹得很大，以至于刚刚成立的最高统帅部花了好几个小时专门讨论此事。不过布劳希奇应该感到庆幸，尽管自己被爱情冲昏了头脑，好在他的情人与勃洛姆堡的妻子不同，是一位极受人尊敬的女性，在纳粹党内广为人知。德国驻罗马大使乌尔里希·哈塞尔曾说："布劳希奇的情人是一位百分之二百的纳粹党人。"考虑到女方的背景，希特勒和戈林决定出面干预，还成功说服了布劳希奇的妻子与他离婚。

与此同时，我和特斯在维也纳焦急地等待着我们的孩子出世。维也纳的气氛也到了极度紧张的状态。在这里度过多半青年时期的希特勒极力鼓动奥地利的纳粹力量夺取政权——德奥合并是他伟大梦想的第一步。成功地清除了军方和外交部那些可能会反对他采取冒险行动的异议力量，希特勒以迅雷不及掩耳之势行动起来。[1]

2月13日，希特勒在贝希特斯加登的阿尔卑斯山区休假，他把奥地利总理许士尼格直接叫到贝希特斯加登，当面威胁他将权力转移给奥地利境内的纳粹力量，否则奥地利就会遭到德国军队的攻击。这种情景在现代欧洲历史上绝无仅有。时年41岁的许士尼格被希特勒的威胁和暴怒吓破了胆，于是决定屈服。他答应废除严禁奥地利纳粹党活动的命令，对监狱中所有纳粹分子大赦，其中包括谋杀前总理陶尔斐斯的暴徒；他还准许奥地利纳粹党人进入内阁掌管警察、军队和经济等要害部门，并宣布奥地利在经济上要融入德国的经济体制。后来许士尼格承认，自己签署的这份协议实际上等于给奥地利下了死刑判决书。

收到消息之后，我就在想，也许这个大新闻会引起公司高层的兴趣，毕竟这几乎就意味着奥地利的终结，也是征服者希特勒的一大胜利。我决定向公司总部申请 15 分钟的广播时间用来专门报道此事。没想到的是，他们对此依然全无兴致。有关希特勒与许士尼格会面的事情，我获得了很多内幕消息，据我所知，当时还没有任何一家媒体披露这些消息。但公司仍然要求我继续播出那个儿童节目，上司告诉我，接下来公司为我安排的新任务是 2 月 24 日在保加利亚的首都索菲亚播出节目，在那里我还要顺便拜见保加利亚国王。为了确保我有充足的时间去准备节目，我的上司建议我最晚必须在 2 月 22 日启程。我不想接受这个安排。首先，维也纳发生了这么重要的事件，我不能视而不见，我还是希望能够说服公司高层；其次，特斯随时都可能生产。

我还是去了。2 月 23 日是我的生日，我却坐着东方快车驰骋在巴尔干半岛的茫茫雪山之间。没有一个驻外记者会让自己的私人生活影响工作，不论工作有多无聊。尽管我娶了妻子，我们都很年轻，但过去几年来我几乎没有私人生活。

2 月 26 日下午，我从索菲亚坐火车回到维也纳，我的一位同事到维也纳东站去接我，给我带来了一个好消息——特斯为我生了个女儿。可是据我的朋友说，当天早上特斯的状况非常危急，最后医生决定为她做剖宫产手术，这才保住了她们娘俩的性命。听到这个消息，我立刻匆匆赶往医院。

令我欣慰的是，刚刚经历了生死劫难的特斯并没有太在意自己的苦难，而是迫不及待地向我展示我们拥有了一个非常漂亮的孩子。我得说，这是我见过最可爱的孩子之一。她的肤色非常好，体型也很棒，看上去精力充沛，蓝色的大眼睛一眨一眨，看上去可爱极了。不过特斯的状态实在让我忧心，她看上去就好像被抽空了身体一样，显得特别虚弱，就连说话和呼吸都要使上全身力气。

两天前，特斯被送进医院待产，所有医生和护士给她做检查的时候，都认为她情况很好，不会有什么并发症。可想不到的是，在之后的 48 个小时当中，特斯一直在努力分娩，可是体型正常的胎儿始终出不来。医生给特斯注射了助产药物，却无济于事。大夫尝试着用产钳把胎儿夹出来，还是失败。按照当时的情况来看，特斯想要顺产已经没有可能，可这是一家天主教医院，其中绝大多数的护士是修女，在她们的观念中，即使遭受痛苦，也不应该做剖宫产手术。到了第三天早上，负责接生的犹太裔医生终于忍耐不住了，他迫切地希望挽救特斯和胎儿的生命，于是给她做了剖宫产手术。他后来告诉我，手术成功完全是侥幸。我很困惑，我不知道他为什么不尽早给特斯做手术。我没有说出这个疑问，此刻我只感到无比的庆幸，庆幸特斯和我的女儿都活了下来。

接下来的日子里，我日日夜夜都守在特斯的床边。她有一条腿患了严重的静脉炎，如果治不好，即使不死也会变成残疾。我开始对医院产生了强烈的不满，谁也不知道该怎么治疗，他们能做的只是弄一人把水蛭放在特斯的腿上去吸血。与此同时，医院外面的世界风起云涌，医院里的每一个人都产生了强烈的恐惧感。我终日陪在特斯身边，只能趁着偶尔的闲暇去关注事态的发展。

许士尼格控制下的奥地利政府已经处于崩溃的边缘。当初迫于希特勒的压力，许士尼格不得不同意一大批奥地利纳粹分子进入政府部门担任要职，现在这群人正在极力地搞垮现政府。对纳粹头目的赦免和宣布纳粹党合法都极大地鼓舞了当地

的纳粹势力，他们现在肆无忌惮地在街头发动暴力袭击。记得
2 月 20 日，星期天，那天天空阴沉沉的，我和特斯心情都很
沉闷。收音机里播放着希特勒在国会的演说，他宣称德意志知
道如何"保护"自己国土以外的 1000 万日耳曼人，他们之中
大约有 700 万人生活在奥地利，另外 300 万人则生活在捷克斯
洛伐克。所有人都明白希特勒所谓的"保护"是什么意思。2
月 24 日，我正在保加利亚首都做儿童节目，收到消息说现在
许士尼格正在思考如何在奥地利联邦议会上发言，以对四天前
希特勒的言论做出回应。

许士尼格在国会的发言安抚了德国人的情绪，但是他也宣
称"奥地利给予德国的特权已经到了必须遏制的边界，不可
以再继续妥协了"。他最后总结，奥地利永远不会主动放弃独
立，他在结尾高呼口号："国旗不倒，奥地利人亦不倒！"（这
句话的德文尾词押韵。）

许士尼格的讲话在奥地利格拉茨引发了极为强烈的反应，
大约两万名疯狂的纳粹分子冲进了城市中心广场，捣毁了正在
播放总理发言的扩音器，降下了奥地利国旗，然后把德国纳粹
的万字符旗帜挂了起来。掌握奥地利警察力量的纳粹分子兼内
政部部长阿图尔·赛斯－英夸特——当初是希特勒迫使许士尼
格接受赛斯－英夸特入主奥地利内政部的——对暴动视若无
睹，根本没有采取任何弹压的行动，任由暴动蔓延至奥地利
全境。

绝望之际，许士尼格决定向奥地利的工人力量求救。奥地
利工人约占其合法选民总数的 42%，当初代表工人利益的工
会组织和政党社会民主党是奥地利重要的政治力量，但陶尔斐
斯于 1934 年对他们进行了血腥镇压，许士尼格之后也继续对

他们保持高压。他允诺说如果工人组织肯对自己施以援手，他愿意恢复工人政党的政治地位，释放在监的政党领袖。

然而，这一切努力都已经太晚了。

为了让奥地利免遭希特勒和纳粹的毒手，许士尼格决定放手一搏。3 月 9 日晚间，他在奥地利西部城市因斯布鲁克发表演说，宣布四天后，也就是 3 月 13 日周日将举行一场全民公投以决定奥地利未来的命运。问题将交给奥地利全体人民去解答，问问他们，是否渴望拥有一个"自由、独立、民主、信仰基督教和统一的奥地利"？

当晚我正在火车上，前往斯洛文尼亚美丽的首都，所以没能听到这场突然而重大的演讲。公司派我去卢布尔雅那，要我在当地继续做另外一场儿童广播——迄今为止，高层对我希望报道奥地利的事仍然提不起任何兴趣。默罗也离开了伦敦，前往华沙，公司要他去当地为我们讨厌的"电台学校"安排一场儿童合唱。

3 月 11 日，周五，早上 8 点，从卢布尔雅那开出的火车顺利地开进了维也纳南站，车厢外太阳已经高高升起，一片春意盎然。一想到还有一小会儿就可以见到特斯和我的小女儿，我就非常开心。特斯还在医院接受治疗，过去几天她的情况好了很多。此次出差的经历也让我精神有所振奋，在卢布尔雅那有一群煤矿工人的孩子为我们的节目放声歌唱。录制完节目之后，这群孩子的家长和当地牧师用葡萄酒和美食热情地招待了我。觥筹交错间，我似乎把希特勒、许士尼格和奥地利危机这些烦心事都抛到了脑后。

然而，当我回到维也纳，坐上了回家的出租车，残酷的现实就向我扑面而来。回家的路上，头上突然有两架飞机投下了一大堆传单。

我问出租车司机："传单上写的是什么东西？"

他回答说："全民公投。"

我问道："什么全民公投？"

"就是许士尼格总理说的那个周日的全民公投。"

由于我之前在火车上错过了演讲，我对所谓"全民公投"的事情完全摸不着头脑。我爬上楼以后，问家里的保姆知不知道公投的事情，她把我离开这三天的报纸递给我。看到报纸的日期，我这才明白这几天发生了什么。不过维也纳当地的报纸都没有提及希特勒的反应。

吃完早餐，我坐地铁赶往医院。特斯正在发高烧，医生也没有办法阻止她左腿的静脉炎进一步恶化，他们非常担心特斯会发生血液凝结。我只好一直待在特斯床边，竭尽所能地安慰她，一直到她有了困意昏昏睡去。上午 11 点，我离开医院，坐上出租车直奔施瓦岑贝格咖啡馆而去，我想到那里去搜集一些最新的消息。

到了咖啡馆，我发现我的老朋友福多尔和埃德·泰勒都在那里。福多尔是一个十足的奥地利通，只要是问起奥地利的事情，他简直就像百科全书一样渊博。他目前是《曼彻斯特卫报》和《纽约晚邮报》驻维也纳的记者。泰勒则取代了我当年的位置，现在为《芝加哥论坛报》工作。他们对目前的局势都略感紧张，但仍然信心满满。福多尔是犹太人，虽说会为未来的命运担忧，但他相信公投一定可以和平地完成，而且许士尼格会轻松获胜。他还专门指出，很显然许士尼格现在已经获得社会民主党人的支持，这对希特勒来说一定是一个重大打击。

听他们这么一说，我觉得心里舒缓了许多。但在回城的路上，我一直努力让自己放下一些一厢情愿的想法。尽管许士尼格的确没有希特勒那么独裁，但是这场所谓的"全民公投"也不会比纳粹德国的形式主义选举民主到哪里去。这场公投许士尼格肯定会赢得很轻松。自1933年开始，奥地利就没有举行过民主选举，那些信息登记表也早就过期。短短四天的时间，许士尼格的对手根本来不及为公投造势。况且，奥地利的电台都被许士尼格独裁的"祖国党"掌握在手中。

我真希望在广播里指出以上的情况，如果公司能让**我**报道的话。默罗现在远在波兰，我决定给纽约总部的新闻部主任保罗·怀特发电报，催促他准许我报道奥地利周日晚上的公投结果。然而我还没来得及把电报发出去，周五当天的形势已经急转直下。

下午大约4点钟，我急匆匆地想去医院看看特斯有没有好一点，当我经过卡尔广场去坐地铁的时候，我发现那里聚集了上千人，其中大多数人的右臂上方有纳粹万字符袖章。不过出人意料的是，他们看上去都很温和。一名警察不断大吼大叫，还打着手势。令我惊讶的是，面对警察的威吓，他们竟然很快就散去了。我想如果奥地利纳粹就只有这点胆子，那许士尼格一定赢了。看完了热闹，我匆匆赶到医院。特斯告诉我她好一点了，小婴儿的状况也很好。我这才放下了心，然后匆匆赶回市中心。

当我傍晚6点钟从卡尔广场地铁站出来，广场上的形势竟然发生了逆转。数以千计的发狂纳粹暴徒趁着夜幕降临在巨大的广场上嘶吼、游荡。两个小时前还在围堵他们的警察现在无影无踪，估计要么是被他们抓起来了，要么就是已经下班回去吃晚饭了。

我沿着广场走过大钟楼、歌剧院，一直走到克恩滕大街，转过一条窄窄的小街，一路上到处是纳粹暴徒，他们的嘶吼声简直响彻天际。许多时尚的商店和德国旅游办公室就在这条小街上，办公室的窗外挂着希特勒的大幅肖像，四周鲜花环绕，这里是奥地利纳粹的圣地，现在成了他们示威的集结地。暴徒都在附近停了下来，大声示威，借着路灯我模模糊糊看清了一些人的脸。他们看上去很眼熟，很像我当初在德国纽伦堡集会中见过的那些德国老兵。他们圆眼怒睁，聒噪不停，满脸的歇斯底里和偏执妄想。他们一直声嘶力竭地大喊："胜利万岁！胜利万岁！希特勒万岁！希特勒万岁！绞死许士尼格！绞死许士尼格！同一个民族！同一个帝国！同一个元首！"纽伦堡的党卫军也没有这些人喊纳粹口号喊得这么起劲。

以往我经常看到警察在这里驱散纳粹的示威活动，但今天这些警察都双臂抱怀，一副视而不见的样子，大多数警察还在那里咧嘴大笑。一些年轻女人甚至把纳粹袖章从自己身上解下，系在了警察的胳膊上。这些警察笑得更欢了。很显然，维也纳的警察部队已经倒向纳粹这边。我很想知道形势为什么会突然发生逆转，我想采访一下身边的几个人，但是他们太兴奋了，根本顾不上我。最终，一个中年女人回答了我。

她贴着我耳朵大叫："公投已经取消了！我们觉得希特勒明天就会来！难道这还不够棒吗？"

这还真是个新闻，我完全不知道公投已经取消。我想，如果是真的，许士尼格政府不可能撑过今夜。现在许多街区和警察部队都已经不在他的控制之下，倒向了纳粹。我努力从人群中挤过，一路来到布里斯托酒店。埃德·泰勒正在酒店大堂。

他证实了这条消息，许士尼格总理的确已经取消全民公投，他还承诺说很快就会发表广播演说解释原因。

埃德和我找了一辆出租车，去了美国公使馆。约翰·威利公使正站在办公桌前，手里紧紧握着他的长烟斗。看到我们，他竭力想挤出一丝笑容。毫无疑问，公使大人之前一定是遭遇了严重的挫折。

威利平静地说："我的朋友，一切都已经结束。柏林给奥地利政府下了最后通牒，绝不允许周日举行公投，否则德国军队就会开进奥地利。许士尼格已经屈膝投降了。"

威利建议我们一直开着收音机，许士尼格随时都会在电台里发表演讲，解释情况。威利邀请我们留下来一起吃晚饭，顺便一起等广播。但我必须离开，我得想办法联系上人在波兰的默罗，我需要他支持我申请播报此事。我回到公寓兼办公室，开始给默罗打长途电话，顺手打开了收音机。电台正在播一首欢快的施特劳斯圆舞曲。默罗给我的号码打不通，我只好挂掉了电话。就在此时，圆舞曲突然中断了。

一个激昂的声音说道："注意！注意！几分钟之后您将听到一项重要的公告。"然后是奥地利广播特有的节拍器声。滴滴答答的声音听得恼人，我随手调低了音量。一会儿，响起了一个我熟悉的声音，许士尼格总理开始说话了。我记下了他的讲话全文。

今时今日，我们面临一个具有决定性意义的悲剧局面，我有义务向我的奥地利同胞告知今天事情的全部细节。

今天，德国政府向米克拉斯总统递交了一份最后通牒，要求总统必须在规定时间内任命一位新总理，而此人是由德国政府指定的人选。新总理则需要按照德国政府的要求委任内阁成员。如果奥地利拒绝接受上述要求，德国军队将会入侵奥地利。

我可以向全世界保证，此前德国报道宣称奥地利境内发生了工人暴动，整个国家已经失去秩序，到处血流成河，奥地利政府已经失去对本国的控制，这些报道都是彻头彻尾的谎言。米克拉斯总统要求我告知全体奥地利人民，如今我们面对强权的恐吓，处境极为艰难，我们尚未做好浴血奋战的准备，因此我们只好向武力屈服。我们已经命令军队不做出抵抗行动。

因此我只好向奥地利人民永远告别了，临别之际，我只想用一句德语来表达我内心最深处的愿望：

愿上帝佑护奥地利！

快到最后，我觉得许士尼格的声音在颤抖，他可能已经开始抽泣。不过他还是控制住自己说完了最后一句话。话音落下，收音机里一片死寂。然后电台里开始播出奥地利国歌，听起来像很老的录音，是《德意志高于一切》的熟悉曲调，只是和海顿的原曲略有不同。一切就这样结束了。

过了一小会儿，广播里响起了"犹大"那刺耳的声音，说话的正是阿图尔·赛斯－英夸特。他是许士尼格早年的朋友，在第一次世界大战二人同属一个营。现在他却宣称自己接管了许士尼格的权力，有责任恢复法律和秩序。他的发言略显混乱，但有一件事情他倒说得非常清楚——奥地利军队不准抵抗。这是我第一次听说德军将会入侵。因为许士尼格说过，希特勒的最后通牒是要么投降，要么面临入侵。现在许士尼格已经放弃权力，但希特勒立刻食言，他决意要向奥地利进军以实现德奥合并的梦想。我想希特勒也许会诉诸战争。如果真是这样，旧日的联盟——英国、法国、意大利，以及拥有精良装备的捷克斯洛伐克就必须再度联合起来阻止希特勒，这也是他们最后的机会了。

不管怎么说，此刻我拥有了这一生中最重大的第一手新闻素材，而我事业上的唯一宿敌——供职于美国全国广播公司的马克斯·乔丹此刻人不在维也纳，我完全有机会向美国的听众做独家报道。

不过此刻我面临的首要问题就是，如何把这条新闻播出去。

首先我得说服管理层，然后我还得从奥地利广播公司搞到播音设备。简单地说，我需要一间播音工作室、一套广播设备，还需要一条能传输短波信号的电话线。我希望这条线路能位于日内瓦或者伦敦，这样可以不受纳粹的新闻审查。如果实在没有办法，我就只能利用柏林当地的通信线路，然后再想办法逃过纳粹的新闻审查。

然而，到目前为止我还没有收到纽约的回复。我也联系不上默罗，他在总部的人脉比我多得多，能给找帮上不少忙。公司从不允许我和默罗按照自己的意愿播报新闻，这次他们会格外开恩吗？我强迫自己相信他们会。我给奥地利广播公司打电话，希望能先做一些准备，但是没人接听。也许纳粹势力已经控制了那里。我在柏林就和他们打过交道，我相信在奥地利我也能说服他们。一思及此，我匆匆出门进城。

我到了约翰内斯路，奥地利广播公司的楼前。那里已经出现军人哨位，军人们穿着土灰色的制服，头戴钢盔，刺刀也已经装上。德国人的办事效率可真是高，他们一定是乘飞机来的。向他们苦苦哀求了半天，我终于被放进大楼。与外面的一片肃静相比，大堂和走廊一片狼藉，穿各式纳粹制服的年轻人来来往往。他们手里挥舞着手枪和刺刀，大声喊叫。我试着穿过这群人，去找公司主管埃米尔·切娅和节目主管埃里希·昆士提。我和他们二人合作过很多节目。一开始这群年轻人不许我过去，我便朝他们大吼，他们终于给我放行。在切娅和昆士提的办公室外面，我发现了一大群突击队员——很显然我这两位奥地利朋友被监禁在办公室里了。所幸他们还准许我和昆士提交谈。

我问昆士提："我最快什么时候可以播音？"

昆士提耸了耸肩膀，努力挤出笑容，指着外边一个脸上有疤的军人说："我现在已经不属于这个地方了，你去问他吧，看上去他接管了这里。"

我朝刀疤脸走过去，和他解释我需要在这里做一场广播，发向纽约。很显然，他对广播一无所知，也没有一丝表情。最后我使出撒手锏，提高了嗓门："让我和你们柏林的领导通话，我认得他们，我和他们一起工作过，他们会希望我播报新闻的。"

对我来说，利用柏林的通信线路是最后的无奈之举。我知道，要想通过纳粹德国政府的新闻审查，我就只能说一套做一套。

那个榆木脑袋很快就答复："电话没法拨到柏林，所有的电话线路都出故障了，也许晚些时候才能恢复正常。"

昆士提冲我耳边悄悄嘟囔了一句："喏，一点点机会都没有。"

几名卫兵，手握手枪，一路推推搡搡地就把我赶出了广播大厦。我在外面徘徊了几圈之后，决定继续盯住这里，直到通信线路一恢复正常，就想办法和柏林的电台人员取得联系。时间就这么一分一秒过去，等我再抬起手腕看表，已经是午夜时分。大喇叭里突然传出了一条本地新闻通告，宣称一个新的奥地利政府正在巴尔豪斯广场上成立。我连忙赶到现场，看到赛斯－英夸特正站在天台上，宣布成立国家社会主义新政府，他本人为新政府的首脑。

看完之后，我又往广播公司方向走，途中在卢浮咖啡馆逗留了一会儿。许多美国记者常常在这里出没，住在这里的合众社的鲍勃·贝斯特此刻正在咖啡馆里宣传他最新的小道消息。犹太人福多尔的妻子——漂亮的斯洛伐克人玛莎想极力忍住眼泪，她的丈夫不在，已经回家，他要打电话把这里的消息告诉伦敦的报社。玛莎说，约翰·威利公使明早就要带他们夫妇越过奥地利和捷克斯洛伐克的边境，前往布拉迪斯拉发。这样，福多尔和他可爱的妻子才能安全！

我们围着贝斯特的桌子，我坐在玛莎身边，旁边还有奥地利保皇党的领导人戈尔德施密特少校，以及另外两三个记者朋友。就在此时，埃米尔·马斯大摇大摆地走了进来。当年我在维也纳为《芝加哥论坛报》工作的时候，他给我做过助手。那时他胆小怯懦，和三十多岁的年龄不太相称。他有一半美国和一半奥地利血统，同时拥有两国护照。

埃米尔径直走到我们桌前，假笑道："哈哈，先生们，女士们，现在总算到时候了。"

他翻起西服领，然后把藏在里面的纳粹万字纽扣取了出来，煞有介事地重新放在了扣眼处。玛莎冲着埃米尔大吼，说他简直"无耻之至"，贝斯特也站了起来，似乎想打他一顿，这个猥琐小人转过身离开了。

我知道玛莎非常担心自己犹太丈夫的命运，我只好安慰她，当初威利公使在柏林大使馆工作的时候我就认识他了，他是个性格坚毅的爱尔兰人，非常了解德国人，一定会把他们安全转移出奥地利的。

戈尔德施密特少校安静地站起来，准备离开酒桌。虽然少校本人是一个保皇党团体领袖，但我欣赏他的为人。我估计希特勒一定不会放过少校。第一，虽然他信仰天主教，但他父亲是犹太人；其二，他在政治上支持哈布斯堡家族复辟，而希特勒在维也纳流浪时，就对哈布斯堡家族的统治深恶痛绝——这些事情他早就在《我的奋斗》一书中说得很清楚了。

少校在桌边站了一小会儿，安静地说："虽然各位并不赞赏我所从事的事业，但我谢谢你们给我的友谊。"然后他依次和桌上每一个人握手，说道："请大家原谅我的告辞，现在我需要回家去，然后佩上我的左轮手枪。"[2]

从卢浮咖啡馆出来，我再次赶到奥地利广播大厦。在大厦里我又和士兵发生了冲突，看上去那位刀疤脸朋友并不欢迎我的归来。

他冲我说道："你怎么又回来了？现在还是没有电话线路，什么都做不了，也不能广播。你还是走吧。"他招招手喊来了几个小兵，其中一个士兵非常强硬地架起我的胳膊，就把我扔回了大街上。

此刻外面的街道寒风刺骨，我站在那里思考了几分钟，怎么也不愿意承认自己就此失败。我决定再去闯一次。然而，看大门的守卫似乎得到了指示，他们对我喊道："不准进去！你最好老实点。"

我只好沿着卡尔广场往家走，我顺手看了一眼手表，已经是凌晨 3 点钟。看起来我的努力肯定失败了。整个晚上我都攥着一个重大的新闻题材，却没法传递给听众。我感觉自己要崩溃了。

我一路往家赶，寒冷的空气让我慢慢清醒，我开始反省自己是一个多么自私和心胸狭窄的人，我感到由衷地惭愧。对我而言，我不过是失去了一次小小的机会，可是对于不幸的奥地利，还有整日为冲突所苦的欧洲大陆而言，这条新闻意味着莫大的苦难。这是我们所处的欧洲历史中的里程碑事件，它是希特勒的重大胜利，却是奥地利的莫大悲剧。我能够目睹这一重大的历史场景是幸运的。尽管我遭遇了挫折，但是我的工作与生活都会继续，但是对于许多奥地利人来说，这一夜的到来意味着生命与幸福的终结。在前方等待他们的，是集中营，是监狱，是丢掉养家糊口的工作，是失去苦心经营的产业。在这个国家里生活着 20 万犹太人，他们的境遇将会更加悲惨。

当我爬上公寓的台阶时，我感到非常疲惫，短短三层楼的阶梯，我却感觉像爬了十五层楼一样辛苦。走进家门，我喝了一罐啤酒。此刻已经是深夜，我却感觉不到丝毫的困意。于是我又喝了一罐啤酒，然后决定把今天发生的事情全部写出来，哪怕不能播给听众，我也要在日记里用文字把它们宣泄出来。

就在此时，电话铃声突然响起，是默罗从华沙打来的。我把奥地利即将被兼并的消息告诉了他，顺便对他说我原本想播报新闻的计划也胎死腹中了。

默罗建议："你为什么不明早飞到伦敦呢？你可以在傍晚时分抵达，在伦敦播音你不会受到任何新闻审查，你可以把最完整的见闻带给我们。我忙完这边的事情之后，就会去维也纳。"

不过我和默罗都忽略了一个问题，那就是不管我去伦敦，还是他来维也纳，哥伦比亚广播公司的高层都未必会同意我们按照自己的要求播新闻。不过我们俩都没在乎这个问题。

挂了默罗的电话，我赶紧给维也纳郊外的阿斯佩恩机场打电话，机场说明天所有的航班都已经没有票了，而且他们不确定民用飞机明天能否正常起飞。现在德军已经控制奥地利的机场，只有军用飞机准许自由起降。尽管如此，我还是想去碰碰运气。

我给医院打了个电话，希望给特斯留个口信，告诉她我要暂时离开几天，请她不要担心，我会为她早日康复而祈祷。然而接线员拒绝帮我转达任何口信——听起来医院也和其他地方一样乱成一团。我只好写了一封短信，留给我家的保姆，托她明早看见信后坐出租车给特斯送去。

忙完这一切，已经是凌晨 5 点钟，我躺下来睡了一个小时。

1938 年 3 月 12 日，周六。这一天我一心想挤上飞往伦敦的飞机。早上 7 点钟，我到了机场，发现盖世太保已经占领机场大楼。一个面色阴郁、穿着黑色外套的党卫军军官朝我大吼，声称任何飞机都不准起飞。很快我就发现控制机场的其实是德国空军，每一分钟都有德军的飞机降落。德国空军的一名上尉告诉我，禁止民用飞机起降的命令随时都可能解除，因此他让我去找英国航空公司碰碰运气。不走运的是，英国航空公司飞往伦敦的各次航班都已经满员，订票人数远远超出航空公司的运力，绝大多数乘客是恐慌的犹太人。我实在无法狠心再去和他们抢夺一张宝贵的机票了。因此我决定再去德国汉莎航空公司碰碰运气。按计划，汉莎航空有一班飞机会在上午 9 点钟飞往柏林，不会有哪个犹太人希望飞到柏林去，因此我顺利地搞到了一张机票。按照飞行计划，飞机将会在途中经停布拉格和德累斯顿，正午时分抵达终点站。我希望到了柏林之后再找机会飞往伦敦。除非希特勒下令在德奥合并完成之前，禁止一切民用飞机离开柏林，那我可就真的没有办法了。

候机途中，我碰到了一个朋友，他是一名奥地利警察，我和他打过一些交道，算是旧相识。很显然，他很不喜欢被来自柏林的狂妄自大的盖世太保呼来喝去，他偷偷和我透露了一条重要的信息。德国人之前报道说许士尼格辞职后就已经乘坐飞机离开奥地利了，但是据我这位警察朋友说，事实并非如此。昨天夜里一直有一架飞机停在阿斯佩恩机场，等着许士尼格登机离开，但他一直没有出现。他还告诉我，许士尼格之所以没有出现在机场，是因为盖世太保已经把他抓起来，带到了一个无人知晓的地方。说实话，对于德国人的这种做法我并不感到意外，但之后发生的一些事情是我完全没有料到的。

飞机降落在柏林滕珀尔霍夫机场之后，我立刻去找荷兰航空公司的办事处。我很幸运，荷兰航空正好有一架飞机将在一小时后起飞，经由阿姆斯特丹飞往伦敦，更凑巧的是正好还剩一个座位，我立刻买了票。现在正好剩下一点时间，让我可以吃点午餐，顺便扫一眼柏林当地的早报。这些报纸的头版标题实在让我惊讶，特别是纳粹党官方党报《人民观察家报》，首页上用三英寸高的黑体大字印着一行大标题——《德国拯救奥地利于混乱！》。

翻开报纸，里面是一篇耸人听闻的虚假报道，一看就知道出于纳粹宣传部部长戈培尔之手。报道说，整个维也纳的主要街道都已经失去秩序，到处是"斗殴、枪击和抢劫"。报道下方还附上了德国情报局的急件，上面说昨夜赛斯－英夸特给希特勒发电，请求派军前往奥地利维持秩序，以保护奥地利人民免遭"社会主义者和共产主义者武装分子"挑起的血腥屠杀。我在柏林待过好几年，平日里对他们撒谎成性已经习惯了，但是我实在没有想到他竟然能编出这样的弥天大谎。维也纳街头根本没有出现所谓的"骚乱"，我甚至怀疑所谓的"赛斯－英夸特的求助电报"也是德国的谎言。我百分之百确信，希特勒和他的爪牙伪造了这份电文，只是为了给自己入侵奥地利找一个合理的借口而已。[3]

我把报纸叠起来塞进公文包，我想到了在伦敦播音的时候可以把这张报纸的内容当场读一读，如果我能到达伦敦的话。吃完午饭后我又在机场里坐了一小会儿，发现自己可能没办法顺利飞去伦敦了。机场里有一些小混乱，空管部门让飞往奥地利的飞机都优先起飞，我的航班则被无限制地推后。我就快放弃时，终于听到扩音器里开始呼喊登机了。飞机在柏林上空盘旋了一圈，径直向西飞去，这一刻我的心终于落了地，我终于逃脱了德国新闻审查官的魔爪。我掏出纸笔草拟一下播音稿，等飞机到达伦敦附近的克里伊登，我差不多写完全部内容了。下了飞机，我在机场给公司驻伦敦办公室打了个电话，让我惊喜的是，办公室里的英国秘书告诉我纽约总部同意我的播音请求，给我分配了 15 分钟的时间。具体时间定在伦敦当地时间晚上 11 点 30 分，也就是纽约下午 6 点 30 分。

这是重大的突破，这是哥伦比亚广播公司第一次准许自己的员工亲手获取第一手素材然后播报。[4]我激动得不能自已，即使几个小时之后，我坐在英国广播公司的工作室准备播音，看着钟表的指针指向 11 点 30 分时，我还处于紧张局促的心情之中。耳机里传来了纽约总部发来的提示音，然后纽约的播音员开始做前言介绍了：

> 大约 24 小时之前，纳粹军队越过边境进入了奥地利……入侵发生当日，哥伦比亚广播公司驻中欧地区主任威廉·夏伊勒先生正在维也纳。今天下午他飞抵伦敦，为大家带来完整的目击记录……现在我们把线路切到伦敦。

此刻，面对着英国广播公司的麦克风，我开始了加入哥伦比亚广播公司以后的第一次新闻播报。

第二天，也就是周日，我和默罗在播音节目中有了更重大的突破，做了一个全球的新闻连线节目，这是广播史上的第一次。我敢说，没有默罗和我的努力，广播节目就不会从此进入成熟的阶段。从那以后，新闻连线节目就成了播报新闻的主要形式，首先是广播业，然后是电视业，自此一直遵循着这样的形式。

今日我们已经进入电视和卫星传输信号的时代，每天晚上的新闻综合栏目已经成了例行节目。遥想 1938 年 3 月 13 日，星期日晚上，我和默罗为了实现这个突破，克服了多少重大的困难。记得当时纽约总部的工程师告诉管理部门，这是不可能完成的任务。最主要的问题就在欧洲。我们必须先搞定欧洲大陆的传输设备，让各处的短波发射器向纽约发出信号，[5]纽约的工程师再接收信号，这样才能实现新闻联动播出的目标。我在伦敦，默罗在维也纳，那天又正好是星期日，欧洲各国的广播公司都在放假，准备时间十分短暂，要想在这么短的时间里去各处安排短波发射器、播音工作室以及连接它们的通信线路，实在是一件很困难的事情。除此之外，我们还需要和四五个国家的记者进行联络。默罗和我努力给各国广播公司的官员打电话协调，我们之间语言不通，更别说他们基本上在过周末，以前也根本没处理过这样的事情。总而言之，整个过程十分耗时，远远超出了我的想象。

那天伦敦时间下午 5 点，我做完了当天的现场播报，接到了纽约的电话，总部问我和默罗能否在稍后的晚上安排一档联动欧洲各国首都的新闻摘要节目。当时纽约正是中午时分，而欧洲的白天已过去大半，时间紧迫。

打电话来的是纽约总部的新闻部主任保罗·怀特，他竭力显得好像在和我安排一件例行公事："我们今晚想要一档欧洲新闻摘要节目，时间定在伦敦当地时间凌晨 1 点钟……你和你的英国议会朋友在伦敦，默罗在维也纳，我们希望你再联系几个美国驻柏林、巴黎和罗马的记者朋友，你们在这几个首都城市一起播报一下当地的新闻，整个节目计划 30 分钟，你和默罗能搞定吗？"

我直接说可以，就把电话挂了。然而事实是我根本不知道该怎么处理这个难题。我给维也纳的默罗打了个电话，没有人接，我一边等着回电，一边盘算着如何是好。几乎所有驻欧洲各国首都的记者我都认识，如果能在周末的晚上找到他们，再和他们美国的公司沟通好，让他们帮着做一个报道并不难。

至于欧洲各国主要广播公司的负责人以及各国邮电部门的

首席工程师，我和默罗也都是认识的。我们要借用前者的播音设备，还要使用后者的短波发射器和通信线路。在等默罗电话期间，我给巴黎、罗马和柏林的美国记者朋友打了电话，还给法国国家广播公司、法国邮电总部、德国邮电部、德国国家广播公司和都灵的意大利代理广播台的主管与首席工程师打了电话。我真得庆幸自己当初学过法语、德语和意大利语，没有他们的话我就完全无计可施了。

默罗给我回电话了，他觉得自己有可能搞定德国人，要到一条通往柏林的电话线路，这样可以直接从柏林发射短波到纽约。他还就其他一些技术问题给了我一些提醒，他说罗马有一台很好的短波发射器，但是如果意大利邮电部门不许我们使用，那就只能另找一条从罗马通往日内瓦或伦敦的电话线路。巴黎当地没有短波发射器，所以我只能通过法国邮电总部预订了一条通往伦敦的电话线。没过多久，我的电话就响个不停，来自四个国家的工作人员都给我答复了：都灵的意大利代理广播台的官员和工程师都不能帮忙，我只好从意大利通信部订购了一条线路；德国方面倒还不错，国家广播公司同意给我提供一间播音工作室和一台短波发射器，他们还说会再想法去协助默罗。但他们说，柏林和维也纳之间唯一的通信线路被德国军队掌握，所以不能确保成功。

随着夜幕降临，准备工作渐渐成形。怀特从纽约打来电话，给伦敦、维也纳、柏林、巴黎和罗马的播音工作分配了详细的时间，要求我们遵从信号指示，及时切入和切出播音环节。我又从伦敦给其他四个首都的同事打了电话，把详细的时间和信号告诉他们。我希望各处工作点负责技术工作的工程师到时候能够完全听明白我们的英文指令。

各国首都的记者也陆续给我回电话了。埃德加·莫勒是《芝加哥每日新闻报》驻巴黎的记者，他当时正在巴黎乡下享受周末时光，我费了很大的力气才成功说服他赶回城里给我帮忙。莫勒曾经在柏林工作，后来被纳粹驱逐出境，所以只要是有关希特勒的任何事情，他都会特别有兴致，而且就我所知，没有人会比他更深刻了解希特勒对奥地利的所作所为。弗兰克·格维西和皮埃尔·胡斯也分别从罗马和柏林给我打来了电话，他们都是国际通讯社的员工。他们说只要纽约总部同意，他们都愿意给我帮这个忙。挂掉电话后，我就赶紧给怀特打电话，让总部去和国际通讯社沟通，确保他们能够参与播报。

怀特在电话里说："你放心，国际通讯社的事情我去处理。我已经把你的设备加入通信线路。不过今晚罗马和柏林方面准备采用什么类型的发射器，波长是多少？"

听怀特这么一问，我才想起来我把这个技术问题忘了。我告诉怀特："罗马方面可能不准我们使用它的发射器，至于柏林方面我会再给他们打电话，问清楚以后给你回电话。"我准备帮格维西找到一条从罗马通往日内瓦的电话线，这样他的播音内容可以通过电话线传到日内瓦，再通过发射器到纽约。为了这条线路，我在周日晚上给罗马和瑞士的有关部门打了好几个电话，颇费一番周折。

整个下午加晚上，我一直忙于协调欧洲的播音准备工作，直到后来怀特打电话问："你自己在伦敦的播报如何了？"我这才想起来自己也肩负着播音任务。怀特说："别忘了，我们计划在伦敦安排两个人，一个是你，一个是议会里的人，我们想知道英国人就希特勒入侵奥地利的反应。"

我告诉怀特："好的，我稍后再给你回电话。"然而，事实上我根本找不到怀特需要的人。今天是周末，我认识的议员都在乡下度假。我还试着给唐宁街打电话，希望了解英国政府的反应，他们也不在工作岗位上。其实，我自己都能百分百地知道答案——英国政府的反应就是没有任何反应。不过，我还是需要找一位官方人士来证实。

我坐下来匆匆草拟了几笔自己的广播稿。这时，英国工党议员埃伦·威尔金森从乡下给我打来电话。周末在乡下度假似乎已经成了英国人的一个传统，无论欧洲大陆上突然爆发了多么严重的危机。

我问她："你需要多久才能回到伦敦？"威尔金森女士回答说大约需要一个小时。

我看了一下表，现在是晚上 11 点钟，离广播还有两个小时。

我说："好的，我们凌晨 1 点钟有新闻要播，到时我在英国广播公司的门口等你。你还有两个小时的时间准备精彩的发言，重点谈谈本周末希特勒夺取奥地利之后，英国会做出什么反应。"埃伦是我的老朋友，想到这里，我又补充："也可以谈谈英国不会做出什么反应。"

罗马的格维西从另一条线打来电话，说意大利人表示收到申请太匆忙，所以没法安排发射器。他问我该怎么办，我说："我们会把你的播音内容传到日内瓦，你去找意大利代理电台要一条专用的电话线，再去预订一间播音室。"

格维西回答道："好吧，我去试试。"听声音他对此不抱希望，他了解意大利人。

"我会盯着瑞士方面，"我接着说，"如果都行不通，你一个小时后给我打电话，把你的播音稿告诉我，到时我在伦敦帮你读。另外，纽约非常想知道墨索里尼会有什么举动，重点谈谈这个。”

格维西也是我的老朋友了，他毫不见外地回答道：“比尔，他会干什么，或者不干什么，你还能不清楚？”

“那是自然。看起来和伦敦的张伯伦差不多，不会有任何反应。”

“很对。”

“不过，公司还是希望听到你亲自来说这个话，毕竟你人在罗马，比人在伦敦的我说这个话要有说服力。”

接下来的近两个小时，桌上的电话机一直响个不停，我一直和他们讨论到了凌晨 0 点 45 分。我看了下表，赶紧一路奔到英国广播公司大门口，正好碰到埃伦也刚到，她用手捋了捋自己的茶褐色头发，一副气喘吁吁的样子。我们一起上楼，进了一间播音室。很快纽约总部就发来了反馈的信号，我和怀特做了最后一次确认。目前看起来，巴黎、柏林和维也纳的情况都很正常。默罗很有信心，他弄到了一条从维也纳到柏林的电话线路，巴黎的信号也会通过电话线传到伦敦。至于罗马，我们就只能放弃了，我没有搞定罗马到日内瓦的线路。不过此刻格维西正从罗马打来电话，速记员将记下他的稿件内容。怀特同意等所有播音结束后再把线路切回伦敦，由我代替格维西朗读他的稿子。

距离伦敦时间凌晨 1 点钟只有 15 秒了，耳机里已经响起倒计时的提示音，此刻是纽约时间晚上 8 点钟。耳机里响起了鲍勃·特劳特沉着平稳的声音，他开始对今晚的节目做介绍：

    ……为了让各位听众详细地了解欧洲的现状，今晚哥伦比亚广播公司将会为您呈现一档特别节目，我们邀请了驻守伦敦、巴黎以及其他欧洲几国首都的记者，为您直接报道当地的情况……今晚我们将通过广播带您来一场跨越大西洋的欧洲首都巡游，首先让我们先听一下来自伦敦的消息。

我开始播音了。这一瞬间，两天两夜的疲惫一扫而空，我感觉到了些许兴奋。我意识到，只要在接下来的 30 分钟里不出什么严重的差错或故障，那就意味着我们成功地开创了广播史上的新纪元。我简短地说了几句，表达了一下我自己的看法，即面对希特勒的入侵，我怀疑英国政府除了口头抗议以外，可能不会采取其他任何有效的行动，因此也绝不会有战争爆发。至于埃伦·威尔金森女士，"美国听众一定很熟悉她，我们就不必再专门介绍了"，说着我把麦克风递给了她，点点头。她接下去说道："英国对于希特勒的做法实在感到恼火，但是在英国没有哪个人愿意发动战争。"

尽管我对英国政府的反应深感失望，但是不得不说，埃伦的话一定能使美国听众感到安心，因为特别多的美国人都害怕战争再次爆发。当晚，巴黎的埃德加·莫勒和维也纳的埃德·默罗的播音都非常精彩，我想听众一定会深受触动。莫勒一直对希特勒充满鄙夷，一直在提醒全世界要对他加以提防，他觉得很多民众都没有认清希特勒的本来面目——"残酷和赤裸裸的强权"，并且是全欧洲的重大威胁。默罗则向听众展示了一幅悲惨的画面，曾经充满欢乐的维也纳现在落入了纳粹的魔爪。当晚，只有柏林的胡斯没有谴责纳粹，我想我真该找一个对纳粹少些同情的人。他说，在德国的各阶层民众都相信这样一个**事实**，那就是奥地利回归德国的保护是出于他们的自愿。我在心里暗想：这是事实吗？胡斯心里应该很清楚。

尽管如此，考虑到这是第一次尝试，我还是认为这次节目非常成功。柏林、维也纳和巴黎的切入时间都很准确，信号清晰。等到他们都发言完毕，纽约总部又把信号切回了我这里，由我代替格维西播报。他在稿件中说明，四年前墨索里尼曾经为奥地利的独立去和希特勒抗争，但他这次不会再做同样的事了，因为他已经加入纳粹德国的阵营。

节目快结束的时候，保罗·怀特向我反馈道，全公司上下，从佩利到公司的每一个小职员都兴高采烈，他们觉得这是一次意义重大的成功。[6]

保罗说："那么今天就到此为止吧，我们希望明天晚上再来一次，哦，你那里已经是新的一天了，就是伦敦时间的今晚，你看可以吗？"

我已经疲惫之至，但还是很兴奋："没问题。"

我出门好几天了，特斯还在医院养病，所以我迫切地想回到维也纳，我也想看看希特勒占领奥地利之后有什么新举措。然而纽约总部要求我待在伦敦把剩余的报道做完，直到本周结束才能离开。这正好给了默罗一个好机会，他可以继续留在维也纳报道希特勒进军奥地利的情况。我们一想到自己突破了公司的禁令，而且开创了一段广播的新历史，就感到特别开心与兴奋。

尽管默罗在维也纳每天忙得脚不着地，他还是抽出时间去医院看望特斯，然后打电话把情况告诉我。据医生说，特斯的静脉炎仍然严重，所以她近况不佳。至于我的宝贝女儿，倒是一切安好，从她出生之后我就一直忙于工作，以至于连名字都没顾上给她取。据默罗说，特斯目前情绪还算稳定，虽然希特勒吞并了她的祖国，但是她还没有过激的反应。默罗还说头几天是医院里最糟糕的时光，到处充斥着恐慌的情绪，犹太病人也无心顾及病痛就纷纷逃散了，当初给特斯接生的犹太人产科医生也消失了。听完我非常担心，但他向我保证，说特斯一切安好。他说特斯唯一抱怨的事情就是德国的轰炸机整日在维也纳上空飞来飞去，刺耳的引擎声让她睡不着觉。

伦敦的日子是忙碌的。周一那天，我花了相当多的时间去组织第二次新闻连线。节目安排在伦敦时间周二凌晨 3 点 30 分，仍然从伦敦开始，然后是柏林、巴黎、维也纳和罗马。与第一次相比，这一次的先期协调工作要简单一些了。

与之前禁止我们自主报道相比，现在公司不断要求我们多播自己的新闻，这让我和默罗非常兴奋。周一下午 4 点钟，我把张伯伦首相就希特勒入侵事件而向下院发表的声明播了出来，广播的即时性真是让我振奋。我开场道："大约半小时之前，英国首相内维尔·张伯伦在英国下院发表了声明。"我前脚通过自动新闻收报机接收新闻，后脚就可以把内容传播给全世界。

张伯伦的发言没让我惊讶，不过与之前 3 月 2 日他在下院就奥地利情况所做的发言相比，倒是让我困惑。当时他声称"贝希特斯加登会议不过是两个政治家（指希特勒和许士尼格）之间的会谈，所谈论的事情也不过是就如何发展两国关系而达成的协议而已"。记得当时我在维也纳吃惊地读完了这条报道。我知道，英国驻维也纳公使馆已经把希特勒在贝希特斯加登的最后通牒告诉了张伯伦。我吃惊的是他竟然公然说谎。

现在，我在广播中读他的声明时，极度怀疑其真实性。他在声明中是这样说的，他的新任外交大臣哈利法克斯勋爵[7]在希特勒的部队进军维也纳的 24 小时之前，会见了德国新任外交部部长里宾特洛甫先生，哈利法克斯明确地告诉他"大英帝国政府对于下列事务予以最高程度的关注，即需要采取一切必要手段以确保奥地利全民公投免受德国的干扰和威胁而得以顺利举行"。张伯伦继而补充道他本人也持相同看法，向里宾特洛甫做了最明确的表态。

对于张伯伦的声明我表示怀疑。[8]

说了半天，张伯伦终于说到关键问题了，他声称"除非奥地利和其他国家做好了使用武力反抗的准备，否则我们对于奥地利目前发生的事情完全无能为力"。

张伯伦说得没错，但是我在想，如果英国不愿意用武力去抵抗纳粹的话，那么等待大英帝国的未来会是什么？

温斯顿·丘吉尔现在还是被排斥在权力圈之外，他的观点在英国政坛仍然孤立无援。但是当天他在下院就奥地利问题发表的演讲深深触动了我，我相信他是整个英国最能看清现实和有远见的政治家。丘吉尔是这样说的：

> 有关 3 月 12 日发生的事件，其严重性不容小觑。欧洲正面临挑衅……我们只有一条路可以走……要么像奥地利一样屈膝投降，要么抓住时机采取有效的措施。

> 如果我们继续任由事态发展，那我们会浪费多少宝贵的资源？这些资源本来是可以用来保卫和平与维持稳定的。我们还会让多少朋友心灰意冷？我们还要看着多少潜

在的盟友一个接一个地落入恐怖的深渊？……

但是英国议会之中几乎没有人把丘吉尔的意见放在心上，他所属的保守党都坚定地站在张伯伦的背后，继续对法西斯独裁者实行绥靖政策。

丘吉尔还谈论了一些别的问题，他提醒每一个人注意，希特勒夺去了奥地利，意味着他在战略上获得了巨大的胜利。

> 维也纳是连通往日由诸多国家组成的奥匈帝国和欧洲东南部国家的枢纽。一条控制多瑙河流域的绳索已经被德国抓在手中。纳粹德国控制了维也纳，就能通过公路、河流与铁路控制整个东南欧的军事与经济联系。这对整个欧洲的权力结构将会产生什么样的影响？

毫无疑问，丘吉尔提出了一个至关重要的问题，但是张伯伦对此置之不理。我的一些同事通过广播听到了丘吉尔的演说，他们告诉我说今天的丘吉尔最充分地展示了他的辩才。这让我有了一个主意，为什么不去请丘吉尔来我们的电台，让他充分展示自己的口才？

之后我给佩利打了电话，很显然他听说过丘吉尔的大名，他很喜欢这个想法。

佩利说："你现在立刻给丘吉尔打电话，告诉他我非常希望他能够来我们哥伦比亚广播公司做 15 分钟的节目，最好就把他今天在下院的发言重复一遍。"

我说："我这就联系他，不过，我们要给他支付多少报酬呢？"

佩利说："50 美元吧。"

50 美元？我简直不能相信自己的耳朵。

我恰巧知道一些丘吉尔的财政状况。丘吉尔的儿子伦道夫和我谈过这个问题。他说他父亲主要的收入是给一家周报撰写联合专栏文章，该报纸在全世界发行，大约 200 名订阅者每周要向报社支付 2000 美元的订阅费，其中丘吉尔能够获得的稿酬在 300 美元左右，有时甚至会高达 1500 美元——毫无疑问这笔高额收入挣得很轻松。不过这算不上真正让他致富的收入。

想到这里，我对佩利说："比尔，我不认为丘吉尔会为了区区 50 美元专门来一趟，这才相当于 10 英镑。"

"你去和丘吉尔解释，"佩利答道，"这会是一个长期的节目，是没有广告的。告诉他，凡是长期合作的对象，我们的报酬标准都是 50 美元。"

"丘吉尔可是大牌啊，我们能不能给他 500 美元，或者至少 100 美元？"

佩利好像开始不大高兴了："我说 50 美元，就是 50 美元！"

挂掉电话之后，我就给丘吉尔打电话了，在电话里他说他很乐意来我们电台谈 15 分钟。

然后丘吉尔问道："我想请问一下，贵公司准备支付多少报酬给我呢？"

"50 美元，约合 10 英镑。"

我觉得丘吉尔听到这个数字后，一下子就错愕了，电话那边立刻就安静下来了。

"你说的是 50 美元吗？"

我只好说："丘吉尔先生，我们公司老板佩利先生让我向您解释一下，这是我们公司给长期节目的标准报酬，15 分钟都是 50 美元。这说明节目是没有广告的。我们不想您把这个节目视作一种商业活动。"

丘吉尔似乎并不满意这个解释，最后他说："告诉你的老板，如果他肯支付 500 美元，也就是 100 英镑的报酬，那我将很乐意去参加你们的节目。"

其实我觉得丘吉尔的要价挺合理的。

然而，等我再给佩利打电话汇报此事的时候，他却直截了当地拒绝了。

忙了整整一周之后，我终于在周末离开了伦敦。一想到希特勒终于兼并了奥地利，而英法再一次展示了自己的懦弱，我就感到非常沮丧。在英国政府中，除了丘吉尔以外，没有人认识到德奥合并的真正意义——它意味着希特勒成功跨出了征服全欧洲的又一步。张伯伦在下院演讲结束时宣称，会"依据近来发生的事件""重新检视"德国的重整军备政策。可惜，对于希特勒这种独裁者来说，这种话无足轻重。

随着飞机从伦敦机场起飞，我的情绪终于有所振奋，我意识到从我个人与工作的角度来说，我的人生在这一周里发生了戏剧性的转变。有一个事实，尽管我非常讨厌承认它，但它依然是事实——如果希特勒没有吞并奥地利的话，我和默罗就无法在一夜之间成功越过公司的桎梏，我们也无法在广播史上做出一个重大的突破，成功地完成了人类历史上的第一次广播新闻连线。从此以后无数人将以此种方式收听晚间新闻，而不必再等到第二天的晨报了。

当天晚上，默罗到维也纳郊外的阿斯佩恩机场来接我。天色已晚，医院不准我再去探视。不过默罗刚从医院过来，他向我保证特斯虽然现在处境艰难，但一定会渡过难关的。被德国纳粹占领之后，整个奥地利都陷入了混乱，特斯也不可避免地情绪低落。之前她对面的病房中有位犹太裔的待产母亲跳楼自杀，腹中的胎儿也未能幸免。其他人纷纷逃离。特斯的产科医生还没有回来，但幸好另一位医生出现了。

我和默罗一路从机场赶回家，却发现公寓楼下站着党卫军的哨兵，个个头戴钢盔、佩带刺刀。看上去我家附近的罗斯柴尔德宫前大约部署了一个排的兵力。当我和默罗想走进公寓大楼时，被党卫军卫兵挡了回去。

我冲他们嚷道："我就**住**在这栋楼里！"

一个哨兵毫不客气："这和我们没关系，反正你不能进去。"

我竭力按捺住自己的怒气。当年在德国的时候，我和这种粗鲁的德国士兵打交道也不是一次两次了。

我问道："我可以在哪里找到你们的指挥官？"

"他在罗德柴尔德宫里。"

一个很魁梧的党卫军士兵把我们押到罗斯柴尔德宫的厢房，那里正好和我们家的公寓大楼相连。去年路易斯·罗斯柴尔德还在家里住过。① 即使这栋厢房是供花匠居住的，也已经非常大了。我和默罗走进去一看，党卫军正忙着从地下室里往外面抬银器和其他各式战利品，他们的头目正忙着扛一个重重的箱子，里面装满了银制的餐刀和叉子。他看到我们，把箱子放下肩头，脸上没有一丝羞愧。我和默罗把情况说了一遍，解

---

① 路易斯·罗斯柴尔德是其家族创始人梅耶·罗斯柴尔德的孙子，所罗门·罗斯柴尔德的儿子。维也纳的这栋罗斯柴尔德宫为路易斯·罗斯柴尔德所有。

释了我们的职业和国籍。他似乎觉得这是个很有意思的事情，当场就笑了起来，然后告诉卫兵护送我们回家。

"不过你们在家待着别动，"他嗤嗤地笑起来，"直到我们把这里的小任务完成。"

我和默罗回到家之后，喝了一杯烈酒，从窗口往外面看。只见党卫军陆陆续续地从罗斯柴尔德的家里走出来，将战利品塞满了在那里等着的卡车。我非常迫切地想看看被占领的维也纳是一幅怎样的景象，于是我和默罗踮着脚尖走下楼。等到哨兵都离开门口，我们趁着黑夜悄悄地摸到了大街上。街上出奇地安静，默罗说数千名犹太人、几千名社会党人和许士尼格的支持者都已经被德国军队团团包围或者逮捕。据说许士尼格本人也在盖世太保的监禁之中，没有人知道在何处。

我和默罗在维也纳的内城晃荡了一个小时，然后来到克恩滕大街附近的一家酒吧。此刻，默罗陷入了深深的悲怆，我非常能理解他的心情。他在维也纳逗留的这一周，所见所闻都让他沮丧：乌合之众陷入了歇斯底里的狂躁，民众在街上大声欢呼着希特勒的名字，纳粹暴徒在街头巷尾施虐。默罗说，几天前的一个晚上，就在这家酒吧，一个看似犹太人的男子喝得酩酊大醉，从口袋里掏出了一把旧式刮胡刀，直接割断了自己的喉咙。

过了一小会儿，当开始谈论我们的工作时，默罗的情绪恢复了一些。

"我想我们完成了一些重要的事情，"他说——我很喜欢默罗这种含蓄的说话风格，"在某种意义上，我们是广播史上的第一批记者，我们找到了一种聚合新闻的方式。也许，伙计，我们现在算是小有成就了。"

说到这里，我们又举起杯子庆贺。第二天早上，默罗离开维也纳回伦敦了。我自己则匆忙赶到医院。医生告诉我，特斯的情况仍然不容乐观，仍然有可能出现静脉炎导致的血凝块，只能继续观察。我觉得这些内科医生在这个病上已经花了太久的时间。特斯入院的时候，本以为顶多只需要住上一周，没想到现在已经将近一个月了。

我竭力把这些担忧放到一边，使其不干扰我的工作。近期我做了一个特别报道，专门讲述在我离开的这一周维也纳发生了怎样翻天覆地的变化。不过由于纳粹临时加强了对新闻报道的审查与压制力度，所以我无法把真实情况完全描述出来。这个小经历提醒了我，等到特斯出院之后，我必须尽快把办公室从奥地利迁出，这里已经是纳粹的天下，我必须另找一个中立国家。

今时今日的维也纳已经让熟悉它的人认不出来了。维也纳人，曾经是那么温和而多愁善感，现在他们却比德国人还要残暴，特别是对待犹太人时。走在街头，不时地可以看到一群群犹太男女在纳粹突击队员的押解下，跪在地上，把印在马路两边的许士尼格时代的宣传标语擦洗掉。士兵嘴里不停地辱骂并嘲笑他们。即使当初在柏林与纽伦堡，我也没有看过纳粹这样的施虐，这样的侮辱。纳粹冲锋队和党卫军随意地抓捕路上的犹太人，或者干脆冲进他们家中抓人，然后强迫他们去清洗兵营中的厕所和他们强占来的其他建筑。国外的犹太人，或者干脆就是他们认为貌似犹太人的外国人，也都被抓起来，被迫从事重体力劳动。

美国公使约翰·威利的夫人恰巧是一位波兰裔犹太人，她担心会被抓起来送去洗大街，所以一步也不敢离开公使馆。我的老朋友吉利曾经是《伦敦早邮报》驻柏林的记者，这次他正好来维也纳报道德奥合并的事。我们经过教堂时，一群纳粹却把他团团围住，尽管吉利的出身和长相都是一个纯粹的苏格兰人，这些人仍然冲着他大喊反犹口号，然后打他。我一开始还环顾四周，希望能够向附近的警察求助，但是我立刻意识到这根本没有任何用处。警察也害怕得罪纳粹冲锋队，更遑论他们自己可能就是纳粹分子。最后，吉利掏出了自己的英国护照，这群暴徒才放过了他。

回到维也纳，我花了不少的时间重新梳理了德奥合并的来龙去脉，详细记录了希特勒成功占领奥地利的过程，又仔细研究了德奥合并背后的战略意义，同时我在竭力思考希特勒的下一个目标将会是哪里。希特勒进入奥地利的第一站并不是维也纳，而是林茨，他在这里度过了自己的少年时光。无数群众在林茨为希特勒举行了极为疯狂的欢迎仪式，他在仪式上这样表达自己的心情：

> 如果天命曾经召唤在此地降生的我成为德意志帝国的领袖，那么它一定赋予了我一项必达的使命，那就是让我深爱的故土回归德意志帝国的怀抱。我为这项光荣的使命而活，为它奋斗，现在我相信自己已经完成使命。

3月15日，希特勒站在维也纳霍夫堡皇宫的天台上，这里曾经是哈布斯堡皇室统治奥地利帝国的地方。他向广场上无边无际的人海大声呼喊："作为日耳曼民族和德意志帝国的元首与总理，此刻我在历史面前，正式宣布我的祖国与德意志帝国合并了。"

两天前，也就是许士尼格要求举行全民公投的那天，希特勒在林茨正式提出了一部所谓的《德奥合并法案》，声称"奥地利作为一个国家的历史从此结束，它正式成为德意志帝国的一省"。然后希特勒又使出了一贯的欺骗伎俩，称之后就会举行一个"自由而秘密的全民公投"，由全体德裔奥地利人决定自己的国家是否加入德意志帝国。两天后，他在维也纳又做出了同样的虚伪承诺，声称4月10日他会正式举行全民公投。之后他回到柏林，几天后他又宣称德国也会在4月10日举行一次全民公投，由全体德国人决定是否批准《德奥合并法案》，公投当天德国议会也会重新选举。希特勒早就指定好了他在国会的傀儡，纳粹党也早就成为德国境内唯一的合法政党，所谓"选举"不过是骗上加骗。

我现在有了自主广播的自由，以及报道某些严肃新闻的自由，所以我细致地记录了这个骗人的全民公投的过程。希特勒掀起了大潮一般的宣传攻势，不断发表浮夸的政治演说，鼓动德奥两国民众一定要投赞成票，他的做法让人感觉似乎这些草民还真的有决定权。除此之外，他还反复地嘲讽、攻击许士尼格，称他"伪造选举结果以欺骗自己"——希特勒似乎忘了这位奥地利总理早已不再是自己的对手，已经被囚禁起来。我发现，希特勒在演说中不敢告诉德奥两国民众，更不敢告诉国际社会他已经把许士尼格抓起来。他犯下的如此暴行，在现代欧洲历史上还不曾有过。

在这场颇为诡异的政治宣传攻势中，希特勒似乎对我们这些外国记者很忌惮，我们对他的谎言和全民公投做了诸多评论（尤其是对他在进行全民公投前就已吞并奥地利一事），对此他似乎多感忧虑。之后他在柯尼希斯贝格做了一场广播演讲，对外国媒体进行攻击，也为自己进行政治宣传找了牵强的理由。

"我在政治斗争生涯中，"他说，"获得了我的人民的热爱。当我跨过国境线进入奥地利，我感到了巨大的热情，其中对我的热爱是我前所未有的体验……在这种强烈的体验之下，我深知自己不需要等到 4 月 10 日就已经知道公投的结果，我也不需要刻意做些什么去影响公投的结果……"

如果这些话也能相信——我敢肯定千千万万的德奥民众会深信不疑——那么，没什么话是不可信的。

4 月 9 日，全民公投的前一夜，希特勒显得很紧张，他又发表了一次演说——我听过他许多次充满雄辩色彩的演说，这次应该也是他的上乘之作。然而，整个演讲给我留下最深印象的是，阿道夫·希特勒——这个曾经在维也纳这座美丽奢华的帝王之都苦苦求生、满身污渍、饥寒交迫的下等人士，现在却以威廉二世和弗朗茨·约瑟夫一世①（他们都曾是日耳曼帝国最后在任的君主[9]）的口吻向芸芸众生发表讲话，那模样显得他自己似乎已经得到上帝的亲授真传，成为后者在人间的使者。

> 我相信一定是上帝的意志，让我在此地降生，然后又把我送往德意志帝国，让我在那里成长，直至垂恩于我，让我成为日耳曼民族的领袖。上帝之所以如此厚待于我，就是为了让我带领自己的故国回归德意志祖国的怀抱。

---

① 威廉二世是末代德意志皇帝和普鲁士国王；弗朗茨·约瑟夫一世，自 1848 年起担任奥地利皇帝兼匈牙利国王，1867 年他将奥地利与匈牙利合并为奥匈帝国。

我们所做的一切都只不过是为了执行上帝的最高意志。还记得3月9日那天，当许士尼格违背协议之后，在刹那之间，我的内心感觉到了天命的召唤。之后的三天中，我所能想到的就是顺应天命，完成上帝的心愿。

我要感谢上帝，他让我回到了自己的祖国，使我可以带领你们回归德意志帝国的怀抱！明天愿所有的德意志人都会在那一刻认识到它的重要性，并且在万能的神的面前谦卑顿首。是万能的神，在短短几周的时间里就给我们带来了伟大的奇迹！

我完全可以预想到，绝大多数的奥地利人，3月13日的时候会在许士尼格的全民公投中投下赞成票，现在也会一样赞成希特勒的看法。在许多奥地利人的眼中，他们深信，1918年斯拉夫和匈牙利内陆地区划出之后，奥地利只有依附于德意志帝国才能继续生存下去。而且，作为一个几乎所有人信仰天主教的国度，许多天主教教徒也受到了教会观点的影响，维也纳教区的因尼策主教发表了一份声明，他在这份广为流传的声明中敦促天主教教徒们在全民公投中投下赞成票。最终，人群中普遍出现了一种感觉，谁不投赞成票，就会被发现，而且会遭到处罚。

4月10日，周日下午，我造访了位于霍夫堡皇宫的一处投票站，站内有一处展示台，上面贴着一张示范选票，用来教大家如何在选票上标注"同意"。我还注意到投票点的一角有一条很宽的缝隙，来自纳粹公投委员会的人就坐在几英尺之外的地方，他们可以很清晰地通过缝隙看到投票人的选择结果。

当天晚上7点30分，我做了15分钟的广播，对公投进行了报道。尽管投票点刚刚关闭,但在我开始广播前,一位纳粹官员已经向我保证称99%的奥地利人都会赞成德奥合并。事实证明,他的预测非常准确,投赞成票的人数比例达到了99.75%,德国全民公投的赞成数比例也达到了99.08%。

奥地利的盛名就此终结了,她的子民丝毫不珍惜她的高贵与尊严,这座经历了数千年历史之久的中欧古国就这样湮灭了。维也纳如今成了德意志帝国统治下的一座普普通通的城市——它只是纳粹德国的一个首府而已,它曾经的辉煌正在慢慢褪色。希特勒这个曾经的奥地利流浪儿,现在的强大的德国独裁者,他认为当初是奥地利,是维也纳拒绝了自己伟大的理想,因此他现在要把他的祖国从地图上抹掉,要让维也纳成为一座名不见经传的城市,让它曾经的辉煌都烟消云散。

迄今为止,据我所知,纳粹德国政府没有对许士尼格的下落做出任何正式的声明。看上去这位奥地利的前总理被投入了一座完全不为外人所知的监狱。为此我花了一些时间去打听他的下落。

3月12日清晨,也就是许士尼格被迫下台仅仅几个小时之后,希特勒就下令逮捕了他,然后一直把他软禁到5月28日。在许士尼格被软禁的这些日子,我从一些对政治并不热心的奥地利纳粹分子口中了解了一些关于许士尼格的近况。负责看管他的人员来自盖世太保,他们采取了一系列措施折磨他,譬如说24小时不间断地利用高音喇叭和强灯光干扰他,使他无法睡觉。之后他被转移到了盖世太保位于维也纳的总部——大都会酒店,在之后的17个月,他一直被关在酒店五楼的一个小房间里。

他们每周发放一条毛巾让他洗漱，实际上却强迫他用毛巾擦洗看守的房间、洗脸池、泔水桶和马桶，还逼迫他做各种侮辱性的苦活。在许士尼格被俘虏的第一年里，他消瘦了58磅，患上疾病，日渐憔悴，但负责给他检查身体的党卫军医生说他非常健康。最终他被投入集中营，在达豪集中营和萨克森豪森集中营中度过了多年。后来许士尼格回忆这段孤独的监禁岁月，说自己"生不如死"。

许士尼格在达豪集中营度过了七年的牢狱生活，整个世界大战都已经接近尾声。七年中，不断有一些触怒了希特勒的知名人士成为许士尼格的狱友。譬如说希特勒的前经济部部长沙赫特博士；法国前任总理（也是第一位犹太人）莱昂·布鲁姆和他的夫人；"认信教派"的领袖马丁·尼莫拉教士，他曾经是第一次世界大战中德国U型潜水艇的指挥官和柏林教区的牧师，却因为胆敢反对希特勒的独裁统治而被投入集中营监禁了近八年。稍晚被投入达豪集中营的还有黑森的菲利普王子——他的妻子是意大利国王维托里奥·埃马努埃莱三世的次女玛法尔达公主。为了报复当年意大利国王逮捕墨索里尼和一些驻意大利的德国纳粹高级将领，希特勒于1944年下令在布痕瓦尔德将玛法尔达公主处死。

1945年5月1日，随着美军在西线取得优势地位，盖世太保害怕这些声名显赫的囚犯被美军解救，将他们紧急转移出达豪集中营，押往蒂罗尔南部山区的一座小村庄。

负责管理囚犯的盖世太保军官向许士尼格出示了一份名单，按照希姆莱的指示，凡是名单上的人，都要被处决，以防他们落入美军的手中。许士尼格后来说，他看了一眼名单，发现自己的名字"赫然在列"。那一刻，他觉得天崩地裂。这么多年集中营的苦难生活，都侥幸挺了过来，却在最后一分钟没能逃过毒手。

不过值得庆幸的是，事情最终峰回路转。许士尼格在1945 年 5 月 4 日的日记写道：

> 下午 2 点，突然警报声大起！是美国人来了！一个美国分遣队占领了酒店！我们自由了！

不过并不是所有的奥地利犹太人都丧生于纳粹集中营和监狱之中。当局准许他们花钱保命，然后流亡海外。许多犹太人为此倾家荡产，譬如说，路易斯·罗斯柴尔德为了保住性命，把自己的钢铁厂交给了戈林控制的机构。在大屠杀开始之前，大约有 18 万名维也纳的犹太人利用金钱给自己买了一条活路。

用金钱换取人身自由，这可是一项无本万利的好买卖，为此海德里希控制下的党卫军专门成立了一个特殊机构，官方名称为"犹太人移民事务办公室"。该机构独家掌握了批准犹太人离境的权力。之后没多久，这个"犹太人移民事务办公室"负责的就不再是犹太人移民的事务，而是负责消灭犹太人——在它的指挥下，超过 400 万的犹太人被屠杀。这项骇人听闻的屠杀任务从头到尾都是由阿道夫·艾希曼——一个土生土长的奥地利纳粹分子，也是希特勒的林茨同乡——直接负责指挥的。

然而，包括我在内的许多人，在过了很久以后才注意到艾希曼这个人的存在。

4 月 8 日，我终于把特斯和小婴儿接出了医院，不过特斯的静脉炎并没有完全康复，还不能行走。我在日记里写道：

"最糟糕的时刻终于过去了。"我们都有一种如释重负的感觉，但是这并没有持续很久。

尽管特斯在家里精神状态好了许多，但她的健康状况并没有好转。负责治疗特斯的医生都感觉束手无策，最终，一位医生终于发现了真正的病因：X光片显示有一些类似于外科手术器具的金属物件存在于特斯体内，很显然这是当时她做剖宫产手术时被留下的。医生建议说最好由当初那个给特斯做手术的产科医生来亲自取出这些物件。但是自从德奥合并后，那位犹太裔医生早就无影无踪了。最终我成功地找到了他，但是他担心自己的安全而不愿去医院给特斯做手术，对于他的担忧我表示理解，之后他说如果能找到一个安全的地方，他愿意帮助我们。

我在距离多瑙河一二英里以外的维也纳森林找到了一家修道院，那里有一个诊所，主持修道院的修女都是慈善修女会的成员，表示愿意提供场地。趁着深夜，我们开车把医生带到了修道院，他在那里完成了手术，取出了不小心遗忘在特斯体内的金属物件。从那之后，特斯的健康状况开始慢慢恢复。当初特斯受累于她的病痛，我则因工作忙得分身乏术，我们一直没顾上给孩子起名字。现在，我们终于想起了这个事情，给孩子起名叫作艾琳·因加。

默罗和我已经商议妥当，只要特斯的身体恢复得够好，我就立刻把办公室迁到日内瓦，在那里我享有自由广播的权利，不受纳粹官员的过度干预。目前看来希特勒的新动作越来越多，我需要报道的新闻也日益增加。很显然希特勒已经瞅准自己的下一个猎物，那就是捷克斯洛伐克。4月14日，也就是希特勒举行了虚伪公投之后的第四天，我在日记里写道：

捷克斯洛伐克一定是希特勒的下一个目标。德国占领了奥地利之后，已经从三面包围捷克斯洛伐克，从军事角度上来说，捷克斯洛伐克注定要完了。

我在日记里还顺便提起了另一件事情。

德奥合并之后，我们从布拉格做的所有新闻播报都必须通过德国境内的电话线，即使我们想把信号传输到日内瓦再进行短波发射，也要经过德国境内。一旦德国人找我们麻烦的话，情况就会很糟糕。我明天去布拉格出差的时候一定要问问当地管理部门有关他们的新短波发射器的情况。

两天后，也就是 4 月 16 日，我在布拉格邀请到了捷克斯洛伐克共和国的总统爱德华·贝奈斯和阿莉塞·马萨里克女士，她是捷克斯洛伐克共和国的缔造者、第一任总统的女儿。他们参加了对美的广播谈话节目。我和贝奈斯总统算是故交了，当初我负责报道国联事务的时候就和他熟识，那时候我就知道他是一个不屈不挠的自由斗士。节目播出的头天晚上，我和贝奈斯商量，我希望他就德奥合并对捷克斯洛伐克产生的影响谈谈自己的看法，毕竟现在德国已经开始从北部、西部和南部三面包围捷克斯洛伐克，而且德国有一个充满敌意的领导人——希特勒。

贝奈斯总统答应就"捷克斯洛伐克与德国的关系"发表看法，但是他的言辞表达极为节制与理性。节目结束，我想贝奈斯的言辞如此温和，德国人对此应该不会有什么意见。然而没想到的是，德国人还是故意减弱了播音信号。之前纽约总部已经帮我预订一条从布拉格通往柏林城外索森的通信线路。尽管我们利用位于日内瓦的短波发射器去传输越洋信号，但是通信线路仍然要从德国过境，德国人还是有能力干扰。

第二天，我就去了捷克斯洛伐克广播公司，敦促他们尽快把新的短波发射设备建设完毕，这样我们就可以顺利报道以后的大事件了。不过让我惊讶的是，不管是贝奈斯总统还是捷克斯洛伐克广播公司的首席工程师，似乎都对希特勒未来的举动并不担心。以贝奈斯丰富的国务经验和睿智，他不可能不知道希特勒的下一个直接目标就是自己的国家。

现在公司总部派给我们的播音任务，很多时候都非常有意思。5月2日晚上，我竟然在罗马皇家马厩的屋顶上，手持麦克风等待着报道意大利国王和希特勒的出席。按照计划，将会有战马拉着镀金的战车载着他们两人出现在奎里纳尔宫的入口。在那个春意盎然的罗马夜晚，楼顶的经历给了我许多关于美国广播业的思考。

实事求是地说，公司让我蹲守在马厩的屋顶有点儿好笑。希特勒对罗马的正式访问的确是一件非常重大的事情，他此行的目的是了解墨索里尼能在多大程度上支持自己征服欧洲的野心，而且希望了解意大利将会为此开出什么样的价码。我想如果我能够身处安静的播音室，那么我可以就此问题做出更多富有思考的报道。可纽约的领导喜欢这个主意，他们觉得这样很有戏剧效果。

我计划，一看到国王和他的贵客出现就立刻开始现场直播。可是这样就出现了一个问题，谁能保证他们一定会准时出现？其实这个问题并不难解决，只要准许我先对现场进行录音，播音时回放录音就可以了。但是问题在于，我们和欧洲的广播记者都不被允许录音。我们所有的播音必须是实时的，美国的听众听到的，就是这一秒正在发生的。这是广播带来的新鲜事，这也是广播的激动人心之处。

但是不准录音的要求对我来说，在当天却产生了极为严重的后果。

当天晚上希特勒和意大利国王提前到达现场了，比计划早到了六分钟。这时候我开始播报，他们乘坐镀金战车，进入皇宫，走上天台向民众挥手致意，之后就消失了。等到这一切都结束之后，我的麦克风打开了，可这时已经没有什么可描述的了。如果我能被允许提早录几分钟音的话，纽约就能获得与事件同步的描述，然后在之后的节目中播出。

随着欧洲的战争阴云越来越浓，我和默罗就录音的问题向佩利做过多次申请，但是都无果而终。事实上，通过录音报道欧洲大陆的新闻是百分之百必须采取的手段，其主要理由有二。

首先，进行跨洋信号传输的短波发射器受到的干扰太多，大气中的物理环境不仅随着季节不同，甚至随时随地都可能发生变化，太阳黑子、北极磁暴、强光、黑夜都会对信号传输产生干扰。而且由于时差，我们在欧洲发射信号的时间是晚上，纽约接收信号的时间则是白天。随着欧洲局势日益紧张，我们播报的新闻越来越多，但因为公司必须实时播报的命令，播报失败的次数也越来越多。

其次，公司不许录音还有一个弊端，那就是使我们不能最大限度地利用广播的优势。往往在一天之内，许多新闻事件会发生新的进展，如果我们能够当场把现场情况都录下来的话，在夜间我们就可以对这些新闻素材进行编辑播报。譬如说，在柏林，一天之中可能会同时发生好多件大事：会出现一场充满好战气息的宣言；军队会在首都进行一些新的部署；报纸上会出现敏感的头条新闻；某位气急败坏的外国驻德大使会向德国政府提出抗议；希特勒会发表一场满含暴怒的演说；戈林或戈培尔会威胁某国，不一而足。我们可以当场录下它们，晚上对其进行整合、梳理。这是报纸做不到的，只有广播可以，佩利却拒绝了。

默罗和我继续锲而不舍地游说佩利，我们指出，不许录音不仅会严重阻碍我们对欧洲危机的报道，而且等到战争真的来临，我们根本无法真正报道战争了。为了实时播音，我们的麦克风必须连着电话线，电话线连着短波发射器，但当你跟随部队突进或撤退时，你不可能随身就有一条电话线。战争中，你需要带着麦克风无限地接近战场，才能收集到战场的声音。用一台小型的录音机，你就可以深入其中，采集到战争的巨响。

如果战争爆发，城市一定会遭到轰炸。轰炸会有短暂的间隙，正好可以供我们播报。如果准许我们提前把爆炸声录下来，我们就可以把之前的轰炸声、高炮发射声、警报声甚至伤者的哭喊声录播给听众。

这些道理再简单不过，合情合理。然而，佩利就是固执如初。

事实证明，把办公室从维也纳迁到日内瓦要比我们想象的困难得多。5月下旬的十天当中，整个欧洲都在胆战心惊中度过。从5月20日周五开始，伦敦、巴黎、布拉格和莫斯科政府都陷入了恐慌。他们确信欧洲处于战争爆发的边缘，因为有可信的报告显示德国向靠近捷克斯洛伐克的边境地区部署了

12 个师，捷克斯洛伐克人则做出了狂暴的回应，他们直接宣布国家进入一级戒备，边境堡垒要塞发布预警。为了报道此事，我匆忙赶到了布拉格。

看上去战争一触即发，捷克斯洛伐克政府的内阁成员已经召开紧急会议，总参谋部的高级将领也召开了会议，政府紧急征召军队开赴前线。来自欧洲各国首都的各种各样的信息大量涌入，流言也是漫天乱飞。德国人拒绝我使用通过德国的通信线路，我就只能想办法去寻找位于日内瓦或伦敦的短波发射器。我发疯一般催促捷克斯洛伐克广播公司准备好新的发射器，让我可以把广播内容直接从布拉格发到纽约。

到了 5 月 23 日，周一，危机开始呈现出缓和的迹象。让我感到惊讶的是，面对苏联、英国和法国的外交压力以及捷克斯洛伐克人的强硬抵抗态度，希特勒似乎决定退让了。尽管希特勒感觉自己被冒犯而怒火冲天，但是他只能令德国外交部照会捷克斯洛伐克政府，声称有关德国军队在两国边境集结的报道完全是没有任何事实基础的，德国对捷克斯洛伐克没有任何侵略意图。

这就是他对外部世界所说的话。后来我们通过秘密档案了解到，希特勒对自己的将领说了另外一番话。5 月 28 日，他告诉军队将领："我有不可动摇的意志和决心，一定要把捷克斯洛伐克从地图上抹掉。"希特勒指示军方制订计划，以保证在 10 月 1 日之前完成吞并捷克斯洛伐克的目标——距离当时只剩下短短四个月。

尽管过去的那个周末令人紧张，但是现在布拉格的每一个人都舒了一口气。我也回到了维也纳，继续为办公室搬迁做准备。按计划我们必须于 6 月 10 日之前抵达日内瓦，因为特斯护照上的瑞士签证将在那天到期。德奥合并后，德国政府要求所有的奥地利人必须把旧的奥地利护照更换成德国护照以用于国外旅行，但是她保留了自己的奥地利护照，尽管它已经完全失效。[10] 由于我有美国驻奥地利公使馆的关系，所以我设法帮特斯从德国有关部门那里弄到了一张特殊证明，让她不必持有德国护照也可以顺利离境。

1938 年 6 月 9 日，我在维也纳写道：

> 明天就要离开了，这两天盖世太保一直在检查我的书和财物……特斯身上还缠满了绷带，绝不应该在这个时间出门远行，不过我们仍然准备坐飞机去日内瓦。

当我从布拉格回来，特斯已经做完第二次手术，她的康复出奇地慢。不过想想明天就可以从纳粹控制的国度逃离，我们都感觉很振奋。

我保持了高度的警惕，现在想要离开这里不是一件轻松的事情。盖世太保严密地看守着国境，不仅要防范犹太人和异见分子逃离，还要防止外国人把大量财产转移出境。纳粹政府制定了严格的货币法案，限制人们将现金或外汇带出国。之前我去意大利报道希特勒访问时，和盖世太保发生过一次冲突。当时我在旅途中住在德国边境一家房车旅馆，半夜时分盖世太保突然闯了进来，把我身上原本计划在罗马用的外币全部没收了，[11] 还威胁要逮捕我。毫无疑问，盖世太保肯定已经把我列入黑名单，对我加强监视，因为我带着外币穿越国境的行动看起来很可疑。

之后发生的一件事情证明我确实有些神经紧张。离开的那天早晨，我去了美国运通公司驻维也纳办事处，我在那里有一笔美元贷款，大约值 500 德国马克，我想把它收回来。理论上来说，我们必须通过德意志帝国银行办理这笔业务，但是因为数额太小，用不着这么大费周章。我走进经理办公室时，发现一个德国人站在门口盯着我笑。这个人一向伪装成一个反对纳粹的移民，但我肯定他是一个纳粹间谍。我想了一会儿，觉得这是一个圈套。经理是一个年轻的英国人，我们交往不深，不敢太信任他。我们就闲聊了一会儿，直到那个德国人离开。即便这时，我还是觉得不安全。美国运通在当地雇了不少奥地利人，事后证明，这些人有很多是秘密的纳粹党党员。我和经理走下楼，他最后趁人不备把还款悄悄地塞到了我的口袋里。直到后来我才意识到我们看起来有多可疑。我根本无意带着 500 马克离境，因为按照德国法律的规定，我只能携带 50 马克，大约等同于 12 美元的现金出境。至于剩下的钱，我做好了详细的计划，临走前用来支付各种账单。

大约正午时分，我带着特斯和艾琳驱车前往阿斯佩恩机场，随行的还有一位负责照顾特斯的护士。在机场大楼，我向盖世太保解释特斯最近因做了手术过于虚弱，所以无法站起来接受例行检查，我会替她出示出境许可证和接受行李检查。之后我们就进入了候机室，我把特斯放在一张长椅上，叮嘱她不要乱动，等着通知登机。

然而负责审核的盖世太保头子是一个十分多疑的人，他对我们反复地盘查，我耐着性子和他解释特斯是我的妻子，但是美国法律没有赋予她公民权，所以我持有美国护照她却没有。这个多疑的盖世太保开始大吼道："那按你这么说，她是奥地利人了，那她的德国护照呢？所有奥地利人都必须持有德国护照！"我让他仔细看看特斯的那张特别通行证，上面盖的是盖世太保驻维也纳总部的大印。感谢上帝，这个大印似乎唬住了他。但是接下来他又恢复了多疑而暴躁的本来面目，他说特斯必须和其他人一样站起来协助接受行李检查。

我实在忍不住了，开始对他的无理要求进行抗议。我后悔没有带着特斯的一位医生来机场作证，但估计就算来了也没什么用。我开始提高嗓门，于是这个盖世太保头子示意让一位检查员把我带走。我被带进了一间小屋子，两名警官把我的钱包和衣服口袋搜了个遍，然后把我带到了邻屋，让我老实等着。我冲上前说我得出去帮助我生病的妻子接受安检，但是他们不理我，直接就把门关上了，还差点撞到了我的脸。之后我就听见门外上锁的声音。5分钟，10分钟，15分钟，我在里面感觉好像过去了几个小时一样漫长。

眼看着我的航班就要起飞，这时我听见特斯在外面哭喊："比尔，他们要把我带走，他们要脱我的衣服，你在哪里？"

我死命地砸门，通过窗户我可以听到和看到瑞士飞行员已经发动 DC－3 飞机的引擎，看起来他们没有耐心再等了。终于有一个便衣警察给我开了门，把我领到一处通往候机室的走廊。我想进去找特斯，门却关上了。此时我又听到飞机的轰鸣声，但从走廊尽头看不到飞机，估计已经飞走了。

就在此时，候机室的门打开了，护士单手搀扶着特斯走了出来，另一只手抱着小艾琳。

一位警官冲我暴躁地吼道："快点，飞机已经等你们很久了！"我忍住怒气没和他争吵，扶住了特斯。

特斯咬牙切齿，很显然在努力控制自己的愤怒："这群王八蛋，她们脱光了我的衣服，还拆开了我的绷带！这群婊子！"以前我从来没有听特斯说过脏话。

我低语道："亲爱的，请忍耐最后几分钟，然后我们就可以离开这个血腥的地方了……这群王八蛋……"

我挽起了特斯的另一只胳膊，推开门走到停机坪上，我们尽可能快速地穿过空草地，飞机停在 50 英尺开外的跑道上，两个引擎都已经发动。刹那之间我突然在想，不知道我们在爬上飞机舷梯的一瞬间还会发生什么事情。之后，我们终于坐了下来，飞机在草坪上突然倾斜，开始加速准备起飞。[12]

从维也纳到苏黎世，飞机一直在阿尔卑斯山区上空厚实的云层中飞行，外面白茫茫的一片，什么也看不到。飞机在气流中一直不停地颠簸摇晃。特斯剧烈地晕机，我估计四个月大的小艾琳的感觉也很糟糕，真担心她会因此夭折。护士也因为晕机在昏睡。我们终于安全抵达苏黎世。经历了纳粹的野蛮噩梦之后，瑞士这片土地显得洁净、文明和自由。当我们转道前往日内瓦的时候，天上也终于出现了太阳。

向日内瓦进发之前，酒店里的医生给特斯换上了新绷带，我们一行人又吃喝了一些东西，这才感觉重新活了过来。

我问特斯："那群王八蛋为什么要脱光你的衣服？"

"是一群婊子，"特斯纠正我，"真得感谢他们还知道让女人来干这个事情。一群粗鲁的希特勒的德国女人。"

"她们为什么要这么做？我已经说过了，你做过手术，身上缠满了绷带。"

"她们在找钱，"特斯说，"她们认定我们藏了钱在绷带里。她们非要看到我的伤口，才相信我们的话。"

第二天我们终于抵达了日内瓦。这个枯燥古板的加尔文宗国家，当年我在巴黎工作期间，数次分身到此报道国联相关的新闻，当时没有给我留下好印象，现在在我看来，这里简直就是人间天堂。

默罗也从伦敦飞到日内瓦来看望我们。

我至今都记得 6 月的那个下午，特斯、默罗和我驾驶着一艘明轮蒸汽船，沿着湖水一路向洛桑进发。平静的湖水发出类似于地中海那样的亮蓝色光芒，湖岸边一片绿意盎然，向西延伸的汝拉山呈现出烟雾蓝色，勃朗峰覆满了皑皑白雪，在夕阳下呈现出粉红色。我们午饭吃得很晚，然后把船停靠在码头边，畅饮了几杯山间葡萄酿制的甘醇美酒，空气里弥漫着温暖的气息。我们边走边聊，边聊边笑。我们三个人终于把德奥合并的噩梦抛在了脑后，生活看上去还是那么美好。我们享受和平、宁静、阿尔卑斯山的盛景，还有自由。

我们在洛桑的湖边逗留了好几天。当时在洛桑召开了欧洲广播联盟大会，哥伦比亚广播公司是联盟的准会员单位，所以我和默罗以美国观察员的身份参加了大会。不过我们在会上也没什么事情做，所以多数时间我们在四处闲游、游泳、驾船或者去山上远足，大享美食和当地的葡萄酒，到了晚上就吹着温暖的夜风漫谈闲扯，这种无忧无虑的生活真是太好了，我们甚至找到了青春年少的感觉。

事实证明，这的确是我们青春中最后美好而平静的日子，之后漫长的七年时间，我们三个人都慢慢步入中年，我们日夜饱受战争威胁的折磨，一刻也不得轻松，最终和数千万人一起被卷入了一场前所未有的世界大战，它是这个星球上有史以来最可怕的一场恐怖经历。

尾 注

[1] 希特勒曾经在公开场合不断表示自己一定会保证奥地利的独立地位。譬如说，1935 年 5 月 21 日，他在那篇著名的"和平"演讲中就表示："德国既不打算也不希望干涉奥地利的内政，更不想吞并奥地利，或进行德奥合并。"1936 年 7 月 11 日，德国与奥地利签署了一项协议，德国在其中再度保证不会干涉奥地利内政。

[2] 当天夜里晚些时候，戈尔德施密特少校开枪自尽。

[3] 二战后缴获的德国秘密档案已经证实，这封所谓的"赛斯 - 英夸特电报"是德国纳粹伪造出来的。

[4] 许多读者在读到这部分的时候，都会对我的话表示怀疑，他们不相信哥伦比亚广播公司会禁止一个资深的驻外记者播报自己采访的新闻。对此，我想我可以引述威廉·S. 佩利的回忆录来证明我所言不虚。佩利是哥伦比亚广播公司的创始人，拥有公司绝大部分的股份。他在回忆录《既已发生》第 131 页里提到了这个时期，他说："夏伊勒当时在维也纳的任务和默罗在伦敦办公室的任务类似，他们负责安排播音和做好采访……那个时候他们都不是真正意义上的新闻播音员。"我觉得更确切的是，不是我和默罗不想做真正意义上的新闻播音员，而是公司不允许。

[5] 中、长波发射器所发射的信号都无法跨越大西洋，只有短波发射器能够实现超远距离信号传输。

[6] 佩利后来在回忆录里写道："这是一次巨大的成功，是一次有关后勤保障和规划学的壮举。每个记者都相隔数千英里，却成功地进行了现场直播，每个人的时间都精确到分秒不差……就 1938 年的技术水平来说，这是新闻史上一个不寻常的大事件。我们成功地把集中指挥的总部和各地记者整合在了一起，我们做出的这一节目，成为以后现代新闻传播业的重要形式。"（《既已发生》，第 134 页。）

[7] 1938 年 2 月 20 日，即贝希特斯加登会议一周之后，安东尼·艾登辞去外交大臣职务。主要原因是他反对张伯伦进一步姑息希特勒和墨索里尼。柏林和罗马方面对他的辞职感到非常高兴。

［8］ 二战后，我研究了被缴获的德国外交部秘密文件，看过一份报告，上面显示3月10日里宾特洛甫曾经直接给希特勒上书，称自己与张伯伦及哈利法克斯会谈后"确信英国人不会为奥地利做任何事情"。（*Documents on German Foreign Policy*，I，p. 263.）

［9］ 1916年，在任68年的弗朗茨·约瑟夫以86岁高龄去世，卡尔一世即位，直到1918年革命爆发。

［10］ 尽管特斯和我结婚了，但是按照当时美国的法律，外国人与美国公民结婚并不能够因此自动获得美国公民权。

［11］ 德国马克替代了奥地利先令，但是马克没有兑换价值，就连意大利人都不被允许把马克兑换成里拉。

［12］ 在那个年代，欧洲的机场都没有混凝土跑道。

第十三章

慕尼黑阴谋：1938

1938 年的整个夏末和初秋，人们纷纷感觉欧洲即将走向战争。

强取奥地利之后，希特勒又把注意力转移到新的猎物上。他开始挑动捷克斯洛伐克境内苏台德地区的 300 万日耳曼族民众反叛中央政府。他向苏台德地区的反叛势力承诺，会动用德意志第三帝国重新武装之后的一切力量予以援助。随着夏季的来临，人们普遍觉得这位患有偏执狂症的德意志帝国元首随时都会对捷克斯洛伐克发动攻击。

作为捷克斯洛伐克共和国的联合创立者之一，贝奈斯总统掌控下的中央政府对于苏台德地区的危机深感烦恼，但是面对当地纳粹分子歇斯底里的骚动和英国政府的心怀鬼胎（传闻英国秘密支持希特勒的要求），中央政府还是努力保持冷静。捷克斯洛伐克政府准备答应苏台德地区的要求，赋予其自治权，但也竭力反对任何分裂国家的企图。

德奥合并之后，捷克斯洛伐克面临的战略形势十分凶险。合并之前，纳粹德国的军队只能从西部和北部方向威胁捷克斯洛伐克。德奥合并之后，原先南部一带奥地利与捷克斯洛伐克之间 200 英里的边境线也落入了纳粹德国的手中，德国北部的西里西亚地区和南部原属奥地利的地区隔着捷克斯洛伐克的领土相望，两地区的直线距离只有 125 英里。如果纳粹德国将上述两块地方连接在一起，那么捷克斯洛伐克将会被一分为二，其领土的核心地带——波希米亚和摩拉维亚地区就会被德国团团包围起来。然而另一方面，捷克斯洛伐克也绝非可欺之辈，它拥有 35 个师级部队，装备精良且训练有素，边境地区的堡垒要塞防御能力极为强大，放眼整个欧洲大陆，可能仅次于法国马其诺防线。除此之外，捷克斯洛伐克与法国签署了同盟条约，条约保证一旦捷克斯洛伐克遭受攻击，法国就会出兵。捷克斯洛伐克与苏联也有同盟互助条约，其中规定，只要法国先给予捷克斯洛伐克军事援助，苏联也会提供相应援助。

随着夏季慢慢结束，希特勒在5月下达的有关10月1日之前"将捷克斯洛伐克从地图上抹去"的命令开始成为不可抵挡的现实，纳粹德国开始蠢蠢欲动。苏台德地区毗邻波希米亚和摩拉维亚的边界，300万日耳曼人居住在此地。希姆莱通过党卫军向他们提供了武器和基本的军事训练，在柏林的煽动下，一场反抗布拉格中央政府的内战开始了。希特勒也不断发表激情洋溢的演讲，宣称苏台德居民和该地区都必须交给德意志帝国管理。

苏台德地区是捷克斯洛伐克的采矿和工业主产区，也是国内交通运输和通信网络的咽喉要道。更重要的是，它还是捷克斯洛伐克军队苦心建设的防御德国侵略的要塞。对于捷克斯洛伐克政府来说，把苏台德地区拱手让出就等于自取灭亡。然而，我在6月收到消息，说英国首相张伯伦支持希特勒对苏台德地区的领土要求。5月，张伯伦在阿斯特夫人举办的午餐会上接见了一个美国记者代表团，他直言不讳地说，"出于和平的考虑"，英国政府乐于见到苏台德地区被交给德国。他还补充道，在他看来，无论是法国还是苏联，都不会真正履行对捷克斯洛伐克的同盟互助义务，至于英国，更加不会让自己卷入其中。当然他的这些话并没有被记录在案。

我无法确定捷克斯洛伐克政府是否已经得知这一消息，但是我想他们的大使已经知道了。捷克斯洛伐克驻英国大使扬·马萨里克是一位非常精明的外交官，他是捷克斯洛伐克的联合创立人兼第一任总统托马斯·马萨里克的儿子。当天受到张伯伦接见的美国记者团里有好几位记者都是大使的好友，所以他们很可能已经把张伯伦的发言告诉了大使。至于德国政府，他们很快就收到了驻伦敦大使馆发来的消息，知晓了张伯伦的真实想法。

到了夏天，《泰晤士报》发表了一篇评论，敦促捷克斯洛伐克政府"即使面临国家分裂的困难局面，也要赋予苏台德人民自决权"。报道一出，整个世界都议论纷纷。来自伦敦当地的小道消息传闻说，这样一篇评论完全是张伯伦首相本人的授意。我从柏林得到的消息则说德国人也知道了此事。

进入 8 月，希特勒开始挑动苏台德当地的日耳曼人发起新一轮的抗议活动，这事也是意料之中了。8 月 3 日，我专门飞到布拉格去报道此事。按照以往的情况，一个国家遭遇了譬如德国这样的大国侵略，国联一定会召开特别会议以设法阻止侵略。然而，国联未能阻止日本对满洲的侵略，也没能阻止意大利对阿比西尼亚的侵略，现在所有人都不对国联抱什么希望了，就连作为国联主导国家的法国，都懒得去寻求国联的干涉帮助了。捷克斯洛伐克曾经也是国联的中坚力量，现在贝奈斯总统也不愿意去求助国联。国际社会又重新回到了自助的时代之中。一战后美国总统威尔逊发起建立了国际联盟，他和成千上万人一起梦想这个组织能够阻止战争，把永久的和平与正义带给全人类。可惜现在我们必须承认，国联已经灭亡。

我在布拉格出差的头几天，主要是报道所谓的"朗西曼任务"。张伯伦已经就苏台德问题向英国公众发表了大量欺骗性的言论，可是事实上他背地里做得更过分。他让朗西曼勋爵担任说客，前往布拉格"调停"捷克斯洛伐克政府与苏台德地区日耳曼人之间的冲突。6 月 26 日，张伯伦就朗西曼出使的问题在英国下院发表声明，声称自己派遣朗西曼勋爵是"应捷克斯洛伐克政府的请求"。我很快认识到，这位大英帝国首相的骗术就是从此开始的。

他显然是在说谎。真相是张伯伦通过英国驻捷克斯洛伐克大使巴兹尔·牛顿爵士向贝奈斯发出警告，如果不接受勋爵到访，那么捷克斯洛伐克就会面临悲惨的结局。贝奈斯总统对于张伯伦的威胁深感震惊，但最终还是顺从了，多半还是因为他们名义上的盟友法国的意见。我估计贝奈斯总统也因此正在失去对法国的信任，不再相信一旦德军入侵，法国还能按照条约履行军事援助的义务。除此之外我还怀疑，贝奈斯也不会再信任英国人了，尽管他和英国人在外交问题上打过多年交道——他在就任总统之前曾担任外交部部长，是一个颇有经验的外交官——但只要他认识到张伯伦已经成为这场决定捷克斯洛伐克命运的外交阴谋的核心人物，他就不会再相信英国。

在贝奈斯眼中，代表英国政府突然到访的朗西曼勋爵完全是一个不值得信赖的角色。此人曾经是一位航运业巨头，担任过贸易委员会主席，但对外交没有丝毫经验。通过观察朗西曼的言谈举止可以发现，在此人眼中，中欧地带几乎就是蛮荒之地，他本人出访的目的只是履行对大英帝国和国王本人的义务。事实上，朗西曼所谓的"调停任务"就是一场骗局，他和苏台德地区独立势力的领袖有着密切的私人往来，他此行的目的就是帮助这些人向无意谈判的贝奈斯总统讨取更大的退让与妥协。到目前为止，苏台德地区独立势力的领导者都已经成了忠贞的纳粹分子，直接听命于坐镇柏林指挥的希特勒本人。

整个 8 月，朗西曼一直在向捷克斯洛伐克政府施加压力，让其对苏台德人做出更多妥协。到了 9 月初，贝奈斯总统把苏台德独立势力所要求的一切权利赋予了他们，包括完全的自治权和作为地方政府在国家事务中更高地位的发言权。贝奈斯总统的妥协反而让苏台德的独立势力感到窘迫了，他们当初没有想到贝奈斯会答应自己的过分要求，现在面对到手的"胜利"，他们反而不知道该不该拒绝了，只好把这个难题交给了希特勒。

在布拉格忙碌了一个月之久，我实在对这种政治骗局感到厌倦，于是我就回到日内瓦陪伴了特斯和艾琳几天，之后她们就要启程前往美国了。特斯希望到美国去申请美国国籍。之前她持有的奥地利护照已经不再能够便利使用，她又坚持不肯换成德国护照。如果她想四处旅行，就需要一本美国护照。对我而言，我也希望在欧洲局势变得明朗之前，就让她们母女待在欧洲以外的地方。

在回日内瓦的路上，我顺道去了一趟柏林。在那里我觉得希特勒目前正处于咄咄逼人的状态之中。8 月 26 日，我在一场大规模的军事检阅活动上近距离见到了希特勒本人。检阅仪式名义上是为了接待来访的匈牙利摄政王——前奥匈帝国海军上将尼古拉斯·霍尔蒂，实际上是要向英、法、苏和捷克斯洛伐克展示德军重建后的军事实力。让我印象尤为深刻的是一队牵引车拉着一门巨大的野战炮，其体型之大是我前所未见的。我注意到希特勒专门把头转向各国武官的观礼台，他在留意这些驻德军事代表的反应。整个检阅的过程，希特勒一直站在那里，面色阴沉，毫无疑问心情很糟糕，不肯就范的捷克斯洛伐克政府让他恼火。我在柏林的大多数外国记者同行和我说，他们认为如果希特勒决意要得到苏台德地区和 300 万日耳曼人的话，他一定会诉诸战争。我记下了他们的悲观看法，但是我怀疑这种事情是否会发生，原因正如我日记里所写："首先，德国陆军还没有做好打仗的准备；其次，德国人民一定会誓死反对战争。"

当然，我也深知这位纳粹独裁者行事常常出人意料，特别是当他的心理状态处于极度自负的情况下，他往往会做出匪夷所思的疯狂举动——目前看起来他正处于这样的状态之中。我也明白一旦希特勒发狂起来，所谓的德国人的反战情绪是无法阻挡他的。毕竟元首是最后的决策者，德国民众只知道服从。

不过并不是所有的德国军方将领都这样屈服于希特勒的意志。

有一件事情，我一直没有正式记载下来，也无法确定它的真实性：据说德国陆军总参谋部一直在密谋推翻希特勒的统治。长期以来，陆军总参谋长是德军中一个极为核心的职位，担任这一职务的都是一些极为伟大的职业军人，譬如老毛奇元帅和施利芬元帅①。8月，时任陆军总参谋长路德维希·贝克辞去职务，由弗朗茨·哈尔德接替。此前，贝克希望说服希特勒，在陆军尚未做好准备就发动战争将会给德国带来巨大灾难，但希特勒始终不肯接受他的意见，贝克只好辞去职务。贝克是一位天才的战略家和职业军人，在希特勒掌权之前，贝克对纳粹持有同情态度，后来却逐渐认清了现实。到了1938年，贝克不仅在军事问题上与希特勒意见相左，还意识到纳粹政权是一个残暴且毫无人性的政权，只会将德国带入毁灭的深渊。

---

① 老毛奇，普鲁士元帅和德意志帝国总参谋长、军事家，德意志军队总参谋部制度的奠基人；阿尔弗雷德·冯·施利芬，德国陆军元帅，德国卓越的战略家。

辞职之前，他精心挑选与自己政见一致的将领担任接班人，哈尔德将军成了合适的人选。

哈尔德将军时年 54 岁，是有史以来第一位担任陆军总参谋长的巴伐利亚人和罗马天主教教徒。他的任命对于传统是一种严重的颠覆，传统上旧式普鲁士军队一向青睐于提拔持新教信仰的军人。和前任贝克将军一样，哈尔德将军也是一个知识、兴趣非常广泛的人，他们二人都与典型的普鲁士军官不同，在他们身上看不出那种自高自大和死板僵硬的作风。我第一次见到他就留下了深刻的印象，他行事举止显得风度翩翩，看上去更像一个教数学或物理的大学教授，而非职业军人。

现在哈尔德将军成为陆军总参谋长，他不仅肩负起了制订入侵捷克斯洛伐克作战计划的任务，而且成为陆军总参谋部中密谋推翻希特勒独裁统治的头号领导。直到 1945 年 11 月纽伦堡审判开始，我在旁听中才知道哈尔德将军曾经是这一秘密计划的领袖人物——哈尔德将军和其他一些幸存下来的反对派军官在法庭上证实，自己的确组织过反对希特勒的活动。

德国陆军总参谋部密谋推翻希特勒统治的事迹大致就是如此，简单来说，参与者是一小群来自陆军的将军和上校，另外还联合了一些平民，其中最著名的包括前任经济部部长沙赫特博士，当时他已经失去希特勒的宠爱，对纳粹政权充满了憎恨。还有莱比锡市前市长卡尔·格尔德勒，他计划如果希特勒下令向捷克斯洛伐克发动进攻，就推翻希特勒的统治。这群反对者要阻止希特勒将德国拖入战争的深渊，招致英法苏三国的联合反抗，那时德国一定会输掉战争。在这群反对者当中，大多数人都只是为了避免自己的祖国再度被战争摧毁，只有少数的几个人意识到这个政权是疯狂且有罪的。

反对者认识到，希特勒的警卫工作非常严密，来自警察部门、党卫军和冲锋队的警卫力量一起负责保护他，只有陆军拥有推翻希特勒统治的能力。作为陆军总参谋长，哈尔德将军手中并没有掌握兵权。陆军总司令布劳希奇具有哈尔德将军行动所需的兵力，但是哈尔德将军不信任他。他在一些核心军事部门另行挑选了几位自己高度信任并且在最重要的战略中心拥有统兵权的将领，包括：德军战斗序列中最重要的第三军团的指挥官埃尔温·冯·维茨莱本将军，他的辖区包括柏林和其他周边地区；波茨坦卫戍部队兼德军第二十三步兵师指挥官埃里希·冯·布罗克多夫－阿勒费尔德将军；德军第一轻型装甲师指挥官埃里希·赫普纳将军，他的部队驻守在图灵根州，位于柏林与慕尼黑之间，一旦柏林发生事变，党卫军想要从慕尼黑向柏林进发实施救援，在半路一定会被赫普纳的部队阻拦。

对哈尔德将军而言，如果要保证行动的成功，第二十三步兵师的作用将最为重要，他们能够成功抓获希特勒和他的主要助手，特别是戈林、戈培尔和希姆莱，然后再占领首都的各处政府部门以及通信和交通中心。

要想成功发动政变，有三个必要条件。第一，在希特勒下令攻击捷克斯洛伐克之后，反对者必须有充裕时间抓捕希特勒和他的亲信，在前线部队越过边界之前叫停他们。第二，希特勒必须出现在柏林。反对者只拥有在柏林一带发动事变的能力，现在是夏末，尽管局势紧张，但希特勒还是一如既往地待在贝希特斯加登度假，他在那里受到了严密的保护，反对者根本无力攻击那里。第三，反对者必须确保一旦捷克斯洛伐克遭遇攻击，英法两国，可能还有苏联会对其提供有效的军事援助，这样德军必然会遭遇失败，反对者才能为自己的行动找到合理的借口。

为了确保自己的判断正确，反对者还专门派出密使前往伦敦试探英国政府的态度。密使奉命告知英国人，希特勒已经计划在 9 月底攻击捷克斯洛伐克，但是如果英法两国能够做出强硬姿态，那么德国陆军总参谋长将会指挥一小批精锐部队提前颠覆希特勒的统治，以使其无法发动战争。

第一位被派往伦敦的密使是埃瓦尔德·冯·克莱斯特。他是一位拥有绅士气度的农场主，祖上曾经是德国伟大的诗人。克莱斯特于 1938 年 8 月 18 日抵达伦敦，当时英国驻德国大使内维尔·亨德森爵士是一个亲纳粹的人，因此他提前电告英国外交部，要求他们不要接见克莱斯特。但外交大臣的首席外交事务咨询官罗伯特·范西塔特和尚处政治低潮期的丘吉尔还是接见了他。克莱斯特向他们两人详细说明了希特勒的战争计划和反对者的政变计划，还专门强调如果英国政府决意姑息希特勒的野心，那么政变计划就会取消。克莱斯特敦促英国政府，尤其是首相本人能够公开发表声明，警告希特勒一旦对捷克斯洛伐克动武，那么英国就会坚决支持法国履行对捷克斯洛伐克的安全保障义务。

范西塔特和丘吉尔把详细的情况告知了首相张伯伦和外交大臣哈利法克斯，但是张伯伦就此事致书哈利法克斯，表示自己倾向于"忽视克莱斯特所说的大部分内容"。

之后哈尔德将军从各处收集了更多的预警信息。到了 9 月 2 日，他感到英国政府仍然没有严肃对待自己的计划，于是他亲自派出了一名退伍陆军军官作为自己的密使代表前往伦敦，去和英国战争部及军事情报局会谈。然而，尽管这名密使所代表的人是德军中如此显赫的高官，英国军界还是没有把他当一回事。

出于最后的无奈，反对者决定利用德国外交部和德国驻伦敦大使馆的关系再联络一次英国政府，劝他们坚决反对希特勒。当时德国外交部秘书处主管埃里希·科尔特和他的哥哥特奥多尔·科尔特是密谋组织的参与者，后者在德国驻英大使馆担任参赞和临时代办。在与贝克将军以及哈尔德将军商议之后，埃里希向哥哥发出指示，让他最后尝试一次把秘密信息直接递交给哈利法克斯本人。9月7日早晨，特奥多尔穿过英国外交部的后门，进入哈利法克斯的房间。面对着这位英国贵族和英国内阁中的二号人物，特奥多尔重申希特勒已经决意最晚在10月1日之前向捷克斯洛伐克发起攻击，如果英法政府表明坚决反对的态度，那么只要希特勒下达侵略命令，德国陆军就会发动政变颠覆希特勒的统治。特奥多尔敦促英国政府向希特勒发表一份公开声明，对其侵略野心进行"最后的警告"，直接表明英国政府一定会还击的态度。

几天之后，张伯伦考虑发出类似的声明，他非常清楚，1914年的夏天，正是因为英国政府没有向柏林发出这样一份通知，以至于铸成大错。然而，张伯伦的这个主意最终被驻德大使亨德森打消了，后者不断要求首相满足希特勒的愿望。与德国陆军反对派期待的恰恰相反，张伯伦不但没有向希特勒发出最后警告，反而决意继续姑息他的侵略野心。

与柏林的狂热气氛和布拉格的战争恐惧相比，日内瓦的夏末让我感到非常惬意。我和艾琳以及特斯度过了美好的几天。我们早上在家附近的公园玩耍，整个下午都会待在一处湖岸边。有时候我们会登上观光艇在湖上游玩，享用一些美食和山间自酿的白葡萄酒。第 102 次国联理事会大会和第 19 届国联全体大会即将在日内瓦召开，不过没有人关心。尽管苏台德地区的危机已经成为当前破坏和平的唯一威胁，可是此事竟然没有出现在两场会议的议程表上。但我注意到，世界上的所有国家还是派了官方代表团来到日内瓦。（除了美国，尽管国联是在美国总统威尔逊的号召下建立的，但美国从未加入这一组织。还有日本、意大利和德国，它们早已宣布退出国联。）

一天下午日落时分，我、特斯和约翰·怀南特三人沿着湖边散步。怀南特是我的好朋友，曾是美国新罕布什尔州州长，现在是国际劳工组织的负责人。他是一个非常瘦削而略显笨拙的人，颇有几分林肯总统的味道，我很欣赏他。不一会儿，白色大理石的国联办公大厦映入了我们的眼帘。

怀南特的脸上浮现了一丝哀伤，他声音低沉地说道："多美的一座建筑，坐落在青山碧水之间，可惜它除了能让我们欣赏以外，还有什么用处呢？"我们看见夕阳正照射在它的外墙，怀南特又说："它埋葬了我们这代人对于和平的最后希望。"

9 月初的一个早上，我亲吻了特斯和艾琳之后，与她们告别，祝愿她们的美国首行旅途愉快，之后我自己匆匆搭乘一架飞机赶往布拉格。秋季的第一个月已经到来，我们都迫切希望知道究竟会爆发战争还是获得和平。我不断告诉公司的高层，这个新闻具有重大意义，需要关注。飞机起飞之前，我在日记里写道：

　　我几乎已经说服公司高层，他们将准许我今后每天花费五分钟从布拉格播报相关的新闻——这是播音史上的革命性事件。

目前哥伦比亚广播公司的主营方向仍然是提供大众性的娱乐节目，但是德奥合并事件已经给公司高层提了醒，至少敦促他们要抓住这次机会开始报道新闻。别的媒体都没有能力，只有我们有机会报道这次第一次世界大战以来欧洲大陆发生的最严重的危机。

将近半个世纪的时间过去，可是直到今天我还能记得1938年整个9月我承受的紧张与压力。9月6日，希特勒在纽伦堡组织了盛大的纳粹党年度集会，其间紧张的气氛让人觉得欧洲即将再一次走向命运的转折点。到了9月12日，这种气氛更加严峻，据说希特勒已经计划于当天宣布进攻捷克斯洛伐克，以解决苏台德问题。

9月10日，我回到布拉格，当地还是一片平静，却能感觉到忧虑。9月5日，几乎陷入绝望的贝奈斯总统决定做最后一搏，他召见了苏台德地区的谈判代表，让他们把自己的要求全部写下来，不管是什么，他都接受。

9月6日，苏台德地区的二号领导卡尔·赫尔曼·弗兰克向媒体记者惊呼："上帝啊！他们竟然把一切都给了我们！"可惜这并不是希特勒希望的最后结局，他的终极目标是彻底摧毁捷克斯洛伐克，至于苏台德问题，只不过是一颗小棋子而已。9月7日，希特勒命令苏台德领袖康拉德·亨莱因中断与捷克斯洛伐克中央政府的一切谈判。为了给苏台德的背信弃义找到合适的借口，希特勒不惜炮制谎言，宣称捷克斯洛伐克警察在摩拉夫斯卡－俄斯特拉发一带集结重兵。

9月10日，也就是我抵达布拉格的当天，贝奈斯总统向全世界发表广播讲话，呼吁各方克制以维持和平。他宣称自己相信，只要各方保持理性，抱有良好的意愿，并且相互信任，那么危机就一定可以解决。

　　等到贝奈斯总统的发言一结束，我就急匆匆地冲进捷克斯洛伐克广播公司的大楼，在那里正好就撞见了刚刚走出播音室的贝奈斯，我很想冲上去告诉他："总统先生，你说的话本没有错，但是你是在和一群暴徒打交道，和希特勒、戈林这样的人打交道！你能指望他们会拥有理性、良好意愿和信任吗？"可惜我终究还是没有这样的勇气。贝奈斯总统看见了我，我们之间仅点头致意，然后他就从我身边匆匆走过。

　　当天晚上，针对贝奈斯的讲话，好狠斗勇的戈林在纽伦堡也发表了讲话：

> 欧洲的一个弹丸之国正在困扰着全人类……这些可悲的、毫无文化的侏儒（指捷克斯洛伐克人）——没有人知道他们是从哪里冒出来的——他们正在迫害一群文明开化的人（指苏台德的日耳曼人），在他们的背后是来自莫斯科的黑手，还有遮遮掩掩的犹太邪恶势力……

　　11日当天，布拉格陷入了极度的紧张，人们的情绪似乎随时都会爆发出来。各种各样的谣言漫天飞舞，有人声称德国已经出动20万精兵，直逼奥地利与捷克斯洛伐克的边境地区。为了应对危机，唐宁街一整天都在召开各种各样的会议进行商讨。法国总理达拉第则与法军总司令甘末林将军进行了紧急磋商。看上去欧洲的每一个人都在焦急等待着希特勒第二天的讲话。

　　那天我在日记里写道：

　　总部的人尽管最后同意我每天就目前的危机播报五分钟的新闻，却要求我提前把新闻内容电传给他们审阅。真是难以置信，现在已经是十万火急的时候了，我哪里会有时间去做这种事情！

　　上帝啊！这片古老的大陆竟然又处于战争的边缘——也许24小时之后希特勒就会发动一场新的战争，捷克斯洛伐克很可能会在一夜之间被德国的大型轰炸机夷为平地。事态已经如此严重，我的东家竟然还在犹豫是否给我每天五分钟的时间去报道！

　　让所有人意外，但也终于舒了一口气的是，希特勒于12日发表了讲话，说自己不会诉诸战争。当天晚上，在纽伦堡大集会的尾声中，希特勒向一群激动若狂的纳粹冲锋队队员发表了讲话，他猛烈地攻击捷克斯洛伐克这个国家及其政府和领导人，还严厉谴责了他们对苏台德的日耳曼人进行的"残酷镇压"。不过希特勒在讲话中没有提及向捷克斯洛伐克宣战。当时我在伦敦《每日快报》特派记者比尔·莫雷尔的公寓里和他一起听完了希特勒的演讲。虽然我已经报道过两次纳粹党的纽伦堡大会了，但我从来没有听到希特勒用如此恶毒和充满怨恨的声音去攻击他人，我也从没发现他的听众会那么疯狂，活脱脱就像一群精神病人。希特勒几乎耗尽了全部的恶毒词汇，把捷克斯洛伐克人，特别是他们的总统贝奈斯贬损得一文不值。不过让外界普遍感到惊讶的是，希特勒在讲话中没有对苏台德地区的归属提出任何要求，他没有要求捷克斯洛伐克政府立刻把苏台德地区交给自己，甚至也没有要求当地举行全民公投决定其最终归属，只是坚称要为苏台德的日耳曼人的"自决权利”而努力。[1]

当天晚上布拉格街头空空荡荡，每个人都在家里收听希特勒的讲话，听完之后如释重负。我记得当晚天气有点阴冷，还下了一些小雨，我冒着雨游荡在街头巷尾，希望看看人们将会如何应对即将到来的侵略、战争与轰炸。然而，出乎我意料的是，我发现每个人都在忙于自己的事情，既不沮丧，也不害怕。

我在心中暗思：“也许捷克斯洛伐克人压根儿就是没有勇气的民族，要么也许恰恰相反，他们拥有钢铁般的意志，无所畏惧。”

接下来的两天，也就是 9 月 13 日到 14 日在布拉格发生的事情，我将永生难忘。

14 日凌晨 3 点钟，我在百无聊赖中写了一点日记：“战争的脚步越来越近了，现在已经过了午夜，我一直在等待德国轰炸机。苏台德地区的骚乱越来越严重……中央政府已经在当地宣布戒严。”

相比于希特勒还算克制的讲话，戈培尔的宣传机器却在苏台德地区肆无忌惮地煽动当地人的反叛情绪，他们已经陷入歇斯底里的疯狂，掀起了一轮轮的野蛮暴动。暴民冲击警察机关、军营和政府大楼，把里面洗劫一空，然后再放一把火把建筑物烧得干干净净。布拉格政府决定反击，军队被迅速派往当地，宣布实施戒严。

大约晚上 7 点钟，我们了解到苏台德地区的领袖康拉德·亨莱因于傍晚 6 点钟向中央政府递交了一份最后通牒，要求必须在午夜 12 点之前得到答复。他要求中央政府立刻从苏台德地区撤回所有警察，废除戒严令，将所有部队管制于军营内。

如果政府不能满足这些要求，那么苏台德地区与中央政府之间的所有谈判就立刻终止，一切后果由中央政府承担。考虑到亨莱因一向是直接听命于希特勒本人的，所以我们猜测这个最后通牒背后的始作俑者应该就是希特勒，至于所谓的"一切后果"，应该就是指诉诸战争了。

让我们回想一下当时的情况，距离第一次世界大战结束已经有 20 年的历史，在这期间欧洲人再也没有战争的经历。遥想第一次世界大战，战场上的厮杀再血腥再残暴，城市与平民的家园都拥有至高无上的豁免权，战争不可以波及那里。可是现在，单单以 1938 年 9 月 14 日的夜间来说，人们第一次发现呈现在自己面前的是一种人类历史上前所未有的战争形式：轰炸机随时会飞临城市的上空，在一夜间夷平整个城市，任何人的生命和家园都无法幸免，民众甚至担心一些轰炸机会携带毒气炸弹。捷克斯洛伐克政府已经承诺向首都的民众分发防毒面具，但是根本来不及了，而且事实上我怀疑政府根本没有那么多的防毒面具储备。

当天夜里我不断地在纸上写写画画，记下自己等待战争到来之前的感受。然而，当我真的处于战争环境之下，特别是在柏林和伦敦切实地感受了城市大轰炸时的恐怖后，我才知道自己在布拉格的那晚，多少带着点焦急等待德国轰炸机的心情是多么矫情。不过作为我当时最真实的心情写照，它或许还是值得一读的：

此刻我们这些外国记者和外交官都聚集在大使酒店的大厅之中，其中的紧张与困惑心情实在难以描述。能近距离观察到被恐惧笼罩的人们的反应，实在是一件让人觉得着迷的事情。有些人无法承受这种恐惧所带来的压力，他们让自己进入了歇斯底里的状态，然后在恐慌中四处奔走——天知道他们准备跑到哪里。大多数人多少拥有一些不同程度的勇气，所以还算能够承受。

今夜大厅的情况是这个样子的：记者们里三层外三层围着酒店里的唯一一个电话接线员，希望接通自己的电话；犹太人正在努力地预订最后一班火车票或机票；每一个通过旋转门走进大厅的人都会带来一些最不可思议的谣传，然后我们就会围成一团听这个人把消息说完，至于相不相信，就全凭自己的感觉了。按照最后通牒的内容来看，如果捷克斯洛伐克政府拒绝他们的要求，那么戈林的轰炸机将会于午夜时分到达。德国人会使用毒气弹。作为一个普通人，要从哪里弄到防毒面具呢？这里根本就没有防毒面具。换作你接下来会做什么呢？贝奈斯会接受最后通牒的要求，他必须接受，别无选择！

当晚还发生了一件颇有喜剧效果的小事，让整个大厅的紧张气氛有所缓和。我的老朋友、大学校友，也是当年在《芝加哥论坛报》巴黎分社的老同事亚历克斯·斯莫尔，一只手端着一大杯捷克黄啤酒，另一只手拿着一张刚刚收到的电报，皱着眉头。亚历克斯说他的老板（我以前的老板），也就是《芝加哥论坛报》的老总麦考密克上校给他发来了电报，亲自指导他如何进行报道。

亚历克斯满饮了一大口啤酒，大声呼唤我们："来，先生们，女士们，让我给你们读一读来自上校的建议。他说，战争总是在黎明时分打响，所以黎明时分你得赶到那里。"

大家听到这里，都哈哈大笑起来。之前刚从阿比西尼亚报道回来的雷诺兹·帕卡德也在大厅里，他故意用他那沙哑的嗓音喊了一句："那你就给他回电报，告诉他你已经到达现场了。"大家笑得更欢了。

亚历克斯把电报团成一团，直接扔到地板上，然后又喝了一大口酒。一直以来，我们都把亚历克斯视为我们记者团队里的"军师"，他的知识非常渊博，很少有人知道其实他毕业于哈佛大学，他自己也不和别人吹嘘这件事情。毕业之后，他就参加了美国陆军，然后在一战中担任一名作战步兵。事实上与他的上校老板相比，他经历过的真实战斗要多得多，老板只是一个负责指挥的营长，后来又升成了团长。我相信在我们这群人当中，亚历克斯是唯一一个真正参加过战争的人，与他相比，我们都是一群乳臭未干的小屁孩而已。

午夜即将到来，最后通牒也将随之生效。随着时间一分一秒过去，我们变得紧张起来，每个人都在不停低头看表。最终，捷克斯洛伐克外交部的一位官员来到了酒店，他的脸色显得很阴沉，他用德语告诉我们："被否决了。"政府拒绝接受最后通牒。

听他说完话，所有的记者立刻飞奔到公用电话台，一些犹太人匆匆走出了酒店。此时，一位来自苏台德德意志人党的通讯员走进了酒店大厅，他是一个天性开朗的人，平日里总是把自己党内的一些信息带给我们，然而此刻他的脸上见不到丝毫笑意。

他问我们："最后通牒被拒绝了是吗？"问完之后，他都没有等着我们回答，就抓起一个小袋子，匆匆离开了酒店。

我们都在一个劲地往苏台德打电话，最后比尔·莫雷尔终于接通了电话，他正在哈巴尔托夫的警察局做直播报道，他说苏台德的日耳曼人与中央政府派去的宪兵以及军队发生了严重的冲突，双方都伤亡惨重。据他说，此刻他面前就躺着四具捷克斯洛伐克宪兵和一具当地日耳曼人的尸体。他还说本来当地的日耳曼人已经控制城镇，但是捷克斯洛伐克军队的援军赶到之后，日耳曼人只好撤离了那里。我在想是不是需要把这些信息通过电报传给默罗。比尔还专门交代，让我给他老婆打个电话，就说他现在平安无虞。

凌晨 2 点钟，我冲出酒店，匆匆赶往捷克斯洛伐克广播公司大楼去做新闻播报。整个大街上一片死寂，没有警察，也没有军队。我想是不是我们作为记者对于事态过于敏感了，但是不管怎样，现在我还是有一些新闻值得播出。可惜的是，信号传输却失败了，据工程师估计，可能是受大气环境或太阳黑子影响。

9 月 15 日白天，我驱车 200 英里赶往苏台德当地，捷克斯洛伐克军队已经粉碎武装暴动，许多村庄成了一片废墟。双方都还在统计自己的伤亡情况，估计情况肯定很严重。当天晚上我又开车回到了布拉格。我在想，这次希特勒算是栽了个大跟头，尽管他之前声嘶力竭地说要如何保护苏台德的日耳曼人，但是现在苏台德的日耳曼人遭受了捷克斯洛伐克军队的沉重打击，他却没有伸出援手。当天报纸的头条标题吸引了我的注意——《明天张伯伦将飞往贝希特斯加登会见希特勒！》。捷克斯洛伐克人被这个消息吓得目瞪口呆，他们怀疑自己将会被张伯伦出卖，事实上他们的猜测完全正确。午夜之后，我又开始播报新闻，可惜这次还是没有成功接通。

默罗从伦敦给我打来电话，建议我立刻动身前往贝希特斯加登，追踪报道张伯伦和希特勒的会谈。我决定尽快出发，却遇到了重重困难。我先去订火车票，却被告知目前没有火车驶往德国，之后我决定租一辆汽车，但是没有哪个当地司机愿意冒险送我去德国。无奈之下我只好给默罗打电话，他告诉我张伯伦第二天早上就将飞回伦敦，所以我不必再去了。看上去，默罗也嗅到了张伯伦把捷克斯洛伐克出卖给希特勒的气息。

9月16日白天，捷克斯洛伐克政府似乎已经了解到张伯伦和希特勒的会谈内容，确信希特勒要求苏台德地区举行全民公投，而张伯伦答应了他的要求。在外界看来，希特勒这个要求是合理的，也是民主的（希特勒已经摧毁德国的民主），但是张伯伦没有意识到捷克斯洛伐克人最害怕的就是失去苏台德地区。一旦苏台德地区落入德国之手，那么就意味着这一地区的防御工事全部化作浮云，等到德国真要侵略捷克斯洛伐克之时，他们将毫无反抗之力。当晚我在撰写播音稿的时候提出，捷克斯洛伐克人一定宁可奋起反抗也不愿拱手让出苏台德地区，唯此才有一线生机。值此生死攸关的重大时刻，我希望美国人民能够了解到这里的真实情况，但是让我感觉非常沮丧的是，当晚的信号传输似乎又没有成功。纽约总部已经连续三天给我发电报说他们无法接收到我的声音。

这个技术问题让我懊恼，如果广播总是受制于"大气物理状况"而无法实现越洋信号传输，那制作海外新闻节目就是一件毫无前途的事情。美国本土的民众会继续依靠传统的报纸来获取新闻信息，这也意味着我当初转行进入广播业是一个巨大的错误。

可是到了第四天的晚上，我播完音之后，清晰地听到了纽约总部发回的反馈信号，他们说今天的声音信号非常稳定。就在这一瞬间，我立刻感到舒心多了，而且有更好的消息传来：捷克斯洛伐克人决定站起来反抗希特勒了。

9月18日，捷克斯洛伐克总理米兰·霍查在布拉格发表了广播讲话，表示希特勒和张伯伦共同协商的全民公投计划是"完全不可接受的"，他暗示捷克斯洛伐克人民宁可反抗，也不会默然接受。但是当霍查总理做完广播后，我在广播大厦里看见他似乎神经高度紧张，心神不宁。看上去前几天他承受了巨大的精神压力，这些压力正在折磨他，我有点怀疑他的反抗信念是否很坚定。

当天深夜我接到了默罗的电话，他说希望我立刻想办法赶往德国。他说英国和法国已经决定，不会为捷克斯洛伐克而打仗，两国政府正要求布拉格无条件地向希特勒投降，把苏台德地区割让给德国。默罗的话让我猛然一惊，我在电话里反驳道："那么捷克斯洛伐克政府也不会逆来顺受，白天霍查总理刚刚在我们的电台发表了广播讲话，他说捷克斯洛伐克人会独自战斗……"

默罗打断了我的话："也许会吧。我也希望你是正确的，但是三天后，也就是下周二，张伯伦将和希特勒在戈德斯贝格再次会谈，我们希望你能到那里去报道。如果战争爆发，你就立刻返回布拉格。"

挂了电话之后，我立刻就把莫里斯·欣德斯从床上叫了起来，问他能否在我出差的这几天时间里帮我代劳播音工作。莫里斯听我说了默罗的电话之后，也被吓了一跳，胡乱披了几件衣服就起床了，他提议一起去走走（他是个不错的竞走者）。我给机场打了电话，订到了一张飞往柏林的飞机票——目前为止，从布拉格到柏林的航班竟然还在正常运行。之后我和莫里斯在街上闲逛了一会儿。

第二天，到达柏林之后，我发现纳粹党内在兴高采烈地谈论元首和张伯伦的会谈。据他们说，元首成功地说服了张伯伦，让这位大英帝国首相相信捷克斯洛伐克政府一定会乖乖让出苏台德地区的。[2] 德国外交部甚至向驻各国的使馆发出了一份绝密电报通告此事。在德国长期的工作经历使我明白，我不能在新闻稿中把事情说得太直白，于是我用最接近原意的词句在广播中委婉地表述道："有一件事情是可以确定的——张伯伦先生一定会在戈德斯贝格受到德国人的热烈欢迎。事实上，今天我在柏林有这样一种感觉，张伯伦先生在此地深受爱戴。"我希望美国的听众能够明白我这话里想要表达的真实意思——这位英国首相大人支持希特勒进攻捷克斯洛伐克。

与张伯伦的背叛相比，戈培尔的政治宣传则显得更为无耻。这位纳粹的宣传部部长想尽一切办法编造苏台德地区人民受到的捷克斯洛伐克政府的对待的相关谎言，一心想要煽动德国民众的战争情绪。我发现德国境内所有报纸的头条标题都是满篇谎言，而且充斥着杀气腾腾的情绪，譬如：

妇孺被捷克斯洛伐克的装甲车碾轧！

残暴政权！——捷克斯洛伐克人对日耳曼人发起了新一轮的谋杀！

德国金融界知名的报纸《德国交易报》似乎可以凭此标题向纳粹领奖——《奥西希遭到毒气攻击？》。《汉堡日报》的标题更是耸人听闻——《敲诈、掠夺、枪杀——捷克斯洛伐克人对苏台德地区日耳曼人的残暴程度日益严重》。

作为一个刚刚从苏台德地区回来的人，我看到这些精心炮制的谎言和赤裸裸的污蔑，实在感到厌恶。张伯伦的特使朗西曼勋爵就在苏台德当地，他一定会把当地真实的情况告诉首相，那么张伯伦为什么不向希特勒提出抗议？至少他应该当面指出这些报道都是捏造的。

纽约总部终于对我的新闻报道产生了兴趣，尽管当中有过几次信号传输故障，但他们还是意识到了这些报道的潜在价值。第二天，9 月 20 日傍晚 6 点钟，我正在收拾行李，准备赶往戈德斯贝格报道明天希特勒与张伯伦的会谈，保罗·怀特从纽约给我打来了电话。他建议我在火车上做一次播音，就战争还是和平的可能性问题采访一同前去报道会谈的记者。于是我就给德国广播公司打了个电话，但是他们说列车上没有设备，所以这个计划不可能实现。

我想起来我们的火车将会在晚上 10 点 30 分出发，于是我在电话里问道："那你们能不能在弗里德里希大街火车站搞一套播音设备？"德国广播公司短波频道的代理负责人哈罗德·迪特里希表示应该没有问题，于是我就给保罗回了电话，告诉他我将在火车站进行采访播音，保罗对此满意。之后我就给一些英国和美国记者打电话，约他们晚上 10 点钟之前在火车站见面，10 点整我们会开始播音。

当我提前五分钟到达火车站之后，却发现一个记者都没有来。广播公司的工作人员已经在站台上把设备安好了。到了10 点，还是一个人都没有，我只好拿起麦克风绞尽脑汁想想说些什么。幸运的是，我随身装了不少柏林当地的报纸，于是我挨个把每张报纸的头条标题读给听众听，其中一条写着

"捷克斯洛伐克士兵攻击德意志帝国"，毫无疑问这是谎言，但我不能在广播里说出来，否则纳粹会立刻把播音线路掐断。后来终于有一个记者慢慢地走上站台，是国际通讯社的皮埃尔·胡斯。没等他反应过来，我一把抓住他，把麦克风递了过去，之后其他记者也陆陆续续到来，有从伦敦前来的合众社的韦布·米勒、《纽约先驱论坛报》的拉尔夫·巴恩斯、《芝加哥论坛报》的西格丽德·舒尔茨。《意大利人民报》的菲利波·博亚诺希望发表看法。我知道他暗地里是个反对纳粹的人，但我担心他的英语水平，不过事实证明我多虑了，作为一个意大利和美国混血，他的英文非常好。哈瓦斯社的菇夫也希望参与，可是没等我问他英文水平如何，他已经抓过话筒开始用法语发言了，我就只好尽力帮他翻译成英文。这个时候我扫了一眼站台，发现火车已经开动，于是我赶紧打断了菇夫，急匆匆地就爬上了火车。

我在日记里匆匆写道："今天的这场节目估计彻底失败了。"

不过看起来我对美国广播业还真是一无所知，第二天我收到纽约总部的电报，上面写道："弗里德里希大街火车站的节目非常棒！"

很快我们就到了戈德斯贝格，这是莱茵河河畔最美丽的小镇之一。张伯伦和希特勒将在这里继续安排捷克斯洛伐克的命运，全欧洲都在翘首等待最后的会谈公告。一周前他们的贝希特斯加登会谈算是这场绥靖大戏的第一幕，现在，9月21日，周三早上，第二幕即将在这里上演。我和一家德国杂志的编辑一起坐在希特勒经常下榻的德雷森酒店的天台上吃早餐。这个编辑是个奥地利人，我知道他其实很讨厌希特勒。我们边吃早饭边鸟瞰莱茵河的景色，突然希特勒出现了，我发现他心情不好，极度紧张。他径自走过我们，直接走向河畔去检查他的专属游艇。朋友用手肘轻轻撞了我一下。

"看他走路的样子！"

其实我已经注意到了，他每走几步，右肩都会神经性地耸动一下，同时左腿抖动。当他走回来再次经过我们，我更仔细地观察了他。一样的神经痉挛，眼下有难看的黑斑。我心里暗想："这个人已经处于精神崩溃的边缘了！"

此时我终于明白了一件事情，之前我在柏林的时候，一些纳粹党内的老党员总是在谈论一个词——"啃地毯的人"（Teppichfresser）。当时我还不明白，后来有人悄悄告诉我，这个词是用来描述希特勒的。据说元首患上了严重的焦虑症，而且其症状极为奇异：近一周以来，希特勒每天都会例行狂躁地咒骂捷克斯洛伐克人和贝奈斯总统，然后会直接扑向地上，用嘴撕咬地毯边缘。我怀疑这个故事的真实性，但自从莱茵河的天台那天之后，我就有些相信了。

相比之下，张伯伦看上去虽然也有一些焦虑和严肃，但比希特勒的情况好多了。中午，他的专机抵达科隆机场，他从机舱里出来的时候脸色阴沉。尽管外面烈日高悬，但他还是习惯性地握着自己那把黑色雨伞。据我所知，现在英国议会和媒体对他的不满都有所增加，很多人反对他牺牲捷克斯洛伐克的利益去取悦希特勒。不过看上去此次戈德斯贝格之行还是让张伯伦颇感满意的，大街上到处挂满了英国国旗和纳粹十字标志，德方还安排他下榻于彼得贝格的豪华酒店，与东岸的戈德斯贝格隔莱茵河相望。

尽管张伯伦精神不佳，但他对于会谈本身还是充满了乐观，毕竟他此行带来了希特勒在贝希特斯加登会谈时所要求的全部东西：他联合法国政府对捷克斯洛伐克政府威逼利诱，最终胁迫其同意与德国签署协议，将苏台德地区割让给德国。下午晚些时候，英国代表团穿过莱茵河前往戈德斯贝格与希特勒见面，临行前他们还专门强调自己对会谈成功很有信心。

张伯伦花了整整一个小时描述自己如何费尽苦心联合法国政府向捷克斯洛伐克施压，最终才得以成功。之后希特勒问道："我是否可以理解为英国、法国、捷克斯洛伐克三国政府已经达成协议，同意把捷克斯洛伐克的苏台德地区转交给德国？"

张伯伦喜气洋洋地答道："正是如此！"

希特勒接着说："我很抱歉，由于在过去的几天里发生了一些重大的事件，我们当时的计划现在已经变得无效了。"

据希特勒的翻译官保罗·施密特博士后来回忆，张伯伦听了希特勒的话之后，立刻站了起来，他的猫头鹰似的脸上充满震惊与愤怒。很显然，作为大英帝国的首相，他没有想到希特勒竟然会像一个卑鄙的敲诈者一样，当自己的要求被接受后，又开始坐地起价了。

几天之后，张伯伦在下院发表了讲话：

> 我不希望下院认为希特勒是故意在欺骗我，我本人也不这样认为。当我回到戈德斯贝格参加新一轮会谈的时候，我只能和希特勒讨论我带去的方案。当他告诉我这些已经完成的方案是不可接受的时候，我确实深感震惊。

看到自己用捷克斯洛伐克换取和平的方案像纸房子一样轰

然崩塌，张伯伦鼓足了勇气回答希特勒，他说自己"既失望又困惑"，"他本可以正大光明地宣称自己已经满足元首的一切要求"。

（施密特博士接着写道）为了实现这个目标，张伯伦甚至赌上了自己的政治前途……英国政界的一些人正在指责他背叛并出卖了捷克斯洛伐克，而且甘于向纳粹独裁者屈膝投降。当天早上他离开英国前来戈德斯贝格会谈的时候，还遭遇了嘘声。

不过看起来希特勒并没有为这位英国首相的困境而打动，他坚称"最晚"要在10月1日之前对苏台德地区进行**军事占领**——当时已是9月22日，时间所剩无几。没想到自己的姑息态度当场碰壁，张伯伦灰心丧气，带领随从回到了莱茵河对岸下榻的酒店。张伯伦同意23日上午11点30分再和希特勒谈。

22日的会谈进行了三个小时，我在德雷森酒店的大厅门房里临时搭了一个广播台。当我正准备在那里播报新闻的时候，张伯伦和希特勒从会议室里大步走了出来。我必须说，从二人的表情来看，没有谈崩的迹象，两人开始发表热情洋溢的结束语。纳粹专门安排了一队党卫军警卫在门口对张伯伦的离开致以热烈的掌声，张伯伦看起来很受用。但让人惊讶的是，之后没多久，会谈失败的事情就流传开来。事实上，张伯伦非常生气，23日周五他在酒店里待了整整一天，一直在房间里发火，原计划上午举行的第二次会谈也被他取消了。由此可见，谈判已经完全失败。

　　凌晨 4 点钟，我在日记里草草写道："荒谬的一天结束了，看来战争的脚步已经临近。"所有前来报道会谈的英国和法国记者，包括《纽约时报》的伯查尔——他是英国人——都开始做好了从最近的边境逃离的准备。他们不希望一旦战争爆发，自己就被当作人质。

　　不过据我观察张伯伦的神情举止，我不觉得他认为战争就要爆发了。到了周五晚上，希特勒重新邀请张伯伦于夜间 10 点 30 分在德雷森酒店举行会谈。里宾特洛甫、戈培尔、希姆莱、凯特尔将军和其他纳粹高级官员、军队将领一直在会议室里进进出出，但从他们阴暗的表情可以看出，会谈进展得非常不顺。直到第二天，有关会谈的细节才被泄露出来。24 日凌晨 1 点 30 分，谈判再次破裂。当时我正在小门房的播音台等着播报，只见张伯伦和希特勒两人再次从我面前大步走过，他们的脸色看上去并没有十分紧张。不过，其实在我看来比较奇怪的一件事情是，他们两人对彼此仍然保持了十分热情的态度。负责翻译的施密特博士记录了当时的情况（我在玻璃门内无法听清），近半个世纪之后这些档案得到解密。然而，即使过去了这么久，再读到其中的有关记载，仍然令人感到震惊。

　　　张伯伦向元首致以亲切的告别，他说得益于过去几天的会谈，他感觉自己与元首之间的信任关系得以进一步巩固……他说自己并未放弃希望，当前的困难与危机一定可以被克服，他非常乐意在未来抱着这种友好的态度与元首继续讨论这些悬而未决的问题。

　　　元首感谢了张伯伦的发言，然后告诉张伯伦自己也抱有同样的希望，然后他重申，**有关捷克斯洛伐克的问题是他对欧洲提出的最后的领土要求。**

我原计划于凌晨 2 点钟播报新闻，但是戈培尔突然冲进了我的临时工作站，他抓起了我准备好的播音稿，发狂一样地告诉我，除了官方的公报以外，我不许在广播里说任何话。之前我的一个朋友给我打电话，说张伯伦回到酒店后，接受记者采访并发表了一些公开评论，但是戈培尔也不准许我提及这些评论。

据我的朋友说，一位英国记者问张伯伦："首相大人，目前的事态是不是毫无希望？"

张伯伦回答："我不会说这样的话，现在一切都只能交由捷克斯洛伐克人自己去决定了。"

这正是希特勒想要的结果，他一心想把责任推到捷克斯洛伐克政府的头上——张伯伦的这一招实在是太糟糕了。然而，在我看来，他还做了更过分的让步。纳粹发表的公报声称，张伯伦同意把希特勒的要求转达给捷克斯洛伐克政府，而希特勒的要求是，最迟不得晚于 10 月 1 日由德国对苏台德区实行军事占领。这究竟凭什么？希特勒为什么不能自己去提出要求？首相大人甘愿做一个信使，实质上不就是在给希特勒的无理要求撑腰打气吗？

大约凌晨 2 点 30 分，我感到筋疲力尽，于是就跌跌撞撞地走出了酒店。走出门前，我无意中听到戈培尔在说话，他说捷克斯洛伐克总统贝奈斯刚才发布了全国动员令，戈培尔悄悄地嘟囔道："那么这就意味着战争了。"

这个新闻让我觉得精神一振，看上去捷克斯洛伐克人准备反抗了。尽管从希特勒、戈培尔、里宾特洛甫到纳粹控制下的报纸和电台都在大声叫嚣战争，但我还是无法确信德国民众渴望战争。据我的观察，德国人民希望元首做到的是"兵不血刃的胜利"，就像当初他不费一枪一弹就占领了莱茵兰和奥地利那样。

我沿着街道一路跟跟跄跄地走回了酒店，路上困得要死，眼皮不停打架。到了酒店大堂，我发现英法的记者都在大堂里吵吵闹闹，焦急地等待乘车逃离最近的边界地区。我和他们道别之后，就走回了自己的客房，却发现里面被一位德国军官占住了。我已经完全没有力气为此事和酒店的工作人员吵架，我匆忙收拾了自己的行李，然后冲到楼下准备结账走人。此时已经是凌晨5点钟，我在大堂的一个桌子上躺下，匆匆地睡了一个小时。一个小时之后我搭上一辆出租车，赶往科隆机场，准备乘坐7点钟的飞机赶回柏林。

9月24日至25日，正逢周末，这两天我都在柏林待着。大概因为是夏末季节，所以让我感到惊讶的是，德国人出奇地乐观，几乎没有人担心战争会爆发，一半的民众都拥向郊外的湖泊或森林去度周末，我自己也在万湖玩了一趟帆船，游了一会儿泳。

此次会谈中让德国民众印象最深的事情莫过于张伯伦答应做信使，把元首的要求转达给布拉格方面。民众确信，这意味着大英帝国的首相也在力挺元首。当天纳粹控制下的报纸开始启动了新一轮的政治宣传，其口号就是："希特勒与张伯伦共造和平！"

然而仅仅过了一天，到了9月26日，周一的早上，柏林城里的乐观气氛瞬间荡然无存了。捷克斯洛伐克政府拒绝了希

特勒在戈德斯贝格提出的要求，法国政府也表示希特勒的要求
完全无法接受，并且开始部分动员，这样巨大的挫折直接导致
希特勒进入了极为狂躁暴怒的状态——他的一生都是在歇斯底
里的状态中度过的，这次的发狂应该算是程度最严重的一次。
为了发泄自己的情绪，希特勒当晚在柏林体育宫发表了演
说。[3] 自从我听他的各种演说以来，这一次应该是他最为癫狂
的状态，他不断怒吼或者发出恐怖的尖叫声，对贝奈斯总统进
行了持续不断的人身攻击，谴责后者是"恶魔撒旦"。当时场
内有 1.5 万名纳粹党党员，为了调动起大家对于战争的狂热情
绪，希特勒坚称苏台德地区已经处于"捷克斯洛伐克政府的
恐怖统治之下"，而且"当地的人口已经锐减，村庄被夷为平
地，捷克斯洛伐克政府为了驱赶日耳曼人，不惜使用手榴弹和
毒气"。

整个晚上希特勒都在重复那些陈腐的宣传谎言。我注意
到，他疯狂地喊出每一句恶毒的话语，台下都会报以欢呼，但
大家没有表现出对战争的狂热渴望。台下的男男女女大多本性
善良，仿佛他们没有意识到元首说这些话的真实目的。

希特勒最终毫不掩饰地表明了自己的心意。当天晚上，我
就坐在演讲台上方的包厢里，我在那里架设了播音设备，这样
就可以清晰地听到希特勒的讲话，然后再翻译成英文进行实时
播音，不过通过在美国的哥伦比亚广播公司的短波传输给纽约
有一定的延迟。希特勒两次声明这是自己最后一次对欧洲提出
领土要求，他充满蔑视地吼道："我们不屑于要捷克斯洛伐
克，但是 10 月 1 日之前我们必须拿到苏台德！"希特勒宣称，
五天之内，如果"贝奈斯先生"不主动把苏台德地区交给自
己，那德国就亲自把它夺到手。

他高声吼道："究竟是战争，还是和平，全部交给'贝奈斯先生'决定了！"

演讲快结束的时候，希特勒降低了嗓音，用一种低沉而引起共鸣的音调结束了演说，之后就一头栽进椅子里。他已经完全筋疲力尽了。我从包厢可以清楚地观察到他的样子，几天前我在德雷森酒店发现他有周期性的肌肉抽搐现象，此刻这种痉挛症状还在，他的一边肩膀不断抖动，另一条腿则上下跳动。有好几次他的脸上出现了可怕的扭曲，我担心他可能会当场突发中风。当天晚上我在日记里写道："这么多年来，我近距离观察过希特勒很多次，但今晚我第一次发现他完全无法控制自己。"我还在日记里描述了当晚演讲大会的结束过程：

> 希特勒结束演讲坐下去之后，戈培尔突然跳了起来大吼道："有件事情是可以确定的，那就是1918年的历史再也不会重演了！"听到这句话之后，希特勒抬起头注视着戈培尔，眼中充满了狂野热切的光芒，好像他自己一整晚的努力就是要表达这个意思，却没有找到最恰当的词句。他的眼中充满了疯狂的怒火——那种神情我永远都不会忘记。然后他突然跳了起来，伸出右手，猛地一挥，再重重地砸在桌子上，用尽最后的力气，大吼了一声："正是如此！"然后一屁股跌坐回自己的椅子上，筋疲力尽。

大家应该牢记一个事实，虽然我本人偶尔也会忘记，那就是希特勒是一个完美无瑕的演员——仅仅过了一晚上，到第二天中午霍勒斯·威尔逊爵士再次拜会他的时候，他就已经从疲惫中完全恢复过来。昨晚希特勒发表演说之后，威尔逊就给伦敦打电话，告知政府自己并没有把首相有关英国将支持法国的口信带到。威尔逊建议，考虑到希特勒现在的暴怒状态，如果再次拜会他的时候重提这段口信，将是"既无必要也不明智的"。

但是张伯伦坚持认为希特勒的情绪"更多的只是悲伤，而非愤怒"，因而要求他务必把话带到。张伯伦虽然在面对希特勒时非常笨拙，但很显然他对历史教训密切关注。在张伯伦看来，如果1914年帝国外交大臣爱德华·格雷爵士肯对威廉二世加以警告的话，后者可能就不会选择发动战争了。

再次面见希特勒之时，威尔逊爵士用几乎带着歉意的口吻将张伯伦首相的警告转述给他。

希特勒听完之后，颇为平静地回复道："我能做的只有表示，我收到了首相的信息。"然而，希特勒的平静只是一时的，他似乎慢慢地明白了这个警告的真实意义，然后就开始变得激动了。他开始大声谴责英国和法国政府怂恿捷克斯洛伐克政府拒绝自己的要求，大声喊道："我一定会彻底荡清捷克斯洛伐克！如果法国和英国会抗议的话，那就随便他们吧！我根本就不在乎！今天是星期二，下周一咱们战场上见！"

希特勒的威胁已经是赤裸裸的，但威尔逊爵士是个木头脑袋。根据施密特的记载，他还坚持继续会谈。但英国驻德大使亨德森——一个出名的绥靖者——坚持让他离开。纵然如此，也没能阻止这位业余外交官在握手离去时还说了几句告别词。

威尔逊向希特勒保证："我会努力让捷克斯洛伐克人变得理智起来。"希特勒则回应道："对此我将表示欢迎。"如果能悬崖勒马，希特勒当然欢迎。当天下午晚些时候，希特勒开始坐下来给张伯伦写了一封措辞极为狡猾精明的信。

希特勒的确需要坐下来给张伯伦写封信了，因为9月27日周二当天在柏林发生了许多事情，使得他认识到自己必须悬崖勒马了。那天傍晚，我正好目睹了其中一件事情。

当天早些时候，也就是威尔逊刚刚离开没多久，希特勒就匆忙向战斗部门下达了"绝密级"指示，要求大约七个师的兵力向捷克斯洛伐克边境集结，并于三天后，即9月30日周五发动进攻。当天下午他又向另外五个师发布了更高级别的秘密动员令，命令他们转向西线以准备与法国人战斗。我们这些外国记者当然不知道这些绝密消息，不过另外一件事我们再清楚不过了，那就是德国民众对于战争缺乏狂热的渴望，这让希特勒十分忧虑。为了振奋民众的战斗激情，希特勒专门组织了一场阅兵式，让前往捷克斯洛伐克边境的装甲部队从柏林穿城而过。为了让这场大戏达到最好的效果，元首甚至煞费苦心地专门把阅兵式时间定在了下午5点钟，因为当时成千上万的柏林市民会从办公室下班，他们肯定会看到这条钢铁洪流。

大约5点钟之前，我走到了菩提树大街的拐角处，德军将沿这里走向威廉大街，然后经过总理府，希特勒将在总理府的露台上对他们进行检阅。我必须承认，在这一刻，我觉得自己仿佛回到了历史当中。我在书中读过1914年德皇威廉二世检阅出征部队的场景：头戴钢盔的帝国士兵昂首走过皇宫外，接受站在露台上的威廉二世的检阅；两边的民众极为激动，他们向士兵抛撒鲜花，一些女孩甚至冲破警察的阻拦，冲到队伍中去亲吻士兵。

让我感到惊讶的是，此刻没有再现当年的情景。沿着菩提树大街走来，我发现路边围观的群众人数非常少。我又多走了一些路，一直来到弗里德里希大街，却看到了另一个让人惊讶的景象：柏林市民都匆匆钻进地铁或登上公交车，或者径直走回家去。只有极少数的人安静地站在马路边，看着坦克、大炮和卡车穿过。

我又转头赶回威廉大街，军队已经开始前进，一路上经过了不少政府部门。这时一队警察从总理府方向朝我们几个路人走过来，大喊着让我们离开，说军队正在穿过总理府并接受元首的检阅。但是我们没有理睬，我决定再往前走走看看究竟。

（当晚我在日记中写道）希特勒站在露台上，偌大的威廉广场只有不到200人在那里围观，希特勒的表情看上去很冷酷，然后是愤怒，他只看了一小会儿就走进房间了，只剩下军队在外面孤零零地行进。今晚我的所见让我对德国民众又燃起了一丝信心，至少他们是至死反对战争的。

除了民众的漠然给希特勒泼了一盆冷水之外，27日当天还有其他一些事情更加严重地打击了希特勒。

匈牙利政府从布达佩斯给柏林发来电报，称南斯拉夫和罗马尼亚已经对自己发出警告，如果匈牙利胆敢攻击捷克斯洛伐克，那么两国就会对匈牙利做出军事反击。这样一来整个巴尔干半岛就会重新陷入战争，这是希特勒最不愿意看到的，因为自己本就缺乏足够的军队来对付西线来自法国的敌人，如果东南方向再添乱象，就更加没法收拾了。

除了匈牙利政府的电报之外，德国驻法国大使馆的武官也给国内发来了一份标有"十万火急"字样的电报，告知法国名义上宣称进行"部分"动员，实际上已经开始"全体"动员。武官向元首汇报称"法国人只需要六天的动员，就可以在德法边界集结65个师的军力"。相比之下，希特勒手中拥有的只有12个师，其中一半还属于战斗力较差的预备役部队。武官还在电报中强调："以法国部队的实力，他们可以立刻发动进攻，并直取美因茨①。"

最后，这位态度悲观的武官还表示，据自己的观察，一旦法国发动攻击，意大利人在意法边境将根本无法阻拦法军的攻势。

此刻，希特勒的那位关系并不坚固的盟友——墨索里尼也在翘首以待，他希望知道自己的纳粹朋友是否真的准备在三天之后发动战争。迄今为止，希特勒一直把墨索里尼蒙在鼓里。当天下午，墨索里尼也从罗马给希特勒发来电报，建议德意两国外交部部长立刻召开一次会议，以讨论所谓的"军事合作"问题。墨索里尼的突然来电让希特勒觉得有点措手不及，但他还是决定要让墨索里尼跟随自己的步伐，于是同意接受墨索里尼的提议，但是提出，按照惯例，这样的会议必须有双方的军方代表参加。

甚至连希特勒一向忽视的华盛顿方面也有了动作。德国驻美大使汉斯·迪克霍夫也从华盛顿发来一封"十万火急"电报，他在电报中警告元首，如果德国进攻捷克斯洛伐克，那么英国一定会支持法国的行动，"继而美国会把全部力量用于支持英国这边"。

最后一封关键性的电报终于也来了，周二德国驻布拉格的武官向柏林发回了一封言简意赅的电报，上面只是简单地陈述

---

① 德国西部港口城市。

了一些事实："布拉格一切平静。最后的总动员正在进行……估计最终集结兵力为 100 万人，其中地面陆军部队 80 万人。"

这个数字相当于德国东西两线集结部队的总和，而且与德国相比，捷克斯洛伐克的军队受过更好的军事训练。法国与捷克斯洛伐克两国军队人数总和与德军人数的比例超过了二比一。

得知这些消息，经过深思熟虑，希特勒先谨慎地宣布了一条最后通牒，要求捷克斯洛伐克政府最晚必须于 28 日下午 2 点之前接受自己在戈德斯贝格会谈中提出的条件，然后他向张伯伦发出了信件。希特勒是老谋深算的，他在信中向首相及英国人民表明自己不愿诉诸战争。希特勒在信中故意降低了调门，他声称自己只是为了要回苏台德地区，至于"捷克斯洛伐克的独立地位，他从未想过要去侵犯"。他还宣称自己愿意同捷克斯洛伐克政府就归还苏台德问题商谈一切细节，而且将"就捷克斯洛伐克剩余领土的合法地位给予正式的保证"。至于捷克斯洛伐克政府，希特勒反而在信中污蔑它是希望借助英法两国的支持在欧洲重启大战。

（希特勒最后总结道）纵观这些事实，我想还需留待您的裁决，请您考虑再次努力……以在最后一刻阻拦布拉格政府的军事行动，并且敦促其重回理性状态。

当天晚上，张伯伦在收到信之前就发表了全国广播讲话，他明确表示自己决心"继续努力"，他说道："如果我认为自己还能就某些事情做出贡献的话，我将毫不犹豫地第三度访问德国。"

张伯伦的话一定深得希特勒欢心。不仅如此，他更露骨地说道："如果英国人一定要打仗的话，那一定得是为了更重大的事情，而不是一些小事情。"——什么事情在张伯伦眼里是小事情呢？他本人已经做了举例："在一个遥远的国家，我们对那里的人民一无所知，现在他们自己吵起了架。"

晚上 10 点 30 分，希特勒的信被送到了唐宁街官邸张伯伦的手中，这封信成了他唯一的救命稻草，他很快给希特勒写了回信：

> 读了您的来信之后，我确信您可以不通过战争手段，也无需任何等待，就获得您想要的一切东西。我已经做好准备，随时可以飞往柏林与您以及捷克斯洛伐克的代表讨论领土转让事宜。如果您需要的话，法国和意大利的代表也可以参与会谈……我不相信您会因为在解决这个长期存在的问题上耽误了几天，就要为此发动一场毁灭文明的世界大战。

因此，举行由英法德意四大国以及捷克斯洛伐克参与的国际会议以解决争端的想法，最早是由张伯伦提出来的。出于某些原因，张伯伦的复信直到第二天，即 9 月 28 日周三的中午才被送到希特勒的手中。在此之前，张伯伦还向罗马发送了一封信，请求墨索里尼敦促希特勒同意召开国际会议，并且邀请这位意大利独裁者也参与会谈。原本为此事焦躁不安的墨索里尼收到来信之后，立刻决定行动起来。

28 日一早，大家就感到到处弥漫着不祥的气息，柏林城里简直愁云密布，来自伦敦、巴黎、罗马和布拉格各处的新闻报道都让人垂头丧气。看上去，战争真的要不可避免了。

约德尔将军引述过戈林的话，那天早上，这位纳粹空军元帅感慨道："一场新的世界大战看起来是再也无法避免了。"

默罗当天给我打电话描述了伦敦当地的情况，人们已经在海德公园里挖堑壕，孩子们也从城市里疏散出去，医院也被清空，以准备接收前线伤员。前一晚8点，默罗说大英帝国军事力量的支柱——皇家海军已经开始宣布动员。11点38分，英国广播公司正式播出了这一消息。

默罗认为英国海军宣布动员是准备参加战争的最重要举措，他在电话里问我："德国民众知道英国海军动员的消息了吗？"

我回答道："还没有。"德国的广播和报纸都完全没有提及这一消息。

雷蒙德·格拉姆·斯温从巴黎给我打来电话，说当地许多人陷入恐慌，纷纷爬上出城的火车，出城的道路上挤满了因为害怕轰炸而急于离开的汽车。雷蒙德说火车站里简直人满为患，他费了九牛二虎之力，才把特斯和艾琳送上前往瑟堡的火车，但他不知道这趟列车究竟会跑多远，也许她们赶不上前往纽约的客轮。这个消息让我十分担心，我一整天都在担忧她们母女的状况。另外还有报道称，德国西部边境一带的居民也陷入了恐慌，数千人担心法国人会发动进攻，纷纷四处逃窜。

到了下午2点钟，希特勒所说的最后通牒的截止时间已经到了，我注意到来自各国的外交官都发狂一般地拥入了希特勒的总理府。很显然，他们都在为避免一场新的战争做最后的外交努力。我可以看到英国大使内维尔·亨德森、法国大使安德烈·弗朗索瓦-蓬塞和意大利大使贝尔纳多·阿托利科表情凝重，心事重重。还有一些纳粹高官和德国军方将领也在总理府内，他们对于开战的态度不尽相同。譬如说戈林，我知道他是不希望开战的；里宾特洛甫则是疯狂地渴望战争；戈培尔是骑墙派，准备望风而动；军方将领则听命于新的最高统帅部长官威廉·凯特尔将军。不过那天有一个人的缺席颇引人注意，他就是陆军总参谋长哈尔德将军。我猜想哈尔德将军一定是在为进攻做最后的准备，但是很久之后我才知道，他的缺席还有其他原因。随着了解到的信息越来越多，我有了一种越来越强烈的感觉——这一天代表了我们这个时代的一个极为重大的转折点。

随后便发生了两件大事。其一，28 日下午 2 点，希特勒最后通牒的期限到了，受张伯伦之托的墨索里尼最终成功说服了希特勒，使其答应暂缓对捷克斯洛伐克发动攻击，同意于29 日在慕尼黑会见英法意三国领导人，各方共同讨论解决苏台德地区转让给德国的细节问题。然而，捷克斯洛伐克政府不在被邀请之列。其二，哈尔德将军领导的反对派在得知慕尼黑会议即将召开的消息后，决定取消颠覆希特勒的行动，因为战争不会爆发，也就不需要逮捕希特勒了。

28 日下午大约 5 点钟，广播播出了即将举行慕尼黑会议的消息，整个德国政府和全国上下都深深地舒了一口气。巴黎和伦敦对于这个好消息显得更为高兴。在收到有关慕尼黑会议的消息之前，当天下午英国下院召开了会议，后来我的一些议员朋友告诉我，绝大多数议员确信战争一定是不可避免的了，整个议院都弥漫着压抑的情绪。对于一个素来冷峻与理智的岛国来说，这种群体歇斯底里的场景实在难得一见。下午 4 点15 分，张伯伦向全体议员发表了长达 1 小时 20 分钟的讲话，为自己的绥靖行为辩护。他在演说中赞扬墨索里尼于几个小时之前成功地说服了希特勒将所谓的"动员令"延后了 24 个小时。[4]此时，有人悄悄递了一张小纸条给他，他扫了一眼，脸上立刻浮现出笑容，就继续发表演说：

> 我的发言还没结束，我还有另外一些事情要对下院说。刚才我收到了希特勒先生的消息，他邀请我明天早上前往慕尼黑参加会谈。他还邀请了墨索里尼和达拉第，墨索里尼已经接受他的邀请，而我确信达拉第总理也一定会接受邀请的。
>
> 我无需说出我将如何答复希特勒……

张伯伦其实根本没必要再强调自己的答案是什么了。一瞬间，古老的英国议会大厅陷入了前所未有的激动与疯狂，除了极少数议员还保持冷静之外，其他外表光鲜的议员用尽全身力气欢呼雀跃，把文件抛向半空中，有的人甚至流下了激动的泪水。一片嘈杂声中突然有一个声音高呼："感谢上帝保佑首相大人！"这句话似乎喊出了当场绝大多数人的心声。

这场会议将会决定捷克斯洛伐克的命运，捷克斯洛伐克政府却被排除在会场之外，没有哪个议员站起来质问张伯伦这是为什么。当天早些时候，张伯伦给希特勒写信时，他提议自己可以全权代表捷克斯洛伐克政府。也没有人质问为何捷克斯洛伐克的共同保护者苏联也被排除在会议之外。一旦开战，英国急需苏联的全力协助。[5]

不过，当然，现在不会爆发战争了。

那么哈尔德将军颠覆希特勒的计划又怎样了呢？

事实上，哈尔德将军和他心腹的心血最终都付诸东流了，他们所能埋怨的只有张伯伦了。在慕尼黑会议即将召开的消息传出之前，反对派已经做好周密的准备，计划于周三当天在柏林将希特勒逮捕。正午时分，维茨莱本将军还来到哈尔德将军的办公室，两人一起商讨了动手前的最后细节问题。所有的内幕细节都是八年后哈尔德将军在纽伦堡审判的过程中供述出来的：

> 正当我们讨论的时候，新的消息传来了，英国首相和法国总理已经决定和希特勒进行新一轮的会谈，因此我下令取消行动计划……没有战争了，我们行动的前提也就不存在了……
>
> 我们曾经确信一旦发起行动，就必然能够获得成功。现在张伯伦先生突然插了一脚进来，战争的风险被他消除了。

曾经一起参与密谋的警官吉泽菲乌斯也站在了纽伦堡审判席上，他的供词完全支持哈尔德将军的观点：

> 原本不可能发生的事情现在却发生了，张伯伦和达拉第正朝慕尼黑飞来，我们的反叛行动只能取消了……是张伯伦救了希特勒一命。

也许事实如此，但还是有一些问题的。尽管这的确是一次货真价实的政变阴谋，但是它的准备很不充分，组织协调的水平也并不高。而且行动的领导，尤其是哈尔德将军和维茨莱本将军，缺乏明确且果断的领导能力。譬如说，希特勒于9月

24 日就从戈德斯贝格回到了柏林，当时发动政变的全部条件已经具备——希特勒人在柏林，也决意发动战争，就连对捷克斯洛伐克发起进攻的时间也安排好了。哈尔德将军他们却犹豫了，他们整整拖延了**四天时间**才下定决心准备动手。

事实上，如果这群反对派的动机更加深刻，他们的行动也许才会更及时。在他们眼中，铲除希特勒并不是为了终结一段残暴的统治，而仅仅是为了避免打一场一定会输掉的战争。因此，当希特勒决意召开慕尼黑会议，以和平手段获取想要的领土时，他们就感觉行动完全失去了合法性。

第二天召开的这场匆匆而起的慕尼黑会议草草收场，我为它的结局感到痛苦无比，心情悲痛到几乎无法言喻。法国和英国在这场会议中将捷克斯洛伐克——中欧唯一的民主政权、法国人的坚定盟友出卖给了纳粹独裁者，希特勒则迎来了他一生之中最辉煌的外交胜利。我曾经了解到希特勒、张伯伦、墨索里尼和达拉第私下的勾当，却因为内心过于悲痛而无法详细报道他们的滑稽举止，这反而让我们公司的竞争对手美国全国广播公司当作独家新闻抢去。

9 月 29 日一整天我都在慕尼黑，竭力使自己保持清醒的状态。一战后名不见经传的希特勒，今时今日，面对曾经一战的战胜国，宛若一个征服者，以战争恐吓它们，让它们俯首称臣。

他在如此短的时间内所获得的成就真令我难以置信！

29 日当天一大早，希特勒就前往库夫施泰因会见墨索里尼，此地靠近以往奥地利与德国的边境地区，在慕尼黑东南数英里处。据希特勒的随从后来回忆，尽管元首深知今天自己就可以通过和平手段获得自己想要的一切东西，但他还是对战争充满了渴望。希特勒专门向墨索里尼展示了德军的军事部署地图，夸耀自己的军队能够轻易地"粉碎"敌军。他甚至声称，要不是因为今天的会议就能达到目的，他将诉诸武力。

除此之外，他还告诉墨索里尼："总有一天，我们将会肩并肩地和英法战斗。"那位自高自大的意大利独裁者对此表示衷心地赞同。

之后两人一起乘坐火车返回慕尼黑，在希特勒的私人住处共用了午餐，席间讨论了会议过程中的谈判战略。商讨的对策是，会谈开始后将由墨索里尼先行发球——头天晚上柏林方面已经起草好一份所谓的"妥协计划"，并且电传给了罗马，届时墨索里尼就会提出这份方案，然后和希特勒联手强迫英法接受。

事实证明，谈判过程比这两位法西斯独裁者设想的简单得多，与他们二人的处心积虑相比，张伯伦和达拉第根本没有在事前就谈判战略问题进行协调。在我自己看来，这是张伯伦故意为之。张伯伦当天抵达慕尼黑之后，为了防止达拉第阻碍自己的计划，径自与希特勒进行会谈，并快速达成了一项协议。自此我可以确定，张伯伦和达拉第在整个会议之间完全没有任何私人沟通。我在巴黎的时候对达拉第颇有好感，但他一整天表现出来的都不过是唯唯诺诺的样子而已。

当天夜间，四位领导人在慕尼黑"元首宫"希特勒的办公室里坐下，开始了他们虚伪的讨论。墨索里尼声称自己从罗马带来了一份"终极解决方案"，然而张伯伦和达拉第应该立刻就会发现这份方案完全就是从德国传过去的，里面的内容和希特勒在戈德斯贝格对张伯伦提出的要求如出一辙。戈德斯贝格会议结束后，9 月 25 日捷克斯洛伐克政府就已经宣布拒绝接受希特勒在会上提出的新要求，26 日英法两国政府也表示拒绝。然而，根据德方的会议记录，达拉第竟然对墨索里尼的新提议表示欢迎，认为其"客观、现实"；张伯伦也表示同意这份"终极解决方案"，而且他声称自己"依据这份方案中的提议，构思了一套解决问题的办法"。

听了张伯伦和达拉第的话之后，希特勒立刻就发现哄骗他们二人实在是一件很容易的事情，因此希特勒打心里就开始瞧不起他们，暗地里称呼他们为"可怜的小毛虫"。正式开会之前，四位领导人曾经简单地会谈了一下，之后出席了餐会。墨索里尼在餐会上悄悄告诉希特勒，张伯伦给自己的印象就是一个"无足轻重"的人，除了周末钓钓鱼就什么也不会了。对于墨索里尼的嘲讽，希特勒回应道："我不知道自己有周末休息日，我也不去钓鱼。"想象一下这个场景，堂堂大英帝国的首相竟然在背后被两位法西斯独裁者无情地嘲讽和蔑视。

为了让自己显得像一个颇有经验的政治家，也许也是为了弥补自己良心上的亏欠感，张伯伦决定为捷克斯洛伐克的利益继续与希特勒交涉。他提出捷克斯洛伐克政府割让苏台德地区之后，也就放弃了在当地的公共财产，应该由某方来对其进行补偿。然而，希特勒怒气冲冲地回复不会有任何赔偿。张伯伦则问道："难道连让捷克斯洛伐克人把自己的牧群迁移出苏台德地区也不可以吗？"这个时候，希特勒开始爆发了。

他冲着张伯伦大吼道："我们的时间非常宝贵，不要把它浪费在那些鸡毛蒜皮的小事上！"首相大人立刻就闭嘴了。

不过张伯伦还是提出了另一个更重要的问题，那就是捷克斯洛伐克政府的代表权问题，这也是与会的四国领导人最关心的问题。张伯伦希望捷克斯洛伐克人能够出席，达拉第对此意见勉强支持。今时今日，读到达拉第当时的发言，一定会让人震惊。作为法国最坚定的盟友，达拉第针对捷克斯洛伐克代表出席的问题做了这样的发言："我们绝不会容忍捷克斯洛伐克政府在此问题上进行任何拖延。不过，如果需要的话，和他们的代表进行一下磋商，也是有好处的。"

但希特勒直接拒绝了达拉第的意见，这位法国总理就此放弃，不过张伯伦则说服希特勒做出了一点点妥协，后者同意让捷克斯洛伐克的代表"在隔壁房间"里等待结果。

29 日下午 4 点半，当四位领导人正在为捷克斯洛伐克的最后命运讨论得热火朝天的时候，两位来自捷克斯洛伐克的代表乘坐专机从布拉格抵达慕尼黑，他们是来自捷方外交部的胡贝特·马萨日克博士和一位不受柏林喜欢的政府部长沃伊捷赫·马斯特尼博士。

据马萨日克后来回忆，他们一抵达就受到了德国人的敌视。在后者的眼中，他们似乎就是战犯或者"犯罪嫌疑人"。

> 我们被带上一辆警车，盖世太保负责陪同。车子径直开到了英国代表团的驻地雷吉纳酒店，然后我们就被关进了酒店的房间，一步也不许踏出，房间外面还有警察监守。

到了 29 日晚上的 7 点钟，"四巨头"终于同意从 10 月 1 日开始，由德国开始对苏台德地区进行占领。希特勒实现了自己的目标，当初他在柏林体育宫发表演讲的时候，就宣称自己一定会在 10 月 10 日之前完成对苏台德地区的占领。现在剩下的都是一些扫尾的细节谈判工作了。一名英国代表团的成员来到捷克斯洛伐克代表的房间，准备告知他们最后的坏消息。这名成员是一位英国外交部的官员，叫作弗兰克·阿什顿－格沃特金，曾经是朗西曼代表团的成员之一。面对着两位被关押的捷克斯洛伐克外交官，弗兰克显得"特别紧张和局促"。

弗兰克告诉他们，会谈已经达成一项基本协议，但是还无法告诉他们更多的细节，他所能传达的信息只有"结局要比英法两国之前的提案残酷得多"。两名代表立刻表达了强烈的抗议，他们声称这样的结局会彻底毁灭捷克斯洛伐克。这位英国外交官的回复却是冷冰冰的。据马萨日克后来的报告，弗兰克的回答是："你看来是无法理解大国之间的艰难局势，也不理解与希特勒谈判是多么困难。"可是，这位大英帝国的外交官，看上去也永远不能理解捷克斯洛伐克人的境况是多么艰难。

晚上10点钟，当英国代表团吃完晚餐准备回去休息之前，两名捷克斯洛伐克代表被带到了霍勒斯·威尔逊爵士的房间里，后者向他们通报了更糟糕的消息。他强调自己此刻是代表首相大人接见他们的，然后拿出了一张捷克斯洛伐克地图，告诉两位代表需要在哪些地方立刻进行撤离。两位捷克斯洛伐克代表对此进行了抗议，表示这种行为等同于肢解捷克斯洛伐克。毫无耐心的威尔逊直接打断了他们，声称自己没有什么话要和他们说了，然后径直离开了房间。

两名代表就这样被孤零零地晾在那里，弗兰克留在那里陪着他们，但并没有对他们表示过多的安慰。他说："如果你们拒绝接受的话，那么我们只能留你们自己去和德国人打交道了。法国也是一样的态度，语气也许更加委婉而已，他们对你们的麻烦没有什么兴趣。"

1938 年 9 月 30 日，凌晨 0 点 30 分，《慕尼黑协定》的翻译工作终于完成了，四大国的领导人再次聚集到元首宫，正式签署了这一协议。当晚，我在日记里写道，希特勒当初在戈德斯贝格会谈和柏林体育宫演讲时所提出的要求，全部得到了满足，"他唯一的遗憾大概就是这些胜利果实晚到了几天而已"。

按照《慕尼黑协定》的规定，10 月 1 日，德国军队开始占领苏台德地区中日耳曼人数量占多数的领土，分三个阶段，直到 10 月 7 日完成。其余领土由"国际委员会"划定，在 10 月 10 日之前由德军占领。捷克斯洛伐克政府被准许在"国际委员会"有一名代表，如果所在地区各民族人口比例尚不明确，委员会则在当地举行公投，德国与捷克斯洛伐克的新边界确定工作也由该委员会完成。

张伯伦本来拉拢法国一起要求德意也加入一项新的保障协议，以确保捷克斯洛伐克的新边界在未来不会遭遇无端侵略，但是希特勒在墨索里尼的支持下拒绝了这一提议。他们表示只有当捷克斯洛伐克境内的"波兰和匈牙利少数民族问题"解决之后，才将对捷克斯洛伐克给予保证。与此同时，英法两国单独宣布他们将反对任何对捷克斯洛伐克新边界的侵犯。

希特勒获取了巨大的胜利，他完全知道这一点。在忠实信徒戈林、戈培尔、里宾特洛甫、赫斯以及凯特尔将军的簇拥之下走出元首宫的时候，我发现他大步流星地下着台阶，之前的肌肉痉挛消失了，眼睛里闪着光。墨索里尼走在希特勒的左边，看上去像只趾高气扬的公鸡，他穿着一身法西斯新军服，故意把军帽潇洒地斜戴在头上，在我看来，他故意把步子踏得很重，似乎也在分享希特勒的胜利喜悦。

至于达拉第，我当晚在日记里记下了他的表现：

（达拉第）看上去整个人都要垮掉了。他到英国代表团的驻地和张伯伦告别，当他走下楼梯的时候，我们一大群记者都围了上去，有的开始发问："总理先生，您对协定的内容感到满意吗？"达拉第看上去似乎准备回答问题，但是他太疲惫了，最终嘴里没有吐出任何话，默默地走出了大门。

一些法国人说达拉第肯定在恐惧明天的回程之行，他认为自己回到巴黎之后，一定会遭到暴民的抗议……他不仅使法国丧失了在欧洲大陆的主导地位，而且把法国在东欧的主要盟友出卖了。这一天对法国来说，简直是糟糕至极。[6]

与疲惫虚弱的达拉第相比，他的英国朋友张伯伦则是另一番心情。会议结束后这位英国首相大人欢天喜地、大踏步地走回了雷吉纳酒店的大厅。他有些困倦，不停地张着嘴打哈欠，不过与达拉第不同，很显然他今晚终于可以睡个安稳觉了。然而，当晚张伯伦还有另外一件烦心事要做，那就是拉着达拉第一起去见捷克斯洛伐克的代表，但首相大人似乎对此并不在意。他和达拉第与两位代表进行了简短的会谈，明确告知他们不要再向自己诉苦，要立刻接受希特勒的条件。

马萨日克后来写道："当天凌晨2点钟，我感到极度压抑，死刑判决最终还是下达了。"

看上去法国人为自己的所作所为深感愧疚，他们知道这样的背叛会对自己国家的声誉产生严重的打击。至于张伯伦，他稍做几句寒暄之后，就把协议内容给了马斯特尼，让他自己把里面的内容读一遍……

捷方接下来又询问了几个问题，但是，

张伯伦一直不停地打哈欠，没有表现出任何内疚的样子。我问达拉第总理和阿列克西·莱热秘书长[7]，捷克斯洛伐克政府是否需要就此协议内容做出一份正式公告或答复？很显然这个问题让达拉第深感窘迫，他没有回答。莱热秘书长则显得火急火燎，他回答说四位领导人没有太多的时间去等待了，而且他漫不经心地表示根本不需要什么正式答复，因为四位领导人已经默认这份协议被接受了。莱热告知我们，必须让捷克斯洛伐克政府在今天下午3点之前把代表派往柏林参与国际委员会，而且该代表还要于周六当天与德方讨论确定第一个地区疏散的全部细节工作。他还说，目前全世界的气氛都变得非常紧张。

莱热说话的语气非常粗鲁，作为一个法国人，他在说话的时候竟然没有使用一点请求或温和的词语。张伯伦首相在一旁还是继续打着瞌睡。他们拿出了第二张地图，与之前那张相比又做了一些细微的修改。之后他们就告诉我们会谈已经结束，我们可以走了。1918年一战后捷克斯洛伐克共和国所形成的疆界已经不复存在。

这漫长的一整天，让我筋疲力尽又痛苦压抑。我一路走回酒店，大口呼吸着夜晚的空气，希望新鲜空气能够扫除一点我的疲惫。默罗和怀特分别从伦敦和纽约给我的酒店房间打来电话，等我给他们回拨过去以后，我才知道我的老对手——全国广播公司的马克斯·乔丹今天的工作效率远远超过了我。29
日夜间 11 点，我播出过一次新闻，告诉美国听众会谈正在进
行，还透露了一些关键性的细节。然而之后乔丹凭借着自己公
司在德国境内的特权，早早地进入元首宫，而我和其他记者被
拦在了门外。乔丹装成一名德国官员，成功地拿到了协议的复
印件，然后直奔元首宫内专用的播音室，于 30 日凌晨 1 点钟
就把协议内容向国内做了广播，而我在半个小时之后才开始播
报。尽管默罗和怀特安慰我，说今天的工作完成得很好，我自
己却不能释怀。本来我的情绪就很低落，现在就更加难过了。

　　第二天早上，我的心情并没有变好。我得知张伯伦在达拉
第的支持之下，于今早在希特勒的私人官邸与他继续展开会
谈。张伯伦要求后者与自己签署一项英德之间的联合声明，他
之所以这样做，是经过理智思考的。首先，昨夜自己出卖了捷
克斯洛伐克，他必须让英国民众接受自己的行为；其次，签署
一份英德和平宣言完全符合英国民众对于和平主义的追
求目标。

　　很久以后，为此次会谈担任翻译的施密特撰写的回忆录面
世，描述了会谈时的场景。当时这位英国首相为了达到目的，
不惜对希特勒极尽阿谀奉承之辞，使出低劣的手段。尽管时间
已经过去半个世纪，但读到那些言辞，我还是有作呕之感。譬
如说，他声称"希望捷克斯洛伐克人不要再丧失理智去制造
新的麻烦"，如果他们不肯，则请希特勒在轰炸布拉格的时
候，"注意不要造成平民的大规模死亡"。对此，纳粹独裁者
回应，自己"一向注意保护平民，总是将攻击局限于军事目
标，而且他痛恨用毒气炸弹杀死婴儿"。

　　希特勒的伪善回复让张伯伦放了心，他的心情很好，就拉

着希特勒就各种所能想到的话题足足闲扯了一个小时。施密特
注意到元首的脸色越来越难看。最后张伯伦从口袋里掏出了自
己早已拟好的联合声明，邀请希特勒与自己一同签字。声明中
写道：

> ……我们认为昨夜签订的协定以及《英德海军协定》
> 象征着两国人民之间永远不愿重启战争。
> 我们业已决定采取协商的办法来处理可能与我们两国
> 相关的一切其他问题，而且我们决意继续努力以排除一切
> 可能的纠纷根源，从而为保障欧洲的和平做出贡献。

在施密特的印象中，希特勒签字的时候"是有些不情愿
的，他只不过是为了让张伯伦满意而已"。至于张伯伦，"他
极为热烈地感谢了元首，还专门强调这份声明给自己带来了巨
大的心理安慰"。

事实上，有了这张纸，张伯伦觉得自己所做的一切都是值
得的。当晚他返回伦敦，站在首相官邸的窗前，在手里挥舞着
那张纸向窗外热烈欢呼的民众宣扬：

> 我亲爱的朋友！这是我国历史上第二次有首相从德国
> 带回了光荣的和平。我相信这就是我们这个时代的和平。

1878 年，迪斯累里首相从柏林会议上带回了和平协议。
英国上下，从媒体到议会再到平民大众，无一不欢欣鼓
舞。他们把归国而来的首相视为英雄，《泰晤士报》甚至写
道："从战场上得胜归来的征服者没有一个戴着比这更高贵的

桂冠。"然而，海军大臣达夫·库珀辞职以示抗议。在接下来的下院辩论中，温斯顿·丘吉尔站起来发言，称"我们遭到了一场全面的、彻底的失败"。此言一出，大厅内响起了一片暴风雨般的抗议，丘吉尔只好被迫停了下来，一直等到抗议声渐渐平息。在随后的投票中，下院以 366 票对 144 票的绝对优势表示了对张伯伦的坚定支持。

德国民众也处于极度欢喜当中，两年前元首不费一枪一弹就轻松夺回了莱茵兰，今年春天又成功实现了德奥合并，现在又兵不血刃地获得了另一次重大胜利——希特勒在德国民众心中的威望日益增加，原本反对他为了苏台德地区而发动战争的军方现在对他更加服帖。然而讽刺的是，希特勒本人对于胜利并不满足。

慕尼黑会议后，希特勒便返回了柏林。沙赫特说他曾经听到希特勒在半路上抱怨："那个家伙（张伯伦）破坏了我进军布拉格的计划！"之后希特勒接见了军方将领，向他们吐露心声："我从一开始就很清楚，对于苏台德的疆域我并不满意，那只是部分解决方案而已。"

在我看来，慕尼黑会议结束之后的扫尾工作与这场会议一样充斥着卑鄙的谎言。所谓的"国际委员会"就是一出闹剧。只要涉及领土边界划定问题，该委员会一定是支持德国的要求，而且在那些各民族人口比例尚不明确的地方，也从未按照会议上的要求举行全民公投。至于德意承诺的等待捷克斯洛伐克境内的波兰和匈牙利少数民族问题解决之后，将对捷克斯洛伐克给予保证的诺言根本没有兑现；就连承诺要给捷克斯洛伐克的新边界提供安全保证的英法现在也拒绝承担责任。

这就是张伯伦先生所谓的"光荣的和平"。[8]

张伯伦对希特勒的屈膝投降实在毫无必要，这位纳粹独裁者原本已将自己置于孤立无援的困境当中，但是张伯伦的屈服挽救了他。不止于此，现在希特勒不费吹灰之力就获取了如此重大的胜利，他不仅巩固了自己在德国内部，特别是在军队中的权势——之前，德国军方的高级将领还曾密谋铲除他，现在却不得不承认自己是错误的——还在欧洲极大地提升了自己的地位，从今往后，欧洲各大国都不得不努力调整自己的政策以讨希特勒的欢心，那些曾经趾高气扬的西方民主大国现在却不得不满怀羞耻地低下自己的头颅。

如果没有慕尼黑阴谋，而希特勒按照原定计划侵略捷克斯洛伐克，那么事情会如何发展呢？我拥有关于苏台德危机的第一手报道资料，而且经过了长期的研究和思考，我相信我的结论是可以在历史中立住脚的。

大多数的德军将领相信，如果慕尼黑会议没有召开，希特勒一定会于10月1日命令军队向捷克斯洛伐克开战。那么接下来只有两种可能性。其一，哈尔德将军成功发动政变，希特勒被废黜；其二，如果哈尔德将军的政变失败，那么希特勒会照常发动对捷克斯洛伐克的战争，法国、英国，甚至包括苏联都会加入对德战争，德国必败无疑。我们应该都还记得，哈尔德将军和他的同僚反对的不是战争本身，而是反对发动一场德国必败的战争。

有一些人提出了下述观点为张伯伦和达拉第辩护，即慕尼黑谈判不仅避免了战争，而且使得英法两国免遭战争的失败。它把伦敦和巴黎从德国空军的轰炸下解救了出来，还为西方民主大国争取了一年的时间，使它们可以加快重新武装的进度，追赶德军的装备水平。然而，这类观点已经遭到有力的反驳，其中绝大多数证据来自德军将领，他们对于自己的军力水平最清楚不过。

许多德军将领甚至不确定德国陆军能否冲破捷克斯洛伐克边境的防御工事。不过他们非常确定的一件事情是，西线人数是自己十倍之多的法国军队可以轻易地攻破德国西部的防线，并且占领军事工业的核心地带鲁尔区。

埃里希·冯·曼施坦因将军是德国最成功的战地指挥官之一，他在纽伦堡接受审判时是这样告诉法庭的：

> 如果（1938年10月）战争爆发，不管是西部边界还是靠近波兰的东部边界，我们的能力都不足以有效地防守住这些地带。相比之下，捷克斯洛伐克人将会有效地抵抗我们的进攻，我们将会被他们的防御工事阻拦，因为我们缺乏突破工事的能力。

就连元首本人后来也被捷克斯洛伐克的防御能力震惊了，他曾经告诉国联驻格但斯克（但泽）的高级专员卡尔·布尔克哈特博士："慕尼黑会议之后，我们从捷克斯洛伐克的边境工事看到了他们的军事实力，我们为自己的所见后怕，我们曾经处于严峻的危险之中……现在我终于明白为何将军们当时总是敦促我保持克制了。"

张伯伦和达拉第之所以决定向希特勒屈服的主要原因之一就是他们内心的恐惧。在内阁成员、军队主要指挥官、大众传媒和普通民众的支持下，他们非常担心一旦战端再起，伦敦、巴黎以及英法国内的主要大城市都会遭到德国空军的无情轰炸。因此就有一些人提出了观点，认为张伯伦和达拉第的妥协是为了避免自己的国家惨遭轰炸。

可是，这种恐惧的理由真的有那么充分吗？

事实上一直在煽动对于德国轰炸机恐惧情绪的人，就是那位著名的美国飞行员——查尔斯·林德伯格，可是他本人只是一个民用航空飞行员，没有接受过任何真正的军事飞行训练，对于军事飞行知识也知之甚少。对于纳粹政府来说，这位年轻的美国飞行员实在是太好骗了，林德伯格曾经多次到纳粹德国进行访问，他们随便编造了一些谎言就让他相信，德国空军的实力已经超过英法苏捷四国空军力量的总和，这支队伍可以抹平欧洲所有的重要城市。尽管林德伯格并无足够的军事背景，但是他在西方享有很高的声望，他的意见引起了英法两国政府的高度重视，在相当程度上造成了张伯伦和达拉第在慕尼黑会议上耻辱地屈膝投降。

林德伯格完全错了。而且，如果说英法两国政府仅仅因为相信了林德伯格的话就决定屈服的话，那么这个借口也实在难以让人信服。让我们来看看 1938 年秋天，这支所谓的让人恐惧的空军部队究竟是怎样一种状态。事实证明，德国空军远远没有达到"孤鹰"林德伯格吹嘘的"不可战胜"的程度。

9 月 22 日，当张伯伦赶往戈德斯贝格与希特勒进行第二次会谈时，苏台德危机已经进入最关键的发展期。就在这一天，德国空军驻不伦瑞克第二大队的指挥官赫尔穆特·费尔米将军，按照德国空军的部署，向空军最高指挥部提交了一份备忘录，对于可能发生的英德空战进行了军情推演。费尔米将军的部队在战时主要负责在低地国家一带和英国的战斗。

事实上，这份报告预测的结局远远算不上乐观，在费尔米将军看来，如果德国空军不能在英国对面的荷兰、比利时和法国北部的沿岸地区获取空军基地，那么德国空军就根本无法有效地对抗英国皇家空军。从德国本土的机场起飞前往英国的距离实在过于遥远，最短的距离超过了 300 英里，如果再考虑到为了不侵犯低地国家的领空权而绕行的话，那么飞行距离将超过 400 英里。如此一来，一次攻击英国本土的往返飞行距离就超过了 600 或 800 英里。然而，对于德国轰炸机来说，当载弹量为 1000 磅的时候，其最大航程只有 430 英里，战斗机的最大航程则更短一些。除此之外，德国空军的飞行员也从未接受过任何有关远程战略轰炸的军事训练——他们平日的训练只是为了给德国地面部队提供空中支援。实际上，德国空军只是一支战术部队，而非战略力量（林德伯格显然没有弄清二者的区别）。费尔米将军在报告结尾总结道："按照目前我们所拥有的能力来看，要想通过发动一场战争就消灭英国，完全是天方夜谭。"[9]

如果说德国空军转为攻击巴黎与法国北部的一些城市，胜算可能会更大一些。这些城市都处于德国轰炸机的攻击范围之内，有的甚至处于战斗机的攻击范围之内。但这并不意味着德国 定稳操胜券。因为如果德国开始侵略捷克斯洛伐克，最初的几周，空军的注意力就必须完全置于东线战场，它必须一方面向地面部队提供支援，另一方面想办法摧毁对手。捷克斯洛伐克空军也并非待宰羔羊，很可能获得苏联的援助，后者可以迅速地通过两国边境将苏联制造的战机送往捷克斯洛伐克境内。费尔米将军说，这样一来，投入西线的空军就所剩无几了。或许法国空军的整体实力比较弱，但它的战斗机是非常强的。在这种背景之下，法国空军就很可能成功守卫巴黎以及法国其他北部城市。

最后还有一个问题，慕尼黑究竟有没有给英法赢得了 11 个月的时间，从而使它们在 1939 年 9 月第二次世界大战爆发之前可以加速自己重整军备的步伐，以缩小与德国的军事水平差距，处于更佳的战斗状态？张伯伦在垂死之际，就利用这一观点为自己以往的政策辩护。当然还有另外一种观点，那就是与慕尼黑会议那时相比，经过 11 个月的拖延之后，英法与德国的军事实力差距不是缩小了，而是进一步扩大了。

上述两种观点之间的争论一直很多。我认为，经过 11 个月之后，英国的确增强了空军防卫能力，但西方盟国的军事实力没能超越德国。它们已经失去战胜的基础。更重要的是，1939 年 9 月 1 日希特勒闪击波兰，西方国家的战略地位比慕尼黑会议时大大恶化了。

对此，丘吉尔曾总结道："有人说慕尼黑会议给英法赢得了一年的喘息时间，但是这一年让我们处于更加不利的地位；相比之下，希特勒的优势却比慕尼黑危机的时候增加了许多。"

慕尼黑会议之后，西方民主盟国的战略地位确实大大跌落了。捷克斯洛伐克在靠近德国的边境山区建造了极为坚固强大的防御工事，在工事后方部署了 35 个训练有素、装备精良的战斗师。正如德军将领自己承认的那样，如果德军从边境地带发动进攻，捷克斯洛伐克军队的抵抗将是坚固有效的。如此，其将牵制几乎全部的德国陆军和空军力量，法国则可以趁此大好时机迅速突破德国西线脆弱的防线，占领鲁尔工业主产区。只要鲁尔一落入他人手中，纳粹德国的军事机器就不得不停止运转了。

至于波兰，尽管其政府奉行姑息希特勒的愚蠢政策，但是一旦战争爆发，它还是会加入反对德国的阵营的。其原因有两点：首先，波兰和法国之间有军事同盟协定；其次，就算波兰的领导人再目光短浅、比猪还蠢，他们也会明白，一旦捷克斯洛伐克失守，德国三面包围，波兰的战略形势是无望的。

至于苏联会做何反应，我想是很难确定的。尽管斯大林对西方民主大国并不信任，而且张伯伦和哈利法克斯将苏联隔绝于慕尼黑会议之外的做法一定让他心生愤恨，但我相信，一旦捷德战争爆发，斯大林一定会迅速地在军事物资上援助捷克斯洛伐克人。而且等到英法也加入战争后，斯大林一定会派遣大批的空军部队进驻捷克斯洛伐克的机场，最后甚至会加入直接对德的战争。因为对于斯大林来说，只要希特勒这个狂热的反共产主义者一天不死，他就始终是共产主义苏联的心腹大患。

因此可以说，与 1938 年 9 月相比，1939 年 9 月英法所面临的战略环境要艰难得多。

然而，这还不是问题的全部。慕尼黑会议使苏联对以英法为代表的西方民主联盟产生了极坏的印象，到了 1939 年夏天，就在第二次世界大战正式爆发前的最后几天时间里，希特勒还从苏联获取了大量的工业原材料和原油。对于斯大林而言，苏联不仅在慕尼黑会议上被排除在外，而且苏联对捷克斯洛伐克原本负有军事保障的义务，苏联作为一个重要的军事和工业大国，在战时对西方盟国具有重要的战略价值，现在却被英法两国赤裸裸地抛弃了。斯大林由此得出了重要的结论，既然英法可以玩讨好德国的游戏，那么苏联当然也可以。《慕尼黑协定》签订四天后，德国驻莫斯科大使馆的一位顾问向柏林发回电报，称《慕尼黑协定》的签订在莫斯科引起苏联政府内部的气氛突然发生了转变，斯大林可能很快会得出结论，并且从此开始对德国"抱有更积极的态度"。这是苏联对德态度转变的第一步，在未来给英法带来了灾难性的后果。

然而，当张伯伦和达拉第回到祖国时，迎接他们的是民众对于胜利的欢呼声，他们被冲昏了头脑，因此从来没有意识到自己在慕尼黑会议上的屈服将会给自己的国家带来多么严重的后果。事实上，从《慕尼黑协定》之后，这位虚荣的英国首相就一直吹嘘自己为创造和平立下了汗马功劳（相比之下达拉第要收敛一些）。直到最后他才明白那座和平大厦不过是自己的一厢情愿而已，大厦最终的崩塌也毁灭了张伯伦的人生与声誉。不过值得赞扬的是，张伯伦在最后一刻还是觉醒了，一些比他更加现实清醒的内阁成员促使他认清了现实。

然而这一切都已经太迟了。

《慕尼黑协定》签署之后，我跟随德国陆军进入了苏台德地区，我心情很不好，以至于无法进行专业报道，这是我成为新闻工作者以来从未出现的事情。德军的新闻审查制度极为严格且愚蠢，我在当地一次新闻播报也没有做成。最后我和默罗决定在巴黎见面，用我自己在日记里的话说就是："我只能用香槟酒来为自己浇愁了。"

然而巴黎现在也已经变了味道，这座伟大而富有文明气息的城市，曾经深得我的热爱，如今却成了"一座令人恐惧的城市，人们完全倒向了失败主义的怀抱，对于法国的状况毫不关心"（我在日记中写道）。慕尼黑会议之后，法国人为自己躲过了一场战争而欣慰，我可以理解这种心情，然而更令人难以想象的是，法国人竟然相信卷入战争本身就是一种罪恶。不管是媒体记者、政客，还是我与之交谈的平民百姓，他们对慕尼黑会议会给法国带来的灾难性后果一无所知。他们没有意识到，当年法国通过1914—1918年的浴血奋战在欧洲建立起的军事地位已经毁灭殆尽。因为人口总数和工业产值仅相当于纳粹德国的一半多，多年来法国一直努力通过拉拢东欧的小国来塑造一个强大的军事联合体，捷克斯洛伐克、波兰、南斯拉夫、罗马尼亚都成了法国的重要盟友。现在法国无情地抛弃了捷克斯洛伐克，剩余的盟友一定会重新审视往昔的协议。法国曾经白纸黑字地保证一旦盟友遭遇攻击，自己一定会尽全力援助。现在谁还对这种诺言抱有信心呢？

我犹豫着在日记里写下了这样的话："法国已经没有任何吸引我的地方。"

尽管我和默罗整日借酒浇愁，但我们的心情没有好转。天生就面容阴郁的默罗，现在看起来比我当初刚认识他的时候更加愁眉苦脸。他当初前往伦敦工作就是因为热爱英国，现在这个国家却让他失望之至。不过他还是给我带来了一点点好消息：经过苏台德危机之后，纽约总部开始重视新闻广播了，这对我们的个人发展和广播事业都是一个好消息。

佩利在纽约为我们的工作兴奋，他给默罗发电报，通报了一些统计数据。在过去不足三周的时间里，哥伦比亚广播公司就捷克斯洛伐克危机问题做了近500次广播，其中超过100次都是来自欧洲的现场报道，其中还包括我和默罗组织的14次新闻连线播报。佩利确信我们的报道超过了任何一家竞争对手。我和默罗在巴黎收到了佩利的电报，上面写道："哥伦比亚广播公司有关欧洲危机的报道比所有竞争对手做得都好，这可能也是广播史上最成功的一次任务。"

11 月 11 日，我飞往华沙去报道纪念波兰共和国成立二十周年的活动。波兰人和纳粹德国狼狈为奸，从已经支离破碎的捷克斯洛伐克那里夺走了另外一小块领土。我很有兴趣去看看，波兰人是否意识到自己已经成为希特勒的下一个猎取目标。结果证明，很显然，负责对这个国家实行半军事化独裁统治的军头们，完全没有清晰地认识到这个问题。

我在日记里总结道："波兰人是一个欢乐的、极度浪漫的民族，我在这里享用了许多美食和美酒，还与他们唱歌跳舞；但是他们也全然缺乏务实作风，譬如说，他们竟然对希特勒大加信任。"

《纽约时报》驻莫斯科的著名记者沃尔特·杜兰蒂当时也在华沙出差。有一天夜里，外面下着漫天大雪，我们去了很多家俄式咖啡馆，喝了一夜伏特加，将波兰人的愚昧无知抛在脑后。

然而，我对于波兰事务的兴趣很快就被教皇的消息打断了。离开波兰之后，我又去了贝尔格莱德，在那里报道南斯拉夫二十年国庆。我在那里收到了公司总部电话，说教皇庇护十一世已经重病垂死，让我立刻赶到罗马。挂了电话后，我立刻去找赛·苏兹贝格，他是《纽约时报》的记者，我们之前刚刚在一场鸡尾酒酒会上认识，我努力说服了苏兹贝格帮我顶班做一下今晚的播音，然后我就飞奔坐上了当晚前往罗马的火车。我已经提过，上一位教皇归天之时，广播业还没有发展，这次如果能够通过广播对教皇归天进行报道，又将是广播史上一件大事。任务充满了挑战，我充满了期待。到达罗马之后，我花了足足一周的时间和梵蒂冈教廷以及意大利广播公司进行有关设备安装的磋商，但是已经 81 岁高龄的庇护十一世，尽管患有极其严重的心脏病，却一直拖着不肯去见上帝。

12 月初我再次返回巴黎，去迎接从美国回来的特斯和艾琳，不过我还得去报道一件让人厌恶的外交事件。比蛇还滑头、令人厌恶的法国外长乔治·博内在极力怂恿达拉第签署了《慕尼黑协定》之后，现在又要出了一个新花招。为了让外界宽恕法国的背叛行为，他决意模仿英国首相张伯伦，邀请德国外交部部长里宾特洛甫，来巴黎签署一项"好邻邦"宣言。两国政府在声明中表示两国间以往一切的领土争端都已经解决，未来如出现任何新的分歧——在过去数百年间这些类似的分歧总是将两国引向战争——都必须通过磋商解决。

我在日记里写道："这可真是一出十足的滑稽戏！"除了博内这种蠢人，还有谁会相信希特勒能够信守这样的诺言？

另外我还注意到，巴黎城从慕尼黑会议后的投降主义情绪中稍稍恢复了。博内为里宾特洛甫准备了各种各样的欢迎仪式，但是每到一处，大街上都空空荡荡。除此之外，法国议会两院的议长，几个内阁部长，以及政治、商业、文学界的许多大佬和社会名流，都公开宣称自己不会参与任何有关欢迎德国外长的公共活动。法国人的重新觉醒让我感到欣慰许多。

除此之外，再与妻儿重聚，也让我的心情好了很多。12 月 15 日，特斯和艾琳终于从美国抵达了巴黎，我们一家三口一起回到了日内瓦，共同度过了一个愉快的圣诞节。按照惯例，我和特斯坐在一起，把过去一年里经历过的大事重新梳理了一遍：我们迎来了第一个孩子，德奥合并，从维也纳飞往日内瓦的痛苦航程，以及苏台德危机和慕尼黑阴谋的耻辱。

我在日记里写道："和往常一样，我和特斯都在想新的一年里又会发生什么。"

不过经历了德奥合并和慕尼黑阴谋之后，我和特斯对于新的一年并不抱什么美好的期望。然而，我们没有想到，我相信地球上的每一个人也都没有想到，在随之而来的新的一年里，世界上发生了如此恐怖的事情，生灵涂炭，万物凋敝。

尾　注

[1] 我注意到，在希特勒冗长而充满激情的演讲中，他专门停下来三四次，强调这次纳粹党集会是有史以来第一次"更伟大的德意志"的纳粹党集会，因为兼并了奥地利，使"伟大的德意志"变成了"更伟大的德意志"。事实上，这次所谓的"更伟大的德意志"的纳粹党集会不仅是历史上的第一次，也是最后一次，它也是纳粹党历史上最后一次全国年度大会。希特勒曾经策划将新一届的党大会和游行更名为"纳粹党和平集会"，于 1939 年 9 月初举行。但集会再也没举行过。

[2] 我相信，张伯伦一定不是被希特勒说服了，而是被他愚弄了。直到很久以后通过秘密文件，我们才知道希特勒如何成功地哄骗了这位年迈的首相。张伯伦前往贝希特斯加登之时，原意是希望提出一项妥协方案，使捷克斯洛伐克可以完整保留边境线上的防御工事，但是希特勒一番天花乱坠的蒙骗之后，张伯伦没有再提起此事。他表示"个人"接受希特勒有关苏台德地区从捷克斯洛伐克"分离"出来的要求。希特勒继续恐吓说自己早已决意对捷克斯洛伐克动武，但是看在首相大人的面子上，他决定在"未来几天"继续保持克制。事实上，通过秘密文件我们知道，德国陆军当时根本尚未做好准备，他们要到两周以后，也就是 10 月 1 日才能做好入侵捷克斯洛伐克的各项准备。不过，也许希特勒最成功的骗术就在于他竟然在第一次会面上就让张伯伦对自己产生了信任感。张伯伦给姐妹写信称："我对这个人（指希特勒）的印象是，尽管第一眼看上去很强硬粗鲁，但我相信他是一个言出必行的人。"

[3] 当天下午，希特勒接待了一个由张伯伦专门派到柏林的英国公
使——霍勒斯·威尔逊爵士，目的就是向希特勒转交一封张伯
伦的紧急亲笔信。张伯伦在信中恳求希特勒克制，不要诉诸战
争，并且表示希特勒一定可以通过非战争手段获取苏台德地
区。然而，希特勒利用这个场合突然发怒。

施密特博士当时开始翻译张伯伦的信件，张伯伦在信件开
头就提及捷克斯洛伐克拒绝了德国的要求，施密特博士刚刚翻
译到这里，希特勒就突然跳了起来，径直走向门口，边走还边
大声怒吼："从今以后再也没有协商的必要了！"

施密特博士在战后的回忆录中写道："这是我一生中经历
过的最痛苦的场景，在我的印象中，这是元首第一次也是最后
一次完全丧失了理智。这个独裁者最终还是扭头走回了座椅，
但是他不断打断我的翻译，声嘶力竭地怒吼：'你们竟然把德
国人当作黑鬼一样对待！……10月1日那天我一定会把捷克斯
洛伐克弄到手的！如果法国和英国要抗议的话，就让他们抗议
去吧！我什么都不会在乎的！'"

威尔逊爵士临行前，张伯伦曾交代他，如果希特勒读完信
之后仍然坚持威胁诉诸战争的话，就要额外带话给他，一旦捷
克斯洛伐克与德国处于敌对状态，如果法国决定承担支援捷克
斯洛伐克的义务，那么英国将有支持法国的义务。然而，面对
暴怒的希特勒，缺乏经验的威尔逊爵士被吓坏了，没敢把这条
口信告诉希特勒。

[4] 不管是在当时，还是之后，我都没有明白张伯伦谈及的德国延
后"动员令"的话究竟是什么意思。事实上，当天德国武装力
量早已全部动员起来，只不过没有对外公布，但是张伯伦作为
首相不应该不知道德军已经动员完毕的事情。

[5] 第二天，当张伯伦坐上飞往慕尼黑的飞机之后，外交大臣哈利
法克斯留在伦敦试图安抚苏联。他邀请苏联驻伦敦大使伊万·
麦斯基前来会谈，并解释苏联被排除在慕尼黑会议之外一事非
英国人的意愿。

哈利法克斯声称："我们所有人必须面对现实，而你也知
道，现实之一就是德意两国首脑不愿意在那个场合与苏联代表
同坐一桌。"

麦斯基则询问哈利法克斯，捷克斯洛伐克政府的代表是否
会参与慕尼黑会议。对此，哈利法克斯回复道："事情是这样，

首相大人非常清楚自己在代表谁说话，也会尽自己的最大努力为当事国做考虑。"

无耻的谎言！

[6] 事实上，达拉第总理根本无需恐惧。第二天，当他的专机降落在巴黎布尔歇机场时，他受到了盛大热情的欢迎。回总理官邸的路上，成千上万的巴黎市民站在路边向他欢呼。据说他本人都无法相信这究竟是怎么一回事。

[7] 阿列克西·莱热，生于瓜德罗普，父母均为法国人。从1932年开始他就在法国外交部担任秘书长，在两次大战期间，他对法国外交政策的形成有重大影响。他有另一个名字叫圣-琼·佩斯，以此为名他成为杰出的诗人，1960年他获得诺贝尔文学奖。

[8] 丘吉尔曾经告诉张伯伦："你本有机会在战争和受辱中选择，你选择了受辱，那么你将得到战争。"

[9] 读到这里，很多朋友一定会问，那为什么两年之后，德国空军就能够对伦敦进行野蛮的大轰炸呢？答案就是，到1940年7月德国开始轰炸英国时，它已经夺取法国、比利时和荷兰在北海沿岸靠近英吉利海峡的港口，轰炸英国所需的飞行距离大大缩短，狭窄的英吉利海峡也使英国人不能有效地从海上防守领空。

让 我 们 一 起 追 寻

20th CENTURY JOURNEY: THE NIGHTMARE YEARS: 1930-1940 By WILLIAM

L. SHIRER

Copyright: ©1984 BY WILLIAM L. SHIRER

This edition arranged with DON CONGDON ASSOCIATES, INC.

through BIG APPLE AGENCY, INC., LABUAN, MALAYSIA.

Simplified Chinese edition copyright:

2020 SOCIAL SCIENCES ACADEMIC PRESS(CHINA), CASS

［美］**威廉·夏伊勒** 著

戚凯 —— 译

人生与时代的
二十世纪之旅

20th CENTURY JOURNEY Volume 2

A Memoir of a Life and the Times

回忆 （第二卷）
［下］

WILLIAM L. SHIRER

噩梦年代
1930—1940

THE NIGHTMARE YEARS: 1930-1940

社会科学文献出版社

SOCIAL SCIENCES ACADEMIC PRESS (CHINA)

目 录

第四篇

第二次世界大战的
到来：1939—1940

第十四章
残存数月的和平：1939

1939 年早春，希特勒再次出手了。1939 年 3 月 15
日，天刚蒙蒙亮，他便调遣部队占领了捷克斯洛伐克剩余的领
土，他兑现了当初的威胁，终于把捷克斯洛伐克从地图上抹去
了。从此，中东欧地区最后一个残存的民主政权也消失了。本
来我应该迅速前往布拉格去获取第一手报道资料，但我因为极
度沮丧而未能成行，我待在日内瓦，在日记上写道："我的心
几乎要碎了。"

与此同时，教皇去世，梵蒂冈忙于选举新教皇，这一重
大新闻占用了我全部的时间，我自己又不幸患上流感，这可
能是我人生中最严重的一次感冒，它把我折腾得筋疲力尽。
除此之外，我和默罗讨论过我是否该飞到布拉格去报道的问
题，我认为德国军队严格的新闻审查制度不会允许我以任何
言辞、任何方式报道他们占领捷克斯洛伐克的事实。即使在
遥远的巴黎，令人厌恶的法国外长乔治·博内也要求对我的
广播稿加强审查。他非常担心如果不这样做的话，很可能会
触怒纳粹。

由于一直在梵蒂冈忙于报道罗马教皇的更替问题，我没有
密切跟进布拉格和柏林方面的事态发展。但 3 月 9 日我在罗马
所写的日记上确实提到了这点："一场暴风雨正在酝酿，它意
在掠取可怜的捷克斯洛伐克的剩余领土。"

> 哈查，这个虚弱的小个子总统[1]（伟大的马萨里
> 克总统和能干的贝奈斯总统的继承者）已经宣布在斯
> 洛伐克实行戒严令，并解散了以蒂索神父（总理）为
> 首的斯洛伐克内阁。不过据我所知，蒂索神父是柏林

方面的人……

此前希特勒刚刚提拔蒂索进入高层工作，所以我相信他不会接受此时布拉格对这个矮胖天主教教士的抛弃。

对此我有所深思："德国和意大利从未在慕尼黑会议上对残存的捷克斯洛伐克做任何保证；这样做很奇怪，或者并不奇怪？"我就此事询问了意大利外交部，被告知希特勒正在信守诺言。

墨索里尼的女婿齐亚诺身边的某位追随者和我开玩笑说："希特勒仍然认为布拉格政府犹太色彩太浓，布尔什维克的色彩也很浓，还太民主。"但事实是，我在慕尼黑会议期间就有强烈的直觉，希特勒从未做出任何承诺。在罗马，墨索里尼正在为他邪恶轴心伙伴的厚颜无耻而窃笑不已。

几个星期前，我的确亲眼看到墨索里尼在内维尔·张伯伦的背后窃笑，那是1月11日，张伯伦和哈利法克斯抵达罗马拜访墨索里尼。我当时正在火车站，墨索里尼和他的外交部部长女婿齐亚诺抵达那里准备迎接客人。我在日记中记下了当时的场景：

> ……与我在慕尼黑看到的样子相比，此时的张伯伦更为敏捷，也更加自负，他走下台阶，手中握着他的绅士伞，向墨索里尼邀请来欢迎他的英国侨民频频领首。墨索里尼和齐亚诺穿着黑色的法西斯制服，在两位客人身后随行……墨索里尼一直保持着假面的笑容。当他从我身边经过时，他正和他的女婿开玩笑说俏皮话。

我注意到墨索里尼看起来"更苍老、更粗俗，脸变胖了"。

> 我在罗马当地的线人告诉我，墨索里尼当时正在和一位 19 岁的金发的年轻女性有染，他将情妇安排在他官邸对面街上的一栋别墅里。因此，他之前的活力和对政务的专注度都开始下降了。

我第一次听闻关于领袖最新情妇的韵事。芳龄 26 岁的克拉拉·贝塔西小姐是一位梵蒂冈内科医生的女儿，美丽活泼。六年前墨索里尼和她陷入爱河，直至悲剧收场时她都一直对领袖保持着忠贞之爱。与此同时，对于希特勒的情妇，我却不清楚具体是何人。至少对我而言，这个秘密被保守得非常好。

3 月 14 日，我从罗马回到日内瓦，在广播里听到斯洛伐克宣布所谓"独立"的新闻，并在日记里草草记下了此事，我还在旁边加注道："捷克斯洛伐克的残余领土就是这样消逝的。"很明显，希特勒在通过一系列动作以实现最后全部的接管。那天晚上我在日记里做了这样的总结：

> 广播说捷克斯洛伐克总统哈查和外交部部长赫瓦洛夫斯基今晚抵达柏林。他们是想挽救残局吗？

这两个可怜的人被希特勒残酷地玩弄于股掌之间，他们的柏林之行充满了痛苦，最终得到的结局却不过是捷克斯洛伐克作为一个国家的消亡。从凌晨 1 点 15 分到 4 点，希特勒以及他的得力助手戈林、里宾特洛甫和凯特尔元帅，视哈查和赫瓦洛夫斯基为囊中猎物，极尽恐吓威胁之事，声称要把布拉格炸为碎片，并扫清捷克斯洛伐克，还说如果捷克斯洛伐克人民不能立刻投降，就会把他们"全部诛杀"。希特勒说他已经下达命令，德军将会于早上6点被派遣到波希米亚和摩拉维亚地区，至于捷克斯洛伐克，希特勒解释道："它将会和第三帝国合并为一体。"

保罗·施密特是这次会谈的翻译员，他注意到，哈查和赫瓦洛夫斯基坐在那里呆若木鸡，只有他们转动的眼睛"显示出他们还活着"。

希特勒、戈林和里宾特洛甫的进一步威胁，把哈查和赫瓦洛夫斯基从痴呆状中惊醒。某位当时在场的人员后来把现场情况告诉了法国新任驻柏林大使罗贝尔·库隆德尔，据罗贝尔转述："场面极为可怜。文件已经草拟好，就放在谈判桌上，他们不断用语言恐吓哈查和赫瓦洛夫斯基，并且将签字笔塞进二人手中，强迫二人签字，而且反复强调，如果他们胆敢拒绝，那在接下来的两个小时里一半的布拉格城就会被炸为一片废墟……"

就在这个时候，施密特说他听到戈林在大喊："哈查昏过去了！"

过了一会儿，这群纳粹恶狼担心再这样下去，可怜的捷克斯洛伐克总统可能会吓死在自己手里。如施密特所说："如果真发生了这样的事情，那明天全世界都会认为捷克斯洛伐克的哈查总统在德意志第三帝国的总理府里被谋杀了。"

戈林大声呼喊着让医生快来。然而赶来急救的是希特勒笃信的江湖游医特奥多尔·莫雷尔，他尤其擅长所谓的肌肉注射疗法（这一疗法在很久之后差点害死了希特勒）。他在刹那之间向哈查的胳膊注射了一针，并使其苏醒了。然而短短几分钟之后，这位年迈体衰的捷克斯洛伐克总统又晕了过去，莫雷尔再次对其进行了注射疗法，这次哈查苏醒得十分彻底。彻底到了怎样的一种程度呢？据现场一位目击者称，哈查蹒跚着走到了表情冷峻的希特勒身后，在标志着祖国灭亡的协议上签上了自己的名字。这份外交协议极为随意，它是在哈查到达柏林前根据那位纳粹大独裁者希特勒的口述草草拟就的，然后竟然是在哈查昏厥期间才匆忙翻译为捷克语的！

这份协议应该是卑鄙的纳粹领导人所炮制出的最厚颜无耻的文件之一。文件称："捷克斯洛伐克的总统为了恢复中欧地区的宁静、秩序与和平，于是充满信心地宣布将捷克斯洛伐克人民和国家交付于德意志第三帝国的元首手中。元首接受这一决定，并且表示自己有完全的意愿将捷克斯洛伐克人民置于德意志第三帝国的保护之下。"

尽管我对纳粹的谎言伎俩早就见怪不怪，但是第二天当我从柏林电台中听到这些文字时，我仍然无法遏制自己的愤怒。就在广播的同时，德国军队如潮水般涌入满目疮痍的捷克斯洛伐克而没有受到任何抵抗，戈林的轰炸机部队也占领了当地的飞机场。对捷克斯洛伐克的占领标志着希特勒强词夺理和巧言令色的欺骗能力达到了一个全新的高度。

希特勒的某位秘书后来描述了元首在协议签字后是如何欣喜若狂。他奔向自己的办公室，在凌晨4点钟拥抱在场的每一位女性，并且宣称："孩子们，这是我生命中最伟大的一天！我会和最伟大的德意志一样永垂青史！"

这是希特勒第一次侵略并占领了一个不属于日耳曼民族的

独立国家。在苏台德地区他获取了 300 万拥有日耳曼血统的苏台德人口，和奥地利的合并又给他带来了 600 万奥地利日耳曼人。现在捷克斯洛伐克成为他获取的第一个斯拉夫国家。

3 月 15 日夜幕降临之时，德国陆军和空军已经完成他们对波希米亚和摩拉维亚的占领，没有遭遇任何反抗。那天夜里，阿道夫·希特勒，这个往日维也纳街头的小流浪汉，带着和许多维也纳人一样的对捷克斯洛伐克人的轻蔑情绪，在曾经属于波希米亚国王的哈德斯琴城堡，傲视脚下的莫尔道河，之后安然入睡。在离开柏林前，他对德国人民发表了一通气势恢宏的讲话，讲话里充斥着"过度野蛮"和"恐惧"的无聊谎言，他宣称正是由于捷克斯洛伐克人的野蛮使德国人民感到恐惧，因此他不得不对此做个了断。他声嘶力竭地呼喊着："捷克斯洛伐克人，从此不再存在于世间了！"

第二天早晨，希特勒在哈德斯琴城堡宣布"波希米亚和摩拉维亚成为第三帝国的保护国"。他歪曲历史的宣言可以说达到了新的高度。

> 数千年以来，波希米亚和摩拉维亚地区的诸省一直是日耳曼民族生存空间的一部分……捷克斯洛伐克人表现出的只有他们一贯不适合生存的能力，也因此堕落至今，造就了事实上的分崩离析。德意志第三帝国不能容忍来自这一地区的持续骚扰……因此德意志第三帝国依照自我克制的原则，决意对这一地区予以决定意义上的干涉，以达到在中欧地区重建理性秩序之基础的目的。数千年来的历史已经证明，多亏了日耳曼民族的伟大和优越，它是被天命召唤前来独自执行这项任务的。

从这里可以看到，不仅仅是这位纳粹的大独裁者拥有狂妄自大的崇高优越感，他的人民也同样如此。对于希特勒这番愚蠢而狂妄的宣言，他们欢呼雀跃，为元首夸赞本民族所谓的伟大而欢呼不已。没有一个德国人对于自己国家赤裸裸的侵略行径和狡诈欺骗持反对的声音。对捷克斯洛伐克人而言，德国人的野蛮铁蹄最终在一夜之间踏上了自己的国土。

3月16日当天，希特勒又攫取了斯洛伐克。按照他罗织的谎言，斯洛伐克将会在他的"保护"下获得所谓的"独立"。而且他这样做是为了满足斯洛伐克人的"请求"，有关的请求草案早就在柏林草拟完毕了。至此，整个捷克斯洛伐克成了希特勒的囊中之物，他又开始筹划下一次军事进攻了。

虽然在《慕尼黑协定》时，英国和法国保证在捷克斯洛伐克受到侵略时会给予援助，然而此时，他们背信弃义，连一丁点拯救捷克斯洛伐克的努力也没有做。张伯伦厚颜无耻地默然接受了希特勒的举动，他告知下院："斯洛伐克的独立宣言解决了他们的内部分裂问题，而原本这一潜在的争端是需要我们给予外部保证的。国王陛下的政府不应该让自己再被这些义务束缚。"

张伯伦心知肚明所谓的捷克斯洛伐克的"内部分裂"完全是希特勒一手制造的。然而事实上，这位首相甚至告知下院，他绝不会说"希特勒已经食言"这样的话。

实在很难相信，在事态已经发展到如此严重的地步时，堂堂大英帝国的首相会卑躬屈膝地说出那样的话，然而这还不是最恶劣的。张伯伦在谈到希特勒时甚至宣称："我常常听闻有关希特勒违反誓言的指控，但是今天我不愿意将自己与任何有关他的指控联系在一起。"

法国方面至少还向柏林提出了象征性的抗议，然而张伯伦首相甚至连这种表面上的抗议也没做出。不过他的确撰写了一份笔记，送到日内瓦，希望就此事做出一些稳健的评论。他的语言令我作呕：

> 国王陛下的政府无意干涉一件只是他国政府较为关切的事务。德国政府对于自身近期在欧洲付出的一切努力及其成功一定是满意的，因为这些问题一直是他们深度关切的，而他们的努力使欧洲重建了信心，紧张局势也得以缓解。任何会导致中欧地区整体信心失落的行动都必然会使德国政府深感遗憾……

首相大人竟然只字未提当天究竟发生了什么！对于他而言，希特勒占领捷克斯洛伐克的军事行动只不过是小事一桩。

然而，令所有盟友和敌人都感到惊讶的是，张伯伦又在突然之间觉醒了。他感知到了一些刺激。大多数的英国媒体（甚至是《泰晤士报》）和下院的许多议员对希特勒的这次野蛮举动表示愤怒，要求以强力回应，这让张伯伦感到意外。他的内阁大臣中，有一半阁员在哈利法克斯的带领下反对他。

首相大人原计划于3月17日，即他70岁生日的前夜在家乡伯明翰发表一场演讲。之前他花费了不少时间来草拟演讲稿，讨论的绝大多数是内政问题。一开始，希特勒对捷克斯洛伐克的占领都没能让他决定改变演讲主题。直到16日，约翰·西蒙爵士代表政府就布拉格所发生的事情发表了一场极为敏感的演说，根据我所看到的媒体快报，当时整个下院已经成了"罕见的、满是怒火的汪洋"。

但是 17 日，也许就是在前往伯明翰的火车上，首相大人经历了一次很大的思想觉悟。他临时抛弃了之前准备好的演讲稿，迅速地做了一份新的演讲备忘录。[2] 他的讲演不仅为国内所聆听，也通过广播被世界各地人听到（我当时在日内瓦通过广播收听到他的演讲）。他在演讲中为自己前日向下院所做的"十分克制和谨小慎微……在某种程度上冷酷客观的声明"感到抱歉。

他宣称："我希望今天晚上可以对那个声明进行纠正。"

接下来他剖析了自己是如何忽视这样一起严重事件的。他最终意识到希特勒欺骗了他。那个纳粹大独裁者反反复复向他保证苏台德地区是自己最后的领土要求，声称自己"绝不觊觎捷克斯洛伐克的领土"。现在希特勒完全违背了自己的诺言，"他自己随心所欲地玩弄法律于股掌之间"。听着张伯伦的广播讲话，我开始坐起来了。仅仅两天前，张伯伦还在下院表示自己不会与任何有关希特勒的指控联系起来。

现在他却在大声谩骂那个他长期信任的人。如果说捷克斯洛伐克确实存在骚乱，而希特勒正是以此为理由占领了当地，那"如果没有希特勒的煽动，这些骚乱又如何会发生呢"？

这是一个旧的冒险历程的终结，还是一段新征途的开端呢？这是最后一个遭遇如此攻击的蕞尔小邦呢，还是继续会有下一个受害者？如果真是如此，那他们是不是准备朝着武力征服全世界的方向前进？

张伯伦宣称："如果德国人以为，我国认为战争是一件愚蠢而残酷的事情因此已尽失血性，以至于在受到挑战的时候也不会尽其全力予以抵抗，那就大错特错了。"

这次讲话对张伯伦和希特勒而言，而且对那段历史而言，是一个具有重大决定意义的转折点。德国驻伦敦大使赫伯特·冯·迪克森在听到讲话后，试图提醒元首注意此事，他第二天电告柏林："沉浸在伦敦对德国的态度尚未发生根本转变的错觉中，是错误的。"

两周后，张伯伦将自己的观点表达得更为清晰。3 月 31 日，也就是希特勒进入布拉格 16 天后，这位大英帝国的领导人在下院发表了一个至关重要的声明。

> 一旦发生任何威胁波兰独立的行动，在该情势下，一旦波兰政府认为利用本国军队抵抗这些侵略行动是必需的，那么国王陛下的政府将会毫不犹豫地向波兰政府提供一切需要的支持力量。国王陛下的政府已经向波兰政府提供保证。我可能还要强调，法国政府也授权我做出声明，他们和我们对于此事的立场是完全一致的。

内维尔·张伯伦，这个已经对纳粹的威胁无视许久的大英帝国首相，现在终于重新睁开双目了。他非常清楚，在奥地利和捷克斯洛伐克之后，下一个出现在纳粹侵吞名单上的小国就是波兰。

张伯伦的突然举动一开始令希特勒惊讶，之后便是暴怒。当他听到这个消息时，他正和德国情报部门的头子，即海军上将威廉·卡纳里斯待在一起。据卡纳里斯后来汇报称，元首勃然大怒，拳头重击大理石桌面，面部因愤怒变得扭曲，大声嘶吼着："该死的英国佬，我要他们吃不了兜着走！"

我迅速飞到柏林以了解这个疯子的反应。4月1日周六，也就是希特勒听到消息后的第二天，他在威廉斯港借出席"蒂尔皮茨号"战列舰下水仪式的机会公开发表了一次讲话。我安排哥伦比亚广播公司实况转播这一讲话，而我坐在德国广播公司的控制室里，一边介绍希特勒的讲话，一边监控信号的传输情况。柏林方面则对元首的讲话录音，准备稍后向全国播放。以往元首的讲话一直是现场直播，这次颇不寻常。

这个大独裁者很少在线路切断之前就开始讲话，这是前所未有的事情。但我仍然从设备里听到当时在威廉斯港希特勒身边有些很活跃的官员——听声音好像是戈培尔——正在命令工作人员立刻执行元首的命令，切断对哥伦比亚广播公司的广播信号传输。戈培尔说，传输可以晚点再进行，德国人需要先通过录音做自己的广播。

我对传输信号被切断表示了极为愤怒的抗议。我向德方工作人员指出，在元首一个句子尚未说完的情况下就切断了广播，会导致美国听众怀疑元首是不是被突然暗杀了。当然我知道我只是浪费自己的唾沫而已，在德国，没有哪个人敢拿自己的项上人头开玩笑去违背这位大独裁者的命令。我建议德方掌管此事的官员做个声明，或者由我本人做出声明，告诉美国听众广播突然中断是因为出现了技术问题，希特勒本人仍在继续发表演讲，我们可以听见他的咆哮声通过电话线流入录音机，这样可以制止任何谣言。但该官员拒绝了我的提议。在控制室的每个人都变得歇斯底里。

大概等了足足有15分钟之后，哥伦比亚广播公司的新闻部主任保罗·怀特着急地从纽约给我打来电话，问我为什么希特勒的讲话突然被切断了，并且说关于希特勒已经被暗杀的消息传遍了整个美国国内。

我告诉保罗："什么事情也没有发生。"

保罗问道："你是怎么知道的？"

"因为我在电话线路里听到他在威廉斯港继续发表演说呢。"

"那你可以把线路切进去，让我亲自听一小会儿他的声音吗？"保罗提出了要求。

我请示了一下满头烦乱的德国官员，他们纷纷摇头。

我只好继续对保罗说："保罗，我不可以把线路切进去。不过你大可放心，我说的都是千真万确，希特勒活得好好的。我确实听到了他的声音，很响亮，也很清晰。他现在确实在威廉斯港继续他的演说呢。"

保罗充满焦虑地问道："你现在在那儿说话方便吗？"

"当然。"

"那你告诉我为什么他的讲话被切断了。"

"保罗，我不知道原因，我只知道这个命令是希特勒本人下达的。"

我怀疑希特勒可能是担心自己在如此紧张的时刻不能很好地回应张伯伦。在我的记忆里，这还是第一次。而录音在任何时候都可以重新剪辑。他可能是不想就此和张伯伦彻底翻脸。在电话里我不能直接把这些想法告诉保罗，只好试着说点其他不那么谨慎的话题，比如我说当天在威廉斯港要想刺杀希特勒是很困难的。据我了解，元首那天前所未有地选择站在防弹玻璃后面发表演讲。

事实上，在演讲被录入设备的过程中，我听到了希特勒绝大部分的讲话。我注意到，尽管这个人在性格上是个典型的攻击狂，那天他却相当谨慎。那天早上我本来估计他会在演说中公开宣布废除《英德海军协定》，但他的表态是如果英国人不再希望恪守这项协议，那么德国"将会极为平静地接受这一事实"。他一直对英国人的背信弃义喋喋不休，警告要牢记1914年的历史，提防来自西部的攻击意图和布尔什维克从东部对德国的包围。他反复呼喊着各种强调德意志力量的陈旧口号，还有伪善的对和平的渴望。

他宣称："德国从没有意图要攻击他人。"（他的军队在捷克斯洛伐克还没有站稳脚跟。）他继续说："正是出于这种信念，早在三周前，我就决定把即将到来的党的集会活动命名为'纳粹党和平集会'。"他的这套和平说辞挂挂在嘴边，但当1939年的夏季飞逝而过之后，他的这套谎言显得尤为尴尬。

毫无疑问，希特勒的这一整套谎言不过是用来迷惑国内外公众的。两天后，他对张伯伦的表态给出了真正的回应，他的目标是波兰人。他的这一回应一直被纳粹列为头号机密，直到后来我们才得以知晓。4月3日，他向武装部队发出了一条准备进攻波兰的绝密指令，代号为"白色方案"。

指令是要占领波兰的港口城市格但斯克，并宣布其为德国领土，德国国防军的任务是"彻底毁灭波兰的武装力量，为了达到这一目标，必须准备对波兰发动突然袭击……"

攻击时间："1939年9月1日的任何时间，出发！"

从4月2日起，在波兰停留的一周使我确信波兰人绝不会呆立在那里引颈就戮，他们是勇敢倔强的，肯定会奋起反抗而不是束手就擒，就连他们的邻居捷克斯洛伐克人都已经开始反叛。在我抵达波兰的当天，我出席了一场空军演习，我在日记里写道："令人同情。"波兰空军的轰炸机老旧笨重，战斗机甚至还是双翼的，都是过时的淘汰货。至于波兰陆军，据我目前所了解的情况，稍好一些。但它缺乏足够的重型坦克和火炮，也没有现代的通信系统。当然在骑兵方面，波兰部队要强于德国人。但难道波兰最高统帅部真的要拿战马去和德国坦克对阵吗？据我观察，波兰军队对与德作战充满了信心，但我的感觉是他们过度自信了。

我发现英国驻华沙大使馆的官员和武官对于波兰的军事力量很悲观。由于英国政府刚刚给波兰政府军事保证，以抵抗德国的侵略，所以这些英国使节都非常担忧。很显然，英国驻波大使霍华德·肯纳德爵士和他的军事副官都对本国政府的这一决定表示遗憾。他们整日里都在向伦敦发回无数的电报，告知帝国政府波兰的军事实力是多么羸弱。

在美国大使馆，武官则稍为乐观，大使安东尼·J. 德雷克塞尔·比德尔同样如此，他似乎总是那么兴高采烈。这群人认为波兰军队一定能够"很好地证明自己"。但是大使馆里有一位秘书兰德雷思·哈里森持不同意见，他竭力向我陈述他的异议。他对波兰军队持久作战的能力十分怀疑，认为他们缺乏现代武器装备，也没有现代化的组织架构，根本无力应对德国人的进攻。可惜的是，我非但没有注意到哈里森先生的观点，还对此表示恼怒。尽管他是我的老朋友，也是我可靠的情报线人，但我在日记里抱怨道："尽管他很聪明，却是一个充满偏见的人。"我当时的这一看法真是愚蠢透顶。事实证明，哈里森先生是正确的。

当然，还要思考的一个重要问题是，如果战争真的来临，英法会多大程度在西线作战以减轻德国给波兰带来的压力，苏联在东线又会有何作为？4月6日，也就是我离开华沙的前一

天，波兰外交部部长贝克匆忙飞到伦敦，和大英帝国政府签署
了一项协议，将原先英国的单边保证转变为一个短期的双边互
助协议。据说等所有细节拟好后，双方会很快再签署一份永久
性协议。波兰人显然很想知道，有多少个英国作战师和飞机可
以被援送到西线以支援法国。

但是我的脑海里始终盘旋着一个问题，这个问题英国政府
没有提出，据我在华沙的观察，波兰人也没有考虑如何面对：
如果令西方憎恶的苏联向波兰提供援助，波兰是否会接受？这
是一个会严重影响结局的问题，但是波兰人回避了它，英国政
府也做了类似的选择。直到他们意识到这个问题的严重性时，
已经太迟了。

从一开始，甚至是我在华沙停留的第一周，这个问题就在
警醒着我。我非常理解东欧各国政府内部对苏联的恐惧，华
沙、罗马尼亚、立陶宛、拉脱维亚和爱沙尼亚纷纷担心一旦苏
联红军进入自己的国土，那他们很可能就不愿意离开了。更要
命的是，布尔什维克一定会对本国的贫农和工人进行政治宣
传，这会进一步威胁政府的统治。但事实是，如果没有苏联的
帮助，想要波兰在东线独自抵抗德军的进攻是不可能的，波兰
注定要灭亡。在华沙停留期间，我一直在和政府官员、国会议
员、军队军官、毕苏斯基军队退伍军人，以及传媒、学术界人
士讨论这个问题。但我的观点完全无用，他们都坚持认为波兰
不想要也不需要布尔什维克的帮助。

至少在我看来，这个问题的悲剧性在于，大英帝国的首相
一方面只给了波兰人最低限度的保证，另一方面却对可恶的布
尔什维克抱有怀疑态度。3 月 18 日，莫斯科方面曾经对张伯
伦提出建议，对希特勒的恶劣行径予以坚定反对，但首相的回

应极为冷淡，导致苏联人不得不放弃提议。首相在 3 月 26 日的一封私人信件中写道："我必须承认，我对于苏联人极其不信任。即使他们乐意这样做，我也不相信他们有保持攻势的能力。"这句话出自一个连三个陆军师都无法统筹部署的国家，谈论的却是可以动员 300 个作战师的另一个国家。

英国政府驻华沙大使肯纳德一直在努力开导张伯伦首相。那个星期，贝克外长还在伦敦逗留，肯纳德向国内发回了一封加急信，信中总结了他个人和他身边的陆、空军参谋的意见，他们认为由于三面环敌的战略形势，加之缺乏现代化武器装备，因此波兰人不可能守住走廊地带和西部省份，最终只能退却到维斯瓦河地区——波兰的心脏地带。

他强调说："因此，一个友好的苏联对波兰来说，具有至高无上的重要意义。"

在下院，伟大的一战领导人劳合·乔治和丘吉尔在保守党里虽然具有威望，却仍然遭受冷遇。他们在反复努力向张伯伦灌输需要拉拢苏联人的观点。4 月 3 日，也就是首相大人单方面向波兰提供军事保证之后的第五天，劳合·乔治在下院敦促张伯伦以提供保证为条件，努力让华沙接受苏联人的援助。

> 如果我们在没有苏联帮助的前提下就贸然前行，那我们肯定会落入圈套。苏联是唯一一个可以往波兰输送军队的国家……我无法理解为什么我们在没有得到苏联协助的保证之前，就向波兰提供安全保证，这其中的危险太大了……

一个月后丘吉尔警告首相："如果没有来自苏联的积极援

助，想要在东线维持对德国侵略的抵抗是完全行不通的。"

对我而言，这种观点是不言自明的，但是对张伯伦和波兰人而言，他们完全不以为然。我在华沙时就发现，波兰人的民族偏见使他们对于这一正确抉择完全是视而不见的。

4月6日周四那天，谣言四起，纷纷传说德国军队开始在波兰前线活动。伦敦方面非常担心当天贝克代表波兰在伦敦和英国签署双边援助协议的消息会彻底激怒希特勒，可能会让他决定在周末开始侵略波兰。还有传言说墨索里尼也不甘示弱，将于周末复活节当日前往阿尔巴尼亚。但在和波兰国内的军队、外交圈各号人物联络后，我确信希特勒还没有完全准备好。我想我的时间还是充裕的，不会有什么大事突然发生，因此我决定周五早上乘坐北线快车从华沙经柏林前往巴黎，复活节当天我在巴黎还计划安排做一个广播。然后我想之后第二天前往日内瓦看望我的家人。

周五晚上我所乘坐的火车驶抵柏林，隔着车窗我看到来接我的皮埃尔·胡斯在冲我咧着嘴笑。我知道这意味着有坏消息。胡斯告诉我，伦敦办公室打电话来了，让他把我从柏林截下来。因为看起来英国人还是在担心希特勒会在这个周末进军波兰，所以伦敦办公室担心会有重大新闻爆发。

皮埃尔接着说："而且，在伦敦的人还收到了一个有关意大利的消息，这让他们胆战心惊。"

我问道："意大利的什么事情？"

"墨索里尼今早去阿尔巴尼亚了，此行的部分目的是去纪念耶稣受难日。"（然而，阿尔巴尼亚人大多是伊斯兰教教徒。）

这一挑衅姿态是非常阴险狡诈的，对已经坐在火药桶上的欧洲来说真是个火上浇油的坏消息，整个欧洲都在惶惶不安地观望这位意大利独裁者下一步会做什么。哪怕他只占领了一丁点阿尔巴尼亚，都会让他得到进攻希腊和南斯拉夫的绝佳跳板，并且会轻而易举获得胜利。

我只好下车，入住阿德隆酒店，开始四处打电话获取消息，看看德国人是否真的要在这个周末进入另一个国家（我觉得自己快要变成这个问题的专家了）。之前当火车跨越德波边境时，我一直在仔细观察边境附近的情况。没有任何迹象显示德军有任何行动，也没有军用列车，也没有列车运载了坦克和火炮。我在柏林的所有线人都否认他们会在本周末有任何行动。我在柏林街头看到满街都是休复活节假期的德军士兵，他们在菩提树大街上闲逛，或者在选帝侯大街的咖啡馆里休闲，根本没有备战动员的紧张态势。因此在抵达柏林仅仅一个小时后，我就决定早上飞往巴黎。

我发现法国已经从慕尼黑阴谋的恐惧和挫败感中稍稍恢复过来。他们正忙于准备在夏季到来时纪念1789年法国大革命150周年的活动。教育部部长让·扎伊负责统筹这个同时在巴黎和凡尔赛举行的奢靡的庆祝活动，他宣称这个活动的目的就在于"幻化一切在边境受到的威胁"。三周前，也就是希特勒夺取捷克斯洛伐克之后的时候，我正待在巴黎。尽管捷克斯洛伐克和法国当时是有互助条约的，但法国和英国一样，对盟国的灾难袖手旁观。

长期以来我对巴黎的挚爱开始变了，我在日记里惊呼："这十年来法国人怎么会变得这么粗鄙庸俗！"我的一些法国朋友也同意我的观点。他们常常一边指着不断侵蚀香榭丽舍大街原有风采的霓虹灯、华而不实的电影宫、巨大的汽车销售窗口和廉价酒吧，一边告诉我："这就是美国人对我们做的事情。"但我认为这是法国人自己的选择。这个国家，已经堕落得让我悲伤。14年前当我第一次到达巴黎时，她的品位、灵魂中诱人的味道以及强烈的历史、文化使命感，都曾深深打动我，现在却烟消云散。

我在日记里写道："到处是腐败，各个阶层都是'事不关己'的漠然心态，政治上也是完全的混乱。"我绝大多数的法国朋友已经绝望，他们常常说："让我们和这个国家同归于尽吧。"

复活节的周末非常舒服，弥漫着春季的温馨，宽阔的大道两边的栗子树花香四溢，枝叶直冲云天，非常提神。纽约方面希望我在广播里谈一下法国人对墨索里尼在阿尔巴尼亚的挑衅行动有何反应，又会如何行动。在伦敦的默罗将负责回答英国人的反应。我们的报告很相似，法国和英国一样，什么反应也没有，什么也没做。当然，我感觉到法国开始变得强硬了，它直截了当地动员了100万士兵。尽管从来只会碍事的外交部部长博内一直对此横加阻拦，但是这次法国人确实表明，如果希特勒敢进攻波兰，那么法国人就会参加战斗。我在日记里写道："法国人正在不断叫嚷着要求英国人恢复征兵制度，同时和英国就对待苏联的态度保持一致。"

在这个仍然美丽的城市里度过了复活节周末，这让我感到舒服一点。而在周一早上飞往日内瓦看望特斯和艾琳的计划让我更加高兴。从1939年一开始，甚至在希特勒和墨索里尼发动各种挑衅之前，我就感觉到这一年可能是一个重大的转折点，日子似乎变得越来越昏暗了。当西班牙共和国灭亡的时候，我在日内瓦为此感到悲伤，还有国联，我曾经对它们充满了幼稚盲目的信心。

1月19日，当时我在日内瓦，我在日记里写道："在过去的四天里，国联正处于垂死的剧痛中，这真是令人遗憾的一幅景象。"西班牙共和国的外交部部长阿尔瓦雷斯·巴约18日在国联理事会做了一个庄严的演讲，他请求国联继续对佛朗哥持反对态度，并且采取一些行动来对抗德国和意大利，佛朗哥在这两国的支持下已经占领西班牙的绝大部分地区。他的演讲发自肺腑又富有节制，但是英国外交大臣哈利法克斯勋爵对西班牙共和国满是鄙夷，在巴约部长发表演说的过程中就突然站起，大摇大摆地走出了会场。那天晚上我的老朋友巴约部长买醉到深夜，情绪低沉之至。他说巴塞罗那即将沦陷。3月28日，已经竭力抵抗叛敌达三年之久的英勇的马德里，最终向佛朗哥投降了。次日共和国政府宣布投降。共和国革命是西班牙历史上一次重大事件，它尝试以公正和光荣的方式将民主带给西班牙人民，将祖国从极度的不公正与落后中拉回来，最终却以悲剧收场。西班牙共和国的覆亡是希特勒和墨索里尼的重大胜利，对英法则是重大挫折，但他们甚至盲目到根本没有认识到自己遭遇了挫折。迄今为止，法国已经被三个法西斯政权德国、意大利和西班牙包围。至于可怜的西班牙人，西班牙历史中一个漫长的黑夜就此开始。

早在今年2月（当月的10日），教皇庇护十一世当时在罗马城去世，我匆忙从日内瓦赶往罗马去报道葬礼和新教皇的选举、继任，这是我们第一次有机会通过广播报道此事。一年多来，我一直在和梵蒂冈广播电台、意大利广播公司的朋友谨慎地讨论用广播报道这一事件的可能性（当时就已经知道教皇病危了）。美国新闻网络禁止使用录音，导致我们能做的大受限制。经常在广播时间到来时，我们却没有什么有趣的新闻可以播报。但我已经尽力改善这一局面。佩利和保罗·怀特向我发电报祝贺报道成功，称"我们的报道速度远远快于对手"。总而言之，哥伦比亚广播公司在当天全网共计 12.75 小时的报道中进行了 38 场广播，时间上远超其他任何一家广播公司。我对工作圆满完成感到庆幸，之后我就患上了此生中可能最为严重的一次流感，我只能试着直接从酒店床边把报道发出去。

我既不是一个天主教教徒，对梵蒂冈也没什么太多了解，但我竭力让各类教廷人士协助我们报道，他们感到能成为美国耶稣会的朋友是一种荣誉。约翰·德莱尼神父出生于布鲁克林区，天生拥有一副好嗓子，又擅长讲故事，他在梵蒂冈电台负责掌管英语广播部。我成功说服他为哥伦比亚广播公司做了一些专门的广播，当然他的上级对此有所犹豫，不过最后还是同意了。

广播之后数小时的下午，老教皇的葬礼将在阴冷的圣彼得大教堂举行，稍晚一些时候，一个突然的小事故给德莱尼神父的聪明机智带来了不小的挑战。德莱尼神父本来安坐在一处高耸的、正对着祭坛的平台上，由于一直报道这场冗长的仪式，他的嗓子已经开始嘶哑。我在平台下方利用耳麦跟听他的报道，突然他通过一条我们之间的专属线路给我打了个电话。

他说："可能会有严重的延迟。"

"为什么？"

"因为圣父的棺材在被移动到穹顶下部之前，工人要将棺材焊死，他们刚才发现焊丝用完了。他们已经派人去罗马城里购买了，但是这个时间五金店也已经关门。他们没法迅速完成这项工作，这需要时间。在仪式恢复之前，我们可能必须再等上两三个小时。我该做什么？"

刹那之间我的脑海里也在思考这个问题。德莱尼神父已经报道好几个小时了，很显然他已经非常疲惫。

我告诉他："约翰，你做得棒极了。你只需要继续打发时间就可以了。"

"我要怎么打发时间？"

"你可以多说点祷告语，或者再说点你知道的精彩的爱尔兰天主教的故事。告诉我们更多的关于梵蒂冈、圣彼得大教堂和教皇的历史。你也可以多说点你自己在此地的经验感受，比如说，来自布鲁克林的稚童如何在罗马生活。"

德莱尼神父真是棒极了，他真的流利地又说了好几个小时。几周之后的 3 月 2 日，当我们报道新教皇的选举仪式时，他又做得非常好。这次我们把德莱尼神父的报道位置安排在贝尔尼尼柱廊之上，离教堂很近的同时又可以看到西斯廷教堂。事实上我们已经从教廷内部收到风声，说这次选举将会有别于以往，枢机主教们可能会在小教堂里仅通过一轮投票就选出新教皇。因此我们预定从下午 5 点开始就会在圣彼得广场进行一场广播。德莱尼神父刚做完前期播报，就接到了来自梵蒂冈宫殿内部的电话。我们都知道那意味着什么，新教皇已经选出来了。我向纽约播报了这一消息，怀特确保广播线路通畅，很快德莱尼神父就宣布他已经看到西斯廷教堂的烟囱冒出白烟，这标志着新教皇已经选出来了。然后我们就通过电话知道新教皇是枢机主教尤金尼奥·帕切利。德莱尼神父还在继续播音，告诉听众他对新教皇的了解。接下来教廷在圣彼得广场的廊台上正式宣布新教皇的名字，五万罗马人集聚在广场之上欢呼雀跃。短短几分钟后，新教皇出现在廊台之上，致上了他有名的祝福词："祝福这个城市，祝福这个世界。"

最终教廷于3月12日周日举行了加冕礼，德莱尼神父又从上午8点30分到下午1点10分做了近五个小时的现场点评。由于时差问题，当时在纽约开始的时候是凌晨2点30分，哥伦比亚广播公司彻夜对此事进行广播。

我很有兴趣在广播中评论梵蒂冈的政治，当然我得抵住这种诱惑。梵蒂冈城里竞选教皇和拉票的气氛非常紧张，让我感到非常有意思。城里的人都在完全公开、毫无顾忌地讨论每一个可能当选教皇的枢机主教的事情，当然由于涉及私人生活以及可能的政治阴谋，这些讨论都不能被记录下来，更不可以在广播中传播。我本身感兴趣的是新教皇庇护十二世将会对纳粹德国持什么态度。他的前任庇护十一世曾经与希特勒签署了宗教协议，但四年之后他在著名的《深表不安通谕》里对此举表示后悔。通谕谴责了纳粹政权袭击教堂和攻击天主教的行为。

新教皇庇护十二世，也就是帕切利枢机主教，曾经担任老教皇的国务卿，在当年与纳粹的宗教协议签署过程中起到了推动作用，并且实际上代表教皇签宁。那时我就在想他是不是支持纳粹。新教皇当年曾经作为教廷驻慕尼黑和驻柏林代表常驻德国达12年之久，感情上肯定是亲德的。但他是否也亲纳粹呢？在很久之后，他因为抗议纳粹屠杀犹太人失败而遭到更多的攻击，彼时他将处于更大的矛盾纠结之中。而此刻，所有在罗马的人都相信他将会是一个伟大的新教皇。他有着一张我所见过的最具有罗马人特征的脸庞，轮廓分明，他还被外界普遍认为是一位卓越的学者。但是，我心中的疑云仍然未消除，因为据说德国驻梵蒂冈大使觐见新教皇时称，他"终于"很高兴地看到一位"亲德"的新教皇继位。

我的广播工作使我大部分的时间用于在路上奔波。我非常热爱我的生活和这份工作，但我也特别想多花点时间陪伴我的家人，尤其是我现在有了个小孩子。真正的家庭生活何时才会到来？我已经35岁。但是我必须面对一个现实：在过去数载之中，欧洲遍地危机，我作为一个驻外记者，四处穿梭采访报道，谈不上任何私人生活。

自从德奥合并之后，日内瓦就成为我的永久工作驻地和家庭所在地。但是除了报道国联的行将就木或者国际劳工组织的兴盛局势之外，我很少能待在日内瓦。对我而言，这个夹于汝拉山和阿尔卑斯山之间、信仰加尔文教派的美丽湖滨城市更像是我穿梭于欧洲各地间的跳板。

4月20日，我返回柏林准备报道希特勒的50岁生日，其实我是担心他会利用这个日子挑起什么大事。然后我从柏林飞往伦敦和默罗会合，我们的任务非常繁重，需要一起做一场联合广播。另外，我去伦敦还有一个重要目的，就是去找我在英国下院的朋友，问问他们如果波兰危机进一步恶化，英国会不会直接与德国对抗乃至开始战争。（那天很晚的时候，我了解到下院正在为是否开始实行征兵制而吵得不可开交，我的那些工党朋友竭力反对这一提议。）

之后我再次返回柏林去看看当地发生了什么。希特勒于4月28日在帝国议会发表了一场演讲，就罗斯福呼吁他不要诉诸战争的表态进行了回复，在我看来，这是他此生雄辩术的巅峰之作。4月30日，我又到了波兰，做了一次广播节目，介绍波兰人如何坚持抵抗希特勒不断施加的压力的。按照日内瓦方面安排的节目表，我在 5 月初会有几天休假，可以陪陪特斯和艾琳，之后她们就要再次去美国了。特斯希望此次赴美后，弗吉尼亚的一个联邦法庭可以赋予她美国国籍。

与世界上绝大多数国家不同，美国仍然拒绝给予国民的妻子以公民权待遇。特斯此前赴美已经告知联邦法庭，她和她的美国丈夫多年来共同居住在欧洲，因此美国政府应该减少对她居美满五年的要求。由于国务院对外国人有所怀疑，因此法庭上反对这一要求，但特斯认为我们这次很可能胜诉。特斯一直苦于没有美国护照，因此旅行总是很困难。

6 月中旬我回到伦敦，然后乘坐"毛里塔尼亚号"邮轮前往纽约，这是它的处女航。哥伦比亚广播公司希望我在航行途中做些离岸报道，因此我有机会和公司的高层讨论战争来临后的报道计划（如果战争爆发的话）。最重要的是，我可以在华盛顿和家人团聚。

4 月 20 日，希特勒利用他五十大寿庆典的机会在柏林开展了一场盛大的阅兵式，我认为这场阅兵式的确是"前所未见的空前盛大"。很显然，这是向波兰、英国和法国炫耀武力，可能出于某些不同原因，也意在恐吓苏联。我必须承认这场阅兵式让我深感震撼，我从未见过如此令人震惊的武器展示：成群的轰炸机、战斗机和新型斯图卡俯冲轰炸机在头顶呼啸而过，一列列重型坦克的轰鸣声充斥着整条大道，还有大型的反坦克炮、防空炮，机械化火炮甚至庞大到需要五辆卡车进行拖曳。街道两旁围观的德国民众十分兴奋，他们对这些先进武器装备先是目瞪口呆，然后几乎疯狂地鼓掌。他们的表现让我一直在思索，为什么德国人要对火炮和坦克这些没有生命的东西如此欢呼呢？

我看到希特勒当天心情很好，一脸骄横的表情。他在阅兵台上站了几个小时，一列列地检阅着军队。他可能并不在乎是否真的已经50岁了，他在乎的是无论是人生还是政治上，自己都已经达到巅峰状态。他决定在1939年这一具有决定性意义的一年实施一系列的冒进行动。张伯伦曾经透露说，在戈德斯贝格时希特勒曾经向他透露，自己已经49岁，如果德国真的要介入世界战争的话，那他希望自己可以在壮年之际承担起领导德国的责任。

游行盛典中，不只是希特勒本人，他一手创建的德意志国防军也表现出"巅峰状态"。我现在越来越感觉，既然希特勒本人的能力和德意志国防军的战斗力都处于最好的状态，那么他们在自身能力开始走下坡路之前一定不会无所事事的，他们一定会做点什么的。[3] 既然希特勒已经感觉到自己处于最强大的时刻，那么，要么这个夏季，要么明年夏天，他一定会发动战争的。除非波兰和西方世界再来一次慕尼黑阴谋，再次向他卑躬屈膝，否则他一定不会放弃开战的念头。

4月23日，我在伦敦对美国国内做了一次广播报道，我试图总结纳粹德国的目标，以及德国民众对该目标、对希特勒的看法。我始终提醒自己，我所说的东西会很快反馈回柏林，如果这些言论让德国那位暴躁的元首和戈培尔不开心的话，那我可能就不能再进入德国了。如果是这样，那我关于纳粹德国的连续报道就要完结了。这是我在保持尊严的前提下尽力避免的事情，毕竟，那里的事情是当今世界上最重要的事件，事件的结局决定了世界是走向战火还是和平。这时，我明白了所有身处极权主义国家的记者都明白的一个道理：注意说话方式，如果你想报道更多东西的话。我整个春天里都在考虑这次伦敦的广播，它准确地传达了我的全部思考。我没法在柏林做这个节目，只能在伦敦，希望能够摆脱干扰。

我在广播中说，我相信德国人仍然对某些事情确信无疑，而这些看法的绝大部分会让美国人惊讶。

第一，英国在法国、苏联和美国的支持下，过去一直在塑造一个希望灭亡德国的环形包围圈。

第二，按照德国在第一次世界大战中的教训来看，希特勒此次将这个尚未完工的包围圈粉碎了，他的做法正确无比。

第三，东欧和东南欧是德意志天然的"生存空间"，德国人有权为了生存而主宰此地区，不管是英国还是其他任何一国，包括美国，都无权干涉德国在这一地区的行动。

第四，希特勒不用通过战争就可以轻而易举获得奥地利和捷克斯洛伐克，在东欧希特勒可以获得同样的成功。

第五，根本就不会有战争，德国人民在任何程度上都不渴望战争。但如果"包围德国的列强"因为嫉妒德国的成就而攻击德意志帝国的话，那德国人民将会乐于通过战争毁灭敌人，而且这次他们肯定将取得胜利。

第六，希特勒已经用计谋战胜那些妄图永远压制德国的"外国暴君"，他让德国在当今世界恢复了合适的地位，没有耗费一枪一弹，一兵一卒。

当前在德国很正常的一件事情是，德国人民关于国家和国际形势的观点都是由受到控制的媒体和电台灌输进去的，他们几乎没有任何机会接触外界的信息。但是这并不能改变他们顽固持有这些观点的事实。

我冒险评论了一下纳粹德国的**目标**：

> 不管是德国人自己还是在柏林的外国人，根本不会有人相信希特勒现在会停手……他的目标是控制从东欧到黑海的全部领土。如果这一目标达成，德国将不仅成为欧洲最强大的国家，而且如果这次大战中再有外敌包围德国（一战里他们就是这样做的），德国将变得坚不可摧。广阔富饶的后院将会为帝国的生存提供各种必需的原料和食物。

因此我认为时间因素对德国人而言尤为重要：

> 当德国尚可承受巨大的经济、财政和心理负担时，一定要迅速完成自己的目标。当前纳粹的经济形势是最好的，军事能力也处于巅峰状态。

至于和平问题：

> 的确，我的结论是德国人是渴望和平的。但是这种和平必须是由德国军队保证的和平。希特勒生日庆典大阅兵之后第二天，纳粹党党报《人民观察家报》发文宣称："这支伟大的军队将用来保卫祖国并守卫和平，这个和平是德意志的和平，它将为强大的民族提供它必需的权利。"

长期的报道工作已经让我深知，要想支持自己的报道观点，并洞悉希特勒的观点，没有什么比引用纳粹党党报更有效的方式了。

但直到春夏之交，伦敦的人们都在嘲笑我的观点，纽约和华盛顿的人们直到 7 月也还在对我的看法嗤之以鼻，我始终没法动摇他们的观念。在我看来，希特勒于 4 月 28 日在帝国议会针对罗斯福总统的呼吁所做出的回应演讲，已经证明几乎无法对和平再有什么乐观想法。也许那些反对我观点的人应该和我一样，当时去现场好好听一下希特勒的演讲，就能充分领悟其中的意义了。

我相信这是希特勒所做过的最长的主题演讲，长达两个半小时。我也相信这是我听他做过的最精彩的演讲。我在日记里写道："希特勒在他的演讲中展示了他天才般的口才、技巧、讽刺、反讽和故作善良的能力。这次演讲让他的演讲水平达到了一个全新的高度。"此次演讲的听众人数也创下历史新高，不仅全德国的广播电台在传达他的声音，整个欧洲大地数以百计的电台也在广播。在美国，主流的广播公司都播放了这次演讲。我在心中草草计算了一下，这次演讲的听众人数之多是空前绝后的。[4] 希特勒已经为自己创造了最大的机遇。

4 月 15 日，也就是墨索里尼开始进军阿尔巴尼亚一周后，罗斯福总统由于担心希特勒也会进军波兰，所以在当天向两位法西斯独裁者发送了电报呼吁和平，并且向他们提出了一个尖锐的问题：

　　　　阁下是否愿意保证自己的武装部队不会对下述独立国家的领土发动袭击或侵略？

罗斯福总统开列了 31 国的名单，其中包括波兰、波罗的海和巴尔干诸国、苏联、丹麦、荷兰、比利时、法国和英国。

罗斯福总统的电报于 4 月 15 日稍晚时送达柏林和罗马。据齐亚诺说，墨索里尼一开始甚至拒绝阅读这封电报，正巧戈林在罗马拜访墨索里尼，他对领袖建议根本不必回复这封电报，因为美国总统"已经开始罹患初期精神疾病"。墨索里尼本人则表示，他倾向于认为罗斯福之所以会有这样奇怪的举动是因为"他曾患脊髓灰质炎这样的重症"。

不管希特勒本人如何看待此事，他都决意要给罗斯福总统一个响亮的回答。他告知帝国议会于 4 月 28 日召开特别会议以聆听自己的演讲。为了更好地羞辱罗斯福，希特勒下令德国外交部对列表中的 31 个国家逐个进行外交征询，询问它们是否感觉受到了德国的威胁，是否主动要求罗斯福将自己列于表上。如果任何国家敢于给出一丁点不符合希特勒心意的答案，那德国外交部就会开始采取一些威胁手段。元首非常明白他的所作所为在小国中引起了怎样的恐惧，它们当中没有任何一个希望成为纳粹铁蹄下的下一个受害者。威廉大街当然非常乐于见到比利时、荷兰、卢森堡、挪威、丹麦和南斯拉夫纷纷表示它们没有感到威胁——在我看来，这些表态要不是证明了它们极度幼稚，就是极度恐惧。上述这些国家和其余的大多数国家都按照希特勒的心意做出了回复，这给希特勒提供了有力的口实用于攻击美国总统。

1939 年 4 月 28 日正午 12 点，希特勒大步走上帝国议会的讲台上开始演讲。开始的几句话又给"虚伪"做出了注脚，他告知议会，他之所以要求召开这次特别议会，是希望议会成员可以听到他对罗斯福总统的回复，而大家"完全可以同意或反对他的观点"。我可从来没听到他在议会说过这样的话。没有哪个人敢"反对"，否则会被迅速送到集中营，甚至死在那里。

接下来，他又老调重弹：《凡尔赛和约》是如何罪恶，条约本身是如何不公正，它给德国人民带来了多少伤害，以及最重要的——感谢上帝的帮助，他本人如何将德国人民从这些罪恶的束缚中解救出来。他竟然镇定自若地宣称，他之所以占取了奥地利和捷克斯洛伐克，只不过是帮助1000万德国人民夺回他们日思夜想的故土。至于2000万捷克斯洛伐克人，在《凡尔赛和约》之前，一直幸福地生活在德国人的统治之下。继而他又宣称在回答罗斯福总统的问题之前，他要就英国和波兰曾经如何伤害德国的问题给这两国一个交代。

尽管希特勒的演讲技巧并不总是推陈出新，但我仍然要说，这个男人的演说能力简直出神入化。他先是宣称自己对英国抱有好感和友爱之心，继而却开始攻击英国，称"英国推行了包围德国的新政策"，这迫使自己不得不废除1935年的《英德海军协定》。

他极为郑重地宣布："《英德海军协定》存在的基础已经消失。"

对于波兰，他也是持类似观点。他宣称自己已经向波兰政府提出"最慷慨的协议要求"：波兰将格但斯克一地归还给德国，同时开放一条由波兰走廊通往东普鲁士的道路，德国政府对此通道享有治外法权；作为回报，德国愿意与波兰签署一份新的有效期为25年的不侵略保证协议（此时，两国于1934年签订的互不侵犯条约还有五年才到期）。希特勒宣称，他提出这一要求，"只此一次，再无下例"，而且这一要求是"出于对欧洲和平的考虑才忍痛做出的最大妥协"（可是我没看出德国有任何吃亏的地方），现在波兰政府却严词拒绝了，让他极为遗憾。

接下来的演讲充斥着更多的谎言：

> 我对波兰政府不可理喻的态度深表遗憾……现在最严重的问题在于，波兰政府就像一年前的捷克斯洛伐克政府一样，盲目认为自己受到了压力，必须以武力回应，而事实上德国连一个士兵也没有征召，也没想用武力对抗波兰。

希特勒的厚颜无耻令我皱眉蹙额。这几个星期以来，世间的每一个人都知道德国一直在秘密征召军队，而且计划在夏季结束前完成全部动员。希特勒已经在德波边境三个方向上构筑起包围波兰的压倒性进攻力量。然而，这位德国元首的无耻程度是没有底线的。他坚称有关德国要进攻波兰的意图"完全是国际媒体在造谣"。事实却是三周前的 4 月 3 日，他亲自向将领们下令"最迟"9 月 1 日，必须毁灭波兰。

希特勒宣称，波兰和英国签署了互助协定，因此是波兰破坏了 1934 年《德波互不侵犯条约》。

"因此，我认为既然波兰已经单方面破坏协定，那这个协定也就不再存在了。"

尽管我一直以为我比较了解希特勒，但我还是非常惊讶他竟然就此撕毁了《英德海军协定》和《德波互不侵犯条约》。我清楚地记得，希特勒在《我的奋斗》一书中曾经强烈批评威廉二世皇帝在 1914 年前的反英态度，也谴责他不应该和英国展开海军竞赛。现在他毫无前兆地抛弃了《德波互不侵犯条约》，那他是否也会毫无预警地发动突袭？在我看来，他的这一举动也是在警告德国人要为战争做好准备了。

在滔滔不绝地讲了一个多小时之后，希特勒终于开始转向他此次演讲的最大主题了：如何回复罗斯福总统的电文。他的雄辩术终于大放异彩。听众之前从未听过伟大的元首如此辛辣地嘲讽任何一个外国领导人，而且看上去他们都被元首逗乐了，至少帝国议会的议员正是如此，刺耳的笑声与对罗斯福总统的无尽嘲笑混在一起，嘈杂而零乱。我必须说，我从未见过希特勒像个演员一样如此超凡地表演，尽管他的台词对大部分美国人来说是愚蠢且充满谎言的。

他说，自己将会回答罗斯福提出的全部 21 个问题。他一个接一个地解释，停下，含笑不发，继而像一个中学校长一样，低沉地用英语说"答案如下"，然后再次精确地略微停顿。我看到他故作犹豫，用富有磁力的目光环视观众，脸上满是严肃，然后用德语轻轻地说："答案即将揭开。"我注意到，议长座上的戈林在努力忍住窃笑，我甚至感觉代表们都在屏息以待，只等元首说出答案后，他们就会忍不住哄堂大笑。

我摘录了之后一个小时中的一段：

> 罗斯福先生宣称他认为一切国际问题都可以在谈判桌上解决。
>
> 对此我的答案是：……如果这些问题真的可以在谈判桌上寻求解决之道，那我当然是乐见于此的。但我怀疑的是，美国人自己的行为都已经证明他们对国际会议是完全不相信的。在我们这个时代之中，最重要的国际组织就是

国联，它是依照美国总统的意志建立起来的，然而美国是第一个逃脱对国联负责的国家……很多年之前我就决定要学习美国这种毫不负责的态度了。

美国北方的自由并不是在谈判桌上取得的，而是在南北方的冲突中获得的。南方的无数抗争最终换来了北方的镇压，我甚至不忍心提起这些往事。

罗斯福先生，鄙人之所以提起这些往事，只是想要提醒您，今日阁下所提倡的种种观点，从未被贵国或世界的其他国家的实际行动实践。

希特勒继而开始谈论罗斯福总统电报的核心问题，他宣称自己可以确保绝对不会袭击那 31 个国家。他故意慢慢地、庄严地、一个挨一个地念出这些国家的名字，每念一个，整个议会都会应以哄堂大笑。希特勒宣称自己已经询问在列表中的每一个国家，询问它们是否感到来自德国的威胁。

所有国家的答案都是"否"……我确信我肯定无法故意强迫它们这样回答，因为这些国家，比如说叙利亚，它当前并没有自由，而是被那些所谓的民主国家的驻军机构控制，并且不断被剥夺应有的权利。

除了这一事实，和德国接壤的国家都得到了更具约束力的保证……比罗斯福先生在其电报中向我要求的保证更多。

接下来，元首对罗斯福总统的讽刺看上去已经达到最高潮。

我必须提醒罗斯福总统注意一两个历史错误。譬如说，总统阁下提到了爱尔兰，并且要求我们德国做出一个不会侵犯爱尔兰的声明。现在我要引用爱尔兰总理德瓦莱拉的一段发言（我当时在心里想，这个大独裁者是多么聪明啊，他竟然可以使用爱尔兰总理的盖尔语），这段发言一定会让罗斯福总统感到足够的惊讶，它和总统的想法正好相反，爱尔兰总理在讲话中谴责的根本不是德国对爱尔兰的压迫，而是大英帝国不断地侵犯爱尔兰以逼其就范……

国会里笑声四起、掌声雷动。尽管如此，希特勒宣称他准备"给每个国家一份罗斯福总统所希望的保证"。这位大独裁者突然停顿了一下，他的眼睛一下亮了起来，脸上浮现了一丝笑容，我知道他一定是准备给予罗斯福总统更多无情的嘲讽。

借此机会，我一定不会让罗斯福总统失望，我会给总统所关心的每一个国家予以不侵略的保证，尤其我要保证不侵略美国本身和美洲大陆的各国。

我在此庄严宣布，任何在美洲大陆或接壤处流传的有关遭遇德国进攻或侵略的消息都是纯粹的造谣，完全与事实不符……

议会内掌声雷动，希特勒这个超级演员却未展任何笑颜。接下来就是结束语了。这是我听过他最为精彩的一段，至少对德国人而言一定如此。同时，这段结语也暴露了他对本国以及我的祖国的历史的一知半解、肆意歪曲，以及他是多么狭隘自大的人，他心中的欲望如火一般燃烧，驱使他去征服全世界。

罗斯福先生！您的国家是那么广阔，财富是那么庞大，这些使您感觉自己对于整个世界的历史负有重大责任，对此我深表理解。阁下，很抱歉，很遗憾我却被上帝安置在一个更为适中与微小的范围之内。

今日我所掌管的国家曾经那么相信国际社会和你们这些所谓的民主政府，然而正是你们毁灭了它，是我从你们手中把这片废墟重新接管起来……我终结了德国无休止的混乱，重建了秩序，极大地促进了生产的增长……

我成功地为足足 700 万失业人口找到了有用的工作。[5]我不仅让德国人民在政治上重新团结起来，而且重新武装了他们。我还呕心沥血地工作，一条条地摧毁了那些针对德国人民的不平等条约，它们足足有 448 款之多！正是因为那些不平等条约，德国人民曾经只能默默承受那些最卑劣的压迫。

从 1919 年开始，我们的敌人从德意志帝国手中偷走了那么多的地方，现在我把它们拿回来了。曾经有上百万土生土长的德国人民被迫与自己的祖国分离，并且生活在痛苦之中，现在我把他们带回了家园……除此之外，罗斯福先生，我虽然达成了这些伟大的目标，但我没有牺牲德国人民哪怕一滴热血，也没有给他们或者任何人带来战争的痛苦……

罗斯福先生，相比之下，你的任务更为简单一些。1933 年，你成了美国总统，也正是在这一年，我成了德意志帝国的总理。从一开始，你所掌管的国家就是当今世界上最庞大与富裕的国度之一……你拥有得天独厚的资源和优势，因此你发现自己颇有时间与心情来关心一些普世的问题……罗斯福先生，你所关心和建议的问题比我所在乎的问题要多得多，这是因为与你相比，很不幸我所处的国家要渺小得多，它渺小到根本无法容纳德国人民的生存。当然，即使如此，我也深爱它超过世界上的任何其他。

我坚信我们都关心一些普世性的问题，尤其是整个国际社会的公正、福利、进步与和平问题。但是我相信我目前为德国人民所做的事情就是对这些普世事务最大的贡献。

当天晚些时候，我记下了自己在帝国议会聆听了此次演讲的感受："就蒙蔽德国人民的效果而言，希特勒今天的演说绝对是巅峰之作。"但是，我之后一段时间里一直在欧洲各国游历，我的经验使我很容易就注意到，希特勒此次演说和之前的效果有一处最大不同，那就是外国政府及其人民不再相信了。我在报道里写道："与德国人民相比，别国的人民都看清了希特勒的谎言，而且他们意识到，尽管德国元首对罗斯福总统极尽嘲讽之能，但他未曾回答罗斯福总统的根本问题：德国停止侵略了吗？德国会进攻波兰吗？"

我总结道："时间会证明，此次演说将会是希特勒一生中最后一次在和平时期的演讲了。"

因为当时我并不知道希特勒早在4月底就已经秘密部署侵略波兰的计划，所以尽管希特勒撕毁了与英国、波兰的条约，不断地编织谎言，制造危机，我当时却和所有世人一样，仍然对和平抱有最后一丝希望。

如果我早一个月就收到有关希特勒和他的将领们秘密会议的风声，或者提前知道莫斯科内部的政策走向已经开始发生变化，那么我当时绝不会对和平还抱有丝毫幻想。

正如希特勒自己所说，从 5 月 23 日开始，他准备破釜沉舟，背水一战了。德国三军的三位最高统帅和他们的高级助理们被元首召唤到总理府，元首直截了当地告诉他们战争已经不可避免。元首的副手鲁道夫·施蒙特中校草草做了会议记录，这份会议记录可能是德意志第三帝国历史上最为赤裸裸的侵略宣言之一。希特勒本人视此次会议记录为绝密消息，严禁对文件做任何复制。现在我们所得到的这份文件，就是当年会议记录的原件，由施蒙特中校手写的，它是美军从德国那里缴获而来的。这篇长篇大论中最具有特色的地方在于，希特勒越过了那些宣传和外交的谎言，直接告诉他的内部小圈子，为何要一发现合适的机会就立刻攻击波兰，然后在西线与英法决战，占领中立的比利时和荷兰，继而利用当地的海域与空域对英国本岛进行毁灭式袭击。

希特勒宣称："直接忽略那些所谓的中立宣言。"在这份文件中，我们看不到这些纳粹帝国的军官提出过任何有关道德或荣誉的问题。然而就在 1914 年之前，当时的德国曾经庄严宣布必然会尊重低地国家的中立权利。

当时纳粹控制的媒体正在竭力叫嚣，要求波兰归还格但斯克，他们也相信元首一定会对波兰开战以索回格但斯克。元首在秘密会议上对他的高级将领直言不讳。

"格但斯克问题根本不是我们与波兰争端的真正议题，真正的问题在于我们要向东方拓展生存空间。"如果德国最终要和西方邻国做最后的清算，那在此之前一定要在东方得到更多的空间，因为在战争期间那里会供应粮食和劳动力。

希特勒警告他的将领，不要过于指望会再有一个慕尼黑阴谋。他说："我们不能期望捷克斯洛伐克那样的事情会再次发生。如果我们强行恐吓波兰，它会在第一时间诉诸战争……我们想要实现目标就只能依靠流血牺牲。"

他继续警告道："与英国和法国的战争将会是生死决战，如果大家认为我们可以用极为廉价的牺牲就获得解脱，那这种想法一定是非常危险的，根本不会有那种可能性。"希特勒计划要获取比利时和荷兰的机场，还有靠近英吉利海峡的港口，其目的就在于要袭击英国本岛。为了防止某些将领对此会有疑虑之心，希特勒警告他们："这种战争中，不需要考虑对与错的问题，也不会有媾和可以考虑。一旦我们成功占领比利时与荷兰，同时击败法国，那么打赢对英战争的基础就已经确立。"

因此，战争是必定要发生了。东击波兰，西攻英、法和低地国家已经是希特勒不可更改的战略。在会议结束之时，在场的将领没有谁敢对元首的意图有丝毫非议。

希特勒宣称："是时候让我们破釜沉舟，背水一战了！不会再有对与错的问题了，唯一的问题是8000万德国人民生存还是死亡的问题！"

当我回首1939年的那个夏天时，我意识到我当时很不幸地完全忽视了纳粹德国与苏联私下重修于好的事实，而正是它们的和解使第二次世界大战在一定程度上变得不可避免。[6]莫斯科方面从公开的官方讲话中流露出一些信息，向外界暗示苏联并不必然会自动和英法站在一起去对抗纳粹德国。而我从未想象过希特勒和斯大林这两个意识形态上的死敌会有修复关系的可能性。

斯大林这位苏联领导人曾经公开警告西方，而且早在希特勒进军布拉格的五天前，也就是1939年3月10日就向柏林发出过愿意重修关系的信号。

在莫斯科召开的党的第十八次代表大会上，斯大林发表了一份冗长的报告，后来被刊登在苏联的报纸上。报告严厉批评了英法未能坚守立场，他谴责英美纵容希特勒向东方扩张从而希望将战争的祸水引向苏联（自慕尼黑阴谋以后，我也确信祸水东引就是张伯伦的目的）。斯大林在报告结尾总结称苏联将会遵从两大基本原则行事：

1. 继续推行和平政策，努力与**所有**国家加强经济联系。

2. ……我们的国家绝不能被战争贩子拖入冲突，他们的一贯作风就是让别人为他们火中取栗。

狡诈精明的德国驻苏联大使弗里德里希·维尔纳·舒伦堡伯爵对斯大林的报告进行了记录，然后将摘要部分发回了柏林。[7]

尽管斯大林提前警告过西方国家，但是希特勒于3月15日进军布拉格的消息还是让他深感震惊。他很快于3月18日让自己的外交部部长马克西姆·李维诺夫向伦敦和巴黎提出建议，希望立刻在布加勒斯特召开由英国、法国、波兰、罗马尼亚、土耳其和苏联共同参加的会议，以组建对抗希特勒的联合阵线。

英国首相张伯伦对此提议不以为意，认为其"不成熟"并予以拒绝。这是多么轻浮愚昧的举动！哈利法克斯勋爵告诉苏联驻伦敦大使伊万·麦斯基，当前帝国没有哪位部长是有闲暇的，因此他们无法派出代表前往布加勒斯特参与苏联要求召开的会议。这个完全敷衍的借口显然不能被莫斯科方面心平气和地接受。

李维诺夫长期以来是苏共外交人民委员，他一直忙于构建联合外部力量以抵抗纳粹德国的集体安全体系，为此他已经拿自己的名誉和政治前途作为赌注。在他看来，要遏制希特勒的唯一办法就是构建由英法两大西方强国和苏联共同参与的联合阵线，而且如果可能的话，要将东欧地区受到德国威胁的次等强国（波兰、罗马尼亚和土耳其）也拉进联合反德阵线。如果遏制仍然无法成功的话，那就只能在战争中打败德国。张伯伦对于苏联召开国际会议请求的拒绝，并没有让李维诺夫丧气。4月16日，李维诺夫在莫斯科召见了英国驻莫斯科大使，并且正式提出一份有关英法苏三方互助的协议请求。他要求为了达成这份协议，三方需召开一次军事会议，如果波兰感觉有需要，也可以参与会谈，中东欧的所有国家如果感觉自己受到了德国的威胁，那么一样可以参加。

这是李维诺夫为了联合西方世界遏制希特勒所做的最后一次努力。丘吉尔在下院发表了一次激动人心的演讲，在演讲中他督促帝国政府接受李维诺夫的这一提议。丘吉尔在他晚年的回忆录中写道，他当时估计"如果张伯伦先生在收到苏联的请求后就立即回复'好的，让我们三国一起合作扭断希特勒的脖子吧'，那么帝国议会是不会反对这个决策的。斯大林对此也会表示理解，历史的轨迹也将发生变化，至少不会像后来那么糟糕"。

但是张伯伦采取了拖延政策，这对李维诺夫来说是致命一击。5月3日，苏联某份报纸的封底出现了一小篇几乎不为人所注意的报道，上书"应李维诺夫本人要求，他已经被解除外交人民委员的职务"。报道还补充称，接替李维诺夫职务的是苏联人民委员会主席维亚切斯拉夫·莫洛托夫。

毫无疑问，李维诺夫突然被撤职的影响是很明显的。它让我从浑浑噩噩的状态中清醒过来。在斯大林看来，李维诺夫希望与西方建立反德联盟的努力已经失败。从慕尼黑阴谋开始，苏联就被西方世界排除在外，因此我猜测斯大林早就得出结论，他相信英国首相张伯伦和法国外长博内的目的就是，要在希特勒与苏联真正发生冲突前，不断鼓励希特勒向东方发动侵略。斯大林公开警告称苏联绝不会落入西方国家设计的圈套，他私下里一定深知要打好两张牌来缓解希特勒的东进之心。

罢黜李维诺夫等于向柏林方面传达了一个强烈示好的信息，相比于伦敦和巴黎根本毫无合作的诚意，柏林方面对此信息极为重视。

在我看来，伦敦政府已经完全失去理智。5月和6月的两个月里我反复进出伦敦三四次，但我始终不能理解大英帝国政府为何会如此倔强地拒绝认清事实。首相张伯伦的确已经给了波兰单方面的保障承诺以抵抗纳粹的侵略，这虽然是一个重大变化，但是除非首相能够真正认识到必须把苏联纳入所有保障波兰安全的协议，否则英国所谓的保障波兰安全是毫无意义的。

5 月 19 日，劳合·乔治与温斯顿·丘吉尔在下院严厉批评张伯伦，指责他未能对苏联有关反德三方合作的提议做出回复。我认为丘吉尔的指责是最为有力的。

> 苏联提出的这个简单提议有何错误吗？……我请求国王陛下的政府能够真正认清一些残酷的现实。如果在东部没有一条坚强的防线，那么我们在西线就很难保卫好自己的利益。而苏联正是构筑坚强的东部防线的关键所在。

尽管丘吉尔当时在政治上仍然处于遭冷落的境地，但是我感到他此次的讲话在下院产生了重要反响。下院中甚至包括保守党方面对张伯伦的批评都开始增多了，他们认为首相没有做出任何举动以联络苏联和西方的关系，这种做法是错误的。迫于批评的压力，张伯伦于 5 月 27 日最终同意指示英国驻莫斯科大使，要他与法国驻苏联大使协作，开始与苏联方面商讨互助协议、召开军事会议以及给予受德国威胁的国家保障的问题。但张伯伦此举是极为不情愿的，精明的德国驻伦敦大使迪克森向柏林汇报称："英国首相此举带有最大程度的犹豫。"

但苏联新上任的外交人民委员莫洛托夫可不是一个糊涂蛋，他具有冷峻坚毅的性格。5 月 31 日，莫洛托夫第一次发表公开演讲，向苏联最高苏维埃委员会汇报外交事务。他严厉批评了英法这两个西方民主国家的犹豫迟缓，并且声称如果英法真的希望加入苏联的阵线以抵抗侵略，那么他们必须同意三件事情：一份互助协议，一份军事协议（写明一旦战争爆发各方将承担何种责任），以及英法苏三个大国向东欧小国提供的安全保证。

但是英法，尤其是英国止步不前。而且对波兰、罗马尼亚和波罗的海诸国来说，没有任何一国希望得到苏联的安全保障。谈判完全陷入僵局。

为了打破僵局，莫洛托夫提议张伯伦在6月初的时候向莫斯科派出他的外交秘书以便结束谈判桌上的纷争。很显然，克里姆林宫希望以此来确信伦敦是否真的有意与莫斯科达成合作协议。但是，哈利法克斯勋爵告诉苏联驻英大使麦斯基："我真的不可能有时间前往莫斯科。"前外交大臣安东尼·艾登一直和斯大林保持了可贵的私人联系，他主动要求代替哈利法克斯前往莫斯科参加谈判，但张伯伦置若罔闻。相反，张伯伦于6月12日派遣威廉·斯特朗前往莫斯科。斯特朗是英国外交部一位颇有才干的职业官僚，也曾服务于英国驻莫斯科大使馆，通晓俄语。但最大的问题在于，斯特朗根本就是一位无名之辈，甚至英国国内对他也知之甚少。克里姆林宫内的"怀疑派"认为张伯伦的这一派遣证明他根本不想严肃地考虑与苏联构筑反德联盟。

而我们现在开始知道，就在英法对苏联继续假意敷衍的同时，德国人已经开始对布尔什维克进行渗透，并且在认真等待时机实现双方的和解。

莫斯科与柏林的第一次接触举动是非常小心的，也是绝对保密的。我们猜测可能就开始于慕尼黑阴谋之后的第五天。1938年10月3日，德国驻苏联大使馆的顾问向柏林汇报称，斯大林被排除在慕尼黑谈判之外，可能会使他开始对德国抱有"更积极的态度"。驻苏大使舒伦堡在一个月之后告知柏林，他准备和莫洛托夫进行接触，"以期就困扰苏德关系的一些问题达成解决意见"。这一变化背后肯定有希特勒本人的指示，因为如果没有希特勒本人亲自给出一些暗示，一个普通的大使是不可能敢于提出转变对苏政策的主意的。据我所知，舒伦堡大使在元首本人那里并不是完全受宠的。自1919年之后，德国仅有极小圈子的将领和外交官仍然坚持认为要与苏俄保持密切联系，舒伦堡就是其中一员。他也促成了1922年苏德《拉帕洛条约》的签署。《拉帕洛条约》是魏玛共和国对外政策的基石，但希特勒在1933年上台之后就废除了这一条约。在他看来，存在于莫斯科的"布尔什维克－犹太政权"是他的死敌。但是慕尼黑阴谋之后，他的这一观点已经开始软化。

在柏林的提议之下，双方悄悄恢复了贸易谈判。继而双方的大使都开始尝试探索一点点更深入对话的可能性。1939年伊始，苏联驻柏林大使阿列克谢·马热卡洛夫驱车前往德国外交部并告知德方："苏联渴望与德国开启苏德经济联系的新时代。"三个月之后的4月17日，马热卡洛夫第一次拜访德国外交部终身国务秘书恩斯特·冯·魏茨泽克，并且进一步表示，"苏联和德国意识形态之间的差异不会影响两国的关系"。

5月20日，莫洛托夫在莫斯科召见德国驻苏联大使，后者在会谈结束后向德国外交部汇报称："莫洛托夫外长以最友善的口吻和我进行了这次会谈，并且告诉我，之前两国之间的经济谈判暂时中止了，现在如果重新建立一些**有用的政治基础**，那么经济谈判就可以在这些政治基础上重启。"

对于克里姆林宫来说，这意味着在对德问题上他们有了新的思路。苏联人不仅想和纳粹德国建立更好的经济联系，而且想要把经济联系建立在坚固的**政治**基础上。柏林方面对此非常有兴趣。双边对话很快就恢复了。当时法国驻柏林新任大使是罗贝尔·库隆德尔，他此前驻节于莫斯科，德苏之间日渐亲近的小动作当然没有逃脱他的眼睛。5 月初，罗贝尔大使两次警告本国政府，称"德国正在与苏联谈判讨论'第四次瓜分波兰'"。

我们现在通过档案可以发现，整个 5 月里，希特勒都在摇摆不定，他担心一旦苏联有朝一日和西线国家达成协议，就会让自己与苏联实现和解的努力显得愚蠢不堪。但是在另外一些时间里他又急不可待地希望与苏联开展进一步对话。5 月 25日，也就是希特勒最终正式决定攻击波兰的计划两天后，他命令外交部继续开展与苏联的对话。舒伦堡大使接到外交部新的谈判指示，他被要求向莫洛托夫指出以下几点：苏德外交事务之间并无利益冲突，当前是时候实现两国关系"正常化"了，而且如果一旦德国对波兰有任何"敌视性行动"，德国"会尽可能考虑苏联的相关利益"。最后一点可能被罗贝尔大使知道了，所以他才会得出结论，认为苏德又在勾结策划再一次瓜分波兰。5 月 30 日，这些语气较为缓和的指示从柏林通过电报传到了德国驻莫斯科大使馆。

我从 6 月 7 日开始乘坐"毛里塔尼亚号"邮轮从利物浦赶赴纽约，因此全然不知苏德之间这些高度机密的外交行动。从英国出发时，我发现英国人当时处于极度自大之中。从下院的辩论中就可以看出，很明显英国与苏联有关构建坚固反德同盟的谈话进展得不尽如人意。

4 月 27 日，张伯伦最终宣布将引入新的征兵服役政策，下院也予以批准了。但是自由党和工党都表示反对。近日来我一直在和我的一些下院工党议员朋友徒劳地辩论，我想告诉他们征兵制是为一支军队提供兵员的最为公平和民主的方式。按照此规定，无论贵贱，人人都有义务服兵役。除此之外更重要的是，我认为实行征兵制是能够迅速组建一支大规模军队的唯一办法。如果还按照旧的兵役制度，那么1939年夏季战争爆发的话，英国只能向战场投放两个师的兵力。法国则计划动员100个师的兵力。

我在英国的好友还认为我对于和平的可能性的看法过于悲观。在他们眼里，希特勒只不过是在故弄玄虚罢了。他们倾向于认可张伯伦的观点，即苏联站在哪一边都不要紧。他们认为波兰如果真的面临德国的侵略，那它自己是能够抵抗的。

此时我收到了一个有关个人的好消息。我刚刚登上"毛里塔尼亚号"时，收到了特斯的电报，她在电报里告诉我位于弗吉尼亚的联邦法庭同意赋予她美国公民的身份。

面对1939年炎热夏季的欧洲局势，我发现我的同胞们比大英帝国人民还要盲目乐观，当然美国受到的威胁的确要小得多。即使希特勒在欧洲大陆发动了突袭，美国也不会立即直接卷入冲突。当我身处华盛顿的时候，对外关系委员会的资深参议员博拉发表了一份公开声明，宣称不会有战争爆发。在华盛顿的每个人几乎都同意他的观点。我深感恐惧。

我在日记里写道："我发现国会完全沉浸在毫无希望的浑噩之中，国会被一群如议员哈姆·菲什、博拉、海勒姆·约翰逊之流的乌合之众控制，他们根本不站在外交政策的角度考虑问题。"我非常惊讶罗斯福总统为何会如此软弱。

罗斯福的双手很显然被国会捆住了……他正确地观察

到了欧洲大陆的严峻态势，但正是因为他看清楚了问题所在和其背后的巨大危险，所以博拉、菲什之流称他是好战分子。

当时我身在祖国，却很迷茫。因为我的不同观点使我在自己的国度里好像一个陌生人，这让我感到非常沮丧和困惑。我21岁时去国离家，距今整整14年了，其间我只在1929年和1935年各回国一次，而且时间都很短暂。欧洲已经变成我真正意义上的家园。我对柏林、巴黎、伦敦和维也纳的熟悉程度要远胜于华盛顿、纽约和芝加哥。无论是待在华盛顿还是纽约，我都感到了很大的压力。尽管如此，我也为我在祖国看到的景象和所经历的事情兴奋。其中之一就是大力建设的电力设施，尤其在纽约，与电力相关的建设处处可见。我们的城市正在经历重建，电力建设蓬勃发展，未来规划充满活力（譬如世界贸易中心大楼和正在法拉盛购物中心展览的"未来世界之幻想"）。这些发展都与人们的生活工作同步前行，尽管我有时会有点困惑，不知这种发展将驶向何方。

我们美国人将会往何方前进？没有人知道答案。对大多数人来说，只要我们现在全速前进，这就已经足够。

富兰克林·罗斯福总统正在逐步把美国从毁灭性的大萧条泥潭中拉出来，但仍然有1000万人处于失业状态。这个数据真是让我心惊肉跳。我实在无法理解，作为世界上最强大和最富裕的工业化国家怎么会发生这种情况。欧洲一些相对贫困的国家反而在就业问题上比我们做的好得多。冷酷的独裁制度已经解决这个问题。在纳粹德国，我相信还有苏联，近三年来根本没有出现失业问题。

　　不过我没有整日待在华盛顿去百无聊赖地思考这些事关人类的大问题，我和我的兄弟约翰以及家人在弗吉尼亚的麦克莱恩享受了一段温馨的家庭欢聚时光，特斯也在那里，她之前在麦克莱恩的联邦法庭就自己的美国公民权问题打官司。为了庆祝她胜诉并且正式成为美国公民，我们开了一瓶香槟畅饮。现在她可以持美国护照自由返回她的故乡维也纳，也可以陪我自由前往德国，不用再像以前那样总是担心自己因为没有合法的德国旅行文件而被盖世太保逮捕。

　　我的弟弟约翰此刻在职场正春风得意，当时他被任命为证券与交易委员会的经济学家。这个机构当时是个权势部门，罗斯福总统设立了它，希望它能纠正纽约证券交易所的滥发行为，并且约束证券行业的泡沫与欺诈。我听说约翰为这个机构做了很多领军性的工作，因此在办公室里受到了高度赞扬。几年前约翰与一位来自柏林的德国女士结婚了，此前他们在纽约认识了彼此。有意思的是，我们两兄弟都找了说德语的妻子。我一直认为约翰从来没有学过德语，不过这也不要紧，他妻子能说一口流利的美式英语。

　　我们的女儿艾琳的情况就不一样了。她是在日内瓦长大的，当时为了照顾我们家的瑞士保姆，所以我们在饭桌上总是说法语，因此艾琳也只会说法语。如果艾琳在房间里只听我和特斯对话，那她现在一定能说一口流利的英语。可惜艾琳一个英文单词也不会，这让我母亲很着急。她在夏天竟然勇敢地从爱荷华州坐火车来和我们团聚，她说自己不能想象，孙女竟然不会说家族的语言。我母亲对艾琳疼爱备至，但是她偶尔确实因为艾琳不能说英语而恼火。她常常仔细地把英文单词的每个音节发出来，希望艾琳能慢慢感知到。可惜我们可爱的小公主从来都不买账，每次都好像一个词也听不懂，再向奶奶喷出一连串法语。

我母亲对我抱怨道："威尔，我确实无法接受我自己的孙女不会说英语。"而我母亲也早把她大学里学的法语忘得干干净净了。

我非常高兴再次见到母亲，在我们成长的岁月里，她总是流露出一丝羞涩和谦逊，还有惊人的智慧。1913 年，我的父亲在芝加哥猝死，结束了光辉的法庭生涯，只有 42 岁。当时我母亲也是这个年纪，她因此守寡 26 年至今，我一直替她难过。但她没有诅咒命运，很平静地生活着。

母亲对我久居欧洲很困惑，但是她一直对我的事业深感自豪。她说自己总是很热心地阅读我在《芝加哥论坛报》上发表的文章，好像在和我通信一样。最近两年她又总是收听我从欧洲发回的广播报道，感觉就好像我正在和她说话一样。

当我们分别时，我又要返回欧洲，可能会投身报道一场大战，母亲对此有些担心。但我向她保证（我估计所有的儿子都会这样安慰自己的母亲），如果战争爆发了，艾琳、特斯和我都会安然无恙的。

那年夏天母亲已经 68 岁，身材仍然保持得很好。后来我很幸运又见到了她一次。那是六年之后，当时哥伦比亚广播公司正在考虑是让我去德国报道第三帝国的灭亡，还是去旧金山报道联合国的成立。那天是 1945 年 4 月 12 日，也就是罗斯福总统在佐治亚州沃姆斯普林斯逝世的日子，我恰巧正在爱荷华州的锡达拉皮兹。我前一天晚上在奥马哈做了节目，马上要回到纽约等候公司派遣。母亲在门口迎接我。她脸上有泪——我想，是因为我来了，马上又要走。

"他死了。"母亲说。

"谁？"

"总统。"母亲开始呜咽。

我们打开了收音机，希望听到更详细的报道。之后公司从纽约打电话给我，要我去当地的电台，对总统的死讯做些评论。我一直忙到午夜才完成最后的播音，然后我回到母亲的公寓准备向她告别。

母亲还在继续发问："我们该怎么办啊？"对她个人而言，罗斯福总统的去世是一个巨大的打击，对成千上万的美国人来说也是一样。她看上去非常疲惫，而且神情沮丧。我们原计划是要谈一谈家事的，现在看来是没什么必要了。

我告诉母亲："我们下次再谈家里的事情吧。"

我们相互亲吻然后告别，我打电话预约了一辆出租车把我送到火车站，然后连夜坐火车回到了芝加哥。

然而再没有下次见面了。七个月之后的 11 月 26 日，她在和邻居讲话，突然昏了过去，再也没能醒来，20 分钟后她去世了，享年 74 岁。特斯从纽约发来的电报中说："迅速，没有痛苦。"就在那年夏天，战争正式结束了，希特勒死了。我当时正在纽伦堡报道对残余纳粹战犯的审判。我没办法回家参加葬礼，我也无处倾诉我的情感。但是我感觉到了，我知道。

1939 年夏天，我在纽约第一次见到了哥伦比亚广播公司的大老板威廉·佩利，之前我在广播中听说过一些关于他的报道，也特别注意到哥伦比亚广播公司在他的领导之下迅速崛起，这几乎是 20 世纪 30 年代里最令人称奇的成功故事之一。

佩利具有俄国犹太人血统，他的家族是费城有名的雪茄制造商。1928 年，佩利 26 岁时，他依靠自己和家族的支持，花费了近 50 万美元，购买了经营不善的联合独立广播公司，然后更名为哥伦比亚唱片广播公司。这家公司当时只有 15 个附属的广播站，而美国全国广播公司有 50 个广播站。在所有人眼里，佩利的这一投资举动完全是徒糜金钱，公司根本不会有任何前途。但是桀骜不驯的佩利并不这样认为。他对于未来传媒的新发展有一种独特的想象力和感悟力，他努力打拼，最终把哥伦比亚广播公司打造成业界航母。在我看来，他开创并统治了美国的传播业，哥伦比亚广播公司先是独霸了广播界，继而是电视界，而且它使得电视成为美国人生活中不可或缺的重要部分，并且使该产业成为最具有盈利前景的行业。

当我在 1939 年 7 月第一次见到佩利时，那时哥伦比亚广播公司的整体业绩还要低于全国广播公司的红蓝网络。但是哥伦比亚很快就缩短了与全国广播公司之间的差距，而且我认为在报道公共事务，尤其是突发新闻方面，哥伦比亚已经是业界第一，它的主要对手对此只能望尘莫及。哥伦比亚能够在新闻界取得如此巨大的发展，佩利是头号功臣。哥伦比亚娱乐节目的发展主要也要仰仗他的功劳，娱乐节目是传播行业的核心业务之一，也是主要收入来源。

和佩利进行了一两次谈话后，我就发现他本人对于报道的新闻本身并没有太多的了解，但是他对于需要广播什么内容具有强烈的直觉，而我认为这正是全国广播公司所缺乏的能力。佩利足够精明，他挑选了区区数个专业的新闻工作者，然后赋予他们完全的自由权利去调度、支配某种尚处萌芽状态的传播方式，而这些新生事物往往会变成新闻业令人兴奋的新形式。

哥伦比亚广播公司里有三个关键性的人物站在了塑造广播新时代的前列，他们是在纽约工作的埃德·克劳伯和保罗·怀特，还有在欧洲工作的埃德·默罗。在1939年时，克劳伯的作用最为重大。第一，他曾长期为《纽约时报》工作，在各个栏目做过编辑，新闻经验丰富。第二，他迅速捕捉到广播将会变成新闻的主要形式，并于1930年为佩利所招募。不过我一开始感觉克劳伯总是脸色阴沉，很难打交道，他的工作风格有点独裁和暴君式——保罗·怀特对他总是怕得要死。不过很快我就发现克劳伯是个非常专业的新闻人，他对报道总是要求并且坚持最严格的"尊重事实、准确、负责"的标准。美国当时的媒体有一种好莱坞化的倾向，流露出华而不实、琐碎和无意义的气息，而克劳伯的严肃认真则让我深受感动，他是一个将新闻视为一项严肃事业的人。当我发现他对于世界事务极度关心，并且对于历史的复杂和不确定性充满兴趣的时候，我开始喜欢上他。我非常高兴在公司总部有一个人能够理解我和默罗在欧洲所尝试努力的事业。

至于佩利，据我观察，他对此很有兴趣并且鼓励我们去开拓。当我和他第一次见面谈话时，他表现出最大的和善态度。他对于默罗和我在欧洲所做的报道工作给予了太多的赞扬。他和我在华盛顿、纽约遇到的所有人都不同，他希望了解欧洲大战何时将至的问题，以及默罗和我将会如何计划报道战争。他说，如果战争真的爆发了，他会在一周或两周内把保罗·怀特派往欧洲和我们一起商讨报道的计划。

在我看来，佩利是一个非常和善的人，但也会在某些时候变得非常强硬。事实上，如果他不是一个性格坚强的人，也不可能在弱肉强食的传媒界生存下来。我可以感觉到在佩利充满青春朝气的活力背后隐藏着一些冷酷的原则——他不会容忍任何私人关系影响到他对事业的判断和决策。他可以与旁人和蔼地谈论问题，但是一旦当他做出某些决定后，任何人就都不要试着去冒犯他。关于这点，我常常有所领教。

在那些日子里，佩利一直非常平易近人、友善，也很随和。默罗和我在纽约的时候，一旦我们为工作所困扰，我们随时可以直接去他的办公室找他征询意见。但之后，随着电视开始出现，公司的事业越来越大时，我相信再也没那么容易见到他了。

保罗·怀特是我们的新主任，他是个天生的乐天派。佩利把他从合众社挖到我们公司来。他对新闻的敏感度很高，而且有一种本能的直觉，他相信广播会成为新闻传播的主导方式。他本来接受的专业训练是有关有线新闻方面的，但他个人对报道突发新闻更有兴趣，广播比报纸能够更为迅捷地提供突发新闻。默罗和我主要致力于报道突发新闻，怀特则更专注于分析这些突发事件。他特别醉心于自己所谓的"新闻特长"，在我看来这有些肤浅，在某些时候还有点傻乎乎的。但我和他，以及和克劳伯在一起工作是一件很愉快的事情。和大多数从未在国外工作过的美国新闻工作者一样，他常常在某种程度上忽略欧洲发生的事情，有时他对我和默罗从欧洲发回的新闻报道不是特别敏感。但是总体而言，他对我们在欧洲的工作是非常支持的。

1939 年 7 月 4 日独立日大游行，特斯和艾琳也参加了，在那之后我乘坐"玛丽皇后号"轮船回到了欧洲。我对自己目前的这份工作非常开心，此次回国之行我既看到了纽约公司总部的发展，也感受了广播对美国人生活的影响。但是我有种不祥之感，我感觉我所前往的欧洲将会很快陷入战火。这将会是一个巨大的新闻，它需要用一种新的媒介方式去报道。1917年第一次世界大战之际，我还很小，所以我当时常常诅咒自己为何如此倒霉没能赶上参与这种历史大事件。而现在我已经35岁，比一战时成熟多了，任何一个正常的人都不会渴望自己在生命中遇到另一场世界大战，否则他一定会遭人厌恶的。我也在怀疑自己会不会对未来太悲观，战争也许还是可以避免的。汉斯·卡尔滕伯恩是纽约知名的新闻评论员，他向听众们保证说未来肯定不会爆发战争。

汉斯对我说："比尔，我很确信不会有战争的，你看我还让我的儿子和儿媳去欧洲度蜜月呢。"

苏联驻华盛顿大使康斯坦丁·奥曼斯基和我同船回到欧洲，他对欧洲的前途也很乐观。之前在华盛顿我就听人说奥曼斯基大使是一个非常精明聪慧的人，我们在路途中的谈话证明了这一点。他和我在欧洲遇到的大多数苏联外交官一样愤世嫉俗。他面无表情地去三等舱向一群来自美国和欧洲的大学生发表了有关"苏联民主"的演讲。但是毫无疑问，我在思考，只有像他这样做才能在斯大林创造的艰难环境中生存下来。我知道许多苏联外交官遭到了克里姆林宫里狂热分子的肃清。

至少从奥曼斯基和我的谈话中，我可以看出他对于欧洲和平的可能性还是比较乐观的。他相信如果英国、法国能够和苏联结成军事联盟，那么希特勒就不敢发动新的欧洲战争。我在日记里写道，奥曼斯基大使认为"苏联将会和英国、法国结成民主的共同阵线以对抗法西斯的侵略"。（不过现在回过头再翻看日记，我实在记不起当时我为何没在"民主"这个词上画个问号，甚至连个感叹号也没有。）大使在谈论苏英法联盟时，总是用假设的口气。他说："如果联盟真的可以的话，那巴黎和伦敦就要表现出认真对待的态度，而且不能简单地只想操纵苏联卷入独自对抗德国的战争。"

张伯伦和达拉第会"认真对待"吗？我对此表示怀疑，我相信奥曼斯基也一样心有疑虑。7月中旬，我们这几个哥伦比亚广播公司在欧洲的职员（默罗、巴黎的汤姆·格兰丁和我）和保罗·怀特开了个会，讨论如果战争爆发，我们如何报道的问题。在会上据默罗说，他确信张伯伦仍然在拖延与莫斯科方面的谈判，默罗据此判断首相大人在试图制造另一场慕尼黑阴谋，他感觉到另一场交易正在酝酿的味道。我认为这个推测听上去有合理性，但是可能性不大。因为在我看来，希特勒已经决意发动战争，除非波兰向他完全臣服，而波兰恰恰根本不会这样做。因此战争肯定是要爆发的，我们需要做好报道计划了。默罗不同意我的看法，他认为我们目前所面临的只不过是类似于一年前那样的危机，并不是战争爆发的前兆。[8]

为了扩大报道"危机"的范围，我们决定再招募一位驻外记者，这样我们就会有四位记者在欧洲负责报道了。我和默罗赶到巴黎和一位年轻的美国报业人士埃里克·塞瓦赖德共进午餐。我虽然和塞瓦赖德素未谋面，但是我从外人那里听到的关于他的评价除了赞扬还是赞扬。他一直在巴黎工作，白天给巴黎的《先驱报》做城市版面编辑，晚上则给合众社做编辑。我们此次会面之前，哥伦比亚广播公司已经决定雇用他。他开始转到全新的广播领域工作，这也能让他不再像以前那样没日没夜地工作，拥有了更多的休息时间。我相信这段经历也将会让他终生难忘。

另外，公司又额外增加了两名记者在纽约工作。他们分别是乔治·菲尔丁·埃利奥特少校和埃尔默·戴维斯。第一次世界大战期间，埃利奥特先后在奥地利和美国军队服役，并且就军事事务撰写过好几本著作。戴维斯来自印第安纳州，他是一位面容和蔼、声音略微嘶哑的绅士，他既是一位记者也是一位作家，还曾经荣获罗德奖学金。戴维斯那印第安纳式的冷幽默素来为读者所熟知，很快这种幽默风格也会为上百万的广播听众所熟悉。他们二人很快就成为我的好友。

尽管我感觉战争是不可避免地要到来了，但是在 1939 年的夏末，我和默罗以及大多数人一样，对此事的感觉摇摆不定。我的日记纠正了我那些有错误的记忆，但是我一直非常珍惜这些宝贵的记忆。当时和大多数人不一样，我知道当欧洲开始收获粮食时，战争也就要到来了。大多数人之所以不这么认为，可能只不过因为他们在绝望中仍然寄希望于那一根救命的稻草。我们仍然希望事情不会像 1914 年那样发展，德国、苏联和西方民主国家能够找出和平的办法。毕竟欧洲从 1918 年大战结束到现在才享受了短短 21 年的和平，对欧洲人来说，他们不能接受新的大战如此迅速地到来，上一次大战给他们带来的伤害还未平复。

我回到欧洲大陆一周后，也就是 7 月 16 日在日内瓦做了一次广播。我在节目中说，当前的局势看起来比三周前我离开欧洲时缓和了一些。一周之后，我在日内瓦做另一场广播时说道：

> 在这个命运攸关的夏季，欧洲五亿人民每天都在数着

日子过，他们满心希望最终的结局会是和平的。

我也和他们一样希望如此，我之所以这样希望也有一点私人的原因，我再次与家人变得亲密，我们珍惜在日内瓦这座瑞士老城过上新生活的每一分钟。我们每天都会花几个小时在湖边散步，也会坐轮船从日内瓦湖前往洛桑城，然后再返回。我们还会去山上远足，第一天去阿尔卑斯山，第二天就去汝拉山。8月3日我在日记里总结道："从我个人的观点来看，没有战争将会是最美好的。但是下周我必须再去格但斯克一趟，去观察局势到底如何了。"

自三个月前我在柏林听了希特勒在帝国议会的演讲后，我就再没去过柏林了。这次在去格但斯克的途中，我途经柏林做了短暂停留。德国人民生存在一个完全与外界隔绝的环境之中，这让我深感震惊。全世界都在担心德国会通过格但斯克进攻波兰，纳粹所控制的媒体却在宣传相反的事情，而德国人民只相信纳粹的说辞。我自觉这三个月里我所处的环境、接触到的人与事都是比较正常的，所以这次回到柏林，看到当地报纸的头条时，我简直不敢相信这是真实的。火车从瑞士出发后，我在车上买了一份德国卡尔斯鲁厄市的纳粹党日报《元首报》，头版只有几行字的头条：

华沙威胁要炮轰格但斯克！
邪恶的波兰疯狂之徒
发起令人难以想象的挑衅！

在柏林站我又买了一份《德国交易报》，这家报社隶属于德国金融界，通常比一般的纳粹党党报更为理性一些，然而它的头条赫然写着"波兰在欧洲反对和平与权利"。

当天晚上，我离开柏林前往格但斯克，我注意到德国的媒体和广播电台都把格但斯克视为德波对抗的核心问题。我在日记里写道："德国会继续在媒体上伪装以掩盖自己真实的意图吗？连傻子都知道德国人根本不会在乎格但斯克，格但斯克问题只不过是个借口而已。"

希特勒真正要做的是重复一年前对捷克斯洛伐克所做的事情，先羞辱而后毁灭波兰，之后他就可以向东推进势力范围，重现当年霍亨索伦王朝的"向东进军"战略。

在德国待了几天的经历，让我的神经感觉更为难受，我满脑子都是德国人如何让我生厌的画面。我记不起是什么原因让我在当晚的日记里写下了如下嘲讽的话：

> 柏林街头、餐厅和咖啡馆里那些丑陋的德国女人让我震惊。就人种角度来说，德国女人是欧洲各种族女性中最缺乏魅力的，她们连脚踝都没有，走路的姿态非常难看。她们的衣着也没有英国女人漂亮。记于去格但斯克的夜间。

我很困惑当时为什么会注意到德国女性那并不优美的脚踝造型。难道可以舒缓我对于战争阴云日益密布的担忧吗？

我于8月11日那个周末到达了格但斯克，当地并没有让我感觉到一场新的欧洲战争将会在此地爆发。的确，一些普通规模的德军部队已经迅速在附近动员起来，并开始构筑防御工事，军官和士兵也几乎毫不掩饰他们的目的。德国的军用轿车和卡车（它们按照规定可以悬挂格但斯克的车牌）在格但斯克大街上穿行。我所下榻的格但斯克霍夫酒店里，满是德国国防军的军官。从波兰境内延伸出来的公路上布满了坦克陷阱和路障。我所能看到的场景只有德国人已经运送大批的机关枪、反坦克炮、防空高射机枪和轻型火炮到达这一地区。

然而，格但斯克当地的居民仍然不相信最终会爆发战争，他们已经被彻底地纳粹化，而且希特勒运用天生的欺骗能力让他们相信，元首一定能用和平的方式把他们带回德意志帝国的怀抱。20年来，格但斯克居民一直对《凡尔赛和约》极为痛恨，因为正是条约规定将本属于德意志帝国的格但斯克地区强行划分给了波兰，使波兰取得了通往波罗的海出海口的陆上走廊。协约国将格但斯克设为自由市，并在名义上将其置于国联的监督之下，事实上格但斯克在经济上是由波兰主导的，因为它是波兰的主要港口。我发现，格但斯克市民希望城市主权回归德国，但又希望能和波兰人继续保持商业联系。但他们回归的心情也没有希特勒那么心急火燎。

夏季就快结束，格但斯克的天气变得温暖，还带些闷热的气息，大街上到处是咖啡馆、啤酒和葡萄酒园，里面都是德国人，尽管他们全在讨论即将爆发的战争，但仍然欢快痛饮。在他们的脸上我几乎看不到什么紧张的神色。属于格但斯克一部分的索伯特地区是波罗的海有名的度假村，海滩上满是游客，夜晚降临时，游客充斥于赌场。很难想象这些当地人会参与战争或者促成战争爆发。

我在此地待了两天之后，在日记里草草写下："我越来越有强烈的感觉，格但斯克的归属根本不是真正的问题所在，我却在这里浪费时间。真正的问题是波兰能否继续保持独立。我必须去华沙看一看。"

之后我在华沙待了一周时间，8 月 20 日我在日记里总结道："总而言之，最为重要的是，波兰人表现得非常冷静和自信。"然而一年前，直到张伯伦彻底出卖捷克斯洛伐克人之前，捷克斯洛伐克人也是表现得这么冷静与自信。在华沙城里没有哪一个波兰人相信大英帝国的首相将会或者可以对波兰做出同样的背叛。我必须说，我钦佩波兰人的冷静和自信，但是我必须提醒自己，波兰人对于现实是盲目的。尽管法国和英国都对波兰政府有所敦促，但是波兰政府仍然完全拒绝与苏联组建军事同盟以抵抗德国侵略的建议。对于波兰政府的做法，我表示不解和怀疑，我在拜访波兰军队、外交部、大学、商业机构、贸易联合会总部期间都表达了类似的观点。我引述丘吉尔和劳合·乔治的话告诉波兰人，只有他们与苏联结为同盟，那么当英法在西线与德国作战时，波兰在东线才能有效遏制德国的进攻。但是波兰人完全不理睬我的意见。他们坚持不会与苏联结成任何形式、任何方面的联盟。

在本周结束之前，我开始感觉到波兰人的民族性格中有自我毁灭的一面。我想知道，当沙俄、普鲁士和奥地利在 18 世纪瓜分并毁灭波兰的时候，这种性格是不是也发挥了巨大的作用。我能够理解波兰人对俄国人在历史上形成的不信任感，当时俄国人占领华沙并施行残暴统治。但是要想在这个世界上生存下去，就必须学会妥协。如果没有苏联人提供帮助，那波兰人在面临希特勒的侵略时只有死路一条。当英法最终开始与苏联人进行军事互助谈判后，两个西方大国也一直竭力劝告波兰接受这一提议。波兰本该从自身国家利益出发而答应这一提议，但他们没有，当然之后再也不会有机会答应了。

由于苏联方面威胁称，除非立刻开始谈判，并努力达成互助条约，同时要有军事记录备案，否则将取消与英国的联盟谈判，加之法国又一直在其中纠缠不休，认为如果不进行谈判将会促成巨大灾难。因此，张伯伦终于在 7 月 23 日犹犹豫豫地决定同意苏联方面的提议，由英法苏三国的军方代表开始谈判，但他又故意拖到 7 月 31 日才宣布这一决定。之前莫洛托夫反复申明，苏联将会签署一份政治声明以示支持西方抵抗希特勒，但是苏联人也迫切想知道西方国家究竟可以给自己多少确实的军事帮助。对法国人、丘吉尔和劳合·乔治而言，苏联人的这个要求完全合理，但是张伯伦很反感。根据英国政府解密的文件来看，张伯伦当时的战略意图就是，在希特勒真的于秋季袭击波兰、大势已去之前，要尽可能地拖延与苏联谈判的时间。

至少英国派往莫斯科参加谈判的军事代表团的规格要远远高于之前张伯伦派去参加政治谈判的代表团。代表团成员包括海军上将雷金纳德·普伦基特 - 厄恩利 - 厄尔·德拉克斯爵士、空军元帅查尔斯·伯内特爵士和海伍德少校。尽管他们不是英国军界的核心人物，但级别也已经相当高。而苏联方面，为了显示出他们对谈判的严肃态度，专门指派了军方的最高首脑来参与谈判，其成员包括：国防人民委员克利门特·叶夫列莫维奇·伏罗希洛夫元帅、红军总参谋长鲍里斯·沙波什尼科夫将军，以及苏联海、空军的总司令。

我们刚才提到，根据解禁文件，英国代表团成员从张伯伦那里接收到的指令就是进行缓慢的谈判以拖延时间。代表团成员一直在拖延时间，正如英国驻莫斯科大使威廉·西兹爵士所说："要拖延足够的时间以度过接下来危险的数月。"英国代表团不仅被首相告诫要尽可能地拖延谈判，而且首相大人甚至故意派遣了一艘航行缓慢的船送他们去苏联。如果乘坐飞机的话，代表团本来可以在一天之内抵达苏联，但是他们被送上一艘客货混装的轮船，走了整整五天才到。当英国代表团抵达莫斯科时，已经是 8 月 11 日，这几乎已经太晚了。

希特勒已经抢先一步。

英国代表团抵达莫斯科的第二天，也就是 8 月 12 日，希特勒和意大利外长齐亚诺举行了会谈，希特勒告知后者，他已经决定要解决波兰问题，"在 8 月底之前，一定会用某种或者其他方式解决的"。希特勒解释称，由于将要到来的秋季是多雨季节，道路泥泞，适合德国装甲和摩托化部队行进的道路很少，到时会极大降低这些部队的战斗力，因此在雨季来临之前，他不能再做任何等待。

就在希特勒和齐亚诺的会谈接近尾声之际，一封电报呈到希特勒手中。电报来自德国外交部，他们向元首汇报称一天前接到了来自苏联外交临时代办的电话。莫洛托夫已经告诉德国人，苏联准备好与德国人谈判了，"甚至可以讨论波兰问题"，莫洛托夫还建议将讨论地点设在莫斯科，不过苏联方面只有一个条件，那就是会谈必须一步一步来，不能操之过急。

但是希特勒是没时间等那么久的，他已经决定攻击波兰的日期"最晚"不能超过 9 月 1 日。英法联合军事代表团已经抵达苏联，英法苏之间的军事联盟谈判终于有所转机，希特勒如果要想破坏这一谈判，并且和斯大林达成苏德双方的协议，那他就必须立刻动手了。

8 月 14 日，周一，我当时刚刚从格但斯克抵达华沙。这一天对于西方联盟、苏联、德国而言都是决定性的日子。伏罗希洛夫元帅在莫斯科向谈判桌对面的英法代表频频发炮，质问他们如果德国袭击波兰，那么联盟各方可以提供多少军事力量抵抗德国？法国可以在西线提供多少个战斗师？英国又会提供多少战斗师以支援法国？比利时将会做什么？伏罗希洛夫元帅强调，一旦战争爆发，苏联已经准备好部署120个战斗师。除此之外，元帅一直竭力要求英法代表回答一个重大问题：波兰人是否会允许苏联军队进入波兰国境和德国人作战？

这是最核心的问题。西兹大使希望本国政府能够解决这一问题，他在给伦敦的电报中称"俄国人现在已经提出最核心的根本问题"。但是伦敦方面给他的指示是让他回避问题，并称如果苏联人坚持询问这一问题，那么就告诉他们代表团必须"向伦敦本部请示"。代表团的确就是这么做的，以至于在会谈结束时，伏罗希洛夫元帅警告道："如果该问题没有一个准确、毫不含糊的答案……那么也就没有必要继续进行军事会谈了。"

对于英法联合代表团而言，时间正在一点点耗尽，然而他们似乎没有意识到这一点。伏罗希洛夫元帅却意识到了问题的严重性。他是斯大林的得力干将，他知道领袖已经开始考虑柏林方面传来的预想之外的希望和解的意图。8月14日，德国变得更为迫切地向苏联示好，这与英法联合代表团不断激怒苏联的拖延做法形成了鲜明对比。就在这一天，希特勒决定向苏联提供巨大的利益让步。

当天晚间，他指示舒伦堡大使给莫洛托夫打电话，向他朗读一大段冗长的信件，信中提议让里宾特洛甫前往莫斯科进行短暂访问，"以便将元首的观点直接带给斯大林"。他还补充道："德国已经准备好与苏联就东欧地区的所有边界问题达成协议。在波罗的海和黑海地区，两国之间一定可以达成让双方都感到完全满意的协议。"

为了让斯大林完全理解希特勒的意图，德国在电报中还专门向苏联人强调自己重点所指的就是波兰和波罗的海诸国。德国人已经说得如此露骨，斯大林是不可能不明白其意图的。德国人突然提出如此提议，意思就是希望由苏德两国瓜分包括波兰在内的东欧地区。这对苏联来说，是个巨大的诱惑，英法代表团是提供不了这样的补偿的。尽管两个大独裁者之间因为意识形态冲突而彼此憎恨，但希特勒确信他的苏联对手是无法拒绝这样一份大礼的。也就是在同一天，希特勒再次召见自己的军官，告诉他们自己很确信英法是不会参与战斗的，因此波兰将会独自面对德国，而德国只需要一夜就可以征服它。元首还告诉将军们不需要担心苏联的介入，因为他正在和莫斯科接触，布尔什维克对于拯救波兰是没有兴趣的。

8月15日，也就是舒伦堡大使接到元首指示的第二天，大使向莫洛托夫正式表示，里宾特洛甫外长有一份致莫洛托夫外长的加急电报，希望后者能够迅速来到莫斯科以便尽快解决苏德两国的关系问题，莫洛托夫表示非常有兴趣。当舒伦堡向莫洛托夫转达意见的时候，柏林方面正处于忐忑之中，他们生怕苏联拒绝。事实上，莫洛托夫外长甚至询问德国方面是否有意愿与苏联签署一份互不侵犯条约。

请注意，不是德国，而是苏联首先提出要签署互不侵犯条约的。而就在同时，苏联人还在和英法谈判组建军事联盟以对抗纳粹帝国。希特勒甚至都没敢想那么远，但当他知道苏联人希望签署互不侵犯条约时，他对此深表欢喜。如果苏德之间签署了互不侵犯条约，那么苏联人将不会参与战争，而英法也因此将受到恐吓，不敢轻易卷入战争，那么他就可以轻而易举地拿下孤军奋战的波兰。

但还有一个困难存在。莫洛托夫坚持自己和里宾特洛甫在莫斯科的谈判需要有"充足的准备"，而这就意味着需要花费时间。希特勒如果决定要在 8 月底之前进攻波兰的话，那么留给他的时间就不多了。第二天，柏林方面立刻给莫斯科又发了一封加急电报，在电报中希特勒声称自己完全同意签署互不侵犯协议，但是由于"波兰的挑衅"不断增加，因此苏德双方只能尽快处理此事，并且再一次敦促莫斯科方面能够"在 8 月 18 日之后的任何时间接待里宾特洛甫，里宾特洛甫拥有元首赋予的全部自主裁决的权力，可以处理苏德关系所有方面的问题，如果形势需要的话，他可以代表元首与苏联签订合适的条约"。

希特勒在发出电报后，一直待在位于上萨尔茨堡山区的休养寓所中，他在那里焦急不安地等待着苏联方面的回复。当时已经是 8 月 17 日，与此同时，莫洛托夫感觉到了德国人的焦急，反而与希特勒漫不经心地玩起了猫戏耗子的游戏。莫洛托夫以手写备忘录的方式回复，他声称，苏德双方在经历了长期的相互敌视状态之后，要想达成协议，就需要按照"严肃和现实的步伐"来推进。第一步就是双方需要达成贸易和信贷方面的协议，之后再考虑互不侵犯协议。希特勒肯定是没有时间等待的，他于 18 日再次发送了一封加急电报到莫斯科，提出"迅速的结果"是必需的。此刻，与波兰的冲突随时都可能爆发，对德国人而言，没有任何时间可以浪费。里宾特洛甫向苏联方面提议"让自己随时准备好飞往莫斯科"。他声称"元首已经赋予自己全部权力"，可以与苏联彻底终结双边关系中存在的所有困难。他还补充道，德国方面的慷慨甚至包括可以按照苏联以前的想法，双方签署一份划定苏联"利益范围"的特别议定书。舒伦堡大使被派遣去向苏联政府递交这份电报，柏林方面告诫他，此行必须成功，不要再让苏联政府说出任何拒绝的话了。

8月19日成了决定性的一天。柏林和贝希特斯加登的气氛都非常紧张，海军下属的21艘潜水艇和两艘"袖珍战列舰"①都在随时待命，只等莫斯科方面传来消息就立刻驶往英国水域，它们将驶往指定地点，以便横向切断英国皇家海军的运输航道。此时距离希特勒计划攻击波兰的日期——9月1日只有13天，海陆军两大军种都已经准备随时部署开战。

舒伦堡大使的加急电报终于在晚上7点10分到达柏林。最终苏联政府同意里宾特洛甫可以在8月26日或27日前往莫斯科，希特勒终于松了一口气。但是苏联政府定下的日期已经太晚了，这使元首无法按计划在9月1日袭击波兰前有充分时间做准备。此时希特勒已经不再顾及自己的尊严，他开始亲自向斯大林乞求，希望后者能够让德国的外长立刻前往莫斯科。他本人直接写给斯大林的电报，于8月20日晚间被加急送到了莫斯科，元首在电报中敦促斯大林能够"在8月22日周二，最晚不能超过23日周三"时接见里宾特洛甫。他还专门强调，他已经赋予里宾特洛甫"最充分的权力，由他全权负责与苏联签署互不侵犯条约和其他议定书"。希特勒说："如果能尽快收到您的答复，我会非常高兴。"

---

① 德意志级装甲舰又名"袖珍战列舰"（Pocket Battleship），是德国海军在一战后设计的一种万吨作战舰艇，由于主炮口径超出当时《华盛顿海军条约》对巡洋舰的定义，因此被其他国家海军称为袖珍战列舰。

元首的副官们回忆，电报发出去之后，在接下来的 24 小时里，他们一直害怕元首因为紧张而精神崩溃。元首看上去已经在崩溃的边缘，他完全无法入睡。他在午夜致电人在柏林的戈林，向他抱怨莫斯科方面的耽搁。21 日凌晨 3 点，他收到了舒伦堡大使的电报，之前德国本部方面通过电话告诉大使，元首将会给大使馆发送直接呈给斯大林的电报，但是舒伦堡大使在回复电报中说目前为止还没有收到元首发来的电报，这个消息让元首感觉非常糟糕。8 月 21 日周一上午 10 点 15 分，元首让焦急的里宾特洛甫再次给德国驻莫斯科大使馆发电报，训诫舒伦堡大使务必尽全力保证外长赴苏计划能够迅速成行。

但是 21 日白天一整天过去了，苏联方面仍然没有任何消息。直到晚上 10 点 30 分，斯大林的复电突然传到了希特勒在贝希特斯加登的住所。

致德意志帝国总理阿道夫·希特勒阁下：

非常感谢您的来信。我非常希望苏德两国的互不侵犯条约将会成为两国在未来塑造更友好的政治关系的决定性转折点……它将会为两国之间和平与合作的建立提供基石。

苏联政府谨指示我正式通知您，我国政府同意贵国里宾特洛甫外长阁下于 8 月 23 日抵达莫斯科访问。

约瑟夫·斯大林

希特勒立刻向德国公众宣布这一喜讯。在收到斯大林电报之后几乎不到半小时，元首决定立刻打断德国广播正在播放的音乐节目。德国民众从收音机里听到了元首兴奋的声音："帝国已经与苏联政府同意缔结互不侵犯条约，帝国外交部部长将于周三抵达莫斯科以结束谈判，并正式签署条约。"

我错过了这场广播。当天早上我就回到了柏林，但是当晚我顺便去拜访了《纽约先驱论坛报》驻柏林的办公室，去和乔·巴恩斯了解在我离开的这十天里波兰发生过什么事情。我于当夜的10点55分离开，步行回到我入住的阿德隆酒店，我在酒店里草草写了一些笔记，然后正准备前往广播大厦时，默罗从伦敦给我打来电话，告诉了我这个消息。我第一反应是几乎不能相信这是真的。之前没有任何迹象显示苏德在讨论这一令人震惊的协议，默罗也和我一样深感震惊。他认为这一消息会立刻让张伯伦政府倒台。

我立刻冲到广播大厦，希望弄清究竟发生了什么事情，促使了苏德这对死敌的联合。要知道，它们曾经在西班牙战场相互攻击，在宣传领域彼此攻击过上百次。我在前往德国广播电台的路上，一直在反复思考我在广播里有多少东西可以说。不过这个担心已经是多余的，因为等我到了广播电台，就被德方官员告知，"上面"对于广播评论下达了严格的命令。我被禁止播音，那天夜里我甚至连德国新闻评论员的声音也没有听到。很显然，希特勒和戈培尔还没有来得及思考如何处理这突发的新情况，毕竟之前十几年来他们一直在给德国人民灌输邪恶苏联的思想，现在现实却和他们的宣传背道而驰。当然，他们也不会允许像我这样的外国媒体代表来搅浑水。

第二天，德国媒体上倒是出现了一些值得期待的报道。戈培尔掌管的《攻击日报》在首页以黑色粗体刊载了如下一段话："当今世界正面临这样一个伟大的事实：漫长的交往过程和传统友谊为两国创造了共同理解的基石，在此基础上两个伟大的民族创造了共同的外交政策……"此前《攻击日报》一直是所有纳粹媒体中对苏联攻击最为强烈的。

这就是官方的宣传基调了。之前 8 月 14 日，里宾特洛甫在给舒伦堡的电报中也无意提及了这样的基调，他告诉舒伦堡要"逐字逐句地"向莫洛托夫转达德方的意见，即"在德国与苏联的利益之间并没有真正的冲突。无论之前两国是友好的，还是敌对的，这一点都是没有问题的"。

在希特勒宣布苏德协议之后的第二天，他深感自己现在已经成功地将苏联拉出西方联盟阵营，因此他再一次召集自己的将领们，在他们即将对波兰发起进攻前向他们发表了热情洋溢的讲话。斯大林让德国对波兰的侵略变成了现实。

希特勒那天对将领们的发言内容真是令人难以相信，我想甚至他自己也不敢相信。但是一名海军上将和哈尔德将军记下了他的发言。他首先赞美了自己的伟大。

> 从本质上说，一切事情都依赖于我，依赖于我的存在，依赖于我天才般的政治才能。进一步说，事实就是可能再也不会有人能够像我一样拥有全体德国人民的信心。在未来，可能再也不会有人比我拥有更多的权力。因此我的存在价值巨大……没有人会知道我究竟还能活多久，因此最好现在就立刻开启一决胜负的时刻。

他告诉他的将军，攻击波兰的日期可能要比原计划提前六天，改为 8 月 26 日。换言之，如果张伯伦在那之前不炮制另一个慕尼黑阴谋以出卖波兰，那么波兰就必然要灭亡在德国的铁蹄之下。元首声称："我现在唯一害怕的就是有哪个王八蛋会提议调停。"

在发言结论处，元首对他的将军进行了训诫，告诉他们要如何开展与波兰的战斗。如果聆听者是一个更为文明且具有传统普鲁士军人精神的军官，那他一定会认为元首的话真是野蛮之至。

> 我们必须具有最决绝的钢铁意志。不能对任何事情做出退缩。这是一次生与死的大拼搏……当前的首要目标就是毁灭波兰……考虑到季节因素，我们必须迅速做出决定。

面对德国人民和全世界，他会如何证明德国对波兰的侵略是合法的呢？

> 我将会为开启战争找一个纯粹用于政治宣传的由头。世人是否相信都是无所谓的。胜利者在取得胜利后，是不会有人问他当初是说了实话还是撒了谎。纠结于是否开战以及开战是否正确没有任何意义，胜利才是最重要的。

发言的最后是一段训诫语：

> 不要再有任何怜悯之心了！你们所需要表现的只有残忍！八千万同胞必须夺回他们的权利……你们要变得冷酷与残忍！对一切同情的迹象都要予以钢铁般的镇压！……任何对世界秩序有所思考的人都会明白，生存的意义在于通过各种武力取得最辉煌的成功……

阿道夫·希特勒从来没有这样清晰地表明自己的人生态度。

8月23日，周三，柏林的天气又闷又热，看上去每个人都已经知道战争即将爆发。运输兵员的车队在首都不停穿行。如往常一样，又开始有小道消息流传了。一位在作战办公室工作的德国朋友告诉我，元首可能会在明天早上抵达波兰，而另一位在外交部的朋友则说他确信不会。这位外交部的友人还告诉我《苏德互不侵犯条约》将会于今晚在莫斯科签署，这将会使英法不敢再对波兰提供保障。他还补充道，波兰人将会察觉到危险所在，会向德国交出格但斯克。他希望我报道这些事情，以便反对开战。我已经预见两种可能：其一是英法可能会如同背叛捷克斯洛伐克人一样，再次背叛波兰人，而希特勒早已下定决心要毁灭这个国家；其二是大战即将爆发，战争可能会把残存的欧洲文明一扫而空，数以百万计的民众会遭到屠杀，家园遭到毁灭。我不知道这两种可能哪种会让我更感到绝望。

吃完午饭不久，我就去了滕珀尔霍夫机场，汉斯·卡尔滕伯恩刚刚从伦敦飞到柏林。自从慕尼黑事件以后，他就成了我们的明星评论员，日复一日地播音。他的工作让他对许多事情产生了追踪报道的兴趣。眼下他正在欧洲进行一次为期三周的旅行，以便观察是否会有战争爆发。在他离开纽约前，他专门托我帮他去德国官方机构询问一下他能否进入德国，因为他知道自己在纽约做的广播中常常对希特勒有苛刻之词。在德国宣传部，我被告知纳粹政府并不拒绝卡尔滕伯恩来德访问，但是他不可以报道或访问任何德国官方机构。据我搜集到的信息说，是戈培尔亲自下的这道命令。

戈培尔从来就没有说过真话，可我不知道自己为什么相信了他的保证。当卡尔滕伯恩从伦敦到达柏林机场之后，所有其他乘客都完成通关手续离开了，他还在被边防官员盘查，这让我感到非常惊讶。他的德国妻子提前几天到达了德国，现在正和她的六个德国亲戚等着他。他们开始紧张起来。

卡尔滕伯恩夫人问我："你为什么觉得他被扣住了？"

我解释道："虽然我帮他拿到了通行证，但我们可能被骗了。"

我们和卡尔滕伯恩就隔着边防的黄铜栏杆站着，外面非常闷热潮湿，长时间的等待让我们感到几乎无法忍受。最终我向一名盖世太保官员发出抱怨，并和他狠狠吵了一架（在德国你总得习惯盖世太保的无处不在），最后他终于同意让卡尔滕伯恩和我们在机场咖啡厅的天台上见一面。我点了一些冰啤酒给大家，卡尔滕伯恩在旁边拥抱他的妻子和亲戚们。

我发现卡尔滕伯恩有点惊慌失措，要知道平时他在做广播的时候，哪怕发生危机，他都是十分沉着冷静的。

卡尔滕伯恩对我说："我已经告诉他们，我通过你从戈培尔那里拿到了保证信，他允许我来到德国。"

我回答道："汉斯，德国人当时确实给了我保证的。"

然后他又被喊回去继续接受边防官员的问询，很显然，这些人在等待来自上级的指示。我们只好继续留在咖啡厅里边喝啤酒边等待，时间漫长得像一个世纪。我有点着急回城了，因为苏德随时可能签署协议，我需要立刻广播这一消息。当我们到达机场时，大约是下午的3点45分，而现在已经是5点45分了。

就在此时，一名盖世太保官员来了，他告诉卡尔滕伯恩必须乘坐 6 点的飞机回到伦敦。

卡尔滕伯恩还在努力保持冷静，但额头上满是黄豆大的汗珠，他问："我可以知道这是为什么吗？"

令我没想到的是，这名官员快速翻着一个笔记本，转向汉斯说："卡尔滕伯恩先生，您曾于今年的 6 月 24 日在美国的俄克拉何马城做了一场攻击我们伟大元首的演说。"

卡尔滕伯恩说："我已经不记得此事，我能看看您的记录吗？"

官员却合上了笔记本，告诉卡尔滕伯恩必须跟自己走，然后把他送到了一架等待起飞的飞机登机口附近。但卡尔滕伯恩很快又回到了咖啡厅，因为飞机上没有多余的位子了。卡尔滕伯恩又喝了一杯啤酒。我注意到盖世太保的官员一直在激烈讨论着什么，但整个过程中他们一直用敌视的眼光不断朝我们这里扫视。终于有一名官员向我们大步走过来，他说飞机上还有一个座位，很显然，他们把某位乘客从飞机上赶了下来。这名便衣警察要求卡尔滕伯恩跟他走。卡尔滕伯恩走过栅栏时，突然想起他的外套里还装着给我捎来的美国烟丝（我好几个星期一直被迫抽味道奇怪的德国烟，所以专门托他带点美国烟来），他把四个口袋都翻开，然后把烟隔空扔给我。

一名可能属于德国海关的官员大吼道："这是不允许的！"然后他把烟捡起来，塞进了卡尔滕伯恩的口袋里。

当时肯定已经将近凌晨 2 点钟了，我和乔·巴恩斯去了酒吧，我们一整夜都坐在他的办公室里，等着从莫斯科传回一些关于苏德条约的消息。周一夜里，希特勒宣布将要签署条约的消息已经让乔感到极度震惊。此前他长途跋涉前往莫斯科，是为了帮《纽约先驱论坛报》做一个节目，收到消息后他就来到柏林。乔精通俄语，一直自以为非常了解苏联，就像我自以为很了解德国一样，所以我们都被周一深夜的新闻震惊了。的确，乔常常向我指出，克里姆林宫对于张伯伦极不信任，苏联人相信这位大英帝国首相的目的就是要引诱德国对苏联开战，所以苏联人决定不能陷入英国人的陷阱。但是，直到最后几天，乔都相信苏联会和英法签署一项军事协议，这将会使希特勒对攻击波兰的计划变得犹豫。但是乔无论如何也不能想象，斯大林这位法西斯主义的宿敌，竟然和希特勒达成了协议。

凌晨 2 点钟之后不久，我们就拿到了苏德条约的条款内容。除了我和乔之外，还有许多聚在酒馆里的英美记者，我们一起看完之后，简直都要崩溃了。公开的条约包括：双方保证不对彼此进行攻击行为；缔约一方如遭遇第三国的攻击，另一缔约国不得给予第三国任何支持；缔约双方"绝不参加直接、间接反对另一缔约国的任何国家集团"。

我们所有人都认为，希特勒已经从斯大林手里拿到他急需的全部保证，那就是如果波兰遭遇攻击，苏联将不参与英法对波兰的保证协议。

直到 1945 年大战结束后，我们才知道希特勒为了获取攻击波兰的准行证而向苏联人提供了怎样的报酬。苏德之间还有一个"秘密协议"，两人在文件中已经商定要瓜分东欧。在波罗的海地区，立陶宛北部边界将成为苏德利益分界线，以此往北都是苏联的"利益范围"，以南则属于德国。对于希特勒来说，波兰则成为这项秘密协议中最重要的部分。根据协议，德苏将大致以纳雷夫河、维斯瓦河和桑河为势力分界线，从波兰中部划界，往西属于德国的"势力范围"，往东则属于苏联。

最后，该秘密协议的结尾是极为险恶的：

维持波兰独立是否符合双方利益，以及如何划界的问题，只能在进一步的政治发展过程中才能确定。

在任何情况下，双方政府都会依照相互友好理解的前提来解决该问题。

文件末尾称："该秘密协议将被签署双方共同视为绝密文件。"事实上，苏德双方也的确一直守口如瓶。

当8月23日的夜晚快要结束、晨光将要降临时，我和乔穿过蒂尔加滕公园回家。我们都感觉到战争是不可避免的了。

但远在纽约的总部不这么认为。最近两三周以来，保罗·怀特一直对我和默罗絮絮叨叨，让我们做一个被他称为"欧洲之舞"的节目，要求我们在伦敦、巴黎和汉堡报道当地夜间的娱乐和舞曲。一开始我和默罗都反对这个策划，但是怀特始终坚持，我只好列了一个计划，从8月的最后一个周日开始，从汉堡的圣保利酒吧街区开始报道。在美国的广大听众通过我们的广播了解到欧洲民众仍在歌舞笙箫之中，因此认为欧洲正在滑向战争的说法是有误导性的。8月25日，我给默罗打电话，再次要求他敦促纽约总部取消这一节目，然而怀特依然固执己见。很显然，他认为我和默罗对于和平的可能性预测都过于悲观了。

前一天（8月24日）晚上7点，我在日记上写道："看起来战争今夜就要降临了。"

从我所住的阿德隆酒店出发，穿过一条街，就可以看到德国人正在法本公司的大楼顶上安装防空机枪……德军的轰炸机整天都在这个城市上空飞来飞去。

当天，英国驻德国大使内维尔·亨德森爵士从柏林飞往贝希特斯加登拜访希特勒，并告诉他虽然苏德签署了协议，但是大英帝国仍然坚持对波兰的安全保证。希特勒对此勃然大怒，并告诉亨德森爵士自己根本不在乎英国对波兰的保证。元首告诉大使，自己已经 50 岁，他不希望等到自己 55 岁或者 60 岁的时候再去发动战争。当两人在威廉大街谈话的时候，希特勒正准备在破晓的时候向波兰发兵，还留在德国的英国记者都被这些报道吓到了，他们当晚迅速从最近的边境后撤。

现在通过文件我们知道 8 月 23 日晚上，尽管亨德森大使已经警告希特勒，英国仍然会坚持对波兰的安全保证，但他还是把进攻波兰的日期从 9 月 1 日提前到 8 月 26 日凌晨 4 点 30 分。对苏联采取的突然外交行动取得了重大胜利，这让元首失去了理智，他不相信英国人能够言出必行。但是第二天，他又恢复了理智。

25 日一整天，我可以感觉到柏林的气氛越来越紧张。从中午之后，柏林与外部世界的所有广播、电话与电报联系都被切断。我们这些美国记者都无法发出报道。我被德国官员告知不可以再做广播。我试着给身在伦敦的默罗打电话，还试着给纽约的怀特打，可惜都不能接通。通信被切断的迹象让我们进一步相信德军可能会在明天拂晓时分就要进军波兰，而事实上他们也确实收到了这样的指令。

下午 6 点之后，紧张的态势开始有所缓解了，之后我们才了解到其中的原因。当天下午，英国和波兰在伦敦签署了《英波互助条约》，并以此取代了之前 3 月时张伯伦提出的对波兰的单方面保障协议。这一消息大约于下午 6 点钟被送达希特勒那里，施密特匆忙帮元首把条款翻译为德文。然后，他注意到元首读完英波协议，就坐在桌前沉思。短短几分钟之后，意大利驻德国大使就来拜访，带来了墨索里尼的长信。墨索里尼在信中告诉希特勒，虽然德意之间有"钢铁盟约"，但是如果德国攻击波兰，那意大利也只能置身事外。

哈尔德将军在当天晚上 7 点 30 分的日记里写道："元首很明显被动摇了。"事实上，希特勒的确被动摇了决心，他命令参谋人员延迟对波兰的进攻。到了晚上 8 点 35 分，柏林与外界的电话通信恢复了。

通信禁令取消后，我凑巧成为第一个与外界取得联系的记者。尽管我已经被告知不允许做广播，但我还是前往德国广播大厦，准备在凌晨 1 点进行例行广播。没有任何德国官员对我的广播进行阻拦。我直接进了播音室，发现有一位工程师正在为我的广播调试机器。凌晨 1 点，他向我挥挥手，表示一切妥当，可以开始播音了。怀特在纽约向我回复，让我惊讶的是，他竟然说祝贺我，因为这是今天美国从柏林收到的第一句播音。由于通信被切断了，因此美国国内到处是各种匪夷所思的谣言。当我告诉他们柏林仍然处于平静之中，战争还没有到来时，怀特告诉我他们为此消息感到惊讶，但也舒了一口气。

我在日记里写道："我想，广播肯定会大显身手。"如果还是传统的报纸记者用电报的方式传回稿件，那么公众要在第二天早晨的报纸上才知道希特勒没有在拂晓开战。但是通过广播，我们可以立刻在纽约晚上 8 点钟就告诉听众这一消息。这样的话，我们的人民就可以安心入睡，至少 24 小时内不用担心欧洲的和平。华盛顿也可以知道，他们又多了一天来阻止希特勒发动战争。

8 月 26 日和 27 日的那个周末，柏林的天气非常闷热，让人感觉到空气中弥漫的紧张气氛更难以忍受。柏林出现的种种迹象都显示形势是凶多吉少。之前一个大型的纳粹党集会正在坦嫩贝格筹备，1914 年第一次世界大战期间兴登堡元帅正是在东普鲁士的坦嫩贝格取得了对沙俄的重大胜利，据说希特勒还会在这次集会上发表演讲。但是周六传来官方的声明说，由于"当前局势的严重性"，集会被取消了。周六晚间，希特勒又亲自取消了原计划在 9 月第一个星期举办的每年一度的纽伦堡集会，之前他在筹备这次集会时亲自将其命名为"纳粹党和平集会"。

出于对事态发展的关切，美国驻德国大使馆发布了一项警告，敦促一切不必留在德国的美国公民立刻离开。绝大多数记者和商人已经把妻子和孩子送走了。对我而言，特斯与艾琳待在日内瓦是安全的。周六夜里，凌晨 1 点 30 分，我正要进行广播，德国新闻局告诉我，他们将要在 8 月 28 日周一开始实行有关食物、肥皂、鞋子、纺织品和煤炭的定量配给制度。之前德国的新闻管理部门从未主动提前向我通报新闻，我想他们之所以这样做，是希望通过我们告知国外的公众，德国人对于战争并不只是说说而已。另外让我感到有些奇怪的是，当天在广播大楼里没有一名德国官员对我在广播中的开场白表示反对。

　　我不知道我们是否正在走向战争。我只能告诉你们，今夜我身处柏林的感受就是，除非满足德国对于波兰的欲求，否则战争将会爆发。

8月27日，周日下午，元首在总理府举行了非正式会议，并向议会成员发表了演讲。官方声明称"希特勒概述了当前的严峻形势"。我尽了全力，但始终弄不到希特勒此次讲话的全稿。

直到很久之后，我才从哈尔德将军当时记下的日记里找到有关当时情形的记录：

> 帝国总理府，会议，下午5点半，帝国议会……形势非常严峻。已经下定决心要通过一种方式或其他方式解决东方的问题……如果不能满足最微小的要求，那接下来只能诉诸战争。要残忍！元首说他会亲自上前线战斗……

哈尔德将军在日记里提到帝国议员一直"在适当的时机"为元首的发言鼓掌，但是将军认为掌声有点"稀稀拉拉"。

> 元首当时给人的感觉是：精疲力竭，故作声色，心事重重。他的身边站满了党卫军的参谋。

对上周的和平，希特勒的媒体也在故作声色，竭力激起德国人民对战争的狂热渴望，为此说尽了一切卑鄙的谎言。8月26日周六，《德国交易报》宣称：

波兰境内一片混乱

当地的德国家庭四处逃散

波兰士兵开始向德国边境开进

第二天，纳粹党官方党报《人民观察家报》在其周日版首页印上了以下大标题：

整个波兰都处在对战争的狂热之中！波兰人已经动员 150 万士兵！他们不停地向边境运输部队！上西里西亚一片混乱！

不过他们当然不会告诉德国民众，德国军队之前两周一直在不断地动员。迄今为止，德国政府才是处于真正的歇斯底里和战争狂热之中，他们连一点点事实都不肯睁眼去看。我感觉自己就像在一片即将吞噬自己的汪洋大海中拼命挣扎。

在此之前，有来自外部国家的长达 11 个小时的和平呼吁。8 月 24 日，罗斯福总统向希特勒和波兰总统发送了加急电报，要求他们在不诉诸武力的前提下解决彼此的分歧。至少在柏林的我看来，这个和平呼吁是荒谬的，因为波兰总统并没有威胁要发动战争，只有纳粹独裁者这么做了。尽管如此，波兰人回复了呼吁，希特勒却毫无动静。因此罗斯福总统又向他发送了第二封加急电报，希特勒依然不予答复。24 日，教皇也向全世界发表广播，迫切呼吁和平，他恳求道："凭借着基督的圣血……愿强者聆听我们，以避免在不义中成为弱者。"相比罗斯福总统，教皇在公众面前显得更为勇敢，他有关强者的呼吁是直指希特勒的。世界各地都有各种激动人心的对和平的呼吁。8 月 23 日，比利时国王代表比利时、荷兰、卢森堡、芬兰和斯堪的纳维亚半岛三国发表了令人感怀的和平发言。

尽管这些发言在内容和形式上都是高尚的，我在柏林却感觉，它们是虚幻和可悲的。看起来，教皇、罗斯福总统和那些北部民主小国的首脑，和德意志帝国的人根本不是生活在一个星球上，柏林发生的事就像火星上的事一样，他们根本一无所知。他们无法认清阿道夫·希特勒的本性，他统治下的德国人民已经被狂热地洗脑六年，也根本无法认清。最讽刺的是，和希特勒一样在西线的战壕里打了四年仗的法国总理达拉第，也没有充分认清希特勒的本来面目。他也向希特勒发出了一份和平呼吁——可能是所有呼吁中最精彩的一篇：

> 就我自己而言，我素来清晰地了解德国人民对于国家荣誉的神圣感觉，但是我也恳请阁下能够同样明白，法国人民对于自己的国家荣誉的珍视，丝毫不少于德国人民。因此，请阁下不要怀疑，只要我国人民对于包括波兰在内的其他国家做出了庄严承诺，我们一定会竭尽全力去捍卫这一承诺……
>
> 25 年前，法国人民和德国人民曾兵戎相见、血染沙场，如果这一悲剧再次重演，那这场战争将会更为漫长和残忍。两国人民都会抱着本国必胜的信心拼死搏斗，然而最终的胜利者只会是毁灭之力和野蛮行径。

达拉第的呼吁是法德两国之间最后一次外交上的接触。之后尽管法国在西部边境部署了百万雄兵，而英国人在欧洲大陆的西部战线仅仅投入了微不足道的十个师的兵力，但在希特勒看来，如果爆发战争，他所担心的只有大英帝国。正如他在8月25日晚上和戈林所说，他之所以推迟对波兰的进攻，就是因为他必须看看自己能否"消除来自英国的干涉"。这位曾经拥有准确政治直觉的、精明不已的纳粹独裁者，现在却开始出现幻觉了！哈尔德将军 8 月 26 日的日记记下了希特勒当时的思考过程。

周六那天，希特勒突然恢复了理智，决定改变进攻波兰的日期。德国总参谋长记下当时的准确时间是下午 3 点 22 分。

> 元首非常理智和清醒。在第七个动员日的早晨做好一切准备，9 月 1 日发起进攻。

希特勒打电话给最高统帅部发布了自己的最新命令，然后他有五天的时间来和英国对话，并恐吓他们不要干涉自己对波兰的行动。哈尔德将军的日记告诉了我们，这位纳粹大军阀的战略究竟是什么。

> 有传言说英国正在考虑一个广泛的提议。[9]
> 计划：我们会要求格但斯克成为通往走廊地区的通道，同时要求萨尔地区在相同的基础上举行全民公投。英国可能会接受这一提议。波兰可能不会接受。这就会在它们之间插入不合的楔子。

哈尔德本人专门在"不合的楔子"这几个字下面画上了着重线。整个周末希特勒都在思考这个问题，他希望能够扩大英国和波兰之间的分歧，最终让张伯伦找到借口抛弃波兰，就像他当初抛弃捷克斯洛伐克一样。

8 月 28 日周一早上，默罗从伦敦和我通电话聊了很久，他的观点突然完全转变了。他相信张伯伦不会出卖波兰的，他说英国驻德大使亨德森今天下午将会从伦敦返回柏林，给希特勒带回一个"足以让他感到震惊"的信息。对我而言，这当然是个好消息。

当天晚上8点半，亨德森大使回到了柏林，在大使馆用完晚餐后他驱车短短数百英尺，经过威廉大街到达德意志帝国总理府。他从车里出来时，看上去和往常一样温文尔雅，党卫军仪仗队正在总理府门前举行枪械和军乐表演，大使大步穿过其间。我注意到，即使关系行将破裂，这种正式的外交礼仪也总是要坚持到最后一刻。

英国方面对德国人的提议做出了非常坚定的回复。希特勒曾提议对大英帝国提供"保证"，英国人婉拒称，英国政府"已经向这个国家做出保证，不能因为任何利益，默认一项会把该国的独立权利置于危险境地的协议"。对波兰的安全保证需要被履行。但英国仍然希望达成和平的解决方案。英国人向希特勒提出了一种办法，称自己已经收到波兰政府的"确切保证"，波兰政府愿意和德国政府开展直接的对话。英国人现在请德国"同意这一请求"。

英国的照会中说："一项由波兰和德国协商的公正的解决方案，可能会为世界和平打开大门。"

我们在场报道的美国记者，还有英国政府，都没有意识到亨德森与希特勒的这次谈话，包括为了拯救和平而在深夜11点进行的谈判，已经没有什么意义了。我们当时都不知道希特勒早已确定进攻波兰的日期就是9月1日，也就是说距离此时谈判只有短短四天的时间了。首相张伯伦大人还在苦苦寻求的"公正的解决方案"只是镜花水月。

尽管英国大使已经告诉希特勒，本国政府将会捍卫对波兰的安全承诺，但是元首仍然在思考如何在最后让英国置身战争之外。在他看来，即使他不能直接告诉张伯伦不要干预德国对波兰的进攻，他也要用计让张伯伦不主动干预。

8月29日周二早晨，希特勒和亨德森大使在总理府内的会议充满了暴风骤雨。大使是一早赶到总理府接收德国政府对本国政府提议的正式书面复函的，但他发现这个纳粹头子心情很坏。希特勒告诉亨德森，德国人再也不能忍受波兰人反德的"野蛮行径"了，元首声称"这些反德行动简直令德国人仰天哀号"。他接着就表示，为了消除这种恐怖状态，"他不会再等上几天，也许几个小时后他就要开始行动了"。在德国对英国的正式书面复函中，希特勒又提高了对波兰的勒索价码。他要求波兰不仅要立刻归还格但斯克，还要让出走廊地区，而且要"保障"波兰的德国侨民的安全。

然后希特勒就开始对张伯伦下套了。

在书面复函中，德国人"唯一"让英国政府感到高兴的就是，希特勒同意与波兰人直接进行对话，但是要求波兰必须派遣一位全权特使在明天之前到达柏林。

亨德森大使评论道："这听起来简直就是最后通牒。"大使应该记得这位纳粹独裁者在夺走奥地利和捷克斯洛伐克之前，是如何穷凶极恶地对待许士尼格和哈查的。大使后来向伦敦汇报，他和希特勒发生了激烈的争执，大使声称，他"用自己最大的嗓门"怒吼，叫得比希特勒还响。这位英国大使开始觉醒了。

然而大使觉醒得还不够，他没有意识到第二天希特勒的新圈套接踵而至。

外界都很清楚，波兰政府根本不可能在如此仓促的时间里派出全权公使赶赴柏林，很显然亨德森大使没有意识到这一点。当亨德森大使拿到德国人给英国政府的照会时，已经是当天晚上，大使立刻以非官方形式向波兰驻德国大使通报了照会上的内容。亨德森敦促波兰驻德国大使，让他立刻通知本国政府不要有任何迟误，马上任命一位全权大使赴德。相比亨德森大使，伦敦政府显得更为冷静。哈利法克斯于凌晨2点电告亨德森，称"现在已经是新的一天，要让我们在今天就制造一位波兰代表赴德参与谈判，当然是不可能的事情。很显然德国人根本就不想谈判"。

我曾怀疑，德国人对这个与波兰人谈判的想法可否有过一瞬间的期待。当然，这个所谓的谈判提议只不过是德国人耍弄英国人的骗局。如果波兰人真的派出了一位全权大使，希特勒也会故意狮子大开口，波兰人肯定会拒绝他的敲诈勒索。那么可以肯定的是，波兰政府肯定会为外界所批评，说他们无意于达成一项"和平协议"。接下来英国人可能也会对波兰人感到失望，就会重新考虑对波兰的安全保证。

哈尔德将军在29日晚间的日记里将元首的这一计谋简短地记了下来。

> 元首希望挑起英、法、波之间的不合。战略就是，向波兰人提出人口和民主的要求……波兰人会在8月30日赶到柏林谈判。31日谈判肯定会破裂。9月1日正好开始对波兰使用武力。

8月31日凌晨，亨德森大使前往威廉大街德国外交部与德国外长开会，他此行目的是要将英国政府最新的意见转达给希特勒，会议的气氛非常恶劣。德国外长在会上要求波兰应该迅速和德国开展直接对话，亨德森大使答复称："我国政府认为要想在今天就开始让波兰和德国建立联系是根本做不到的。"里宾特洛甫对此答复的内容根本没有兴趣，很显然元首已经指示他要继续做戏迷惑对手。当时除了两位外交官，唯一在场的就是施密特了，他后来写道："我做了23年的外交翻译，这场会议是我见过的最腥风血雨的了。"

亨德森大使这次很容易证实了一点，他电告哈利法克斯："我必须告诉您，里宾特洛甫会议中的全部举止就是模仿希特勒最坏的脾气。"之后大使在向伦敦做最终汇报时称"里宾特洛甫对我有强烈的敌意，我和他进行每一次沟通都只能看到他暴力的增长"。

> 里宾特洛甫显得高度亢奋，他不断从椅子上跳起来，不停问我还有什么要说的。
>
> 我只能不停地告诉他我还有话要说。

据施密特回忆，亨德森大使最终也被激怒了，他也从椅子上跳了起来，甚至在某一时刻，部长和大使同时跳起来，四目怒视，几欲动手。两人最终花了很久来平复情绪，然后亨德森大使向里宾特洛甫索要一份意见书，之前希特勒承诺说会在午夜前给他一份有关德波和解方案的意见书。里宾特洛甫答复，由于波兰的全权大使没有在午夜之前到达柏林，所以现在已经太迟了，意见书已经做不出来了。据里宾特洛甫说，尽管如此，元首还是提了一个"十六点意见"，然后他开始向亨德森大使逐条朗读这些意见。

然而，亨德森大使后来向伦敦汇报："里宾特洛甫用德语向我宣读这些意见时，语速简直不能更快了，或者说他用一种极度含糊的嗓音飞速读完了这份文件。我根本没有听清其中的内容。因此等他读完后，我向他索要文件以重新阅览一次，他却直截了当地拒绝了我，极为傲慢地把文件扔到了桌子上，然后说这份文件已经过时失效。"

失效？但文件里的提议从未被正式考虑过，德国人也从未把意见通报给波兰人，波兰人后来表示他们根本没听说过这个所谓的"十六点意见"。这个所谓的意见书，只是纳粹政府用来欺骗德国人乃至世界舆论的工具而已，它意在让世人相信，即使到了最后一刻，希特勒也没有放弃努力，他向波兰人提出了和解建议和合理的解决方案，但是波兰政府连一个全权大使都不肯派往柏林，因此是波兰人毁灭了通往和平的道路。

之后不久希特勒自己就承认了这一阴谋，施密特曾听见元首亲口承认："我需要为进攻波兰的行动找一个托词，特别是要让德国人民感觉到我已经尽全力去争取和平了。'十六点意见'会让他们觉得我对于格但斯克和走廊地区的归属问题提供了最宽容的解决方案。"

事实上，他的"十六点意见"在没有被里宾特洛甫宣布失效之前，单从字面来看，确实是挺宽容的。8月31日晚上9点钟，我正在向纽约进行播音，突然德国人掐断了我的节目，然后临时插进来，开始在电台里宣读元首的"十六点意见"。我也是此时才第一次知道"十六点意见"的内容，然后我深深地为其中的款项感到震惊。希特勒在"十六点意见"中唯一要求的就是波兰向德国归还格但斯克，而在两天前他还要求走廊地区也必须归还！现在，他在最新的意见中说走廊地区的问题可以搁置，等到一年以后大家的情绪都恢复了平静，再由全民公投做决定。他甚至说，如果到时全民公投确定走廊地区归还德国，那么格丁尼亚港①也仍然会属于波兰。

我在聆听德国人宣读"十六点意见"的过程中，被他们狠狠地愚弄了一把。当我听完全部条款时，我甚至要在广播里称赞这一提议是非常理智的。我没有意识到，这些纳粹头子根本不打算这么做，他们甚至没有把这些意见告诉波兰人。我甚至相信了纳粹指责波兰人拒绝派遣全权大使的说辞。

尽管亨德森大使之前在和里宾特洛甫的彻夜会谈中极不愉快，但 31 日他也开始听信这些谎言了。我之前认为亨德森大使是精明干练的，但事实上他还是涉世尚浅。31 日一整天里，他都在不断努力说服本国政府，告诉他们波兰人应该按照希特勒的要求立刻派遣一位全权大使到柏林来参加谈判。他还说，按照德国人的观点来看，如果波兰人连这么"慷慨的和解条件"都不能接受的话，那么发动战争"可能也并非全无道理了"。

亨德森大使在给哈利法克斯的电报中说："我认为德国人的条件是比较稳健的，这并不是一个新的慕尼黑阴谋……如果波兰人这次不抓住机会，那他们就不可能再得到一个更好的机遇了。"

那天早上，我在柏林的大街小巷转悠，希望了解一下德国民众如何看待即将到来的战争。我在日记里写道：

> 每一个德国人都反对战争，大家对此直言不讳。一个国家如何在它的人民都强烈反对的情况下开始一场大战呢？

----

① 格但斯克湾畔一座重要的海港城市。

尽管我已经在第三帝国待了这么多年，但我竟然还能问出这样愚蠢的问题！看来我和亨德森大使一样，都没有彻底看清纳粹的本来面目。我穿过威廉大街回到阿德隆酒店，半道上在英国大使馆门口驻足了一会儿。大使馆的门廊下堆满了行李。亨德森大使既没有再见到希特勒和里宾特洛甫，也没有和他们再约见面的安排。他和法国驻德国大使罗贝尔说了一会儿话，然后又去见了波兰大使，再次敦促他转告波兰政府立刻派遣一位全权大使来柏林。波兰大使馆也正在打包行李。我感觉，最后这几天各个大使馆为和平所做的垂死挣扎的外交努力，应该就要接近尾声了。柏林城弥漫着一股厄运即将降临的死寂。

31 日傍晚 7 点半，我在广播里告诉美国听众："今晚的局势将极为关键，迄今为止，希特勒还没有对英国政府昨晚的照会做出答复……可能已经不需要答复了。"（我希望听众能够领会我的真实意思。）我注意到今天一整天，英国政府和德国政府之间都没有任何接触。"德国和苏联之间却有接触，柏林希望苏联人可以在今晚批准苏德协议"，当然这只不过是走个过场而已。据某位在德国政府与德国官员有交谈的人说，他觉得希特勒和斯大林二人之间的某些重大安排已经就绪，可是我当时也不知道究竟是什么安排。

夜晚渐深，我们才知道波兰驻德国大使约瑟夫·利普斯基在 31 日早上 6 点 15 分被里宾特洛甫召见。后来他接受我的采访时，我才知道他从凌晨 1 点就开始在德国外交部等候了，他足足等了五个多小时才受到接见。德国人是故意给他冷板凳坐的。我不知道的内情是，里宾特洛甫非常冷漠地让他退下，大使立刻就明白了，这位纳粹的外交部部长之所以对自己这么冷冰冰，是因为自己此行并没有得到本国政府足够的授权来接受德国的条约。当利普斯基大使返回大使馆后，发现电话已经被德国人掐断，他再也不能和华沙联系了。

能不能取得联系，其实根本不重要了。不论是利普斯基大使、亨德森大使，还是我们这些媒体记者，我们都不知道早在31日中午12点半，希特勒已经下达最高绝密"第1号指令"，指示德军于1939年9月1日凌晨4点45分对波兰开始攻击，他还命令德军在西线继续保持防守态势。这个纳粹大独裁者终于下定决心孤注一掷了，之后他如释重负，一整天的情绪非常愉悦。当天晚上6点，哈尔德将军在日记里做了个简短的记录："元首的情绪非常平静，睡得非常好……"

我仍然能够记起，8月31日，在大战即将爆发的最后一天夜里，我们感觉自己与外界的联系被严重阻拦了。我还能够通过无线电向美国播音，也能够获取报社记者们发来的急件。但是当我想往伦敦、巴黎和华沙打电话时，却被告知通往这些首都的通信线路都被切断。当时我驱车去广播大厦播音，往返的路上我注意到柏林市内看上去相当正常。据说伦敦和巴黎都有疏散妇女儿童的行动，在柏林却完全没有见到，就连店面的橱窗里也没有放置沙袋。

凌晨4点后不久，我做完最后一班播音后，就开车返回。这辆在德国生产的福特牌汽车是伦敦《每日快报》的记者塞尔扣克·巴顿留给我的，他几天前被报社匆匆撤出了德国。临别时巴顿和我说，他有信心很快就能回来继续报道。我就这样开着巴顿的车，沿着广阔的大街一直前行，从阿道夫·希特勒广场穿过蒂尔加滕公园，然后回到了靠近勃兰登堡门的阿德隆饭店。

夜晚让柏林的天气变得凉爽了一点。道路上没有什么车辆，就连前一周挤在柏林市区开往德波边境的成队军车，现在也没了踪影。整个街道上就我一个人。蒂尔加滕公园对面的房屋和办公楼漆黑一片，不见半点灯火。柏林人的习惯可能就是早早地上床休息，没有人像我一样总是成宿地熬夜，当然我也是为工作所迫，就连这个时候我还得熬夜去等着看即将到来的究竟是战争还是和平。就我观察到的情况来看，那天夜里，柏林人同样担心，但他们对和平还抱有渴望，他们不想要战争。

过去几天里，我的工作太紧张了，又一直围着播音台连轴转，这让我几乎筋疲力尽了。我回到酒店的房间，一头就扎进被子，连衣服都没力气脱，就昏昏睡去了。

我似乎只睡了一小会儿，就被床头的电话吵醒了。我睡意矇眬地四处摸索电话听筒，注意到外面的阳光已经射进百叶窗。我扫了一眼闹钟，已是早上6点，给我打电话的是《芝加哥论坛报》的旧同事——西格丽德·舒尔茨。她在电话里向我大叫道："真的发生了！"

我还没有睡醒，整个人也十分疲乏，还处于意识困顿的状态。几秒钟之后，我一个激灵，明白舒尔茨和我说的是什么事情了。

"谢谢。"我咕噜了一句，从床上爬了起来。

最终还是来了。战争！

尾　注

[1] 由于柏林方面的压力，在距离慕尼黑阴谋达成不足一周时，贝奈斯于1938年10月5日辞去总统职务，在他朋友的劝告下，

他深感自己的生命安全受到威胁，于是飞往伦敦开始流亡生活。11 月 30 日，最高法院首席大法官，已经 66 岁高龄、身体羸弱的埃米尔·哈查经由国会选举接任总统职务。

[2] 甚至连温斯顿·丘吉尔都承认张伯伦的突然转变让他惊讶。他写道："我完全相信张伯伦会以最优雅的姿态接受中欧所发生的事情。这样才和他在下院的表态相吻合……因此我一直准备对他的伯明翰讲话致以意料之中的轻蔑。然而他的反应让我感到惊讶。"（Churchill：*The Gathering Storm*，pp. 343 – 344.）

[3] 一年半以前，当时是 1937 年 11 月 5 日，希特勒和军方指挥官、外交部部长召开了一次高度机密的会议。希特勒警告这些下属要警惕德意志国防军的武器装备变得过时，因此要及时使用它们。当时会议上决定最早可能要在 1938 年 "解决捷克斯洛伐克和奥地利问题"，最晚要在 1943 年到 1945 年间对波兰、法国、英国和苏联发动更大规模的战争。希特勒向他的军官下达了一个绝对清晰的命令："德国的问题在于争取生存空间，这一问题只能通过武力解决。" 直至二战结束后盟军缴获了这次会议的绝密文件，我们才知道此次会议的存在。在我看来，这次会议是第三帝国的命运转折点，希特勒已经下定决心一定要发动战争。

[4] 希特勒决定对罗斯福总统做出回应，而且他确信美国有许多人支持他——我保证这是不可能的——德国外交部就命令驻华盛顿代办在美国尽可能地宣传希特勒的演讲。演讲结束两天后，代办汉斯·汤姆森电告柏林："目前美国国内对此次演讲的关注度超乎过往。我已经指示将英文译文打印出来派发给……成千上万各行各业的人……请予报销费用。"

[5] 纳粹所掌握的媒体不断地提醒它的读者，"尽管有罗斯福新政"，但在美国仍然有 1200 万人处于失业状态。

[6] 4 月 28 日，希特勒演讲时完全没有像往常一样肆意攻击他平日里痛恨的苏联，而我当时连这一点都没有注意。直到很久之后，我去查找资料追溯苏德关系时，才意识到那次演讲是希特勒第一次在公开场合丝毫没有提及苏联（至少据我所知）。

[7] 戈林去拜见墨索里尼的时候也带上了斯大林的报告，他说"我将会询问元首的意见，看看有无可能抱着与苏联和解的目的与其开展试探性的接触"。据戈林回忆，墨索里尼表示欢迎，他认为苏德的和解将会带来"相对缓解性的效果"。这是轴心国

政策的一个命运转折点。

[8] 佩利在回忆录《既已发生》第 136 页提到，默罗于 1939 年 7
月 26 日从伦敦寄给克劳伯一封信："我认为我们需要制订计划
来准备报道下一次危机，但是我仍然相信不会有战争爆发。"

[9] 据传 8 月 25 日希特勒向英国做了一个非常荒谬的提议，他承
诺自己将会给大英帝国"安全保证"。

第十五章

战争！征服波兰，西线的静坐战，铁蹄下的丹麦和挪威：1939—1940

"发起反击!"

1939 年 9 月 1 日拂晓，希特勒最终向波兰发动了闪电战。元首和最高统帅部号召德国国防军对波兰予以猛击。为了这一天，他从 4 月就开始策划。

德军由数千辆坦克组成的装甲师充当先头部队，迅速越过德波边境，直冲波兰腹地而去。数百架水平轰炸机和俯冲轰炸机不仅对波兰军事目标造成重大打击，还对城镇中数以百万计的平民进行攻击。我想，尽管波兰人民在历史上不幸地遭遇过诸多残忍的屠杀，但这种从天而降的突然死亡可能还是第一次。

柏林当天的天气有点闷，天空灰蒙蒙的，云层很低。我想这种天气对于防御波兰轰炸机是很有利的。整整一天我都希望能听见头顶上有波兰战机抵近的声音，但是从白昼到黑夜，它们始终没能来到德国的上空。

我狼吞虎咽吃完了早餐就到街上去，希望能够了解德国普通民众是如何看待战争的爆发的。然而他们的冷漠和无动于衷让我震惊。街上的报童在大声叫卖战争爆发的号外，但是他们连一点购买的兴趣也没有。大家和往常一样，继续忙于自己早晨的工作，匆匆走向公交车站和地铁站，去单位上班。

我从阿德隆饭店穿过菩提树大街，看到在法本公司新总部工作的建筑工人已经完成早班交接并开始工作，之前整个夏天他们都是这样。报童拦住他们，希望能够卖些号外，却没能成功。毫无疑问，这群工人在来上班前已经听过广播了。可能他们还在为此消息感到困惑。他们和我近期采访过的大多数德国人一样，相信元首一定可以不战而屈人之兵，让波兰和奥地利、捷克斯洛伐克一样乖乖屈服在德国人的膝下。所以他们现在不大相信战争已经来了。

我想，这次德国人民的冷静、漠然与 1914 年第一次世界大战爆发前的情况真是大相径庭。我所读到的各种有关当年的资料都记载，德国人当时对战争的渴求极为狂热，大街上站满了欣喜若狂的人，他们向出征的士兵赠送鲜花，欢呼着支持的口号。德皇威廉二世也出现在皇宫的阳台之上，狂热的民众们欢呼雀跃。

我穿过威廉大街，走到帝国总理府，希望看看在那里会不会有历史场景的再现，元首大人会不会在军队行进的过程中也出现在总理府的阳台。但是这位纳粹战争狂人（我想，现在可以名副其实地称呼他为战争狂人了）根本没有现身，也没有士兵在这里列队前进，我想他们这会儿应该都忙着进攻波兰。整条大街上死寂沉沉。

我匆匆赶到位于阿道夫·希特勒广场的广播大厦，准备做今天的第一场广播，主题当然是关于战争的爆发。今天上午 10 点，希特勒要在帝国议会做一次演讲，我本来想去亲眼看一下这个场景，但总部决定对希特勒的发言做现场直播（能做这项直播任务的设备只有一套，它是德国广播机构的神经中枢），所以我就只能待在广播大厦了。不过这样我可以比去现场听得更清楚，并且我在把希特勒的发言翻译成英文的同时，还可以插空为听众点评一下。这真是一个历史性的时刻，如果英国和法国信守对波兰的安全保障的承诺，那么另一场大战就会爆发。而广播是第一次参与报道一场战争的爆发。

我猜测希特勒会在这个重要的场合穿得非常正式，但是他并没有。让我深感惊讶的是，他显得有点犹豫，而且好像处于对外界很防范的精神状态。我在日记里写道："希特勒看起来好像对自己所做的事情有点困惑，并且对此感到有点绝望。"

与往常那些甚至更不重要的场合相比，希特勒这次在帝国议会的发言反响平平，这场本来是要鼓动议会的大聚会看上去缺乏足够的热情，有点奇怪。据我的经验，希特勒的发言没有打动他人，这是第一次。这是不可思议的。来自美国全国广播公司的马克斯·乔丹和我一起做这次演讲的联合广播，趁着空当，乔丹转向我轻轻私语道："这次演讲看起来倒像希特勒的垂死哀鸣。"

希特勒似乎竭力向帝国议员解释为什么意大利和德国持有"钢铁盟约"，如果战争爆发，意大利有义务向德国提供军事援助，这次他们却置身事外。

他说："你们将会明白，我们既然是为了自己的生存而奋斗，那么我们就不准备向外国请求援助，我们自己来就行了。"

希特勒吹嘘他为了建设德国国防军已经花费"900 亿马克"。他宣称这些钱花得很对地方，向国民保证"德国国防军已经拥有世界上最好的武装，比 1914 年的情况要好得多"。但他说这句话的时候，似乎没什么底气。

这位纳粹大独裁者对于自己接班人的问题似乎比较犹豫。他宣布戈林是他的第一号接班人，第二号是鲁道夫·赫斯，然后他说："如果赫斯也发生什么意外的话，那么依据法律，参议院就要从议员当中选出最称职的人来接任我的职位，我说的最称职就是指最勇敢。"

我当时就很困惑，什么法律？什么参议院？他说的这两样东西根本就不存在啊。

我无数次听到希特勒在帝国议会内一个接一个地编织各种离奇古怪的谎言，有时我甚至很惊讶，这群德国人为何如此好骗，他们竟然能完全相信这些谎言。然而这个早上，希特勒竟然还要超越自己无耻的底线，他稍稍停顿了一下，继续编造出更离谱的谎言，为自己进攻波兰的荒唐行为找理由。比如：

> 你们知道我为了能够和平地解决奥地利的问题，还有之后苏台德的问题，呕心沥血，做出了无止境的努力。但是这些努力都是徒劳而已……
>
> 在和波兰政客的谈判中……我在最后一刻拟定了一份意见书……它对波兰人的宽容是前所未有的，为了达成协议，我甚至不惜让自己站到了成千上万德国人民的对立面。这些波兰政客却拒绝了这一协议……
>
> 过去整整两天里，我一直和我的政府官员待在一起，我们一起期盼是否能够说服波兰政府派遣一位全权大使来柏林和我们谈判……但是我对和平的渴望和耐心被他们错误地视为软弱与怯懦的表现……因此我只能改变策略，对波兰以牙还牙。
>
> 昨天夜里，波兰正规军第一次向德国境内开枪射击。早上5点45分，我们开始开枪回击，从现在开始我们和波兰人只能用炸弹来对话了。

我们知道，波兰"正规军"也好，其他任何形式的武装力量也好，压根儿没有谁对德国境内开火，波兰的飞机也从没有向德国境内扔过一颗炸弹。

希特勒在之前的发言中，包括在向德国国防军做宣战决定

时，都坚持说是波兰人先开的火，他宣称在过去的一夜里波兰
军队已经挑起 12 次"边境冲突，其中三次性质非常严重"。
当天，德国外交部终身国务秘书恩斯特·冯·魏茨泽克向德国
所有驻外使团发送电报，要求他们在向外界解释德波战争时，
必须遵从希特勒的如下口径：

> 为了抵御波兰的进攻，德国部队今日拂晓开始展开针
> 对波兰的行动。迄今为止，该行动不能被描述为战争，这
> 只是由于波兰对德国的攻击而引发的交战行动。

尽管我以为英国大使亨德森在过去几天的事情中完全清醒
了，但他还是被这个谎言迷惑了。当天上午 10 点半，亨德森大
使给身处伦敦外交部的哈利法克斯打了个电话并留言称：

> 我知道波兰人在昨天夜里炸毁了特切夫大桥。[1]战斗
> 目前在格但斯克一带进行。收到这个消息后，希特勒立刻
> 要求波兰人回到本国国界以内，并指示戈林摧毁部署在边
> 境地区的波兰空军力量。

留言末尾，亨德森大使才承认他掌握的信息是从戈林本人
那里得来的。真不敢相信亨德森大使竟然会相信戈林的话。大
使最后还说："希特勒在结束议会讲话之后，可能会要求见
我，可能他还想为恢复和平努力一次。"然而这位心甘情愿帮
助纳粹向本国政府传达对方政治宣传谎言的大使，却再没有被
希特勒召见。亨德森大使已经犯下很多的错误，但人们不能理
解的是，德国人已经开战六个小时，大使还认为希特勒想为恢

复和平再努力一次，在大使眼里，这个和平究竟是什么意思呢?[2]

不管是在帝国议会的演讲，还是在开战前对德国国防军的动员讲话，希特勒都提到了波兰正规军对德国发动了"攻击"，但他没有指出这些"攻击"的具体情况究竟如何。但是，我记得到了深夜之后，德国情报局发布公告，详细描述了之前波兰军队对德波边境小城格莱维茨的一座德国电台的袭击情况。我对此报告的真实性表示怀疑，因此在当夜的节目中并没有采用这一材料。但是我后来了解到美联社和合众社都把这个消息传回了纽约，然后《时代》和其他一些美国报刊都登载了这一消息。

直到六年后，在纽伦堡审判中我们才知道德国电台遇袭事件确实是存在的，却是德国人自导自演的。德国人伪装成波兰军队，制造了电台遭到破坏的假象之后，向波兰境内行进了很远，让外界误以为是波兰军队发动的偷袭。

早在 8 月，希特勒就下令让最高统帅部军事情报局局长威廉·卡纳里斯海军上将协助党卫军保安部头子希姆莱和海德里希（之后由海德里希接任这一职位）组建一支 150 人的队伍，并要求他们穿着波兰军服并配备波兰制式小型武器。这支由希姆莱亲自挑选的队伍中，有一个名叫阿尔弗雷德·赫尔穆特·瑙约克斯的恶棍，他受过大学教育，机智勇猛，为盖世太保执行特殊任务。在苏台德危机期间，瑙约克斯就在斯洛伐克负责煽动暴力事件，深受上级赏识。这次格莱维茨电台事件又是由他具体指挥。他说，上级要求他伪造现场，使其看起来"是由波兰人参与的破坏行动"。

瑙约克斯承认海德里希告诉他："我们需要强有力的证据，让外国媒体和本国人都相信这是波兰人挑起的。"

于是这群年轻的盖世太保恶棍花了8月整整两周的时间周密策划海德里希交代的任务。为了完成任务，盖世太保帮瑙约克斯从纳粹集中营里挑选了"十二三个已经被判决死刑的犯人，给他们穿上波兰人的军服，然后把他们在广播站附近杀死，让人看上去感觉这群波兰军人是在执行对德攻击的任务中牺牲的"。那么他们又是如何被处决的呢？

瑙约克斯说："海德里希找来了一位医生，给这些人注射了致命的毒剂，然后我们在他们的尸体上开枪。"

这些恶棍甚至还给不幸的集中营囚徒起了代号——"密封货物"。

当这群行动队员将伪装的尸体在现场布置好之后，就开始向天鸣枪，以显示已经攻占广播台。之后一位会说波兰语的纳粹特工伪装成波兰军人，通过广播站发表富有煽动性的演讲，宣布波兰人对德国的进攻已经开始。然后根据指令要求，瑙约克斯就召集媒体来到现场，向各国记者展示波兰进攻德国的"证据"。

8月31日晚间，格莱维茨发生的事大致就是如此，当天其他多处发生的袭击也多半类似。这些伪装成波兰人参与袭击的党卫军也没有比"密封货物"活得更久。埃尔温·拉豪森将军在纽伦堡接受审判时承认，"他们都被逐个清理了"。希特勒不希望留下任何蛛丝马迹。瑙约克斯于1944年向西线的美国人投降，保住一命。

有生以来我第一次经历战争，整个白天和夜里，我一直不停地做笔记，留备广播时使用。由于实行灯火管制，整个城市在夜间陷入一片黑暗，显得极为诡异。一开始，我觉得满眼漆黑，什么事情也做不了，但等我的眼睛逐渐适应之后，我发现自己可以观察到少许模糊的目标：人行道后隐约的高楼的影子和街边的白色路缘石，偶尔还能看到一两根路灯柱。

晚上7点钟天还亮着，我们听到了开战以来的第一次防空警报。我心想波兰人终于来了。根据德国的官方通报，纳粹空军一直不停地深入波兰腹地扫射和轰炸，我寻思为何波兰不派轰炸机还击。警报响起时我正在广播大厦。一股哀伤的气氛开始弥漫。大厦的灯突然都灭了。党卫军警卫拿着手电筒，命令所有人马上戴上防毒面具到地下室去。我却想离开大厦，看看柏林第一次被轰炸的景象。一定有很多场景值得记录！然而一个脾气暴躁的警卫用步枪指着我，把我往楼梯方向赶。在昏暗和慌乱中我逃脱了他的控制，到了一楼的一间演播室，桌上点着一支蜡烛。借着微弱的烛光，我为下次广播草草写了点笔记。然后我来到宽敞的庭院中在天空中搜寻。另一位党卫军警卫也加入了我，和刚才那位相比，这一位举止很得体，没有对我在这里的行动产生异议。德军的探照灯在夜空中照来照去，天上连飞机引擎的声音都没有听到。

"假警报！"警卫嘟囔了一句，好像为我们没能赶上一场精彩表演而遗憾。

9月2日凌晨1点半，我完成了最后一次播音工作。因为灯火管制，整条街一片漆黑。我在恺撒大道上慢慢摸索着前进，希望能找到一辆出租车把我载回阿德隆饭店。尽管我并不疲惫，也不饿，却感觉肚子里空空的。我满脑子都在胡思乱想，以后每天都会管制灯火，城市里总是这么黑咕隆咚的，而且冬季就快来了，夜晚寒冷又漫长，这没有光亮的日子要怎么过下去啊？刺耳的防空警报声会不断穿透夜空，大家像牲口一样被警卫赶到地下室。如果真有炸弹落下，这种感觉会更加恐惧。我不知道在这样的环境中生活，一个人的神经能够坚持多久。

在恺撒大道上足足走了半英里，我终于拦到了一辆出租车，但是当我刚刚钻进后座，一个人从另一边车门坐了进来，他向我咆哮，让我滚下车去。最终我让他安静下来，一起坐车前往阿德隆饭店。他喝得酩酊大醉，出租车司机也醉醺醺的，他们都咒骂该死的黑暗和战争。

回到酒店后，我躺在床上怎么也睡不着。并不仅仅因为我平生第一次亲历战争而产生了兴奋感。我心里对希特勒有一团怒火。他毫无责任感地、处心积虑地把德国和波兰拖入战争，毫无疑问，接下来整个欧洲也会被卷进来。这次战争中，无辜的民众面对的是更为庞大的轰炸机和巨型炸弹，伤亡肯定比上一次大战要严重得多。

我陷入了深深的孤独，为自己从此与诸多熟悉而美好的生活和事物隔绝而孤独：自孩提时代就享受的和平再也没有了；自成年以来甚至在柏林的多年来视为家园的欧洲将陷入战火；艾琳出生于德奥合并期间，自从她出生之后，我就很少见到我在瑞士的家人，现在我更难见到她们。这些痛苦的感觉一起向我袭来。然而，纳粹之后发布了一个新禁令——禁止收听外国广播，违者将被处决，这让我的痛苦雪上加霜。我在柏林待了这么多年，真是没有想到会有这种禁令。当年即使希特勒和戈培尔查封了独立的报社，并将广播塑造成宣传纳粹思想的工具，他们也没有禁止人民收听英国广播公司的广播，人们还是可以了解到世界上究竟发生了什么事情。

现在完全不同了，要是我继续收听英国广播，纳粹就会来砍掉我的脑袋。这不是玩笑话，在纳粹德国，他们处决犯人时，仍然习惯以利斧枭首。

9月2日，周六，我在柏林的日记如下：

> 德国人已经对波兰开战两天，但是英国和法国仍然毫无动静，并未表示它们将信守保障波兰安全的承诺。难道张伯伦和法国外长博内准备食言吗？……今夜柏林仍然没有遭遇空袭。波兰人的军队究竟在哪里呢？

英国和法国的军队又在哪里呢？

由于德国人切断了通往欧洲各国首都的联系，所以我对情况一无所知。周六一天，我们在柏林唯一能够了解到的情况就是，英法向希特勒下达了最后通牒，要求他立刻停止对波兰的攻击，并且将军队撤离波兰境内，否则两国会采取行动以兑现对波兰政府的安全保证。但希特勒根本无意理睬他们。在那个周末，英法两国政府什么实质性的行动也没有采取，这进一步让柏林方面确信英法政府最终会放弃反抗，允许希特勒占领波兰。

经过两天的战斗，德军最高统帅部在公告中毫不掩饰地承认，德国国防军的战斗力比波兰军队高出许多。周六晚间，我在德国军方的一位线人告诉我，德国军队即将横扫波兰全境，波兰空军已经被德国国防军彻底毁灭，柏林和德国的其他城市都不用担心遭到波兰的轰炸了。我半信半疑，却不能通过广播把这些消息传达给美国的听众。

周六那天，我们听到传闻，据说墨索里尼在最后时刻介入了，他向各方提出了一个解决德波争端的提案，事实上就是要重演一次慕尼黑阴谋。他的和解提案使英法两国政府放慢了准备干预德国的脚步。在德国人看来，法国人，至少外长博内对此提议很有兴趣，英国人的兴趣则要小一些。在战争爆发前夜，希特勒最终答应意大利可以不遵守军事同盟条约的规定而暂不参与对波兰的行动，这让墨索里尼如释重负。接下来，罗马方面立刻匆匆忙忙地联系英法两国，向其表示自己会在德波战争中继续保持中立。但墨索里尼仍然担心由于德国人忙于对波兰作战，英法会借机攻击意大利。因此他在狂乱之中想出了新慕尼黑阴谋的主意，希望以此一方面满足希特勒对波兰领土的欲求，另一方面也能够稳住英法，免得它们介入战争。他提议之前参与慕尼黑会议的英法德意四大国加上波兰于 9 月 6 日开会。博内希望接受这一提议，英国政府则完全没有兴趣。

尽管希特勒后来错误地宣布他愿意接受这一提议，但实际上他当时对这个主意完全没有兴趣，他已经决意要通过武力毁灭波兰了。9 月 1 日和 2 日两天的对波作战战果丰硕，比他之前预计的还要好。我当时并不相信德军能如此悍勇，但是到了周八晚间，我在德国军队的朋友都在讨论将在接下来的两到三周里彻底拿下波兰。很显然，里宾特洛甫已经让元首确信，英法两国在竭力寻找避战的借口。我非常清楚，如果英法两国在周日，也就是明天结束之前还不介入战争，那一切就太晚了。

9 月 3 日，周日，天气很不错，阳光温暖明媚，天空也呈现出深蓝色，就连空气都有股芬芳的味道。如果放在平时有如此好的天气，我肯定要去哈弗尔河上划船的。

早晨过去没多久，局势就变得非常明朗了。上午 9 点钟，英国驻德国大使亨德森从英国大使馆迈着坚毅的脚步来到了威廉大街的德国外交部大楼拜访里宾特洛甫。但是之前德国方面告诉他，里宾特洛甫外长不会那么早就来上班。但是众所周知，里宾特洛甫每天此时就开始在办公室工作了。英国政府已经向这位常常摇摆不定的驻德大使下达命令，要求他必须在9点钟准时将英国政府的信息传达给德国人。德国人已经提前告诉他，如果部长不在，他可以将信息留给官方翻译施密特。

但在这历史性的一天，施密特和其他所有在柏林的人一样，这几天因为战争的事心力交瘁，那天早上睡过了头。等他醒来后，他从住处拦了一辆出租车赶赴外交部大楼，在门口看见亨德森刚刚踏上大楼的台阶。施密特只好侧身躲避，从一道侧门溜了进去，并且在座钟敲响九下的时候成功溜进了里宾特洛甫的办公室。也就在此刻，亨德森大使走进了房间。施密特邀请他坐下慢聊，但亨德森大使拒绝了，他就那么站着，向施密特严肃地朗读了本国政府致德国政府的公告。

9月1日英国政府的照会郑重提醒德国政府，除非德国军队迅速撤离波兰，否则大英帝国政府有意全力保障对波兰的安全承诺。

尽管24小时之前，大英帝国政府已经试图和德国政府沟通，但是没有收到任何答复，而德国军队对波兰的攻击仍在持续，并有加强之态势。因此我有必要通知您，在9月3日英国夏令时上午11点之前，德国政府必须采取行动，确保上文所提及的撤离要求得以满足，并将此行动结果告知英国国王陛下政府，否则届时起，大英帝国与德国将正式处于交战状态。

亨德森大使将照会复印件交给了施密特，道别之后就离开了。施密特带着英国人的信件从外交部匆匆赶往帝国总理府面见希特勒，向他汇报情况。然而等施密特赶到总理府之后，才发现许多内阁成员都在希特勒的办公室外聚集，这些纳粹的大小头目神情焦急，都在等施密特带来的消息。但施密特首先要向元首汇报。

（施密特后来叙述道）希特勒在桌前坐着，里宾特洛甫则在窗边站着……我站在离元首的办公桌还有点距离的地方，开始慢慢地把英国人的最后通牒翻译成德文读给他听。当我读完之后，房间里是一片死寂。

希特勒僵硬地站了起来，然后盯着我看……时间长得好像一个世纪一样，然后元首把目光转向了一直站在窗边纹丝不动的里宾特洛甫。

元首满脸怒容，他非常生气里宾特洛甫之前错误估计了英国人可能的反应，因此误导了自己。他张口问里宾特洛甫："现在怎么办？"

里宾特洛甫安静地回答道："我想一个小时之内，法国人的最后通牒肯定也会到了。"

施密特博士离开了希特勒的办公室，他走到外面，向那些正在等候的纳粹头目通报了英国人的最后通牒。这个消息让他们都沉默下来。戈林转向他说："如果我们输掉了这场战争，希望届时上帝能够怜悯我们。"一向擅长煽动的宣传部部长戈培尔此时也不说话了。他"独自站在墙角，陷入了反常的沉默，神情沮丧"，施密特之后回忆，"据我观察，当时在房间里的每一个人都显出深深的忧虑"。

希特勒和他的追随者意识到自己发起的对波兰"反击战"就要变成一场欧洲大战了。元首和里宾特洛甫在匆忙之中准备好了对英国政府照会的答复案。尽管之前里宾特洛甫还故意避而不见亨德森大使，现在快到中午的时候，里宾特洛甫亲自前往英国驻柏林大使馆递交答复书。

这份答复书照例充满了卑劣的心机，目的只是再次哄骗住德国民众。希特勒在文件中指责英国毁坏了和平，并指控英国政府"四处游说，煽动外部世界摧毁并灭绝德国人民"。因此德国政府"拒绝更不必说履行"英国人的最后通牒了。

亨德森大使阅览了这份文件，将其定性为"对事实完全错误的描述"。但是里宾特洛甫在这两人最后一次的会面中说："这份文件会交由历史定论，历史会判断究竟谁才是真正的罪魁祸首。"

自负且虚荣的里宾特洛甫在最后甚至宣称："历史已经证明这些事实。"

当中午时分街道上的扩音器突然响起，宣布英国已经向德国宣战时，我正站在总理府外面的威廉大街上。我身边大概有不超过 250 个人。他们都非常仔细地听着广播的内容。广播结束时，甚至没有人发出什么抱怨的声音。所有的人都在中午的骄阳下，沉默地站在那里。我可以看出，他们完全没有意料到伟大的元首会把他们带进了一场全欧洲的大战。

他们在门口逗留了一小会儿，希望能够看到元首出现在总理府的阳台上（我听到有人是这么小声嘟囔的）。但希特勒始终没有现身，我猜他也不会在这样小的场合下——区区 250 个不露声色的人——出现的。然后大家很快就散了。

我继续在威廉大街上前行，然后报童就开始在菩提树大街上叫卖号外。我顺手拿了一份《德意志汇报》，它的首页标题字号奇大无比，是我见过的最大的字号，占满了整个版面。上面写着：

英国最后通牒遭拒绝！

英国宣布与德国处于战争状态！

英国照会要求德国撤出东线部队！

元首今日将前往前线！

其中一个专栏专门刊登了德国对英答复照会的内容，并且由希特勒署名，我猜测这个标题一定是里宾特洛甫提议的，这很像他说话做事的风格。

德国的照会已经证明英国的罪行

即使德国民众对纳粹政府提出的这些"证据"深信不疑，但他们肯定很难对英国人或法国人有什么敌意。1914 年 战爆发时，德国民众纷纷怒吼要给英格兰"神圣的惩罚"，现在却完全听不到这样的声音。我走过英国和法国大使馆门前，发现门口人行道空荡荡的，在街上走过的德国人对此也并不好奇，使馆门前只有一个德国警察在两国使馆之间来回踱步巡逻。

直到正午，法国驻柏林大使罗贝尔终于来到了德国外交部，向德国政府递交了法国政府的最后通牒。里宾特洛甫也没有现身接见他。事实上，在此关键时刻，里宾特洛甫却在外交部里忙于张罗一场小型欢迎典礼，以迎接新任苏联驻纳粹德国大使的到任，元首打算亲自迎接这位大使。在希特勒与斯大林达成协议之前，他根本不接受苏联派遣常驻大使，苏联驻德大使也从来没跨进过德国外交部大楼半步，现在他却要以如此隆重的方式亲自迎接苏联大使。这真是一个难得的场面，以至于让里宾特洛甫部长对法国继英国之后向本国宣战这样的大事也置之不理。

除了这件怪异的事，还发生了另一件奇怪的事。由于里宾特洛甫不在，所以国务秘书魏茨泽克负责接待了罗贝尔大使。罗贝尔问魏茨泽克他是否获权对最后通牒做出"满意"的答复，后者却说自己"不在其位，不谋其政"。当罗贝尔大使准备将正式照会文书递交给魏茨泽克时，这位国务秘书极为无礼地拒绝了。他说罗贝尔应该"耐心等待，并亲自拜访部长先生"。罗贝尔大使只能又坐了 30 分钟的冷板凳，然后工作人员通知他说里宾特洛甫部长准备接见他了。

我一直认为罗贝尔大使是各国驻柏林的外交人员中最为机智的大使之一。然而就是这么睿智的大使，也不得不在里宾特洛甫面前听这位纳粹部长胡言乱语了一通。罗贝尔忍不了多久就打断了里宾特洛甫，直截了当地问德国是不是准备拒绝法国的最后通牒。

里宾特洛甫回答："的确如此！"

罗贝尔大使之后将正式外交照会文书交给里宾特洛甫，法国人在照会中的用词与英国人相差无几。然后，罗贝尔大使向里宾特洛甫"最后一次"强调，德国对于战争负有"主要责任"。

这时，里宾特洛甫极为粗暴地打断了罗贝尔："那么法国人就是侵略者。"

罗贝尔回答："历史自有公断。"然后起身离开。各国大使这个周日都在柏林努力上演最后的外交大戏，有意思的是，所有人都在呼唤历史的裁判。只有里宾特洛甫，这个讨厌的人在裁判历史。

终于，法国兑现了对波兰的诺言。不过，德国外交部在英法两国最后通牒不一致的时间中看出了西方联盟并未很好地互相配合。我并不知道，这时德军最高统帅部已经断定，法国军队不会真的出兵西线，去拯救水火之中的波兰。当天，希特勒发布了两份公告，一份致德国军队，一份给德国民众。两份公告都责怪英国人把德国拖入了战争，只字不提法国。

在西侧战线，最先开始的军事行动不是在陆上，而是在海上。周日晚上，也就是英国对德宣战的十个小时后，由利物浦驶往蒙特利尔的英国班轮"雅典娜号"在赫布里底群岛以西200英里处遭遇了德国 U－30 潜艇的袭击，后者用鱼雷击沉了载有1400名乘客的"雅典娜号"，导致包括28名美国籍游客在内的112人死亡。

直到第二天晚上，纽约方面向我反馈消息时，我才知道爆发了这样重大的事件。德国政府完全否认本国潜艇涉入此事。戈培尔所掌控的宣传部宣称是英国人自己击沉了船只，希望以此来获取美国人的同情心。在此后几个月，纳粹宣传部一直坚持这一谎言。

我必须承认，在第二天晚间的广播中，我为自己需要报道德国人的说辞而感到恶心。我在广播中只能用自己的方式提醒听众，希望他们能够明白我只是受命在德国报道新闻，有关德国否认以鱼雷攻击英国班轮的新闻，都是上级命令我必须播报的，我本人无权承认或否认德国人说法的真实性，总部也不允许我表达自己的观点。当然，我不能告诉听众，我并不打算完全按照德国人或者公司总部的意思来播报新闻，我打算和他们打打擦边球。我重拾了五年前我刚来到纳粹德国时为自己定下的一条严厉的工作原则：只有让我客观地描述事情的前因后果，我才会在柏林待下去。事实上，我的报道面临着纳粹德国的政府部门，尤其是德国军方各种各样的审查限制。在伦敦的默罗，在巴黎的汤姆·格兰丁和埃里克·塞瓦赖德也要遵守所在国的广播法规。我在广播中不能说任何有可能损害德军利益或者可能向第三方透露德军信息的话。但我一直告诉德国人和公司总部，如果我在新闻报道中不能让外界了解到真实的情况，那我就没有必要驻守在这里，我早就可以收拾行囊回家了。

9月8日，美国全国广播公司和相互广播公司都不再从欧洲大陆向美国国内播报新闻了，现在只剩下哥伦比亚广播公司一家。很显然，它们认为无法继续在报道战争的问题上保持中立了，这种观点让我不敢相信。当然，我想它们之所以停止运营，可能也有缺乏战地记者的原因。埃德·克劳伯从纽约给我们发来电报，表示公司决定让我们留下。听到这个消息，我松了口气，广播这种新媒体不会轻易放弃它首次报道战争的机会。

但是另外有一个大麻烦，从某种角度说，远在美国总部的经理们——比尔·佩利和埃德·克劳伯才是我们真正要对付的敌人。在战争刚开始的几周里，他们对我们在伦敦、巴黎和柏林的工作高度赞扬，但是他们并不明白我们的主要困难。第一周，德国广播公司通知我说他们可以给我们配备一套录音设备用于战地现场的录音，从战地返回后再向纽约播放。这是可以用广播报道战争的唯一方式了。事实上很显然，德波战争的前几天并没有什么真正意义上的"前线"，因为就像第一次世界大战一样，双方都在进行壕堑战。装甲师每天只能向前推进几英里，而摩托化步兵师则只能亦步亦趋地跟在装甲部队后面做扫尾工作。我们做记者的，只能用吉普车载着一套小型移动设备，录下这些现代战争发出的声音，譬如上千辆坦克前进发出的震耳欲聋的马达声，一大批俯冲轰炸机发动袭击的爆炸声等。按照当时的条件，我们是不可能带着一根电话线在现场做直播报道的。总部却直截了当地拒绝了我和默罗的计划，他们竟然说不需要录音！每次播音都要直播！第二次世界大战，如此重大的一场历史事件，美国广播业应该为报道它而做出应有的贡献，现在这群白痴却要阻止！

每天都有消息传来说德国人对波兰发动猛攻，这让我们深感震惊又不知所措。通过近一周的观察，我们开始认为德国人采用了一种世界上还极不了解的作战形式，德国人自己称之为"闪电战"。到了9月5日，从开战算起也就是短短五天的时间，金特·汉斯·克卢格将军指挥第四集团军从西边、格奥尔格·冯·屈希勒尔将军指挥第三集团军从东普鲁士两侧夹击，已经横扫波兰走廊地区。我们开始听到消息说，装甲战理论的倡导者海因茨·古德里安将军指挥他的装甲兵团轻而易举就突破了波兰军队的防线。据说古德里安部队中的一支装甲师在波兰走廊东线地区遭到了著名的波美拉尼亚骑兵旅的袭击。但是几天之后，我亲眼看见古德里安将军拿他们做成了肉酱。大约一千具日渐腐烂的马匹尸体被遗弃在荒野之中和路边，上百具从战马上坠落的波兰骑兵的尸体被草草掩埋在附近。

用战马对抗坦克！只有极度勇敢却又极度莽撞的波兰人才会做出这样的事情，要用传统的骑兵部队抵抗新式的钢铁部队。

战争开始后的第六天，也就是9月6日，德国人占领了波兰第二大城市克拉科夫。我在日记里写道：

> 德军最高统帅部还宣称华沙南侧的城市凯尔采也已经陷落……之前没有人想到德国军队会推进得如此深入。与1914年第一次世界大战相比，德军推进得极深，看起来波兰人要遭遇大溃败了。
>
> 9月7日，也就是德国人宣布"发起反击"一周后，当天晚上我从德军内部的一位朋友那里听说，德军距离华沙城只有20英里的距离了……
>
> 9月8日，德军最高统帅部宣布，德军已于当天下午5点15分抵达华沙……就连我们美国的陆军武官对此消息都表示极为震撼。

我还写道："就在波兰饱受德国蹂躏的时候，正如德国人的预料，英国人和法国人在西线连一枪也没有放过！"东部战线上德国人对波兰的雷霆万钧之势令人感到震惊，然而西线的一派平静同样令人震惊。从我的日记里就可以看到我对此深感困惑。

> 9月9日……很显然波兰的战事已经结束……波兰军队承受了难以想象的巨大压力，但英国人和法国人在西线

没有做出任何举动以缓解波兰的压力。

据我在柏林观察，当时德国人完全将兵力投入波兰战事，法国人如果在此时从西线占领鲁尔和莱茵兰，那么可能会赢得战争。这是一个法国人没有把握住的绝佳机会。他们会这么做吗？德国的将领们认为是的。

9月末，哈尔德将军如释重负："法国人已经错过自己的好机会！"等到他站在纽伦堡的审判席时，他对此更是坦承无遗："当时我们几乎把全部兵力投入了对波兰的战争，如果法国人当时把握住了这个机会，跨过莱茵河向德国西线进军的话，那么我们当时肯定是无法抵挡住他们的。法军将会对鲁尔地区造成致命威胁，而该地区的安全与否对德国战事而言具有决定性的意义。"

1939年秋季，驻守德国西线的将领是西格弗里德·韦斯特法尔将军，他一直相信如果法国人当时在西线对德国采取行动，那么法军在两周内就可以占领莱茵兰。

> （他后来写道）整个9月，德军在西部战线上连一辆坦克都没有……德国空军的全部作战力量被投入波兰战场，整个西线就剩下几架侦察机和即将报废的战斗机……如果说法国领导人对西线德军薄弱的战斗力是一无所知的，那这真是不可想象的事情……西线的德军根本无法抵挡住法军的进攻……然而，什么事情也没有发生。

如果法国人能够迅速采取行动，那他们就有可能迅速取得对德国人的胜利。我想这对于希特勒来说，一定会对他产生深远的影响。希特勒明白，只要等他彻底解决了波兰问题，然后就可以毫无畏惧地和法国人大干一场。尽管法国人在上一次世界大战中的马恩河战役和凡尔登战役中都表现勇敢，但是希特勒不相信他们这次还能这么勇猛地战斗。

希特勒知道，在彻底摊牌之前，自己要假意提出和平倡议，以此来迷惑法国和英国。

与波兰残酷的厮杀结束之后，德国人特意邀请美国记者到所谓的"前线"参观访问。然而我们去采访时所能看到的东西少之又少，只在格但斯克以西的格丁尼亚和海拉半岛地区看到一些虽然惨烈但规模很小的战斗遗留场面。目前波兰人还在该地区坚守。更为重要的是，我们正在格但斯克访问时，恰巧听到消息，希特勒提出了第一份和平建议。可能我用"恰巧"这个词是错误的。更可能的是，这位一向善于政治宣传的大独裁者专门挑选这个时机放出消息。

希特勒于 9 月 19 日下午在古老的哥特式工会大厅发表演讲，他的发言不断被外面的隆隆炮声打断，拥有 11 英寸大口径舰炮的德国老战舰"石勒苏益格－荷尔斯泰因号"当时正停泊在格但斯克港炮轰格丁尼亚地区。

我当时坐在大厅的过道中间，当他从我身边经过走上主席台的时候，我实在难以抑制自己的愤怒之情，但我发现他似乎神情愤怒，这让我感到意外。他是以征服者的身份到此视察的，不知为何会如此愤怒。后来我的一位纳粹老朋友告诉了我元首不开心的原因。他自己原计划是要在被征服的华沙城里发表演说的，没想到波兰卫戍部队拒绝投降，攻城久而未果，只好把地点更改为格但斯克。尽管他显得沮丧之至，但也要打起精神，因为他要利用这次机会向正在西线的英法两国发动一次和平攻势。

他说："我无意与英国和法国开战。"接着，他祈求"现在正保佑着德军"的上帝，"也让世间的其他人明白战争毫无益处……请让人们觉醒，为和平而祝福吧"。

这些话，出自一个刚刚用战争摧毁了波兰的伪君子之口！

为了让我们把他的意思传到美国，他甚至从他的专机航队里专门调拨了一架32座容克式飞机给我们，让我们尽快飞回柏林去做广播，那里的广播设备比遭受猛攻的格但斯克的先进多了。第二天，柏林所有的纳粹媒体都被组织起来报道元首有关"和平"的宣传。

《法兰克福日报》在报道中发问："为什么英国人和法国人非要在我们德国西部的国界上无谓抛洒他们的鲜血？波兰已经不复存在，英法之前与波兰签署的联盟协议已经没有意义了。"

这是一场狡猾的政治宣传战，它意在利用法国国内的反战情绪。它在莫斯科得到了进一步宣扬，而我已经不像一周前那么吃惊了，因为斯大林毫无顾忌地利用了他和希特勒的协定。

9月17日清晨6点钟，苏联红军开始从东部入侵波兰。已经遭受德国重创的波兰军队根本无法抵抗红军的攻势。仅仅一天之后，苏联红军就和德军在布列斯特－立托夫斯克会师了。21年前，就是在此地，苏俄政府为求自保，抛弃了协约国同盟，与德国单独议和，签署了《布列斯特－立托夫斯克和约》。和约中苏俄牺牲巨大，如果真的执行，将毁掉新生的苏俄政权。

当苏联入侵波兰的消息从莫斯科传来柏林时，我感觉恶心之至。当初我在日内瓦的时候，曾经无数次听苏联政客在万国宫内宣称要建立共同战线以抵抗侵略者！现在他们却在纳粹的促请之下和侵略者一起瓜分了波兰。纳粹德国不会公开说他们的心中所想：斯大林一旦动手，将会分担德国的侵略骂名。

两个狼狈为奸的领导者现在又坐在一起开始讨论如何分赃了。里宾特洛甫再次启程前往莫斯科，开始新一轮的协议谈判。根据二战后缴获的纳粹档案来看，竟然是斯大林而不是希特勒坚持要求把波兰从地图上彻底抹去。为了安抚国际社会的舆论，希特勒又炮制了一个新的小阴谋，他建议效仿当年拿破仑的做法，划出波兰的一小块地方，成立一个所谓的"华沙大公国"。但对斯大林坚持要求苏德两国彻底占领并分割整个波兰的计划，希特勒也是乐见其成的。9月27日，斯大林和里宾特洛甫在莫斯科进行了会谈，第二天两国就达成了协议。

在最初的《苏德互不侵犯条约》中，有一些"秘密协议"，其中包含一条十分恶毒的规定：

> 苏德两国都不会容忍波兰人在本国境内挑起任何可能影响另一方领土安全的反抗活动。双方如果在本国境内发现类似的波兰反抗活动，都会在第一时间予以镇压……

这意味着两国相互承诺，将会对波兰人民施以恐怖统治，压制他们的自由、文化和国民生活。

最终，作为谈判讨价还价的一部分，斯大林决定加入希特勒的计划，推动他的和平攻势。9月28日，苏德两国公布了处理波兰问题的协议记录。与此同时，莫洛托夫和里宾特洛甫还共同炮制了一份声明，一并公布出来。

波兰的崩溃引发了诸多重大问题，临危之际，德国政府和苏维埃社会主义共和国联盟政府共同彻底地解决了这些问题，为东欧地区的持续和平构筑了坚实的基础（原文如此）。苏德两国都表示彼此确信要为了所有人的真正利益而彻底终结德国与英法两国之间的交战状态。因此苏德政府都会为此共同努力……并且要尽快达成目标。

但由于目前英法两国仍然要为继续与德国保持交战状态而负全部责任，因此苏德两国的努力并未见到成效。

在这份令人生厌的声明中，虚伪而满口谎言的斯大林实实在在地站在了希特勒的背后，帮助他对抗西方。而仅仅就在数周之前，他还在哀求西方让自己加入对抗希特勒的联合战线。

历史的惊天逆转真是不可思议！

八天之后，也就是10月6日，希特勒又对帝国议会发表演讲，谈论他对于和平的长久期待。我坐在克罗尔歌剧院那装饰豪华的包厢之中听他的演讲，我觉得自己好像在听一台刺耳的留声机放着同一个调调多达五六次。就在这个讲台上，我听过他无数次的演讲，这次他还是那个样子，声音听起来依然充满了诚挚与风度，如果你已经忘记他侵略并征服波兰的事情，那么你真的会觉得他的发言是那么公正和诚实，他是真心为了和平而呼吁。

（希特勒说道）德国对法国不会有新的诉求……我相信，只有英国和德国能够实现相互理解，欧洲大陆和整个世界才会得到真正的和平。

为什么要在西线发动战争呢？仅仅是为了恢复波兰的

存在吗？再也不会有一个新的条约能够像《凡尔赛和约》规定的那样赋予波兰复国的权利了……波兰这个国家最初诞生的时候就应该被处理掉……为了让这种国家复国，再去牺牲几百万人民的生命是毫无意义的……不！在西线的战争不能解决任何问题……

欧洲的事务当然存在很多问题，但是希特勒建议召开一个"由欧洲头等强国"参与的国际会议来解决这些问题。

那天下午的天气很好，秋高气爽、阳光明媚，我听完希特勒的演讲，在回阿德隆饭店的路上思考，毫无疑问希特勒的这次讲话是精心设计的，目的就是蛊惑人心。它可以深深打动渴望和平的德国人民的心，没准也能打动法国人，因为他们根本不想打仗。但我不能确信英国人能否从其中洞察希特勒的叵测用心。

当晚我在去广播大厦的路上买了一份《人民观察家报》的早间版，这家报纸一直是由希特勒直接控制的。它的封面标题用了大号字体，几乎占据了整个版面：

德国对于和平的渴望——不想发动对英法的战争——除了殖民地以外不对现存国际秩序做变革要求——裁减军备——愿与欧洲所有国家合作——呼吁召开国际会议

这些呼吁听起来倒是挺合理的。我到达广播大厦开始准备播音时，大楼里所有的德国人在激动地转来转去，他们都确信和平就要到来了。

六天之后，柏林政府收到了张伯伦的回复，他采取了公开信的方式。首相宣称，"实在无法对当前德国政府所做的任何承诺抱有信心"，并称德国要想和英国议和的话，就必须纠正之前对捷克斯洛伐克和波兰犯下的错误。我很欣慰地看到，这位曾经在慕尼黑会议中被法西斯耍得团团转的首相大人，这次终于没有再被希特勒的虚假诺言迷惑了。

10月9日，我短暂离开柏林，前往日内瓦去看我的家人，并且顺便取些过冬的衣服。除此之外，正如我在日记里所写的那样，我也希望通过短暂的假期来"舒缓我的神经"。像我们这种长期待在纳粹德国工作的人，尤其还是在战争时期，精神压力很大，一旦我们离开柏林，都会有如释重负之感，我们非常渴慕这种感觉。我上次到日内瓦只不过是两个月之前的事情，时光飞逝，但是那个我熟悉的世界已经消失。我的幼年和青年都在和平的环境中度过，尽管世界上总有这样那样的纷争，但总是归于安宁，现在这一切都已经成了过去时。另一个由战争锻造的世界正在孕育当中，我对它并不期待。

夜幕降临之际，我乘坐的火车抵达了日内瓦车站。之前六个星期里，每到夜幕降临，柏林都是一片漆黑，现在日内瓦的夜晚一片灯火通明，我却不能适应了。我一直都不太喜欢这座信奉加尔文教派的瑞士小城，但是现在我一边陪着特斯和艾琳玩耍，一边感慨这是一座多么美丽且文明的城市。然而让我遗憾的是，短短的三天半假期很快就结束了。

我往返柏林都是沿莱茵河一线行进，火车从德国的卡尔斯鲁厄开往瑞士的巴塞尔，整个路途中有100英里的路程都是德法边界。我可以很清楚地看到德法边界上的情况，尽管法国人宣称正在西线向德国人发动一场猛攻，但实际上整个边界非常平静。我乘坐的国际列车属德国所有，车上的乘务员告诉我，自9月1日德波战争爆发以来，这个地方连一声枪声都没有听到。当列车沿着莱茵河东岸行进时，我可以远远看见河对岸法国人的防御碉堡，法军士兵都在碉堡外悠闲地晃来晃去。在某一处法军防守的据点，我甚至看到法军士兵正在踢一场足球比赛，德军士兵站在河对面观看。当法国人进球的时候，德国人甚至会为他们欢呼，法国士兵则会向他们挥手致以谢意。有时候他们还向我们的火车挥手致意。看上去两国士兵在此地都挺无聊的。难道这就是战争？

在整个秋季里，直到1939年结束，这种"奇怪的战争"（drôle-de-guerre），也就是所谓的"静坐战"、"假战"（Phony War）一直在持续。尽管德军与英法在海上有些许交锋，在陆地和空中却毫无动静。当英国飞机冒险飞临柏林上空时，它们投下的却不是炸弹，而是用拙劣的德文写的传单。对于我们这些美国记者而言，这段时间真是无事可做，唯一能做的就是待在一个满是疯子的纳粹国家中，设法让自己的脑子继续保持清醒。

除此之外，我们还是习惯了一些事情。冬季已经到来，白天变短，每天下午5点钟天就黑了，然后就是灯火管制，城市里一片漆黑。食物和衣物也越来越短缺，生活极为单调无聊，每天的饭菜里绝大部分是蔬菜。还有就是戈培尔和他控制下的媒体和电台宣扬各种刺耳的蛊惑学说。

但也有些事情是我们始终不能习惯的：纳粹政府总在不断地发表公告，通报自己在占领的外国土地上和本国境内处决了哪些犯人。我把这些事情都默默记在了日记当中："11月9日，德国人宣布他们枪决了……波兰布龙贝格的市长……他们宣称市长牵扯谋杀德国人的案件，并且涉嫌盗窃市政资金……
11 月 18 日，昨天一个德军小队集体枪决了九名就读于布拉格
大学的捷克学生……昨天三名德国年轻人被政府以'叛国罪'
处决……"每隔一两天，德国报纸都会报道一些罪犯遭斩首
处决的事情，他们的罪名往往是：收听英国广播公司的广播，
"危害德国人民的国防力量"，等等。

我们这些记者对于大规模的枪决事件偶尔会发表一些评
论。11 月 7 日，为了纪念十月革命 22 周年，苏联驻德国大使
馆举办了例行庆祝晚宴，我们有四五个美国记者也受邀前去参
加，坦白地说，我们愿意前往的主要目的是在晚宴上吃点诸如
鱼子酱、鲟鱼和伏特加之类的好东西。我们在苏联大使馆见到
了戈林并与他交谈。大使馆里有一幅列宁的肖像画，他一直低
着头微笑着看着我们。戈林一边大口喝着啤酒，一边吹走嘴边
的雪茄烟雾。和往常一样，戈林还是那么自高自大。他统率的
德国空军，譬如战斗机组和轰炸机组，特别是斯图卡俯冲轰炸
机，在这次对波兰战争中立下了汗马功劳。此前美国国会已经
宣布废止中立法案，要将上千架飞机出售给英法联军以对抗德
国，我想知道戈林对此事做何评价。戈林非常了解美国航空制
造业在制造军机方面的技术缺陷，他告诉我·"你们美国人的
飞机是很好的，但是速度还不够快。"他说尽管美国人可能会
向西方联盟供应飞机、坦克和大炮，但是他并不担心。

我问："即使美国像上一次世界大战一样加入西方阵营，
你们也无所畏惧吗？"

戈林得意地大笑起来："当然不会畏惧。"

我的感觉是他对这个问题的严重性根本没有什么思考。与
希特勒、戈培尔和希姆莱不同，尽管美国目前所做的事情对德

国都是不利的，但是戈林元帅没有因此而厌恶我们这些美国记者。看上去他并不在乎这件事情，他也没有把美国当成一个重要的军事力量去严肃看待。但我在想，德国人会不会再次犯下第一次世界大战中那样的错误？他们总是那么自大，对欧洲以外的世界一无所知。

德国人就是这么自傲自大！不过在当年 12 月，他们却栽了一个大跟头。

12 月 14 日晚间，柏林所有的报纸和电台都在报道一个他们所谓的重大胜利：德国袖珍战列舰"施佩伯爵号"在蒙得维的亚港外击败了三艘英国巡洋舰。据德国人说，三艘英国战舰因受重创而被迫退出战斗，"施佩伯爵号"则仅受轻伤。两天之内，德国媒体一直在欢庆这一胜利。然而到了 12 月 18 日，德国媒体简略地报道，这艘胜利之舰在乌拉圭首都附近的拉普拉塔河河口自沉了。三天后，德国海军宣称舰长汉斯·朗斯多夫上校与战舰同沉，以身殉国，官方赞扬朗斯多夫"没有辜负元首、德国人民和德国海军的期望，以战士和英雄的勇气战斗到最后一刻"。

事实上，这些可怜的德国民众以及我都不知道事实的真相。朗斯多夫上校并没有与战舰一起自沉，而是逃出来了。希特勒对"施佩伯爵号"的结局非常震怒，他认为"施佩伯爵号"应该与敌人殊死搏斗，而不应该炸毁自沉，因此元首以个人名义下令，要求倒霉的朗斯多夫上校自杀谢罪。可怜的朗斯多夫上校当时正孤零零地待在布宜诺斯艾利斯的一间酒店里，接到命令后，他拿起自己的左轮手枪朝脑袋开了一枪。

自波兰陷落以后，陆地上几乎没有大的军事行动了，所以我在整个秋季以及冬季早期的播音中，报道了很多海战的情况。当时德国人在海上发动的主要进攻方式就是潜艇战。

我在 9 月 28 日午夜的播音中，邀请了一位德军潜水艇部队的长官来一起做节目。当时英国人和德国人之间一直在为英国船只"皇家权杖号"沉没事件在电台里打嘴仗。伦敦方面指责是德国潜水艇没有提前警告就用鱼雷击沉了"皇家权杖号"，导致 60 名乘客和船员葬身大海，柏林方面对此则坚决否认。

一两天之后，英国海军大臣温斯顿·丘吉尔在下院表示，击沉"皇家权杖号"的德国 U 型潜艇指挥官曾向他发明文电报，告知了"皇家权杖号"沉没的坐标位置，希望英国人或许能够赶赴事发地救援乘客和船员。而且，丘吉尔颇为得意地声称，这名德军潜艇指挥官目前处于大英帝国政府的监禁之下。对此指称，柏林方面一概予以否认。

我很确定英国人说的是事实，因为之前我从德国人那里听到太多的谎言了。

当我就此事向德国海军提出询问时，一位性格急躁的海军上将非常和善地向我介绍了赫伯特·舒尔策上校。这位海军上将告诉我，舒尔策上校就是那艘潜艇的艇长，他还建议我可以邀请舒尔策上校参加我的播音节目。舒尔策上校向我起誓，说他虽然击沉了"皇家权杖号"，但他也向另一艘英国军舰"布朗宁号"发送了无线电，好让他们去救援落水的乘客与船员。舒尔策上校还说，他从后者的无线电信号中了解到他们已经救起遇难者。英国人对此却矢口否认。

舒尔策上校也告诉我，他的确一时兴起，开玩笑地向温斯顿·丘吉尔发送了救援无线电报，告诉他该去哪里救援遇袭船只。随着我和舒尔策上校在德国海军部的交谈逐渐深入，我必须承认，我感觉这位年轻的德国海军军官说的是事实。

我告诉他，如果他真的向丘吉尔发送了无线电报——我还是想保持不轻信的态度——那么在潜艇的航海日志中必有记载。

舒尔策上校回答道："当然有记载，不过潜艇现在在基尔港。"

我问他是否介意打个电话到基尔港，让他的下属把这段发给丘吉尔的电报读给我听听。

"我试试。"舒尔策上校说着拿起了电话。他的下属找到了航海日志，也把电报内容读给了我。后来在晚上的广播节目中，我让舒尔策上校把这段电文读给了听众。

当我们离开海军部前往广播大厦时，我又得到了一点进展。一位负责媒体的德国官员，拿着一份路透社的公告追了上来。公告说，"布朗宁号"已经抵达巴西的巴伊亚港，上面载着"皇家权杖号"的乘客与船员，大家都平安无事。

我至今都没查出，是谁故意向温斯顿·丘吉尔传达了德国潜艇指挥官已经被英国俘虏的错误信息。就在我和舒尔策上校结束播音之后没多久，英国海军部发布公告确认了舒尔策上校的言论，也承认他们并没有俘虏德国潜艇指挥官。

我采访舒尔策上校的那段时间里，纳粹政府正竭力把他和其他一些 U 型潜水艇的指挥官塑造为一战成名的英雄。10 月 15 日，德国报纸和电台都大肆报道了另一艘 U 型潜艇，报道中将这艘潜艇的胜绩吹嘘得一塌糊涂，令人震惊。我对此不以为然，认为只不过是纳粹在胡吹乱捧而已，但是后来我听到了英国广播公司的报道，他们在报道中承认了这一事实。苏格兰的斯卡帕湾是大英帝国皇家海军的重要驻地，戒备极为森严，外国军舰想要侵入几乎全无可能。但是就在 10 月 14 日，一艘德国 U－47 潜艇竟然成功潜入那里，击沉了停泊中的英国战列舰"皇家橡树号"，786 名海军军官和水兵丧生。U－47 潜艇的指挥官金特·普里恩上尉被海军部迅速擢升为上校。10 月 18 日，德国宣传部组织了普里恩上校及其潜艇部队的阅兵式。我现场观察，这些潜艇水兵都很年轻，大多数年龄在 18 岁至 20 岁之间。我在日记中写道：

> 普里恩对自己之前的战绩几乎只字未提，他只说自己在突破斯卡帕湾的防线时并没有遇到困难。我感觉普里恩当时一定是指挥潜艇悄悄跟踪了英国舰船，可能是在某艘扫雷舰的后面，无声无息地潜入军港的。英国海军对此竟然一无所知，真是可怕。

我有位德国朋友在第一次世界大战时也是海军潜艇艇长。他告诉我当时德国潜艇曾两次试图潜入斯卡帕湾，但都以失败告终。但他和我说此事时，还颇有夸耀之色，他认为这一失败的耻辱让今日的海军官兵不忘旧事，得以保持勇武的战斗精神去完成未尽的使命。但他也承认今日的德军已经看不到 1914 年自己身上那种对战争的狂热欲望了。

11 月 8 日晚上，希特勒在慕尼黑啤酒馆发表例行的年度演讲，以纪念 1923 年的啤酒馆暴动事件，纳粹党的大头目都一并随侍左右。然而就在演讲结束 12 分钟后，希特勒匆匆离开演讲大厅之后，一枚埋藏在演讲台下的炸弹发生了爆炸，导致 7 人死亡，63 人受伤。那么这件事就可以激起德军低落的战斗精神吗？希姆莱将此事归咎于英国特工的暗杀行动，称张伯伦本人对此负有直接责任。

这事在我听来有很多疑点。据我了解，与往年相比，希特勒当晚的演讲非常短。他发表完演讲之后，就和身边的重臣戈林、戈培尔、希姆莱以及赫斯等人匆匆离去了。而按照往年的情形，他会在发言之后留下来和党内老同志一起享受啤酒和香肠。并且，第二天只有希特勒自己的报纸《人民观察家报》报道了昨晚的爆炸，为什么其他媒体没有提及此事呢？我在广播大厦刚刚结束午夜播音，一位朋友给我打电话告诉了我这一突发事件。但是德国的官方广播电台和审查人员对这个消息嗤之以鼻，不准我回到播音室去播报这个消息。

（我在日记里写道）希姆莱和他的爪牙之所以策划了这件事，就是为了让德国人民相信，英国人想要通过刺杀希特勒和他的重要助手来赢得战争。

这看起来倒是很像当年的帝国议会纵火案。

11 月 21 日，希姆莱宣布他已经抓获罪犯，据他宣称，该名罪犯叫格奥尔格·埃尔泽，是一名木匠和共产主义者。埃尔泽原先居住在慕尼黑，后来被送往集中营。据希姆莱说，他已查明，埃尔泽受到了两名英国特工的教唆和支援，这两人分别是 S. 佩恩·贝斯特上校和 R. H. 史蒂文斯少校，慕尼黑爆炸案之后盖世太保在德国与荷兰的边界地区抓获了他们。我们后来了解到，真正的情况是由阿尔弗雷德·瑙约克斯带队，一小队党卫军保安部的流氓偷偷越过荷兰边境，到荷兰境内的芬洛镇把这两名英国特工绑架到德国。之前瑙约克斯就成功制造了格莱维茨广播台事件，为希特勒向波兰"发动反击"并摧毁波兰制造了借口。

就像国会纵火案一样，这宗离奇的慕尼黑爆炸案也是悬而未决。埃尔泽承认了自己的罪行，但是始终没有被送交法庭正式宣判，德国政府每次都宣布已经把他的审判安排进日程，又宣布"推迟"。在慕尼黑爆炸案之前，埃尔泽就被关押在达豪集中营，之后他因为爆炸案又被扔了回来。据说他向身边的狱友说，的确有几个自称希特勒敌人的人找到了他，让他制造炸弹并安放在演讲台的柱子后面，并允诺他成功之后，会给予他自由和一大笔钱。但之后这些人指示他要把事情往那两名英国特工身上栽赃，事实上他连他们的名字都没有听说过。

等到大战结束后，我才听说，埃尔泽先后被关押在达豪集中营和萨克森豪森集中营，不过他在那里属于特权犯人，狱方对他照顾很周到。但是希姆莱一直监视着他，如果战争失败，希姆莱不会让他活着走出监狱，向外界曝光内幕。等到纳粹帝国大势已去，1945 年 4 月 16 日，德国宣布埃尔泽死于盟军的轰炸当中。事实上，是希姆莱命令盖世太保处决了他。

我们在 12 月收到了许多沮丧的坏消息，从第一天开始。苏联之前和希特勒狼狈为奸，吞并了波兰东部领土，然后又把沙皇时代曾经属于沙俄领土的波罗的海三国纳入囊中，现在竟然开始入侵芬兰了。苏联轰炸机轰炸了赫尔辛基，导致 75 名芬兰平民丧生，数百人受伤。苏联红军越过了芬兰边境，开始向芬兰首都进军。

消息传来时，我正在日内瓦短暂休假。我像当初听说希特勒入侵捷克斯洛伐克和波兰时一样愤怒。我在日记里发泄着怒火。

这所谓的工人阶级的伟大政权，所谓的抵抗"法西斯侵略"的神圣信徒，所谓的"谨慎细心地守护条约"的正义卫士（我引用了莫洛托夫一个月前说的话），现在却违背了十几个庄严的条约，攻击欧洲一个如此正直的民主小国……

过去 30 个小时里，我一直气愤难消，昨晚根本睡不着。当然了，我也几乎没什么时间去睡觉。

我没日没夜地工作，给赫尔辛基、斯德哥尔摩、柏林、伯尔尼、阿姆斯特丹和伦敦不停地打电话，希望能够安排一场直接从芬兰当地向美国播出的报道。但是事实证明这几乎是不可能的。

我向德国人申请一台发报机，或者帮我安排一条经过德国的电话线路，但他们都拒绝了。他们直接告诉我说，已经接到命令不许做任何可能冒犯苏联的事情。我只好打电话到阿姆斯特丹，乞求荷兰人能够给我提供一台短波发报机，这样我可以把广播发回纽约。但荷兰人担心这样会影响自己的中立态度，因此也拒绝了我。最后，还是默罗帮我解决了这个问题，为了这件棘手事，在过去的 24 小时，他不停地和我打电话。他联系到了英国广播公司，借用了他们在瑞典的中波发报机，这样我们就可以通过斯德哥尔摩的电话线把报道内容从赫尔辛基传回美国境内。

找到传输设备之后，我还要设法找到一位记者能够从芬兰和战斗前线发回报道。最终我选定了比尔·怀特——威廉·艾伦·怀特的儿子。他几周之前来到德国，之后我和他便熟识起来。但是比尔可真是神出鬼没的人，他在柏林的时候经常跑得无影无踪，我们根本找不到他。这次我给他打了好多电话，又四处寻人打听，终于联系上了他。他当时正在斯德哥尔摩，我让他立刻前去报道苏芬战争。

事实证明，我挑选比尔真是个绝佳的主意，他的报道非常出色。他专门前往战斗前线，向我们报道了在人数和武器装备上都占优势的芬兰军队抵御住了苏联的进攻，报道非常生动。他还描述了平安夜里芬兰战壕中大雪覆盖、冰冷刺骨的情景，让我们永远难忘。比尔的报道传回美国纽约后，甚至深深打动了好莱坞的剧作家罗伯特·舍伍德，他以比尔的报道为原型创作了新剧《不会有夜晚》。

平安夜我在柏林待着，做了一次播音。之后的圣诞夜我赶到了德国重要的海军基地基尔港，在那里向纽约又做了一次广播。

这是战争爆发以来的第一个圣诞节，柏林当天的情况真是一团糟。一开始在下雨，然后转为了雪，之后又成了绵绵细雨。这么多年来，每逢圣诞节我都会在柏林的大街上游荡，观察当地人的节日生活。即使是最贫困的街区，每家每户也都会点亮烛光闪烁的圣诞树。透过他们没有窗帘遮蔽的窗户，我可以看到他们在愉快地享受着节日。通常这个时候都会下雪，街道上已经白雪皑皑，人们都匆忙却又满含节日喜庆地从办公室、工厂或商场赶回家。然而今年的平安夜，从下午4点就开始下雨，天色变暗，在湿漉、昏暗的街上我看到人们的脸色阴沉，毫无节日里快乐的表情，极为缓慢地挪回家去。也许有人家在厚厚的窗帘后面照旧点亮了圣诞树，我却看不见。

我寻思，也许柏林人今晚还是有些温馨快乐的庆祝活动的。圣诞节对于德国人来说意义非常重大（我必须承认，我也非常重视这个节日），但是今年他们看起来愁眉苦脸的。商店里几乎没有可以当作圣诞礼物的东西，甚至食物也少了许多。自从开战以来，食物严格按照配给标准按量发放。我听说，希特勒可能是这个圣诞节里最不开心的德国人了。据说他21日的时候就满脸愁容地离开了柏林，登上专列前往西线视察。尽管西线并没有战事，但元首还是取消了每年例行的总理府圣诞晚会，并且离开了柏林。据我了解，总理府之前照例策划了今年的圣诞庆祝活动，但后来取消了。

我和一些在柏林的美国朋友一起办了个平安夜聚会。我们这些美国记者的妻子，除了两三位，基本上离开了柏林。聚会上还有几个来自大使馆的年轻单身女性。我本以为大家还是应该庆祝一下，但我感觉大家都非常沮丧，根本无法把战争的阴云抛之脑后，尽情享受平安夜。

我在午夜之前离开了聚会，赶回去做午夜档的播音。德国人在广播大厦最大的一间办公室摆放了一棵圣诞树，当我赶到的时候，他们正在跳舞，以香槟酒解愁。我后来在日记里写道，希望今晚我的听众能够原谅我在播音中流露出的伤感情绪，但我自己想不起当时播音的情况了。那天晚上，我的确在回忆我曾经在美国度过的平安夜的景象：父亲去世前我们在芝加哥过节，然后在爱荷华州的锡达拉皮兹陪母亲一起过节。这个季节，芝加哥和锡达拉皮兹总会下雪，天气很冷，我们会在壁炉里生起一大堆火，壁炉架子上总会挂着三只长筒袜。我们总是能听到窗外雪橇铃铛的声音，朋友和亲戚们都会带着礼物来看望，他们把靴子上的雪跺干净后，就会靠着壁炉取暖，然后大口吃着我妈妈做的坚果和饼干。那时真是到处洋溢着节日的欢乐气氛。

我于圣诞节当天凌晨 3 点离开了广播大厦，然后回到阿德隆酒店睡了一小会儿，大概早上 5 点钟的时候就起床驱车前往基尔港，天空中飘着小雨。自战争爆发以来，我是第一位到访德国海军基地的外国记者。大概几天前，我们美国驻德国大使馆的海军武官专门对我进行了培训，教我如何根据舰船的轮廓去区分德国的各类战舰。我一直怀疑这位武官是我国派驻在欧洲大陆的军事情报头目。他告诉我他特别想知道，德国战舰，尤其是那两艘最新型的战列巡洋舰"沙恩霍斯特号"和"格奈泽瑙号"部署在何地。据他自己说，他相信这两艘重型战舰都已经服役，至于威力最大的战列舰"俾斯麦号"可能还没有完工。我想他可能是想弄到德国海军的情报（如果他可以的话），然后向英国人示警。

我们先在汉堡港停了下来，天空中降下倾盆大雨。我们最终找到了海军大院，趟着没脚深的雨水穿过大院，步行到了军港。我们参观的第一艘军舰是新巡洋舰——"希佩尔海军上将号"，工人正在进行最后的建造工作，目前还停靠在码头。陪同我们的海军官员说，他确信这艘军舰很快就能下水。

一直以来我和德国海军的军人保持着良好的关系。我问"希佩尔海军上将号"的舰长，之前伦敦方面称英国潜水艇击沉了一艘德国巡洋舰的消息是否属实。柏林媒体当然例行地否认该报道，他却向我眨了眨眼，把我带到一处通往舰顶指挥塔的窄梯。

他向我俏皮地说道："你往那里看。"在大约 100 码开外的地方我看到了一艘小巡洋舰被悬空架起放在干船坞里，在船身中部有一个直径大约为 50 英尺的裂洞。

他说："英国人的确击中了它，但是没有击沉。"

舰长很亲切地告诉我这艘巡洋舰名叫"莱比锡号"。我看他态度友善，就大胆问他，在这条河附近我还能看到什么样的巨型战舰。

舰长满脸笑容，满是自豪地告诉我："当然有，'俾斯麦号'。"

我满心沉思道，就是那艘强大的"俾斯麦号"，英国人一定特别希望我能实地看到这艘巨型战列舰，然后向我打探消息。据我观察，"俾斯麦号"快要完工了，成群的工人正在甲板上加紧施工。[3]

当天下午我们驱车前往基尔港，天色开始变得更加阴沉，天空中的雨水开始变成了雪，路边开始结冰，我们的车很难在山路上行驶。当我们到达海军基地之后，一些过分殷勤的德国宣传部官员已经在那里等我，发表了一番讲话欢迎我的到来。

一位官员说："夏伊勒先生，我们知道您在来的路上访问了汉堡，参观了我们的一些战舰。您是否看到了'莱比锡号'？"

"是的，先生，而且——"

"夏伊勒先生，您看到了吧，那些英国骗子说他们击沉了'莱比锡号'。"

"是的，它的确没有沉没，但是——"

官员再次打断了我："夏伊勒先生，您承认事实就好。您会对英国人卑鄙的谎言做出反驳的，是吧？您一定会对伟大的美国人民说出真相的。请您告诉他们您已经亲眼看到'莱比锡号'，而且它根本没有受损。"

我还没来得及说话，就被他推上了登船的跳板。负责带我参观军舰的是一位来自德军最高统帅部的军官，他戴着一只单片眼镜，据我观察，他应该是一位参加过第一次世界大战的老兵。很显然，他很忌惮那位愚蠢的宣传官员。与我随行的还有一位德国记者沃尔夫·米特勒，他也是我的朋友。上司派他来帮我了解军舰的各类技术问题，以方便我后续的报道。这一路上米特勒总是冲着我羞涩地笑。

军舰载着我们出了基尔港继续参观，我惊讶地发现几乎整支德国海军都停泊在这里休假。之前我接受的舰艇知识培训这时开始派上用场了。我能够分辨出其中大多数的舰艇：袖珍战列舰"德意志号"、两艘"科隆号"级别的巡洋舰、两艘排水量为 2.6 万吨的战列巡洋舰"沙恩霍斯特号"和"格奈泽瑙号"，除此之外还有一些驱逐舰和大约 15 艘潜水艇。我忍不住在心里想，如果英国人得到了这个情报，那么趁着今晚几乎满月的良好天气，他们只要派遣一些轰炸机来就可以毁灭整个纳粹帝国的海军。他们能，但是他们不会！

我们的船在一座巨大的干船坞前停下了，一艘庞大的军舰被悬吊在里面，当我们进入船坞的时候，大批的工人正下班离开。东道主向我介绍这就是"格奈泽瑙号"，它的舰长告诉我他非常高兴有机会带我从船底参观自己的战舰。他向我解释，他们之所以把"格奈泽瑙号"悬吊起来，并不是因为它受伤了，而是因为它需要例行的彻底检查。舰长邀请我参观舰艇的两侧，我仔细观察了一下，舰身上的确没有遇袭的弹洞。

不过让我惊讶的是，德国海军的军官和普通水兵之间非常友爱。陪我参观的统帅部官员告诉我，他参加一战的时候，从来没有在舰队里看到这种现象。四五个德国海军军官陪我一起穿过战舰，当我们走进一些水兵的寝室时，也没有听到有人下令要求立正敬礼，甚至当舰长出现的时候，也没有这种礼仪。很明显，那位非常友善的舰长注意到了我对此的惊讶之情。

他声称德国海军在精神风貌方面有一种全新的状态，很显然，他对此非常自豪。他向我解释，战时所有在船上的军官和水兵的食物都是一样的，分量也没有差别，而在第一次世界大战时他们还没有这样的规定。现在官兵一律平等的规定消除了以往水兵的不满情绪。我想这位舰长肯定和我一样不会忘记，1918年就是在此地一些对帝国不满的德国水兵发动了叛乱。

当我们乘船返回岸边的时候，一轮明月正在我们身后升起，皎洁的月光照在远处积雪的山峰上，把整个海面都照亮了，远处舰艇的轮廓清晰可见。眼见此景，我又浮想联翩，要是此时英国皇家空军前来偷袭，这些月光下的德国军舰将会是多么明显的目标啊。参观完毕，我便回到了酒店，开始准备今夜播音的材料，我准备到时从德国潜艇的甲板讲起，然后跳到船舱的舱口里，水兵们刚刚从英国水域返回基地，现在正在那里享用圣诞大餐。

在我们等待开始播音的过程中，我们在酒店的露天平台上待了一会儿，从那里远眺海面，一轮明月挂在天边，广阔的海面月光闪烁，还有远处白雪皑皑的高山和威武的战舰，这风景真是令人心醉。晚上我用德国人提供的短波电台播音，也许是被这些眼前的景象迷惑了，有那么几秒钟，我突然对着话筒脱口而出，说英国人一定会击垮该死的德国海军，而且事实上德国海军也正在被击败。我不知道为什么会晕头转向说出这样的话，这种感觉就好像自己站在一栋摩天大楼的天台上，脑子里就会瞬间产生跳下去的冲动。但是我迅速回过神来，我可不想因此被纳粹枭首处决。英国并非我的祖国，但是我的确希望大英帝国海军可以在未来的某天彻底击溃德国人。然而我也知道，就算我现在把德国海军的情况透露给英国人，他们也不会做什么。

我向听众大致描述了此刻月光照耀下的基尔港圣诞夜的情况，然后就抓着麦克风准备进入潜艇内部。这时还出了一件尴尬事，我在跳下舱口时，袖子被扯破，我的码表表面玻璃被撞得粉碎。总部的工作人员一直要求我在播音时用这块表计时，以便能准时结束节目。

潜艇上的水兵几乎都是些年轻小伙子，他们一起唱了一首圣诞歌，对我的到来表示欢迎。他们把自己粗陋的舱室装饰得非常有节日气氛，不仅布置了一棵华丽巨大的圣诞树，还在某个角落点亮了一些电彩灯，天花板上贴满了红色的旗布。房间的一边布置了一些令人惊叹的小展览，其中有一个小模型，塑造的是人们在一座雪山度假村里溜冰场上玩耍的场景。另一个模型则展现了英国海岸线的情景，有个水兵打开开关后，可以看到在海岸线附近两军战斗的场景。在这群年轻的小伙子中，有三四个能够说一点点英语，我在广播中介绍了他们。他们向我描述了在潜艇里的生活，以及和英国人的战斗。他们看上去对命运很有信心，但是我担心他们也许很快就会葬身海底，U型潜艇的丧钟就要敲响了。

码表已经坏了，我不知道总部给我安排的15分钟节目时间是否已经用尽。当我确认了时间已经用完，水兵们就伴着手风琴演唱了一曲《平安夜》，以此作为节目的尾声。潜艇司令官热情地邀请我喝朗姆酒和茶，又拿出了上好的慕尼黑啤酒招待我，他之前似乎就招待了几次。不管是军官还是水兵都很想再和我聊聊，他们的问题让我深受触动。

他们不停地问："为什么英国人想要和我们打仗呢？"我却不知道如何回答这个问题。军人一向都是朴实的，他们深信了希特勒的政治宣传。我向他们送上了圣诞节祝福，感谢他们的款待，之后在午夜时分和米特勒一起回到了距军港几英里之外的酒店里。我们在酒店的酒吧里喝了一瓶香槟，酒吧里的收音机正在播音，播音员机械地朗读着各种纳粹大小头目的圣诞宣言。其中有一份来自帝国劳工阵线的主席罗伯特·莱伊，内容极为无聊，我顺手记了下来。大致内容就是一句话："元首永远是正确的，一定要服从元首的命令！"

战争来临后的第一个圣诞节就这样结束了，我在凌晨3点钟昏昏睡去。

我第二天一早醒来，德国的广播还在无休止地播放着各种圣诞宣言与信息。在节目快结束的时候，我注意到希特勒和斯大林之间有一个非常友好的相互问候。希特勒给斯大林发电报："向您个人致以真诚问候，也祝愿友爱的苏联人民拥有更繁荣的未来。"斯大林回复道："德国人民和苏联人民以血凝聚的友谊，一定会万古长存，日久弥坚。"

我在心里暗想，这些鬼话能说到哪一天？

接下来是新年贺词。我感兴趣的是，希特勒正竭尽全力为他发动的战争寻找理由。这个疯子一再向德国民众声称是"资本主义民主国家的犹太反动战争贩子"故意挑起的战争。

（我在日记中写道）希特勒说"德国人民是不想要战争的"（实话）。"直到最后一分钟我还在努力与英国人维持和平"（谎言）。"然而，那些犹太反动战争贩子一直在等待这个机会，以便执行他们摧毁德国的计划"（谎言）。

我确信绝大多数德国人民会相信元首的谎言。尽管在纳粹德国这片"世外桃源"（cuckooland）已经待了很久，但每每看到德国民众如此容易被骗，我还是会很伤心。我在 1940 年 1 月 25 日的日记里记下这样一例：

> 我独自在哈贝斯餐厅吃晚饭……我正准备离开，一个老头坐到了我的桌子前，他可真是一个蠢人。
>
> 他问："谁会赢得战争？"
>
> 我说："我不知道。"

尽管他看上去并不像盖世太保，但谁也说不准这种事情，我还是小心谨慎点好。

> 他笑了："你怎么会这么说？肯定是德国。"他说，1914 年全世界都在和德国作战，而现在只有英法，苏联人还非常友好。
>
> "每一方都认为自己会赢，"我说，"所有战争都是这样。"
>
> 他眼中流露出一丝对我的怜悯："德国会赢的，我确信无疑，元首已经这么说了。"

这段经历让我非常沮丧，除此之外，漫长冬夜的寒冷也在折磨着我。也许是因为没有什么实质性报道可以做，生活极为无聊。1940 年 2 月 23 日，我在日记里写道：

今天是我的生日。我已经 36 岁，仍然一事无成。我的中年过得可真快。

特斯带着艾琳到瑞士的维拉尔学习滑雪，我在那里和她们共度了两周时光，这让我的郁闷情绪有所缓解。但是等我 22 日独自一人返回柏林时，那种郁闷的情绪就又回来了。我不想与家人分开，也不想错过艾琳的成长历程，她可能是我们唯一的孩子。我也想多陪陪特斯。自从我们结婚以来，我们待在一起的日子非常少，每次不超过几天或几周。不过我没有让这种低落的情绪完全压垮自己，也没有让这种情绪持续很久。毕竟我还只是个非战斗人员，还有机会继续活下去。这世间还有数以百万计的军人与自己的家人分隔两地，上百万的人被迫离开工作去参军，而我至少还能做一份自己喜欢的工作。

当春天来临，局势越来越紧张时，战争可能会再度爆发并且扩大。如果真是这样，几十万人，甚至上百万人将会丧命，像上次大战一样。我很可能会幸免。那我还抱怨什么呢？

德国这一年的冬季是有史以来最冷的，从 1940 年 1 月开始，一直持续到几乎整个 3 月。民众本来就缺乏煤炭取暖，漫长的冬季更是让他们的生活雪上加霜。平时用于运输煤炭的河流和运河，封冻了近三个月，运煤的货船都被紧紧地冻在了河道之中。德国各个城市，尤其是柏林的煤炭库存行将耗尽，办公场所和许多家庭的供暖设备都一度停转了。许多水龙头都冻裂了，到处湿漉漉的。人们现在想办法让生活能够变得温暖和干燥点。

苦于生活的艰难，大家几乎要忘记战争的事情了。在陆地上德国与盟军仍然没有任何战事，双方的轰炸机都在继续投放传单，只有海上还有一些小规模的对抗。德国的潜水艇继续在大西洋上袭击盟军的运输船。

在欧洲大陆上只有另一场战争还在继续，那就是苏联与芬兰之间的战争。两国一直在靠近列宁格勒西北方向的前线对抗，此时正值隆冬季节，战场上大雪纷飞、酷寒难耐。芬兰人勇敢地抵抗住了苏联的侵略，整个西方世界都在为他们鼓掌加油。圣诞节结束后的第三天，芬兰人发起了一次反击，消灭了苏联第八军和第九军的 4 个师。但是芬兰人由于缺少兵力，也缺乏坦克、重炮和飞机这些重型进攻性武器，无力取得对苏联人的反攻的突破。自战争爆发以来，苏联人已经向前线投放120 万兵力，而芬兰本身就人口稀少，他们所能动员的兵力只有 20 万人。英国和法国都向芬兰许诺，如果挪威和瑞典能够允许外国军队过境的话，那他们将会向芬兰派遣一支远征军以援助他们抵抗苏联。然而迄今为止，挪威和瑞典两国都仍然表示拒绝英法联军过境。

1 月 6 日，芬兰军队对苏联的反攻开始慢慢弱下去了，两天之后苏联派遣大将 S. K. 铁木辛柯前往苏芬前线担任司令，铁木辛柯将军到任后立刻向前线增派了大量兵力，并增加部署了上千辆坦克、重炮和飞机。3 月初，芬兰人开始意识到形势岌岌可危，便开始寻求秘密和平谈判。3 月 12 日，芬兰与苏联签署了一份和平协议，协议条件对芬兰人极为苛刻。芬兰人被迫将本国第二大城市维堡（位于列宁格勒西北处）割让给苏联。除此之外，苏联人还夺走了芬兰湾附近的大量岛屿堡垒。[4]

对于苏联取胜的结局，远在柏林的希特勒及其近臣舒了一口气。现在德国极需苏联为自己提供工业原材料（尤其是石油）和食物，因此它必须对苏联进攻芬兰的行动予以不同寻常的支持。而且之前德国一直担心英法如果派遣赴芬兰远征军过境挪威和瑞典，那么英法很可能会威胁到自己的保障线安全，希特勒为此一度考虑是否要出兵占领斯堪的纳维亚半岛。现在苏联人获得了胜利，德国人大可高枕无忧了。国防军最高统帅部的约德尔大将在日记中写道："芬兰与苏联达成了和平协议，尽管这让英国人进驻北欧的计划落空了，但是对德国来说也是一样的，我们找不到占领挪威的政治理由了。"

约德尔说的是实话。但德国之所以对挪威按兵不动，还有其他的考虑。事实上，我整个冬天都在思考接下来战火可能会蔓延到斯堪的纳维亚半岛。早在 1 月 3 日我在日记里就曾写道：

> 德国媒体开始大肆宣扬"英国人对于斯堪的纳维亚半岛素来有野心"。我们还听说希特勒命令陆海空三军制订紧急计划，以备盟军真的向斯堪的纳维亚半岛派兵协芬抗苏。德国陆军和海军素来亲近芬兰，但德国必须首先保证自己通往瑞典铁矿产区的贸易线路安全。这条线路一旦失去，德国就注定要灭亡了。

德国重工业的正常运转完全依赖于从瑞典进口铁矿石。在气候温暖的季节里，德国人直接利用货船将铁矿石从瑞典北部经过波的尼亚湾，穿过波罗的海运到德国港口，但是在冬季这片浅海水域会结冰，货船无法通行。德国人就只能先利用火车将铁矿石运到挪威的纳尔维克港，然后再从那里通过海运转运到德国境内。早在战争刚刚爆发的时候，当时的海军大臣丘吉尔就提议，在挪威海域部署水雷以破坏德国的铁矿石运输，但是张伯伦拒绝了这一建议。当1940年春季来临的时候，英国人开始显露出要控制挪威海域的想法，其目的就是要掐断德国的经济命脉。

苏联对芬兰的进攻急剧改变了斯堪的纳维亚半岛的局势。德国人很早就收到情报说英法计划过境挪威与瑞典向芬兰派遣远征军，德国人非常清楚，一旦英国和法国军队在挪威登陆，不管他们会派遣多少军队借道瑞典前往芬兰，他们一定会留下一部分军队在挪威境内，目的就是要切断纳尔维克港通往德国的铁矿石运输线路。这对德国而言将是致命的灾难，因此希特勒决定不惜一切代价阻挡英法的行动。2月17日夜间，在挪威水域发生了一起意外事故，这个偶然事件似乎成为希特勒的救命稻草。

当天夜间，英国一架巡逻机在挪威海域发现了德国后勤供应舰"阿尔特马克号"，该舰当时正在返回德国港口的途中。"阿尔特马克号"本来隶属于"施佩伯爵号"战斗群，后者在南大西洋遭遇英国海军围堵袭击沉没之后，前者成功逃出了包围圈。根据英国政府的情报显示，"施佩伯爵号"之前在南大西洋击沉了英国的商船并俘虏了300名英国船员，这些俘虏现在都被关押在"阿尔特马克号"上。但是挪威海军声称此前已经对"阿尔特马克号"进行检查，并无在押的英国船员。英国海军大臣丘吉尔对挪威海军的这一解释并不满意，他以个人名义下令英国驱逐舰"哥萨克号"带领一队军舰于2月16日至27日夜间赶赴挪威海域拦截"阿尔特马克号"，并将英国海员解救出来。在经历了一场混战之后，四名德国人死亡，五人受伤，英国海军解救出了 299 名英国船员。原来德国人把俘虏关在储藏室和一个空油罐里，以此躲过了挪威海军的检查。

希特勒极为震怒。两天之后，也就是 2 月 19 日，他下令最高统帅部加紧完成"威塞尔演习"——这是德国占领挪威的军事行动代号。

希特勒亲临最高统帅部并指示约德尔："要把军舰部署妥当，让各战斗部队做好准备。"就在此时，严肃的历史事件里却冒出了一些滑稽戏的色彩。约德尔提醒元首尽管作战计划已经做好，但元首迄今为止还没有指派究竟由哪位将军负责指挥在斯堪的纳维亚的行动。经由最高统帅部的负责人凯特尔元帅推荐，希特勒指派尼古拉斯·冯·法尔肯霍斯特将军为指挥官。法尔肯霍斯特将军之前率领一个军一直驻守在德国西部战线，此前他从未见过元首，也从未听说元首有向北方出兵的计划。2 月 21 日，希特勒把他从西线召回，在总理府召见了他，并且告诉他自己已经收到情报，英国人将要向挪威进军，而且对"阿尔特马克号"事件极为恼火，因此元首要求法尔肯霍斯特将军在五个小时内向自己汇报进攻挪威的作战计划。但是，希特勒没有告诉他最高统帅部早就做好了计划，法尔肯霍斯特将军被元首这突如其来的任命和命令搞得抓耳挠腮，毫无办法。他后来在纽伦堡法庭上承认，当时对进攻挪威一无所知：

> 我离开总理府以后，买了一本旅游指南，希望从上面了解一些挪威的基本情况。我对挪威这个国家真是太陌生了……然后我回到了酒店，接着研究那本旅游指南……下

午 5 点钟，我又去见了元首。

法尔肯霍斯特将军只好按照旅行指南上大致的情况胡诌了几句所谓的作战构思，希特勒竟然对他这个"旅行指南计划"表示同意了。3 月 1 日，希特勒正式下达指令，要求准备执行"威塞尔演习"——占领丹麦和挪威。本来最高统帅部制订的计划只是入侵挪威，现在希特勒把丹麦也加了进去。

后来我们才知道，当时英国和法国也正在制订干预挪威的计划。在整个冬天和初春时节，丘吉尔一直都在催促首相张伯伦准许皇家海军在挪威水域布雷，以切断德国的铁矿石运输线。到了 4 月 8 日，丘吉尔施要诡计，终于让张伯伦同意在挪威利兹市附近安置水雷。然后英法两国迅速做出准备，向挪威派遣英法小分队，而且为了防止德国反击，英国还计划在皇家海军的支持下，迅速占领挪威的纳尔维克、特隆赫姆、卑尔根和斯塔万格四座海港城市。这最后的行动就是著名的"R4计划"。

从 4 月的第一周开始，双方都为自己的计划做秘密准备。德国人按照"威塞尔演习"的安排，将作战部队秘密运送到了波罗的海海岸边的各处海港。英法赴挪威远征军的规模虽然比德军小得多，但这时他们也开始在大不列颠岛北部的克莱德和福斯两地秘密登船。

德国和盟军方面都对对方的目的了如指掌，斯堪的纳维亚诸国同样如此。4 月刚开始的时候，北欧各国就收到大量情报，提醒他们注意德国的意图和动向，他们却不以为意。可能在某种程度上，对于这些正直而和平的北欧人来说，他们不能理解希特勒为什么要侵略自己。

4月2日，来自德国军方的新闻审查官让我播出一段在柏林早已不是秘密的新闻：

> 西方盟军似乎想要拦截由瑞典经过挪威海域运往德意志帝国的铁矿运载船只，对此动向德国政府正在密切观察。英国人会入侵斯堪的纳维亚半岛的水域以阻拦德国的铁矿石运输，对此德国人早已心知肚明，但是德国人也因此早已下定决心，将会对英国的这一冒犯行为予以还击……德国人不会容忍拦截铁矿运输船的行为，对此德国一定会以战争作为回应。

以往德国人从来不会在真正发动战争之前就允许我在广播中如此坦诚地报道。当然，他们也还是不许我报道德国军队正在波罗的海各海港城市集结的消息。我还记得那天夜里我特别轻松。自从德波战争爆发以来，英国人一直在西线静坐，和德国人根本没有进行任何真正意义上的陆地战争，现在他们终于有了机会在挪威予以德军致命的打击。我对英国皇家海军充满了信心，我相信德国海军根本不是他们的对手。

4月2日下午，希特勒和戈林、法尔肯霍斯特将军以及海军上将雷德尔讨论了很久，最终正式下达命令，要求德军在4月9日早晨5点15分开始执行"威塞尔演习"，攻取纳尔维克港的第一批舰艇将于该时出海。其余参战舰艇也将陆续出发，计划于4月9日占领哥本哈根，以及从南部奥斯陆到北部纳尔维克在内的挪威五大主要港口。

除此之外，德军还收到一些额外的指令。第一，希特勒命令"一旦占领丹麦和挪威，要用尽一切办法防止两国国王逃亡海外"。遭遇灭国之祸的捷克斯洛伐克和波兰都在海外成立了流亡政府，给德国制造了不少麻烦，元首不希望丹麦和挪威也发生类似情况。第二，最高统帅部命令外交部，让他们提前部署外交行动，以引诱丹麦和挪威自动放弃抵抗，直接向德军投降，还要准备好一套外交说辞为元首最新的侵略行径找到合法理由。

第三项指令来自德国海军，纽伦堡审判时我才知道这一指令的存在。德国海军将用计让载有登陆部队的战舰和运兵船逃过英国的注意，抵达挪威港口。计谋就是，如果他们遇到挪威海军的盘查，就冒充成英国船只！

那段时间，我继续在柏林写日记：

4月8日，英国人宣布他们已经在挪威海域布下水雷，以阻挡德国从纳尔维克运送铁矿石回国。德国外交部宣布称："德国人知道如何做出回应。"……

4月9日，春天刚刚到来，希特勒却又占领了一些国家。今天破晓时分，纳粹军队入侵了两个奉行中立政策的国家——丹麦和挪威，德国官方宣称是"为了保护它们的自由与独立"。

12个小时很快就过去了，一切都结束了。仅仅一年前，希特勒还和丹麦签署了一份十年期限的互不侵犯条约，现在丹麦却被德国军队完全占领。挪威也一样，它境内所有的重要军事要地，包括首都，都已经落入纳粹的手中。

消息真是惊人。哥本哈根于今早沦陷，下午是奥斯陆，晚上是克里斯蒂安桑。纳尔维克、特隆赫姆、卑尔根和斯塔万格，挪威所有的重要港口都被占领了。

上午 10 点半，德国外交部把我们紧急召集到外交部办公大楼召开媒体会议。我们足足等了半个小时，才看见身穿炫耀的土灰色外交部制服的里宾特洛甫大摇大摆走进会议室。这个令人厌恶的人的举止就像他已经拥有全世界。他面无表情地宣布德国占领了丹麦和挪威，是为了"保护它们不被盟军侵害"，而且"将一直保护它们真正的中立地位直至战争结束"。

里宾特洛甫在宣读这份荒唐的声明之前，先向我们介绍了他的新闻主管——一个名字叫施密特的胖子。当德军占领了丹麦和挪威的首都的时候，德国外交部曾经向两国政府发出一份外交照会，现在里宾特洛甫让施密特把这份照会读给我们听。

希特勒和里宾特洛甫炮制了无数恬不知耻的外交文件，我想这一份可能是我所知道的最严重的。文件在宣称了德国为援助两国以抵抗英国和法国对它们的占领之后，继续道：

> 德国军队并不是以敌对者的身份踏上挪威的土地的。德军最高统帅部无意将德军占领的挪威港口用作军事要塞，去从事任何与英国敌对的活动。但是如果英国逼迫在先，则另当别论……相反，德国军事行动的目的只是要保护挪威北部免遭英法联军的占领。
>
> ……考虑到迄今为止挪威一直与德国保持了良好的关系，因此帝国政府向挪威王国政府保证，无论是现在还是未来，德国都无意通过领土合并的方式去侵犯挪威的领土完整，也无意破坏挪威王国在政治上的独立地位……
>
> 因此，德意志帝国政府希望挪威政府和挪威人民能够

放弃抵抗。德军将会，也必然会对任何形式的抵抗予以一切可能的镇压……而这只能导致挪威人民徒劳的牺牲……

听这群纳粹侵略者说了这么一大通谎言之后，我感觉自己得走出房间呼吸点新鲜空气了。我走出了外交部大楼，穿过蒂尔加滕公园，我的情绪逐渐冷静下来，头脑也恢复了清醒。[5]正午我驱车前往广播大厦做例行播音，在大厦的好几个房间里，我听到戈培尔的声音在收音机里咆哮。他正在以他那种一贯富有激情的声音朗读着各种照会、宣言和新闻公告。我开始查阅目前为止德国政府有关战争进展的公告，我必须承认，战果辉煌，令我震惊。很显然，战争完全是按照计划在推进，甚至比计划还要顺利。中午时分，德军几乎不费一枪一弹就占领了哥本哈根和挪威剩余的土地。丹麦人根本没有做任何抵抗，挪威人也只是进行了零星的抵抗，但很快就被德军制伏。挪威境内包括首都奥斯陆和五大海港在内的所有重要的战略目标都被德军占领了。这简直令人无法相信。英国皇家海军都跑到哪里去了？尽管我不敢相信德军的公告，但我还是把这些内容通过广播传回了美国。然后我无精打采地驱车回到了阿德隆饭店，草草吃了顿午饭。

晚间我又回到广播大厦，却惊讶地发现大楼里的气氛完全改变了。中午时德国人对于战事之顺利的自豪情绪完全消失了。大楼里有位海军派来的新闻审查官，中午时他向我保证说发生在挪威境内的零星抵抗很快就会被平息，但现在他向我承认，他可能有点过于乐观了。

以下就是我们最终得知的丹麦和挪威战事的大致内容。丹麦的战事迅疾如风。丹麦人非常清楚自己的国家无险可守。他们的国土面积太小，地势太平，最大面积的日德兰半岛对德军坦克门户大开，任其驰骋。不像挪威，丹麦少山，王室和政府连逃匿之处都没有；和挪威一样的是，丹麦不能指望英军给予他们丝毫援助。

尽管丹麦军队总司令还希望与德国对抗，但国王和政府否决了他的意见，撤除了他的职务。当德国开始在哥本哈根登陆的时候，丹麦海军和海岸炮兵部队本来可以击退这些战斗力低下的登陆部队，但是他们没发一枪一弹。德国货船"汉萨斯塔特－格但斯克号"满载着一营士兵于 4 月 9 日拂晓前抵达了哥本哈根港，以丹麦岸防部队的实力完全可以当场击沉它。然而，部署在岸边的炮兵部队和海军的几艘炮艇竟然对此无动于衷，放任"汉萨斯塔特－格但斯克号"大摇大摆地穿过港口，随后一路溯流而上，直奔市中心的长堤公园码头抛锚。德军从船舱中鱼贯而出，此地距离阿美琳堡王宫只有一小段距离了。短短几分钟之后，这区区一营的德国士兵就攻占了丹麦王宫。

当天早上，德军在挪威首都奥斯陆遭遇的情况却完全不同。

4 月 8 日到 9 日夜间，德国驻挪威公使就在奥斯陆港口附近组织了一场盛大的晚会，准备欢迎德国舰队和登陆部队到来。德国人把海军的精锐力量全部派到挪威去了，领头的是袖珍战列舰"吕佐夫号"（原名"德意志号"，但希特勒不希望冒失去"德意志"的风险），排水量达 1 万吨，配备了六门 11 英寸口径的舰炮。除此之外，担任舰队旗舰的是战列巡洋舰"布吕歇尔号"，排水量达 1 万吨，配备了八门 8 英寸口径的舰炮。

然而，满心欢喜的德国公使空等了一场。巨型军舰没有到来。它们在奥斯陆峡湾的入口处就被挪威海军拦截了。挪威海军的布雷舰"奥拉夫·特里格佛逊号"在峡湾附近击沉了一艘德国鱼雷艇，还重创了一艘德国轻型巡洋舰"埃姆登号"。剩余的德国舰队继续沿峡湾溯流而上，当它们抵达奥斯陆以南15英里的海面时，发现此处水面变得极为狭窄，宽度只有15英里。而且挪威军队古老的奥斯卡伯格要塞就部署在峡湾两岸，要塞里装备的还是老式的克虏伯28厘米口径炮。挪威预警要塞发现德国舰队之后，开始向舰队射击，并且发射鱼雷。挪威军队的岸防火炮直接命中了"布吕歇尔号"的弹药舱，大火和爆炸导致它受损严重，很快就沉没了。随舰丧生的还有1600名德国人，他们当中除了士兵以外，还有相当一部分人是盖世太保和政府官员，希特勒本来是派遣他们前往挪威抓捕王室成员和接管奥斯陆市政工作的。"吕佐夫号"也被击中多次，受损严重。整个德国舰队几乎被打垮，只好暂时返航撤退。

在挪威其他地方，德国人就走运一些。比如在对德国和英国都极其重要的纳尔维克，守卫的陆军指挥官没发一枪一弹，直接投降了。相比之下，他们的海军指挥官就坚强得多。英国海军在港门外围构筑了防线，但一个由十艘驱逐舰组成的德国小舰队成功地躲开了他们，悄悄溜进了纳尔维克港。这位勇敢的海军指挥官命令一艘老旧的铁甲舰发炮警告。德国海军要求他停火，要派出小艇上前说明情况。防军不知是计，依言停火，却被同时靠近的驱逐舰团团围住，指挥官所在铁甲舰身中数弹爆炸。另一艘铁甲舰奋力还击，遭遇了同样的下场。到了早上8点，德国人已经完全控制纳尔维克这个运输瑞典铁矿石的海运和铁路枢纽。

在挪威南部漫长的海岸线，德国海军的进攻都轻松得手。到午后不久，德国军队完全控制了挪威五个主要的港口城市，还夺取了一个靠近西南海岸的大型机场。取得这样的战果主要依靠了德国陆军力量。虽然海军有所配合，但是可以看出，与英国皇家海军相比，德国海军实在是微不足道。希特勒凭借着勇气、谎言和奇袭的手段，以极为微小的代价就获得了令人震惊的胜利。

进攻奥斯陆的舰队在峡湾遭遇惨败撤退后，德国立刻派遣空中力量对奥斯陆发动袭击，轻松取得了胜利，令人吃惊。海军大败而归，空军大获全胜。在我看来，德国空军简直就是一支幽灵一般神出鬼没的强大力量。

夜幕降临之时，一直在峡湾参战的挪威海军向奥斯陆方面致电，一再警告他们一定要小心防范德国的空袭。然而奥斯陆方面对此没有足够重视，不知道出于什么原因，他们甚至没有在首都的福尼布机场部署防空力量。如果一开始挪威人就在机场跑道上停放一些汽车，那德国的飞机将根本无法降落，但他们连这样一点简单的预防工作都没做。到了正午，五个连的德国伞兵部队和运载着步兵军的运输机在机场顺利降落了。德军的这批先头部队几乎都是轻装上阵，挪威人只需要利用一两辆坦克和一两门火炮，就可以轻而易举地消灭他们，然而他们没有做出任何反应。等到午后，这群德国士兵已经临时组织一支军乐团，在胜利的歌曲声中耀武扬威地踏着正步，由机场往奥斯陆市区进发了。

希特勒原本指示这支先头部队俘虏挪威国王和内阁成员，但等他们抵达奥斯陆市中心时，一切都太晚了。当天上午9点半，挪威国王、全体内阁成员和200名国会议员中的五人就已经乘坐秘密专列，逃往距离首都以北 80 英里的哈马尔市了。同时向北逃亡的还有 23 辆重型卡车，装载了挪威中央银行储备的黄金和外交部的秘密文件。德国公使一直尾随其后并且追上了他们，公使再三奉劝挪威国王哈康七世——20 世纪里唯一一位通过选举而继位的国家君主，也是挪威五个世纪以来的第一位君主——向德国投降并返回奥斯陆，但哈康七世和内阁都拒绝了公使的要求。

希特勒大怒，他命令德国空军立刻炸平挪威政府和王室的临时驻地——小镇尼堡桑德。4 月 11 日，德国空军完成了任务，一开始他们都以为哈康七世和内阁成员已经命丧轰炸之中。一位当时执行轰炸任务的德国飞行员后来被俘虏，他那时在日记里简要写道："奥斯陆政府已经被彻底清除。"

实际上，哈康七世和内阁成员在轰炸之前就躲进了小镇附近的森林中，他们站在齐膝深的大雪当中，亲眼看见了德国轰炸机把整个小镇炸为了一片灰烬。

挪威部署在各港口城市的卫戍部队基本上已向德国投降，挪威已经没有什么正规军可以用来抵抗德国，现在它唯一的希望就是英国。挪威步兵总监鲁格上校把被打散的部队重新整理了一下，组成了四五个步兵营，负责保护国王和内阁成员的安全。由于听说英国人已经在翁达尔内斯登陆并准备援助挪威，鲁格上校和步兵营希望能够保护国王和内阁成员去那里与英国人会合。翁达尔内斯靠近挪威西海岸，在特隆赫姆以南 100 英里，去那里必须穿过险峻的居德布兰河谷。

但事实上，英国海军在挪威漫长的海岸线附近对德军展开的行动是极为缓慢拖沓，而且极为保守的。苏芬战争期间，英法组成了一支 5.7 万人的远征军，准备借道瑞典和挪威去援助芬兰。这支远征军一直在英国北部海岸集结，准备经由海路在挪威的纳尔维克、特隆赫姆、卑尔根和斯塔万格四座港口登陆。当 4 月 9 日早上希特勒进军挪威的时候，英法远征军的一部分部队已经登船出发，如果他们能够及时奔赴挪威，就可以取得对侵挪德军部队的人数优势。然而英法急令运兵船改变计划返回英国本岛！英法最高指挥部不希望远征军冒着风险卷入挪威战场，他们想等局势确定后再做对策。

看上去英国陆军部队真是太保守了，与之形成鲜明对比的是英勇善战的海军部队。以纳尔维克为例，纳粹刚刚占领这座港口一天时间，英国海军的一小队驱逐舰就突然杀回了港口，歼灭了德国停驻在此地的大多数船只。三天后，也就是 4 月 13 日，英国舰队在"厌战号"战列舰的率领下再度返回，彻底歼灭了剩余的德国战舰。在英国海军的猛烈打击下，驻守纳尔维克的两个德军营不得已只好搬到了英国船队射程外的山上。英国海军司令 W. J. 惠特沃思中将一直敦促英国陆军部队利用这一大好时机迅速占领纳尔维克。但是陆军司令 P. J. 麦克西将军一直拒绝这一建议，坚持要在纳尔维克以北 35 英里的哈尔斯塔登陆，据他说因为那里还在挪威军队的控制之中。这是一个损失巨大的错误决策。

故事远远没有结束。

到了 4 月 20 日，也就是德军登陆斯堪的纳维亚半岛 11 天之后，英国步兵旅的一个小分队和法国山地团三个营的部队终于在纳姆索斯登陆了。此地位于德国军队控制的特隆赫姆港东北方向 80 英里处。与此同时，英国步兵旅的另一支小分队也在翁达尔内斯——特隆赫姆西南方向 100 英里登陆，因此盟军计划从北面和南面同时向特隆赫姆的德军发起攻击。由于缺少野战炮、防空炮和空军力量的支持，盟军在这两个地方的驻地遭到德国空军日夜不断地轰炸。德军之前从挪威手中夺取了一个大型机场，轰炸机可以直接从此地起飞，前往纳姆索斯和翁达尔内斯。相比之下，英法的空中力量却始终没有对特隆赫姆产生过实质性的威胁。由于无力抵抗德国空军的轰炸，翁达尔内斯的英国登陆部队决定放弃进攻特隆赫姆的计划，转而前往居德布兰河谷去支援当地的挪威军队，挪威军队当时正在河谷附近阻击从奥斯陆前来的德军。

我记得我当时在柏林听说，由于德军始终没有迅速攻克挪威的一些战略要地，希特勒极为愤怒。4月21日，自大战爆发以来，英国地面部队和德国地面部队终于在利勒哈默尔发生了第一次交战，但是规模非常小，连一场战斗都算不上。由于德国轰炸机击沉了英国运输火炮的船，所以英军所能装备的武器只有机关枪和步枪。相比之下，德军则装备了轻型火炮和轻型坦克，德国轰炸机还从空中提供火力支援。两军的交战持续了24个小时，之后英军和挪威军队穿过居德布兰河谷，向翁达尔内斯方向撤退了140英里，然后英挪联军停了下来，后卫部队又与德军发生了小规模交战，延迟了德军对他们的追击，但是没能彻底拦截住德军。

4月30日夜间至5月1日凌晨，英挪联军开始从翁达尔内斯疏散，5月2日，英法联军也从纳姆索斯疏散了。这个结局并不令大家感到意外，这两个港口已经被德国空军炸成一片废墟。不过哈康七世和内阁成员都还安全，他们登上"格拉斯哥号"巡洋舰前往挪威北部港口城市特罗姆瑟。特罗姆瑟已经深入北极圈地区，哈康七世准备将挪威临时政府设立于此地。

至此，整个挪威南部的领土，包括所有主要城市和港口都已经落入德国人的手中。在英军的支持下，挪威北部尚处于哈康七世的控制之下，国王得到了英国的支持。5 月 28 日，盟军终于有所行动了。包括两个挪威旅、一个波兰旅、法国外籍军团两个营在内的盟军部队终于向德军发起了反攻，盟军部队人数达到了 2.5 万，数量上远远超过了驻纳尔维克的德军，德军被赶出了纳尔维克。看起来，希特勒从此不能从这个港口运输瑞典的铁矿石了。但是好景不长。

5 月底，希特勒调动重兵重新建立了新战线，盟军部队立刻被全部动员起来，以抵御德军新一轮的大反攻，只好匆匆抛弃了纳尔维克港。德军一直坚守在靠近瑞典边境的一个多山地区，6 月 8 日，德军重新夺回了纳尔维克，直到大战彻底结束才失去了对港口的占领。英军撤退之后，对德军而言，纳尔维克以北的挪威变成了无人之境，德军长驱直入。6 月 7 日，英军将哈康七世和内阁成员带上巡洋舰"德文郡号"逃离至伦敦。自此挪威王室和政府开始了长达五年的艰苦流亡生活。

我在柏林一直心情沉重地关注着挪威的战事。很显然，希特勒是不可阻挡的，英国人和法国人在挪威被打垮了。我在德国陆海空三军的朋友纷纷向我表示，他们从挪威的战争中学到了许多东西。首要的一点就是此次挪威战争是人类战争史上陆基空军力量第一次击败了海军力量。英国海军再也没有能力利用他们传统的海上优势把德国人赶出挪威港口，也没有能力坚守住在挪威的驻地了。德国轰炸机已经把这些驻地轰炸得一塌糊涂，英军根本无法将火炮和坦克（甚至储备）运上岸。由于害怕德国的轰炸机，英国人只好把舰艇全部撤离，而没有这些舰艇，英国人根本无法从德国手中夺回港口。只有纳尔维克地区因超出了德国轰炸机的打击范围，英国人才敢冒险把舰艇开到战场附近。

空军力量对现代战争产生了重大的变革作用。

德国占领挪威之后，一个名为吉斯林的前挪威军官和战争部部长公开向纳粹投诚，把整个挪威双手献给了德国人。他的行径使西方世界的语言里出现了用他的名字指代卖国贼的现象。

维德孔·吉斯林少校出身非常好。他于 1887 年出生于一个农民家庭，后来以班级第一名的优异成绩从挪威军事学院毕业。他年仅 20 岁的时候，就被任命为驻圣彼得堡的武官。他在那里亲眼见证了俄国革命，对布尔什维克抱有同情。当他回到奥斯陆之后，他辞去了军队职务，计划投奔工党阵营，并希望按照布尔什维克党的体制建立一支"红色卫队"。工党拒绝了他的请求。从 1931 年至 1933 年，他担任挪威战争部部长，开始转变思想，由对共产主义的狂热转为热衷纳粹主义。1933 年纳粹在德国夺取政权的成功极大地鼓舞了他，他在挪威也成立了一个法西斯政党"国民联盟"（Nasjonal Samling），并出任党首。然而纳粹主义在挪威这块民主气息浓厚的土地上一直不受欢迎，吉斯林甚至连国会议员也没有被选上，他转而寻求德国纳粹党的支持。

他与德国纳粹党胡言乱语的"官方哲学家"阿尔弗雷德·罗森堡取得了联系，两人一见如故。他们极其热衷一个想法：由纳粹统一北欧，建立一个没有犹太人、由斯堪的纳维亚各民族联合的"北海帝国"，并加入纳粹德国的阵营以共同统治全世界。在 1939 年苏芬冬季战争爆发之前，罗森堡对吉斯林的帮助都不大，但现在北欧战事不断，这给吉斯林的野心带来了大好机缘。吉斯林于 1939 年冬季第一次见到了希特勒，在会面中吉斯林提出，他希望利用自己的突击队夺取政权，并希望希特勒能够派遣军队以提供帮助。

这简直就是当年德奥合并阴谋的重演，当年奥地利的叛徒阿图尔·赛斯－英夸特就是这样出卖奥地利的。希特勒对此很有兴趣。1939 年 12 月中旬，希特勒三次极为秘密地会见了吉斯林，给了他一大笔经费，并向他承诺会提供更多的资金援助政变，以及安排挪威突击队员在德国境内受训。吉斯林提醒希特勒，英国随时会假借援助芬兰之名向挪威派遣远征军并占领挪威。

4 月 9 日夜里，当德国人刚牢牢控制了奥斯陆，吉斯林就率领突击队员抢占奥斯陆广播站，他发表了一大通虚张声势的讲话，宣布自己成为挪威新政府的首脑，要求所有挪威人放弃对德军的抵抗。吉斯林公开叛国的丑行引起了公众的愤慨。等挪威民众从国家突然被占领的错愕中清醒过来之后，他们立刻组织了大规模的抵抗运动。

然而，吉斯林这次妄图夺取挪威政权、为德国人效忠的阴谋并没有持续很久，就在他自称总理六天之后，德国人就把他从总理位子上赶了下来。德国人列出了一个挪威重要政治人物的名单，希望从中挑选出一位更德高望重的人士来充当傀儡政府的首脑，但是没有人合作。最高法院首席大法官波尔·贝格和其余 15 名大法官都辞职以示拒绝合作（贝格很快就成了挪威地下抵抗组织的领导者）。挪威当地的路德教派也抵制德国的命令。希特勒极为震怒，于 4 月 23 日派遣了一名年轻、粗暴的纳粹军官约瑟夫·特博文担任帝国驻挪威代表，他的统治手段愈发残忍。他于 1942 年恢复了吉斯林的职位，让他继续做没有任何实权的傀儡政府总理。

战争结束时，挪威游击队抓住了吉斯林，以叛国罪的名义审判他。我由此有机会在柏林议会大厦见到了他本人。我对这个自负的卖国贼的描述是"长着一对像猪一样的眯缝眼，小个子"。漫长劳神的审判后，他被判死刑，于 1945 年 10 月 24 日执行。

还有一件事令我快快不乐。伟大的挪威小说家、1920 年诺贝尔文学奖的获得者克努特·汉姆生落入了德国的圈套。我在读大学的时候就读过他著名的作品《大地的成长》，后来又读了《饥饿》，他的文字深深打动了我。汉姆生和马克西姆·高尔基一样是工人出身，在芝加哥当过公共汽车售票员。他的作品以一种悲剧性的视角去审视人与大地、海洋、社会之间的斗争。德国占领挪威之后不久，他在德国媒体上公开发表文章对纳粹表示同情。之后又有消息从挪威传来，说他开始和当地的德军合作。我一开始根本不相信。战争结束以后，他和吉斯林一样被挪威人以叛国罪起诉，但是考虑到他已经年老多病（当时他已经 80 多岁），最终对他的起诉罪名被逐步减轻，他被判以"甘心为纳粹政府所利用"的罪名，处以 6.5 万美元的罚款。这笔钱在当时的挪威算是一笔巨款。他于 1952 年去世，终年 93 岁。[6]

4 月末，我请了四五天的假，代表哥伦比亚广播公司去洛桑参加国际广播联合会的一次会议。我还去日内瓦匆匆看望了家人。包括英、法、德在内的欧洲各国广播业者选择在保持中立的瑞士召开这次会议，正好让我可以仔细观察一下莱茵河沿岸的巴塞尔地区。西部战线上的情景让我感到十分奇怪。尽管各国已经和德国在战场上打得不可开交，各国的广播业者不能再像以前那样把酒尽欢，但是据我观察，他们依然对彼此表现得彬彬有礼。原因很简单，尽管他们的国家正处于战争之中，但是他们明白仍然要以和为贵，谁也不想让自己公司的广播线路被掐断。这次大会上他们谁也没有相互指责和揭短。

英法盟军和德军都在莱茵河两岸公开地挖筑战壕，丝毫不顾忌对方的侦察。双方也没有发生任何交火。但是等我回到柏林之后，我感觉这种诡异的形势可能就要结束了，已经持续八个月之久的假战终于要走到尽头了。挪威已经成为纳粹德国的囊中之物，现在希特勒肯定要开始把目光投向欧洲的西部了。

5月刚开始的第一个星期，德国媒体便开足马力进行各种有关西方盟军的报道，目的就是要让德国民众相信西方盟军在挪威遭遇失败之后，贼心不死，又开始计划从西线攻击德国。很显然，德国媒体收到了官方的指示。5月7日，一家颇具代表性的晨报标题这样写道："张伯伦是个大侵略者，他正在策划对德国展开新一轮的联合侵略。"

5月8日，周三，我在日记里写道：

> 不得不注意到德国外交部里的紧张气氛越来越浓烈了。要有大事发生……

我的老朋友拉尔夫·巴恩斯从荷兰转道来柏林看我，当年他在《纽约先驱论坛报》柏林分社工作，后来去伦敦就任《纽约先驱论坛报》的首席记者。拉尔夫告诉我，他乘坐火车来柏林，经过荷兰与德国最初的 25 英里边境地带时，火车上的警卫把窗帘全部拉下来了，不允许大家往外看。拉尔夫猜测这是怕乘客，尤其像他这样的记者看到窗外德军向德荷边境开进的情况。我立刻向荷兰与比利时驻德公使馆进行了确认，两国公使馆的外交人员看上去都非常紧张。我又向德国外交部求证。之前美联社报道称两支德国军队已经开始向荷兰边境移动，德国外交部对这一消息极为恼火。

第二天，5 月 9 日周四，柏林的气氛似乎更紧张了。报纸上仍然是各种耸人听闻的标题，一家德国媒体声称："英国飞行员执意扩大战火！"当天晚上我在节目里告诉听众："德国对西欧的战争可能真要到来了，他们可能会在夏季结束之前做出最终的决定。"在战争即将爆发的最后几天，德国的新闻审查官允许我用语气越来越强烈的暗示语来提醒听众，德国对西欧的战争就要开始了，而且会是大规模的战争。我并不知道究竟是哪天，但我确信不远了。

5 月 10 日，周五，早上 7 点钟，当电话打进我的酒店房间时，我还在睡梦之中。打电话来的是广播人厦里的一位年轻女性工作人员，她和我说："西线的战争已经爆发。你想尽快做报道吗？"

我努力让自己立刻清醒起来，匆忙告诉她："我会尽快赶到广播大厦，请帮我预留一台短波发射机，我在 30 分钟内一定会赶到。"

我打开了房间里的收音机，里面正在播放德国人的宣战公报。

希特勒在周五黎明下令德国大军开进西欧地区。自德波战争爆发以来，这是他在一条战线上调度的最为强大的部队。希特勒曾经保证绝对不会侵犯荷兰、比利时和卢森堡这三个小国，然而现在德军横扫了它们的领土，一路朝着法国边境方向前进。纳粹帝国与西方盟军的生死决战终于来临了。

尾 注

[1] 特切夫大桥横跨维斯瓦河，离格但斯克并不远，德国人一直计划在波兰人炸毁大桥前夺取它。9 月 1 日凌晨，在德国伞兵部队到达之前，波兰军队的工程师利用大雾的掩护成功炸毁了大桥。

[2] 我非常想尽可能中立地评价亨德森大使，但实在很难。从他当初抵达柏林履职时，我就发现他不仅同情纳粹主义，还同情纳粹主义的目标。大使从不掩饰他个人对希特勒夺取奥地利及捷克斯洛伐克的赞同。他本人可能和希特勒一样讨厌捷克斯洛伐克人。然而，最让人无法忍受的不是他个人意识形态上的偏见，而是他个人能力的匮乏。英国历史学家 L. B. 内米尔爵士对此总结道："亨德森是自负、虚荣且固执己见的，他顽固地坚持自己预设的观点，热衷于发数不完的电报、信件和加急公函，长得吓人，然后在里面反反复复地陈述各种无凭无据的观点和想法。如果你说他很敏锐，可他常常非常迟钝，引发了很多麻烦；如果你说他愚蠢，他却有点小聪明，无伤大雅。他真是一个典型的坏男人。"

[3] 一年半之后，英德两国海军在大西洋上进行了一场大规模的海战，两军多次交锋，最终"俾斯麦号"在这场海战中被击毁沉没。在它短短一周的参战过程中，它几乎以一己之力击沉了排水量高达 4.2 万吨、英国皇家海军最强大的战列巡洋舰"胡德号"。

[4] 苏芬战争中，芬兰共投入兵力 20 万，损失兵员 2.5 万人，伤员 4.5 万人，这对于一个人口稀少的小国来说是极为重大的损

失。苏联投入兵力超过 120 万，其中死亡 4.8 万人，伤员 15.8 万人，尽管伤亡总数大大多于芬兰，但是就其所占人口比例而言，其损失小于芬兰。

[5] 然而好景不长，没过一会儿我看到了当天各种德国早报的报道。我把一些报纸的头条标题和评论摘录在了日记当中。

《德国交易报》评论："英国对弱小民族极为残酷无情，德国将保护这些弱小国家免遭英国强盗的侵害……挪威应该看到德国此举的正义性，那是为了保证挪威人民的自由。"

《人民观察家报》标题："德国拯救了斯堪的纳维亚！"

[6] 战争期间，为希特勒掌管挪威的两位德国人——特博文委员和法尔肯霍斯特将军的最终命运迥然不同。特博文不愿面对被捕而选择了自杀；法尔肯霍斯特则被逮捕，由英挪联合法庭审判。他因为将被捕的盟军指挥官交给党卫军处死，被判死刑，最后减为终身监禁，后被释放。

第十六章

征服西欧：1940

1940 年 5 月 10 日，一个美好的春日，希特勒又开始故技重演。拂晓之后，荷兰、卢森堡和比利时三国驻柏林的公使被里宾特洛甫召唤到德国外交部，被告知为了保护他们的领土免遭英国和法国的侵占，德国大军正在拥入以行保护之责。一个月前，当希特勒要入侵挪威和丹麦时，用的也是这么无耻的理由。三位可怜的公使同样被德国人警告，如果他们胆敢有任何抵抗，德军就会毫不留情地粉碎这些力量，由此造成的血腥代价将由他们自己负责。[1]

早上 8 点钟，里宾特洛甫在外交部大楼召开了新闻发布会。他说自己在会见三国公使时，向他们出示了"无法反驳的确凿证据"，证明英国和法国正准备通过荷兰和比利时侵略德国，因此德军相信必须派遣部队前去"保障荷兰与比利时的中立地位"。他还说德军最高统帅部有"证据"表明盟军正准备借道低地国家占领德国的鲁尔区。

德国人的厚颜无耻还远不止于此。当天早上后来，比利时和荷兰公使回到德国外交部，要求德方返还他们的护照，并且对德国侵犯两国中立地位表示抗议。德国人无动于衷，外交部发布了一份公文称："比利时和荷兰公使的抗议内容极为无礼，愚蠢之至。在听完他们的抗议之后，一位主管此事的官员拒绝接受他们的抗议，并且要求他们按照正常途径重新申请返还护照。"当天下午德国的报纸还用大号标题报道，比利时和荷兰对于遭到侵略的抗议是"无耻的"。

真正无耻的当然是德国人自己，他们一方面发誓会尊重比利时的中立地位，另一方面却在 1914 年和现在两次侵犯比利时。我自己在不断地嘟囔，不管是威廉二世时期，还是现在希特勒的统治时期，难道德国人一点荣誉感都没有了吗？他们难道从来都不会信守诺言吗？

早在 1839 年，比利时刚刚独立不久，德国就与欧洲其他列强一致签署协议，保证会"永久"尊重比利时的中立地位。但是 1914 年德军径直侵入比利时的国土以追击法军，当时的德国总理贝特曼－霍尔韦格公开宣称，对德意志帝国而言，所谓的保障比利时中立的协议书只不过是"一张毫无意义的废纸"，他的赤裸裸的言论震惊了整个国际社会。第一次世界大战结束之后，魏玛共和国宣誓绝不会再对比利时动武，之后希特勒也对比利时和荷兰做出了类似的保证。然而根据二战后缴获的德国秘密文件显示，从 1938 年开始，希特勒一面在公开场合保证不会侵略低地国家，一面私下和自己的军队将领说着相反的话。

例如，我们通过这些秘密文件可以看到，在他公开宣布苏台德地区是他在欧洲最后的领土要求之后没多久，也就是 1938 年 8 月 24 日当天，他就向德军将领指出，夺取比利时和荷兰将使德国获得极为重大的战略优势。1939 年 4 月 28 日，希特勒在帝国议会公开发表演讲，再次声明一定会信守对低地三国的诺言。文件又显示，不到一个月，即 5 月 23 日，他就告诉将军："德军必须以闪电般的速度占领荷兰与比利时的空军基地……**根本不必在意所谓的中立宣言。**"

8 月 22 日，也就是他闪击波兰前一周，他告诉将领，他正在考虑占领荷兰和比利时的可能性。他认为由于英国和法国不会违背尊重两国中立的诺言，所以德国必然有机可乘。8 月 25 日，希特勒命令驻布鲁塞尔和海牙的公使向比利时和荷兰政府通报德波战争的情况，并且表示"德国在任何情况下都不会损害荷兰和比利时的中立地位"。10月6日，波兰战事结束之后，他再次公开宣布会保证荷兰和比利时的权利。然而第二天他就指示布劳希奇将军，要他的属下"做好一切准备，如果政治形势需要的话，就立刻侵入荷兰与比利时"。

1939年10月9日，希特勒发布"第6号指令"：

> 做好占领卢森堡、比利时和荷兰的准备。如果开始行动，尽可能迅速而强有力地完成……攻击的目标就是获取荷兰、比利时和法国北部地区。

希特勒在指示中坦承，他正在考虑从当年11月开始行动，"最迟不超过11月12日至20日之间"。

由于天气情况恶劣，希特勒推迟了在西线的行动。11月23日，他召集将领再次声称：

> 我所做的决定是不会改变的。我一定会尽可能早地选择最合适的时机，对法国和英国发动进攻。至于侵犯比利时和荷兰的中立地位，根本就是无所谓的。如果我们取胜，就不会有人提出质疑。我们不需要像1914年那样，还要傻乎乎地为违背诺言找正当理由。

然而后来我们根据秘密档案发现，在整个秋天，所有将领都反对元首以荷兰和比利时为跳板进攻西线的计划，不是因为良心发现，而是因为他们感觉军队还没有做好准备。根据秘密档案显示，只有一个例外。希特勒是在10月10日那天和将领讨论进攻比利时与荷兰的计划的，但是第二天，驻守西线的C

集团军总司令威廉·里特尔·冯·勒布就匆匆写了一份态度极为强硬的备忘录给了布劳希奇将军，向他表示对元首计划的抗议。勒布在备忘录里写道："如果我们在 25 年里又一次攻击了保持中立的比利时，整个世界都会转变态度反对我们！就在短短几周前，我们的政府还庄严地发誓会尊重并维护比利时的中立地位！"

据我从秘密档案里查阅可知，当时没有别的将领敢站出来支持勒布的立场。但我当时和德国军官聊过天，我知道他们都对这一计划表示不满，认为这样将会玷污德国军人和政府的荣誉。

西线战争爆发的当天早晨，德国的新闻审查官告诉我，不可以在我的第一次播音中说荷兰和比利时"被入侵"了。他们一直否认这件事。一开始我打算取消当天的全部播音节目，但是后来我发现，他们没有注意到我发言稿里面三次出现的"入侵"一词，所以我就仅仅修改了新闻导语，把"入侵"改为了"进军"。我还在后悔不该就这样向德国人妥协，但我最后想通了，所有听众知道，"进军"就是"入侵"，除了德国人。

其实，比德国破坏比利时的中立地位更重要的是，他终于开始向西欧进攻了。持续了八个月的假战终于结束了。就像 1914 年第一次世界大战爆发时的情形一样，在夏季结束之前，比利时和法国北部地区的战役可能会再一次决定德意志帝国、比利时、大英帝国和法国的命运。看上去这将会是地球上有史以来最大规模的一次战争，无论是人员和枪炮的数目，还是飞机坦克的数量，都比以往任何一次战争多得多。

当天早上，希特勒向公众发表了演说，听他的词句可以感觉到，他也意识到这将是生死存亡的决战时刻。

他总结道："决定德国未来命运的决定性战斗终于到来了。今天这场战斗将会决定未来几千年里日耳曼民族的命运。"

晚间时分，德国媒体播放了前线传来的第一条报道，但听上去真是太乐观了，我觉得这更像希特勒用于政治宣传的玩意儿。报道称德军已经越过默兹河，并且占领了荷兰的马斯特里赫特，此地扼守荷兰与比利时边境。报道还说德军机械化部队已经通过卢森堡向比利时进发。和 1914 年 8 月初一样，德军这次又被阻挡在了列日附近，比利时军队在此地构筑了大量坚固的堡垒，当年鲁登道夫将军率领德军进攻比利时，就在此地被列日堡垒阻挡了 12 天之久。

在我看来，这次列日堡垒应该能坚持更长时间。因为一年前我到此地看过，比利时人加固了它们并强化了防守能力，尤其是建成了扼守默兹河与艾伯特运河咽喉要地的埃本·埃马尔要塞。整个要塞用钢筋混凝土建造，并且深入地下，炮楼由厚重的装甲保护，配备了 1200 人的炮兵部队。我听说无论是英法盟军还是德军都认为埃马尔要塞是整个欧洲最难攻破的堡垒。比利时人则认为它绝对是牢不可破的。

当天晚上德国媒体继续吹嘘各种战绩，譬如他们宣称德军已经摧毁荷兰、比利时和法国境内的大量机场、数百架战机。对于这些报道，我虽有所警觉，但在心里仍然相信，比利时人一定可以挡住德国人。我告诉自己，希特勒此刻的胜利不过是强弩之末，比利时人可以坚守住列日和那慕尔，直到英国人和法国人赶来支援他们。荷兰人也在自己国境内建立了坚固的防御水系，他们应该也可以阻拦住德国人。法国人的陆军很强大，英国远征军还有十个师的力量部署在欧洲大陆。就像当年第一次世界大战时那样，英法军队应该可以在马恩河一带拦截住德军。

然而第二天，我的希望就开始破灭。从西线不断传来德军大胜的消息，之后每一天我都可以收到消息说荷兰与比利时的状况每况愈下，情况糟糕得简直令人无法相信。我在日记里记下了当时一天比一天糟糕的心情：

> 柏林，5 月 11 日。德国坦克已经荡平比利时和荷兰，今晚德国宣布已经攻下埃本·埃马尔要塞。

当天晚上，德军最高统帅部专门发布了一份特殊公告，宣布德军以极快的速度就攻克了坚不可摧的埃本·埃马尔要塞，因为德军在战斗中采用了"一种新的攻击方法"。这一公告使柏林城里立刻谣言四起。军方一些人士和我谈话时都在暗示我，德军掌握了一种威力极为惊人的"秘密武器"，这种武器可能是一种神经性毒气，它在 30 个小时之内就让埃本·埃马尔要塞里的士兵短暂瘫痪，并且丧失了战斗力。[2]

我在心里暗自揣测，既然埃本·埃马尔要塞已经沦陷，那列日还能坚持多久呢？

到了第二天，也就是 5 月 12 日的晚上，德国人宣布已经占领荷兰须得海以东全部的领土，并且在尼德兰心脏地带攻克了第一道和第二道防御水系。我听英国广播公司的新闻说，德国向荷兰防御水系后方投放了数千名伞兵和滑翔机兵，他们试图占领海牙周边的机场和鹿特丹以南环绕默兹河的重点桥梁。

伦敦方面说，德国空降部队的进攻在大多数地区都被荷兰军队击退了。在柏林，最高统帅部对于空降行动一直保持沉默，新闻审查官也禁止我在报道中提及此事。根据我对德国军方一向自吹自擂的了解，我估计他们的空降行动肯定很不顺利，否则不会对此事保密。果不其然，几天之后，最高统帅部发布的公告对此事含糊其词。

　　5月13日，柏林。我收到了令人震惊的消息。下午5点报纸的头条写道："列日已经被攻克！德国陆军已经突破阻截，并且在鹿特丹附近与德国空军会师！"……

　　5月14日，柏林。今晚我们为得到的消息感到有些茫然。有消息称，在战斗开始后仅仅五天，荷兰军队就放弃了抵抗……列日被攻克后，德国人宣称今晚将会打破比利时人在那慕尔西北处的第二道防线。德国军队已经距离布鲁塞尔很近了。

荷兰军队已经投降的消息让我难过，比利时的战局更是火上浇油。我从德国军方内部了解到，德军已经攻下那慕尔西北部的比军防线，英国广播公司在伦敦也播出了这条新闻。我现在必须承认，之前德军最高统帅部宣称的战果恐怕并不是吹嘘，而是确有其事。而且更严重的问题在于，这样一来就意味着盟军在西线集结的规模最大、威力最强的军队陷入了麻烦。法国把全军中最为精锐的第一军、第七军和第九军部署在边界附近，英国远征军的十个师也加入法军的阵营。德军开始攻入比利时的时候，英法联军就已经奔赴前线和比利时军队联合，沿迪莱河一线建立防线，这条防线从安特卫普延伸，经过鲁汶到达瓦夫尔，因此也会横跨让布卢地峡到达那慕尔，并且向南沿默兹河到达色当地区。

很显然，英法盟军就德军的进攻战略做出过预测，预计德国人将会像 1914 年一样，把主力部队集中于右翼，然后从南部对法军主力部队的侧翼展开大范围进攻。德军将军赖歇瑙指挥的第六集团军在攻克列日和那慕尔之后，按照当年毛奇将军的进攻路线继续前进，这进一步让英法确信德国人将会采用 1914 年的旧战略。但我当时不知道，事实上英法盟军也没有想到的是，德军最高统帅部用了调虎离山之计，他们乐意看到的就是盟军向北开进比利时地区。真正的德军主力此时正在法国南部集结，德国人采用了与 25 年前完全不同的新计划。他们计划攻克法国南部战略要地色当，直接突入法国心脏地带，然后利用装甲部队迅速突破到英吉利海峡，形成对北部盟军的大包围。色当一直是法国军队心中的伤痛。[①] 此次色当又要成为法军的梦魇之地。

5 月 15 日，我们第一次收到了英法盟军一败涂地的消息。

　　柏林，5 月 15 日。今天所有外国记者和各国外交官的脸色都极为黯淡，德军最高统帅部宣布德军已经攻克靠近色当附近的马其诺防线，并且在色当成功强渡默兹河。另外，德军在更北方的那慕尔、吉维特一带也成功渡过默兹河。

---

① 1870 年 9 月，全欧洲的强国目睹了普鲁士军队在此地痛击法军，甚至俘虏了法国皇帝拿破仑三世。

所有人都目瞪口呆。我在巴黎待了这么多年，深知法国人对当年的色当战役是如何深感耻辱，他们永远都不能忘记拿破仑三世皇帝于 1870 年在此地向毛奇将军投降，法兰西第二帝国由此灭亡。现在，灾难再度降临。

我在日记里匆匆写下："任何去过环绕色当的默兹河河谷的人都知道，那里森林密布，实在无法相信德军竟然能迅速地渡河成功。"

但我也只能承认，自从德国人一周前开始向西线展开行动以来，一切看似不可能之事都变成了事实。从我的日记里可以看出我当时有多么愚蠢。

（接着 5 月 15 日的日记）几乎我所有的朋友都对英法盟军放弃希望了，我却没有。1914 年 8 月的时候，法国面临的形势比现在还要危险。当时德军在进攻巴黎的路上，几乎没有受到任何力量的阻挡。

翻阅我当时的日记，可以看出我的确还没对英法放弃希望，但我已经开始担心特斯和艾琳在瑞士的安全。5 月 16 日，我收到消息说意大利随时会加入针对英法的战争，这会直接切断我家人逃难的道路。当天，瑞士政府号召本国所有适龄男人准备接受动员。瑞士政府担心德国人会入侵瑞士，再借道从南部进攻法国。当天晚些时候，特斯给我打了个电话，她说美国驻瑞士公使馆已经建议所有在瑞士的美国公民立刻从伯尔尼转移到波尔多，美国船只会在那里把他们带回美国。我告诉特斯，如果可以的话，明天就利用这个机会赶紧离开。但是特斯说法国政府已经停止发放过境签证。第二天，也就是 5 月 17

日，我又给特斯打了个电话，催促她立刻带着艾琳离开。

我恳求她："你们开车穿过法国赶到西班牙，你带着一个小孩子在身边，法国人不会阻拦你的。"

当天新来的报道再一次震撼了我，我在日记里有所记载：

> 柏林，5月17日。今天真是糟糕透顶！坏消息又来了！下午3点钟，德军最高统帅部发布了每日例行的公告，除非德国军方从未误导我们，否则我实在不能相信。
>
> 公告上说德军已经攻破比利时军队在瓦夫尔以南的迪莱河防线，占领了那慕尔的堡垒。更重要的是，德国人说他们已经到达色当东南部，在莫伯日到卡里尼昂之间长达100千米的战线上突破了马其诺防线。

这个消息太震撼了，让我几乎没法接受。固若金汤的马其诺防线竟然被德军切出了整整100千米的口子！[3]德军现在一路从边境开进到莫伯日地区，距离进入巴黎只剩一半路程了。德军从色当地区向兰斯进军，目前已经到达勒泰勒地区，行军路程也几乎过半了。在德国广播大厦，来自军方的人士首次在广播里公开使用"法国溃败"一词。

> 我回到美国大使馆，每个人都对事态的发展极为茫然……天哪，德国人发起进攻才八天时间，现在他们就已经占领荷兰全境，还占领了比利时一半的国土，而且德军从边境地区向兰斯推进得极为顺利，竟然已经完成一半路程！
>
> 噩梦还没有结束！今晚最高统帅部宣布德军在日落时

分已经进入布鲁塞尔。今天白天，德军已经粉碎盟军在鲁汶南北两线的防线……1914 年，威廉二世的军队花费了十六天攻进布鲁塞尔，这次希特勒只用了八天。

柏林，5 月 18 日，今天安特卫普陷落了。德军沿海边一线绕到了部署于比利时的盟军的后方。德军南线集团军也在向巴黎快速推进。

明天我准备去前线看一下，也许我可以找到一个机会亲眼看看德军这群庞然巨兽是如何吞噬一切的……

距离我上一次亲自到前线观察情况已经有好几年的时间了，但这次德军之迅猛使我立刻下定决心，去亲眼看看真实的情况。等到战争与和谈结束以后，要研究这些历史的进程，就要把目光集中于观察德军此时是如何取得如此巨大的胜利的，还要留意盟军为何又会深陷这些意料之外却愈演愈烈的灾难。我一直在考虑，尤其要留意法国的情况，因为原先在我看来，法军当下的战斗力即使没有胜过德军，也应该和第一次世界大战时的情况差不多，并不输于德军。[4]

现在回头来看，英法盟军遭遇惨败的一个重要原因就在于德国进攻西欧的两份计划。[5]

德国进攻西欧的作战计划最早草拟于 1939 年 10 月，由 1914 年的"施利芬计划"衍生而来。它提议将主力部队部署在右翼，扫荡比利时和法国北部地区，占领法国在英吉利海峡一侧的港口，由此切断英国与法国的联系；然后德军就可以依靠法国北部的空军和海军基地对英伦三岛进行骚扰，并切断其与外界的联系。在希特勒看来，只要这一目标达到，英法盟军一定会向德国求和，德国就可以腾出手转向东线进攻苏联。

德军这份最初的计划被英法盟军猜到了。1939 年 11 月 7 日，位于巴黎的盟军最高战争委员会开始采纳 "D 计划"。按此计划，一旦德军主力进犯比利时，法国第一军和第九军与英国远征军将会驰援比利时，沿默兹河与迪莱河的比利时防线拦截住德军。到了 11 月末，由于英法收到越来越多的警告，称希特勒将会从荷兰与比利时境内向盟军发起进攻，所以最高战争委员会决定把法国第七军调到海峡北部地区以援助荷兰人。最高战争委员会相信德军会把最核心的精英部队部署在北部地区，因此丝毫不敢大意，在此地部署了强大的兵力，共计 67 个师，其中包括法国 3 个军的 26 个师、英国远征军的 9 个师、比利时军队的 22 个师，以及荷兰的 10 个师。单就兵员数量而言，盟军方面远远超过德军。

德国人注意到了这一情况，不希望在北部地区与盟军有重大决战并形成胶着态势，更重要的是，他们不想踏入英法盟军的陷阱，而盟军将会往东北方向援助比利时和荷兰。于是德国人开始考虑修改计划。另一个原因可能是，1940 年 1 月 10 日，原先作战计划的主要部分已经落入英法手中。当时德国的一架邮政飞机迫于恶劣天气，不得不临时降落在比利时边境一带，比利时军方逮捕了飞机上的一名德国空军少校，他随身携带的文件包里有不少德军作战计划细节的文件。

但我根据秘密档案判断，更改战争计划的主要原因还是作战参谋部的埃里希·冯·曼施坦因将军拟定了一份新的大胆的作战计划。曼施坦因将军是一位极富才华的参谋人员，尽管军阶并不是最高，但深得元首的喜爱。曼施坦因将军提出，德军不要把主要力量部署在北部，而要把目光投向更远的南部，要利用全德军十个装甲师中的七个师越过阿登森林，直达法国核心地带。德军将会从色当地区及其偏北一带越过默兹河，打破法国的防御后就可以直接进入无人防守的法国内陆，迅速到达扼守英吉利海峡的阿布维尔港。这样德军不仅能够切断英国与法国的联系，而且可以引诱英法比盟军的主力部队前往北部。一开始，陆军总司令布劳希奇和陆军总参谋长哈尔德都反对曼施坦因的计划，他们把曼施坦因撤离原职，调到一个无关紧要的岗位上。但是他设法私下见到希特勒，说服希特勒接受自己的提议。到了1940年2月24日，德军最终决定采纳"曼施坦因计划"，开始了大规模的重新部署。

德军的重新部署当然没能逃过英法盟军的眼睛，但是盟军情报部门此时发生了一些匪夷所思的情况，不仅偶尔会处于瘫痪状态，而且故意忽略或隐瞒情报，以至于盟军对德军的异动没有做出任何反应。对于英法盟军情报机关的异常，我至今也没有弄明白其中的内幕。后来我在法国人的军事档案中发现，早在1939年12月5日，当时德国人还只是在讨论新计划的时候，西线盟军中的法军参谋长阿方斯·乔治少将就提醒他的上司莫里斯·甘末林将军，把主要兵力都部署在荷兰和比利时一带是存在一定风险的。乔治认为，德军在北部地区表现出的蠢蠢欲动的态势可能只是为了分散盟军的注意力，"德军真正的主力进攻方向可能会集中在法国的中部地带，位于默兹河和摩泽尔河之间"（乔治还专门在"中部地带"几个字下面画了着重线）。乔治还指出，如果这种事情真的发生，到时英法盟军将"没有任何办法抵挡住德军的进攻"。

然而盟军的指挥官对于乔治少将的警告继续置若罔闻。甘末林将军认为，德军要想攻击法军部署在色当地区的第九军和第二军，就得首先越过阿登森林，然而这完全是不可能的。当年一战时凡尔登战役的大功臣贝当元帅，不是也向法国议会保证阿登森林是"永远不可能被攻克"的吗？甘末林和贝当一直认为阿登森林道路泥泞、森林密布，任何大型部队，尤其是装甲车辆根本不可能通过这一地区。甘末林将军根本没有防御那里的特别计划。

整个冬末，一直到初春，越来越多的迹象显示德军正在集结主力部队准备对法国中心地区猛烈一击，盟军情报部门注意到德军部署到该地的步兵师已经从 25 个上升到 57 个。3 月，德军 10 个装甲师中的 7 个已经被部署起来，准备对列日以南的地区发动突袭。到了 3 月 8 日，比利时国王也收到了情报，称德国将从阿登地区发起攻击，尽管国王本人一直拒绝与英法盟军合作制订作战计划（他害怕得罪希特勒），但是此时他也不敢轻视这一重要情报，他把情况告知了甘末林将军。而且，国王还强调，他有"确凿的文件证据表明德军进攻策略的核心就是从隆维至吉维特一线垂直切入"。德军的这一进攻线路正好位于马其诺防线的西北方向，防线止于隆维，在色当地区以北防守该线的是法军现役部队中通常被认为战斗力最弱的第九军。比利时国王利奥波德在 4 月 14 日再次就此危险向盟军提出了警告，他声称自己现在确定德国人希望把英法盟军的主力部队引诱到比利时境内，然后再调集从卢森堡北上的部队消灭他们。

盟军的情报部门也确认了利奥波德国王的警告是真实的。情报不断被送往盟军指挥部，但是盟军最高战争委员会一直忽略它们。直到 4 月的最后一天，德军开始了大规模的装备和物资部署，大批部队、坦克、火炮和弹药被运送到前方，很显然德军即将开始一场倾尽全力的突然猛攻。瑞士一直是盟军情报部门重要的情报收集地，法国驻瑞士大使馆的武官不得不严重警告盟军最高指挥部，称情报显示德国人不仅重新调整了进攻的日期，而且调整了重点进攻的地点。据这位法国武官说，德军进攻的时间是 5 月 8 日至 10 日之间，至于重点进攻的地区则会是色当。甘末林和乔治少将本来因此可以有十天的时间去调整部署，但是他们继续拒绝接受这一新情报。

当德国人在 5 月 10 日黎明时分开始发动进攻后，果然不出德国人所料，英法盟军迅速向比利时境内移动。我后来才知道，最高统帅部的哈尔德将军简直不能相信英法盟军会如此轻易且彻底地跳进了德国人的圈套当中。现在德国人唯一需要做的就是等着收网了。[6]

事实上，英法盟军还在异想天开，认为与德国人交战的前几日将会特别顺利。

战争开始后，法国国防部部长达拉第和比利时国王在前线的盟军最高指挥部开了一次会，然后他于 5 月 12 日回到了巴黎。他告诉同僚"一切进展顺利"。达拉第说战斗力强盛的法国第 ·军已经在瓦夫尔与那慕尔之间的让布卢地峡建立了强大的防线，盟军预计德军会在此地发起主要进攻，届时盟军一定可以击败德军。5 月 10 日，温斯顿·丘吉尔成功击败了张伯伦，成为新一届的英国首相，他当时也认为"没有任何理由可以让我们怀疑从现在开始到 12 日夜里的战况会不顺利"。法军总司令甘末林元帅对此也是信心满满，毫不紧张，甚至把所有的指挥重任委托给了乔治将军。

乔治将军也对战争爆发两日以来的情况表示满意，戈特勋爵领导下的英国远征军和法国第一军、第九军顺利开进迪莱河与默兹河一线，并且在此地成功遏制了赖歇瑙将军指挥的德军第六集团军的第一轮猛烈攻势。吉罗将军率领的法国第七军是一支摩托化程度相当高的部队，他们也迅速驰援荷兰西南地区，扼守荷兰在英吉利海峡的港口。德军与盟军部队在从安特卫普到那慕尔的 60 英里战线上形成了强有力的对峙局面，德国第六集团军在此部署了 20 个师，比利时、英国和法国则集结了 36 个师。直到 5 月 15 日中午之后，也就是战争开始的第六天，盟军仍然坚守住了迪莱河与让布卢地峡一带的阵地。事实上到当天下午 5 点钟，由于屡攻不下，赖歇瑙将军决定暂停进攻。德军进攻的停止让一直指挥盟军誓死抵抗的戈特勋爵和布兰查德将军甚为高兴。

然而盟军未曾料到的是，就在他们在比利时竭力遏制德军进攻的时候，真正的德军主力在南部地区已经大获全胜，当地的守军已经被德军彻底击垮。接下来，盟军会在突然之间发现自己已经被德军包围。5 月 15 日，他们都没还意识到这一点，但是法国总理雷诺①已经感觉事情不妙。他从巴黎给丘吉尔打了个电话。

"首相阁下，我们被打败了，我们输掉了战斗！"

丘吉尔在电话里大声反驳道："这是不可能的！"的确，大英帝国的首相的确不敢相信法国总理的话，战争才刚刚进行了五天，军力极为强大的法国军队怎么可能就这样被打败了？这绝对是不可能的。

他当时一定在想，究竟发生了什么？

---

① 达拉第于 1940 年 3 月 20 日下台，保罗·雷诺继任总理。

5月14日是开战以来的第五天，也是决定性的一天。对于法国人而言，灾难比他们预计的来得更快。

在过去三天里，德国十个装甲师中的七个师集中最为庞大的火力，一路推进，已经顺利攻克法国人眼中"不可攻克"的阿登森林，并且在5月12日的下午到达默兹河河畔。德国装甲部队的战线从色当一路延伸至迪南，长达80英里，这可能也是人类有史以来见过的最大规模的装甲部队了。法国最高指挥部原本估计德国人想对阿登地区发动进攻，至少要花上15天的时间才能集齐足够的军力，然而他们忽略了坦克的重要作用。哈尔德将军原先也估计德军至少要花费九天时间才能攻克阿登地区到达默兹河河畔。德军进攻阿登森林的过程也并不容易，大量的装甲车辆在狭长、泥泞且陡峭的山间道路上极难前进，部队在一个接合点形成了长达100英里的拥堵，分成三个纵队，车流都延伸到了莱茵河地区。如果这时德军遭遇了敌军的空中轰炸和来自两侧山崖的攻击，损失将极为惨重。但是盟军的空中力量根本就没有任何阻截，因为盟军当时正在北部鏖战，他们相信德军的主力主要在比利时一带。面对德军坦克部队的猛然来袭，驻守此地的法国第九军和第二军派出了五个轻型装甲师前去阻截，此前比利时两个师的"阿登猎杀者营"（Chasseurs Ardennais）已经驻守在那里，他们的主要任务就是进行森林山地战。然而他们将路上的桥梁炸毁后就迅速撤退了，法国人相信这是比利时国王利奥波德的命令。法国人只好独自战斗，五个轻型装甲师很快就被德国重型装甲部队彻底消灭了。

5月13日下午4点钟，德国人渡过默兹河，从两侧同时对色当发起进攻。步兵和工兵乘坐橡皮冲锋舟渡河，在对岸架起了桥头堡，德国装甲部队顺利通过。这一地区处于法国炮兵部队的攻击范围内，这些德国步兵本来是要隐藏起来以躲避火炮攻击的，然而德国斯图卡俯冲轰炸机对附近的法国炮兵部队进行了持续不断的轰炸，彻底摧毁了他们的战斗力。接下来，德国的坦克和火炮部队不发一枪一弹，大摇大摆地就在默兹河河岸边驻扎了下来。到了夜幕降临的时候，德国人完全控制了默兹河，古德里安将军下辖的三个装甲师在默兹河西岸建立了牢固的桥头堡，他们甚至深入河岸内地五英里，占领了西岸的制高点。

负责阻击德国三个装甲师的是法国第二方面军第十军，指挥官格朗萨尔将军深感形势严峻，他后来说，"没有什么能比当时的情况更糟糕的了"。德国步兵渡过了默兹河并建立了一个小型桥头堡，但是他们没能将火炮和坦克这些重型武器带过来。格朗萨尔将军决定调配坦克和火炮进行反击，将德国步兵赶回去，他对此很有信心。

然而，等夜幕降临之后，负责反攻的第五十五师却发生了恐慌，火炮观察哨发现负责进攻的步兵竟然从德军面前纷纷撤退了，士兵们都以为德军的坦克已经登陆参与战斗，只听到军中一片呼喊声："德国坦克来了！"然后第五十五师里两名负责指挥火炮部队的上校逃离岗位，带着大批惊慌失措的士兵一起逃跑。其余驻守阵地的士兵也听到传闻说自己的火炮已经被德军缴获，于是他们转头加入撤退逃跑的队伍，扔下自己的步枪和机关枪，纷纷向后方逃窜。从早上6点到6点半，短短半个小时里，整个道路上突然就挤满了恐慌的部队。整个第五十五师，包括两个步兵团和两个炮兵团，在短短一早上的时间里

从左至右：鲁道夫·赫斯、希特勒、赫尔曼·戈林

希特勒与内维尔·张伯伦在一起，左一为约阿希姆·冯·里宾特洛甫

希特勒与海因里希·希姆莱

纽伦堡纳粹党集会上，希特勒与"劳工阵线"主席罗伯特·莱伊博士，以及科隆的官员检阅"劳工服务队"成员

希特勒与约瑟夫·戈培尔

希特勒与德国国家银行奠基人亚尔马·贺拉斯·格里莱·沙赫特博士

希特勒与赫斯

希特勒与戈林

1936 年，德国陆军跨过莱茵河

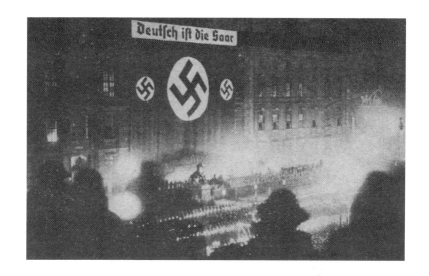

（下）1936年，加米施冬季奥运会开幕式

柏林夏季奥运会，希特勒为其他运动员鼓掌，但拒绝为美国黑人运动员杰西·欧文斯颁发金牌

特斯抱着刚刚出生几天的艾琳

1938年，哥伦比亚广播公司海外员工汤姆·格兰丁、作者和埃德·默罗在巴黎布尔歇机场前

战争开始后，作者进入德国广播大厦做广播节目时经常需要接受卫兵盘查。作者挎着防毒面罩，德方要求必须随身携带

德国新闻审查官在审查稿件

在柏林广播

希特勒检阅纳粹德国的第一艘 U 型潜艇

希特勒
与墨索里尼

1938 年，德奥合并后，希特勒进入维也纳受到热烈欢迎

1938 年 9 月 20 日，作者在柏林弗里德里希大街火车站播音

1938 年，张伯伦与希特勒在戈德斯贝格会谈（合众社照片）

（上）1938年，慕尼黑会议后，德国人进入苏台德地区

（下）1939年，教廷选举新教皇庇护十二世，作者在罗马圣彼得广场播音

希特勒、雷德尔与戈林

法国战役期间，希特勒与凯特尔将军（左一）、戈林（左二）

作者和女儿在日内瓦

1940年5月，比利时斯海尔德河战役期间，作者（左一）与其他记者围着听赖歇瑙将军简述战况

1940年，作者与德军士兵经过布鲁塞尔西部，这样的场景随处可见

1940年，法国战役期间，一门德国重炮

1940年，德国步兵渡过莱茵河

1940年，法国战役期间的德军机关枪部队

1940年，德军俘获的法军坦克重达72吨

敦刻尔克大轰炸

1940 年 6 月，英国士兵在敦刻尔克撤退上船

1940年6月，敦刻尔克大撤退（合众社照片）

敦刻尔克撤退（合众社照片）

敦刻尔克撤退
（合众社照片）

敦刻尔克撤退（合众社照片）

一战后，法国在贡比涅修建了阿尔萨斯－洛林纪念碑，纪念在一战中战胜德国。为防止希特勒看到，德军用纳粹旗将上面刻的字遮挡

1940 年 6 月 21 日，在福熙元帅签订一战停战协议的旧车厢里，凯特尔将军代表希特勒宣读停战条件，中间坐着的是赫斯，法国代表在右侧

1940 年 6 月 22 日，作者在贡比涅停战协议签订仪式现场准备播音

完全陷入混乱，士兵们向着 60 英里外的兰斯一路狂奔。整个第五十五师不复存在。

　　后来第五十五师残存的军官和士兵都发誓当时他们的确看到了成群的德军坦克正在包围自己，但事实上当晚一辆德军坦克也没有下水渡河，甚至连一门火炮、一架反坦克炮都没有参与战斗。当时德国工兵才刚刚开始搭建第一座浮桥，可是远未完工。德国总部知道法军装备有重型坦克的第三装甲师和第三摩托化师正在赶往默兹河一带，这两支部队战斗力非常强大，德国的步兵部队无法与之抗衡。德国人非常担心如果士气高昂的法国人在坦克的掩护下发动反攻，勉强占据西岸的德军步兵部队就将无力抵挡，法军会把他们赶回河对岸并摧毁他们的桥头堡。

　　然而法国人的反攻被延迟了，等到他们再次发起反攻时，早就大势已去。拂晓时分，德国工程师完成了第一座浮桥工程，早上 6 点钟德军的一个坦克旅开始渡过默兹河。与此同时，曾经成功阻截德国第十装甲师渡河的法国第七十一师发现协同自己防守的第五十五师已经溃散，自己的侧翼已经完全失去屏障。第七十一师指挥官是第一个开始惊慌失措的，他先是把自己的师指挥部向后方撤退了七英里，然后要求整个部队跟着指挥部一起后撤。于是和第五十五师一样，一场混乱的大逃亡又重新上演了。尽管德国人根本没有发动任何攻击，但法军第七十一师的整个步兵部队和炮兵部队纷纷抛下装备，慌张地向各处逃散！

　　5 月 14 日晚间，法国第二军指挥官夏尔·安齐热将军匆匆忙忙把指挥部从色当背后撤到 50 英里以南的凡尔登。当天下午 3 点钟左右，古德里安将军指挥下的三个装甲师中已经有两个顺利渡过了默兹河，但是古德里安将军临时决定对作战计划做出调整，他不准备按照原定计划向南攻击安齐热将军的第二军，转而决定向西越过巴尔河和阿登运河，向位于色当西南32英里处的勒泰勒进攻。古德里安将军深知这样做会导致自己部队的南侧完全暴露在敌军进攻之下，但是他决定赌一把，因为如果侥幸成功的话，他就可以率领装甲部队在一两天内抵达勒泰勒，然后在法国第二军和第九军的战线之间撕开一个大口子。勒泰勒距离巴黎只有不到100英里的路程，此地距离法国在大西洋沿岸的港口也不远。古德里安将军相信只要拿下勒泰勒，挡在自己面前的就只是些法军的普通部队，他们根本挡不住自己的进攻，到时候德国坦克就可以一路前进直捣法国首都。古德里安将军深知英法盟军的主力部队现在都被牵制在北部的比利时境内，如果这次奇袭能够成功，不仅可以攻下首都，还可以切断盟军的退路，当然顺便还能彻底消灭深陷困境的法国第九军。当然，安齐热将军对于古德里安的计谋一无所知，当他把部队从色当调回凡尔登时，法国第二军的失败命运就已经注定。

英法盟军主力部队于5月10日拥入比利时前线之后，法国第九军就一直部署在其西南地区，这支部队是法军现役部队中战斗力最为低下的。战事开始之后，遭受重创的法国第一军被部署到那慕尔以北地区，第二军则驻守南部的色当地区，最高指挥部并不指望第九军能够参与什么大型战斗，因此就把它调到了第一军和第二军之间的中间地带。这样一来，战斗力很差的第九军需要防守的战线却是最长的。5月12日夜里，第九军就在色当以南一带遭遇了德军精英部队的猛烈打击，这支德军部队由德国第四军和第十二军组成，两军还各自向这支部队提供了两个装甲师的力量，其中的第七装甲师是由极为年轻的埃尔温·隆美尔将军指挥的。

5月12日夜间，隆美尔将军指挥一支地面部队在迪南地区一带强行渡过了默兹河，尽管遭遇了法军的猛烈反抗，但到了第二天中午，他还是成功地在河对岸建立了一个小型的桥头堡。由于德军坦克并没有渡河登岸，因此法军指挥部要求当地驻守的法军发动反攻，把这些德军步兵部队赶回河对岸。法军在坦克的配合下准备开始进行反攻行动，看上去他们的战斗力足够强盛，应该足以完成任务。然而最后时刻，法国人又犯下了类似的错误，他们决定暂缓进攻。等到法国人准备重新组织进攻时，早已贻误战机。

5月14日，就在法国第二军在色当地区遭遇古德里安将军的重创之时，第九军也在迪南地区遭到了德军的猛烈攻击。头天隆美尔将军的部队在默兹河河岸建立桥头堡后，德军借助桥头堡的掩护，连夜完成了浮桥工程。到了14日拂晓时分，德军的四个装甲师全部渡过了默兹河，到了下午，法国第九军面对隆美尔的坦克部队开始出现了恐慌情绪。第九军的将军们立刻把指挥部后撤，然后下令整个部队尽可能向后方撤退。德国空军对撤退途中的第九军进行了不间断的轰炸，然而照军空军对此没有做出任何反应。到了14日傍晚时分，德军已经在默兹河一带建立了宽30英里、深10英里的战线，并且逼近迪南，在城西地带建立了桥头堡。法军第九军正在迅速分崩离析。

到了5月15日清晨，法军第九军重整已经遭受重创的第一装甲师，希望能够以此重整军力阻止德军的进攻。然而从德军发动进攻的第一天开始，法军的散乱就已经决定了自己的失败。就算等到法军重新整装完毕准备反攻，他们也会发现自己的坦克已经没有燃料，而负责运输油料的罐装车早就在撤退的路上被扔在军队后方了。如果法军在 5 月 12 日，哪怕 13 日趁着德军尚未站稳脚跟的时候就开始发动攻击，那他们一定可以成功阻止德军渡过默兹河。到了 5 月 15 日上午 9 点半，隆美尔将军指挥的第七装甲师和沃斯伯恩将军指挥的第五装甲师在德国空军大批轰炸机以及地面火炮部队的掩护下，趁着法军第一装甲师正在重新加装燃料的时候突然发起攻击。双方爆发了一场极为激烈的坦克会战，尽管法军在坦克数量上占优，而且双方的坦克损失严重，但最终还是德军获得了胜利，法军第一装甲师中四分之三的坦克都被击毁了。随着第一装甲师的灰飞烟灭，法国第九军陷入了更大的混乱之后，士兵们在法国边境一带四处逃窜。情急之下，法军最高指挥部撤掉了第九军指挥官克拉普将军，让吉罗将军接替他。等吉罗将军匆匆赶到第九军位于韦尔万的指挥部，希望能够重新整顿军队时，却发现当地连一个士兵的人影也没有了。毫无疑问，士兵们都四处逃散了，第九军已经彻底解体。[7]

到了 5 月 15 日早上，最终决定命运的时刻就要到来了。我们前文提到，雷诺总理当天火急火燎地给丘吉尔打电话，告诉他法国人已经一败涂地。当时丘吉尔还完全不能相信这是真的。到了傍晚 7 点钟，雷诺总理又给丘吉尔发去了一封电报。

昨天夜里我们输掉了战斗。现在通往巴黎的大门完全敞开了。请您尽可能多派飞机和部队来支援。

午夜之后，甘末林元帅从前线向巴黎发回预警，要求法国政府必须做好准备，随时撤离巴黎。

5 月 16 日，丘吉尔火速飞到巴黎一探究竟。他后来承认，他到了法国以后，才发现情况比自己预想的糟糕得多。在奥赛码头①，丘吉尔见到了甘末林元帅和雷诺总理，法国外交部的工作人员正忙着焚烧秘密文件。丘吉尔感觉法国政府可能正准备放弃首都。甘末林元帅告诉首相大人，德国人现在已经攻下默兹河，从那里他们可以一路驰骋进入巴黎，路上已经没有任何部队可以阻拦他们。

丘吉尔问道："但是战略预备役部队都到哪里去了？"

甘末林回答道："根本就没有。"

首相大人之后写道："当时他说出这句话的时候，我真是目瞪口呆。"他承认，他从来没有想象过，一支在长达 500 英里的战线上作战的军队，怎么会完全没有后续储备力量。"这可能是我一生当中最让我震惊的事情之一。"

首相大人当场提出了一些建议，但是很快他又反悔了。位于比利时境内的英法主力部队现在面临严重的威胁，他们的南面侧翼防守空虚，德国人很可能很快就会完成对他们的包围。然而首相大人坚决反对把他们调回来。

法国人的会议记录披露了这位英国首相的第二个错误估计。丘吉尔告诉法国人，他坚决不相信区区一支奔着巴黎和大西洋沿岸而来的德国装甲部队能够产生"实质性的威胁"。

　　如果没有步兵军团的支持，一支装甲兵部队不过是微不足道的力量而已。他们不可能实现自给自足，他们得添

---

① 奥赛码头是法国外交部的别称，因外交部地处此码头而得名。

加燃料，得增加补给……

会议记录显示首相大人完全是糊里糊涂的，他在会上督促英国远征军和法国第一军继续坚守在比利时境内，然后奋勇抵抗从南侧前来的德军。很显然，前线的军队根本不可能同时做到这两件事。他们要是想坚守，就根本没有余力去抵抗从南部而来的进攻。

默兹河失守三天之后，也就是到了 5 月 17 日，盟军最高指挥部才向比利时境内的英法盟军主力部队下达了第一个指示，要求他们从比利时前线撤回。这是个灾难性的延迟。早在 5 月 16 日夜里之前，德军装甲部队就彻底毁灭了法军在莫伯日以南地区的防线，在此过程中德军遭遇的反击非常微弱，然后德国的装甲铁流调转车头，直奔西部而来。直到此时，法国人还不能确定德国人向西进军的目标究竟是巴黎，还是法国在大西洋沿岸的港口。德军的七个装甲师沿着当年一战时索姆河战争的遗迹强力推进，到了 5 月 19 日早晨，他们已经抵达法国西海岸附近，距离英吉利海峡只有 50 英里的距离。第二天，德军第二装甲师占领了法国的阿布维尔港，至此德军完成了对比利时军队、英国远征军和法国军队的合围。

也就是在 5 月 20 日当天，我终于到达了前线，我跟随在德国第六军的后面。当时第六军正加紧合围，把英国、比利时、法国组成的盟军往布鲁塞尔以西和西南方向驱赶，刚刚从后面完成包围的德国装甲部队正在那里等着他们。

我有生以来第一次看见现代战争造成的巨大破坏，那场景真是让我吓破了胆。

（我在当晚的日记中写道）房屋、人群……小镇、城市、桥梁、火车站、铁轨、火车、大学、古堡、敌军士兵、卡车、坦克、战马全部遭到了火炮的攻击和飞机的轰炸，尸体的残骸、物品的废件，在整条路上到处都是！

这可真不是什么好事情……看看鲁汶城吧，曾经是一座多么古老而优美的大学城，1914 年第一次世界大战时愤怒的德国人把它付之一炬，后来美国人捐助了一部分钱，大家又重建了它。

然而现在鲁汶已经成了一座废墟。古老的比利时大学图书馆当年毁于一战之后，由美国的学校负责捐款重建，现在它又成了一堆残砖破瓦。这真是一幅让人伤感之至的景象。我们从一片片还在冒着烟的废墟上走过，我注意到一些石头上还刻着字——"罗彻斯特大学""安多弗菲利普斯中学""伊利诺伊大学"等，当年正是这些美国学校捐资帮助重建了比利时大学图书馆，这些石头应该是竣工时刻下来作为纪念的，但现在这座图书馆又被彻底毁掉了。

整个小城里几乎没有什么东西被留下来了。一栋栋被炸得粉碎的人楼还在冒着硝烟，战争爆发前，鲁汶有大约 4 万人口。然而现在短短一周之后，一位德国军官告诉我，当他们开进城内时，一个比利时居民也没见到。尽管这位德国军官没有告诉我为什么，但我想任何一个好人都不会忘记 1914 年德军进入鲁汶之后做的事情。德军声称有市民在城内对德军进行偷袭，作为报复，他们枪杀了 200 名所谓的带头市民。

离开鲁汶之后，我们就赶往布鲁塞尔。泥泞的道路被德军部队堵得水泄不通，一些比利时人在挨着路边慢慢地向西迁移。他们看上去极为疲惫和痛苦，脸上充满了对侵略者的愤恨。偶尔我还能在几个路人脸上看到那种不为强暴所屈服的高贵气质，在我看来，他们掩盖起自己的痛苦，表现得仍然那样高贵。后来，等我到了布鲁塞尔和法国以后，尽管他们遭受折磨，但是直到生命的最后一刻，我时常在一些绝望的难民的脸上看见这种神情。他们在不断地提醒我，尽管这个世界有如此多的罪恶与灾难，但是人类的坚毅长存不朽。

我们是当天早上黎明时分从德国亚琛起飞的，然后驱车经过一段狭长的荷兰领土，最终到达了马斯河附近的马斯特里赫特城，其实这段河流也是默兹河的一部分，只不过荷兰人叫它马斯河。在当地我们没有看到什么场景能够证明荷兰人进行了实质性的抵抗，当地几乎所有的楼房和桥梁完好无损。再向南行进两三英里，我们抵达了位于比利时的艾伯特运河和埃本·埃马尔要塞，那里的状况与马斯特里赫特城相比简直惨不忍睹。比利时和荷兰一样都是突然遭到德国的闪击的，但比利时人迅速做出了反应并开始进行战斗。通往布鲁塞尔的一路上，到处可以看到被炸为粉末状的砖石，这表明德国人在当地和比利时人进行了激烈的对抗。英法盟军在通格尔、圣特隆和蒂勒蒙三座比利时城市加入了抵抗德军的战斗。现在这三座城市里几乎没有什么还立着的建筑了，德国人把整个城市几乎毁灭殆尽。观察了这么久，我清楚地意识到了一点：这次战争和第一次世界大战有所不同，上次战争时双方的战线都拉得非常长，然而这次双方几乎都只在主要道路沿线进行战斗，距离高速公路较远的两侧地区几乎完全没有受到战争的影响。德国人的作战方式是这样的，先用斯图卡俯冲轰炸机对道路沿线的防守部队和反坦克拒马进行轰炸，让德军坦克轻而易举地攻克主要道路，跟在坦克部队后面的是摩托化步兵，他们负责殿后保护前方装甲部队免遭侧面突袭。这就是德军能够推进如此迅速的原因。

在即将进入布鲁塞尔之前，我们经过了一段极为泥泞的道路，看见了附近一座位于斯蒂诺克吉尔的中世纪城堡。我突然想起这座城堡里住过不少历史名人，就向负责我们这次访问的德军军官提出要求，希望能临时去城堡里看一看。很多年前，当我在维也纳驻扎的时候，有一次还采访过住在古堡里的人——奥匈帝国的齐塔皇后和她的儿子，也就是奥匈帝国曾经的皇太子奥托。奥匈帝国在一战时灭亡，奥托太子也因此成为末代皇太子。但是当时一直有传言说奥托太子想回到维也纳复辟，我本人当时对此谣言很不以为然，所以去采访他们，想了解他的真实想法。

城堡遭到了德国人的轰炸，部分屋顶已经被炸掉，大多数窗户也破碎了，但是城堡外壕沟的吊桥还是完好无损，我们得以直接把车开进城堡。尽管城堡里还残存了一些东西，但是可以看出它之前明显遭到了大规模的洗劫。我走进了齐塔皇后的卧室，里面乱七八糟，衣服被扔得满床满地都是。很显然，齐塔皇后离开得非常匆忙，根本没时间收拾衣物。齐塔皇后的衣服真是太多了，衣柜里装满了连衣裙和正装长裙，一件件整齐地挂在那里。我从奥托皇太子的卧室可以看出他走时也是十分匆忙。夹克衫、书、留声机唱片和高尔夫球杆扔得满地都是。我对皇太子读的书稍微留意了一下，法、德、英文书散乱地放在那里，他的书桌上有一本名为《即将到来的战争》的法文书。

尽管这也是一座城堡，但是和几百年来哈布斯堡王室一直居住的维也纳的霍夫堡皇宫比起来，真是天壤之别。城堡内的装饰还是很简陋的，很多室内设计看上去已经要损毁了，整个城堡看上去很残破。在年轻的皇太子的书桌上我看到一本英文作文笔记本，这让我想起他最近访问过美国。这时一位随行的德国军官递给我一顶学生帽，说是在皇太子的梳妆台找到的。我拿在手里觉得很别扭，等这位军官转过身去，我就把帽子又扔回了原处。不过我也的确拿走了一点本来属于齐塔皇后的东西，我把她的一些私人通讯录拿走了，这让我感觉自己很像一个强盗。通讯录上写着"奥地利皇后兼匈牙利王后"，这是齐塔皇后的正式封号。

第二天，也就是 5 月 21 日，我们终于抵达了布鲁塞尔以西的前线地带。德国第六军正如狂风扫落叶般把撤退的英法盟军向大西洋沿岸逼退，德国的装甲部队正在那里等待围歼他们。在离滑铁卢不远的昂吉安城，我们终于在当地的一座古堡里见到了第六军的指挥官赖歇瑙将军，我在柏林时就常常听到他的大名。他的脸看上去饱经风霜，走起路来步履矫健，脸上总是戴着标志性的单片眼镜。他本人倒和蔼可亲。他向我们介绍整体情况时，我感觉他非常率直，但后来我慢慢发现并不是这样。比如说，他不断强调，尽管德军在西线取得了一些成功，但是自己还没有计划要开始决定性的会战。事实上他在撒谎，就在前天，德军的一个装甲师已经抵达阿布维尔，完成了对英法盟军的包围。

赖歇瑙将军在广播里也表达了自己对于盟军空军行动缓慢的惊讶，他说："我一天之内在前线巡视了 150 英里，却连盟军的一架飞机也没有看到。敌人甚至没打算派出空军轰炸我们在马斯河和艾伯特运河上的桥梁，这真让我们大吃一惊。只有英国空军在白天出动过一次，但被我们击落了 18 架飞机。"

赖歇瑙将军说，他认为英国人很显然是在保存自己的空军实力。我问他英国人为什么要这么做，他回答说他自己对这个问题也很困惑。实际上他此刻的心情非常愉快，他没有表露出任何紧张、焦虑或着急的情绪。

第二次世界大战快结束的时候，我回忆起那个春天和赖歇瑙将军待在滑铁卢附近第六军临时指挥部的那些场景和对话。当时他指挥下的德国第六军士气极为高涨，胜利挺进比利时，他本人对此流露出毫不掩饰的自豪心情。然而就是两年半以后，这支雄壮威武的部队在苏联斯大林格勒城外的冰天雪地中灭亡。1941 年，赖歇瑙将军再度指挥第六军进攻苏联，他们第一次碰到了势均力敌的对手，最终吃了大亏，被迫从莫斯科退回罗斯托夫。当然，当第六军最终覆灭之时，赖歇瑙将军早已不再是司令了，1942 年 1 月 17 日，他死于中风。莫斯科战役的惨败对德国的打击是巨大的，这是德军在二战第一次被击退，德军的所有将领都知道这是一个命运攸关的转折点，他们当中的不少人都因此而承受了严重的精神压力，就连希特勒也深受其害。身为战地指挥官的赖歇瑙将军更是如此，他一度因为高血压而造成脑出血。

如果有人对我说，西欧战场的巨大成功证明了德国第六军和他们伟大的指挥官赖歇瑙将军是百战百胜的，我一定会认为这个人疯了。不管是战争，还是人生，我从来不认为最初的成功就意味着可以永远逃离失败。而且，在战争中，胜败是最无常的。

当我们结束访问离开时，赖歇瑙将军向我们告别，他说："我现在准许你们前往前线去进行实地参观，你们可能会遇到枪林弹雨，但如果你们想要做好报道，就得把握住这个机会。"我想，他当然不用为此替我们担心。

我们开车沿着斯海尔德河在奥德纳尔德和图尔奈之间前进，这里正在发生一场重要的战役，我把它称为斯海尔德河战役，虽然它是这年春天发生在西线的一场决定性战役，但是它没有像其他那些默兹河流域的战役一样被历史学家时常提起。当时英国人协同北部的比利时部队和南部的法国部队正在与德军进行一场后卫战，希望能够争取时间，把部队、物资和火炮都顺利运过河，然后继续向大西洋沿岸撤退，那里距离敦刻尔克只有42英里的路程了。但后来我和许多军事史学者都一直在思考一个同样的问题：为什么盟军选择向大西洋沿岸地带撤退？他们有更好的选择，他们可以迅速撤退，然后向南方进攻。在那里扼守海岸线的德军守卫力量非常薄弱，盟军只要攻击他们的侧翼，之后就可以在索姆河南岸重新建立防守阵地，魏刚将军当时就正在索姆河南岸一带努力重新组织防守力量。这样一来盟军就可以打破德军的包围圈，并且赢得一天的战斗时间。但是作为盟军总指挥的甘末林元帅没有抓住这个机会，5月19日魏刚将军接替了甘末林的职务，魏刚将军同样没有想到这个计划。[8]他们两人都任由事态发展，没有做出任何力挽狂澜的举动。

因此缺乏有力和明智领导的盟军部队只能日益拖延，慢吞吞地向后方撤退，赖歇瑙将军指挥德国第六军紧随其后，但始终不给他们巨大压力。德军的策略就是要让盟军的撤退变得艰难，这样他们就无法轻易向南方突围——德军在南方的战线过长，如果盟军转而向南攻击，德军很难坚持住。当然除此之外，德军打的另一个如意算盘就是要把盟军进一步赶到装甲部队附近，由德军装甲部队来歼灭他们会更容易一些。

当我们到达斯海尔德河时，英军部队正在渡河撤退，但他们在东岸仍然维持着强大的防守态势，德军希望在发起渡河攻击前能够扫清英军在东岸的防守阵地。我们抵达斯海尔德河附近的一个小镇阿特时，可以听见火炮的轰鸣声越来越响。这是战斗正在进行的标志，我们看到德国红十字会的救护车更为频繁地跑来跑去，战马的尸体被遗弃在路边，旁边还有英军和法军抛弃的机关枪。靠近路边的城堡很快就被炸弹和炮弹炸垮了。由于主路上被地雷炸出了一个巨大的坑，我们的车只好改道从一条乡间小道绕行。空气中突然出现了一股极为刺鼻的味道，地面上全是法军一两天前撤退的时候抛弃的各种东西，我们只好勉强从上面走过。然后我们发现有 12 匹战马的尸体躺在田野里，它们已经被正午毒辣的太阳晒得腐烂，那股刺鼻的味道就是这里散发出来的。尸体附近还有一门被遗弃的 7 英寸机关炮以及一门法国老式的 75 型火炮。另外还有两辆法国轻型坦克，它们薄薄的装甲被击得粉碎。一些运载后勤物资的卡车也被遗弃在那里，炊事器皿、外套、衬衫、军大衣、头盔、罐装食品，还有一些前线士兵写给妻子、母亲和恋人的信散落得到处都是。

在乡间小道附近，到处可以看见刚刚挖好的墓穴，墓前竖着一根木棍，上面顶着一顶法军的头盔。我随手捡起了一些信件，想着等我下次去瑞士的时候可以把这些信寄到它们的目的地，并且附上一张字条，说明这些信是在哪里捡到的。但是这些信都没有信封、地址，连正式的署名也没有。我匆匆扫了两三封信一眼，信纸上只有草草地写着诸如"致我亲爱的杰奎琳""致我亲爱的妈妈"之类的话。我想这些士兵写信的时候，可能德军正好发动了攻击，他们只好赶紧扔下未完的信，匆匆逃向比利时。从信里可以看出，这些士兵之前在静坐战中非常无聊，而且他们极度盼着能够赶上换防，可以回家看一看。

我们继续向前行进，经过了一个很小的村落，大约有六栋农舍坐落在一个十字路口，它们的顶棚已经被掀翻。牧场里牲畜都在吃草，猪在圈里哼哼乱叫。农舍里空无一人，没有人给这些牲口喂水，它们看上去都渴得厉害。很显然已经有两三天之久没人给这些奶牛挤奶了，它们的乳房都胀得很大。

当我们快要接近位于勒兹的斯海尔德河一带时，我们就进入了德军的炮兵阵地，他们的 88 毫米火炮和其他更大口径的火炮正在不停地向敌方阵地发射炮弹，轰鸣声震耳欲聋。道路上挤满了运输部队、弹药、油罐和拖曳火炮的卡车。勒兹城里绝大多数的建筑物被德军的炮弹炸成了灰烬，市中心的广场上挤满了步兵和工兵部队，他们携带着架桥装备正等待命令出发。所幸广场里的学校还是完好无损的，红十字会把这里临时改造成了救助站。七辆救护车在门外停着，随时等待运输伤员。我们走进救助站，发现医护人员在里面正忙着给伤兵打绷带，其中有一间房间被改造成临时手术室，里面正在进行手术。但和我预想的不同，这里几乎没有痛苦的场面。没有伤兵在呻吟或者大声号哭，一切都显得那么安静，医护人员紧张而有序地忙着治疗伤员和消毒医疗器械。

最终我们抵达了斯海尔德河下游的勒奈城，在它不远处一座英国军队临时建成的防卫堡垒爆炸了，但是没人对它有什么兴趣。一位德国军官提醒我们要注意正在来袭的英军飞机，但是我们什么也没有看到。德国步兵正在分多路徒步渡河，这是我们一路上第一次看到步兵依靠自己的双腿而不是卡车前进。

我们停下来参观了一个炮兵连，他们装备的是 6 英寸口径火炮，士兵们把火炮隐蔽在一个路边的果园树丛里，然后开始猛烈地开炮。我们现在已经看到斯海尔德河河谷的全貌了，河对岸的斜坡也在视线范围内，英国人就在对岸挖掘坑道以构筑防线。一位德国炮兵军官指导我们如何用望远镜观察火炮轰炸情况，我看到对面的道路已经被炸为废墟，但是这位炮兵指挥官发誓说那里挤满了英军的车辆。很快一队工兵部队从我们面前经过，拖拉机拖曳着巨大的橡皮艇驶向河里，紧接其后的卡车装载了一些钢铁主梁。德国人告诉我们英军最后一支部队已经渡过河，到傍晚时分，德国人就可以把附近一带的河岸清理完毕，然后工兵部队就可以开始修建一座浮桥。德国炮兵的前哨观察员宣称自己已经看到英军正向法国边境一带撤退。一位德军军官咧着嘴笑："他们也可能是向英吉利海峡方向撤退，我们距离他们已经不远了。"

他说的可能是实话，但我即使在德军军官的指导下，从望远镜里也还是没看到英军的影子。德军阵地上秩序井然，丝毫没有混乱之象。整个德国第六军简直就是一部马力十足、高效运转的巨大机器。我可以肯定不论是坦克部队、火炮部队，还是步兵和工兵部队都能够迅速执行来自指挥官的命令。他们知道每个部队的前进方向以及打击目标。然而我只是一个军事门外汉，我没法清晰观察到整个战场的全局。我只能看到整个战斗过程中一些小片段，这些小细节对于整个战局来说是毫无意义的。

一路的见闻让我陷入了极度的沮丧，我突然想起当年在巴黎居住的时候，读过司汤达的小说《帕尔马修道院》，他在里面描写了滑铁卢战役的场景。海明威曾经亲口对我说，他认为滑铁卢战役是历史上一场富有决定意义的战争，而司汤达的描写则是对那段历史的经典记载。但是我此刻就站在距离滑铁卢几英里的斯海尔德，心里的感受完全是另一番模样。我记得《帕尔马修道院》里的主人公法布里斯在滑铁卢战场之中陷入深深的混乱，他对眼前的一切都茫然了。无论是军官还是普通士兵都不能明白他的想法。我还记得托尔斯泰在他的巨著《战争与和平》中也描述过类似的事情，书中的人物皮埃尔·别祖霍夫不是也和我现在的情况一样吗？1812 年拿破仑侵略沙俄，双方在博罗季诺发生大战，别祖霍夫认为自己应该去前线看一看，就像往昔那些记录伟大战争的历史学家一样去掌握历史的第一手资料，但是他发现自己在博罗季诺的战场中陷入了彻底的迷茫与混乱。如果我没有记错这本书的内容的话，那么托尔斯泰想说的就是，即使是指挥战争的将军们，甚至连发动战争的拿破仑本人，都不能明白这世间究竟发生了什么。

但如果我没有亲眼看到战斗场景，我的内心可能就会完全被德军的行动征服。德国的将军发明了人类历史上一种全新的作战方式——闪电战。他们极富天才能力，又甘于奉献，整个德军部队在他们的指挥下显得极为强大有序，这一幕幕实在让人内心震撼。德国的装甲部队、摩托化步兵、火炮部队和善于搭桥修路的工兵部队，自战争爆发以来，他们沿着密布的公路网已经横扫西欧。还有翱翔于天空中的德国斯图卡俯冲轰炸机部队，他们无数次对敌人发动突袭，使敌人的坦克还没与德军地面部队交火就已经成为一堆废铁，减轻了防守部队的压力。今天一整天我们还是没见到一架盟军的飞机，整个天空都是德国空军的天下。

我们开始从前线返回，在从布鲁塞尔到德国边境的路上，我们无意中遇到了一个战俘营，并进去参观了一下，其中的所见所闻让我极为悲伤，但是它解释了为何西方会在这场战争中兵败如山倒。这群来自英国的俘虏都被关在一个废弃工厂的大院子里，地上铺着砖头，我们停下来去和他们交谈。我对战争从来没有什么太多的经验，等我进去以后，才发现里面的情况让我极为恐惧和震惊。我后来才逐渐发现，在战争中，那种震耳欲聋的轰鸣声和生死悬于一线的紧张感让士兵承受巨大的压力，他们会受到极大的惊吓。如果这种精神压力没有完全消除，那么只要他们一被俘虏，立刻就会陷入精神和生理上的崩溃。我们在这里看到的英军士兵中，很多还没从惊吓中缓过神来，有的头上、脸部和胳膊上还缠着绷带。所有人显得极度疲惫。

但最让我困惑不解的是这群英军士兵的身体素质，他们大多凹胸削肩，瘦得皮包骨，大约有三分之一的人是近视眼，牙齿发黄，整体的气色都很不好。我猜想这可能是因为第一次世界大战后，英国人在和平的年代里完全骄纵了自己的年轻人。而相比之前，尽管德国是个战败国，通货膨胀惊人，失业人口多达 600 万，却没有忽视对年轻人吃苦耐劳精神的培养。

我询问了其中一些年轻的英军士兵家乡在哪里，在家时是做什么的。他们说自己原先都是伦敦或利物浦的公务员，战争一爆发他们就被征召来了，在那之前他们一天到晚都窝在办公室里，很少锻炼身体。我从他们的面容判断出他们的饮食应该也特别差。他们说从去年 9 月战争爆发以来，他们大概只参加了九个月的军事训练。

关押这群战俘的大院子外面就是道路，一队队的德国步兵正向西面开进，他们边走边唱着嘹亮的歌，显得精神抖擞。他们与院子里的英军俘虏形成了鲜明的对比。这群德国士兵肤色都是黝黑发亮的，牙齿洁白，体型俊朗而且孔武有力，整个身体都处于精力充沛的状态，看起来就像一群蓄势待发的雄狮。

院子里还有一些英军俘虏在三三两两地站着，我和合众社的弗雷德·厄克斯纳走过去和他们聊天，他们说自己都是在鲁汶战斗中幸存下来的。

其中一个和我说："我们根本没有机会。我们完全被压制了，尤其是俯冲轰炸机和坦克，根本挡不住。"

我问他："那你们自己的飞机和坦克呢？"

他回答道："一个都他妈没见到。"旁边的人也都点头同意。

有一个很消瘦的英军俘虏冲我笑，他说："我从利物浦来的，你是我见过的第一个美国人，在这么个有意思的地方，这可真有意思，你说是不是？"

我们都一起笑。但是我想我和他们的内心感觉肯定都不好受。我和厄克斯纳把身上带的香烟都给了他们，然后就离开了。

我于 5 月 24 日回到了柏林，在日记里我努力总结了一下目前的形势。

　　两周前希特勒向西欧发动了闪电战，从那以后……荷兰被征服，比利时五分之四的领土落入德国人手中，法国军队正向巴黎方向匆忙撤退；据说有多达 100 万的盟军士兵，包括英法联军的精英部队在内，都被德国人前后夹击，包围在了英吉利海峡附近一带。

我想竭力搞明白过去一段时间里德军是如何取得这些重大胜利的，我在日记里总结出了一点：

> 德国人拥有绝对的制空权……在我前往前线访问的这些日子里，我连一架盟军的飞机都没有看到。

斯图卡俯冲轰炸机在后方破坏了盟军的通信线路，沿着主干道前进的坦克、火炮、卡车和部队则直接摧毁了铁路枢纽和火车站，德军的侦察机使指挥官们可以对战场形势了如指掌，向炮兵部队发出准确的指令。相比之下，没有部署侦察机的盟军简直就像盲人一样。盟军也没有对地攻击的空军力量，这使德国人可以毫无障碍地大规模运送各种军需物资。我在日记里写道："德军的后勤运输规模巨大，整个运输线简直就是最清楚不过的攻击目标了，如果盟军有空中支援，就能对德军后勤保障造成重大打击。"此外，德军的"整个运输保障体系运转得极为有序高效，简直就像底特律的汽车工厂一样，德军的士气也是极为高涨"，这深深地震撼了我。

在回柏林的路上，我听了一下英国广播公司在伦敦的报道，他们认为德军率先冲往英吉利海峡方向的装甲部队战斗力不强，根本不可能在占领区守住。我一开始也是这样认为，而且我们知道，丘吉尔也持这个观点。然而我们都错了。德国人可不是孤军冒进，他们身后不仅部署了坦克和摩托化步兵部队，一切后勤保障也都紧随其后。现在我觉得尽管德军通往英吉利海峡的战线拉得很长，却很坚固，能够抵挡住比利时、英国和法国军队的任何反击。

等我回到柏林，每天我在日记里记载的战事真是越来越糟糕。

5月25日，德国人今晚公开进行了大包围行动，他们说在佛兰德地区的整个盟军现在犹如瓮中之鳖，肯定难逃一死。

5月26日，法国城市加来陷落了。英伦三岛与欧洲大陆的联系被切断了。

5月28日，比利时国王利奥波德宣布退出盟军，黎明时比利时军队放下武器向德军投降了。

我在前线访问时，在布鲁塞尔秘密见过一位我的比利时线人朋友，当时他就说过国王可能会投降。对比利时人来说，利奥波德国王一直是个大问题。后来我知道，比利时政府曾与国王摊牌。那是5月15日凌晨5点钟，内阁中的三位领袖人物——首相赫伯特·毕埃罗、外交部部长保罗-亨利·斯巴克和战争部部长 H. 丹尼斯将军造访布鲁日附近的维嫩德勒城堡。利奥波德国王当时临时居住在这里，并将城堡设为战时指挥部。他们希望国王不要让自己成为德国人的阶下囚。他们警告国王，如果军方被迫缴械，那国王本人必须按照宪法的规定，听从内阁的决定开始流亡，像挪威和荷兰王室一样。他们警告，如果他寄希望于希特勒的仁慈，就终将受到后者的羞辱，捷克斯洛伐克的哈查、奥地利的许士尼格的下场都是前车之鉴。如果是那样，他的行为将被比利时民众和盟国视作一种背叛。

年轻的国王不为所动，非常冷淡地接见了他们，一直故意不给他们赐座。

他告诉三位阁员："我决定留下来。盟军已经失败，我们没有理由再继续打下去了。"

5月26日，国王向德国发出求降书，希特勒本人亲自回复了他，要求比利时人无条件投降。国王同意了这一要求，于5月28日凌晨4点钟实现了停火。德国人要求自由通过比利时的领土以向大西洋沿岸进发。

比利时人的投降让英法盟军的困境雪上加霜。后来英国远征军指挥官戈特勋爵回忆说："我发现自己突然面对一个长达20英里的缺口，从比利时的伊普尔到大西洋沿岸之间，敌人的装甲部队随时都可以从这里穿过抵达海边。"

在柏林，德国人为比利时的投降而欣喜若狂。自开战以来，所有的战况公告都是由德军最高统帅部下发的，这次的公告竟然破天荒地由"元首总指挥部"发出。听起来这份公告像是由这个恶魔亲自口述的，他竭力要把自己表现得像一个宽容仁慈的君主，至少也要像个具有侠义精神的骑士。

5月28日，元首总指挥部。元首下令，鉴于比利时士兵已经被证明是勇敢的战士，因此他会给比利时国王和军队以合乎他们勇士精神的待遇。另外，尽管比利时国王并未对自己的待遇提出任何要求，但元首会先给国王在比利时临时安排一处城堡居住，然后再帮他确定一处长期的住所。

还有：

> 比利时国王抵制住了内阁大多数成员的意见，决定向德国投降，以避免更多的流血牺牲，也避免了比利时因此走向彻底的、无意义的毁灭。至于比利时内阁，他们需要为比利时已发生的灾难负责……

这么说来，是比利时内阁，而不是希特勒，要为后者发动大军进攻这个他再三保证其中立的国家而负责，要为德国带去的深重灾难负责。我在柏林待了这么久，按说早应该对纳粹的这些厚颜无耻的声明习以为常了。但是我读到这份公告时，还是抑制不住内心的愤怒。我不断地自言自语，难道所有的德国人都已经良心泯灭，没有荣誉感、正义感和诚信可言了吗？[9]

这些受到纳粹控制、只会阿谀奉承的德国媒体使我愈发愤怒，我专门从他们的报纸头条里摘录了一条最令人愤恨的标题：

> **丘吉尔和雷诺无礼辱骂利奥波德国王！——这群躲在伦敦和巴黎的懦夫下令在佛兰德持续进行自杀性袭击行动。**[10]

在接下来的一段时间里，我在柏林每天写日记，把遭遇包围的英法盟军的命运变化记录下来。

> 5月29日，里尔、布鲁日和奥斯坦德被攻陷了！伊普尔遭到德军狂风暴雨般的进攻！敦刻尔克遭到德军轰

炸……今天一天德国媒体不停地发布各种令人难以置信的
头条……最高统帅部在今天的公告开头谈到了战事进展
情况："位于阿图瓦一带的法军命运已定。至于英军，他
们已经被驱赶到敦刻尔克以西的迪克斯迈德、阿尔芒蒂耶
尔和贝尔格附近地区了。一旦德军开始对他们发动集中攻
击，英法军队注定要被彻底摧毁了。"

　　5 月 30 日，佛兰德和阿图瓦地区的战役已经接近尾
声。德军获得了令人震惊的胜利。德军最高统帅部昨天发
布的公告声称，英国人正在努力想办法通过海路援救这些
被抛弃在欧洲大陆的远征军。

　　这是德军最高统帅部第一次提到英国人准备通过海路撤出
欧洲大陆，公告还说英国人已经向敦刻尔克附近的大西洋沿岸
派出了 50 艘运兵船，但是"两个德国空军兵团"击沉了其中
的 16 艘运兵船和 3 艘"战舰"，另外 21 艘运兵船和 10 艘"战
舰"也被德国飞机击中受创或者起火，还有 68 架英国战机被
击落。

　　德国人严重夸大了自己在海面和空中的战绩，但这 消息
还是让我大跌眼镜。无论如何，这一消息证明英国人在敦刻尔
克地区调遣了大量的船只和飞机，这意味着英国人可能真的在
努力把大量部队从敦刻尔克撤回英国本土。我向一些德军内部
的线人确认这一消息。他们都向我保证说英军根本不可能从海
峡沿岸救出太多的人，因为德国空军对此有严密的监视。

　　第二天，也就是 5 月 31 日，德军最高统帅部的公告没有
提及敦刻尔克的情况，这让我感到很奇怪。6 月 1 日，德军最

高统帅部的一位朋友告诉我，上帝格外开恩，给敦刻尔克的英军留了一线生机。那两天海峡上空大雾弥漫，德国空军无法对海面展开攻击，英国船只借此机会载着数量可观的部队离开了港口。

6月2日，德军最高统帅部承认，位于敦刻尔克的英国军队仍然在顽强抵抗。

公告承认，"敦刻尔克的战斗非常激烈，昨天港区两岸挤满了顽强抵抗的英军部队，本来就狭窄的港区水面因此变得更窄了"。

公告里继续宣扬了德国空军的战绩，"轰炸机击沉了4艘战舰（但具体没说是什么类型的战舰）和11艘运兵船，击伤了2艘巡洋舰、2艘轻型巡洋舰、1艘防空巡洋舰、6艘驱逐舰、2艘鱼雷艇和38艘运兵船。另外造成不计其数的小型船只、驳船和皮筏艇倾覆"。

我很不解，为什么已经过去四天，敦刻尔克的"激烈战斗"还在继续进行。之前德国强大的装甲部队只花了一个星期就从默兹河抵达了沿海地区，沿途的英军战斗力都不强，而且装备落后，德军装甲部队轻而易举地就消灭了他们。现在为什么会在敦刻尔克僵持不下呢？

这里面一定有蹊跷。时至今日，诸多军事将领和历史学家都对当时发生的一件事煞费神思。5月24日，德国装甲部队已经抵达敦刻尔克附近，英法部队近在眼前，装甲部队已经摩拳擦掌，即将发起最后的攻击。然而他们收到了元首的指令，要求他们暂时停止前进。这个命令让大多数的装甲部队指挥官错愕不已。后来的事实证明，这是德军最高统帅部在第二次世界大战中犯下的第一个惊人的错误。当时对这个命令负有部分责任的格尔德·冯·伦德施泰特将军后来承认，这一错误指令导致战争出现了一个"巨大转折点"。

但当时在希特勒和伦德施泰特将军眼里，他们下达这个命令是有充分理由的。他们后来为错误决策辩解称，当时有些装甲部队的指挥官要求暂缓行动，因为自攻入法国境内以来，装甲部队在一路的厮杀中已经损失一半的坦克，需要一些喘息时间。德军必须对坦克进行修护，然后才能南下越过索姆河向巴黎前进，占领法国剩余的领土。至于被包围在敦刻尔克的英法盟军部队，德军装甲部队的指挥官认为他们早已是瓮中之鳖，调遣德国步兵部队就可以消灭他们，根本不需要装甲部队费心。德国第十九装甲兵团的司令是古德里安将军，他手下有三个装甲师。尽管他后来反对元首要求暂停行动的命令，但事实上一开始他是主张让装甲部队退出战斗的。古德里安将军曾经向最高统帅部提出建议，"敦刻尔克附近都是泥沼地，坦克在当地根本无法开展战斗……步兵部队在这一地区明显比装甲部队更适合战斗"，而且当地运河水系密布，这简直就是天然的反坦克障碍。

最高统帅部做出这样的决定还有其他原因。不管是希特勒本人，还是这些装甲部队的将军都忽略了海运的因素。他们完全没有想到，以海洋立国的英国人能够在那么短的时间里拼凑出一支庞大的海运力量，把所有重要的部队从欧洲大陆撤回了英国本岛。德国人本来以为被围困在敦刻尔克的英法盟军部队根本插翅难逃，自己大可慢慢花时间去消灭他们。

事实上德国人也没耽误多久，也就短短两天时间而已。到了 5 月 26 日，他们就开始进攻了。但就是这短短的两天，给了英法盟军宝贵的喘息时间，他们用三个师的力量加强了敦刻尔克周围的防守，开始把主要部队撤回本岛。

哈尔德将军在日记里对元首有关暂停进攻的命令极为愤怒：

> 5 月 24 日，我们的左翼部队是由装甲部队和摩托化步兵军团组成的，现在他们面前根本没有敌人拦截，正是发动进攻的好时机。然而元首突然直接下达了这么一条命令，简直是要他们在原地坐吃等死！包围敌军的最后任务竟然被留给了空军去完成！[11]

> 5 月 26 日……来自最高层的命令真是毫无意义……我们的坦克又没有瘫痪，为什么要让它们在那里趴着不动！

> 5 月 30 日（已经过去好几天了，哈尔德将军还是气得直冒烟），布劳希奇非常愤怒……如果当时我们的装甲部队没有被要求暂停行动，现在英法盟军就是我们的囊中之物了。恶劣的天气扰乱了德国空军的行动，现在我们只能眼睁睁看着数不清的英法部队在我们的眼皮底下逃回家了。

哈尔德将军描述得可真是精确，德国人就这样看着 338226 名英法军人逃出了自己的手掌心。其中 12 万人是法国部队。

敦刻尔克大撤退行动对于英国人来说是极为重要的力挽狂澜之举，整个下院都因此舒了一口气。6月4日，整个行动终于彻底结束，但是丘吉尔极为警觉地在下院提醒大家："战争不是依靠撤退就能赢得胜利的。"[12]事实上，对于身在柏林的我而言，敦刻尔克行动不但不是英法的胜利，反而标志着德国人的胜利和英法的溃败达到了新的高潮。德军最高统帅部发布了公告，其中的用词只可能来自希特勒：这一天一定会载入史册，"作为有史以来最伟大的毁灭战"。英国人依靠海洋的屏障，也许还能苟活一时。我不愿承认英国会灭亡，但他们现在的情势真是极为危急。自1000年前诺曼人登陆英国本岛发动侵略以来，这是他们遇到的最危险的境况了。他们的陆军在佛兰德被敌人打得一败涂地，空军孱弱无力。只有皇家海军仍然力保不列颠，然而在挪威战场上，在德国人陆基轰炸机的轰炸下，他们的脆弱显而易见。现在希特勒在法国北部、比利时和荷兰沿海地区都拥有了空军基地，完全可以轰炸英国本岛。但我仍然对英国人抱有一线希望；倒是法国人，我觉得他们肯定完蛋了。法军所有的主力部队已经被消灭，巴黎成了一座无防可守的城市。就在6月6日，德军两支部队最终进入敦刻尔克市区的两天后，希特勒就宣布将在法国开始部署一些新的进攻行动。

接下来的三天里，柏林方面对元首所说的法国新行动只字不提，但是我们从英国广播公司的播音中了解到，德国人从阿布维尔到苏瓦松建立了一条长达200千米的新战线，对索姆河－埃纳河运河沿线发起了猛烈的攻击。到了6月9日，德军最高统帅部终于打破沉默，发布公告称从索姆河以南地区到瓦兹河一带，法国人在全线遭受着德军的猛烈进攻。最高统帅部称德军正在向塞纳河下游地区推进，稍晚一些时候又宣布进攻已经扩展到更远的东部地区，从兰斯到阿尔贡都面临着德军的攻势。

> （我在 6 月 9 日的日记中写道）从大西洋岸边到阿尔贡地区，德国人在这段足足有 200 英里长的战线上对法国人发起了猛攻。如此庞大的进攻规模，是第一次世界大战中从未出现的情况！

6 月 10 日，我在日记里又写道：

> 现在意大利开始介入战争。
>
> 德国人已经兵临巴黎城下，现在意大利又从背后狠狠地捅了法国一刀，法国看起来要覆灭了。[13]

其实我对这消息一点也不感到惊讶。5 月 31 日的时候我就在日记里写过："看上去离意大利加入德国阵营的日子不远了。今天，意大利驻德国大使阿尔菲耶里到总理府拜访了希特勒。"我完全想得到他们在讨论些什么。

6 月 11 日，我和赫斯特报业集团的资深记者卡尔·维甘德在阿德隆饭店吃了一顿午饭，他刚刚在前线采访希特勒归来。纳粹独裁者告诉他，到月中法国的战事就会结束。从现在算起，只有短短四天的时间了！他还说到 8 月中旬就要解决英国的问题，算起来也不到两个月了。维甘德与德国人长期打交道，他一战时就专门负责报道德国的战况，据他说，希特勒感觉好像全世界都将被自己轻易征服。他发现，在希特勒身边随侍的德军将领虽然对于目前取得的巨大胜利非常高兴，但是他们对于未来要继续和这样一位疯狂自大的领袖一起合作有些担心。

6月12日下午发生的一件事情让我受惊不小。我当时正在听英国广播公司从伦敦播出的消息，播音员突然说收到紧急消息，昨晚日内瓦遭到了轰炸，特斯和艾琳居住的市中心地区有一些伤亡。我心急如焚，立刻给特斯打电话，花了几个小时才终于打通。听到特斯在电话里面的声音，我一颗悬到嗓子眼的心终于放了下来，我知道至少她还活着。她告诉我昨晚确实有炸弹落到城区，受害的是一座酒店，我们当年刚到日内瓦时，第一周就住在那家酒店里。特斯说总共有五六个人死亡，还有20多人受伤了。她说自己现在和艾琳一起在地下室藏着。我被吓得够呛，催促她带着艾琳来柏林和我一起住，这里应该是最安全的地方。[14]

在那之后，战场形势进展迅速。到了6月12日，局势已经变得很明朗，巴黎的陷落是注定的了。埃里克·塞瓦赖德在巴黎给我们公司做了一次节目，他在节目里说："如果接下来的日子有人从巴黎给美国人打电话，那么现在控制巴黎的不是法国政府，而是另有他人。"塞瓦赖德的这句话让德国媒体深感受用，他们在报道中反复引用。我在日记里写道：

> 我本来以为公司会让我去做这个报道，如果是那样，要我亲口说出巴黎陷落的事实，对我而言真是太痛苦了……尽管德军最高统帅部没有提及，但事实是现在德军已经到了巴黎城的大门外。感谢上帝，巴黎城不会毁于战火。法国人很明智地宣布巴黎是一座不设防的城市，乐于

向德军敞开大门……对法国和盟军而言，巴黎的陷落真是一个巨大的打击。

就我个人而言，这也是一个巨大的打击，因为我是如此强烈地爱着巴黎。巴黎比世界上任何一个城市更像我的家。

柏林，6月14日。巴黎终于沦陷。

希特勒的纳粹带钩十字旗插上了塞纳河河畔的埃菲尔铁塔……当天早上德军正式入城。

柏林陷入一片欢呼，到处是嘈杂得要死的号角声，足足闹了15分钟之久。下午1点钟，收音机里出现了声音，播音者要求大家肃静，这却令我备受折磨，然后他开始朗读最高统帅部的公告：

从英吉利海峡沿岸地区到马其诺防线，法国人在沿线所有的战役中遭遇了彻底的失败，这粉碎了法国领导人妄图守卫巴黎的梦想。巴黎因此宣布自己为不设防城市，德国勇武的部队此刻正在巴黎城里举行盛大的阅兵式。

播出公告时，我正在阿德隆饭店的花园里吃午饭，那天的天气可真好，温暖舒适，阳光充沛。大多数的客人围拢在扩音器附近，他们听完公告后，都满脸笑容地回到餐桌前继续用餐，不过我本来料想他们会特别兴奋地嗷嗷大叫，他们倒没有这么做。这也难怪，自从元首在西线挑起战端以来，德军一路凯歌高奏，每天都有胜利的好消息传回，柏林人对此已经见怪不怪。吃完饭我到外面的街上溜达了一圈，发现报童在叫卖号外，上面写着"巴黎陷落"，只有很少的几个路人买。在瀚蓝斯湖边，我和一些柏林人扎堆聊天，他们表面上很平静，但能看出，那些新闻在他们内心深处还是激起了波澜。德军占领了巴黎——之前的 1914 年是他们最接近的一次——似乎圆了千百万国民潜意识中的夙愿。今天，我觉得德国人在 1918 年所受的战败耻辱终于一扫而光。

如果说在街上、餐厅和湖边的普通德国人对于巴黎陷落的消息还比较平静，那些狂热的纳粹分子则简直高兴得都要发疯了。希特勒直接控制的《人民观察家报》就是其中的典型代表，它专门在首页发表了一篇社论："巴黎，是一座充满了轻浮与腐败的城市，民主和资本主义在这里大行其道，犹太人出入宫廷，黑鬼出入社交沙龙。那样的巴黎永远不会再崛起了。"

当天我带着沉重的心情做了一次播音，我为巴黎的陷落而哭泣。当天夜里，德军最高统帅部宣布：

> 随着巴黎被占领，德军的第二阶段战斗已经结束。第三阶段行动即将开始，目标就是最终彻底消灭敌人。

我于凌晨 1 点钟做完了最后一档节目，然后就准备离开广播大厦。但是广播大厦里短波频道的负责人哈罗德·迪特里希博士叫住了我。他是个正派的德国人，和我一直相处得不错。迪特里希问我愿不愿意去巴黎走一趟。我的第一反应是拒绝他，因为我不想亲眼看到德军士兵的皮靴在我所热爱的巴黎街上肆意踢踏。但是我突然意识到，我在工作中变得松懈了。我长久以来对纳粹领导人及其罪行、目的感到愤怒，它们正在调动起我最积极的工作状态。我立刻惊醒过来，告诉迪特里希我非常乐意去。我知道，尽管迪特里希知道组织这次前线采访的纳粹宣传部很讨厌我，不希望我去，但他还是把我加了进来。之前我在圣诞夜去基尔港访问，还有最近去比利时前线采访，都是他给我帮的忙。

我们乘坐一辆梅赛德斯轿车离开柏林城，往波茨坦方向前进。才走了六英里，这辆车就坏了。等到新车从柏林城里调配出来接我们，已过去好几个小时。6月15日晚上，我们在马格德堡附近的一处招待所住下了，在那里我们又听到了最高统帅部的新公告。

　　（我在日记中写道）凡尔登已经被拿下！

　　凡尔登，上一次德国人为了攻下它，牺牲了60万士兵的生命。这次他们只花了一天的时间……法国人究竟怎么了？

一两天后，等我抵达巴黎，或许我能找到答案。

第二晚我们在莫伯日度过。这个地处法国和比利时边界的小城原有2.5万居民，现在整个小镇被战火摧毁了。当地德国指挥官是个中年的预备役军官，以前是个商人。他告诉我们，德国轰炸机的炸弹直接命中了小城中心的教堂，导致在教堂地下室躲避的500名老百姓全部被掩埋在了地下。我在日记里写道："埋得很实，因为在这么炎热而星光照耀的夏夜，一点儿尸体的味道都没有。"

这位以前的商人、现在的少校心地不坏，他救助了不少人。现在大约有 1 万居民，他们或者是逃而复返的，或者是经受住了轰炸的。少校说他把伤员送到了医院，把死者掩埋了。现在他希望从德国弄到一些面包，他还说昨天他无意中发现了一处谷仓，现在正在想办法把小麦磨成面粉。

少校笑着说："只有一种生意不会倒闭，不管是在战争期间还是战后，那就是这里的妓院。"他想，也许只有这个地方能够缓解战争带来的折磨。

他说："我最终还是让它关门了。"但是就在昨天，德军最高统帅部下令，法国占领区所有的色情场所都要重新开张营业。

少校笑道："我得把这个消息告诉妓院的老鸨，她一定会非常高兴。"

我们当晚被安排到小城附近一座废弃的宅子里居住，屋里满地是遗弃的纸张。通过对纸张和屋里装饰的判断，我们认为这栋房子本来是属于当地一个有名望的银行家的。他的卧室里装有很大的衣橱，挂满了整齐的衣服。很显然这家人匆匆逃离，根本没时间收拾，当时的早饭还扔在厨房的桌子上。这是一顿永不会结束的早餐。

我在日记里做了点想象。

在空袭突然来临，小镇被炸翻天之前，他的生活是多么惬意而富有小资情调啊！看看这幢房子，直到上个月，这里还是一处坚固、舒适、受人尊敬的地方，一辈子的零碎物件都在这里。突然轰隆一声！斯图卡和炮弹来了。人生，就像这幢房子及其周围的东西，都被炸成了碎片。稳定、尊重和希望一瞬间都没了。你、你的老婆，可能还有孩子，正在逃难的路上奔波，饥寒交迫，却连一口水也喝不上……

我们最终于 6 月 17 日抵达了巴黎，那个夏天的天气真是很舒适，但我毫无心情。我们驱车开过巴黎的大街，这里让我感觉那么熟悉，我人生中最为美好的时光——二十五六岁的年纪就是在这里度过的。现在再看此情此景，我感觉心痛得厉害，我真希望自己没来这里。更让我痛苦的是，陪同我们的德国人对路上的美景赞不绝口，心情极佳。

正午，我们到了巴黎郊区。这个季节是巴黎一年中最舒适的时候。如果是往常，人们会到隆尚赛场观看赛马，或者在罗兰·加洛斯球场打网球，或者在满是栗子树的林荫大道上悠然漫步，或者在一家咖啡馆的露台上喝着咖啡。

然而，往昔热闹的街道，现在变得像荒漠一般。商店大门紧锁，窗户密闭。街道上的空旷让我很伤感。我们路过布尔歇机场（我不禁回想起了 13 年前，1927 年 5 月的一个晚上，我 23 岁，为了赶回报社写查尔斯·林德伯格横跨大西洋的新闻，我从机场一路跑回了巴黎市区），汽车驶上了拉斐特街。德国军车从我们旁边呼啸驶过，活泼地鸣着喇叭，就好像在庆祝一个节日。街旁一个大人或孩子都见不到。两旁是我曾经熟悉的咖啡馆，这时都关门闭户，窗帘低垂，桌椅都收到了店里。拐角是《小日报》报社大楼，也是 1925 年我为《芝加哥论坛报》工作的地方。和它一街相对的是三门咖啡馆，当年我和报社的伙计们在这个咖啡馆消磨了多少时光啊！还有我的爱人，伊冯娜！她现在在哪儿呢？我不禁心神不宁。

我们又来到了歌剧院广场。在我的印象里，那里总是热闹非凡，人群摩肩接踵，总发生交通堵塞，警察不断大喊大叫希望能够尽快疏通。现在那里却是空空荡荡，大剧院的正门前垒起来高高的防弹沙袋，广场角落里享有盛名的和平咖啡馆挂出了重新开张的牌子，一个孤零零的侍者正在把咖啡桌和椅子搬到外面。一群德国士兵在露台分抢起了桌椅，最后，这群野蛮人可能还会在这家有名的咖啡馆的露台喝一杯。

我们的车从林荫大道驶过，沿着皇家大道向马德莱娜教堂方向驶去，我注意到拉吕餐厅和韦伯餐厅都没有营业。车子转向后，出现在我眼前的一幕真是让我永生难忘，协和广场、塞纳河河畔和国民议会都插上了纳粹万字旗。远处是巴黎荣军院，拿破仑就葬在那里，他要是看见了这一幕，一定会在墓里气得翻个身。

我们的车在克里永酒店门口停下，德国人把这里设为了占领军的大本营。我们是来询问德军准备把我们安置在何处过夜的。一位戴着单片眼镜的德军军官告诉我们，当然是在斯克里布酒店招待我们。这是一家久负盛名的酒店，我也在那里住过一段时间，就在和平咖啡馆附近，林荫大道和斯克里布街道的一角。酒店门口的服务生操着一口德语热情接待了我们。我认识他，别的不说，他真是个语言天才，会一切你能想到的语言。

他说着法语味的德语：“欢迎！欢迎！亲爱的先生们，请进！您请！”[15]

我的两个老朋友德马尔·贝丝和瓦尔特·克尔正在酒店大厅里等我。贝丝是《星期六晚邮报》驻巴黎的记者，克尔则为《纽约先驱论坛报》工作。随着巴黎的沦陷，其他美国驻巴黎记者都跟着法国政府一起迁往了波尔多，只有他们坚持留下。

（我在日记里写道）贝丝告诉我说巴黎所遭遇的痛苦真是无法用语言描述，每个人听到德军将要进城的消息后都失魂落魄，法国政府也没有人出来承担责任。市民只是被告知要迅速离开，这个城市本来有 500 万人口，结果现在有 300 多万人连行李都来不及拿，就徒步逃出城去，奔向南部去了⋯⋯

懦弱无能的法国政府在巴黎沦陷前的最后几天基本已经崩溃，它甚至忘了告诉民众巴黎城并不设防。现在巴黎的市民对法国政府真是恨之入骨。目前城里只有警察和消防力量还保持运转⋯⋯

我和两位老朋友聊完天之后，就走出酒店到街上转了转，现在有一些市民敢于从家里走出来了，我就和他们聊了聊天。然后我在日记里写下了大概的结论：

现在我们在巴黎看到的都是破败的景象，法国社会已经崩溃，军队、政府以及民众的道德都崩溃了。这真是难以相信。

目前新一期报纸还没出来，法国广播台则已经关闭，所以栖身于波尔多的法国政府情形如何，我们很难知道。有传闻说雷诺已经辞去总理职务，由一战时凡尔登战役的英雄贝当元帅接任。我想，如果这是真的，那就意味着法国人会战斗到最后一刻。而且，尽管被击溃的残兵败将最终将被迫投降，但法国政府和剩下的部队可以前往北非继续抵抗。法国海军目前完好，它在法属突尼斯、阿尔及利亚和摩洛哥足以力拒德军。北非大量的法国守军也可以轻易地击退从利比亚攻来的意大利人。

然而第二天，6月18日，发生了一件让我惊讶的事。当时还不到正午，我正站在协和广场和一群法国人聊天，突然广场上的扩音器（这些扩音器也不过是德军工兵前几天刚刚在广场四周竖起来的）开始播放公告，说贝当元帅准备讲话了。我们一下子安静了下来。然后我们就听见，已经84岁的贝当元帅在广播里以颤抖的声音说，他已经承担总理的重任，而且"有一份礼物要给法国人民"。这听起来有些奇怪。可接下来的是爆炸消息。他向德国提出了停战请求。他说：**"今天我以很沉重的心情告诉大家，我们必须停止战斗了。"**

在场大约有50名男女，包括我在内，所有人呆住了。他们什么话都说不出来，他们无法相信这位一战时的民族英雄——他在凡尔登战役中立下的军功成为法国抵抗德国入侵的标志——现在入主总理办公室后所做的第一件事情就是向法兰西永远的敌人乞降。事实被扔到了这群巴黎市民中间，他们开始了激烈的讨论，直到两名德国军警驱散了他们。他们主要的讨论是为什么停战协商还没有开始，贝当元帅就要求法国人放弃战斗。他们确信残存的法国部队在听到贝当元帅的讲话后肯定会停止抵抗的。[16]

"他们为什么必须打下去？"一个独臂男人说。他说在上次大战中，他在战壕打了四年仗。"战争已经结束，为什么还要做无谓的牺牲？"他不断地喃喃自语。有些人同意他的观点，有些人反对。就在这个时候，那两个德国军警走了过来，把我们驱散了。

当天还有另一位法国军官也通过广播发表了演讲。他叫夏尔·戴高乐，在法军中知名度不高。他和英国驻法国政府的联络官爱德华·L.斯皮尔斯将军一起从波尔多逃到了伦敦。戴高乐将军在讲话中情绪极为高昂，发誓一定要坚持抵抗到底。之前法军指挥部匆忙组建了第四装甲师，当时仍是上校军衔的戴高乐便担任这支部队的指挥官，并且在默兹河以西地区有不错的战绩。多年来他一直向法国政府、议会和参谋部呼吁向德国人学习建立装甲部队。最近他突然被提升为陆军准将，担任了雷诺总理的副国务卿，主管国防事务。然而他的任期极为短暂，6月5日接受任命，6月16日雷诺辞职，他也就跟着下台了。贝当元帅和魏刚将军都很讨厌他，当时极为反对雷诺的这一任命。现在戴高乐逃亡到了英国，和英国政府交好，这让贝当和魏刚都极为恼火，他们命令他立刻回到法国，以逃兵罪名接受军事法庭审判。

这位倔强又充满反叛精神的坦克将军却没有屈服，他决定留在伦敦。6月18日下午6点钟，他独自一人坐在英国广播公司的播音室里，开始发表演说：

> （法国）政府断定我国军队已经失败，开始和敌人进行停战交涉……
>
> 这就是我们最后要说的吗？没有丝毫希望了吗？失败已成定局了吗？
>
> 不！
>
> 法国不是孤单的……她没有被孤立，在她后面是一个庞大的帝国。她可以和大英帝国结成同盟，后者控制着海洋，正在继续斗争。

戴高乐后来回忆演说时的感受："我感觉自己的前半生终结了，这半生来我和一个坚强的法国、一支不败的部队紧紧捆在了一起。然而，49岁那年，我开始了人生全新的冒险，就像一个人突然被命运切断了他和以往的一切联系。"

戴高乐在演说中希望告诉祖国的人民，要用一种更为广阔的世界眼光来看待这场战争。这是贝当、魏刚、赖伐尔这些投降主义者以及其他那些掌控法国政权的人所没有意识到的。

> 法国之战没有决定战争的结局。这是一场世界大战。我们所有的错误、所有的延误和所有的苦难都不能改变一个事实：我们要用尽世上的所有方法在某一天击溃我们的敌人……世界的命运就系于此。

这真是一句具有历史意义的判定！可是当时在法国几乎没有人听到了戴高乐的话。德军把绝大多数城市和村镇的供电切断了，那天几乎没有广播站还能保持运作。而且大多数尚在运转的广播站把频道调到了波尔多方向，法国政府正在那里决定究竟求和以换取和平还是继续抵抗下去。

即使在英国本土，似乎也没有人真正重视戴高乐的观点。英国广播公司当时甚至认为戴高乐的讲话不值得录音留存，后来造成了尴尬。在整个6月里，我没听谁说过自己在巴黎听到了这段演讲。

和协和广场的法国人聊完天之后，我继续向德国占领军的指挥部克里永酒店走去，看看那里能不能搜集到什么新闻。大楼前轿车一辆接一辆，金色绶带的德军军官一个接一个，满脸喜气洋洋。据他们说，德法停火协议马上就要签署。贝当元帅还能怎么做呢？我在德军最高统帅部的朋友告诉我，他明天就可以给我提供确切的消息。6月19日晚，我在日记里记下了这个消息。

停战协议竟然会在贡比涅签署！

1918年11月11日，战败的德国在贡比涅森林的一节火车车厢里和代表法国的福煦元帅签署了投降书。法国人一直不知道德国竟然把这节火车皮秘密保存了起来。现在德国人竟然把它又拉了出来，作为法国签署投降书的地点！

感谢我在德军中的朋友，他们在下午4点半把我拉上车，一路疾驰赶往贡比涅。在路上，我想起来昨天我以半开玩笑的口吻询问德国外交部的官员，是否如传闻所说，是希特勒坚持要在贡比涅签署停战协议的。那位官员不喜欢这个问题，冷冰冰地回答："当然不是！"然而我在下午6点钟到达贡比涅之后，就发现很显然是希特勒在背后下达的指令。福煦元帅当年受降的车厢放在贡比涅的一座博物馆里，德军工兵正在使用冲击钻兴奋地拆除博物馆的围墙。

一位德国军官主动告诉我，他们计划把车厢从博物馆里拖出来，送回森林里安放，位置要和1918年11月11日凌晨5点钟时的位置一模一样，德国人就将在那里接受法国的投降。我想这个做法一定会让希特勒充分感受到复仇成功的快感。我在想，如果到时能够去现场，而且搞到设备的话，我就从森林里向纽约做一场特别的直播。我向身边的一位德军上校询问，能否帮我弄到一条电话线路。他很友善，说会帮我准备妥当的。他还带着我们进入这节老车厢参观了一圈，里面的座位上都摆着小名牌，标明当年参与投降书签署仪式的有哪些人，坐在什么位置。根据指示牌来看，福煦元帅当年是坐在正中间的，我心想，如果希特勒出席，他肯定会坐福煦元帅当年的位子。

黄昏时分，我又坐上德军朋友的车往回赶。晚上 9 点钟，我们在贡比涅和桑利斯之间的一片小森林停留了一会儿。之前一支撤退的法军在这里遭到轰炸，现在道路一英里周边的地区都是稀稀拉拉的坟墓，约有 20 座，每座坟头都立着一个钢盔。被炸死的战马只是草草掩埋，还能闻到腐臭。路边除了一门被遗弃的 75 毫米口径火炮以外，还有枪支、弹药、军靴、风衣等各种散落的军需物资。我仔细看了一眼那门火炮，它的生产日期竟然是 1918 年！他们竟然用第一次世界大战的武器去保卫通往首都的要道！

晚上赶回巴黎后，我参加了由格莱泽·冯·霍斯特瑙将军举办的情况通报会，他是希特勒指定的官方军事史学家之一。当年我在维也纳工作过一段时间，目睹过霍斯特瑙对许士尼格的无耻背叛，从那以后我就很讨厌他，也不太相信他的话。但是他不无智慧，眼光往往长远和独到。他认为德国抓住了军事史上的一个短暂机遇期向西方盟军发难，此时的进攻型武器要强于防守型武器，这个时期或许是几周，或许是几个月、几年。他说，这样的进攻以及收到的奇效只能发生于 1940 年的夏初。如果这一切在一年后发生，那时盟军很可能发展出防御型的武器，比如反坦克武器、防空武器，以及足够的坦克和战斗机等，就能抵消德国的进攻优势。接下来，德军与盟军的攻守实力就会出现平衡，就会在西线重演 1914 年到 1918 年胶着战的历史。

他说，这就是希特勒为什么在那个时候闪击西欧。

我想此生我可能永远都无法忘记下面这个场景了：1940年 6 月 21 日下午，我站在贡比涅森林的一片小空地，亲眼看到了希特勒庆贺他最新也是最伟大的胜利，他在过去动荡不安的数年间已经取得大量胜利。这个纳粹独裁者年轻时在奥地利受到排斥，作为报复，他吞并了奥地利；他痛恨捷克斯洛伐克人，他占领了捷克斯洛伐克；现在，他要为德国在 1918 年的战败以及发生于这片树林空地上的屈辱复仇。

那天下午的天气可真好，6 月的艳阳暖暖地照着茂密的森林。那些榆树、橡树、柏树和松树都投下树影，在那一片树荫当中，那列火车老车厢就安静地卧在雷通德的一片小小的、圆形的空地中。踏上火车的阶梯已经架好，那里通往希特勒一生当中最伟大的巅峰时刻。

我看了下自己的手表，正好下午 3 点 15 分。一列黑色梅赛德斯车队驶了过来，停在了阿尔萨斯－洛林战争胜利纪念碑下，希特勒和他的随从从车里出来。我注意到他们的服饰，希特勒换下了战前最常穿的褐色纳粹党制服，专门穿了一件双排扣的灰色军服；戈林蒙元首恩赐，是军中唯一的元帅，他穿了一件空军的天蓝色制服，手里玩弄着元帅权杖；最高统帅部指挥官凯特尔将军和陆军总司令布劳希奇将军都穿着土灰色的制服；德国海军元帅雷德尔博士穿着一身深蓝色的海军制服；希特勒的忠诚助手鲁道夫·赫斯穿的和元首类似；最后一位就是外交部部长里宾特洛甫了，他穿着装饰华丽的土灰色外交部制服。

我没看到戈培尔，希特勒肯定是让他留在柏林负责维持工作。我能想象到他一定在心里无数次咒骂自己敬爱的上司，为什么在这么隆重而荣耀的场合里把自己踢了出去。

代表团在阿尔萨斯－洛林战争胜利纪念碑停留了片刻。我注意到这座雕塑被盖上巨幅的德国军旗。这样希特勒既看不到它，也不会读上面的铭文了。我当年住在巴黎，好几次来过这里，我记得这座纪念碑的样子：一把巨大的协约国剑，刺向一只跛脚的雄鹰——雄鹰代表的正是当年的德意志帝国。碑座上写着："献给法国的英雄士兵……他们保卫了祖国和祖国的利益……光荣地解放了阿尔萨斯和洛林。"

希特勒转过身去，从我们面前走了大约 200 码，纳粹分子跟随其后，他站在了车厢的台阶前。我在日记中写道：

> 我从双筒望远镜里仔细观察了一下希特勒的脸，神色黯淡而严肃，充满了仇恨。他迈着轻快的步伐，显示出自己是个得意扬扬的征服者，一副挑战全世界的样子。除了这个，还有些别的东西……德国的命运反转如此之迅速，他自己的命运也是一样，他的内心流露出一种自大和喜悦之情。

希特勒在空地中央停了一会儿，等待着他的私人旗帜升上旗杆。他突然注意到附近有一块三英尺高的大花岗岩，他大步走了过去。我在想，等他的随从把法语碑文翻译给他听以后，不知道他要做何反应。

我对碑文太熟悉了。那段简单的话，不论读过多少遍，我每次都能被其深深打动——"1918 年 11 月 11 日，罪恶的德意志王国屈服了，它被它想征服的自由人民征服"。

（我在日记里写道）希特勒读了一遍碑文，戈林也读了一遍，他们站在 6 月的阳光下，一片默然。希特勒离我有 50 码的距离，但在我正前方。我努力通过望远镜看清他脸上的表情。那张脸，我在许多重大场合看过，此刻我看到的却是燃烧着的蔑视、愤怒、仇恨、报复和胜利。

他走过了纪念碑，表现出一副不屑的样子。突然之间，他又转回头，表情轻蔑而愤怒——人们几乎可以感觉到这种愤怒，因为他不能用他的普鲁士高筒靴一脚踏去这些可恶的、挑衅的字句。[17]

他扫视了一下全场，眼神和我们对视，你分明可以感觉到他的憎恨，憎恨中还包含着一种报复成功的胜利感。突然，他好像感到自己的脸部表情还没有完全表达出他的感情似的，把整个身子摆出一副与他的心情相协调的姿态。他迅速把双手搭在臀部，双肩耸起，双脚分开。这是一种不可一世的挑战姿态。他此刻所站的地方就是 22 年前自己的祖国遭受羞辱的地方，现在他可以报仇雪耻了。

希特勒趾高气扬地带着下属走进了车厢，一屁股坐在福煦元帅当年坐过的位子上。五分钟后，由夏尔·安齐热将军率领的法国全权代表团也抵达了，从神色看得出来，他们真是忧心忡忡。除了安齐热将军以外，还有一位不知名的副海军上将和一位空军将领，前法国驻波兰大使莱昂·诺埃尔也在其中，他是最早看到德国如何蹂躏波兰的法国人。他们看上去极为疲怠，但还在努力维持着尊严。看起来希特勒一定会对他们大加羞辱一番。哈尔德将军在日记里写道：

> 法国代表团之前并不知道我们把谈判地点安排在了这里。当他们收到这个消息后，他们非常震惊，而且一开始情绪就显得十分消沉。

哈尔德将军是一个非常正直、受过良好教育的德国绅士，可是就连他也不明白法国人是感觉到尊严遭到了污辱，而不是简简单单的情绪消沉。

法国代表团入座后，凯特尔将军立刻开始宣读议和草案。这份文件很显然是希特勒亲自拟定的，里面照旧充斥着各种对历史的歪曲言论，我从他嘴里听到这些陈词滥调不知道有多少遍了。[18] 希特勒的胡言乱语从回顾第一次世界大战结束开始，他说"德国人民和德国政府根本不想打这场战争，而且在战争中敌人从来没有取得对德国三军的决定性优势，但由于威尔逊总统保证德国人可以结束战争，德国人相信他的话，才放下武器投降的"。接下来希特勒又指责西方盟国联合起来凌辱德国，给德国人民带太巨大的痛苦。最后他强调："1939 年 9 月 3 日，距离第一次世界大战爆发仅仅 25 年，英国和法国在没有任何理由的情况下就再次向德国宣战。"天啊！我无数次听过他的这些谎言了！

接下来他就开始解释自己把谈判地点选在这里是多么合适："当年在此地签署的和约，深为德国人民所憎恨，是德国历史上遭遇的最大耻辱，对于法国来说也不是其历史中的光辉一页。现在我们回到原地，就是要一劳永逸地消除这份记忆，恢复公正。"

这就是希特勒的陈词滥调。凯特尔将军开始宣布议和条款，据莱昂·诺埃尔大使回忆，凯特尔的声音"充满了热情、自大与残酷"。他一读完条约，希特勒立刻就带着侍从离开了。元首之前就已经警告负责谈判的凯特尔，对自己亲自拟定的议和条款只能解释，不得改动，法国人只有全盘接受的份。安齐热将军认为"条款的条件远比 1918 年协约国向德国提出的严酷得多"，对此极为震惊。接下来的一天半时间里，他一直希望说服德国人放松一些条件，但这完全是徒劳的。

谈判过程中最为关键的议题就是法国海军的问题。该问题对于并不打算投降的英国来说同样重要，此外，美国总统罗斯福也很注重欧洲海军力量的平衡。如果法国海军最终向德国投降，那将会极大增强德国海军的力量，对英国海军来说是一个巨大威胁，丘吉尔感到忧心忡忡。当时法国政府要求英国允许其寻求停战，丘吉尔提出如果法国政府保证法国海军舰队能够全数驶往英国港口，那英国政府就不再阻拦法国政府选择对德求和。

希特勒当然要竭力避免这种事情。他在 6 月 18 日与墨索里尼会谈时表示，为了招降法国海军，他愿意向法国做出一些让步。希特勒在对法停战条约里提议，法国舰队在德国或意大利的监督下进行复员并拆除武器装备，之后就可以安全停泊在原来的港口内。作为法国海军愿意与德国合作的回报，希特勒说他愿意做出一个庄严承诺——元首做出又一个"承诺"了！承诺内容如下：

德国政府对法国政府庄严地宣布，它无意使用在德国监督下的港口所停泊的法国舰队来为自己作战。而且，德国政府庄严且明确地宣布，在签订和约的时候，德国无意对法国舰队提出任何要求。

法国政府接受了德国的这一条款，很显然，法国政府还是相信了纳粹独裁者所谓的保证。但远在伦敦的丘吉尔不这么认为。

6月25日，丘吉尔发表演说："希特勒的保证有任何价值吗？去问问那些被他欺骗过的国家就知道了。"[19]

停战条件中有一条最令我愤怒，它要求法国把所有滞留在境内的德国籍反纳粹人士交还给德国政府。这数千政治难民因为当年反对纳粹的暴政不得不背井离乡，逃往法国以寻求庇护。就连远在波尔多的魏刚将军都对这个条件表示极为不满，认为这是"极不光彩的行径"，要求把这一条件删除，但毫无疑问，德国人直接拒绝了。

后来，魏刚将军明显忘记了自己从一开始就认为德国人的停战条件是侮辱性的，因为他表示，停战条约"一点儿也不屈辱"。后来法国的两位大使莱昂·诺埃尔和卡默勒在法庭上证明，贝当政府把这一条款执行得"更加恶劣"。法国内政部和秘密警察对德国流亡者进行了残酷搜捕，把他们移交给希特勒。被捕的人中包括两位著名的德国社会主义领袖——布莱特沙伊德和希法亭，他们都被送往柏林，斩首处决。

法国政府不仅如此低三下四，而且明令本国公民不得为其他任何国家从事反对德国的行动，违反者将被视为游击队员（franc-tireurs），意思是，一旦抓获即当场击毙。这针对的当然是戴高乐，他正在英国积极组建"自由法国"军队。我想不管是贝当、魏刚，还是希特勒和凯特尔，他们都知道这样的规定是违背战争原则的，但是法国政府没有任何抗议。迄今为止，据我了解，停战协议第 20 款还规定，目前被关押在德国境内的近 50 万法国战俘将不会被立即遣送回国，要等到和平真正达成后再考虑他们的去留。对这一条款法国也没有抗争，我对此感到很困惑。后来我才知道，贝当、魏刚和让·达朗都认为英国将在几个星期后被打败或投降，真正的和平很快就会到来，法国战俘也就会被释放。

根据其余的条款，法国五分之三的领土由德军军事占领，主要包括业已被占的法国西部和北部地区，包括大西洋沿岸所有地区。这些都是法国工业重镇。条约规定巴黎继续由德军占领，如果法国政府需要，也可以迁回巴黎。法国最重要的部分——北非得以保留，但当地除了用于维持治安和秩序的小规模部队，驻军必须解散。

6 月 22 日，我早早去了贡比涅。最高统帅部的朋友暗示我，法国人今天肯定会签署停战协议，这将会让法国脱离战争。我早早动身还因为，之前我在斯克里布酒店吃早饭时听说，希特勒命令所有的记者——德国的和外国的——和他一起返回柏林，如果签署停战协议，他要在柏林宣布消息。我早上见到的美国记者都决定遵照命令搭媒体班机回柏林，但是我决定留下来。我想到车厢现场目睹事件的高潮。没准法国人会拒绝签署协议，无论如何，这都是一个独家的好题材。我想做一个目击者的现场播报。

为了防止德国官员一早把我们集合起来送上回柏林的飞机，我提前溜出了酒店，搭上迪特里希和德军朋友的车直奔贡比涅森林。迪特里希博士一直在为德国的短波广播报道新闻。看上去他们都不担心这样帮我会违背元首的命令。迪特里希认为元首的命令只限于**报纸**的记者，而德军朋友更是乐见我违抗他看不起的希特勒。不过他提醒我，元首已经下令，今天所有贡比涅的广播会自动在柏林录音，只有元首同意后才能将信号转发至美国。

这样也不错。至少和报纸记者比起来，我能亲眼见证事件的发生。而且，我们的报道会同时从柏林发出，等他们的报纸印出来，我已经领先他们几个小时播完新闻。

我回想着这两天我从德军通信车里听到的不少消息，法国人和德国人在车厢里吵得一塌糊涂。法国代表团一直要求德国人让步——在我看来，除了转交德国流亡者的问题外都是细枝末节——德国则一直拒绝。魏刚将军一度仅要求把法国人的要求和德国人的回复附加在停战书之后，但就连这样的要求德国人也一口拒绝。

到了下午，安齐热将军打电话给波尔多的魏刚将军，向他唐突地提出，法国政府不能只是"授权"，而要"命令"他签署这个条约。他不想和法国政府共担骂名。魏刚将军对一个下级军官提这样的要求极为愤怒，但安齐热一再坚持。

到了傍晚，德国人没有耐心了。下午5点半，凯特尔将军向安齐热将军提交了一份书面的最后通牒，要求法国代表团必须在一个小时内做出最后决定，否则谈判自动终止。在接下来的半个小时里，我天真地以为法国代表团会直接拒绝德国人的条件并走出车厢，接着法国政府就会考虑迁都到北非。我听说丘吉尔、罗斯福和戴高乐一直在敦促法国政府迁到北非继续开展抵抗。但看起来我还是太幼稚了，我没有意识到法国政府里的投降主义思潮这么顽固。最终，魏刚打电话给安齐热，表示接受他的要求，命令他而非授权他代表法国政府签字。魏刚在电话里口授道："现在向法国谈判代表团下达第 43/DN 号政府令……命令代表团与德国签署停战协议。"

我的手表指向下午 6 点 42 分，德法代表团在福煦元帅的旧车厢再次会面，正式签署了协议书。从窗户里我可以看到安齐热将军的脸色阴暗惨白，他在极力控制自己的泪水。在正式签字之前，安齐热将军表示他要做一个个人声明。他颤抖的发言回荡在通信车里，他一边说，我一边用法语记了下来。

> 我需要声明的是，是法国政府命令我签署停战协议的……
>
> 法国加入盟军与德国作战，而现在我们屈服于武力而不得不结束战争，因此被强加了极为苛刻的条件。法国有权利希望，在未来的谈判中，德国能够表现出足够的善意，以使我们两个伟大的邻国能够在和平中生活与协作。

听到这些话，我在那里自言自语，难道安齐热将军相信希特勒会有那样的仁慈之心？捷克斯洛伐克和波兰的下场不就是最好的前车之鉴吗？希特勒难道会对法国格外开恩吗？

接下来我在通信车里听到刷刷的声音，那是钢笔在协议书上签字的声音。我看了一眼手表，正好是 6 点 50 分。我听到法国人在说些什么，但是声音很混杂，没有听清楚。然后就是凯特尔将军低沉的声音：

> 今天我们能够完成这项使命，全是源于勇敢的德国士

兵和法国士兵的功劳，为此我请求两国代表团的全体成员起立……让我们向那些血洒疆场、为国牺牲的勇士致敬。

沉默了一分钟之后，两国代表团走出了车厢。法国代表团飞往巴黎，明天有一架德国飞机会把他们送到罗马，他们还要在那里向墨索里尼递交停战协议书，那一定会是一场让法国人如坐针毡的会议。[20]法国人刚刚签署的《法德停战协定》中第 23 条规定，法国必须和意大利也达成停战协议，待《法意停战协定》签署完成六个小时之后，《法德停战协定》才算真正生效。

当晚德军和德国广播公司把通往柏林的播音线路准备妥当后，8 点 15 分我开始向美国广播。这两天我在现场做了不少笔记，所以我就根据笔记内容即兴发挥了。我就停战协议的问题讲了半个多小时。但问题在于，我根本不知道纽约方面有没有收到我的播音信号，我在广播之前持续呼叫了公司和美国全国广播公司[21]四五分钟，但是他们都没有给我反馈，我只好就这么自说自话。按照一开始的规定，当晚我的播音并不能直接传回美国，必须先由柏林方面录音，经希特勒同意后才能录播。但是也可能当时德国人同意我做现场直播？现在我已经记不起当时的情况究竟是怎样的。

事后证明，我在开始播报之前持续呼叫纽约方面是极其重要的一步。

当我播音结束后，我走出了德军的通信设备车。旁边大约 30 码外就是那列火车车厢，天空突然下起了小雨。我当晚的日记里写到了当时路边的景象。

透过树丛，我可以看到一群群难民，他们面露疲惫，或者拖着疲惫的步伐，或者骑着自行车，或者坐着货车或大卡车，向着毫无尽头的远方走去。他们看上去都筋疲力尽、面色惨淡，很多人一瘸一拐。这群可怜的人还不知道停火协议已经签署，战斗很快就会停止了。

我走到空地中间，天色变得更暗了，雨也开始下大了。一队德国工兵正在那里搬动那节车厢，他们边干活边喊着嘹亮的号子。

我问他们："你们要把它搬到哪里？"

他们回答："柏林。"[22]

由于第二天是周日，所以那晚我拖到很晚才上床睡觉。自一周前离开柏林来到贡比涅，我终于可以睡个囫囵觉了。瓦尔特·克尔在酒店外砰砰敲我房门时，我才被喊醒，我抬手看了一眼表，已经快中午了。

克尔向我大喊："祝贺你！昨天你的新闻是全世界唯一的独家报道！"

我还没从睡意中清醒过来："克尔，你在开玩笑吧？"

德国人没有给克尔发放许可证，他不能前往贡比涅森林。克尔说自己一直坐在办公室里，他们大楼顶上的广播天线还没有被德国人拆除，所以他还能听到外国的广播。他一直坐在那里收听美国的报道，大多数是哥伦比亚广播公司的节目。他说在几个小时里，一直听我从贡比涅发回的有关协议书签署的详细报道，这是美国人唯一能够获取的新闻消息来源。与我的报道相比，报纸确实慢了很多，希特勒在当晚的11点半才准许把消息放出去，驻柏林的记者才开始把新闻传回国内。

克尔接着告诉我，虽然我把消息发回了纽约，却没有其他消息来源可以证明我的报道的可靠性，埃尔默·戴维斯和公司的其他评论员对此多少有点尴尬。节目大概进行了一个小时后，埃尔默终于憋不住了，尽管他相信我发回的消息一定是可靠的，但他也必须向听众指出，现在播出的消息还没法从其他任何渠道进行确认。

克尔告诉我，埃尔默说："听众朋友，发回消息的夏伊勒先生是一位经验丰富的记者，他对新闻报道一直非常谨慎负责。我们相信他的报道的真实性。也许晚点我们就可以从其他消息渠道对报道的真实性进行确认了。请大家别切换频道……"[23]

埃尔默是我的好朋友，也是个出色的主播，他知道当年合众社就闹出过乌龙事件：第一次世界大战时德法停战协议于1918 年 11 月 11 日签署，但合众社四天前就报道了签署的新闻。这对初出茅庐的合众社来说可是个巨大的打击，差点葬送了它的前途。

有时候我会想，我记者生涯中最成功的这次独家新闻是怎么完成的。我得承认，事情非常简单，也非常幸运——绝大多数独家新闻靠的仅仅是运气。当我在贡比涅报道时，这条德军通信线路的末端是柏林，那里的德国工作人员插错了一个插孔——本来应该连接到德国广播公司的录音设备，可他们把线路错插到位于措森的一处短波发射器上了，广播立刻就被传回了纽约。因此，停战协议签署之后仅仅 1 小时 25 分钟，我们公司（以及美国全国广播公司，如果他们接收到了的话）就收到了确切的消息。至于美国的其他报纸和通讯社，他们要在六个小时之后才能收到他们柏林记者的消息。[24]

事实证明，我在开始播音前不断地呼叫纽约总部长达四五分钟的做法真是太重要了。我对着话筒一遍又一遍地重复相同的话，根本不知道对方有没有听到："纽约，哥伦比亚广播公司，你好。纽约，全国广播公司，你好。这里是威廉·夏伊勒在贡比涅森林德法签署停战协议的现场为您做出的报道。我们将在五分钟（之后是四分钟，三分钟，等等）后为您报道协议签署的结果。你好，纽约，哥伦比亚广播公司……"

公司的纽约新闻部主任保罗·怀特后来告诉我，因为当天是周六，公司只派了一些骨干成员值班，一开始他们根本就没有听到我发出的呼叫。就在我开始报道的一分钟前，公司收到了呼叫，在最后一秒前播音员为我的报道说了开场白。当时埃尔默正在第 52 大街的一家餐馆吃饭，听到我传回报道的消息后，他猛推椅子，一路狂奔回公司，给我的报道做评论。

第二天，我听说希特勒对我播音的消息极为愤怒，他认为我违反了他的规定，在规定时间前就把消息放了出去。我想这可能是第一次，也许也是最后一次，这个德国独裁者"被独家"报道了——被一个他根本不屑一顾的无名外国记者。我听说这位纳粹独裁者随即下令对德国军方和德国广播公司展开调查，找出弄错设备插头的责任人。他怒骂，这个罪犯一定要为这个失误付出代价。

这真的是失误，还是有人故意为之？我不知道。德国军方、广播公司和宣传部都为此事来问讯过我，我告诉他们，我很高兴这个失误为我的工作带来了巨大的收益，但我的确没有事先参与其中。事情逐渐平息后，我在德军最高统帅部的一些朋友暗示我，可能是德国军方故意让广播在第一时间散布出去的，因为他们厌恶希特勒延迟不报，只为宣传他个人的做法。我回到柏林得知，希特勒和戈培尔果然炮制了一个广播盛宴，作为对停战协议的官方公报。

最高统帅部的朋友告诉我，他们炮制的这场广播活动可真是令人作呕的宣传噱头。毕竟在德国军方看来，如果没有自己在西线的奋勇作战、神速进展，法国人根本就不会那么快屈膝投降。现在希特勒想独占功劳，这当然令军方不悦。在这个宣传问题上，最高统帅部和元首之间的嫌隙前所未有地扩大了。陆军总参谋长哈尔德将军后来在和我的谈话中将透露相关的情况，当然他把大多数的不满写在了日记里。以泄露我的广播来拂逆希特勒的命令，也许这是军官团反对他的又一种方式。

然而，当我回到柏林时，我一直在担心德国人会不会把我驱逐出境。

我在巴黎又晃荡了一段时间，6月底的塞纳河真是美极了，阳光明媚、空气清新温暖，天空也是蔚蓝的。我故地重游，又拜访了不少黄金时代以来结识的故人旧识，但心情反而越来越糟糕。

当年我在巴黎生活和工作时，对法国人非常欣赏和钦慕，但是现在我根本不能理解这个民族究竟怎么了。他们的父辈曾经为了抵抗德国人的侵略而浴血奋战，现在他们却什么也不做，就直接屈膝投降了。我实在不能明白他们为何会对停战协议书表示欢迎，他们好像也根本没有考虑过在德国人的控制下未来的生活会变成什么样子。

当年，布鲁姆作为社会党领袖，带领"人民阵线"组建了一届法国政府，布鲁姆本人凑巧是犹太人，法国人却因此十分讨厌他，一些反动分子甚至宣称"宁要希特勒，不要布鲁姆"，最终逼迫布鲁姆政府倒台。现在希特勒倒是真的来了，法国人却拒绝面对现实了，他们不愿去想象未来的生活是怎样的。

除了懦弱的法国民众，还有那位年老体衰、步履蹒跚的贝当元帅，他一直强烈请求德国人放过法国，让法国能够签署停战协议，然后又接受了德国人的全部条件。虽然我十分震惊，但我不得不承认，绝大多数法国人站在贝当元帅的背后，他们希望法国能从战争中脱身，向希特勒屈服。我能够理解法国人的想法，他们不希望自己的同胞，尤其是男人遭受杀戮之苦。但问题没有那么简单，不是非黑即白。就像已经倒台的雷诺政府中的绝大多数人认为，法国怎么能够停止战斗呢？法国在北非的武装力量并不弱，拥有足够的力量击退妄图取得此地的德意联合部队。但是我身边的很多朋友认为，如果法国政府迁往北非，就等于把法国所有的大都市让给了纳粹。我心想，停战协议签署完成，法国的命运才是真正被掌控在了希特勒手中。贝当元帅的傀儡政府既无自由，也不可能真正自主。

丘吉尔在向下院汇报《法德停战协定》时，既"悲伤又震惊"，他说："要想恢复法兰西的荣耀和她人民的自由，就只能仰仗于大英帝国的胜利了。"

这本是不言自明的道理。但不论是我的法国朋友还是贝当元帅本人，他们都认为英国应该像法国一样，战败时认命。

作为对丘吉尔的回应，贝当元帅也发表了演讲，他说："首相大人需要明白，法国人民要靠自己的努力来拯救自己。"

我简直不能相信贝当元帅会说出这样的话，但是我发现绝大多数的法国朋友同意他的观点。戴高乐将军于 6 月 24 日就法德签署停战协议的问题，在伦敦发表致法国同胞的广播演说："事实就是，在法国没有一位公众人物站起来谴责停战协议，法国和她的人民就这样心甘情愿地以停战协议向敌人屈服了。"

我清楚地记得，我的一位法国旧相识很困惑地问我："戴高乐？这个家伙究竟是谁？"很显然，几乎没什么法国人听说过他的名字。[25]

后来法国人才知道，在 1940 年的 6 月里，整个法国都是一片绝望的思潮，只有戴高乐坚持西方同盟，抵抗到底。也正是因为有他的坚持，最终法国人民才有幸见到了解放的曙光。1940 年，他们对贝当元帅极尽阿谀奉承之能，可等到四年后，他们又立刻调转风头，将戴高乐将军吹嘘到了天上。1940 年 6 月《法德停战协定》签署完成后，法国著名的诗人兼外交官保罗·克洛岱尔写了一首热情洋溢的诗歌赞扬贝当，可四年后，当戴高乐将军重返巴黎时，他又写了一首同样充满热情的诗以赞颂这位"自由法国"的领导人。据我回忆，克洛岱尔的这两首诗，用词极为相似。弗朗索瓦·莫里亚克是法国著名的小说家，还是法兰西学院院士（贝当元帅和魏刚将军也是法兰西学院的院士），他也一样恶劣。停战协议签署后，贝当元帅发表演说，要求法国民众接受投降并尽快返回正常的工作。7 月 3 日，莫里亚克听到演讲后，陷入狂喜，就在《费加罗报》上发表了一篇署名文章：

> 贝当元帅的指示……是永恒的道理。这不仅仅是某个人对我们的指导，也是法兰西深邃的历史对我们的指导。这是凡尔登战役赐给我们的智慧老人……[26]

莫里亚克和克洛岱尔一样，等到戴高乐荣归故里，他摇身一变，又成了戴高乐将军的狂热拥护者。还有著名的诗人保尔·瓦雷里，他曾经夸耀贝当元帅"在国家处于一片混乱之际，舍身奉献，力挽狂澜，拯救法兰西国运于一线之间"。小说家安德烈·纪德在这方面也丝毫没有输给他的文学界同行。当《法德停战协定》尚未签署时，贝当元帅就发表广播演说，呼吁全体法国人停止抵抗，纪德就说他的演说"十分值得赞扬"。7月10日，纪德在报纸专栏里撰文为贝当元帅辩护："如果能够将我们从腐朽的生活中拯救出来，那我必须说，我愿意接受独裁制度。"纪德的心愿倒是很快就实现了，而且现实一次性给了他两位独裁者，直接统治他的便是由贝当和赖伐尔控制的法国傀儡政府，再上面还有一位终极独裁者——希特勒本人。7月9日那天，他说自己认为"只要德国人的统治能够保证法国人的生活富足，那十个法国人里有九个都是愿意接受这种统治的"。到了7月中旬，他再度撰文为贝当、魏刚和赖伐尔的投降辩护："现在我相信，法国当时的确不需要盲目追求所谓的胜利，否则就是一种冒险和鲁莽的行为，这会把法国带入危险的泥潭，甚至会葬送法国。"

天哪，这种话竟然会是纪德说出来的！他曾经还被认为是法兰西民族的良心，他曾经还是我的偶像！现在他却堕落为一个彻头彻尾的投降主义者，为统治法国的傀儡政府摇旗呐喊。

在巴黎只有极少数的人还保持着清醒的头脑，他们会时不时引用德国哲学家费希特的名言。当年拿破仑在耶拿战役中大败普鲁士，普鲁士不得已而向这位法国皇帝投降，费希特因此有感而发，写下了这句话："怯懦的投降并不能让你免于被毁灭的厄运。"

有些人还会提起1870年的一次留名青史的经典对话。当时法军大败于色当，普鲁士军队逐渐逼近巴黎。眼见胜利根本无望，究竟是战是降，梯也尔将军和迪克罗将军就此发生了争执。

梯也尔说："将军，您建议要誓死守卫巴黎，不错，这是一个军人应有的想法。但是，你没有像一个政治家那样思考。"

迪克罗将军回答道："先生，我相信我也是用政治家的思维方式来看待问题的。我们这样一个伟大的国家，常常可以在一片废墟中再度崛起，但是如果它的道德成了废墟，那我们就永无复兴之日了。"

然而现在，法国人心甘情愿吞下了投降的苦果，巴黎人在德军的占领下过着浑浑噩噩的生活，我想知道他们是否还可以从道德的废墟中崛起。因为我深爱这个国家和她的文明，我会这么祈盼。但说实话，我的信心没有那么足。我无意中想起了修昔底德也记载过一个民族誓死不降的故事。我在日记里写下了自己的想法：

  在这个阴冷的夏夜里，我想起了伯罗奔尼撒战争时，雅典的伯里克利派遣代表团到米洛斯岛下达最后的通牒，要求米洛斯人立刻投降。①

  雅典人就像希特勒一样狂妄傲慢，他们告诉米洛斯人："经历丰富的人谈起这些来，都知道正义的标准是以同等的强迫力量为基础的；同时也知道，强者能够做他们

---

① 雅典人代表团前往米洛斯岛劝降的时间为公元前416年，而伯里克利于公元前429年就逝世了，此处可能是作者的记忆错误。此处有关"米洛斯辩论"的内容直接引用了谢德风先生的翻译成果。参见［古希腊］修昔底德：《伯罗奔尼撒战争史》，谢德风译，北京：商务印书馆，1960年第1版，第466—468页。

有权力做的一切，而弱者只能接受他们必须接受的一切。"

修昔底德也记载了米洛斯人的答复：

"……我们这些还有自由的人民如果不去反抗一切，而低声下气，受奴役的羁绊，那么，我们就真是懦夫，真是孱弱无能之辈了。……在战争中，命运有时是无偏颇的，人数众多的优势也不一定胜利。假使我们屈服，那么，我们的一切希望都丧失了；反过来说，只要我们继续斗争，我们还是有希望站立起来的。"[27]

6月27日，我回到柏林之后，一想到法国竟然在短短六个星期就不可思议地灭亡了，我还是会很震惊。这段时间里我也没什么太重要的工作要做，我就静下心来，想努力总结一下这段时间发生的事情，并且探寻原因。也许现在做这件事为时尚早，但是对我这个微不足道的小记者来说，我可以帮助自己得出一些初步结论，理清头绪。

法国人没有展开什么战斗，开战后的第五天，德军从色当到那慕尔一线就基本彻底瓦解了法军的力量，之后法国人就根本无力做出抵抗了。然而1914年的时候，当时法军从英国那里得到的援助更少，他们却在马恩河一带成功抵挡住了德军的进攻。现在有英国远征军的帮助，法军反而一败涂地，原因究竟何在？我并不清楚答案。

是因为德国人的闪电战——德国的装甲部队和斯图卡轰炸机给了法军突然一击？我想这是不可能的。八个月前，德军进攻波兰的时候就使用了这套作战方式，难道在这么长的时间里，法国和英国最高指挥部都没有注意到这一点吗？这几乎是不可能的，德军入侵波兰后，他们的闪电战法就已经不是什么秘密了。

我依稀记得拉尔夫·巴恩斯和我说过一件事，他说大概在德军袭击法国的几周前，英国帝国总参谋长埃德蒙·艾恩赛德爵士在伦敦接受美国记者的采访，他吹嘘自己派往法国的将军都是一些经验丰富的指挥官，他们当中的许多人在第一次世界大战时就已经是师级指挥官。相比之下，德军的将领都是一群毛头小伙子，他们根本没有什么战斗经验。

艾恩赛德将军真是过度自信了。德军的将军的确都很年轻，他们大多数人40多岁，少数几个顶级将领刚刚50岁出头，甚至有个别将军还不到40岁。但是他们富有冲劲，勇敢，在战场上富有想象力和创造力，善于变通，精力充沛，这是年轻赋予他们的巨大优势。在进攻波兰的过程中，赖歇瑙将军率领着他的部队第一个冲过了维斯瓦河，他是直接游过去的！还有古德里安将军、隆美尔将军和其他许多装甲部队的指挥官，他们都在战斗中身先士卒，往往亲自驾驶着战车发起冲锋。相比之下，法军的指挥官为了保证自己的安全，都把师级指挥部设在了远离前线的后方。

我猜测德军在西线能够取得如此难以置信的胜利可能还有一个原因，那就是德军的士气格外旺盛。如果不是亲眼所见，可能很少有人会相信希特勒掌握的这支军队和当年德皇威廉二世治下冲入比利时和法国的帝国军队有着天壤之别。我在圣诞节访问基尔港的德国海军时，才第一次发现德军的精神风貌与以往的旧式军队是完全不同的。德军军官和普通士兵之间亲若手足，如果当年普鲁士王国的老将军们看到这幅景象，一定会震惊不已。即使是英、法的军官，我想甚至可能包括美军的将领，都会为纳粹军队这种亲密无间的官兵友谊感到惊讶。从我抵达前线进行采访的第一天起，我就被德军这种精神风貌震动。别的不说，单单一件事就足以说明很多问题：德军军官和普通士兵吃的是同一口锅里煮出来的同样饭食。我还发现德军军官会极为认真地倾听普通士兵的汇报。当时德军突袭埃本·埃马尔要塞，德军委派的指挥官只是一个普普通通的中士。等我到巴黎后，我发现从前线撤下休假的德军军官和普通士兵很自由地坐在一起，随意交谈。我听说有个德军上校自己掏钱请12个二等兵在歌剧院附近的巴斯克餐馆吃大餐，席间还就旅游指南讨论巴黎有哪些景点可能是他们会感兴趣的。我还了解到，希特勒平时对部下生活方面的困难很重视，还会为他们提出详细的指导，这可真让我惊奇。

面对这一切，我却有一件事更加想不通了。这些士兵来自一个残酷地压制自由的国家，它对于反对派从来都不心慈手软，对待犹太人大加杀戮，恨不得让他们亡族灭种。这是一个独裁国家，它甚至就像一个毫无道德的黑帮，常常连预警都没有，就直接袭击并占领自己的邻国。而且它常常一方面发誓自己绝不会袭击别人，可一转身就大肆侵略、奴役别的民族。

这群军人，如何能够如此满怀热情地为一个残忍之至的血腥政权卖命战斗呢？我实在不能理解。

我记得第二天，也就是6月28日，是《凡尔赛和约》签订21周年。当年那些炮制了《凡尔赛和约》的战胜国，曾经以为自己可以一劳永逸地安宁下去，现在他们似乎才发现，《凡尔赛和约》要寿终正寝了。当天德军部队沿着波尔多南下，抵达了法国与西班牙边境地区；苏联的先遣部队也在当天开进了比萨拉比亚和布科维纳地区，当年《凡尔赛和约》把这两个地区都划给了罗马尼亚，现在苏联人又把它们夺走了。我注意到，德国外交部对苏联的这一行动很不满。在过去一段时间里，苏联已经占领波罗的海三国，现在又得寸进尺，这让德国非常不高兴，但希特勒似乎也无可奈何。当年纳粹和苏联人达成了协议，现在苏联只不过是把希特勒当时许下的诺言都兑现了而已。不过希特勒还是十分注重罗马尼亚问题的，毕竟德国绝大多数的石油需要从罗马尼亚进口。

在我回柏林的路上，我有一位随行的朋友，他是德军最高统帅部的人，我问他："谁会是你们的下一个目标？"

他微微一笑："英国。"

不过他也承认，德国军方对此并不是十分热心，因为军方还不知道如何突破英吉利海峡这道障碍，但是元首本人极力坚持要进攻英国。

他和我开玩笑说："到时你的下一个采访任务一定就是英德战争。"说实话，我比德国军方还不希望看见这场战争的爆发。如果我一定要去报道的话，我倒真心希望德军都溺死在英吉利海峡里。不过我马上提醒自己赶紧从这些胡思乱想中清醒过来，现在最重要的不是考虑下一次报道任务，而是要想方设法远离德国人。我向纽约总部发了电报，让他们给我放一周的假。我可以回日内瓦过7月4日独立日的假期，和家人好好聚聚。在我独家报道了《法德停战协定》签署的新闻后，我想总部不会吝啬给我放几天假了。

假期期间，我在湖边漫步，我教艾琳游泳，听她在水里开心地尖叫，和特斯谈论我们不确定的未来。我们坐在湖边一个特别安静的地方共进晚餐，远处就是高耸的勃朗峰，夏日傍晚的阳光照着山顶的皑皑白雪，呈现出粉红色的光芒。7月4日下午，美国驻日内瓦总领事在他湖边的官邸举办了招待宴会，邀请我们前去参加，不过现在留在瑞士的美国人已经越来越少。领事官邸附近风景优美，毗邻的牧场里成群的奶牛在吃草，帆船在平静的湖面上慢慢地飘荡着。官邸里举行了盛大的烧烤晚宴，我们烤了不少法兰克福香肠、汉堡和甜玉米，举杯满饮瑞士啤酒和当地美味的葡萄酒。同胞们都在讨论故乡的事情，看起来大家都很思念祖国，好在那里现在看上去还算是远离战争。

我们每天都会经过国联大厦，我还是个年轻的驻外记者时，就从巴黎赶到这里参与报道。对全世界无数人而言，当年的国联是他们世界和平的期望所在。

> （7月5日我在日记中写道）傍晚日落时分，夕阳照过国联那大理石的大厦，影子投在了两侧的树丛中。国联大厦看起来是那么高贵，国联本身曾经也代表着高贵的希望。然而它从来没有做好自己的工作，今夜的它只不过是一具没有灵魂的空壳而已。那栋大厦，那些制度，那些希望，现在都已经灰飞烟灭。

7月8日结束休假回到柏林时，我才发现已经灰飞烟灭的不止国联，民主的法兰西第三共和国也已经崩溃。皮埃尔·赖伐尔宣布法国参议院和国民议会已经投票决定解散自身，法兰西第三共和国民主制度的两根支柱就此轰然倒塌。年老体衰的贝当元帅成了法国傀儡政府的独裁者，在法国未被占领的地区实行专制统治。我相信阴险狡诈的赖伐尔一定在贝当的背后起到了推波助澜的作用。

　　柏林的纳粹分子对法国傀儡政府效仿德意志帝国独裁制度的做法欣喜若狂。不过德国外交部的朋友倒是对我直言不讳，他们说不管法国傀儡政府如何改变自己的政治制度，德国人都不会因此而对它减少一丝压迫，等到签署和平条约的时候，还是要照样严厉制裁它。事实上，德国外交部很快就发布了一个声明：

　　　　法国政府将自身的政治体制变更为专制制度的做法，在任何情况下都不会影响德国对其的政治清算。事实上，德国从不认为自己与法国之间的恩怨已经得到彻底清算。稍后我们就会按照历史现实主义的教诲去彻底清算我们之间的宿怨。

　　法国人吃了一个大教训，在喜欢恃强凌弱的德国人面前，奉承讨好是没有什么用处的。

　　从日内瓦回到柏林以后，我发现德国与苏联的关系明显冷淡了不少。斯大林趁着德国忙于进攻法国的时候出兵占领了波罗的海三国——爱沙尼亚、拉脱维亚和立陶宛，把防守前线向波罗的海方向扩展了数百英里，直逼东普鲁士的边境，开始威胁德国在当地的战略要点。这让希特勒极为愤怒。6 月末，斯大林占领了罗马尼亚境内的两个盛产石油的省份，这让希特勒更为不悦。我们听说，现在法国已经投降，希特勒正在考虑如果英国能够与自己达成和平协议的话，那他就要转而对付苏联了。

　　但德国新闻审查机构严禁我们报道类似问题，有两三次我都试图躲开新闻官的审查，在播音里报道德苏关系的新危机，但每次都被他们发现，他们立刻切断了我的线路。我们这些做记者的都意识到，德苏关系变成了一个非常敏感的话题，希特勒目前不希望媒体做任何报道。巴恩斯当时从伦敦来到德国，替《纽约先驱论坛报》报道德国西线战争的情况。他之前一直在莫斯科工作，对苏联的情况很了解，在当地也有不少朋友。他决定不理睬希特勒的禁令，就苏德关系的新动向写一份报道。我猜他的消息是从苏联驻柏林大使馆里搞到的。希特勒对巴恩斯的报道极为震怒，命令有关方面立刻把他驱逐出境。我当时正好刚从日内瓦回来，为他送别。我们年轻时就一起在巴黎工作，后来一起驻扎柏林，特斯和他的妻子也是无话不谈的密友，他的两个女儿也是我们的开心果。我们两家经常见面，而且一起欢度所有重大的节日——感恩节、圣诞节、新年、复活节。现在巴恩斯却要被驱逐出境了，这可真让我气愤。

被驱逐的前一天，我们一起在蒂尔加滕公园散步。很多年来我们常常这样一起散步，现在恐怕是最后一次了。巴恩斯情绪沮丧，担心纽约报社方面不能理解他的处境——自己明明报道的都是事实，现在却要被德国人驱逐出境。我试图安慰他，与我们相比，他具有更大的勇于报道事实的勇气。巴恩斯报道的新闻非常重要，现在希特勒和斯大林都对彼此的不满心知肚明，两人的合作恐怕要破裂了，这会影响这场战争的进程。与此同时，我提醒巴恩斯，等他回到伦敦后，一定要记着关注另一个惊天动地的大事件，那就是德国人要入侵英国了。虽然我很讨厌德国，但我到时恐怕还是只能待在德国境内进行报道。

我们回到阿德隆饭店的酒吧，一起喝了点酒，以前我们常常在这里喝酒，不过这一顿竟然成了我们之间的永别酒。第二天，他离开柏林。四个月后的 10 月 28 日，不甘落于希特勒之后的墨索里尼入侵希腊，英国空军对意大利在阿尔巴尼亚的战线进行轰炸。巴恩斯乘坐英国空军一架轰炸机前往当地报道，飞机在返回希腊基地的路上因为大雾而撞上山峰，巴恩斯不幸罹难。

7 月 15 日，柏林方面出现了公开宣告，第一次声称元首已经准备妥当，要入侵英国了。宣告说："德国三军已经整装待发，随时都可以对英国发动攻击。进攻的具体日期将由元首本人独自决定。"[28]

但是我从德国外交部得到消息，德国人宣称，在对英国发动攻击前，元首愿意向英国人表示"最大限度的善意"，两国可以达成和平协议。7 月 19 日，希特勒在帝国议会发表演说，呼吁英国人接受和平建议，这也是希特勒最后一次在帝国议会发表演讲，在那之后我再也没有在那里听到他的声音了。他当天的演讲同样很精彩，充满了诡辩和谎言——后者是他的演说里从来不会缺少的东西。

当天晚上我在日记里写下了听演讲时的感受：

> 在我们眼里，今晚的希特勒有意识让自己表现得像一位成功的征服者，当然他也是一位绝佳的演员，一位主宰德国人思维的蛊惑大师。他把征服者的威严和领袖的谦卑绝佳地结合在一起，让他的臣民对他顶礼膜拜。今晚他的声音并不高昂，他很少大声吼叫，甚至完全没有平时演讲时那样的声嘶力竭。

他的演讲很长，里面照旧充斥着他对历史的扭曲和彻底的谎言。他对丘吉尔进行人身攻击，我暗暗地想，丘吉尔不过是个替罪羊，但是当他宣扬自己令人震惊的军功时，却没有得意忘形，他的声音很平和。我想希特勒之所以表现得这么温和，是故意为之。他需要以此来打动臣民和那些尚处中立状态国家的公众，而且，他最主要的目的是要感染英国人。现在法国已经崩溃，不列颠孤悬海外，英国人知道自己所能想到的办法不多，希特勒希望能够谆谆诱导他们认真考虑求和。在我看来，我并不怀疑希特勒相信（我敢肯定，这种信心是错误的）自己的演说能够成功地离间英国公众和英国政府。

　　我只听到一种人在英国大声疾呼要进行战争，发出声音的不是英国人民，而是那些政客。我不知道这些政客是否明白如果继续战斗，将会是怎样的情景。他们肯定会宣布战斗到底，哪怕英国全境覆灭，也会转移到加拿大继续战斗。

然后他就开始发挥自己善于讽刺的口才了。

　　我很难相信这些英国政客的意思是说到时带着英国人民一起逃往加拿大，可能只有那些宣称抵抗到底的绅士才会前往加拿大。至于英国人民，我想恐怕他们还是得留在不列颠岛……到时他们再审视那些在加拿大的所谓领导人，恐怕就是另一种感觉了。

　　先生们，相信我，我对这种寡廉鲜耻、将整个国家置于毁灭境地的政客是一点好感都没有的，我感到恶心。这种感觉让我更加意识到自己责任重大。命运选择了我，让我来替那些老态龙钟的家伙收拾残局……丘吉尔先生，我想你毫无疑问是要逃亡加拿大的……然而，对于剩下的成千上万的人民来说，他们的痛苦却刚刚开始。丘吉尔先生也许应该相信我一次，当我在预言大英帝国的毁灭时，我本人的内心里根本没有任何要亲自毁灭它的意图，我连伤害它的意图都没有……

他竟然没有伤害的意图！他把自己装扮得好像一位天真无邪的唱诗班儿童。他停顿了一下，扫视华丽的克罗尔歌剧院台下的观众。面前是大腹便便的帝国议会议员，身着褐色的纳粹党制服或者灰色军装；大约 50 位穿戴流光溢彩的将军坐在第一层包厢，胸前挂满勋章。然后元首继续演讲，声音低沉而产生共鸣，很快演讲就到了高潮，他正在努力让这一刻成为最庄严的瞬间。

此时，我的良心让我感觉自己有一种使命感，我必须再一次唤醒大英帝国及其他地方人民的理性和常识。此刻我不是败者，不是祈求你们的觉醒，而是以胜利者的身份，以理性的名义来告诫你们。

他又停顿了一下。

我看不出有任何理由应该让这场战争继续下去。

场内没有掌声，没有欢呼声，也没有军靴跺地声。一片寂静。希特勒的口才真是雄辩之至。

如果战争还要继续，那惨痛的牺牲将会令我悲伤。我渴望能够避免战争，为了你们，也为了我自己的人民。

他的神情极为严肃，好像自己是一位主教。

看上去他的随从和那些将军已经被深深打动了，我想今晚数以百万计的德国民众都会守在收音机前聆听元首的演讲，这场演说是为他们而做——当然还有英国民众，他们一定会被打动。对德国人而言，这是无与伦比的杰作，我确信他们现在肯定会说，看，元首已经向英国提出和平请求，而且没有任何附加条件。元首都说了自己完全不认为战争还有理由进行下去，如果战争还不能停止的话，那一定是英国人的错。

不过大多数听过希特勒演讲的人都认为英国一定会接受元首"如此大度"的和平请求。集会结束，我与希特勒的一些副官和将军聊天，他们都认为既然现在元首已经给了英国人机会让他们从战争中抽身，他们肯定会心存感激地接受，而且元首这次是前所未有的宽宏大量，英国人如何能拒绝呢？

等我赶到广播大厦，发现德国人的乐观情绪更加高涨了，尤其是最高统帅部的低级军官和外交部的低级职员更为乐观。他们说西线的战争已经圆满结束，英国是理性的民族，他们知道什么事对自己有益，他们一定会选择和平的。

房间里有人打开了收音机，收听英国广播公司从伦敦播出的节目。他们想英国方面也许很快就会播出一些节目，暗示英国人对希特勒"和平呼吁"的反应。但是距离希特勒结束演讲还不到一个小时，我想现在就指望伦敦方面做出回应也太早了点。

然而收音机里传出了英国广播公司一位播音员平静的声

音，他宣布大英帝国对于希特勒的呼吁只有一种态度，那就是毫无保留地反对。房间里的德国同事立刻被惊得说不出话。他们感到天旋地转，不相信自己的耳朵。一名海军军官一直在不停地小声嘀咕："英国人一定都疯了！"[29]

希特勒也不能相信英国人竟然会这么迅速地就做出了回应。三天后，7月21日，他提醒情报部门，目前只有英国的报纸和广播做出了拒绝的声明，要密切关注丘吉尔政府的最终言论。第二天英国政府的正式声明就到了，外交大臣哈利法克斯勋爵在伦敦发表广播演说，正式宣读了英国政府对希特勒和平协议的官方拒绝书。

当天下午，整个德国外交部一片愤怒之声，我看到许多人脸色铁青。外交部发言人告诉我们："先生们，哈利法克斯拒绝了元首向他们提出的和平提议，那么我们就开战吧！"

但是怎么打？从哪里开始打？用什么打？当然，按理说下一步是侵略英国，但据我了解，尽管最高统帅部人才济济，但他们没有思考过这个问题。此前德军迅速地攻克了法国和低地国家，但他们不知道如何利用已有的辉煌胜利扩大战果。

尽管我当时并不十分熟悉这些问题，但我也知道现在德意志第二帝国陷入了　个矛盾的境地。此时此刻希特勒相信他已经带领这个坚强的国家取得了有史以来最伟大的军事成就，德国的军队已经占领大部分欧洲大陆，德国的势力从北极圈向南蔓延到比利牛斯山，从大西洋沿岸自西向东扩展到维斯瓦河。然而希特勒一定很茫然，他不知道接下来何去何从，更不知道战争要如何以荣耀的姿态结束。

此时再回首，我会看得更明白一些。德国人尽管在军事作战领域拥有天才般的才能，但是他们缺乏宏观的战略意识。他们的眼界还是狭窄了一些，当然他们的视野常常不够开阔，他们一直只关注如何在欧洲大陆上与邻国开战，希特勒承认他对海洋有些畏惧，而他的将军对于海洋一无所知。（希特勒说过："在陆地上我是一个英雄，在海洋里我却是一个懦夫。"）德国人没有英国人那样的海洋视野，只关注陆地。[30]

在 1940 年的整个 7 月里，德国人都在为下一步计划犹豫不决。其实英吉利海峡绝非不可逾越的天堑，法国的加来港和英国多佛尔港之间的水域是海峡内最狭窄的一段，天气好的时候甚至可以望到对面的海岸线。只要德国人越过英吉利海峡，英国地面部队对于勇猛的德军来说只是小菜一碟，他们大多数是敦刻尔克撤退的残兵败将，根本无力抵挡。然而德国人始终不敢动手，他们的犹豫不决成了最大的障碍。

希特勒在帝国议会发表演说的那晚，突然临时宣布擢升一批将军为元帅，不知道他是不是利用此举来激励军方加快对英国作战的部署。我当时目睹了这一场景，那真是一个令人惊叹的时刻，也是德国历史上绝无仅有的一次重大晋升仪式。

当时希特勒正在发表演说，赞扬自己的将军在西线作战中立下了汗马功劳，取得了辉煌的胜利。突然他停顿了下来，宣布授予 12 位将军元帅军衔。至于空军总司令戈林，他已经是元帅了（也是议会的议长），希特勒宣布为他额外增设了一个新的军衔——大德意志帝国元帅，位列其他所有元帅之上。希特勒对此还不满意，还专门为戈林制造了一枚前所未有的装饰勋章——大铁十字勋章。这枚勋章独一无二，整个战争期间，除了戈林以外，希特勒再没有为任何人颁发过。

戈林欣喜若狂，他站在演讲台前，高兴得就像一个圣诞节清晨发现礼物的小孩子。当希特勒把装有大铁十字勋章的盒子递到他手里时，他满脸自豪，笑得合不拢嘴。等到元首转身回到演讲台，他立刻偷偷把盒子打开一个小缝，往里面偷偷瞅了一眼。

元帅是普鲁士军队传统上最高级别的军衔，只有一位极为伟大的将官才有可能成为元帅。现在他一口气提拔了 12 位元帅，在我看来这简直就是贬损了这个军衔的珍贵性。这 12 位新晋元帅中有九位来自德国陆军：布劳希奇、凯特尔、伦德施泰特、博克、勒布、利斯特、克卢格、维茨莱本、赖歇瑙。三位来自空军：米尔希、凯塞林、施佩勒。我记得第一次世界大战的时候，威廉二世皇帝总共才提拔了五位元帅，就连战功仅次于兴登堡元帅的鲁登道夫将军都没有获此殊荣。

我注意到，一直被视为德国陆军大脑的陆军总参谋长哈尔德将军尽管也是劳苦功高，却没有受到元首的青睐，仅仅上提一级，从中将升为上将。我猜测原因在于他是极少数敢于批评元首的人之一。哈尔德应该被历史记住，他曾经领导了将军们在慕尼黑推翻希特勒的行动。当时希特勒是不是已经有所察觉呢？我看到哈尔德将军强作欢颜，对那些幸运儿表示祝贺，尽管他们年纪更小，现在却都爬到了自己头上。哈尔德将军长着一副学者的脸庞，看起来不像个军人，我感觉他在努力掩饰内心的疲惫和悲伤。

当天晚上，还有两个外国人参加了希特勒在帝国议会的演讲大会，其中一个是墨索里尼的女婿、意大利外交部部长齐亚诺，他是应希特勒的邀请从罗马赶来签署协议，授权希特勒代表轴心三国向英国提出和平要求的。我在罗马遇到过他，尽管他傲慢之至又不学无术，是个只会胡闹的小丑，但我很喜欢他，因为他可笑的法西斯面具之下还有几分人性和尊严。可是齐亚诺当晚的表现让我很失望。他身穿灰黑色法西斯军服，坐在第一层包厢中外交官代表席的前排，每当希特勒的演讲一停顿，他就像个机械玩具一样马上站起来举起右手行法西斯礼，我想德国人心里可能也在嘲笑他。

在外交官代表席的后排，我发现一个长着猪一样眼睛的矮个子，蜷缩在角落的座位里，有人告诉我，他就是吉斯林。他专门从奥斯陆赶来，为的就是祈求希特勒能够让自己重新恢复权力，好替德国人统治挪威。[31]

尾　注

[1]　天刚蒙蒙亮，德国驻布鲁塞尔和海牙的大使也匆匆赶到了比利时和荷兰外交部，向两国政府传达了同样的信息。比利时的外交部部长保罗－亨利·斯巴克打断了德国大使的话："大使先生，很抱歉，请您先听我说。"

此时，他们能够听到窗外德国轰炸机从头顶飞过的轰鸣声，附近的飞机场传来阵阵爆炸声，气浪把窗户震得吱吱作响。

斯巴克部长继续说道："德国现在正在进攻我们，尽管我国一直恪守中立原则，但是这 25 年来，德国已经两次无端攻击我国。我想这次侵略可能比 1914 年更为恶劣，我们没有收到最后通牒，没有照会，比利时政府也没有收到任何形式的抗议。我们从进攻中得知，德国根本无意遵守自己的承诺……德意志帝国将为自己的错误向历史负责。比利时已经下定决心要保卫自己。"

德国大使正要念这条照会，斯巴克部长再一次打断他："直接把文件拿给我。不用读了，对你来说也是受罪。"

[2]　真实情况则平淡无奇得多。埃本·埃马尔要塞是被 80 名德国士兵迅速攻占的。他们在一名中士的指挥下从九架滑翔机上空降，成功在要塞顶楼着陆，然后潜入炮塔，在炮管中放入微量

爆炸物，爆炸既摧毁了火炮，还导致要塞深处浓烟弥漫。德国特种兵还利用便携火焰喷射器攻击了机枪口和观察哨点，他们仅仅花了一个小时就渗透进了上层的坑道，破坏了大部分的防守机枪点和观察哨点。驻守在埃本·埃马尔要塞后方的比利时步兵团一度想驱散德国特种兵小队，却遭到了德国斯图卡俯冲轰炸机和德国伞兵部队的阻截。在要塞坑道附近，德国特种兵和驻守士兵发生了一些白刃战，但是德国人很快就取得了胜利。5 月 11 日中午，距离德国特种兵发动袭击仅仅 24 个小时，埃本·埃马尔要塞的守军就打出了白旗，1200 名被德国人搞得晕头转向的比利时士兵走出要塞向德国人投降。德国人仅仅损失了 6 名特种兵，另外有 19 人受伤。

[3] 事实上，最高统帅部的公告的确弄错了一些事情。马其诺防线根本不经过莫伯日和卡里尼昂地区，防线以莱茵河为起点，向西终止于隆维地区，位于卡里尼昂东南 25 英里处。

[4] 在战争的最后几年里，我和许多德国将军都进行过谈话，他们对于法军的强大战斗力是充满敬意的。即使是德国"装甲兵之父"海因茨·古德里安将军后来也说过，他和他的部下都相信"法国人拥有整个西欧地区最强大的陆军和数量最多的坦克部队，不管是装甲防护能力还是火力都要优于德国坦克"。
[General Heinz Guderian：*Panzer Leader*（paperback），p. 73.]

[5] 如果进一步深究原因的话，可能还包括以下几方面：英国人在 20 世纪 30 年代没能及时重整军备，尤其是空军装备没能及时更新；法国一直没有加强自己滞后的空军力量，没有实现战争思想的现代化，一心沉迷于建设防守型的马其诺防线。

[6] 陆军总部的霍伊辛格上校简直不能抑制自己的喜悦之情，他在日记里写下这样的话："英法盟军这样拥入比利时，他们已经进入我们的圈套啦！"（见本书作者的《第三共和国的崩溃》，第 638 页。）

[7] 法国图雄将军遭遇的情况则更为糟糕。由于第二军和第九军的崩溃，默兹河一带的战线出现了巨大的缺口，5 月 14 日，最高指挥部指示图雄将军率领"第六预备役军"前去填补这一战线缺口。然而，这个所谓的"第六预备役军"从来就没有存在过！

　　而来自残余第九军零散的士兵被集结起来，用于加强在法国边境莫伯日地区的防守。但是部队抵达时才发现当地的炮台居然被锁上了！原来的驻守人员在 5 月 10 日随第九军前往默兹河时给当地的碉堡上了锁，并把钥匙交给了当地的市长。然而当地市长为躲避德军已经逃跑。没有钥匙，士兵们只得用炸药将门炸开。

[8] 在甘末林于 20 世纪 30 年代初接任法国陆军参谋长之前，魏刚将军一直担任此职。他是一位非常有才华的参谋人员，第一次世界大战时他为福煦元帅提供了很多有益的建议，但他从未在战场上指挥过一支大型部队。

[9] 事实证明，纳粹的无耻程度的确超出了我的想象力。当天晚上我去德国宣传部看了一个长篇的有声新闻纪录片，内容是德国军队在比利时造成的破坏。从影片中可以看到，遭到德国轰炸的比利时村镇、城市都处于一片火海之中。德国评论员的画外音却在竭力为这些破坏行动歌功颂德，他那刺耳的嗓音在声嘶力竭地呼喊："看看这些破坏的场景，看看这些熊熊燃烧的房屋，这就是敢于抵抗德国的下场！"

[10] 当天早上，雷诺总理在巴黎发表了一场措辞严厉的演讲，他把利奥波德国王的投降行为称为"叛国"。

[11] 哈尔德将军相信是戈林干扰了希特勒的想法，让希特勒同意由德国空军独自完成任务。战后有一位学者想撰书研究清楚这一历史疑案，他曾写信给哈尔德将军询问当时的情况。1957 年 7 月 19 日，哈尔德将军回信称："……希特勒之所以决定暂停陆军的行动，主要是受到了戈林的影响。希特勒本人缺乏专门的军事教育，对真正的战争所懂甚少。装甲部队迅速前进究竟有多少风险，又会取得多少成功，他并不十分明了。他只是模糊地觉得过于迅速的行动有所不吉，他的心里充满焦虑，萌生了暂停装甲部队行动的念头……至于戈林，他非常了解希特勒的脾气，他利用了希特勒的焦虑感，提议由德国空军完成剩余的包围英法盟军的任务。"哈尔德将军确信戈林之所以提出这一建议是有其私心的："德国陆军在战斗过程中迅速进攻，取得了惊人的战绩，对此戈林很担心，他害怕陆军最后成为战争获胜的最大功臣，自己治下的德国空军会被陆军的风头压过。他要确保自己的空军在这场重大战役的决定性关头，在全世界的面前赢得胜利的荣耀。"

[12] 丘吉尔当日的演讲也是他诸多极为雄辩的演说中非常精彩的一场。"即使欧洲的大片土地和许多文明古国已经或即将沦于

盖世太保及一切可憎的纳粹机构之手，我们绝不会认输，绝不会失败，我们一定要战斗到最后一刻；我们一定会在法国开辟战场；我们一定会在大海上、大洋上开辟战场；我们一定会在空中开辟战场。以更坚定的信心、更强大的实力投入战斗；我们一定会不惜一切保卫英伦。我们一定会在旷野里战斗、在街巷里战斗、在大山深处战斗；我们绝不投降……"

[13] 罗斯福总统对意大利的卑鄙行为进行了更生动的批评。总统于 6 月 10 日当晚在夏洛茨维尔的弗吉尼亚大学发表演说，第二天早上我在柏林从广播里听到了总统的讲话："意大利的行为等于将一把匕首插入了它邻居的后背。"

[14] 我和特斯都认为是德国人轰炸了日内瓦，然而，稍后我才知道其实是英国人干的。当天晚上，在法国抵抗分子的保护下，英国一个轰炸机中队从伦敦起飞，经停法国马赛，再从那里前往意大利，准备轰炸热那亚、都灵和米兰。但是由于路途遥远，英国飞行员又不了解情况，他们把位于都灵西北方向 120 英里处的日内瓦当成了都灵，投下了炸弹。

[15] 四年后的一个夏天，他在斯克里布酒店用英语招待了美国记者，同样热情。他说着："欢迎！欢迎！请进。很高兴再见到你们美国人。"

[16] 这群法国人说对了。我曾经著书研究了法国陷落后的情况，我发现很多法国部队在听到贝当元帅的讲话后就迅速放下了武器并向德军投降。德国人不仅在法国所有被占领的地区播放贝当的讲话，而且迅速制造宣传单，空投到那些未占领的地区。当时隆美尔将军指挥他的第七装甲师已经逼近法国瑟堡地区，他自己也亲自参与了宣传活动。他开着一辆坦克，上面插上白旗，然后架起临时扩音器，在各个城镇里来回穿梭，用英法德三种语言高喊："战争已经结束。"

[17] 三天后希特勒就下令把这座纪念碑炸毁了。

[18] 我可以通过火车车厢的窗户看到里面谈判的进展。德国人在里面安放了麦克风，还把每一位发言者的话录了下来。我找到了德国人负责录音和通信工作的设备车，就可以在旁边清晰地听到会场里的发言并做笔记，尤其是在第二天最后一场戏剧性的会议中。德国人利用战地电话建立了一条通信线路，直接连接谈判场和位于波尔多的法国政府驻地，安齐热将军利用这条电话线路和魏刚将军保持联系并汇报谈判进展。

我在无意当中也听到了他们不少的对话内容。

[19] 尽管法国海军总司令让·达朗上将既讨厌英国人也讨厌德国人，但相比之下他似乎更不愿意让自己的部队投靠英国。6月23日，也就是《法德停战协定》签署一天之后，让·达朗将军电告自己的所有部下："英国人正在试图把法国舰队置于股掌之间。"第二天，他再次向所有法国战舰发送指令："立刻把舰上的英国联络人员和船员全部赶下舰去……要小心英国人可能会对我们发动袭击！"

[20] 安齐热将军对此极为愤怒，他在谈判中告诉凯特尔："尽管意大利的确向法国宣战了，但它根本没有参与战斗。法国根本不用和意大利签署停战协议，因为实际上自意大利宣战那天起停战协议就存在了。"从里埃维拉到尼斯一线，法国的小股部队轻而易举就打退了意大利的大规模进攻，孱弱无能的意大利军队进攻了十天之后，才把阵地向前推进了几百码。

[21] 应德国陆军和德国广播公司的请求，我同意代表哥伦比亚广播公司和美国全国广播公司做一次联合播音。他们解释，这是因为现在通信线路紧张，陆军、政府和德国广播公司都急需这条电话线传讯。迪特里希和最高统帅部的朋友都向我保证，一定会让我先发言，因为全国广播公司派的记者比尔·克尔克没有什么经验。我记得我先讲了20分钟，然后轮到他。他用了我笔记中我没有讲到的内容，大约10分钟。这可能是我们这两家竞争对手第一次联合播音。

[22] 7月8日，这群搬运工将车厢运抵柏林，不久这节车厢就在柏林当地展出。然而讽刺的是，这节车厢不久即被盟军炸毁。

[23] 默罗在伦敦也听到了我的报道，他办公室里的设备能够收到德国的短波广播。他后来告诉我，他一听到我的报道，就立刻往首相别墅打电话找丘吉尔，当天是星期六，他担心首相大人没有听到这个新闻。事实证明，丘吉尔不仅不知道这个事情，而且他不相信会有这回事。英国政府后来解释，英国政府有自己的情报来源，根本没有情报显示法国已经和德国签署停战协议。

　　事实上，6月23日《纽约时报》报道了这一事情，首页用三行醒目标题报道了合众社从柏林发回的消息，说德法已经签署停战协议，但是在标题下方又插入了一段文字："尽管美国和德国都出现了相关报道，但来自伦敦官方的消息称没有信息可以确认法国已经与德国签署停战协议，这些英国权威机构称其了解到法国已经就此问题提出对策案。"

　　因此，虽然协议签署完毕之后短短数小时我们就从现场发回了报道，但是很显然，包括首相本人在内的这些所谓的"英国权威机构"都不相信这是真的。

[24]　因此，当天下午整个美国的报社都只能转载我们的报道，他们自己的记者从柏林发回的消息连他们的晚版都没赶上。不过没想到的是，我爱荷华州老家的一份著名报纸——锡达拉皮兹《公报》就很典型。它用两行黑体字作为头条印刷了新闻：

　　　　纽约合众社消息：哥伦比亚广播公司和全国广播公司的记者在贡比涅森林联合播音报道。法德于当地时间周六下午6点50分（美国中部标准时间上午10点50分）在当地正式签署停战协议，待《法意停战协定》签署完成后，《法德停战协定》将正式生效。

　　　　哥伦比亚广播公司记者威廉·夏伊勒说，凯特尔将军和安齐热将军分别代表德国和法国在协议书上签字。

　　《公报》把我播音的全部文本刊登在了报纸上，然后帮我这个老乡大大吹嘘了一番。他们在报纸上配了一张我坐在麦克风前面的照片，上方是说明："美国最早的停战快报"，在下方，他们又继续介绍："威廉·夏伊勒，锡达拉皮兹人，哥伦比亚广播公司驻中欧地区的首席记者。周六他在自己的职业生涯中做出了新的巨大成就，他通过广播第一个把《法德停战协定》的新闻传回美国。夏伊勒先生从贡比涅森林发回哥伦比亚广播公司和全国广播公司的联合报道……夏伊勒先生曾是我报在寇伊学院的通讯员。"

[25]　不仅在法国很少有人知道戴高乐，即使在伦敦他也遭到了法国同胞的冷落。当他向法国人民发表紧急呼吁的时候，一些流亡伦敦的法国政要和社会名流，譬如法国外交部的前终身部长阿列克西·莱热、法国作家安德烈·莫洛亚和经济学家让·莫内等，都拒绝加入戴高乐的阵营。数千名法国部队官兵从纳尔维克被营救到了伦敦，其中包括三名法军将军和一些高级军官，他们都拒绝参加戴高乐的"自由法国"军队，

还要求返回法国，继续效忠法国政府。法军有一支相当规模的舰队正停泊在英国的朴次茅斯和普利茅斯港，其中包括两艘战列舰、四艘巡洋舰、八艘驱逐舰、若干潜艇和其他200余艘较小船只。它们在当地接受英国的庇护，也拒绝支持戴高乐。7月3日，英国人强行登舰，控制了舰队，舰上的大多数官兵还进行了反抗，后来英国人把他们囚禁起来，最后只有900名水兵表示愿意留在英国加入戴高乐的队伍，其余的1.9万名水兵，包括两名海军上将和大多数高级军官，都要求回到法国。英国人尊重他们的意见，把他们遣返了。

[26] 不过对于戴高乐而言，贝当元帅的呼吁听起来可就是另一番感觉了。他在伦敦做了一场广播，指控贝当元帅"让整个国家、政府和他自己都成了希特勒的奴仆"。他说道："啊！如果他连这样的奴役都能安然接受的话，那我们就把他在凡尔登立下的功劳都遗忘吧。任何一个人都会比他做得出色。"

[27] 42年后，也就是1982年10月31日，那天下午阳光明媚，天气却很冷，我来到位于列宁格勒的皮斯卡廖夫纪念公墓。在那里我又一次想起了1940年6月我在巴黎度过的那段时间（这些年里，我时常想起那段时光），法国人为了让这座美丽的城市免遭战火摧残，放弃抵抗直接向德国人投降了。列宁格勒也是一座美丽的城市，它可能是全俄国最美的地方了，然而就在巴黎投降一年后的1941年9月，纳粹大军驶抵列宁格勒城下，苏联人却毫不犹豫地决定誓死守卫这座城市。苏联人与德国人战斗了900余天，经历了有史以来最寒冷的三个冬季，大批市民死于饥寒交迫，苏联军民死亡接近100万人。其中大约一半的人就埋葬在了我脚下的这座公墓里。我走过成片的墓碑，心中却一直在思考：为什么这个世界上有些民族愿意苦苦坚守三年而寸土不让？为什么有些民族如此勇敢且坚毅？我在1940年6月见到的法国人却做不到。我的祖国人民可以做到吗？比如纽约能做到吗？

[28] 后来德军的秘密文件证明这个宣告不过是希特勒放出的烟幕弹而已，当时德军根本没有部署完毕，直到8月中旬以后他们才完成准备工作。

[29] 听广播的时候，我以为这位英国广播公司的播音员就是英国政府的代言人，我还奇怪唐宁街怎么能这么快就做出了回复。后来丘吉尔宣称，英国广播公司对希特勒直截了当的拒绝是

"自己的决定，绝非政府授意"。显然，首相认为，官方没有必要做出回应。

[30] 即使是拥有海洋视野的德国海军，也为登陆英国本岛的困难而深感困惑。7月11日，海军总司令雷德尔上将与希特勒会谈，前者对于入侵英国的计划极为冷淡。他一直极力告诉元首，登陆英国只能是"最后的选择"。他给这次会议做了秘密报告，记录显示他对元首说："这次的情况与入侵挪威时不同，海军没法对此做出积极的支持。"

7月末，二人又会面了一次，元首督促雷德尔告知自己一个渡海作战的确切日期。后者说最早也只能是9月15日，即六个星期之后，还要看天气情况。希特勒就询问他英吉利海峡届时的天气情况，雷德尔回复说非常恶劣，接着给元首做了一场关于那里天气的漫长讲解，那时的海峡常常有大雾和风浪天气。

雷德尔说："除非海面平静，否则行动无法开展。"然而事实上英吉利海峡几乎就没有风平浪静的时候。雷德尔说，如果海浪很大，那运载第一批坦克、军需物资和兵员的驳船就很可能会倾覆，而大型船只也没什么用处，因为它们无法卸货。接着他继续唠唠叨叨，对前景毫不看好。"就算赶上好天气，德军的第一波登陆能够成功，但是也不能保证第二波、第三波也能有这样的好运气……我们必须认识到，如果不能占领港口，一切的交通手段都不能保证长达数天的渡海行动。"

这就给了陆军好一个尴尬——独自在滩头陷入困境，没有后援，没有补给。当时在场的陆军军官——布劳希奇、凯特尔、哈尔德和约德尔听了雷德尔的话，都很不高兴。雷德尔花了一个月去说服元首放弃渡海计划，现在他终于得出了结论。

"考虑到一切因素，我只能说，最佳时间是1941年的5月。"——十个月之后。

[31] 希特勒还真答应了他的请求。9月25日，希特勒下令组建挪威新政府，任命吉斯林为新政府首脑，同一天，希特勒宣布远在英国流亡的挪威国王"被废黜了"。

第十七章

海狮计划与不列颠之战：1940

战后我们从缴获的德军秘密文件中获悉，1940 年 7 月 16 日，也就是希特勒对英国发表"和平"演讲的三天前，他发布了"关于对英国实施登陆作战准备的第 16 号指令"。他因大英帝国的不自量力而气愤：

尽管英国在军事上已经处于无望的境地，但是他们仍然没有谈判的意愿。因此我决定要为登陆英国的行动做出准备，在必要时候，我会执行这一计划。

行动目的在于消灭英国这个祸患，避免各类势力以此为基地从事反德活动。如果有需要的话，就彻底占领它。

希特勒将计划命名为"海狮计划"，他要求到 8 月中旬之前完成全部的准备行动。然而希特勒本人并没有彻底下定决心，五天后，也就是 7 月 21 日，他召集军方将领在柏林开会，他承认自己并不知道有关英国问题的局势将会如何发展。不过，这个纳粹大独裁者对一件事倒是信心满满，他声称：

英国目前处于毫无希望的困境，我们已经赢得战争，英国想要扭转局面是绝无可能的。

英国的局势的确很绝望——所有人都这么看，除了英国人，但这并不意味着希特勒就能够毫无障碍地派兵越过英吉利海峡，并且利用敌人的"绝望"进行战斗。希特勒本人和德国海、陆军将领都还没有想好如何才能渡过那道窄窄的海峡。7 月 29 日，德国海军作战参谋部起草了一份备忘录，声称海军"反对在本年度实施登陆行动"，并且建议"要到1941年5月或者更晚一些时候再考虑这一计划"。

但是希特勒坚持现在就要"考虑"。7月31日，他再次召见德军将领，敦促他们加紧工作，尽快制定出具体日程表。雷德尔一直坚持"最佳时机"是第二年春天，但被大加呵斥。元首声称即使拖到第二年春天，德国海军的实力也不会强于英国。而且自敦刻尔克大撤退以后，英国陆军现在处于非常虚弱的状态，如果给他们8到10个月的喘息时间，他们很可能重整旗鼓，再度组建出一支拥有30到45个师的强大陆军。据哈尔德将军的记录，希特勒说他已经打定主意。

> 分兵非洲的计划还需研讨，但是决定性胜利只能由进攻英国取得。必须为1940年9月的行动做好准备……究竟是今年9月发动登陆战，还是留到明年5月再说，要看德国空军的进攻效果如何。空军计划集中力量先对英格兰南部地区进行一周的轰炸，如果轰炸能够重创英国的海、空军力量和海港设施，那接下来就立刻实施"海狮计划"。如果战绩不佳的话，那就留待明年5月再议。

看来希特勒把宝都押在德国空军身上了。

在整个7月和8月的第一个星期里，德国空军对英国海峡范围的海上运输线和英国南部港口开展了力度不断升级的轰炸，给英国造成了不小损失。当然德国空军也遭受了一些损失，共计损失了296架飞机——大多数是轰炸机，还有136架受到重创。英国皇家空军则损失了148架战斗机。8月11日，我在日记里记载德国空军加大了对英国的轰炸力度，当天大批德国轰炸机在 199 架德国梅塞施米特战斗机的保护下，对英国南部海岸全线开展轰炸行动。

8 月 12 日，戈林下达命令，要求德国空军在第二天开展"鹰行动"，德国空军组织了有史以来规模最大的战机部队，对英国发动了大规模空袭，整个空袭行动由三个战机队伍执行，这三支队伍几乎调用了德军的全部空军力量。其中第二战机队由上个月刚刚晋升空军元帅的阿尔贝特·凯塞林亲自指挥，它们将从低地国家和法国北部被占领的机场出发。第三战机队由施佩勒指挥，从法国北部起飞，他也在上个月被希特勒晋升为元帅。这两支队伍总共拥有 929 架战斗机、875 架轰炸机和 316 架俯冲轰炸机。施通普夫将军则指挥第五战机队从丹麦和挪威的机场出发，他总共拥有 123 架轰炸机和 34 架双引擎梅塞施米特 110 式战斗机。相比之下，英国只有 800 余架喷火式和飓风式战斗机。

"鹰行动"开始第二天，也就是 8 月 14 日，我从柏林赶赴大西洋沿岸报道这次行动，不久之后人们就称这次战役为"不列颠之战"，它是人类有史以来最大规模的空战，也是历史上最具有决定性意义的战役之一。如果德军真的获胜——戈林夸口说会在几天之内摧毁英国皇家空军——那估计接下来我就得跟着德军地面部队横渡海峡，报道他们入侵不列颠岛的消息了。自公元 1066 年征服者威廉一世征服不列颠岛以来，其后 900 年它还没有被异族入侵过。这将是一个重磅新闻，不过就像当初德军进攻法国一样，我并不期待这个新闻。我也不认为德军会取胜。8 月 1 日那天我到威廉大街去闲逛，和两个德国官员打了赌，他们一个说 8 月 15 日之前纳粹的万字旗就会在英国的特拉法尔加广场飘扬，另一个则把日期延迟到了 9 月

7 日之前，我赌他们都会输。

离开柏林前，我又去拜访了美国驻德大使馆的那位海军朋友。就是他教我如何利用圣诞节访问基尔港的机会去辨别德军舰艇的，这次他又教我如何判断德军是否真的要横渡海峡。

他说："要是他们真的准备行动，他们一定会在安特卫普和海峡岸边的港口集结大量船只。德国海军在挪威一战中损失惨重，他们一定会把全部剩余的战舰部署在海峡地区，以抵抗英国海军和空军的袭击。更重要的是，他们需要大量船只来运输兵员、弹药、后勤物资、火炮和坦克。如果德国人想要抢滩成功并建立一个安全的海岸前哨，那他们在第一波行动中至少要保证 10 到 12 个师能够成功登陆，后续的供应也不能中断。要达到这个目标，他们至少需要 50 艘运输船、1000 艘适合远洋航行的驳船和用于拖曳驳船的 500 艘大型拖船。"[1]

这位美国武官怀疑德国人能不能搞到这么多驳船和拖船，因为尽管德国人可以从内陆水域中搜集到大量的运输船只，但这些船都太小，根本抵抗不住英吉利海峡里的狂风大浪。

他还指出，就算德国人找到了足够数量而且合乎要求的运输船只，他们也得先把海峡上空的英国空军消灭干净，否则大规模部队根本没法接近英国海岸，迎接他们的只会是轰炸机的炸弹。还有，如果不除掉英国皇家海军，德军不可能成规模地登陆。据他在德国海军内部听到的消息，英国部署了大规模的战斗舰群在英国南部海岸一带巡逻。戈林一直吹嘘他的空军能迅速消灭英国的海、空军，但是德国海军并不相信。

他还从德国海军得到另一个消息：为了让德国登陆船只无法在海峡地区顺利集结，英国空军已经摧毁海峡沿岸的港口。我很惊讶，因为德军最高统帅部没有承认遭过这样的袭击。

"盯着对海峡港口德国船只的夜间攻击，可能是英国空军的轰炸，也可能是英国战舰的炮击，"他说，"这很重要，能看出他们是不是在防止德国船只的夜间集结和登陆。"

他还警告说："更重要的是，你要尽可能准确地去估算德军拥有的运输船、驳船和拖船的数量。不仅要观察停泊在安特卫普、奥斯坦德、加来、布洛涅、勒阿弗尔和瑟堡这些港口的船只，还要注意港口后面内河和运河的船只。看上面的船员是否做好了准备。如果你发现他们已经登船，舰艇和潜水艇开始护航，而且清除了海峡里的英军战舰和上空的敌机，那他们很可能就要开始侵略了。如果你没有观察到这些情况，那不管德国人怎么说，都是在骗人。"

我告诉他，我明白德国人的心思，他们可能希望利用我们这些记者去混淆视听，让英国人觉得德国很快就要发起进攻了。

这位武官朋友把我送到办公室门口，然后和我说："所以你这次的任务是非常重要的，你要保持高度警惕，他们在空中的战斗结果如何，我们没法预测。但除此之外，德国人能否真正入侵不列颠岛，必须取决于他们的海运能力，这也就是你要去探求的情报。"

我们记者团从柏林乘坐飞机抵达根特附近的一座比利时的军用机场，这一路的航程惊心动魄。我们的飞机一直飞得很低，大概只有500到1000英尺。飞行员告诉我们，地面那些德军的防空部队高度亢奋，他们常常闹出乌龙事件，已经击落不少自家的飞机，所以我们飞得低一点，方便他们辨认。就在说话间，突然两架战斗机从安特卫普南方的上方云层窜出，朝我们俯冲过来。我们的飞行员一见，立刻也向下猛冲，我估计这已经是这架笨重的 JU－52 式运输机所能承受的最大俯冲角度了。我必须说，那两架战斗机看起来太像英国的喷火式战斗机了，我记得有人说几天前有个德国将军乘坐飞机从巴黎飞往布鲁塞尔，途中就被英国的喷火战机击落了。庆幸的是，当我们的飞机往机场方向转向后，那两架战斗机就掉头飞走了。这时我看清楚了它们，是德军的梅塞施米特 109 式飞机，机身上还涂着纳粹的万字标志，这可能是我有生以来第一次看见纳粹标志时感到高兴。

当天下午我们换乘汽车前往大西洋沿岸，路上经过了布鲁日。这是一座带有浓郁哥特风格的小城，15 年前我第一次来欧洲的时候，第一夜就在这个小城寄宿。当我们的车驶入奥斯坦德时，我一直密切关注着那些停泊在港口的战船，大部分我都认不出型号。停在港口的大多数船只是普通的比利时渔船，在城市后面的运河里也只有极少量的驳船，也没有看到用于拖曳的拖船。看来德国人肯定不打算把奥斯坦德作为发动登陆战的重要基地。负责招待我们的德军导游把我们安排在了当地一家酒店里，酒店的名字叫"皮卡迪利"，不知道德国人是不是故意把我们安排在这里以求个好兆头。①

第二天早上，也就是 8 月 15 日，我们沿着海峡沿岸驱车前往敦刻尔克和加来，一路上德军坚固无比的防守工事让我印象深刻。不过，德军的这个举动让我奇怪，我们这次前来是要报道德军对英国发动登陆战的消息，可现在德军带我们看的都是他们防守法国西海岸的工事，搞得好像英国人马上要登陆法

---

① 皮卡迪利大街是伦敦最繁华的街区之一。

国一样。德军在敦刻尔克一带的所有沿线都挖掘了战壕和防空壕，构筑了密集的机关枪火力网，配备重兵把守，这些防御工事沿着沙丘，距离海面只有短短 100 码。紧贴着防御工事后面的就是防空炮兵阵地，再往后四分之一英里就是密集的火炮阵地。

但德军入侵英国的出发地在哪里呢？德国人现在一定在这里集结大量的兵员、火炮、坦克、弹药和后勤物资。我在日记里写道："迄今为止，我没有在沿海发现任何可以证明德军正在准备侵略的迹象。"

著名的敦刻尔克海岸令人神清气爽，一想到英军从此地死里逃生，我更加欣慰。此刻也许他们就在对岸重新部署。他们现在还有足够的装备吗？我在敦刻尔克的海岸上看见了英军抛弃的漫天盖地的武器装备。德国的工兵一直在忙着处理它们，他们把汽车的橡胶轮卸下，把坦克的机枪拆除，然后把这些钢铁战车从海岸边挪走。我一生当中从未看过这么大规模的武器装备就这么堆积在眼前。

之后我们抵达加来并且入住当地的酒店。我们刚坐在酒店的天台上吃午饭，头顶上就飞来一大群德国轰炸机，轰鸣声震耳欲聋。它们都是飞往英国多佛尔峭壁方向的。尽管它们飞得很高——至少 1.2 万英尺——但是从声音判断，我估计有 23 架是梅塞施米特 109 式战斗机。我们的德军导游越来越激动，我们离开敦刻尔克前往加来的时候，他们开始向我们暗示今天，1940 年 8 月 15 日，周四，将会是一个重要的历史日子。如果天气情况良好，德国空军计划在当天对英国开展一次最为猛烈的攻击。

事实的确如此。那天不列颠空战达到了最高潮，英德双方都派出了最大规模的飞机，德国空军出动飞机 1950 架次，英国皇家空军将近 1000 架次，双方在长达 500 英里的空中战线上展开了殊死搏斗。这场空战同整一个月后（9月 15 日）的那场英德空战一起，成为历史上具有决定性意义的战役之一。这两场战役决定了英国和纳粹德国的命运。[2]

在这极为重要的一天，我们结束了午餐，开车沿着海岸线向格里内角——离英国最近的地方前进。此时的空战还远未结束。途中我们经过了加来港，我注意到在港内同样没有大量的渡海船只集结，只有一些小船，还有十几艘勉强可以称为驳船的船只和三艘拖船。难道德国人所说的登陆只是虚张声势？从奥斯坦德到加来，它们之间的海岸线足足有 50 英里长，可我完全没有发现德国人已经准备好了或正在准备跨越海峡的迹象。我完全能够理解德国人在彻底消灭英国空军之前不会冒险强渡的想法。但如果德国空军真的如戈林吹嘘的那样，在几天之内彻底击垮了英国空军呢？德国陆军和海军到现在为止还没有到位，也太奇怪了。不过无论如何，做事有先后，德国人现在唯一考虑的事情就是如何击垮英国空军，而我们来到这里，就是来见证这一刻的。

我们在前往格里内角的路上，简直要被头顶来来回回的德国轰炸机和战斗机吵昏了脑袋。我们在路上停了一会儿，仰首看着天空上一队德国的海因克尔轰炸机从海峡前线返航。可以看出它们当中的三四架在前线遭遇了重创，有一架几乎要失去控制，最后勉强着陆在海岸后方的一处麦田里。一大批梅塞施米特 109 式战斗机以大约 350 英里的时速紧跟在这批轰炸机后面，为它们保驾护航，等到轰炸机群安全着陆后，就立刻掉头再次往海峡方向飞去，保护下一批轰炸机安全返航。

我们看到一群农民正在农田里忙于收割金灿灿的麦子，他们一心忙着驾驭牵引收割机的马匹，看着正在收割的麦子，根本没有心思抬头看看天上飞来飞去的飞机。我的脑子中突然闪过一个念头：淳朴的农民和工业化城市里的人们，谁现在才是真正的文明人呢？

路上我们还遇到了一门被固定在火车底座上的德国海军舰炮，它正在向英国多佛尔地区开炮，从几英里外我们就听到了它的轰鸣。走得越近，我们就发现自己的耳朵几乎什么都听不见了。英国人在对岸部署了火炮往这边轰击，德国人也用这门舰炮还击。我们听到炮弹在空中呼啸的声音，不过它们离我们很远。

当我们的车转过一个弯，朝着格里内角和峭壁下的海岸前进时，我再一次为德军强大的岸防设施所震惊。大量的法国工人正在德军的驱使下挖掘战壕，修筑碉堡和火炮阵位，可以看出他们当中有些人是德军的俘虏，他们连身上的军服都没来得及换下。

我向车内的一位德军军官发问："你们使用战俘帮助你们修筑军事工事，这不是违反《日内瓦公约》吗？"

他没有回答我，当时天空上正好有一大群飞机经过，外面的声音震耳欲聋，我估计他是没有听到我的问题。等飞机远离后，我又问他："为什么这些都是防御性的设施？你们知道英国不会来进攻的，不是吗？我本来以为你们邀请我们来这里是参观你们进攻的准备工作呢。"

他指着海峡对面，告诉我："一支优秀的部队是不会冒险的，你需要耐心点，我向你保证，你很快就会发现不虚此行的。"

我们的车子重新返回海岸后方的峭壁。一路上可以看到德军的轰炸机和战斗机来来往往，络绎不绝。它们飞行在 1.5 万英尺的高空，然后很快消失在视线中。我们站在峭壁上，通过望远镜就可以看到对岸的多佛尔峭壁，甚至有时还能看到一些英国人部署的防空气球。

我们脚下的海面逐渐变得风平浪静，德军的巡逻船沿着海岸线来回穿梭。趁着海面平静的工夫，德国红十字会的水上飞机赶紧在海面上四处搜寻，把一些受伤的德军飞行员送回岸边，然后这些机翼涂着大红十字标志的飞机再次起飞驶向海洋。让我们惊讶的是，这里根本没有空中的格斗，事实上今天一整天我们在海峡上空连一架英国的喷火式或飓风式战斗机都没有看到。

我问随行的一位德国空军上校："我们根本没有看到英国空军与你们发生战斗，这些德军飞行员为什么会受伤呢？"

他向我解释道："你在这里看不到空战，空中战斗主要都集中在英国上空。我们的飞机受损后，有些飞行员努力把它们开回基地……但不是所有的飞机都能支撑下来，有些只能迫降在水上。我们要努力救援机组成员，这就是为什么你会在这里看到红十字会的救援飞机。"

他的脸色显得很阴暗。

他说："先生们，我想我有义务再额外告诉你们一件事情，这是一件性质非常恶劣的事情。英国人正在违反《日内瓦公约》，他们竟然向我们红十字会的飞机开火！这是一种犯罪行为！我希望你们可以把这个事情报道出来。"

但在我看来，纳粹德国一向是伪善的，所以我并未相信他的话。6月，我跟随德军在比利时、法国一带采访时就发现了德军的狡猾诡计，德军把大量装有坦克燃油的卡车全部刷上红十字的标志，以此欺骗英国飞行员。他们滥用了红十字会对他们的救援。至于那位德国上校的指控，我也不大相信。

但是很久以后我读到了丘吉尔的回忆录，才知道英国人的确有此行径。首相在书中不仅承认了这一事实，而且声称英军的攻击是合理的。

1940年的7月和8月，英国和德国正在英吉利海峡上空激战。刷有红十字标志的德军运输机开始出现在这个区域，它们是来救援那些落水的德国飞行员的，但我们对德军的这种救援并不认可。如果我们任由德军把这些飞行员救回，他们很可能再度驾驶飞机前来轰炸我们的平民，所以我们尽可能地把这些德军飞行员救起，然后把他们关进战俘营。不过所有驱逐或击落德军红十字会救援飞机的行动都是严格按照战时内阁的指令执行的。这些飞机上的德军医生和机组成员的确对我们的做法表示震惊，而且抗议我们违反了《日内瓦公约》。然而，《日内瓦公约》中对于如何处理这种规定之外的意外事件并无提及。而且鉴于德国已经违背所有公约、战争法或者双方条约，而且毫无内疚之意，因此德国人的抗议并不占理。很快德国人就放弃了救援行动，我们利用小型船只组建了救援队，负责救援我国和德国失事的飞行员。毫无疑问，德军每一次都对我们的救援船只进行攻击。[3]

下午6点左右，我们看到大约有60架海因克尔式和容克

82 式轰炸机，在大约 100 架梅塞施米特式战斗机的保护下直奔多佛尔方向而去。这是我们一整天见到的德国最大的攻击机群，大概三四分钟之后，对岸英军的防空炮开始发出轰鸣。根据炮声我们可以判断，英军应该拥有一批重型高射炮，火力可能与德军的 88 式高射炮差不多。接下来，从更远的地方传来了沉闷的爆炸声，应该是德军的炸弹在英国落地爆炸的声音。大概一个小时后，有一批轰炸机返航了，我们感觉这就是刚才我们看到的那队，但是数量少了很多，只有 18 架了。难道其余的都被击落了？我想我们的估计可能不对，德国空军经常命令飞行员在返航时，降落到其他机场，这是为了防止机场地面的飞行员知道有多少架飞机被击落了。

入夜以后，整个加来港满是英军来袭的轰炸机，爆炸声不绝于耳。难道德军趁夜幕降临在偷偷准备渡海工作，所以才会引来英国的袭击？今天下午我们经过加来港时，感觉当地根本没有什么值得轰炸的重要目标。但是现在外面的确爆炸声不断。

我在房间里写了点日记："现在是凌晨 3 点，从昨晚 11 点半天色转黑开始，德军的高射炮就一直不停地射击。"听着外面防空炮和炸弹爆炸的嘈杂声，我想起前段时间希特勒的演讲，他对德国民众保证，英国皇家空军根本不袭击德军的军事目标，他们只轰炸城市里的平民。

等到访问团里的德国人都上床睡觉后，我们和酒店的法国老板坐在后面的小屋里一起喝红葡萄酒。我们可以听见窗外英国炸弹不断地落下，然后地面就会发出什么东西被炸得粉碎的声音。

到了第二天，8 月 16 日，我们感觉英德空中大战的激烈程度开始慢慢减弱了。[4]我们猜测可能双方都在喘息，以便恢复受损的战斗力量。德国空军的伤亡数量比他们承认的更多，直到很久以后我才知道德国空军在英国南部地区战绩颇佳，但是在法国沿海——也就是我们整天待着的那里，以及在英国泰恩赛德地区的东北海岸，德军却遭遇了致命的失败。

由于德国人相信英国空军把主力都部署到了英国南部，所以他们在英国北部没有投放太多部队。当天德国人的第五战机队只出动了100架海因克尔式轰炸机，在34架双引擎梅塞施米特110式战斗机的保护下，从位于丹麦和挪威的机场起飞。然而等他们逼近英国海岸线时才惊讶地发现，迎接他们的竟然是多达7个中队的英国战斗机群，英国人刚刚把这批喷火式和飓风式战斗机从南部战场调出来，一方面稍做休整，一方面让它们来北部防范德国的袭击。英国空军此役大获全胜，除了两名飞行员受伤之外，一架飞机都没有损失，德国方面则损失了30架轰炸机。这就是不列颠之战中第五战机队的终结。

在英国南部战场，从伦敦外围到英吉利海峡上空，德国空军在这个区域就幸运得多。德国人总共发起了四次大规模进攻，其中一次几乎就要到达伦敦上空了。伦敦附近的克罗伊登地区的四座飞机制造厂遭到了德军袭击，还有五座皇家空军的军用机场被严重损毁。

我们一直在询问负责接待的德军官员，何时能让我们采访一下安全返回的德军战斗机或轰炸机飞行员，不管是公开采访还是秘密访谈都可以，但戈林并不同意——他在柏林城外豪华的卡琳庄园坐镇指挥。这真是挫败。我听一名德国空军说，他们的王牌战斗机飞行员阿道夫·加兰少校就在附近，于是我问能否和他说上几句话。据说这位年轻的飞行员非常聪明和敏感，我认为采访他可以让我们更好地了解，这些德国飞行员飞到英国上空时看到的情景是什么样的。但他们还是一口回绝了我。

如果我采访到了加兰，我就会从他那里得知，戈林在8月15日空战的最后阶段犯下了一系列战术错误，最终对不列颠之战的结局造成了致命的影响。如果不是戈林的命令，加兰就会告诉我（就像他后来透露的那样），当时英军的防空秘密武器已经对这场世界上最大规模的空战产生了决定性的影响。

英军战斗机指挥部对付攻击实力超过己方的德国空军，利用的是雷达技术。德国飞机一起飞，它们就出现在了英国的雷达屏幕上，飞行轨迹非常清晰和精确，战斗机指挥部对攻击它们的最佳时机和最佳地点了然于胸。这在空战中还是个新技术，让德国人大惑不解，因为他们这方面的技术远远落后于英国。

后来加兰少校告诉盟军：

> 我们当时意识到，英国皇家空军的地面指挥中心一定利用了什么新技术来指挥战斗机中队，因为我们在无线电里听到了英军的指令，他们可以命令自己的喷火式和飓风式战斗机对我们的空中力量进行准确和富有技巧的攻击……对我们而言，英国人新发明的雷达和战斗机指挥技术让我们感到非常惊讶，也非常苦闷。

尽管如此，8月15日夜里，戈林下达了一个非常奇怪的命令，他下令取消德国空军袭击英国雷达站的作战计划。8月12日，德国空军袭击了皇家空军部署在英国南部的六个雷达站，其中五个被严重损毁，仅存的一个也停止运转，这给英国人带来了灾难性的麻烦。毫无疑问，戈林对行动的效果一无所知。如果他命令德国空军继续袭击雷达站，英军的战斗机防守力量就会很快被摧毁。然而在我们在海峡的法国沿岸观看的当天，戈林却取消了计划。

戈林在指令中解释："之所以取消进攻雷达站计划，是因为无法确定这一进攻是否有效，看起来之前攻击的英军雷达站仍然没有停止运转。"

英国人大难不死。

8月16日早晨，我们记者团继续沿着海岸前进，驱车前往法国海港城市布洛涅。途中我们经过了三座伪装极好的德军机场，停满了德军的轰炸机，它们每隔一段时间驶向英国海岸方向。我们很难判定目前这场空战进展究竟如何，但是我们知道，迄今为止，德国人还没有创造出可以使地面部队发动登陆作战的两个条件：他们既没有彻底清除英国南部上空的英国空军的力量，也没有组织起足够的运输力量用于横渡海峡。在布洛涅港我只看到了区区几艘驳船，还有六艘拖船和六艘鱼雷艇。和加来港一样，由于英国空军夜间的轰炸，布洛涅港也是满目疮痍、破败不堪，德国工兵部队正在当地忙于清理这些废墟。但我在心里暗自嘀咕，德军的海上运输力量究竟在哪里？今天下午我们就要返程回到布鲁塞尔，也许在回去的路上就能看到了。返程中我们经过圣奥梅尔，我记得那里有不少人工运河、天然河流以及小溪流，德国装甲部队曾经在敦刻尔克撤退前被这些水系耽误了前进速度。

在圣奥梅尔附近的水域中，我看到了德军相当多的运输船只，有些被盖上了伪装，但看起来很像驳船，还有些浮桥上装载了坦克和火炮，但它们的数目还是不够多。我在日记中写道："根本不够用于进攻英国本岛。"

我的疑心变得愈发重了。

为什么负责管理我们记者团的德军官员要让我们乘坐的大巴车突然停下，故意让我们看到这些装着火炮和坦克的船只？这一路上我们是第一次看见这样的场景。为什么随行的德军官员开始暗示我们眼中所见的只不过是冰山一角？他们好像在暗示他们有更多的运输力量，只不过不能向我们展示而已。

我们的车继续往前开，途中经过了破败的里尔和图尔奈，我在车上掏出笔记本随手写了点感受："我想德国人也许是要引诱我们写出一些报道，声称德国人将会很快对英国本岛发动地面进攻。但是对此我又有所怀疑。"

其实今天早上我就开始对德国人的动机表示怀疑了。今早我们访问团里的德军随行人员突然宣布下午会带我们回到布鲁塞尔，然后在城里为报社记者提供一条通往柏林的清晰的电话线路，而我则可以额外得到一条用于广播的高质量通信线路。德国人为什么要这么殷勤地为我们主动提供设备？

当天傍晚我们抵达布鲁塞尔，答案很快就清楚了。我们被带到一处德军总部，里面有些德军将领和我们见面，他们说："先生们，你们已经亲眼看到了一切。德国空军已经在海峡上空掌握主动权，这是我们对英国发起地面进攻的先决条件之一。在接下来的几天里，我们会彻底消灭英国皇家空军，然后我们就要开始行动了。我们不能告诉你们行动的具体日期，但是我们现在放松了军方的新闻审查制度，你们可以把过去几天里自己的见闻报道出去。"

我向其中一位将军提问，说我仅仅看到了很少的海洋运输力量，这些船只根本不够横渡海峡之用。

他听了我的话之后，面露微笑。我甚至怀疑他是不是德国宣传部里戈培尔的手下，穿上军服来这里演戏的。

他很流利地回答我说："我们得承认，有很多东西是不能展示给你们媒体看的。但是我相信，你亲眼见到的东西已经可以让你相信我们的确已经做好进攻的准备。"

我心想，我看到的东西的确不够让我信服。

接下来我们就被带回了酒店，德国人在酒店里专门开辟了一间通讯室，架好了通往柏林的电话线。不过我并不打算利用他们专门为我预留的通信线路，我相信德国人不会进攻英国本岛，至少现在肯定不会。不管德军在这次空战中取得了多么重大的胜利，但我还是要说他们根本没有组织好足够的海上运输力量，想要登陆大不列颠群岛根本就是不可能的。如果不相信的话，去看看那些每天夜里被英军轰炸的港口就知道了，那里根本没有什么船只。

我知道德国人肯定不允许我在广播里这么说。现在是战争时期，我能够理解，所以也就没和他们再争什么。德国人目前的花招是，唬住英国人，让他们感觉进攻迫在眉睫，接受希特勒的停战要求才是明智的。然后希特勒可以腾出手去进攻苏联。这一切都已经变得再清楚不过了，不过我可不想成为德国人的工具。如果我现在报道德国人已经做好登陆的准备，这不仅是撒谎，对身处困境的英国也是一种致命的伤害。我们这些记者来自中立的美国，所以我们一向被外界认为是公正客观的，因此我们身上的责任更为重大。英国人不会相信德国记者有关希特勒即将侵略英国的新闻，但如果是中立的美国记者说出来，那他们就很可能会相信了。我突然意识到，现在代表哥伦比亚广播公司的我以及我的美国同行——来自合众社、美联社和国际通讯社的朋友面临着一个艰难的决定，其后果的严重程度超出我们经历过的一切事情。但这对我而言不是什么困难，我不会播出这样的假消息。

我什么播音稿也懒得准备，也不想做什么工作，除了写日记——这也并不着急。于是我跑去了酒吧，喝了点酒，然后又去餐厅，吃了一顿丰盛的晚餐。尽管布鲁塞尔现在被德国占领，但是当地的美食风味依旧。

晚上 10 点钟我回到房间后，有人来敲门。德国广播公司的一位官员和负责管理我们访问团的一位德军军官一起走了进来。我认识那位广播官员，他向我说："我们帮您准备好了特别高质量的通信线路，请问您准备什么时候去做广播？"

那位德军上尉接着说："而且没有任何审查，过去几天您看到什么就可以说什么。"

我回答道："我现在不准备播音。"

他们愣住了。趁着他们还没来得及张口，我继续说："先生们，非常感谢你们帮我准备好了通信线路，但是我不会使用它，我不会去做广播的……"

"为什么呢？"广播官员打断我说。

"因为我亲眼见到的情景，使我无法相信你们即将对英国开始进攻，至少你们近期是肯定不会有所行动的。"

两个德国人嘴里发出了一些不愉快的声音，但也没说什么话。

我接着说："我想你们也不希望我把真实的情况说出来，毕竟这是你们的军事机密。但是你们也不能强迫我去说我自己都不相信的事情。"

深夜里，合众社驻柏林分社的主任弗雷德·厄克斯纳来了。他是个非常正直的人，深受我的尊敬。他带着一大摞电报，说是纽约总部发来的。

弗雷德和我一样不肯做假新闻，他的竞争对手美联社和国际通讯社的记者往国内发回了一大堆亲历者的消息，说德国已经准备妥当，即将进攻英国。合众社纽约总部不知道他们的记者为什么没有发回消息。

弗雷德说："估计总部这回得开除我了。但我的确没法撒谎说德国人准备好了进攻英国，很显然他们没有做好准备。"

我和弗雷德并没有讨论过这个问题，看来他的判断和我一样。

弗雷德问我："你在播音里怎么说的？"

我说："我没去做播音，和你不肯发新闻稿的原因一样。"

"那你怎么解释路易斯和皮埃尔的做法呢？"他问。路易斯·洛克纳是美联社驻柏林分社主任，皮埃尔·胡斯则是国际通讯社的记者。在我看来，皮埃尔常常玩一点纳粹的手段；路易斯也是，只要能做成爆炸的独家新闻。我不嫉妒他们。对记者而言，有些东西远比独家新闻重要，那就是真相。而且此时此地，真相事关重大，特别是对英国人来说。

现在战争结束后，根据德国和英国政府双方的秘密档案，我们才知道当时登陆作战的准备情况，以及之后的四个星期里，德国人都做了哪些准备工作，而英国人又是如何防御的。

大约在我们前往海峡地区参观的一个月前，也就是 7 月 17 日，希特勒下达了准备侵略英国的"第 16 号指令"（在他发表所谓的"和平"演讲的两天前）。第二天，德军最高统帅部就精心挑选了 13 个精锐师，把他们部署到海峡附近，作为"海狮计划"第一波进攻力量。当天最高统帅部还完成了一份详细的作战计划，计划在漫长的英国南部海岸抢滩登陆。[5]

德国陆军司令部命令入侵法国的主力部队——A 集团军此次继续担当入侵英国的主力部队。这支部队由格尔德·冯·伦德施泰特将军指挥，他于 7 月 19 日被希特勒在帝国议会的演讲现场晋升为陆军元帅。按照作战计划，A 集团军调拨六个步兵师从加来海峡附近登船，进攻拉姆斯盖特到贝克斯希尔一线的英国海岸线；另外四个步兵师将从勒阿弗尔出发横渡海峡，在布赖顿到怀特岛一线的英国海岸登陆；再往西是赖歇瑙元帅指挥的第六军，会派出三个师在瑟堡半岛登船，然后在韦茅斯和莱姆里吉斯之间的莱姆湾登陆。按照计划，第一波进攻中将会有九万德军士兵在英国登陆，以确保能够获取海岸沿线的前哨阵地，接下来德军要在之后的三天里向英国沿海投放更多的增援部队。最高统帅部计划在发起第一波登陆行动的两周后，在英国聚齐 39 个师的力量，大约 26 万人，包括六个装甲师和三个摩托化步兵师，这将是一支战斗力强大的部队。为了保证登陆顺利，德国人还计划向莱姆湾和英国其他防守阵地后方空投两个师的兵力以开展后方破坏行动。

德国人为登陆部队确定了之后的目标。在海滩站稳脚跟之后——最高统帅部估计登陆部队最多只需要三天——A 集团军就立刻向格雷夫森德和南安普敦一线地区进攻，赖歇瑙元帅的第六军将从莱姆湾向布里斯托尔方向出击，切断德文郡和康沃尔郡之间的联络。完成上述目标后，他们要继续前进，在靠近东部海岸和泰晤士河北河口的莫尔登与塞文河一线建立阵地，继而包围伦敦，并切断英格兰与威尔士之间的联系。

最高统帅部并不认为抢滩登陆的前几天会很轻松，它警告："将和英国强大的部队发生激烈的战斗。"不过他们很快就可以赢得战斗，包围伦敦，并继续向北部前进。德国陆军有些将军原本对登陆英国的战斗抱有疑虑，现在最高统帅部的这份作战计划让他们深受鼓舞。陆军总司令布劳希奇元帅告诉雷德尔将军，他预计整个行动大概只需要一个月就可以完成，而且比较简单。

雷德尔和他的部属对此却不敢苟同。事实上，雷德尔很清楚自己的部队根本没有能力在如此漫长的战线上负责运输、登陆和保护这么大规模的陆军部队。几天后，雷德尔把自己的疑虑汇报给了最高统帅部。7月21日，在陆、空军官团和元首的会议上，雷德尔再次表达了这个看法。7月29日，海军作战参谋部向元首和陆军提交了书面报告，表示"海军反对在今年执行进攻计划"，并且建议"在1941年5月或者更晚的时候再考虑登陆英国的计划"。

希特勒却不想等那么久。他相信自己已经赢得整场战争。他向英国恩赐和平，但是英国人拒绝了，因此他必须毁灭他们以示惩戒。7月31日，他再次强调准备工作必须继续开展，以保证9月15日的进攻行动可以准时进行。8月1日，他签署了"第17号指令"，要求"空军与海军开展针对英国的进攻行动"。而且他要求最高统帅部参谋长凯特尔元帅另行起草一份类似的命令，解决陆军与海军关于英国南部登陆战线长短的争执。

　　尽管海军警告说他们只能保证在一段狭窄的海岸边提

供保护（最西只能到伊斯特本），但抢滩登陆的准备工作还是按照原来的计划，要在更为宽广的战线范围内进行规划……

然而这个决定不但没有解决两军的争执，反而火上浇油。海军作战参谋部估算，第一波登陆行动中所涉及的海岸线从拉姆斯盖特一直到莱姆湾，两者之间约 200 英里，要保证一次性成功地把十万兵员和相应的武器装备、后勤物资送上岸，海军至少需要 1722 艘驳船、1161 艘摩托艇、471 艘拖船和 155 艘运输船。雷德尔告诉元首，从内陆水域征集这么多的船只会严重影响德国经济，其赖以生存的内河运输系统将遭到毁坏。而且，雷德尔在所有场合不断强调，陆军设计的登陆战线太长，要在如此漫长的战线上顶着英国海军和空军的打击而保证登陆行动的成功，超出了德国海军自身的能力。雷德尔还拿出了一项海军作战参谋部提交的新证据，证明如果坚持大范围登陆，德国海军可能会损失全部的舰艇。其潜台词是，所有的登陆力量也将随之葬身大海。

但是陆军仍然不肯放弃立场。因为陆军对英国地面部队的力量有所高估，所以他们认为如果在相对狭窄的前线实施登陆，可能会遭遇实力"远胜"于自己的英国陆军。到了 8 月 7 日，陆军和海军最终彻底摊牌了，当天哈尔德将军会见了自己的对手——海军作战参谋部参谋长施尼温德上将，两人发生了极为尖锐和戏剧化的冲突。哈尔德将军平时是个沉默寡言的人，这次却一反常态。

他愤怒地吼道："我百分之一百地反对海军的提议。从陆军的角度来看，你们的提议无异于让我们去自杀，等于是让我们把登陆部队全部扔进一台绞肉机！"

施尼温德却寸步不让："英国皇家海军比德国海军的优势大得多，你们陆军提出的计划也等于是让我们去自寻死路。"

到了8月10日，两大军种之间的矛盾还没有缓和的迹象。当天陆军元帅布劳希奇通知最高统帅部，称他不能接受"在较短的战线上实施登陆"的计划。不过，海军的担忧情绪在最高统帅部内部也已经深深扎根了。8月13日，最高统帅部的"大脑"——约德尔将军草拟了一份"形势预测"，声称在彻底消灭英国南部海岸的英国海军和上空的英国空军之前，不应该尝试任何入侵行动。海军的担心和约德尔将军的疑虑开始对元首本人产生影响了。之前我就说过，在最高统帅部内部，元首一向更相信约德尔而不是凯特尔的意见。8月13日和14日，希特勒连续两天召集了海军和陆军将领，继续听取意见；8月16日，他终于做出了决定。元首满足了海军的愿望，取消了莱姆湾的登陆行动，以此缩短战线的长度；同时为了安抚陆军，希特勒要求海军届时要额外承担一项新的登陆计划，向布赖顿地区输送额外4000至5000名兵员，德国空军也会协助在拉姆斯盖特地区额外空投4000至5000名兵员。

哈尔德将军作为陆军总参谋长，对于元首的决定很不满。他当然不能公开表达不满，只能在日记里埋怨："按照这种计划，今年就别想有获胜的机会了。"

直到9月1日，德军最高统帅部才命令所有可以用于运输的船只从德国北海地区的海港出发，前往位于英吉利海峡的港口，以备陆军登船之需。按照计划，登陆行动将在9月15日开始，现在开始调遣运输船只已经太晚了。因此到了9月3日，最高统帅部又下达了一项指令，要求把登陆行动推迟六天，到 9 月 21 日。当然，这只不过是后面很多推迟命令中的第一项而已，它们证明了希特勒本人和德军将领对于登陆行动始终是犹豫不决的。

9 月 6 日，雷德尔又和元首进行了一次长谈。这位海军上将后来在海军作战参谋部日志里写道："元首从没有真正下定决心登陆英国，因为他确信即使不进行登陆作战，英国人的失败也是注定的。"

元首的犹豫不决让忧心忡忡的雷德尔暂缓了一口气。但其他将军看来这真是不可思议。这场最大规模的两栖登陆战，这场 1000 年来对英国发动的第一次进攻，竟然被连连推迟。而且元首"十分确信"，这场登陆战对于彻底打垮英国人并不必要。

9 月 3 日，最高统帅部宣布将进攻日期延迟到 9 月 21 日的时候，就下令说最终的作战安排会在 9 月 11 日出台，海陆空三军有十天时间做好最后的准备。然而等到 9 月 10 日，希特勒又决定到 14 日再做最后决定。看起来，延迟决定有两方面的原因。其一是最高统帅部相信对伦敦的轰炸行动造成了巨大的破坏，英国的物质损失和民心意志消耗都极大，因此登陆行动可能就不是必要的了。

其二，德国海军在准备过程中遭遇了比其预计的更为严重的困难。首先，海峡地区的天气情况极为恶劣。海军指挥官在 9 月 10 日曾经在报告里抱怨说"天气极不寻常，而且非常多变"。其次，戈林元帅原本保证会彻底消灭英国空军，并且至少清除英国南部沿海地区的皇家海军，但是德国海军发现他们的集结遭遇了英国空军和海军越来越多的袭击。英国空军最早是在 8 月中旬开始对德军的港口进行轰炸的，到了 9 月初，英国空军的轰炸行动造成了更大的灾难，海军作战参谋部在报告里承认这些轰炸行动"毫无疑问是成功的"。9 月 12 日，直接负责入侵计划的德国海军西部战队向柏林发送了一份有不祥之兆的警告报告。

> 英军利用轰炸机、远程火炮和轻型水面舰艇不断对我们进行袭扰，第一次收到了重大效果。由于轰炸和炮击的威胁，我们的船舶在夜间里无法在奥斯坦德、敦刻尔克、加来和布洛涅（也正是我们当时访问的四个港口）抛锚停泊。当前英国的舰队在海峡可以几乎不受侵扰地自由行动。考虑到上述困难，想要完成入侵舰队的集合任务可能还需要一段时间。

9 月 13 日，情况没有丝毫好转。英国海军利用舰炮对德军入侵舰队主要利用的几大港口——奥斯坦德、加来、布洛涅和瑟堡进行了炮击，英国空军在奥斯坦德击沉了 80 艘驳船。当天和第二天，希特勒在柏林两次召见了军队将领。现在我们手上有这两次会议的记录，从中可以看出与会者的不知所措。约德尔将军在日记里写道，他感到元首"已经决定彻底放弃'海狮计划'了"。不过，哈尔德将军和雷德尔则没有这样的感觉。雷德尔抱怨元首既不给出最终行动的指令，又不能下定决心取消计划——当然他力主元首选择后者。哈尔德将军则在日记里感慨自己实在不能理解元首的思维方式。希特勒一方面宣称海军"已经达到入侵的必要条件"，这让哈尔德诧异，他知道情况并不是这样；希特勒还说德国空军的表现是"好上加好"，这让哈尔德更为惊讶。但是另一方面，希特勒又承认

（据哈尔德的日记）：

> 敌人一次又一次地死灰复燃……他们的战斗机没有被彻底消灭。我们自己有关胜利的报道不能反映真实情况。

最后元首自己做出了一个显然消极的决定，哈尔德将军当时草草记下：

> 一言以蔽之，尽管要开展"海狮计划"的先决条件还没有实现……决定是：这个计划目前不会被放弃。

最新的时间定在了 9 月 17 日。由于海军不断抱怨敌军的轰炸严重影响了登陆舰队的集结，所以希特勒决定再给德国空军几天时间，让他们彻底肃清英国空军。

9 月 17 日因此成了决定性的一天。

现在我们关于这一天的大多数信息来自德国海军的档案。9 月 17 日是一个满月夜，如果按照原计划德军在 9 月 15 日执行"海狮计划"，就能利用上这一气象条件，但由于一拖再拖，英国的夜间轰炸机反而受益不浅。海军向总部报告，停泊在海港的船队遭受了"相当重大的损失"。在敦刻尔克港，英国的轰炸机击沉或严重损毁了港内的 84 艘驳船。从瑟堡到荷兰的登海尔德，各地的德军报告他们遭遇了更严重的损失：约有 500 吨弹药的军火库发生了爆炸，一个军粮仓库被焚毁，各类汽船、驳船和鱼雷艇都被炸沉，还有大量人员伤亡。据海军参谋部报告，由于英国的轰炸和炮击过于猛烈，德国海军不得不把刚刚聚集在港口的军舰和运输船再度疏散，新一轮的船只集结也不得不暂停了。海军在损毁报告中这样总结：

> 随着时间的推移，如果继续任由敌人发动这样猛烈的进攻，伤亡会继续发生；到时，我们原先构想的实施行动的计划将会变得棘手。[6]

事实上，德国海军面临的问题已经不是用棘手二字就能形容的了。当时德国海军作战参谋部有例行的日志记录在案，现在这些解密档案让我们可以清楚地了解到他们面临的问题是如何变得日益严重起来的。9月17日晚，一些海军军官对当前局势做了简明的判断：

> 毫无疑问，英国的空军力量根本没有被击垮，相反，他们现在活动得越来越频繁。天气情况也是一塌糊涂，我们根本不可能指望接下来一段时间里海峡地区会变得风平浪静……**因此元首会决定无限期推迟"海狮计划"。**

很显然，当天写下这篇日志的人坚信元首一定会无限期推迟计划的，所以他专门在这句话下画了着重线。

这么多年来，希特勒取得了许多令人瞠目结舌的胜利，然而到了最后一刻，他遭遇了第一次重大的失败。他原以为进攻英国一定会为这次光辉胜利的战争画上圆满的句号，现在却不得不无限期取消这一行动，战争也因此无法终结，不得不继续打下去。在此后的一个月里，为了继续保持对英国人的压力，德国一直在制造谎言，宣称要在秋季重新开始对英国的侵略行动。

9月19日，希特勒正式下令要求后续的入侵船队的集结行动暂时停止，已经停泊在港口内的船只也要疏散，但他不同意把已经集结的部队兵员也疏散。哈尔德将军对此极为愤怒，他在日记里说"当前的态势简直令人无法忍受"。他向希特勒抱怨，如果把这么多的部队留在港口，那就是让他们"暴露在英国空军的持续空袭之下，会持续地导致兵员损失"。现在德国陆军和海军都希望取消"海狮计划"。

到了10月12日，希特勒终于向军方妥协。他发布了取消"海狮计划"的最终命令。

元首最高指挥部

1940 年 10 月 12 日

绝　密

元首决定，自现在起直至明年春季，"海狮计划"的准备工作只需要维持在保证对英国施加政治和军事压力的水平即可。

将会重新考虑是否在明年春季或初夏入侵英国的问题，有关准备行动的新命令将在之后发出……

是什么让希特勒最终在那个秋天放弃了进攻英国呢？在我看来，很显然有三个因素。

其一，他把战争的目光再次转向了东方——苏联。

其二，德国海军不具备在英吉利海峡运输、协助地面部队登陆英国的能力。

其三，也是最重要的，不列颠空战对德国的致命影响。

我们可以来简略地回顾不列颠空战的情况，这是一场人类有史以来第一次主要在天空进行的战役，也是人类战争史上一次具有决定性意义的战役。等到 8 月 17 日，也就是我们美国记者访问团将要离开海峡地区的时候，战役已经开始向有利于英国的方向发展。英国的喷火式和飓风式战斗机给德国轰炸机造成了重大打击，使戈林无法长期维持主动进攻的态势。从 8 月 24 日到 9 月 6 日，两国空军暂时偃旗息鼓，经历了一周的短暂休战，然后德国空军倾巢出动，在一天之内派出了超过 1000 架飞机，希望倾注全力、一劳永逸地消灭英国的战斗机力量。

不列颠空战由此进入了决定性阶段。德国空军的数量优势开始显现出巨大作用，英国空军在英格兰南部地区前线的五个战斗机机场都遭到了严重破坏。更严重的问题是，英国空军的七个关键通信站中有六个被德国人破坏，这使皇家空军的防御通信系统一度处于崩溃的边缘。除了通信站，英国的雷达站同样遭遇重创，迄今为止，雷达一直是英国空军胜利的重要保障。自空战开始以来，英国人就设立了地下指挥中枢，依靠雷达、地面观测站和飞行员的空中报告来获取敌机的最新位置情报，再通过无线电指导喷火式和飓风式战斗机参加战斗。

丘吉尔后来表示："在这场两国空军的生死之战中，毫无疑问命运的天平倾向了英国一边，而英国战斗机的力量是一个决定性的砝码。"

接下来，一直待在他那豪华的卡琳庄园负责指挥空战的戈林元帅又犯下了第二个愚蠢的战术性错误（他之前下令取消对英国雷达站的攻击是第一个）。本来当时英国空军遭遇了重大的战机和飞行员损失，地面机场也受损严重，处于极为虚弱的时刻，但戈林在 9 月 7 日决定将进攻的重点转移到大规模夜间轰炸伦敦，皇家空军的战斗机力量又侥幸获得了喘息的机会。

1943 年，我回到了伦敦，这也是第二次世界大战爆发后我第一次回到这里。距离当年德国轰炸伦敦的那个星期六已经过去三年，但伦敦人仍然能够清晰地回忆起当时的景象。1940年 9 月 7 日夜间，德国空军对伦敦进行了空前绝后的大轰炸。从周六的傍晚，大约下午 5 点钟以后开始，第一波轰炸机群突然飞抵伦敦泰晤士河河口上空，共有 320 架重型轰炸机。除此之外，德国人还竭力集结了所剩不多的战斗机，保证为每一架出征的轰炸机都配备一架战斗机护航。伦敦人从来没见过天空中出现这么多的重型飞机，然后炸弹像倾盆大雨一样落在了伍尔维奇兵工厂之上，还有煤气厂、发电站、仓库和伦敦港码头。人们清楚地记得，短短几分钟，整个泰晤士河沿岸陷入了一片火海。在锡尔弗敦码头上，人们被熊熊大火包围，不得不跳进河里逃生。

晚上 8 点刚过，伦敦的夜幕才刚刚降临，德国人的第二波轰炸机又到了，这次有 250 架之多。整个夜里，一波又一波的轰炸机蜂拥而至，直到周日凌晨 4 点半，天空开始慢慢露出了晨光，轰炸才慢慢平息下来。可是等到周日傍晚，轰炸机再次飞临伦敦上空，整整轰炸了一夜。德军两夜的轰炸造成了 842名平民丧生，2347 人受伤，整个城市到处是残砖碎瓦，一片狼藉。一些驻伦敦的美国记者报道了当时的惨状，他们告诉我，他们心想，不知道英国人要花多久时间才能接受这样的残酷现实。美国驻伦敦大使馆武官向美国国务院发回报告，断言英国在德国如此猛烈的轰炸之下是无法坚持太久的。这个报告被德国驻华盛顿大使馆的工作人员获悉，他们又把这个消息传回了柏林。希特勒和戈林听到这个消息备受鼓舞。据最高统帅部的某位官员说，希特勒甚至很认真地认为英国民众会爆发一场反对政府的革命。[7]毫无疑问，这个谬之千里的错觉进一步让元首觉得可以继续延迟"海狮计划"，登陆行动根本就没必要了。

在接下来的一周里，德国空军每天夜间都侵扰伦敦的上空，夜复一夜。受初步的胜利鼓舞，德国空军决定开展一次大规模的日间轰炸。这一决定导致 9 月 15 日白天爆发了一次大规模的空战。这次战斗具有决定性的意义，双方的运势由此逆转。当时英国空军第十一战斗机群的地下指挥中心就设在阿克斯布里奇，丘吉尔在 15 日当天一直待在那里，密切关注空战的进展。

首相后来回忆道："我们必须把 9 月 15 日当作整个战役的巅峰时刻。德国空军在前一天对伦敦发起了两次重击之后，今天他们将倾尽全力进行白昼战。这是整个战争中具有决定性意义的战役之一。"[8]

大概就在正午，200 架德国轰炸机在 600 架战斗机的护航下，出现在英吉利海峡上空，向伦敦直扑而来。皇家空军的指挥部从雷达上早就发现了德军的庞大机群，提前做好了迎战准备。大多数德国轰炸机还没飞临伦敦上空，就被英国战斗机在半路截住，其中一些当场就被击落，更多的受创后折返。不久，新一波德机再度到来，又遭重创。英国人得意地宣布他们击落了 185 架德机，但根据战后解密的德国空军统计，真实的数据应该是 56 架，其中 34 架是轰炸机。皇家空军只损失了 26 架飞机。

9 月 15 日的战斗证明戈林的空军目前还完全不具备在白

天成功轰炸伦敦的能力。尽管德国空军在过去六周里一直在倾力出击，但他们还是没能在英格兰南部获得制空权，因此侵略英国本岛的任务也变得更不可能了。因此我们看到，两天之后，也就是 9 月 17 日，希特勒决定无限期延迟"海狮计划"。后来丘吉尔总结道："1940 年 9 月 15 日可能标志着希特勒从此走上了灭亡的道路。"

后来我很快意识到，这也标志着希特勒的战争出现了转折点。这是他无数的辉煌胜利之后的第一个重大挫折。他原本会拥有更多的军事胜利，开战以来，命运的潮流似乎一直站在他那边，助他一路勇猛前进，现在这股大潮却放缓了，等到下一年结束，潮流开始彻底改变。

整个大不列颠民族得救了，他们可以继续战斗下去了。近 1000 年来，他们一次又一次地用海上力量保卫领土。在那个时代，英国仅有少数上层人物——包括丘吉尔——认识到，在 20 世纪中期，空中力量已经成为决定性的力量。他们最终以极小的优势压倒了持有怀疑态度的议会，以及犹豫拖延的政府，让这小巧的战斗机（1929 年英国举行"施耐德杯"飞行比赛的时候，我见过喷火式战斗机的原型机，它的确非常小巧）和它们的飞行员成为大英帝国保卫本土的主要屏障。

8 月 20 日，当时不列颠空战正在热火朝天地进行，英国人还在为可能到来的失败惴惴不安，当天丘吉尔在下院发表了雄辩有力的演说，提到了空军的重要性："在人类战争史上，从来没有一次战争像这样，以如此少的兵力，取得如此大的成功。"

与此同时，甚至在希特勒决定放弃"海狮计划"之前，柏林也已经出现战争的转折点。

1940 年 8 月 25 日夜间，英国空军第一次对德国城市进行了轰炸。1939 年的冬季，皇家空军的轰炸机大约有六次成功地飞临柏林，仅仅为了投下大量的传单。这次皇家空军可是玩真格的了。事实上，第一波轰炸并不十分猛烈，因为当晚云层特别厚，81 架轰炸机中只有一半找到了攻击目标。我可以确定，此次轰炸对德国造成的物质损失几乎可以忽略不计，也无人丧生。但是，这次行动对德国民众的精神震撼是巨大的，**这是他们生平第一次看见炸弹落到了柏林市里。**

> （我在第二天的日记里写道）柏林人惊呆了。他们无法想象竟然会发生这种事情。战争刚刚爆发时，戈林就向民众承诺绝不会有这种事发生……民众深信不疑。所以，今天的幻灭就更为剧烈。你看看他们的脸色就知道他们有多么惊讶。

8 月 28 日和 29 日的夜间，英国空军部署了更强大的空中力量再次飞抵柏林展开轰炸。我在日记里写道："在德意志第三帝国的首都，有人因为空袭而丧生，这是纳粹帝国历史上的头一遭。"德国官方统计显示有 10 人丧生、29 人受伤。然而我们这些美国记者，包括美国驻德国大使馆的武官对这个数字都表示怀疑。按照受损房屋的情况来看，伤亡人数可能是官方数据的四五倍之多。不过，这个数字与轰炸伦敦造成的死亡人数相比，还是少得多的。在接下来的数年间，柏林将遭遇更多的轰炸，更多人因此伤亡。尽管伤亡并不严重，但柏林民众因此而遭受的心理冲击是巨大的，纳粹政府也是如此。

纳粹的权贵愤怒了。英国人第一次轰炸时，戈培尔要求德国媒体不得高调报道，只能用几句话一笔带过。然而现在他按捺不住愤怒，指示所有的媒体全力开动，谴责英国飞行员攻击手无寸铁的柏林妇女儿童的"残忍"行为。绝大多数的德国报纸采用了同样的头条标题——《英国人的懦夫式袭击》。戈培尔这位纳粹的宣传专家还要求媒体报道他捏造的故事，宣称德国飞机轰炸伦敦时只选择军事目标，而"现在这群英国海盗在丘吉尔的私人指示下，专门对德国的非军事目标进行攻击"。我向上帝保证，我对戈培尔的谎言早已经习惯，但一想到德国民众还是会相信他，就闷闷不乐。[9]

凌晨 3 点钟，我做完夜间节目后驱车赶回酒店，在路上我突然之间想明白了所有的事情。在英国人投下炸弹后，城里的一些建筑燃起了大火，整个天空都被照得很亮，这时我就发现天空上除了英军的轰炸机以外什么也没有，这就意味着德军根本没有对英国轰炸机做出防守。默罗在伦敦也早就知道了这个情况。英国人最后两次来轰炸时，我专门站在德国广播大厦的天台上盯着夜空看。我可以看到德国的高射炮（大多数是 88 式高射炮）开始向天空开火，巨型探照灯在夜空里四处扫射，希望找到敌机，但包括我在内的任何人从来没有看到哪一架英国飞机被击中、起火坠落。面对英国的轰炸机，我们无能为力，只能祈祷上帝保佑英国人的炸弹不要落到自己头上。

8 月 31 日夜里发生的事情真是让我惊心动魄，我不会忘记当时自己喃喃自语，祈求上帝保佑。当时我正在卫生间，完全没有听到防空警报。突然之间，酒店附近的高射炮开始怒吼起来。阿德隆酒店就位于菩提树大街和威廉大街的转角处，沿着大街往前走不远就是德国的一些政府部门和希特勒的总理府，因此这一带的防空力量特别集中，尤其是附近的蒂尔加滕公园，更是德国高炮部队的驻扎重地。尽管外面炮声轰鸣，但我因为感冒整个人都昏昏沉沉的，所以很快就睡着了，然而几分钟之后我就被巨大的爆炸声吵醒，两颗炸弹落在了离酒店很近的地方。

第二天早上，最高统帅部发布公告称敌机投下的炸弹都只落在了柏林郊外。但是我发现蒂尔加滕公园已经被围成一圈遮挡了起来，当天下午一些报纸也报道说公园附近发现了好多个大弹坑。因此我相信最高统帅部的通告肯定是由希特勒和戈培尔亲自编辑的，因为它明显就是在撒谎。

9 月 1 日是希特勒发动对波战争一周年的纪念日，对纳粹来说这可是个重要的大日子，我不得不逼迫自己前往广播大厦为他们做一场特别报道。我写了一小段广播稿：

> 一年前的今天，德国人对波兰人发动了伟大的"反击战"。尽管德国从来都是一个富有侵略性和军国主义色彩的国度，但是在过去的一年里，德国人取得的军事胜利还是有史以来最重大的。但目前战争并没有彻底结束，或者说取得完全胜利。

新闻审查官把我稿子里的"反击战"几个字删除了，他说这听起来像在讽刺他们。

我提醒他："一年前的今天，最高统帅部发布进攻波兰的公告时，公文里用的就是这个字眼。"

他回答道："但是这个用词现在听起来是不正确的，你得另找一个词。而且你不能说德国（富有侵略性和军国主义色彩），你得记住，是波兰人先对我们发动袭击的。"

当晚我在酒店写日记，感觉一股怒气直冲心头，我不仅为德国新闻审查官今天删改广播稿的事情生气，还因为他们最近对我施加了越来越多的审查束缚。我在日记里写下的东西，连十分之一的内容都无法拿到广播里公开播出。在那个夜里，我开始感到我作为一个驻柏林记者的新闻传播功能就要结束了。六年前我来到此地，发誓只要能为公众报道最真实的新闻，我就要尽可能地待到最后一刻。但现在纳粹对我实施的战时新闻审查已经越来越严格，看来我的使命快要到头了。我决定向纽约总部提出离开德国的请求。

然而几天之后的 9 月 4 日，我发现我还能再当一阵子客观的记者。希特勒在一个重要场合发表了讲话，这让我可以有机会从他的心情了解到他胜利的军队对登陆英国准备得如何——此时我们还认为他们是要进攻英国的，没准还能了解到他是如何看待不列颠空战的。

9 月 4 日当天，纳粹党在柏林体育宫举办了一年一度的冬季助选活动，绝大多数听众是护士和社会服务工作者。希特勒一向擅长在演讲中编造谎言，也擅长对他要攻击的人冷嘲热讽，当天却是少有的两者兼备。他还在演讲中增添了不少德国人所谓的幽默。在我看来，这场演讲很有指导性。很显然希特勒希望向他的臣民表达出这样一种感受：不列颠空战是很顺利的，为进攻英国本岛所做的准备也是很顺利的，总而言之，一切都是很顺利的。因此现在大家不必严肃地讨论胜利的问题，因为胜利是唾手可得的，大家大可放下心来听一点有关讽刺和幽默的笑话。

希特勒说丘吉尔"这个战地记者，不过是一个和达夫·库珀相似的人物罢了，在传统德语里根本找不到词来形容他"。

丘吉尔先生和艾登先生的胡话——出于尊重老年人的礼仪，我们就不提张伯伦先生了——对于德国人民而言根本就是毫无意义，顶多让我们笑笑而已。

我接着听希特勒的下一场演讲。我觉得，他必须对德国民众最为关心的三个问题有所交代。

第一，按照戈林当初的吹嘘，不列颠空战现在应该已经结束，目前的进展情况如何？

第二，什么时候开始进攻英国？

第三，戈林曾经保证柏林和德国其他城市绝不会被轰炸，现在这种事情却发生了。元首对此做出了如何的应对？

希特勒对于进攻英国本岛问题的回答是避重就轻的，他仅仅用两句俏皮话就搪塞过去了。

英国人的心里充满了好奇，他们不断地问，"为什么希特勒还不来啊？"大家要耐心点，耐心点。他就要来了！他就要来了！英国人不用一直这么好奇的。

我注意到听众都觉得非常有趣，纷纷哈哈大笑。然后希特勒开始讨论柏林遭到轰炸的问题，此时他开始故意扭曲事实，而且对英国人发出了赤裸裸的威胁。

　　近几天来，丘吉尔先生拍拍脑袋就想出了一个新的主意，那就是对柏林进行夜间轰炸。丘吉尔先生之所以这样做，不是因为轰炸能够产生奇效，而是因为他们的飞机根本没法在白天飞到德国来。相比之下，我们的飞机每天都能越过英国的土地……英国飞行员只要看到地面有光亮，就会投下炸弹，他们根本不考虑那亮着灯的地方究竟是居民小区、农场还是村庄。

听了希特勒的话，我当时就在想有多少在座的听众会仔细思考一下这个问题。德国人之所以能轻易地飞入英国境内，是因为他们占领着法国和比利时的机场，从那里飞到英国只有十几英里，而且他们的轰炸机有战斗机的保护；相比之下，对英国空军而言，德国的距离太远了，英国的战斗机没法给轰炸机提供那么远的保护，当然只能在夜色掩护下来攻击。

接下来希特勒就开始对英国发出威胁了：

　　三个月来，我始终没有做出表态是因为我相信英国人会停止这种疯狂的行动，丘吉尔却认为我是怯懦的。那么现在我们就以牙还牙。

他提高了音量：

　　只要英国人敢向德国的土地上投下 2000、3000 乃至 4000 千克的炸弹，那当晚我们一定会向英国投下 15 万、25 万、30 万乃至 40 万千克的炸弹！

　　根据我的日记，这一刻，希特勒说完这句话后不得不停顿了一会儿，因为整个会场的女听众对他致以暴风雨般的热烈掌声和欢呼。这倒提醒了我，在对待战争的态度上，德国女性和她们的男同胞真没有什么区别。

　　"如果英国人敢说他们会加大对我们的城市的轰炸力度，那我就敢说我一定会把英国的城市夷为平地！"女士听到这里，简直都要欣喜若狂了，她们站起来不断地跳跃，乳房不停地颤动，尖声喊叫着以表示她们对元首的意见完全同意。

　　希特勒最后以一句怒吼结束了自己的演讲："我们当中的某个人将会逝去，但国家社会主义的德国不会烟消云散！"

　　少女们挥舞着双手，几乎要扯破喉咙一样齐声大喊："绝对不会！绝对不会！"

　　看起来希特勒到演讲结束时已经处于暴怒之中。是狂热听众的情绪感染了他吗？还是因为不列颠空战没有像戈林吹嘘的那样顺利，他不得不推迟进攻英国的计划，所以心里一直憋着怒火无处发泄？体育宫的演讲结束后，希特勒命令德国空军停止在白天对英国空军的袭击，转为在夜间对伦敦进行了三天的大规模轰炸。我后来总结出至少有两个因素促使他做出了这样的决定：其一，他对于迟迟不能入侵英国感到极度失望；其二，他对于英国人胆敢轰炸柏林极为愤怒。他把大规模轰炸伦敦视为对英国人的报复。[10]

　　随着9月中旬临近，如果说不列颠空战变得越来越激烈的话，那德国宣传部的工作也是越来越紧张了。德国政府、最高统帅部和媒体都纷纷编造各种谎言，他们一方面遮掩柏林每天都遭到轰炸的事实，另一方面又不断吹嘘对英国轰炸的战绩。有些假新闻已经到了令人发指的程度，成了我在报道中用来爆料的好材料，我偶尔在播音里引用一些，希望远在美国的听众能够明白德国人民整日里就生活在这样的弥天大谎中。不过有些东西我还是只能记在日记里，比如说英国人在9月7日夜间的轰炸行动是迄今为止"规模最大的，也是效果最明显的"。

> 昨晚英国人的轰炸准确率很高，凌晨3点钟刚过，我从广播大厦回来，柏林的中北部有两地燃起了熊熊大火，整个天空都被照亮了。其中一地就是莱尔特火车站，另外一处火车站也被英国空军的炸弹击中。有人告诉我，还有一座橡胶厂也着火了……

在这个日渐疯狂的9月，我感觉自己日渐被纳粹拉入了他们的宣传攻势。9月5日夜间，我前往广播大厦的演播室准备当夜的广播，我发现德国广播公司安装了一个唇式麦克风，我得把嘴唇贴得很近才能正常播音。这种特殊的麦克风不会收集到附近的防空排炮和爆炸的轰鸣。德国人已经警告我，不能在英军轰炸的过程中提这件事。我做了抗议，说默罗在伦敦就能正常报道伦敦遭遇的更为严重的轰炸，而且在背景的炮声中这种播音更为真实生动，但德国人懒得理睬我。一两天之前，我做完播报后，纽约的埃尔默·戴维斯评论了两句，这两句讽刺落到了德国人耳朵里。我当时没有提柏林正在遭遇空袭，但外面持续不断的高射炮和炸弹爆炸的声音简直要压过了我的声音。埃尔默用他特有的印第安纳式的讽刺腔调说，尽管我没提，但是这跨洋而来的爆炸声胜过我所说的一切。我的普通麦克风把一切都收录进去了。第二天他们就给我换了这个新玩意儿。在之后的日子里，德国人总是试图对我强加更多的限制。

有几天夜里，外面正在发生轰炸，他们甚至强迫我到地下室去播音，这样我就没法站在天台上观察外面的情况了。

最终到了9月9日，德国人和我玩起了阴谋诡计，这件事情使我加快下定决心要离开德国。当时已经有三个新闻审查官要审查我的播音手稿：一个来自军方，他找的麻烦最少；另一个来自外交部；还有一个来自纳粹宣传部。当天晚上我和后两个审查人员爆发了激烈的冲突。我在稿子里说德国人现在全力以赴对伦敦进行轰炸是对轰炸柏林的"报复"，这两个讨厌鬼非说我这是过分讽刺。我和他们争得面红耳赤。最终他们不情愿地让我把播音稿里剩余的部分播完，这时五分钟播音时间已经过去了。第二天晚上，特斯从日内瓦打来电话，说公司纽约总部新闻部主任保罗·怀特给她打电话，问我前一晚为什么没有播音。他说，公司收到了一份德国广播公司的电报："很遗憾，夏伊勒今晚来得太晚，未能播音。"

从战争一开始，我就给自己对德国人和对公司的立场都划定了明确的界限，如果德国人和公司总部有任何一方对我进行了过度的审查，使我不能如实且理性地报道事实，那我就会停止播音并且离开德国。上帝知道，德国人给我制造了多少麻烦，但我没有想到的是，公司总部也不能对我坚持新闻自由与真实的立场予以足够理解。4月德国人征服挪威的时候，我就向纽约总部抱怨过德国人的审查机制，这些审查搞得我根本无法开展工作，我待在柏林已经没什么意义。作为回应，怀特却从纽约给我发来了一封我根本无法接受的电报：

　　　　比尔，我们完全理解、同情你在柏林的处境，但是我们认为你必须继续坚守在当地，继续进行播音工作。哪怕你只能够朗读德国官方的公告和当地报纸的片段，你也应该继续留在那里。

公司完全可以让其他人来干这种杂务。我回复怀特，我可以一周花 50 美元雇一个亲纳粹的美国学生来读那种官样文章，"其他什么花费都不需要"。

在之前的 5 月，希特勒对西线发动进攻，战事出奇地顺利，所以新闻审查有所松弛。那段时间我一直可以对战争进行诚实的报道，其高潮就是在贡比涅森林报道德法停战谈判。现在德英双方的空战日益白热化，希特勒对英国轰炸德国的行为愤怒到了极致，以及明显地在进攻英国本岛的问题上犹豫不决，新闻审查因此再度严苛起来。9 月 10 日，怀特从纽约给特斯发去了电报，委托特斯在电话里把电报念给我听，他要求我"尽快"赶回日内瓦"和他通电话"。

> 1940 年 9 月 12 日，柏林。
>
> 我要离开柏林前往日内瓦几天，在那里我可以和纽约总部通过电话讨论一些事宜，在德国我们的电话总是被纳粹监听……
>
> 有传闻称针对英国本岛的进攻计划于 9 月 15 日开始，当晚是一个满月夜，英吉利海峡的风浪也会比较小。
>
> 不管怎样，我得抓住此次机会和公司好好谈谈。

我非常清楚自己要和公司谈些什么：除非德国人放松了新闻管制，否则我坚持撤离德国。我和特斯说好，她和艾琳于 10 月底离开日内瓦去美国。我收到确切的消息，如果希特勒被迫取消了对英国本土的进攻计划，那他就会借道西班牙夺取直布罗陀海峡。这样他就可以封锁地中海，切断英国通往埃及、近东和印度的生命线。那也将切断我家人唯一的逃生之路。眼下去美国的唯一一条路是前往法国未被占领的地区，转道西班牙，再横穿葡萄牙到达里斯本——目前整个欧洲大陆只有里斯本港还有去纽约的客轮和班机。特斯犹豫地答应在还有机会的时候带着孩子尽快离开。我竭力劝慰让她放心，我告诉她，也许是在圣诞节，也许是新年，我很快就会回美国找她们。

即使回到家人身边只能待短短的四天，我也特别开心。以前我从不觉得瑞士是一个合我心意的地方，这里的一切都显得那么平庸无奇。但是自从在德国度过了这么久的战争岁月，我发现自己深深爱上了瑞士，这里显得那么文明和理智。我的家庭特别美满，我发誓，将来这场血腥的战争结束，我就另找一份清闲的工作，让我有更多的时间陪着家人，到时没准我和特斯可以再生上一两个宝宝。那几天每到夜幕降临，我和特斯就坐在一起，一直聊天到天明。对于即将离开欧洲这件事，特斯心情很复杂，毕竟这里是她出生与成长的地方。特斯相信自己一定会喜欢美国的生活，但她也深知自己是个欧洲人，在美国待久了一定会思念故土，而且一想到她和我暂时要被浩瀚的大西洋分开，她就觉得很难接受。她带着抱怨对我说，默罗和他夫人珍妮特就一起待在伦敦生活。

她说："你看，他们就不像你，他们和爱的人生活在一起，工作在一起，经历炸弹也在一起。"

之后我给远在纽约的怀特打电话，我一上来就委托他，帮特斯和艾琳安排两张从里斯本前往纽约的快船的票，他说这需要花一些时间，但他会帮我安排好的。

怀特向我承诺："圣诞节之前，我们一定会把她们弄回纽约。"

我接着说："我可能会和她们一起回去。"

怀特赶紧劝我："比尔，我们理解你的心情，但我们希望你能继续留在柏林，你的工作做得非常好。"

我发现很难让怀特理解我的处境。怀特的确是个非常有能力的新闻工作者，正是在他的帮助下，我们公司成为业界翘楚。他对于广播有一种天生的敏感，然而他不了解欧洲目前的情况。他看不到我在柏林的工作环境和默罗在伦敦的工作环境的巨大差别。他对我在纳粹疯人院里工作的情况一无所知。

接下来的三天里，我和怀特陆陆续续打了几个小时的越洋电话，仍然没能解决分歧。最后我们只好搁置争议，我专门写了一封长信来总结我电话里的观点：

> 我意识到在接下来的几周，未来战争的议程将会确定，目前因为新闻审查而离开并不是最好的时机。接下来如果德国获得了新的胜利，您自然会要求我报道这场胜利，从德国这边发来报道。
>
> 因此，我将回到柏林继续试一试。但是，如果整个冬季里战事都处于胶着状态，德国人的新闻审查也没有放松，那我将无法留在柏林，做纳粹的宣传工具。

我在文末又附加了一点内容：

> 当您收到这封信时，希特勒可能已经发动侵略英国的

登陆，也可能放弃了这个计划——至少在来年春天之前不会行动。

我在日内瓦一直待到了 9 月 17 日。15 日来了又去，没有任何入侵英国的消息传来。对于一拖再拖的进攻计划，我已经想不起来自己当时的感想了。我只是在记录日内瓦这段飞逝而过的日子的日记里发现，我开始讨论"希特勒失败"和"如果英国胜利"的问题。16 日我和国际劳工局的主任约翰·怀南特一起吃了饭，怀南特是个美国人，自战争爆发以来，一直竭力不让国际劳工局像国联一样成为大战的牺牲品。不过在我看来，劳工局早就名存实亡了。

> 我们一起讨论了如果英国获得战争胜利，如果 1919 年的错误不再重演，战后将有哪些工作要做。怀南特表达了他对于战后重建的想法……就我个人而言，我看不到那么远的事。我想不出希特勒失败之后的事……

9 月 18 日我回到了柏林。接下来的几天我的日记都在重复相同的几个主题：英国继续轰炸柏林、德国媒体对英国行动的暴怒、新闻审查进一步收紧。原因都在于柏林的沮丧情绪进一步上升，因为德军远没有消灭英国空军，也没有登陆英国本岛，现在连英国人对柏林和德国其他城市的夜间轰炸也阻止不了。

我在日记里写道：

> 9 月 18 日，柏林。昨晚我坐火车从瑞士巴塞尔出发，

火车行驶到法兰克福附近的一个地方时，我听到服务员高呼："防空警报！"然后远处传来炮声，不过没有任何东西击中火车……

9月19日，柏林……自战争开始，德国媒体对英国人的怒火以今天为最。据德国报道，英国人昨晚轰炸了博德尔施文格医院，这座医院位于德国西部城市贝塞尔，是一座专门治疗智力缺陷儿童的医院，英国人的袭击造成了九名儿童死亡，十二人受伤。[11]

我还在日记里摘录了一些柏林报纸的头条标题：

《晚报》：**夜间，英国人对 21 个德国儿童犯下滔天大罪——血债要用血来偿**

《德意志汇报》：**令人作呕的罪行，英国人在贝塞尔谋杀儿童**

《B. Z. 午报》：**温斯顿·丘吉尔先生，战争不是谋杀！英国会为自己恶毒的轰炸行为付出沉重代价**

我在日记里总结，事情可能远比德国人承认的严重得多，否则就无法解释他们怎么会暴怒成这个样子。接下来更坏的事情发生了，德国人加强了他们的新闻审查力度。我在日记里的牢骚也越来越激烈。

9月19日。审查制度……已经发展到不可思议的程度，今晚我又和一个德国新闻审查官爆发了激烈冲突，他不允许我在广播里读出上面那些报纸标题，说这会给美国人民留下"错误的印象"……

第二天，9 月 20 日，我在日记里写下了迄今最长篇幅的抱怨。我在广播稿里提到德国的媒体和广播正在热炒的一件事：纽约有新闻称英国的新闻审查不允许美国驻伦敦的广播记者在轰炸时提及空袭的事，德国人说，美国被英国剥夺了报道有价值的新闻的权利。到此为止我的审查官都很满意。接着我说，柏林的当局在几周前给我施加了同样的限制。他们立刻就不许我再说下去。

> 我问自己，我为什么还留在这个地方？德国人的审查制度……已经变得越来越严厉。这几个月里我一直在发挥各种聪明才智以减少他们对我工作的影响，譬如说我会在广播里变换说法和语气，以此暗示听众哪些是真实的，哪些是官方的谎言；我会在某些时刻故意停下来，而且停顿的时间比往常更久；大多数德国人学的是英式英语，所以我尝试着说美式口语，让他们无法完全理解我说的内容……但是这些小聪明效果不大，德国的新闻审查官还是牢牢地监控着我。

纳粹宣传部为了监控我可真是费尽心思，专门为我指定了两个精通美式英语的新闻审查官。他们其中一个是教授，在美国的大学教了很久的书；另一个曾经是金融家，在美国华尔街的一家银行做过合伙人。

> 除此之外，德国驻华盛顿大使馆和在美国的情报部

门还不断地向国内外交部和宣传部发送有关我的情报，他们说我涉及一宗未被发现的谋杀案，因此必须严密监视起来……[12]

英国对柏林的轰炸仍在继续，这种事情在我的日记里已经变成老生常谈的东西。

9月24日。昨夜英国人肯定对柏林发动了大规模的轰炸，整个过程大概四个小时，准确度都非常高。炸弹击中了柏林城北部的一些重要工厂，一个大型煤气厂，还有斯德丁火车站和莱尔特火车站北部的火车货场。

但是我无法公开说出这件事情，德国官方说没有任何重要的军事目标遭到损害。

9月26日。昨夜的空袭时间是最长的，从昨夜11点一直持续到今天凌晨4点。

26日那天晚上，我刚刚结束播音，就被负责民防工作的纳粹官员赶进了防空洞。平时我都拒绝去防空洞，但那天他们硬生生地把我押了进去。我立刻就开始找逃跑的路。英国电台的叛徒"哈哈勋爵"①和他老婆也与我一起，我们躲过了党卫军的看守，摸到了一条人迹罕至的地道。我们中途停下休息，"哈哈勋爵"颇有远见地带了瓶杜松子酒，我们各呷了一口。尽管"哈哈勋爵"的背叛行为常常让我不齿，但我发现这个

① "哈哈勋爵"，本名威廉·乔伊斯，公开投降纳粹的英国播音员，为德国电台向英美播音。

人很有趣，甚至很机智。空袭开始时，他多次和我一起躲避德国人的驱赶。当晚我们溜回了他的办公室，隔着玻璃窗看外面天空的火花，接着有了一次长谈。

英国媒体叫他"哈哈勋爵"，他很开心，有些受宠若惊。他说自己在英国拥有一大批听众。[13]我总结说，这是他的国人对他的第一印象。战争刚爆发时他来到德国，起了个德国名字叫弗勒利希（Froehlich）——德语意为"欢乐"。他的真名叫威廉·乔伊斯，他是莫斯利①的"英国法西斯联盟"的头目之一。

"你苦恼过叛变的事情吗？"我问他，这也不是第一次了。

"没有。"他说，因为他已经放弃英国国籍，现在是个德国公民。

"曾经有数千名美国人放弃了美国国籍，成了所谓的苏联'同志'，他们都不感觉自己是叛徒，我为什么要这么觉得？还有那些德国人，1848 年之后他们放弃了德国国籍，逃到了美国，成了美国公民。"

我一直很感兴趣一个人为什么会背叛自己的祖国。在许多个炸弹轰鸣的长夜里，我们回不了家，我正好多问了他几句。他像所有狂热的爱尔兰人一样恨英国人。他在英国长大，对这片土地却没有任何感情。很明显他渴求认同。我注意到他非常憎恶两种人，这是他投奔柏林的一部分原因。

首先，他仇视犹太人；其次，我很惊讶，他仇恨资本家。我觉得要不是因为他仇恨犹太人，那他就可以很轻松地在英国

---

① 奥斯瓦尔德·莫斯利（Oswald Mosley），曾任英国议会议员，后成立"英国法西斯联盟"。

共产党中声名鹊起，也许他就不会来柏林了，也许他会跑到莫斯科。他整夜地谴责资本主义的罪恶，然后不知道怎么回事，他就开始笃信纳粹主义了，他认为纳粹运动主要是代表无产阶级的，而且会把全世界从"骄奢淫逸的资本家"手里解放出来。他自认为是一个为广大劳动人民辛勤奉献的人。

我真想告诉他："那你就来错地方了。"说实话，我私下挺喜欢他的。战争结束后，他被押往伦敦接受审判，在法庭上他对自己的所作所为没有任何悔改歉疚之意，法庭最终判处他绞刑。1946 年 1 月 3 日，他被送上了伦敦旺兹沃思监狱的绞刑架，直到生命的最后一刻，他都表现得很勇敢。

整个冬季，还有三个美国人也在柏林，他们利用自己的短波电台帮助德国人散播纳粹的宣传言论。当时德国与美国之间并没有开战，所以他们的行为不能被视为叛国。等到希特勒向美国宣战后，他们行为的性质才开始发生变化，然而令我们这些美国记者极度震惊的是，鲍勃·贝斯特竟然也卷入其中。鲍勃本来是合众社驻维也纳的记者，我们很多人认识他，也很喜欢他。他操着一口卡罗来纳口音，播音时非常悦耳。最终，鲍勃和"哈哈勋爵"一样为自己的愚蠢行为付出了沉痛的代价，他被美国法庭判处终身监禁，最终死在了莱文沃思的监狱里。

除了鲍勃，战争期间的确还有一些美国记者心甘情愿为纳粹服务，但他们的影响力都远远比不上乔伊斯。战争初期，乔伊斯在英国产生的影响力是巨大的。鲍勃开始为纳粹服务的日期比较靠后了，另外还有唐纳德·戴，他曾经还是我在《芝加哥论坛报》的同事，由于痛恨布尔什维克，所以在战争的最后一年他开始为希特勒效命。还有埃兹拉·庞德，我在巴黎工作时对他极为仰慕，但他在战争期间一直待在意大利帮墨索里尼传播各种谎言。他的堕落让我最感可惜，要知道他曾经是一个多么优秀的诗人。

10 月 18 日我的日记内容如下：

> 10 月 18 日，苏黎世。今天下午我从柏林飞到此地……我坐在火车站，正在等待前往日内瓦的火车……我很伤心又要和家人告别了，我们一起努力想要常常聚在一起，但现在又要分离了。

我此次返回日内瓦是为了送特斯和艾琳离开欧洲。10 月 23 日，天刚蒙蒙亮，我就把她们送上了长途汽车。这辆瑞士的班车要跑上整整两天两夜，经过法国未被占领的地区，然后到达巴塞罗那。在那里特斯和艾琳计划转乘火车前往马德里，再去里斯本，然后坐上前往纽约的客轮。临行前，我和特斯一直忙着把租来的公寓收拾妥当，我们累得精疲力竭，以至于根本没有力气去为即将到来的分别悲伤。等她们走了，我才感觉到有些黯然，整个人几乎要虚脱了。

相比之下，我们还算幸运的。特斯和艾琳乘坐的由瑞士前往西班牙的长途巴士每周只开两趟，当天有 1000 多名难民嚷嚷着要求坐车离开。而且另一家经营这条客运线路的公司（美国运通公司）收到报告，说比利牛斯山里的洪水冲垮了法国与西班牙之间的公路，所以他们决定本周暂停运营。我们买的是一家瑞士公司的车票，他们决定碰碰运气。由于路上没有补给站，特斯背上了这两天需要的全部食物和水。这一路上也没有加油站，所以汽车公司只能在汽车前挡板上捆两个小型储油罐。

小艾琳对这次艰难的旅途全然无知，她还只是个孩子，对于出远门充满兴奋，这多少让我和特斯感到一丝宽慰。想想她还那么幼小，没有注意或感受到人类如此沉重的悲剧，我就轻松了一些。车上大多数旅客是犹太人，他们希望尽快逃离恐怖的纳粹德国。他们一窝蜂地挤上车，惶恐不安又胆战心惊，几乎快歇斯底里，这让我不愿责怪他们的无礼。在日内瓦的这几天，特斯告诉我，有报道称法国傀儡政府把管辖范围内的犹太人都交给了德国盖世太保。在汽车站陪特斯候车时，我听到身边有几个犹太人谈论此事，他们特别担心进入法国境内后被政府扣押，再被转交给可怕的希姆莱及其残忍的手下，他们还担心西班牙亲纳粹的佛朗哥政府也会在边界扣留他们。[14]

我想唯一能让我尽快从这种糟糕的感觉中走出来的方式就是第二天返回德国。我记得，当我乘坐的火车离开瑞士向着德国波恩前进的时候，我从火车包厢的窗户回望，日内瓦湖还是那样波光粼粼，阿尔卑斯山仍然高耸威严，国联大厦的大理石建筑还是那样耀眼，我甚至可以依稀看见远处的勃朗峰，山上的草地依然翠绿，但这一切都已经离我远去，我的心里像塞了铅块一样。我真希望自己与特斯、艾琳在同一辆汽车上。

曾经有那么一段时间我觉得自己在德国已经再无用武之地，我再也不能向外界报道当地的实情了。然而事实看起来可能比这个还要严重。过去几周以来，我觉得德国人对我正在步步紧逼，他们对我的监控越来越严密，我可不是什么受迫害妄想狂，这些不是我的幻想。我在德国广播大厦有一位关系极为密切的朋友，她可以接触到德国驻华盛顿大使馆与柏林之间的往来电报，他们在电报里讨论了不少关于我的事情。这次我前往日内瓦给特斯和艾琳送行，临行前这位女士带有善意地警告我说，我惹的麻烦越来越大，远超出我的认知。

我回到柏林，在 10 月底，我见了这位女士一次。她对我当前的处境非常担心，她说盖世太保、纳粹宣传部、外交部甚至德国军方开始为我制造一个"间谍罪"。自我认识她以来，她第一次建议我趁着还有时间，尽快离开德国。她特别强调，电报显示德国驻华盛顿大使馆的工作人员，特别是他们的武官说他们确信我是一名间谍，指控我在广播中利用暗语向外界泄露德国的军事秘密情报。她还说现在盖世太保已经加强对我的监视，所以我在会见朋友的时候要格外小心，当然也包括她。

她是我能够相信的为数不多的德国人之一，我当然相信她的话。她和我说的事情，我没有向纽约总部汇报，甚至没有写在日记里，因为我担心给她惹上大麻烦。这件事让我不再犹豫是否离开德国。我非常清醒，我不能擅离职守，尤其在战争时期。不过，我也不想纳粹把我诬陷为一个间谍。

随着冬季到来，北半球的白昼越来越短，夜晚越来越长，英国人的轰炸机几乎每晚都会例行"造访"柏林。轰炸一直没有对德国造成太严重的损失，但每次还是造成了少量人员伤亡，损毁了一些工厂、铁路站场、街道和房屋，打扰了柏林人的清梦，减缓了军工生产的速度，让人们的神经时刻紧张。

不过感谢上帝，这种令人痛苦的生活中偶尔也有一点有趣的篇章。莫洛托夫的访德就算一个。当时莫洛托夫是苏联总理兼外交部部长，是斯大林的股肱之臣。11 月 12 日，他代表苏联对德国进行了一次友好访问。

那天天色暗淡而且略有清寒之意，天上下着毛毛细雨。莫洛托夫的专车从安哈尔特火车站驶往位于菩提树大街的苏联大使馆，经过阿德隆饭店时，不知道是谁突然往街上扔了一块石头，在我看来这可是当天最有意思的事情了。我当时站在街边，莫洛托夫的车从我身边驶了过去，我瞥见了他的容貌。他的脸上几乎全无表情，看上去只有阴沉与冷淡，严肃得像学校校长。但我相信他是个深藏不露的人，如果没有足够的机智才干和忍辱负重的政治城府，他也不可能在克里姆林宫幸存至今。我努力思索了一下，他应该是列宁的革命战友中最后一个老布尔什维克人了，其他的人早被斯大林杀光了。

我很想知道莫洛托夫在此次访问中会如何对待东道主，也想知道德国人要如何招待这位第一次来访的苏联总理，我在心里很希望英国人的飞机能来柏林给他们捣捣乱。莫洛托夫到达的第一夜，戈林和里宾特洛甫为他举办了盛大的正式国宴，可惜当晚英国人的轰炸机没有来。第二天晚上，莫洛托夫作为主人在苏联大使馆设宴回请他们，这次英国人终于来了。[15]

当天下午 4 点钟左右，夜幕开始降临，我记得英国人来得很早，刚过晚上 9 点钟就听见德国的防空警报大作，然后是高射炮和轰炸机的引擎声混杂在一起，在头顶响若震雷。担任晚宴翻译的施密特博士后来回忆，当时莫洛托夫刚刚发表完一段友好的祝酒词，里宾特洛甫站起身来正准备回应，就听见防空警报响了，所有宾客开始四处逃散。由于苏联驻柏林大使馆没有专门的防空设施，所以里宾特洛甫在慌乱中建议大家一起前往德国外交部的深层地下室避险。但之前的外交礼宾车队都已撤走，他们只能步行。德国外交部距离苏联大使馆只有短短 600 码，但是这一路可不好走。柏林实行灯火管制，城里一片漆黑，菩提树大街和威廉大街上还不断有弹片掉下来（没准还有炸弹落到头上，这种倒霉事可是谁都说不准的）。

这一路可真是慌慌张张，胆战心惊。他们在街上挤得乱作一团，直奔德国外交部而去，那里部署了大量的防空炮，此刻正炮声大作。由于外面漆黑一片，其中一些人错过了威廉大街的转角，迷迷糊糊地跑到了阿德隆饭店。我正好在酒店前站着，发现施密特就在他们之中。很明显他们逃跑得太匆忙，连转移到何处继续开会都没有搞清楚——施密特以为是在阿德隆饭店的防空地下室。施密特、他的同事还有一两位苏联代表都到了饭店。这样一来，两天寸步不离希特勒、里宾特洛甫、莫洛托夫会谈席的施密特就错过了今夜的临时会议——两方外长在外交部地下继续召开会议，直到空袭结束。不过德国驻莫斯科大使馆的参事古斯塔夫·希尔格与他们一起逃到了外交部，临时担任了翻译官，记下了会谈内容。

里宾特洛甫重复了希特勒两天里反复对莫洛托夫说的话：英国已经被打败，现在苏德可以像之前瓜分波兰那样瓜分大英帝国了，不过现在元首希望邀请日本和意大利来一起分得一些好处。

里宾特洛甫只能一次又一次地强调，现在决定性的问题就是苏联人是否已经做好与我们合作的准备，重新清算大英帝国的遗产。

希尔格准确地记下了莫洛托夫的回答：

莫洛托夫说，既然你们认为对英国的战争已经取得实际的胜利，那么为什么在另一个场合你们又说目前正在对英国进行一场生死之战（之前希特勒与莫洛托夫会谈时，的确说过"生死之战"这样的话)？根据这种前后矛盾的说法，我只能这样理解：你们是"为生而战"，而英国人是"为死而战"。

这句讽刺可能超出了里宾特洛甫这个笨蛋的理解力，但是布尔什维克的外交人民委员不敢轻率。对于德国人一再强调英国已经完蛋，莫洛托夫最终表示："**如果这是事实的话，那我们为什么此刻会在地下防空洞里？那些落下的炸弹又是谁的？**"

莫洛托夫是一个顽固执拗的人，和他长达两天的会谈让元首感到疲惫和厌烦。希特勒一直为进攻英国受挫而心烦意乱，正如莫洛托夫看到的，德国人距离自己的目标还很遥远。我们现在知道，希特勒这时对未来何去何从做出了最后的决定。

一个月后，1940 年 12 月 8 日，元首发布了"第 21 号指令"，这可能是他一生中最重大的、事关命运的指令。

德国武装部队必须做好准备，在结束对英战争之前，**对苏联迅速进攻并击溃之**。[16] ……准备工作必须在 1941 年 5 月 15 日之前完成……

行动代号：巴巴罗萨。

离我回家的日子不远了，我很期待 16 年来在家乡过第一个圣诞节。特斯和艾琳也是第一次在美国过圣诞。

一想到她们要穿过法国未占领地区和佛朗哥的西班牙到里斯本，我就很担心。整整一个星期，我没有一点她们的消息。

我知道现在在法国和西班牙，人们正常的生活都已经被完全打乱，什么危险的事情都可能发生。终于在 11 月初，我收到了她们的消息，美国驻葡萄牙大使馆的人给我发来消息说特斯和艾琳已经安全抵达葡萄牙。在里斯本她们见到了我们的老朋友——美国驻日内瓦的总领事约翰·卡特·文森特和他的妻子贝蒂，以及他们的两个孩子，他们也准备乘船回到纽约。听到这个消息，我感觉安心多了。

知道她们母女平安，又想到离归国的日子越来越近，我的心情持续大好。近来，我又收到了一些好消息，不过我没敢告诉任何人，只在日记里偷偷写了下来：

11 月 5 日，柏林。如果一切顺利的话，从今天算起，距离我回国的日子只有短短一个月了。我将从柏林乘坐汉莎航空公司的航班飞到里斯本，从那里坐快船回纽约。

11 月 20 日，柏林。如果我能准时办好一切手续，那我就将在 12 月 5 日坐飞机离开柏林，前往里斯本。在我离开前，德国外交部、警察、秘密警察还有其他政府机构都必须对我的出境签证进行批准。

我在日记里写道："事实证明，想要拿到西班牙和葡萄牙的过境签证并非易事。"德国人对我的离境签证也是拖着不愿办理，不过这些小麻烦都在我的意料之中。也不知道为什么，我总在心里很自信地觉得这些小麻烦都可以很容易解决。我还得为公司在这里工作两周，不过我的继任者哈里·弗兰纳里已经来到柏林，他之前在圣路易斯的一座广播台工作。

这是这个冬季里我在柏林度过的最后几天了，我不由自主地回想起我离开爱荷华的母校来到欧洲的这些年，那是 1925 年的 6 月。

15 年半过去了！当时我才 21 岁，现在我已经将近 37 岁，彻底步入中年了。想想时光真是转瞬即逝：我先在巴黎度过了一段最美妙的黄金时光；后来被派往意大利出差，罗马、佛罗伦萨和威尼斯的那些宏伟建筑至今都不能让我忘怀；然后我被派到维也纳工作，在那里我遇到了特斯，我们结婚；这中间我还被派去印度，见到了伟大的甘地；西班牙内战前我就在西班牙的一个小渔村；最后到了德国，亲身经历了这里漫长的噩梦。我的生命和工作中竟有如此之多的幸运！

在柏林最后的几年，我和德国人相处得并不愉快，但他们并不是全然无趣，我也毫不后悔被派到这里，待了这么久。纳粹帝国给我提供了大量的新闻素材，一段值得大书特书的历史。更重要的是，纳粹让我对人类和人性有了更深刻的理解：在这里我见识了残忍、暴力、诡计、压迫、虚伪、谎言、偏执与愚昧。我在书本上学不到这些，它们来自我的经验与体会。当然我也看到了人类的美好和人生的意义与价值，他们勇敢、坚毅，与别人相处的时候正直、诚实、友善、充满包容。我想，我在这里获得了大多数西方人没有的东西：生命的悲剧感。当然，我还希望自己多一点幽默感，再拥有足够的自知之明，可以不必将自身看得太重。甘地和其他很多智者在这方面对我教诲良多。

我就在这片古老的大地上度过了 15 年半的光阴，我真正地在这里成熟起来，把这里当作故乡。

尽管这 11 月的深夜是那样沉寂、黑暗而无聊，但我在心里深知，我就要和这片土地永别了，不仅仅是与德国告别，还有整个欧洲。这里曾经给我的生活和工作带来了太多的快乐。

我还会回到欧洲继续报道战争，但肯定不是德国了。在这里，只要希特勒还活着，我就没有好日子过。我在心里暗下决心，战争一结束，我就要立刻回到美国。尽管我深爱着这个旧世界，在这里也有家的感觉，但我无法在这里继续待下去，我再也不要做一个漂泊海外的游子。

我发现，在国外的美国人，始终是外国人。不管我住了多久，工作了多久，也不管我把他们的语言说得多么流利，如何吸收他们的文化，了解他们的人民，热爱他们伟大的城市，但我永远都是一个陌生人。这个陌生人可不是我想在余生里继续扮演的角色。不管战争是现在就结束还是在未来结束，我都要回到我的祖国，那里深嵌着我的根。

12月2日，我的日记只有短短四个字："还有三天！"

12月3日的日记："德国外交部仍然扣着我的护照和出境签证不放，我很担心。今晚做了在柏林的最后一次播音。"

"12月4日，柏林。终于拿到了我的护照和德国政府下发的明日离境许可。现在除了收拾行李，没有其他事情要做了。"

还有一件事。几周以来我一直在琢磨怎样才能把我的日记安全地带出柏林，我一度考虑过我必须在离开之前把它们销毁——如果盖世太保发现了它们，这东西足以把我送上绞刑架。几周以前，我已经把一部分记录了最为敏感内容的日记转交给瑞典驻柏林大使馆的一位朋友，他答应我把它们带到里斯本再交还给我。另一位美国大使馆的朋友也帮我捎带了一部分，他要在我走之前去西班牙休假几天。但美国大使馆的代办命令他的所有属下不能帮我携带大数量的材料出境。我不奇怪，因为大使馆和我们这些美国记者走得太近了，很容易惹人怀疑。

12 月 4 日一早，我拿到了护照和签证，意识到现在我只剩下不到 24 小时来想办法了。此时我再次想到是否要销毁，但我实在很想留下它们，如果可以的话。那天早上，一个办法逐渐清晰起来，尽管有些冒险，但是要想在纳粹帝国生存，有时就得冒险，这个方法绝对值得一试。

我把这些日记放进了两个铁制的手提箱，在上面堆满我平时的播音手稿，这些手稿上每一张都盖上了德国军方和政府新闻审查官员的认可印鉴，都是可以用于广播的。在最上面我又覆盖了一些作战参谋地图，是我从德国总参谋部和最高统帅部的朋友那里讨来的。然后我打通了亚历山大广场的盖世太保总部的电话。我说，我有一些箱子要带出德国，装的是我的新闻稿、广播稿和笔记。明天黎明我就要从滕珀尔霍夫机场起飞，到时在机场的盖世太保官员肯定来不及仔细检查，所以我想现在就把东西拎过去，你们提前检查一下，如果没有问题，就在我箱子上盖上盖世太保的印章，这样明早我就不必在机场耽误时间了。

"把东西拿过来吧，我们看一看。"官员说。

我挂了电话，心情却更加忐忑不安了。难道这不是在拿自己的命运做赌注吗？如果那些精明的秘密警察发现了我藏在广播稿下面的日记，那会怎么样？估计我就此完蛋。也许我现在就该把它们全部销毁？……我的算盘是，最上面放了几张作战参谋地图，就是故意要让他们没收的，因为在战时这种东西是根本不可以被带出境的。我之所以这么做是希望他们小有收获以后就放松了警惕，就像海关工作人员一样，每次他们要是检查到什么违例品，都会很有成就感，接下来的检查就马马虎虎了，我想盖世太保可能和他们差不多。

接下来他们肯定会继续检查那些播音稿，我会故意略带炫耀地向他们指出那上面每一页都有了官方印鉴，尤其是军方都已经批准。我连台词都想好了："这可是最高统帅部的印鉴，这是你们德国武装力量的最高指挥部门了！"我估计盖世太保肯定会精神一振，然后仔细留意这些印鉴。由此他们可能会对我高看一眼，或至少不会因为我是外国人就分外见疑。我赌他们的检查就停在这一步，就此放过播音稿下面的日记。我还想再赌一把这些盖世太保的职位没有高到清楚地知道我究竟是什么人，等到他们搞清楚我的身份后，我早就逃出德国了。这些看上去令人不寒而栗的盖世太保，其实没有那么大的能耐。

我再次交了好运。等我把箱子拿到盖世太保的总部，事情进展完全和我预计的一模一样。两名盖世太保官员负责接待，他们一下子就发现了那些地图，我赶紧装模作样地赔礼道歉，说我是收拾东西时太着急，一时没在意最后把它们收进了箱子，在我报道德国国防军在战场上的胜利时，这些地图非常宝贵。但我不该把它们带出来的。

其中一个盖世太保把他的脏爪子放到一大沓材料上，然后问我："你还带什么东西了？"

我说："广播的稿件……你看，每一页上面都有最高统帅部和两个政府部门的认可印鉴。"

两人仔细研究了一下这些印鉴，我看得出来他们都很惊讶。接下来他们继续往箱子底下翻。再这样翻下去他们很快就会发现日记。我后悔自己来到了这里，冷汗渗出了后背，我在心里咒骂自己有多么愚蠢，竟然把自己主动送入了虎口！

其中一个突然抬起头看着我说："你报道了德军的新闻？"

我说："当然，我一直跟着部队到达了巴黎，还报道了在贡比涅森林的停战仪式。德军可是一支伟大的部队，他们为我提供了许多精彩的素材，这些东西一定会永垂青史的！"

很显然我这次拍对了他们的马屁。

"没问题了。"其中一个用英语说，看起来他对这个单词的发音很有自信。

另外一个人取回了一些金属带，把两个箱子捆得严严实实的，在外面又加上了六个盖世太保的印戳。我对他们表达了热烈的感谢，努力克制自己的狂喜心情。出了大楼之后，我拦了一辆出租车直奔滕珀尔霍夫机场，直接就把这两个箱子送到了行李处，办理了寄存。尽管这两箱日记还没出德国，但到目前为止，一切顺利。

在希特勒的柏林，我的最后一篇日记是这样开头的：

> 12 月 5 日。早上我走出了阿德隆饭店的大门，准备乘车前往滕珀尔霍夫机场，外面天色漆黑，还有暴风雪……

出租车很快把我送到了机场，一路是熟悉的风景，我担心现在的天气这么恶劣，飞机能否准时起飞。如果今天的航班取消，那就意味着我还要在这里滞留几个星期，前往马德里和里斯本的航班都需要提前几个星期预订机票。

我先到行李处把昨天的两个箱子取了出来，门童帮我把它们和另外一些行李都放进了行李车，除了这两箱宝贵的日记之外，其他的也就是几件旧衣服和一些德文书。海关那里有一大群检查官员，我打开了两个装随身用品的行李箱，他们翻查之后，用粉笔在箱子外面画上合格的标记。我留意了一下他们的徽章，都是盖世太保。接下来他们指着我那两个装着日记的箱子。

"把它们打开。"其中一个恶狠狠地说。

我说："它们已经被盖世太保封上，我不能再打开了。"

此刻我真感谢我在亚历山大广场的那两个盖世太保"朋友"，他们在箱子上盖了至少六个印戳。眼前两个人开始咬耳朵。

其中一个厉声说："这些箱子是在哪里打上的印？"

我回答道："盖世太保总部，亚历山大广场。"

很显然这个名头吓到了他们，但是他们还是有点怀疑。

"等一会儿。"其中一个说。我看到他的一位同事拿起了身后桌上的一部电话，很显然是在向总部确认。他挂了电话，径直走到我面前，一句话也没有说，直接拿粉笔在箱子上画上了通关标识。我终于被放行，来到票务柜台办理行李托运，一位汉莎航空公司的工作人员帮我称了行李的重量，我告诉他我要托运大箱子。

他问我："目的地是哪里？"

"里斯本。"

一想到我终于顺利通过德国官员的各种刁难、审查，可以把这两箱日记安全地带到葡萄牙，我就精神一振。

暴风雪造成机场附近的能见度为零，机场控制塔一直在延迟航班的起飞时间。我只好去机场里的饭店又吃了一顿早饭，其实我一点都不饿，但我需要做点什么事情来缓解紧张，我随手拿起了早上刚到机场时习惯性购买的早报。通常，我第一个要拿的就是没有新闻、全是口号的《人民观察家报》，这是一份给纳粹舆论定调的报纸，往往是由希特勒亲自审定。我匆匆扫了一眼首页，和往常一样的胡说八道，我把它扔在了桌上。

我心想："我不用读这种东西了，我永远都不用读这种垃圾了！"

今天傍晚我就可以到达巴塞罗那，那时我就不用再忍受"伟大帝国"里各种我无法忍受的事了。这种即将解脱的感觉棒极了。我只需要再忍耐一天，所有的噩梦都将结束。然而，成千上万的人的噩梦还在继续——好吧，德国人似乎并不在意，至少现在还没有。

机场的工作人员终于开始召唤大家登机前往巴塞罗那了，我走出候机室，看到工人正在往货舱里装载我的行李。此刻我感慨良多，我已经把当年我和特斯在柏林住的房子清空了，我们在这里共度了一段很幸福的生活，还从纳粹的恐怖统治和对人性的无情镇压中幸存下来。然而，还有许多人没能活到今天，首当其冲的就是犹太人，接下来是捷克斯洛伐克人和波兰人，甚至对那些支持希特勒、沉浸在希特勒已征服大半个欧洲的喜悦中的德国人也一样。我为他们感到难过，因为他们都没有意识到纳粹主义对他们的毒害。

12 月 7 日，到达埃什托里尔，在里斯本附近了。

里斯本，光明，自由，理性，我终于来了！……

不论我被里斯本机场的葡萄牙护照审核员盘问了多久——我不能出示前往纽约的机票——我一点儿也不在乎。因为逃出了德国，我满心欢喜，对这点小波折不以为意。

审核护照的官员用英语和我说："你只持有过境签证，所

以你不能在此地停留，你应该有一张前往美国的票，把票给
我看。"

我告诉他我根本无意长期逗留，我只打算在这里过两晚，
然后乘坐后天早上第一班航班离开。我只需要前往城里的泛美
航空公司服务处，就能够拿到我的机票。但是很显然，他已经
听过太多这样的说辞。

"把票给我看！"这位官员重复道。

没有办法，我只好说服他让我和泛美航空公司服务处的工
作人员联系一下。我打了很久的电话，终于让他相信我的确订
了一张机票，而且是哥伦比亚广播公司从纽约帮我发电报预订
的，他这才同意给我放行。

然后我来到汉莎航空的服务台，掏出行李托运签来取我的
日记箱子。工作人员好像被我箱子上那么多的盖世太保印戳惊
呆了，事实上，是吓呆了。因此他主动提出要安排工作人员帮
我把箱子送到市内我入住的酒店。不过我想，为了这些日记我
已经冒了不少险。我拒绝了他的好意，把箱子领了出来，然后
拦了一辆出租车前往市区的酒店。

我那位瑞典驻柏林大使馆的朋友帮我把另外一些日记带到
了瑞典驻葡萄牙的公使馆，所以我还得去那里一趟。还有那位
美国驻柏林大使馆的朋友，他把我交托给他的那些日记带到了
巴塞罗那，我之前把它们取了回来。

可是里斯本的酒店全被难民占领了。这种事通常会让我着
急，天快黑了，我却没有地方可住。不过我心情太好了，全然
不在意。我叫了一辆出租车去了埃什托里尔——里斯本北部的
海滨小城，到处是度假村和赌场。我在一家大酒店轻松地订到
了客房。我想，就是让我今晚睡在外面的沙滩上，我也乐意。

我洗了澡，换了衬衫，美美地饱餐了一顿——饭店侍者推荐的当地葡萄酒简直棒极了。我在小镇里和海滩溜达了一圈，看着到处灯火通明。我在德国经历了一年半的灯火管制，这里的美丽灯光简直让人致盲。

等我回到酒店的客房，电话突然响了，是默罗从伦敦打来的。他说他之前几乎给里斯本的每一个酒店都打了电话，希望找到我。默罗说他费尽苦心才订到了一张明天下午来里斯本的机票，他说："在你走之前，我们要聊一聊，喝一顿。而且公司希望我们一起在里斯本做一次播音，分别说说伦敦和柏林的战争是什么样的，不过这次节目比较随意。[17] 但是葡萄牙人可能不会同意，他们哪方都不敢得罪。你去看看能不能搞定这件事。如果不行，去他的！正好我们自己找点乐子。"

第二天下午我坐车去里斯本接默罗，但是午夜前他才到。后半夜我们俩一直聊天，讨论遇到的各种故事，还比较我们各自对战争的记载。据默罗的描述，伦敦大轰炸比我在柏林遭遇的轰炸要严重得多，他的工作几乎没法进行了。我发现默罗现在变得出奇冷静，他天性是个好激动的人，估计是战争的压力改变了他的性格。他唯一没变的就是一支接一支地抽烟，我拿他开玩笑，他就反驳我说只要他看见我，我嘴里一定叼着一根臭烘烘的烟斗。我们像以前那样互相逗趣。

其实我真正担心的是，这么多天里他随时都可能丧生在德国人的轰炸当中。在我看来，默罗过着一种令人着迷的生活，他冒着一晚接一晚的连天轰炸，在弹片横飞的伦敦做现场报道。在他抵达葡萄牙后的第三天，他收到来自伦敦的电报，说他在伦敦的新办公室在头天晚上又被德国的轰炸机摧毁了。两个月之前，他的上一个办公室被德国人扔下的炸弹直接命中。幸运的是，当时他正在街上观察，否则他当场就去见上帝了。

我和默罗在里斯本的时间并不多，我们抓住一切时间尽情放松。我们一起在海边散步，看海浪冲上海滩变成白色的泡沫，还一起坐在咖啡厅的天台上俯瞰大海，小酌几杯当地特产的白葡萄酒。晚上我们一起去赌场小试了几把手气，发现了不少来自英国和德国的特工，他们伪装成赌客，貌似专心致志地赌博，实际上目光却一刻也没有离开过彼此。

我和默罗为这次联合广播草拟了一份稿子，但是葡萄牙政府既不想得罪伦敦，也不想得罪柏林，一直拖着不批，直到最后他们终于同意在 13 日凌晨 2 点钟播出，后来又安排到凌晨 4 点钟。

与此同时，泛美航空公司告诉我，前往纽约的航班恐怕要延误了，因为奥尔塔地区的海浪太大，水上飞机没有办法顺利起飞，他们建议我如果想在圣诞节之前赶回美国，最好改订一张每周一班的客轮船票，这样我就可以于 13 日登船返回美国。

这艘客轮只能搭载 150 名乘客，却有上千名难民都在抢票。好在负责这条航线的当地经理向我承诺说，他一定会想办法帮我安排到另外一艘船"艾克斯坎宾号"上，本周之内也会出发，但也许只能睡在船舱酒吧的长椅上。[18] 这是我最不在意的事。

13 日下午，我就要和默罗告别了，我心情很低沉，很明显他也一样。过去三年，不管在工作上还是生活中，我们亲密无间，对彼此非常熟悉了。正如我那晚的日记所写："我们之间有着非常密切的关系，这种生死之交在人的一生中恐怕只有屈指可数的几个人。我们在心里都有一种预感，我们的友谊能否天长地久完全要看命运之神如何安排了，因为也许就是那么一小颗炸弹就会让我们从此阴阳永隔。"

默罗决定第二天再回到伦敦，他开车把我送到里斯本市内。当我们赶到码头时，黄昏已经降临，我找到了自己要乘坐的那艘船，办好了行李的托运，之后我就和默罗又在漆黑的码头上溜达了一会儿。我记得码头上有一个临时搭建的露天小酒吧，是给码头装卸工人消遣用的，它的老板是一位妆容粗糙、身材丰满的葡萄牙金发女郎。

默罗还和我打趣说："葡萄牙女郎竟然会是金发的，这可太不正常了。"

临别之际将至，我和默罗都努力让自己的心情轻松一点。默罗之前一直眉头紧锁、表情沉闷。我们挤进了这个小酒吧，喝了一点酒，都很沉默。天色渐黑，我看不清默罗脸上的表情了。码头上的扬声器开始提醒所有乘客必须登船了，船员已经准备收起跳板。我和默罗握了一下手，什么也没有说，我就匆匆跳入船舱。我转过身去，默罗已经消失在夜色之中。

等到驳船开始把客轮拉离码头后，酒吧里突然冒出了五个老朋友，他们都是美国驻海外记者，有的是我的旧同事，有几个人我已经好多年没有见到。他们也都是从法国、德国、英国各地赶到这里坐船回家的。重逢旧友让我们非常高兴，我们一起点了不少酒水。我虽然见到他们很高兴，但由于过度疲惫，有点坐立不安，就先行离席跑上了甲板。一轮满月照耀在塔古斯河的上空，宽阔的河流上下游都是明亮的灯火，连河流两岸和远处的山脉都被照亮了。我心中暗想，这样美好的生活还能持续多久？除了这里以外，整个欧洲大陆，以及英国都在遭受战争的荼毒，他们能否幸免？纳粹会不会很快来到葡萄牙，掠夺并奴役他们？据我所知，纳粹正在策划借道西班牙，将英国人赶出直布罗陀，葡萄牙人是没有能力阻止他们的。奥地利人、捷克斯洛伐克人、波兰人、丹麦人、挪威人、荷兰人、比利时人和法国人都没能阻拦住纳粹的铁蹄。

我在船舷处手扶着栏杆，沉思良久。这15年来我在欧洲工作与生活，我在这里获得了许多人生乐趣与成就，我亲眼看见这片古老的土地遭受了怎样的苦难，一盏盏明亮的文明之灯就这样逐渐变暗，漫长、漆黑而痛苦的黑夜降临到他们的头上。这么多年来，我多数时间待在柏林，但也曾经游历巴黎、伦敦、维也纳、罗马、日内瓦以及西班牙，我一直在努力描绘这幅可怕的场景，然而它的恐怖与罪恶常常超出我的表达能力。现在，我凭借着自己的运气，当然也因为我是个局外人，我逃了出来。留在那里的当地人却无论如何也逃脱不了。除非有一天正义的生活可以回来，否则他们就只能在炸弹的屠杀与纳粹征服者的迫害中苟延残喘。当我刚刚到达欧洲大陆的时候，距离上一次大战的结束不过才七年而已，欧洲人才刚刚从灾难中恢复过来。但让我没有想到的是，他们的思想处于窘境之中，他们的确无辜、天真、纯朴，但也愚昧无知。他们认为自己有权利相信和平一定会持续，并在和平之中重建美好的生活和家园。许多人把希望寄托在国联身上。然而事与愿违，国联什么也没能做成，因为没有哪个国家愿意为了公共利益而放弃一点个人私利。也许从来就不会有国家这样做。

我的祖国也是如此。尽管如此，我为自己能够回到祖国而兴奋。1925年6月，我大学一毕业，就忙不迭地逃离了那里。现在，我的祖国当然从20世纪20年代的空虚、肤浅、无知和小家子气中进步了不少。那时有禁酒令，有对金钱的狂热，有毫无生气的柯立芝总统，有孤立主义，有扶轮社和商会的"巴比特文化"①。它当然和我一样，在 15 年里变化巨大。但就算没有，我也会回到这里讨生活，就像我在欧洲、亚洲那样。当战争结束时，我会永远地留在那里。

我在船舷边站得太久，或许有好几个小时。远处岸边最后一点昏暗的灯光最终也消失在夜色之中了，我已经离欧洲远去了。我很高兴此刻可以独处。我的想法与感受无法和任何人分享。最终我把自己拉回了现实，我的老同事们已经结束晚宴，现在正在酒吧里喝睡前酒。他们兴致特别高，欢声笑语，讨论着这么多年第一次回家过圣诞节，我也加入了他们的欢庆。

尾 注

[1] 当时还没有发展出特别设计的登陆艇。

[2] 后来丘吉尔把它们称为两场"意义超凡"的战斗。他写道："8 月 15 日那场空战是这个阶段的战争中规模最大的一次，在 500 多英里的空中展开了五场主要决斗。那确实是极为重要的一天。"（Churchill：*The Second World War*. Vol. Ⅱ，*Their Finest Hour*，pp. 321，325.）

[3] Churchill：*Their Finest Hour*，pp. 322 – 323.

[4] 战后官方出具的统计数据显示，德军总共出动飞机 1715 架次，英军 776 架次。

[5] 令人惊讶的是，英国人一开始预计德军会在英国东部海岸登陆，他们把所剩无几的陆军主力都部署在了东部。后来，英国

---

① "巴比特"是辛克莱·刘易斯的小说《巴比特》的主人公，代指中产阶级市侩阶层。见第一卷。

发现了德军集结部队的位置，又把大部主力从东线调往了南部沿海地区。

[6] 据德国空军的一位官员说，9 月 16 日，德军离开法国沿海地区，在英吉利海峡进行登陆演习，英国皇家空军的轰炸机突然发动奇袭，给演习部队和登陆船只造成了重大损失。

这次事件引得德国境内和欧洲大陆议论纷纷，说德国人对英国本岛发动了登陆，但被击退。（Georg W. Feuchter：*Geschichte des Luftkriegs*，p. 176.）

我正在日内瓦休几天短假，和家人在一起。当晚我看到了这条报道，我在日记里写道，我对此报道"真假存疑"。

18 日我启程回柏林，19 日抵达。这两天我看见了两辆运载着伤兵的救护列车。从他们的绷带来看，我可以判断出他们大多数人是烧伤的。自三个月前法国陷落之后德军就没有遇到任何地面战斗了。

丘吉尔后来说"大约有 40 名德军士兵的尸体被冲上英国海岸"。他说是 8 月，我估计是他记错了。他写道："这些德国人在法国沿海进行登船演练。有些驳船为躲避轰炸，驶入了大海深处。可能由于我们的轰炸，也可能由于恶劣的天气，有些驳船沉没了。当时传说德国人发动进攻遭遇了重大损失，士兵或是溺毙，或因海面燃油起火被烧死。"

首相又写道，英国人"没有反驳上述传闻"。（Churchill：*Their Finest Hour*，p. 311.）

[7] Lt. - Col. Bernhard von Lossberg in *Im Wehrmacht Fuehrungsstab*，p. 91.

[8] Churchill, op. cit., p.332.

[9] 几天之后，我因为流感卧病在床，和阿德隆酒店负责给我打扫房间的女服务员进行过一次对话。我记在了日记里。

我问她："英国人今晚还会来吗？"

她叹了口气，说："肯定会的。"和 500 万柏林人一样，他们之前对于柏林的防空能力充满了自信，现在这种自信心已经无影无踪。

她问："英国为什么要这么做？"

我说："因为你们轰炸了伦敦。"

"不错，但我们只攻击军事目标，他们却来轰炸我们的家……"

"也许你们也轰炸了他们的家。"

"我们的报纸都说了绝无此事。"

看起来她真的相信报纸上的谎言。

[10] 9月7日，显然是由希特勒指示，最高统帅部发布了特别公报："昨晚敌军再次袭击了德国首都，不加区分地轰炸了城中的非军事目标，造成了人员和财产损失。作为报复，德国空军将大规模袭击伦敦。"第二天，所有柏林的周日早报用了戈培尔口授的同一个标题——《报复伦敦的大进攻》。德国民众不知道，德国空军已经连着两周大范围空袭了伦敦的中心城区。当天晚间的最高统帅部公告称，这是他们对伦敦的"第一次"攻击，战果是"烟幕从伦敦中心弥漫到了泰晤士河河口"。后面这个叙述倒是真的。

[11] 我在9月21日的日记中为这则新闻记下了一个有趣的后续。"神秘人X走进了我在阿德隆饭店的房间，我们切断了电话线，又检查了房间周围，确保没有人偷听，然后他向我讲述了一个怪异的故事。他说盖世太保目前正在有组织地杀害智力障碍人士……纳粹把这称为'仁慈助死'。X说几天以前，贝塞尔那家大医院的院长博德尔施文格牧师被捕了，因为他拒绝把一些病症严重的患者交给秘密警察。在这之后没多久，他的医院就被'英国人'轰炸了……"

德国人做这样的事情不是第一次了，他们以前就轰炸自己的一些地方，来激起民众对英国的愤怒。5月10日德军刚刚对西欧发动袭击，就散布消息说英国人轰炸了弗莱堡，造成了24名平民丧生。后来证实是德军自己干的。

[12] 我有个德国线人，他及时地把这些华盛顿来的报告提供给我。

[13] 在二战最初沉闷的八个月中，他在德国的节目幽默有趣，吸引了大量英国听众，等到静坐战于4月结束，听众人数大幅减少，等到法国陷落、英国遭空袭和面临入侵威胁之后，就没有英国人再听他的节目了。他与故土的联系被完全切断，一直浸淫在纳粹的宣传之中，所以根本不知道自己的节目没有人听了。

[14] 后来特斯告诉我，这些犹太乘客中的大多数人在西班牙边境被赶了回去。

[15] 丘吉尔说，这次空袭恰到好处。他后来写道："我们提前就知道苏德要举行会谈了。我们虽然并未受到邀请，但也不愿被

完全排斥在谈判进程之外。"（*Their Finest Hour*，p. 584.）

[16] 这句话中的黑体字是希特勒的原话。

[17] 去年冬天，公司花了好几周和英、德政府谈判，我和默罗才做成了一次联合播音，他在伦敦，我在柏林。这是第一次被允许在两个敌对国家的首都直接对话，但我相信也是最后一次。我们都认为节目做得非常生硬，我们得提前把播音稿中的问题和回答写好，交给新闻审查官看，播音时一字一句地读出来。

[18] 四个月前，温莎公爵和温莎夫人乘坐"艾克斯坎宾号"的姊妹号"艾克斯卡里博号"离开了里斯本。我从纳粹的秘密文件里发现，公爵和夫人这次是侥幸逃脱了纳粹的魔爪。事情由来是这样的：纳粹曾经做了大量的工作，邀请温莎公爵访问德国，当时他们向公爵建议，等到他们征服英国之后，就会尽快拥戴他重新登位，公爵对此予以拒绝。德国人还是没有死心，前段时间温莎公爵和温莎夫人来到葡萄牙，他们一度想和佛朗哥联手绑架温莎公爵，然后将他软禁在西班牙境内，让他有充足的时间好好考虑德国人的条件。不过令人庆幸的是，公爵和夫人乘坐"艾克斯卡里博号"逃走了。关于这个故事的完整版本，可以参见本书作者的另一本书《第三帝国的兴亡》第785—792页。

尾声
第三帝国的终结——
纽伦堡的审判：1945—1946

五年后的 1945 年，战争彻底结束，我回到了德国。"千年帝国"不复存在，阿道夫·希特勒也死了。1939 年 9 月 1 日的早上灰蒙蒙的，他在柏林发动了战争，这场征服了诸多国家与民族的战争，以失败告终。整个德国满目疮痍。人们在街头茫然地走动，饥寒交迫。没有像希特勒与希姆莱那样自杀的纳粹高官被关进了纽伦堡的监狱，他们将接受反人类罪的审判。迟来的正义，终究没有让他们逃脱。

纳粹曾经在柏林飞扬跋扈、不可一世，他们残忍野蛮地统治人民。然而此时的柏林已经完全成为一片废墟，我在城市里四处穿行，映入眼帘的只有堆积如山的建筑残骸。眼前这极度荒芜的景象几乎让我眩晕。

11 月 5 日，星期日，我做了回到柏林后的第一次播音，当我在麦克风前习惯性地说"这里是柏林"时，那种感觉奇怪极了。上一次我说这句话的时候是 1940 年的 12 月 3 日，距离今天已经将近五年。我在想，这关键的五年里发生了多少事情！

当年我离开柏林之后，战争进一步扩大，直到最后全世界所有的大国加入战争。1941 年 6 月 22 日，希特勒调转枪口，把苏联也拖入了战争。到了 12 月 7 日，美国的命运也急剧变化，日本人袭击了珍珠港；四天之后，希特勒和墨索里尼都对美国宣战。

苏联和美国被这突如其来的打击搞得狼狈不堪，苏联一度面临亡国的巨大危险。在德国人发动突袭之前，英国和美国一再向莫斯科发出预警，莫斯科方面却并没有重视。德国人出其不意的进攻让苏联人手忙脚乱，苏联在战争的最初几周里几乎一败涂地。到了1941年9月底，从北部的波罗的海到南部的黑海，德国军队从绵延数千英里的战线上自西向东横扫苏联西部国土。德国军队战绩显赫，深入苏联境内，以至于希特勒指示最高统帅部可以解散40个步兵师的力量，因为他相信征服苏联根本不需要这么多的兵力。北路德军包围了列宁格勒，中路部队距离莫斯科只有200英里的距离，南路部队则攻下了基辅，占据了乌克兰绝大多数的领土，苏联的粮食主产区由此落入了德国人的手中。德军一路南下，向生产石油的高加索地区逼近。

10月3日，我从公司总部的收音室里听到了希特勒的演讲，他在柏林宣称苏联已经崩溃："今天我毫无保留地宣布这一结果，德国东面的敌人已经被击垮，而且永无复兴的可能。"

五天之后，距离莫斯科不远的苏联南部重镇奥廖尔陷落了，希特勒专门让自己的新闻主任奥托·迪特里希飞回柏林召开了一场新闻发布会，后者总结道："德国已经开始对苏联发动最后的致命一击，从所有的军事角度来看，苏联问题都已经解决。英国人再也不能妄想两线作战的计划了。"

我们之前一心盼望着希特勒和斯大林能够在苏联棋逢对手，但是德国的一路凯歌让我们深感失望。看起来希特勒已经实现他人生中最伟大的征服目标。我记得当时随着德军猛攻苏联长达数周，美国陆军总参谋部一度秘密告知我们这些记者，苏联的彻底陷落只是时间问题，而且不会超过几个星期，他们希望美国媒体不要再抱什么错误的幻想，在报道中误导听众与读者。

然而战争的转折点突然来临了。12 月 6 日，莫斯科一带突降暴雪，温度骤跌到零摄氏度以下。四天前，德国第 285 步兵师作为先遣侦察部队已经到达莫斯科的郊区希姆基，克里姆林宫的尖顶在望远镜中清晰可见。然而德军的胜利没有持续多久，苏联人在莫斯科城下秘密集结了数量远远超出德国人想象的部队：共计有七个军的兵员和两个坦克军团——总数大约有 100 个师的兵员刚刚被组织起来，配备了适合在极度寒冷条件下作战的武器装备。12 月 6 日早晨，苏联军队从莫斯科城下出发，在长达 200 英里的战线上对德军发动了反击，德军在被迫后撤的过程中损失惨重，从此彻底失去了在战争中击垮苏联的机会。

就在苏联人发起反攻的第二天，在世界的另一端又爆发了另一场大战。和苏联在 6 月 22 日遭遇的闪击一样，日本人出其不意地进攻珍珠港，美国太平洋舰队损失惨重，美国西部海岸由此失去了海军的屏障。如果日本人前来袭击和侵略，那我们将毫无抵挡之力。珍珠港事件的爆发和美国海军的沉重损失让整个美国震惊，国内根本没有人注意到当天苏联战争的战略形势发生了根本性转变。不管怎样，珍珠港事件的爆发让美国人在一周之内突然明白要支持布尔什维克的自卫战争，我们开始对美苏两国人民的命运抱有同样的关切了。

与苏联战场一样，美国在战争中也逐渐取得了战略优势，美国军队开始在西太平洋上把日军从各个岛屿上逐个赶走。

1942 年 11 月 8 日，英美联军在艾森豪威尔将军的指挥下在摩洛哥和阿尔及利亚登陆，击溃了意德联军，逼迫他们从埃及向西部大规模撤退。1943 年 1 月 31 日，德国第六军——1940 年德国第六军征服比利时和法国北部地区时，我还在德国军方的安排下在该部队做过随军采访——在斯大林格勒战场向苏军投降。这是德国历史上最严重的军事失败之一。

到了 1944 年中期，曾经向多个国家发动大量袭击的德意志第三帝国，终于开始面对东西两线的反击了。此前北非已经被英美联军解放，他们继续北上在意大利一带登陆，基本击溃了意大利的纳粹军队。1943 年 7 月，墨索里尼被罢黜；同年 9 月，意大利向盟军投降。1944 年 6 月 5 日，英美联军以胜利者的姿态进入了罗马城，希特勒的盟友——意大利纳粹政权彻底垮台。之前已经接管意大利的德国军队不得不无奈地退出罗马城，意大利北部地区恢复了往昔的防卫设施。

1944 年 6 月 6 日，在艾森豪威尔的指挥下，大批的英美联军在法国诺曼底海滩登陆，迅速地把德国军队从法国北部和比利时境内赶了出去，德军只得退回往日的德法、德比边境地区组织防守。11 月 8 日，我跟随的美国第一军占领了德国边境城市亚琛，遥想当年我跟随德军进行前线报道，当时他们一路所向披靡，迅速攻下了法国北部与比利时。四年半之后，亚琛城里一片废墟，我在当地为《纽约先驱论坛报》的一个专栏撰写了一篇报道："在这废墟之中，任何人都可以看到纳粹主义已经死亡。" 1944 年的冬季特别寒冷，德国人顽强地在西线抵抗着我们，在东线抵抗着苏军。

次年春天，我回到老家——爱荷华州的锡达拉皮兹去看望患病的母亲，然而就在那时消息传来，1945 年 4 月 12 日，富兰克林·罗斯福去世了。从中西部的老家赶回东部地区，我感觉全国上下沉浸在悲痛之中。总统的去世对于国家的损失可能是无法挽回的。我回到纽约一周之后，哥伦比亚广播公司没有遂我的心愿让我回到欧洲去报道战争的最后阶段，而是把我派到旧金山报道联合国的成立。当时那些人又被战争的胜利与世界大战的即将结束冲昏了头脑，他们天真地以为建立一个联合国就可以让这个星球永保和平。我们对它的期望未免也太高了吧！

这些人的天真梦想没有持续太久，他们在旧金山会议上很快就醒悟了。现在去读读我那时的日记，就会发现我日记里对于联合国诞生过程的记载始终有一条主线——美国与苏联的敌对。在这场世界大战中，两个超级大国日益浮出水面，它们开始决定战后的世界格局。我注意到，美国与苏联的代表从 4 月 25 日旧金山会议召开的第一天就争吵不断，直到 6 月 26 日会议闭幕。尽管如此，所有参会国代表签署了《联合国宪章》。他们持续敌视彼此，对对方完全没有信任可言，这让我甚为伤感。5 月 13 日，周日，我在旧金山做了一次广播：

> 美国与苏联历史上没有重大的利益冲突。从来都没有。但是如果我们和苏联人相处不好，那和平就不会持续太久。

当我正在旧金山报道联合国成立的时候，从世界的其他地方传来了更令人震惊的消息。

纳粹德国正在崩溃，苏联军队攻下了位于威廉大街的德国总理府，据说希特勒最后一次公开露面就是在那里。苏联军队和美国军队在易北河胜利会师，英美联军则肃清了德国西部和南部地区的残余部队。美国第七军向奥地利境内开进，与已经占领维也纳的苏联军队会合。

4 月 29 日，我们在旧金山收到消息，说贝尼托·墨索里尼已经死了，他和他的情妇克拉拉·贝塔西在科莫被意大利游击队俘虏，追随他的还有 17 名法西斯心腹，游击队把他们全部处决。墨索里尼的尸体随后被运到米兰，被吊在洛雷托广场，供一群人谩骂，后来被解下丢弃在排水沟里。

第二天，我在日记开头写道：

> 4 月 30 日，星期一，旧金山。苏联军队已经开进柏林市中心，他们占领了旧议会大厦和克罗尔歌剧院……1939年 9 月 1 日，在那个阴暗的早上，希特勒就是在那里对全世界宣布他已经打响他世界战争的第一枪。
>
> 柏林、德国和纳粹主义都已经走到生命的尽头！战争就要结束了……

第二天，5 月 1 日，星期二，有消息传来说希特勒死了。我确信德国人报道的希特勒的死亡方式一定是谎言。德国广播电台宣称："我们的元首阿道夫·希特勒，在生命的最后一刻都在与布尔什维克战斗，他今天下午在帝国总理府去世，为德国奉献了一切。"随后希特勒的继任者海军上将卡尔·邓尼茨在广播中宣称希特勒是"英勇牺牲"的。对此说法我表示怀疑，我希望快点回到柏林弄清这一点。

既然希特勒已死，下一条关于德国的消息并不难猜。5 月 7 日，美联社播报了一条公告快报：

5月7日，法国，兰斯。法国时间今天凌晨2点41分，德国向西方盟军和苏联无条件投降。

我花了一整天的时间消化这条消息。这就是结果。我几乎耗费了我所有的生命去描述这个纷繁复杂的故事，现在终于得到了我所期待的结果。野蛮的征服者终于被征服。

接下来，发生了一件出乎所有人意料的重大事件，它是整个战争期间最为重大的一个消息，甚至是20世纪和我们的一生中最为重大的消息。1945年8月6日，美国向日本广岛投下了人类历史上第一颗原子弹，当场导致8.4万人丧生，伤者不计其数（他们当中的许多人后半生一直受尽原子弹伤害的折磨），整个城市百分之六十的建筑在顷刻间化为灰烬。人类终于开启了潘多拉魔盒，这小小的核武器蕴藏了令人毛骨悚然的死亡力量。就在这个夏夜里，人类的历史掀开了与以往所有时代不再相同的全新篇章——我们找到了一件可以彻底毁灭全世界的武器。

我花费了好长时间才能真正承认这个恐怖的新现实。《纽约时报》当天的头条标题如下，我第一眼看到的时候根本不相信这是真的。

第一颗原子弹投到日本
爆炸力相当于20000吨TNT炸药
杜鲁门警告日本人说这将是一场"毁灭风暴"

在主标题下面还有副标题：

新的时代已经到来
广岛就是第一个目标

接下来杜鲁门总统发表了一份充满愤怒的宣言：

> 16 个小时前，一架美军飞机向日本重要的陆军基地广岛投下了一枚炸弹。这枚炸弹的杀伤力超过了 20000 吨 TNT 炸药的总和……
>
> 日本人当年偷袭珍珠港，挑起了战端。今天他们就要为自己的行为付出成百上千倍的代价。广岛轰炸并不是结局……
>
> 这枚炸弹是一枚原子弹，它充满了来自宇宙的恐怖力量，太阳也从其中获得能量。我们已经将这恐怖的力量用于消灭那些将远东带入战争的罪人。
>
> 现在我们准备更为迅速与彻底地消灭我们的敌人……为了防止我的原话被误解，我不妨说得更直白吧，我的意思就是说我们要彻底毁灭日本……如果日本领导人还不肯按照我们的条件投降，那他们就会发现另外一场毁灭风暴将降临在他们的头上，那是他们在地球上从未看过的恐怖力量……

杜鲁门总统在可怕的战争威胁之后，又开始向全世界抛出了他的橄榄枝。

> 事实上，我们将核能释放出来是让人类进入一个全新的时代，从而对自然的力量有全新的认识。在未来，核能

可能可以替代煤炭、石油与水力，用于发电……

他承诺说："在未来我们一定会考虑如何让核能对世界和平产生强大而有力的影响。"

我想丘吉尔对于核能的评价可能更为深邃，也更令人深思。他说：

> 长久以来大自然一直充满了怜悯之心，它让人类远离这可怕的秘密，现在我们将它揭示了出来，这必须让我们仔细反思人类内心中最深处的思想与良知。

《时代》的军事栏目记者汉森·鲍德温的评价也让我很欣赏。

> 昨天我们在太平洋固然取得了可喜的胜利，但是我们也播下了灾祸的种子，也许有一天我们要自食恶果……

不管怎样，日本马上就要覆灭是不可避免的事实了。一周之后，也就是 8 月 14 日，日本宣布无条件投降了。当天傍晚 7 点刚过去几秒钟，我们就在公司总部的新闻室从怀特设立的白宫电话专线获得了这个消息。鲍勃·特劳特手握麦克风待命，听到消息之后，他立刻就把这个消息广播给了全世界。

我们在公司大楼 17 层的新闻室里就听到外面哈得孙河和东河上的各种船只拉响了汽笛。到处是欢呼的人群，他们向着无线电城和时代广场进发，要在那里举行庆祝活动。公司让我们在大半个晚上对此进行报道。当我结束了凌晨的工作之后，我虽然筋疲力尽，但十分高兴，沿着第 51 大街向家走去。我已经可以看到朝阳正在远处的东河上冉冉升起，这是和平重回人间之后的第一轮太阳。

第二次世界大战终于结束了！

　　10 月 10 日，星期三，伦敦。这座伟大的、一片狼藉的城市在过去几天的小阳春中……

路灯终于重新亮了起来，经历了六年的灯火管制和战争岁月，现在每个人都特别兴奋。当年我初到伦敦报道新闻，结识了不少工党的新朋友，现在我惊奇地发现他们当中不少人已经成为新的工党政府里的各部大臣。不过令人感到不可思议的是，和平才刚刚到来不久，英国选民却把厥功至伟的丘吉尔首相赶下了台。我在工党的老朋友奈·贝文一直是个脾气火爆的威尔士人，现在成为卫生大臣。拉塞尔·斯特劳斯也成为某部领导。1929 年，美丽的苏格兰小姑娘珍妮·李年纪轻轻就当选为议员，现在她不仅嫁给了奈·贝文，而且在政界平步青云，获得了更高的职位。迪克·克罗斯曼也是官运亨通。

　　10 月 19 日，星期四[①]，巴黎。我再次回到了这令人惊叹的梦幻之城！……

到达巴黎的第一天，我花了好几个小时在城里到处闲逛，把所有我熟悉的街道重走了一遍，20 年代中期我就在这些大

---

① 1945 年 10 月 19 日应为星期五，估计为作者误记所致。

街小巷里慢慢成长。不知怎么地，我感受到一种奇妙的孤独。当晚我在日记里这样结尾："这是我生命中最自由与快乐的日子之一。"

　　10 月 25 日，周四，巴黎。伊冯娜今天跑来看我，坚持在季纳姆餐馆吃午饭。这座略带俄国风情的餐馆坐落在巴黎拉丁区，当年我们在那里度过了许多美好的时光……现在故地重游，难免有点触感伤怀。

伊冯娜是我在巴黎刻骨铭心的初恋，我们现在仍然是朋友。我那几天的日记里写的全是在那里和老友重逢的快乐事情。

　　……等艾芙和菲利普看完他们当地的晚报之后，我们就一起去位于勒瓦娄哇一带的小酒馆吃午餐。

艾芙·居里和菲利普·巴雷斯都是名门之后①，在战争期间我时常见到他们。我当天的日记里还记载着另一项活动：吃完饭后艾芙和菲利普开车把我和多斯·帕索斯送到巴尔比宗去看望一位名叫德鲁的美国女演员。战争爆发后她一直客居法国，在自己的庄园里藏匿了不少飞机被击落的英美飞行员，她想办法把他们送到地下交通站，让他们逃脱纳粹的搜捕。

---

① 艾芙·居里是著名科学家居里夫妇的小女儿，菲利普·巴雷斯是法国著名小说家莫里斯·巴雷斯的儿子。

……我来到英国驻巴黎大使馆吃晚餐，和黛安娜女士在席间聊了很多有趣的事情。

黛安娜·库珀女士是一位美丽的女演员，她的丈夫达夫·库珀现在已经是英国驻巴黎大使。

重返巴黎，我的感觉好极了。

……忘写了：周一晚从巴尔比宗回来，我们在斯克里布酒吧聚会，哈德利女士——第一任海明威太太，还有玛莎女士——第三任海明威太太，她们在餐前酒时热烈地讨论着第四任海明威太太……

10 月 30 日，我回到柏林。

11 月 3 日，星期六，柏林。希特勒的"千年帝国"就这样终结了……看看它现在的样子，惨不可言。

想象一下，一座伟大的首都，而今被战火蹂躏得完全认不出模样；一个曾经无比强大的帝国烟消云散；五年前我离开此地时，这里的人民高傲地认为自己是优等民族，醉心于对外征服，对自己所谓的"征服世界"的使命满是狂热与无知。而今他们却只能面对残垣断壁，他们身心俱疲，瑟瑟发抖，饱受饥寒，没了意志，没了目标，没了方向，只能如动物一般觅食、藏身，苟活于世。你如何才能找到合适的言语来形容这些情形？

日复一日，我来往于城市的碎石之中。我来时在飞机上第一次鸟瞰了现在柏林城的模样，莱比锡大街和弗里德里希大街代表的柏林城中心，已经完全被夷为平地，周围的一些小街道也完全消失。柏林的几座主要火车站——波茨坦站、莱尔特站和安哈尔特站只剩空壳一座。霍亨索伦王室曾经居住的帝国皇宫的屋顶也已不见，宫殿两侧的厢房只剩齑粉，外墙破败不堪。市中心的蒂尔加滕公园一直是我在希特勒的统治压力下舒缓郁闷心情的散心地，现在看起来却像一个战场，遍布弹坑，粗壮的大树现在也只剩下了树桩。总而言之，从飞机上俯瞰柏林城，只能看见一大片满是废墟的荒野，房屋基本上没有屋顶，许多建筑被大火烧得漆黑，曾经的窗户现在也只剩下了空洞洞的缺口，在秋日夕阳的照射下格外凄凉。

接下来的几天，或乘美军的吉普车，或是步行，我查看了一些我熟悉的地方。1934 年我和特斯刚刚到柏林时，我们从一对犹太人夫妇那里租来了一栋楼房的顶楼两层，位于维滕贝格广场和威廉皇帝纪念教堂之间的陶恩沁恩大街，如今已被炸成平地。那位犹太先生是一位雕塑家，妻子是一位艺术史学者。他们逃到伦敦后，我们用英镑付给他们房租，让他们在伦敦生活。我们也利用这里的房子庇护过一些被追捕的犹太人，直到他们逃出德国。但我们认识到，这不过是杯水车薪而已。

维滕贝格广场已经被美军和英军的轰炸机炸得面目全非，根本辨认不出这座广场的起点和终点在哪里。广场西侧附近的卡迪威商场也消失在废墟中。广场南侧以前有个酒吧，战前我偶尔去那里喝啤酒，因为酒吧的老板阿洛伊斯·希特勒是希特勒同父异母的弟弟。我记得他是个没有坏心肠的好人，因为喝啤酒身材肥胖。当时他最担心的事就是他哥哥让他关掉酒吧，因为元首不希望外界知道自己家族出身于中下阶层。我找到了那个酒吧，它还算完好，底层还可以住人。事实上我发现它还在对外营业，我进去点了一杯啤酒，问工作人员阿洛伊斯去哪里了，然而好像没人知道他的下落。我想可能因为我穿着美军制服，没有人希望让一个穿美军制服的人知道自己和希特勒家族有半点瓜葛。事实上，现在只要我问柏林人对于希特勒的态度，他们就会告诉我他们当时有多么反对他，短短几天之后我对他们的善变就习惯了。我离开酒吧时，发现窗外新刷了一行店名，但在它的旁边隐约可以看见被抹掉的一行字，上面就是这个店的旧名字"A. 希特勒"。

这些日子我大多和霍华德·K. 史密斯在一起，他是我当年离开柏林前从合众社招募来的。这几年里他先为我们公司工作，然后又到别处做了战地记者。[1]有一天我们好不容易爬上了一堆废墟，霍华德回过头遥望着远处，用他嘶哑的嗓音说了一句德语："这是历史上绝无仅有的！"这是每逢希特勒赢得胜利时，纳粹的习惯性表达。现在却有了另外的含义。

当天早上我和霍华德决定先去探访一下被毁的威廉皇帝纪念教堂——柏林城里最有名的新教教堂之一。由选帝侯大街稍稍右转进入陶恩沁恩大街就到了。这座古老的教堂基本已成废墟，只剩下受损的圆柱孤零零地立在碎石堆上。[2]我和霍华德都在附近住过，所以迫不及待地想去老街区看看。

罗马咖啡馆也变成了碎石堆，当年纳粹还没有驱赶文化人士之前，这里是柏林艺术家和作家最常聚会的地方。布达佩斯大街的艾登酒店——放浪的女孩寻欢作乐的地方——也完全被毁，我和霍华德都想，那些无忧无虑的小姑娘要如何承受盟军轰炸机和苏联重炮带给她们的恐惧呢？大教堂对面就是格洛里亚宫的残骸，当年柏林城里顶级的电影院。格洛里亚宫当年有过不少值得夸赞的荣耀时刻，我记得莱尼·里芬斯塔尔当年为纳粹拍摄了两部用于政治宣传的电影——《意志的胜利》和《奥林匹亚》，影片在这里上映的时候，希特勒亲自前来观看。我在街上还看到了一些德国女性，当中一些人应该出身于家境殷实的中产家庭——从她们穿的皮毛外套就可以看出来。她们曾经都是拥护希特勒的中坚力量，现在却被集体管制起来，在监守的看管下从事搬运废砖块的劳动。

选帝侯大街也是柏林著名的街道，它从威廉皇帝纪念教堂向西一路延伸。当年要想了解德国中产阶级的生活方式和狂妄自大的心态，到这里来看看就行了。这条大街上绿树成荫，挤满了咖啡厅、餐馆、酒吧和时尚品商店，以及来来往往的人群。现在却全是废墟，推土机勉强从中间清出了一条小路，街道两旁的咖啡厅和餐馆都炸得粉碎，难以辨别。

我和霍华德又开车前往东北轴心区，希特勒在那里对夏滕堡宫周边地区进行了大规模的扩建，从蒂尔加滕公园划出了一大块土地，修建了一条宽阔的类似于凯旋大道的林荫大道。每逢重大胜利或纪念日，纳粹军队就会在那里迈开正步，举行盛大的阅兵式。当年我常常到那里现场报道。我总是待在希特勒后方的阅兵台，看着军队从眼前走过。希特勒就是在那里第一次向全世界展示了他的新式坦克和自行火炮，戈林的战斗机与轰炸机也会在头顶上呼啸而过。无数民众挤在马路两边，每当这些武器出场，他们就纷纷高声喝彩。

但我后来听说希特勒非常后悔把这条马路修得这么宽，因为它是如此巨大而醒目，所以成了英美飞行员执行轰炸任务时最好的地标指引。据说希特勒对此极为恼火，下令让人耗费巨资给大道铺上金属网以作伪装，但有一天晚上，一场从东面刮来的狂风把金属网全部掀翻了。这件事情很快就沦为了柏林人的笑柄。

我们非常惊讶地发现，纪念1871年普法战争大获全胜的胜利纪念柱还完好无损地屹立在大角星广场中央，它竟然躲过了英美的轰炸，也躲过了苏联人的炮击。然而此刻，这根纪念战胜法国的纪念柱顶端却飘扬着一面法国国旗，这可真是让我感慨历史的反复无常。沿着大街向前走上几百码就是勃兰登堡门，那里有一群苏联工人正在给一座新修的纪念碑进行扫尾工作。霍华德告诉我说，尽管这里是由西方盟军占领的城区，但是苏联人在这里匆忙建立了这座纪念碑，说是要以此纪念死于柏林战役中的苏联军人。与当初所有人的预计相反，德国人非但没能攻进莫斯科城，反而被苏联人彻底打败，连自己的首都柏林都落入敌人的手中。我看得出来，正在修建纪念碑的苏联工人正在全力赶工。事实上短短几天之后，也就是11月7日那天，这座纪念碑就必须全部完工了，因为11月7日正好是十月革命纪念日。

我们穿过勃兰登堡门继续前进，门楼上那些雄伟的希腊式圆柱都布满弹痕，炮火还损坏了门顶上的两匹战马雕塑。后面就是巴黎广场，这里是我在柏林生活的核心活动区域。它周围有我一直客居的阿德隆饭店、我时常造访的美国大使馆，还有战争一来就关闭了的法国大使馆——我在那里有很多朋友和线人。现在整个巴黎广场及其周围的建筑都变为瓦砾堆，美国和法国的大使馆也不例外，阿德隆饭店也成了一堆废砖石，这里唯一残存的建筑物就只有勃兰登堡门了。但是阿德隆饭店破败的墙壁外面挂着一个标牌，上面写着"供应下午茶"，我在心里犯疑这个地方究竟在哪里。我们翻过废墟，看到附近有一条阶梯通往一个老旧的地下防空洞。我走进去发现，里面的侍者有两个还是我以前就认识的，吧台服务生吉米也在，他们都是以前阿德隆饭店的老员工。他们穿着破旧的小礼服，还是和以前一样彬彬有礼，好像完全摧毁了他们饭店的战争根本没有发生一样。他们热情地迎接我们的归来。

喝完茶，我们又来到了威廉大街，这是以前我们搜集新闻的地方，因为德国外交部、宣传部和帝国总理府都坐落在这里。尽管威廉大街只是一条并不宽阔的道路，但是自普鲁士王国和德意志帝国依靠武力崛起之后，这里就变得举世闻名了。可这些都已过去，现在我们从大街的这一端往另一端望去，举目之内连一栋完整的建筑物也没有，整条大街上瓦砾堆积得像小山一样。工人和推土机正忙着清理道路，希望能够在中间拓出一条两车道宽的道路。

街道右手边就是兴登堡的旧总统府，战争爆发那年里宾特洛甫把它据为己有，改为自己的部长官邸，后来不顾战争期间人力和物资的短缺，花费巨资重新改造。现在这座帝国外交部部长官邸和帝国外交部一起彻底沦为废墟。当年我们时常参加在那里举办的新闻发布会，德国人一次又一次地在那里告诉我们说他们又对某个邻居动手了。一想到里宾特洛甫现在和那些幸存下来的纳粹恶棍一起被关在了纽伦堡监狱，我就感觉如释重负。1941年的时候，鲁道夫·赫斯搭乘飞机前往伦敦，希望劝降英国政府，这样德国就可以转头进攻苏联了。他被英国人一直扣留到战争结束，现在盟军法庭把他从伦敦带回德国，让他接受审判。据说赫斯被抓回来以后，一直在纽伦堡的监狱里装疯。我想对于一个狂热纳粹分子来说，装疯应该不是难事，我一直觉得他精神有问题。他曾经的办公地点也在威廉大街，现在也不复存在。大街的远端是纳粹宣传部大楼，现在只剩下几堵被战火熏黑的残壁，满地都是断裂的房梁和碎砖石。我和霍华德在宣传部废墟转了好久，我们讨厌纳粹宣传部及其部长戈培尔，我们在这里听了多少谎言啊！

我匆匆来到街对面的帝国总理府——希特勒生活、工作的地方，他最终也死在了这里。现在它也不剩什么了。房梁和光秃秃的墙壁成片地倒塌，碎石堆积如山。一个看起来愁眉苦脸的苏联红军守卫在总理府防空地下室外面，我从那里了解到，纳粹的宣传——"英勇牺牲……在生命的最后一刻都在与布尔什维克战斗"根本就是谎言。

我和霍华德爬到总理府废墟的顶端，此刻我想起当年我常常站在总理府对面的马路上，目睹了德意志帝国的大人物们来往于此。当晚我在日记里写道：

> 他们都乘坐着黑色的梅赛德斯轿车来到总理府。有肥胖的挂满勋章的戈林元帅；有瘦小、阴险如蛇的戈培尔，他就住在街对面；有愚蠢、自大的里宾特洛甫，他就住在这条街上的几百码以外；有赫斯和一天到晚醉醺醺的莱伊；有眯缝眼、副纵欲过度样子的卡克；有诡虐狂希姆莱（虽然他看上去像温和的小学校长）；有一大群爱好虚张声势的纳粹高官；还有军方将领，他们下车时都梗着脖子，不肯低头，一只眼睛上总是戴着单片眼镜，身上的制服熨烫齐整。他们走过大门接受卫兵的敬礼，然后走进总理府，策划新的战争与征服。

当我驻足这里，看到眼前的残垣断壁，我想到那些往昔不可一世的大人物现在或死于非命，或身陷囹圄。他们在其中炮制出一个又一个残忍计划的这座宏伟的府邸，也同他们一起化作青烟随风而逝了。我想，尚未成熟的德国也是一样。思想保守的美国人已经在谈论如何重建德国。

成王败寇在一瞬间颠覆得太快，令我几乎很难相信往昔的回忆都是真实的。仅仅五年前，就在脚下的废墟之上，那群人高高在上，令我恐惧。他们常常出入帝国总理府，围绕在希特勒身边，为他每一个毫无人性的计划出谋划策，他们是这片疯狂的土地上的英雄人物。他们来来去去，总有围观的人群为他们呼喊。整个德国不仅仅服从于他们的意志，更满怀狂热地支持他们的决策。

本来苏联军官为我们安排了一个活动，派向导带我们去参观总理府的地下室，但我和霍华德都太累了，我们没有再等就匆匆告辞。我想一两天以后再去。同时，我在继续调查希特勒的结局。

以下就是简要的经过。

希特勒是在总理府的地下室里自杀的，临死前一天他终于和他的长期情人爱娃·布劳恩结婚了。然而婚礼刚刚结束 24 个小时，希特勒就命令爱娃服下毒药。然后，他举起左轮手枪吞枪自尽，倒在爱娃的身边。当时苏联红军已经逼近总理府，近得已经处于苏联火炮的平射距离之内。希特勒自杀身亡的具体时间是 1945 年 4 月 30 日，星期一，下午 3 点 30 分。这一天距离他 56 岁的生日刚刚过去十天，距离他成为德意志总理十二年零三个月差一天。他曾经差点毁灭了苏联，现在为了避免自己成为苏联的俘虏，只好自行了断。

（他在最后的遗嘱中说道）我不会落入敌人手中。我知道他们正需要犹太人导演一场新戏，来取悦他们歇斯底里的群众。

希特勒一生经历无数，征服无数，最后落个一败涂地。但从他的遗嘱中我们看不出他有任何悔悟，他至死都坚信犹太人要为地球上的罪恶承担全部责任，德意志帝国的失败与毁灭也需要他们负责。他在生命的最后几个小时写下了遗嘱，仍然强调犹太人不仅要为战场和城市里数以百万计的人的死亡负责，而且他们自己惨死于纳粹的手中，也不过是咎由自取。

自始至终都忠于元首的戈培尔，在希特勒自杀后的第二天，也结束了自己的生命。不过他采取的方法可怕得多。5月1日清晨，他给自己六个3岁到12岁不等的孩子全部注射了致命的毒剂，然后命令党卫军朝着自己和妻子玛格达的脑后开枪。希特勒自杀之后，戈培尔夫人曾经向一位朋友提起："我的六个孩子也是属于元首，属于第三帝国的，如果元首和帝国都已经不复存在，那他们也没有栖身之地了。"戈培尔夫妇甚至没有询问六个孩子的意见，就直接决定终结他们的生命。戈培尔在希特勒的遗嘱后面附加了一个备注，他说："我的孩子们现在还太小，如果他们已经足够大，他们一定会毫不犹豫地同意为元首尽忠的。"

希特勒和他的主要追随者之一戈培尔博士就这样结束了生命。元首在自杀之前，却"贬斥"了两位他亲密的战友和下属——赫尔曼·戈林与海因里希·希姆莱。希特勒声称他们两人背叛了自己，也背叛了德意志帝国。希特勒还在遗嘱中宣布剥夺他们两人的一切政府职务，而且戈林不再拥有继承希特勒的资格——希特勒在 1941 年 6 月 20 日公开宣布戈林是自己的接班人。英国人俘虏了希姆莱之后不久，他趁看守不备吞下了一小管毒药，结束了自己的一生。戈林则和他的战友一起被拘押在纽伦堡的监狱，等候盟军法庭的审判。

11 月 16 日，我离开柏林前往纽伦堡，我希望这是自己最后一次来到柏林。我和霍华德开了一整夜的车才抵达，尽管战争已经结束六个多月，但是沿途城市的破败景象仍然触目惊心。我在日记里记下了其中的一些景象。

11 月 17 日，星期六，美因河河畔的法兰克福。

卡塞尔已经成了一片废墟，借着冬夜里清冷的月光，我们看到废墟之下掩盖了不少尸体，它们发出一阵阵的腐败臭味！……清晨，我们伴着皎洁的月光在雾气中来到法兰克福，这是德国历史上最伟大的城市之一，它是歌德的出生地，是德意志皇帝的选举地，是德意志帝国成立以前德意志邦联的首都，是 19 世纪德国自由主义的大本营，也是纳粹思想的堡垒之一……现在它却如同一座寂静的鬼城，除了让人不寒而栗的废墟以外，什么都不复存在了……

11 月 18 日，星期日，纽伦堡。

纽伦堡已经消失！原先护城河后方那可爱的中世纪小城已经被完全毁灭，现在这里就是一片废墟……美军的通告可真是乏味，他们声称"91% 的纽伦堡已经死亡"。

纽伦堡曾经是一座美丽的城市，它是德国文艺复兴时期著

名画家丢勒和工匠歌手汉斯·萨克斯的家乡。城里还曾经遍布
庄严雄伟的大教堂，譬如圣洛伦茨教堂、圣泽巴尔德教堂和圣
母玛利亚教堂；还有古老的市政厅和我喜欢的老旅馆。到达纽
伦堡之后，我花费了几个小时在城市里四处走动，最后只得出
了一个和美军的公告差不多的结论，我所喜爱的这些城市建筑
"99%已经死亡"。佩格尼茨河从纽伦堡城中贯穿而过，现在
河岸两边的住宅区有一半已经消失得无影无踪。德国霍夫酒店
也早已被夷为平地，当时纳粹每年都在纽伦堡举行盛大集会，
希特勒每次前来观礼时都会在德国霍夫酒店略做休息，我第一
次见到他的样子就在此地。那是在九年前，9月的一个晚上，
希特勒站在酒店的露台，向外面一群狂热之至的群众挥手致
意。整个纽伦堡的城市街区都没有了，就连当年我们记者驻扎
的符腾堡霍夫酒店也不复存在。

　　11月的冬季，下午的太阳还是暖洋洋的，有些本地的居
民从地窖里走了出来，坐在街边晒太阳。我向他们打听情况，
我想知道纽伦堡究竟发生了什么。他们告诉我，城里第一次遭
到大轰炸是在1943年的10月，之后就几乎没有停止过。1945
年新年刚过，第二天纽伦堡就遭到了有史以来最大规模的轰
炸，大概1000架其至更多的飞机对整个城市进行了整整一天
一夜不间断地攻击，然后这座中世纪古城就灰飞烟灭了。

　　1945年11月20日，星期二，上午9点半，正义之神终于
向纳粹战犯举起了正义之剑——国际军事法庭在纽伦堡司法宫
正式开庭审理纳粹战犯的战争罪行。我从未想到自己有生之年
能够看到这一幕。这是人类历史上第一次对战争罪犯进行审
理。记得第一次世界大战结束后，战胜国也发起过一次对德国

战犯的审判，但最终沦为了一场闹剧。1919 年，协约国起草了一份多达 3000 人的战犯名单，后来又迅速缩减为 892 人，最后位于莱比锡的一个德国法庭宣布只起诉其中的 12 人犯有战争罪。即便如此，德国人也从来没有把这个审判结果当一回事，这 12 名嫌犯中，有三人藐视法庭，根本就不屑于出庭受审；还有三人被取消了控诉；剩下的六个人都是小喽啰而已，法庭只对他们做出了很轻的惩罚。我后来查阅了一些当年有关此事的新闻报道，在当时绝大多数的德国人看来，这场审判纯粹就是一个笑话，它只不过再一次显示了那些所谓的战胜国有多么愚蠢罢了。

这一次，四大战胜国——美、英、苏、法要动真格了。但是在美国和英国本土，有很多人对这次审判，尤其对其司法程序的公正性表达了强烈批评。一大批律师对这次审判提出反对意见，主要理由都集中在一点：我们的审判运用的是事后诉讼原则，即他们要为之前非罪（至少对一个由胜利国组成的国际法庭来说如此）的"罪行"负责。

我对这些纳粹野蛮人充满了个人的愤恨，无法支持那些反对意见。不过我对法庭提出的四点控告之一——法庭认为发动侵略战争是一项罪行——确实是持怀疑态度的。[3] 如果这一点成立，回顾人类历史，将有无数人犯下了这项指控。而且我相信，未来会有更多这样的罪犯，人类远未进步到丢弃野蛮的侵略战争的程度。美国最高法院大法官、此次审判的美国首席检察官罗伯特·H. 杰克逊在和我的谈话中表示，他深信自己将创造一个历史上的伟大判例：侵略战争将被罪行化，策划及发动它们的人将被起诉，经合法手续后他们可以被定罪并受到惩罚。天知道纽伦堡的这些人谁见到了希特勒和他的手下"蓄意发动战争"，我只是感觉那是一种罪，阴谋者应当负责。但是，我必须承认，这是一种情绪化的表现。正义理应超越情绪。

对于其他的控诉，我都感到满意，譬如战争罪和反人类罪，特别是他们对犹太人、波兰人和苏联人的大屠杀。在美国和英国的法律业界有那么一批死咬法律文书、爱钻牛角尖的人，他们坚称法律只对其生效以后的行为有管束力，对其生效以前的行为——不管多么残暴的行为——没有效力。但是我想，定罪理由还是非常充分。屠杀、暗杀、严刑逼供、奴役是所有文明社会长久以来认定的犯罪行为，都被写进了法律。正如杰克逊法官所说的：

> 纳粹所犯下的恶行，自该隐①以来就被认为是一种罪行，每一个文明社会都早已把这类罪行写入法典，我们一定会惩罚他们的罪行。

在我看来，对于那些认为纳粹战犯不该为自己认为没有理由去负责的恶行而受到惩处的人来说，杰克逊法官的反驳与论证都是十分有力的。事实上早在两年前，盟军就对纳粹的暴徒发出过警告。当时纳粹进行种族屠杀和有组织大规模处决的恶行刚刚被外界初步了解，罗斯福、丘吉尔和斯大林三位领导人于 1943 年 11 月 1 日发布了一份政治宣言，警告纳粹他们一定会为自己的罪恶行径负责。

---

① 《圣经》中记载该隐为亚当与夏娃所生儿子之一，因嫉妒兄弟亚伯而将其杀害，并拒绝向耶和华承认罪行，最终被逐出人类家庭聚居的地方。

　　我们务必让那些手上还未沾染无辜者鲜血的人知道，不要让自己加入罪恶的行列，否则我们盟军三大国一定会把他们送上审判席，不管他们逃到天涯海角，正义一定要得到声张。（这份宣言一定是丘吉尔起草的！）

　　庭审第一天上午 9 点钟，我赶到法庭现场，以戈林为首的 21 位纳粹前高官都已经在审判席上坐好。我想他们应该都知道上述那份警告宣言，可他们依然执迷不悟。

　　我第一眼看到他们时真是震惊：看看这些显赫一时的人物堕落成了什么样子！这些纳粹恶魔，当他们所信仰的纳粹主义思想被清算，他们的权力被剥夺之后，他们看起来和普通人没有两样。我在心里反问自己，这些看上去平庸、矮小、衣着简陋、坐立不安的人，真的就是他们吗？五年前当我离开德国的时候，他们还拥有巨大的权力。我真的无法想象，眼前这些表情呆滞、连椅子都坐不稳的卑微的人，当年竟然掌控着德国和整个西欧的命运。他们看起来再也不像征服者，也不像所谓优等民族的首领了，他们曾经满身的自大、傲慢无礼与野蛮气息都已经消失得无影无踪。

　　我在随身携带的采访本上写道："这些卑鄙小人，已经崩溃了！"然后我就开始观察他们每一个人，记下在这庭审的第一天里他们各自都是什么样的表情和行为。

　　第一个就是戈林。审判席有两排，他坐在第一排的第一个位子。最终他在这里实现了自己坐上头把交椅的心愿……尽管不是他希望的那一把。我第一眼几乎没有认出他来，他看上去瘦了许多，一个美国军医对我耳语，他大概瘦了 80 磅……此刻他松松垮垮地穿着褪了色的德国空军制服，他如孩童一般珍爱的军徽和勋章都不见了……随之不见的还有他强壮的体魄、一贯的傲慢和耀武扬威的派头。

命运的瞬息万变真让人惊讶，竟然能把一个人变成现在这个样子。与戈林相比，他身边坐着的那个人显得更为虚弱——鲁道夫·赫斯。

长期以来，赫斯都是希特勒身边最亲密的战友和下属，还做过希特勒的指定继承人，1941 年他在莫名其妙地飞往英国之时，还是纳粹的三号人物。此刻坐在审判席上的赫斯让我感觉就是一个已经崩溃的人。他面容极为憔悴，骨瘦如柴，由于惊慌，他的嘴唇一直不停地颤抖，曾经明亮的眼睛现在却只是茫然地盯着法庭。我是第一次看见赫斯没有穿制服的样子，以往他要么身着冲锋队的褐色衬衫，要么就是党卫军的黑色外套，看起来高大强壮。现在他身上套着一件快要磨破了的平民服装，显得更为瘦小干瘪。我们都知道，赫斯一直在装疯卖傻，他声称在英国的四年监狱生活让自己失去了记忆。他看上去似乎专门做出一副不配合庭审的样子，大多数时间他都装模作样地掏出一本书在那里看。

坐在赫斯旁边的是里宾特洛甫。他向来满腹邪术，自傲自大又不学无术，以至于希特勒身边的近臣都不能理解元首为什么会持续重用这样一个人——戈林对他就极度厌恶。和其他战犯差不多，里宾特洛甫现在看起来身形猥琐，精神委顿，衰老得超出人们的想象。

他左手边的是凯特尔。他穿着一件褪色的、没有任何军徽和勋章的陆军军官服。我上一次看见凯特尔是在贡比涅森林的火车车厢里。1940 年 6 月，当时他作为陆军元帅和最高统帅部参谋长，就坐在 1918 年福煦元帅的那辆旧火车车厢里，代表德国与战败的法国签署了停战协议，那扬扬得意的样子至今让我记忆深刻。现在他看上去只是有些安静，并没有像前面几位那样濒临崩溃。看上去他对纳粹的弥天罪恶并没有什么太大的感觉，因为我看他食欲不错，一直坐在那里嚼美军给他提供的压缩饼干。

坐在他身边的是阿尔弗雷德·罗森堡。这个骗子"哲学家"一度担任了希特勒本人和纳粹运动的精神导师。罗森堡也瘦得厉害。看得出他肤色蜡黄，有点浮肿的样子，原先他那方方正正的脸已经不复存在。

这个来自波罗的海的男人身穿深棕色制服，木讷，茫然，但危险十足。他对纳粹的种族理论贡献良多，还指示德军从占领区劫掠各种艺术品。他在被征服的苏联领土上指挥了对斯拉夫人的大规模处决。现在他不安地坐在审判席上，身体前倾，听着庭上的每一个字，双手在颤抖。

他旁边的是汉斯·弗兰克，纳粹党代表律师，也是波兰占领区的总督。他指示下属杀害了大批的波兰人和犹太人。我一直为一件事情感到震惊，那就是弗兰克和希姆莱一样，都是拥有良好教养的杀人犯，他们可以持续地以一种极度冷静的情绪去屠杀别人，自己却从来不会因此兴奋，也不会让自己显得特别残忍。他是整个审判席上情绪自控最好、最为冷静的犯人。

他旁边的是威廉·弗里克，穿着一件格子花纹的运动夹克。在他温和的外表背后是一颗极为冷酷、残忍的心。他是希特勒的老战友之一，尽管他曾是巴伐利亚的一名警察，却和希特勒在慕尼黑建立起了友谊，并且纵容希特勒发动慕尼黑啤酒馆暴动。他是个彻头彻尾的官僚。尽管此刻他坐在审判席上显得绝望与无助，但是我不会忘记他在长期担任内政部部长和波希米亚与摩拉维亚"保护者"期间，向外界展示了他极为冷血的残忍本性。

　　我几乎没有认出坐在旁边的尤利乌斯·施特赖歇尔。他曾是纽伦堡至高无上的统治者，经常挥舞着马鞭在街道上耀武扬威，因色情刊物和诱捕犹太人发迹。他的嚣张气焰早已消逝。他坐在那里，猥琐、秃顶、苍老，汗流个不停。偶尔他盯住法官时，旧日怒容会浮现在脸上。警卫告诉我，施特赖歇尔认为这些法官都是犹太人。看到这个面目可憎的德国人被正义审判，一定会加强你对终极正义的信念。

　　瓦尔特·丰克和施特赖歇尔并肩而坐。他把沙赫特博士挤走，自己担任了德意志帝国银行的总裁和经济部部长。他还是老样子，像癞蛤蟆一样粗鄙、肥胖，眼睛贼溜溜地四处乱转。他的旁边，也就是第一排座席的最后一个是自己的政敌沙赫特博士，他们两人已经有十年没说过话了。在我看来，沙赫特是一个诡计多端的人，当年为了帮助希特勒成为总理并攫取权力，他的功劳仅次于弗朗茨·冯·巴本。沙赫特后来与这些纳粹战友决裂，认为他们都是暴徒，现在他却被迫和他们安排在一起接受审判，这让他很愤怒。

沙赫特笔直地坐在那里，他的衣领特别高，以至于他的头看上去简直都要和身体分离了，他两臂抱在胸前。他英语熟练，所以没用翻译耳机直接听法官读起诉书……我听人说他相信自己一定会被无罪释放。

坐在第二排的被告就吸引不了我的兴趣了。坐在第二排第一位和第二位的是纳粹德国仅有的两位海军元帅——卡尔·邓尼茨和埃里希·雷德尔。邓尼茨是一位杰出的海军军官，他从军以来绝大多数的时间在安分守己地做一名潜艇军人，德国 U 型潜艇的"狼群战术"①就是他的杰出发明。他之后接替雷德尔成了海军总司令。此刻邓尼茨一身平民服装，笔直地坐在审判席上，像一位杂货店的营业员——很难想象这个人会是希特勒在决定自杀前所指定的接班人。雷德尔还是一身军装，衣领照旧翻起来，这简直就是他的标准装束。他看上去老了不少，可能也和他这些年的操劳有关。自从第一次世界大战结束以后，雷德尔就一直希望按照自己的想象建立一支强大的德国海军。此刻这个曾经有着雄心壮志的海军元帅显得疲惫不堪，像一个已经开始犯糊涂的老年人。

坐在雷德尔旁边的是一位风度翩翩的男子，也是所有被告中最年轻的一位，他就是希特勒青年团的领袖巴尔杜尔·冯·席拉赫，二战期间他还兼任驻维也纳长官，遭人厌恶。因为他的母亲和外公、外婆都是美国人，所以他的相貌看起来更像美国人而非德国人。年轻的席拉赫实际上对纳粹胡编乱造的理论

---

① 狼群战术是第二次世界大战中德军对大西洋上的盟军商船和美国对太平洋上的日本运输船所使用的潜艇战术。多艘潜艇集结攻击，使通商破坏战的成果大幅提升。

极度信奉，而且他的工作很有成就，把希特勒青年团建设成一支强大的政治力量。此刻他有点迷茫，好像还不大能相信自己会被送到这里接受审判。

再旁边的是弗里茨·绍克尔，他总是眯着自己的小眼睛，所以我一直觉得他长得很像一头猪。他负责管理纳粹帝国的奴隶工人，以粗鄙和残酷无情而远近闻名。绍克尔做过水手和建筑工人，我有时会想如果德国没有被纳粹祸害，那么绍克尔完全可以安分守己地经营好一家肉铺，而不是成为现在这样一个恶魔。这个粗鄙的男人被法庭指控从德国占领的各国强征了数以百万计的民众，逼迫他们成为奴工。现在他在审判席上如坐针毡，左右摇摆。我看到他紧张的样子感到十分惊讶。

绍克尔旁边的是陆军大将阿尔弗雷德·约德尔。与绍克尔的坐立不安截然相反，约德尔穿着褪色的旧制服，笔直地坐在那里，一动不动。尽管约德尔只是最高统帅部的二号人物，但是他明显更富有智慧，比起他的上级凯特尔元帅，他和希特勒的关系更为密切，忠诚地服从元首直至最后一刻。

约德尔旁边是弗朗茨·冯·巴本。正是在他的协助和怂恿之下，1933 年希特勒才获取了兴登堡的信任，攫取了共和国的总理大权。可笑的是，希特勒一朝大权在握，根本没有记得巴本的功劳，曾经多次发起对他的刺杀，但都被他侥幸逃脱。现在巴本终于彻底逃过了希特勒的威胁，落到了盟军的手里。不过我一点也没看出他有任何开心的样子。我发现巴本已经垂垂老矣，曾经明亮的眼睛现在眼窝深陷，整个脸都已经枯萎，脸上的皮肤也变得松弛，肩膀松松垮垮。我想上帝留给这只老狐狸的时间已经不多了。

阿图尔·赛斯－英夸特就坐在巴本身边。这个可耻的奥地利叛徒终于没能逃过正义的审判。大战爆发后，希特勒任命他为纳粹的荷兰总督，他在任期间对荷兰反抗者进行了无情的镇压。现在看起来他没有什么变化，即使此刻坐在审判席上，他还是一如既往地冷静与有条不紊。阿尔伯特·斯佩尔也在审判席上，他是大战最后几年的装备部部长，还是希特勒的私人建筑师。斯佩尔看上去很奇怪，他对审判流露出一种特别真诚的态度。一直以来，我都为斯佩尔的良好品性感到惊讶，他是纳粹党中少有的正直的人，但他太醉心于自己的宏大理想。他深知自己资历尚浅，要想实现伟大事业，只能依靠希特勒的大力支持，所以他根本不敢对元首有任何违逆。元首对他非常器重，大力支持他伟大的建筑梦想。在后来的审判中，斯佩尔是所有被告中唯一一位对自己的罪行表示悔恨的人。

斯佩尔旁边是康斯坦丁·冯·诺伊拉特男爵。他算得上某类贵族职业外交官的典型代表，在他的身上看不到坚定的信念，也看不到正直与诚实。他先是在纳粹政府担任外交部部长，然后被希特勒任命为波希米亚和摩拉维亚的"保护者"。纳粹在那里建立了大量屠杀犹太人和各国平民的"屠宰场"，诺伊拉特在当地就算是纳粹名义上的负责人。他出身于一个保守而历史悠久的德国贵族家庭，本该延续家族的生存，却走上了与纳粹魔鬼妥协和共舞的道路。现在这个已经崩溃的老人看起来十分茫然，因为他也许就要葬送家族的前途了。

第二排的最后一位被告——纳粹宣传部国内广播司司长汉斯·弗里切，他满腹才华，却是一位毫无道德的无耻之徒。他做过纳粹电台评论员和记者，也在宣传部负责管理广播事务。据我收集的消息说，由于戈培尔已经服毒自杀，盟军无法追究他的罪行，但是盟军法庭又不愿意放过纳粹宣传部，所以就把弗里切拉进被告团，让他代表纳粹宣传部接受审判。看起来弗里切对自己的重要性很惊讶，他似乎想告诉法庭："尊敬的法官大人，和前面这些大人物相比，我实在没有资格和他们坐在一起。"[4]

上午10点钟，法官团成员开始走入法庭，他们的构成非常有趣。

主持审判工作的是英国大法官杰弗里·劳伦斯，他上了年纪，身材粗壮。他拥有格莱斯顿那样的宽阔额头，和所有知名的英国法官一样自律和自信……他会是个坚决、理智、公平的人。他的替补是诺曼·伯基特爵士……瘦高，我年轻时在伦敦的法庭常能看到他和我们这个时代最棒的两三位律师在一起。

美国的首席法官是前任司法部部长弗朗西斯·比德尔，他看上去有点自得，登上审判台的时候差点踩到了自己的长袍。和他交替工作的另一位美国法官是约翰·J.帕克，他出生和成长于北卡罗来纳州，当年以参议院的一票之差而未能进入最高法院。对帕克来说，他并不是特别熟悉欧洲，尤其是疯狂的纳粹德国的情况……法国的法官是多纳迪厄·德瓦布，他看上去长得有点像克里孟梭，又有点像贝当。他的替补是罗贝尔·法尔科，像巴黎司法宫大厅里聚集的任何一位律师。据我观察，他好像有流口水的毛病。

所有人都穿了黑色的法官长袍，但是来自苏联的两位同行——苏联最高法院副院长约纳·季莫费耶维奇·尼基琴科少将和亚历山大·费奥多罗维奇·沃尔奇科夫中校，他们穿着军服，上面缀满了闪闪发光的奖章。

整个纽伦堡审判几乎持续了近一年。对我个人而言，还有比纽伦堡审判更有意义的一件事，那就是随着审判的进行，数以千计的纳粹秘密文件被公之于众。它们来自德国政府、德国外交部、纳粹党卫军、纳粹党部和德国国防军的三大兵种。这些秘密文件让我了解到大量令人震惊的事实，知晓了希特勒在德国和被他征服的欧洲进行过怎样野蛮的统治。盟军赶在德国人销毁秘密文件之前就缴获了它们，文件的数量极为庞大，单就重量而言就已经达到数百吨。在这些文件面前，审判席上的纳粹战犯承认了他们的大多数罪行，但他们在辩护律师的帮助下也没有放弃任何一个为自己开脱的机会，这才使审判拖延了那么久。

1946 年 10 月 1 日，国际军事法庭下达了裁决意见，22 名被告人中有 19 人被认定犯有一项或多项罪行；其中的 12 人被判处绞刑，3 人终身监禁，4 人被判处 10 至 20 年不等的有期徒刑。令很多人意外的是，巴本、沙赫特和弗里切都被判无罪。[5] 赫斯、丰克和雷德尔的判处结果也令很多人惊讶，他们三人作为希特勒的重要助手，都逃脱了绞刑的命运，而被判处终身监禁。斯佩尔和席拉赫都被判处 20 年有期徒刑，诺伊拉特获刑 15 年，邓尼茨 10 年。其余人很快被送上了绞刑架。

16 天之后，1946 年 10 月 16 日，凌晨 1 点刚过，里宾特洛甫被第一个送上了纽伦堡监狱的绞刑架，接下来是凯特尔、卡尔滕布伦纳、罗森堡、弗兰克、弗里克、施特赖歇尔、赛斯－英夸特、绍克尔、约德尔。

原本第一个是戈林，但他之前偷偷把一管毒药带进了自己的囚室，在计划行刑前的两个小时服毒自杀。

我在美国收到这个消息后，写下了一段感想："戈林同他的元首阿道夫·希特勒以及与他争夺继承权的劲敌希姆莱一样，最后成功地选择了离开世界的方式——这个被他们祸害深重的世界。"[6]

此刻我已经从德国离开，回到家乡，就像五年前我离开那里回到美国与家人欢度圣诞节一样。

此时，我已经 41 岁，在海外漂泊了 20 年，对我而言，这次回家将是永远的。

尾　注

[1] 就在希特勒对美国宣战前几个小时，霍华德及时逃出了柏林，其余没来得及逃走的美国外交官和记者被纳粹关押了几个月。由此，他给自己那本非凡的书起名为《离开柏林的末班车》(*Last Train From Berlin*)。
[2] 这些废墟被完整保存了下来，用来警示后人。
[3] 法庭对纳粹战犯提出的四点控诉是：第一，阴谋夺取政权，建立极权主义政权，策划与发动侵略战争；第二，发动侵略战争；第三，违反战争法；第四，包括屠杀犹太人在内的反人类罪。
[4] 最恶毒的纳粹刽子手恩斯特·卡尔滕布伦纳不在以上的被告名单中。他是盖世太保和党卫军的二号人物，仅次于希姆莱，本该由他代替自杀身亡的希姆莱接受审判，但两天前他突发脑出血，所以缺席。他和希特勒一样是奥地利人，战争末期，他的助手阿道夫·艾希曼组织了对犹太人的屠杀。
　　另外一位没有出席的是德国劳工阵线的负责人罗伯特·莱伊，虽然他是被起诉的纳粹头子之一，但在开庭之前，他在监狱里上吊自杀了。

［5］但之后德国新政府成立了清除纳粹分子的专门法庭，弗里切被判9年劳役，沙赫特和巴本则为8年，不过他们真正服刑的时间都很短。

　　还有战争后期因担任希特勒的秘书而掌握了重大权力的马丁·鲍曼，法庭对他缺席审判，结果是两项罪名成立，判处死刑。我确信，在希特勒自杀后的第二天，他试图逃出柏林，在半路上死于苏军的炮火。但一直有传闻说他侥幸逃出德国，在南美隐居起来。他在纳粹党内发迹于我离开柏林的1940年。

［6］这是《第三帝国的兴亡》的最后一句话。

译名对照表

Aachen 亚琛

Abdel-Krim 阿卜杜勒 - 克里姆

Action Française "法兰西行动党"

Admiral Hipper (battle-cruiser) "希佩尔海军上将号" (战列巡洋舰)

Addis Ababa 亚的斯亚贝巴

Albert Canal 艾伯特运河

Alfieri, Dino 迪诺·阿尔菲耶里

Alfonso XⅢ 阿方索十三世

All Quiet on the Western Front (Remarque) 《西线无战事》 (雷马克)

Allen, Jay 杰·艾伦

Allied High Command 盟军最高指挥部

Allied Intelligence 盟军情报机构

Allied Supreme War Council 盟军最高战争委员会

Alsace 阿尔萨斯

Altmark (supply ship) "阿尔特马克号" (供应舰)

Amanullah, king of Afghanistan 阿马努拉 (阿富汗国王)

Anglo-French High Command 英法最高指挥部

Anglo-German naval treaty 《英德海军协定》

Angriff 《攻击日报》

Anschluss 德奥合并

Antwerp 安特卫普

A. P. (Associated Press) 美国联合通讯社 (美联社)

Ardennes Forest 阿登森林

Argonne 阿尔贡

Army High Command, German 德国陆军指挥部

As It Happened (Paley) 《既已发生》 (佩利)

Aschmann, Dr. 阿施曼博士

Ashton-Gwatkin, Frank 弗兰克·阿什顿 - 格沃特金

Athenia (British liner) "雅典娜号" (英国班轮)

Atlantic Monthly 《大西洋月刊》

Attolico, Bernardo 贝尔纳多·阿托利科

Austrian Broadcasting Company

Claudel, Paul 保罗·克洛岱尔

Clemenceau, Georges 乔治·克里孟梭

Collapse of the Third Republic（Shirer）《第三共和国的崩溃》（夏伊勒）

Cologne 科隆

Communism/Communists 共产主义/共产主义者

Compiègne 贡比涅

Condor Legion 秃鹰军团

Confessional Church "认信教派"

Cooper, Alfred Duff 阿尔弗雷德·达夫·库珀

Cooper, Diane 黛安娜·库珀

Corap, General 克拉普将军

Corbin, Charles 夏尔·科尔班

Cossack（destroyer）"哥萨克号"（驱逐舰）

Coty, François 弗朗索瓦·科蒂

Coulondre, Robert 罗贝尔·库隆德尔

Cracow 克拉科夫

Croix de Feu "火十字团"

Crossman, Dick 迪克·克罗斯曼

Curie, Ève 艾芙·居里

Czeja, Emil 埃米尔·切娅

Dachau 达豪

Daily Telegraph《每日电讯报》

Daladier, Édouard 爱德华·达拉第

Danzig 格但斯克（但泽）

Darlan, Jean 让·达朗

Dar-ul-Aman 达鲁尔·阿曼

Daudet, Léon 莱昂·都德

Davis, Elmer 埃尔默·戴维斯

Dawson, Geoffrey 杰弗里·道森

Day, Donald 唐纳德·戴

Decline of the West（Spengler）《西方的没落》（斯宾格勒）

de Gaulle, Charles 夏尔·戴高乐

Delaney, John 约翰·德莱尼

Denis, H. H. 丹尼斯

Der Führer（newspaper）《元首报》（报纸）

Der Stürmer（periodical）《先锋报》（周刊）

Deuel, Wally 沃利·德尔

Deutschland（pocket-battleship）"德意志号"（袖珍战列舰）

De Valera, Eamon 埃蒙·德瓦莱拉

Devonshire（crusier）"德文郡号"（巡洋舰）

Dieckhoff, Hans 汉斯·迪克霍夫

Dietrich, Otto 奥托·迪特里希

Dietrich, Harold 哈罗德·迪特里

INS wire service（International News Service）国际通讯社

Inside Europe（Gunther）《欧洲透视》（君特）

International Broadcasting Union 国际广播联合会

International Commission "国际委员会"

International Disarmament Congress 国际裁军会议

International Jew, The（Ford）《国际化的犹太人》（福特）

International Labor Office 国际劳工局

International Olympic Committee 国际奥林匹克委员会

Ironside, Edmund 埃德蒙·艾恩赛德

Italian Broadcasting Company 意大利广播公司

Jackson, Robert H. 罗伯特·H. 杰克逊

Jalalabad 贾拉拉巴德

James, Edwin L.（Jimmy）埃德温·L. 詹姆斯（吉米）

Jean, duc de Guise 让·德·奥尔良（吉斯公爵）

Jeunesse Patriotes "爱国青年团"

Jodl, Alfred 阿尔弗雷德·约德尔

Johnson, Hiram 海勒姆·约翰逊

Jordan, Max 马克斯·乔丹

Josse, Colonel 若斯上校

Kabul 喀布尔

Kaltenborn, Hans 汉斯·卡尔滕伯恩

Kaltenbrunner, Ernst 恩斯特·卡尔滕布伦纳

Karinhall 卡琳庄园

Keitel, Wilhelm 威廉·凯特尔

Kelley, Douglas M. 道格拉斯·M. 凯利

Kennan, George 乔治·凯南

Kennard, Howard 霍华德·肯纳德

Kerker, Bill 比尔·克尔克

Kerr, Walter 瓦尔特·克尔

Kerrl, Hans 汉斯·克尔

Kesselring, Albert 阿尔贝特·凯塞林

Khyber Pass 开伯尔山口

Kiel naval base 基尔港海军基地

Kipling, Rudyard 鲁德亚德·吉卜林

Klauber, Ed 埃德·克劳伯

Klausener, Erich 埃里希·克劳泽纳

Lebensraum （living space for Germans）"（德国的）生存空间"

Lebrun, Albert 阿尔贝·勒布伦

Lee, Jennie 珍妮·李

Leeb, Wilhelm Ritter 威廉·里特尔·勒布

Left Popular Front（France）左翼人民阵线（法国）

Legér, Alexis（St. -John Perse）阿列克西·莱热（圣-琼·佩斯）

Lehman, Willy 维利·莱曼

Leipzig（cruiser）"莱比锡号"（巡洋舰）

Lenard, Philipp 菲利普·莱纳德

Lenin 列宁

Leningrad 列宁格勒

Leopold, king of Belgium 利奥波德（比利时国王）

Lewis, Sinclair 辛克莱·刘易斯

Ley, Robert 罗伯特·莱伊

L'Humanité（newspaper）《人道报》（报纸）

Liège 列日

Lindbergh, Anne 安妮·林德伯格

Lindbergh, Charles 查尔斯·林德伯格

Linz 林茨

Lipsky, Josef 约瑟夫·利普斯基

List, Sigmund Wilhelm 西格蒙德·威廉·利斯特

Litvinov, Maxim 马克西姆·李维诺夫

Lloyd George, David 大卫·劳合·乔治

Locarno Treaty/Pact《洛迦诺公约》

Lochner, Louis 路易斯·洛克纳

Long, Huey 休伊·朗

Lorraine 洛林

Louvain, Belgium 鲁汶（比利时）

Low Countries 低地国家

Ludendorff, Erich 埃里希·鲁登道夫

Lufthansa 汉莎航空公司

Luftwaffe 德国空军

Lüger, Karl 卡尔·吕格

Luther, Martin 马丁·路德

Lutheran Church 路德教派

Lützow（pocket-battleship; formerly Deutschland）"吕佐夫号"（袖珍战列舰，原名"德意志号"）

Maass, Emil 埃米尔·马斯

Maastricht 马斯特里赫特

MacArthur, Douglas 道格拉斯·麦克阿瑟

查希尔

Moldavia 摩尔达维亚

Molotov, Vyacheslav M. 维亚切斯拉夫·米哈伊洛维奇·莫洛托夫

Moore, Henry 亨利·摩尔

Moravia 摩拉维亚

Morell, Theodor 特奥多尔·莫雷尔

Morrell, Bill 比尔·莫雷尔

Morrell, Mary 玛丽·莫雷尔

Mowrer, Edgar 埃德加·莫勒

Mozart, Wolfgang Amadeus 沃尔夫冈·阿玛多伊斯·莫扎特

Müller, Ludwig 路德维希·米勒

Müller, Wilhelm 威廉·米勒

Mulvihill, Daniel A. 丹尼尔·A.马尔维希尔

Munich Conference and Pact 慕尼黑会议、《慕尼黑协定》

Murrow, Edward R. 爱德华·R.默罗

Murrow, Janet 珍妮特·默罗

Mussolini, Benito 贝尼托·墨索里尼

Mustafa Kemal Atatürk 穆斯塔法·凯末尔·阿塔图尔克

Myth of the Twentieth Century, The

（Rosenberg）《二十世纪的神话》（罗森堡）

Nadir Khan 纳迪尔汗

Nadir Shah 纳迪尔沙

Naidu, Sarojini 萨罗基尼·奈杜

Namier, L. B. L. B. 内米尔

Namur 那慕尔

Narvik 纳尔维克

NBC （ National Broadcasting Corporation ）美国全国广播公司

National Reich Church 帝国教会

National Socialism 国家社会主义

Naujocks, Alfred Helmut 阿尔弗雷德·赫尔穆特·瑙约克斯

Naval Group West 海军西部战队（德国）

Nehru, Jawaharlal 贾瓦哈拉尔·尼赫鲁

Neurath, Konstantin von 康斯坦丁·冯·诺伊拉特

New York Times《纽约时报》

Newton, Basil 巴兹尔·牛顿

Niemöller, Martin 马丁·尼莫拉

Nikitchenko, Iona Timofeevich 约纳·季莫费耶维奇·尼基琴科

Noël, Léon 莱昂·诺埃尔

Normandy 诺曼底

加莱

Popular Front（France）"人民阵线"（法国）

Porter, Katherine Anne 凯瑟琳·安·波特

Positive Christianity 正面基督教

Pound, Ezra 埃兹拉·庞德

Pressard, Georges 乔治·普雷萨尔

Prien, Günther 金特·普里恩

Prince, Albert 阿尔贝·普兰斯

Protestant Church/Protestantism 新教教会/新教

Prussia 普鲁士

Quintanilla, Luis 路易斯·金塔尼利亚

Quisling, Vidkun 维德孔·吉斯林

racial theories 种族理论

Raeder, Erich 埃里希·雷德尔

R. A. F.（Royal Air Force）英国皇家空军

Raubal, Geli 吉莉·拉包尔

Rauschning, Hermann 赫尔曼·劳施宁

Red Cross 红十字会

Redressement Français（French Resurgence）"法郎复苏"

Reich Defense Law《德意志帝国国防法》

Reichenau, Walter von 瓦尔特·冯·赖歇瑙

Reichstag 德意志帝国议会

Reichstag Fire 国会纵火案

Renaud, Jean 让·雷诺

Republican Guards 共和国卫兵

Reuter news agency 路透社

Revue Hebdomadaire《每周评论》

Reynaud, Paul 保罗·雷诺

Rhineland 莱茵兰

Ribbentrop, Joachim von 约阿希姆·冯·里宾特洛甫

Riefenstahl, Leni 莱尼·里芬斯塔尔

Rise of American Civilization（Beard）《美国文明的崛起》（彼尔德）

Rise and Fall of the Third Reich（Shirer）《第三帝国的兴亡》（夏伊勒）

Röhm, Ernst 恩斯特·罗姆

Rome-Berlin Axis 罗马－柏林轴心

Rommel, Erwin 埃尔温·隆美尔

Roosevelt, Franklin D. 富兰克林·D. 罗斯福

Roosevelt, Nicholas 尼古拉斯·罗

冯·许士尼格

Sea Lion（code name for invasion of Britain）"海狮计划"（德军入侵英国的行动代号）

"Secret Protocol" of Hitler and Stalin "秘密协议"（希特勒和斯大林）

Securities and Exchange Commission 证券与交易委员会

Sedan 色当

Seeds, William 威廉·西兹

Segovia, Andrés 安德烈斯·塞戈维亚

Segura, Cardinal 塞古拉主教

Sevareid, Eric 埃里克·塞瓦赖德

Seyss-Inquart, Arthur 阿图尔·赛斯－英夸特

Shaposhnikov, Boris M. 鲍里斯·米哈伊洛维奇·沙波什尼科夫

Sheean, Vincent 文森特·希恩

Sherrill, Charles E. 查尔斯·E. 谢里尔

Sherwood, Robert 罗伯特·舍伍德

Shirer, Eileen Inga 艾琳·因加·夏伊勒

Shirer, Tess 特斯·夏伊勒

Silesia 西里西亚

Simon, Colonel 西蒙上校

Simon, John 约翰·西蒙

Sitzkrieg "静坐战"

Small, Alex 亚历克斯·斯莫尔

Smith, Howard K. 霍华德·K. 史密斯

Smith, Truman 杜鲁门·史密斯

Social Democrats（Austria）社会民主党（奥地利）

Socialism/socialists 社会主义/社会主义者

Solidarité Française "团结法兰西"

Somme river 索姆河

Sondergericht（special court）"特别法庭"

Sonnemann, Emmy 埃米·松内曼

Spaak, Paul-Henri 保罗－亨利·斯巴克

Spears, Edward L. 爱德华·L. 斯皮尔斯

Speer, Albert 阿尔伯特·斯佩尔

Sperrle, Hugo 胡戈·施佩勒

S. S.（*Schutzstaffel*）/blackcoats 党卫军/黑衫

Stalin, Joseph 约瑟夫·斯大林

Stalingrad 斯大林格勒

State Post and Telegraph Ministry 国家邮电部

Stavisky, Serge Alexandre 塞尔日·

Trask, Claire 克莱尔·特拉斯克

Trier 特里尔

Trocadéro riot 特罗卡德罗暴动

Trondheim 特隆赫姆

Troost, Ludwig 路德维希·特罗斯特

Trotha, Adolf von 阿道夫·冯·特罗塔

Trotsky, Leon 列夫·托洛茨基

Trout, Bob 鲍勃·特劳特

Truman, Harry S. 哈里·S. 杜鲁门

Tuka, Adalbert 阿达尔贝特·图卡

Unamuno, Miguel de 米格尔·德·乌纳穆诺

UNC（French Association of Veterans）法国退伍军人协会

UFC（Union Fédérale des Combattants）"联邦战士联盟"

United Nations 联合国

U. P.（United Press）美国合众国际社（合众社）

U. S. Amateur Athletic Union 美国业余体育联盟

Universal Service（news agency）环球通讯社

University of Berlin 柏林大学

Ur/Ur of the Chaldees 乌尔/"迦勒底的乌尔"

Vabres, Donnedieu de 多纳迪厄·德瓦布

Vadnai, Emil 埃米尔·瓦德奈

Valéry, Paul 保尔·瓦雷里

Van Doren, Irita 艾丽塔·范多伦

Vansittart, Robert 罗伯特·范西塔特

Vatican Radio 梵蒂冈广播电台

Vayo, Alvarez 阿尔瓦雷斯·巴约

Velázquez, Diego 迭戈·委拉斯开兹

Verdun 凡尔登

Versailles Treaty/Versailles 《凡尔赛和约》/凡尔赛

Vichy regime 维希政府

Victor Emmanuel Ⅲ 维托里奥·埃马努埃莱三世

Vincent, Betty 贝蒂·文森特

Vincent, John Carter 约翰·卡特·文森特

Voice of Destruction（Rauschning）《毁灭的声音》（劳施宁）

Volchkov, Alexander Fedorovich 亚历山大·费奥多罗维奇·沃尔奇科夫

译者后记

在历经两年的翻译与额外一年的精心编辑之后，威廉·夏伊勒先生的自传式历史研究巨著《噩梦年代》中文译本于 2014 年夏季由中国青年出版社正式推出。这是我学术生涯中正式出版的第一本译著，我常常因此感慨翻译之难，孤寂深夜，与一词一句纠结反复，实在难感轻松。不过，每每想到在这个节奏日益加快的时代里，能够继续怀抱对读者与原作者的敬畏之心，逐字逐句精心打磨，不明所以处更要深窥到底，坚守学术性翻译"信、达、雅"的责任，就是一种莫大的自我慰藉。

2018 年末，社会科学文献出版社甲骨文工作室计划为《噩梦年代》一书再版，当我得到消息时，实在是喜不胜言。自 2013 年创立以来，"甲骨文系列丛书"已经成为中国学术界、出版界译介西方世界精品人文社科图书的一面旗帜，其质量之精细，令我印象深刻之至。如今，作为"甲骨文"仰慕者的我，也得以恬添其列，我感到荣幸之至。

威廉·夏伊勒先生是纳粹史学的头号专家，他的这本著作，虽然名义上是自传，实际上却恰如美国政治学研究大家詹姆斯·麦格雷戈·伯恩斯（James MacGregor Burns）所言，"这是一本极为生动的人类历史档案……很少有一本书，能像它一样，让我感觉自己与那些私密的世界历史大事件有如此直接而精彩的接触"。旅居欧陆十年，乌克兰之饥荒、西班牙之内战、法兰西之堕落、英帝国之颠顸、美利坚之萧条、苏联之野心，以及最重头戏的纳粹德国之野蛮与残暴，纷纷在夏伊勒先生的笔下栩栩如生。我期待读者们能够如伯恩斯教授一样，与这段世界大历史产生最近距离的接触。

这篇译者后记是甲骨文工作室叮嘱我重写的，我欣然从命并认真完成。不过，绝非为了偷懒，我依然要摘录旧版译者后记的一段原话在此：

"希望让华文世界的读者们，读此书而有所感悟，有所反思。恰如夏伊勒先生自己所感慨的那样：'这群军人，如何能够如此满怀热情地为一个残忍之至的血腥政权卖命战斗呢？'前车之鉴，并不远矣。"

从起笔翻译此书算起，已经过去八年有余，这个问题我始终在思考，在观察，却始终难以想得明白、想得透彻。近期以来，美国特朗普总统自行其是，英国退欧足陷泥潭，中东多国生灵涂炭，"百年未有之大变局"的说法再度浮现；由此来看，和平与战争、繁荣与毁灭，终究是人类永恒的难题，虽然恐怕永远难有真正的、唯一的答案，却不妨碍我们多读史书，向人类历史上一切智慧的结晶寻求经验。从这一点来说，"甲骨文系列丛书"可被称为功德无量。

再次感谢中国青年出版社与社会科学文献出版社甲骨文工作室的编辑团队，精心校对，仔细打磨，这是对我最好的鞭策与鼓励！最后，我依然要重复的是，我深知此书所论历史之重要与艰深，真要做起学问，恐怕穷其一生，也只得九牛一毛，故而挂一漏万，贻笑大方，恐是难免，在此虚心接受读者与学界同人的批评指正！

戚凯

2019 年夏于北京丰台

图书在版编目（CIP）数据

二十世纪之旅：人生与时代的回忆. 第二卷，噩梦
年代：1930—1940 /（美）威廉·夏伊勒
（William L. Shirer）著；戚凯译. --北京：社会科
学文献出版社，2020.9
　　书名原文：20th Century Journey：A Memoir of a
Life and the Times. The Nightmare Years：1930 -
1940
　　ISBN 978 - 7 - 5201 - 6183 - 1

　　Ⅰ. ①二…　Ⅱ. ①威… ②戚… 　Ⅲ. ①回忆录 - 美国
- 现代　Ⅳ. ①I712. 55

中国版本图书馆 CIP 数据核字（2020）第 157730 号

二十世纪之旅：人生与时代的回忆（第二卷）
——噩梦年代：1930—1940

著　　者／〔美〕威廉·夏伊勒（William L. Shirer）
译　　者／戚　凯

出 版 人／谢寿光
组稿编辑／董风云
责任编辑／张　骋　成　琳

出　　版／社会科学文献出版社·甲骨文工作室（分社）（010）59366527
　　　　　地址：北京市北三环中路甲 29 号院华龙大厦　邮编：100029
　　　　　网址：www. ssap. com. cn
发　　行／市场营销中心（010）59367081　59367083
印　　装／北京盛通印刷股份有限公司

规　　格／开　本：889mm × 1194mm　1/32
　　　　　本卷印张：31.5　本卷插页：2　本卷字数：688 千字
版　　次／2020 年 9 月第 1 版　2020 年 9 月第 1 次印刷
书　　号／ISBN 978 - 7 - 5201 - 6183 - 1
著作权合同
登 记 号／图字 01 - 2018 - 2790 号
定　　价／428.00 元（全三卷）

本书如有印装质量问题，请与读者服务中心（010 - 59367028）联系